솔로몬의 노래

SONG OF SOLOMON
by Toni Morrison

이 도서의 국립중앙도서관 출판예정도서목록(CIP)은 서지정보유통지원시스템 홈페이지(http://seoji.nl.go.kr)와
국가자료공동목록시스템(http://www.nl.go.kr/kolisnet)에서 이용하실 수 있습니다.
(CIP제어번호: CIP2019035746)

세계문학전집
185

Toni Morrison : Song of Solomon

솔로몬의 노래

토니 모리슨 장편소설

김선형 옮김

문학동네

일러두기

1. 번역 대본으로는 *Song of Solomon*(Toni Morrison, Vintage, 2005)을 사용했다.
2. 주석은 모두 옮긴이주다.
3. 본문 중 고딕체는 원서에서 이탤릭체로 강조한 부분이다.

아빠

아버지들은 비상飛上하고

아이들은 그들의 이름을 알지어다

서문

나는 뮤즈 어쩌고 지껄이는 예술가들의 허튼소리—말을 걸어와서 비전을 보여주는, 뮤즈라고밖에 이름 붙일 수 없는 원천의 '목소리'라는 것—를 오래전부터 경멸해왔다. 뮤즈는 인간의 통찰력을 보호하고 "어디서 착상을 얻나요?" 같은 질문을 회피하기 위해 꾸며낸 말이라고 믿었다. 자서전과 소설 사이에 존재하는 애매한 영역을 파고드는 심문을 피하려고 만든 말 같기도 했다. 창의성의 '신비'란, 명확하게 언어화하거나 분석하고 나아가 창작 과정의 세부 요소들을 알아내지 못하게 하려고—그렇게 보호하지 않으면 자칫 사라져버릴까봐 두려워서—예술가들이 세운 방어막이라고 생각했다.

『솔로몬의 노래』를 쓰면서 그런 생각들이 모두 무너졌다. 쓰려던 글감이 있었지만 아버지가 돌아가시기 전에는 아무리 해도 손이 닿지 않았다. 사별 후에는 추스를 수 없는 슬픔에 잠겨, 형제간의 실랑이나 죄의식, 놓쳐버린 기회, 이런저런 유품을 놓고 다투는 일 따위는 없었다. 아버지의 네 자식은 모두 자기가 가장 사랑받았다고 확신했다. 아버지는 자식 하나를 위해서 어머어마한 희생을 치르고 집과 직장을 잃을 위험까지도 감수하셨다. 또다른 자식을 여름철 내내 야구 경기에 데려가, 함께 풀밭에 드러누운 채 휴대용 라디오를 들으며 이야기를 나누고 경기장의 선수들을 평하기도 했다. 장녀를 보면 항상 활짝 웃으며 네가 만든 음식이 세상에서 가장 맛있다고, 심지어 아내가 만든 요리보다도 맛있다고 칭찬해주셨다. 편지 한 장을 드리면 몇 년씩 외투 주머니에 넣고 다니셨고, 한 치 앞도 볼 수 없는 눈보라 속을 헤치고 나를 도와주러 달려오시기도 했다. 무엇보다도, 아버지는 우리 각자에게 서로 다른 우리의 이해력에 꼭 맞는 언어로 말씀하셨다. 아버지는 나를 흥미롭고 유능하고 재치 있고 영리하며 명랑한 사람으로 치켜세워주셨다. 나는 나 자신이 아버지가 생각하시는 것만큼은 아닌 듯해 어째서 그렇게 봐주시는지가 늘 의아했다. 그러나 아버지가 돌아가셨을 때 내가 애도한 것은 그 소녀—아버지의 머릿속에 살던—의 죽음이었다. 아버지의 죽음보다 아버지가 생각한 나라는 존재의 상실이 더 괴로웠다. 나 자신보다도 아버지를 더 가깝게 느꼈기에, 계속 손에 잡히지 않던 소설을 쓰고자 부러 돌아가신 아버지의 충고를 구했던 것 같다. "아버지가 정말로 잘 아는 남자들은 어떤 사람들이었나요?"

아버지는 대답해주셨다.

뭐라고 부르든—뮤즈, 통찰, 영감, '인도하는 비밀스러운 손길' '빛나는 천사'—그것은 존재한단다, 여러 형태로. 그때부터 나는 그 존재를 믿게 되었다.

내게 『솔로몬의 노래』는 상상력의 진원을 여성적인 것에서 남성적인 것으로, 근본적으로 전환시켜보려는 도전이었다. 집밖으로 나가기, 그때까지 내 일터가 되어준 풍경을 가정 밖으로 끌고 나가기. 여행하기. 비행하기. 이토록 공공연하고 전형적인 남성 서사에서는 내가 이전 소설들에서 구사한 순서와 시간의 유희보다는 똑바로 흘러가는 연대기 형식이 보다 적절하리라 판단했다. 비행 능력을 성취하는 여정, 땅을 뚫고 지면으로 올라와 물속에 들어갔다가 마침내 공중으로 날아오르는 여행의 힘찬 종결. 몹시 대하소설 같다. 구식의 영웅 서사이나 전혀 다른 의미를 지닌다. 보험회사 직원이 자살하려 뛰어내리는 장면으로 시작해서 주인공이 위험을 정면으로 마주하며 날아오르는 장면으로 끝낸 건, 제목의 솔로몬이 행한 신비주의적이면서도 문제적인 여정을 아우르려는 의도였다.

다른 곳에서도 제법 긴 글로 어떤 문장들이 어떻게 쓰였고 그 문장들이 어떤 작용을 하기를 바랐는지 상세하게 설명한 적이 있다. 여기서 그 사례 하나를 들어보겠다.

> "노스캐롤라이나 상호생명보험사 직원은 세시에 머시를 떠나 슈피리어호湖 반대편으로 날아가겠다고 약속했다."

이 선언적 문장은 신문기사의 문체를 모방해 쓴 것이다. 조금만 바꾸면 소도시 신문기사의 서두로 쓸 만할 것이다. 동네 사람들도 별 관심이 없는 일상적인 일을 묘사하는 어조지만, 나는 이 문장에 중요한 암시와 결정적인 정보를 담고 싶었다. 보험회사의 이름은 유명한 흑인이 소유한 흑인 고객 위주의 회사로, 기업명에는 '생명'과 '상호'라는 단어가 들어간다. 이 문장은 '노스캐롤라이나'로 시작해서 '슈피리어 호'로 끝나고—남에서 북으로의 여행을 암시하는 지리적 위치다—흑인 이주민과 흑인 이주민을 다룬 문학에서 흔히 볼 수 있는 방향이지만, 주인공이 성숙하기 위해서는 남부로 가야 하는 이 소설에서는 방향이 역전된다. '날아가다'와 '머시Mercy'*라는 두 단어도 중요하다. 두 단어 모두 서사에서 중추적 역할을 담당한다. 비행은 도피 혹은 대면의 행위이며, 자비는 소설 속 인물들의 암묵적인 소망이다. 누군가는 자비를 베풀고 누군가는 경멸하며 한 여인은 손녀의 죽음 앞에서 임시변통한 추도사로 오로지 그 말만을 부르짖는다. 자비는 기타라는 인물에게 가닿고 그를 돌려세우며, 책 말미에 이르러서는 돌아와 그를 움직여 한때 친구였던 이에게 최후의 선물로 자비를 행하게 만든다. 자비는 사람들이 헤이가를 위해 소망하는 바이고, 메이컨 데드 시니어에게는 주어지지 않는 것이자 그가 추구하지도 않는 것이다. 아내 루스가 그에게 요구하는 법을 배우게 되는 것이며, 백인의 세계에서는 절대로 오지 않는 것이라 마을 사람들이 믿어 의심치 않는 것이다. 이는 병원의 이름이 머시에서 '노머시'로 역전되는 데서 잘 드러난다. 그러나 모든 문장이 그렇듯 이 문장 역시 동사를 축으로 변화한다. '약속하다.' 보험회사 직원은 자신의 행위를 공표하거나 선언하지 않고, 위협하지도 않는다. 그는 타인과 맺은 계약을 이행하듯 약속한다. 제목의 솔로몬처럼 자신의 비행 역시 정신병원(캐나다, 혹은 자유, 혹은 반갑게 맞아줄 망자들의 세계)을 향해서든, 고향을 향해서든, 변화를 요구하는 과격한 몸짓

* 자비라는 뜻.

으로, 다른 방식으로, 지금 모습대로 사물들이 멈춰버리기를 바라는 몸짓으로 해석되기를 기대한다. 단순한 절망의 몸짓이나 무위한 삶, 조명되지 못한 삶의 종결이 아니라 동족에 대한 심오한 헌신으로 이해받기를 원한다. 그리고 그런 결정에 동포들이 보이는 반응에는 다정함, 얼마간의 회개, 갈수록 커져가는 존경심("그에게 그런 강단이 있을 줄은 아무도 몰랐다"), 그 자살이 그들의 존재를 부인하는 것이 아니라 오히려 감싸준다는 깨달음이 있었다. 그는 용서를 구하는 쪽지를 남겼다. 문에 압정으로 박아놓은 그 쪽지는 지나가는 행인 누구든 겸손하게 초대하는 초대장이나 다름없었다.

소설에 나오는 비행 중에서 솔로몬의 비행이 가장 마술적이고 극적이며, 밀크맨에게는 가장 충만한 비행이다. 성공 여부를 차치하고 시도만으로 이미 승리를 명백히 암시하는 다른 신화적 비행과 달리 솔로몬의 도피, 보험회사 직원의 낙하, 그리고 밀크맨의 도약은 모호하고 심란하다. 솔로몬의 노예제로부터의 도피는 가족을 포기하는 일이기도 하다. 보험회사 직원은 자살이 사랑의 몸짓이라고 쪽지를 써 남기지만 그 행위에는 죄의식과 절망도 분명 배어들어 있다. 밀크맨은 파일러트의 목숨에 대한 보답으로 자신의 목숨을 건다고 믿지만, 한편으로는 적이 이미 무장을 해제했다는 사실을 알고 있다. 이러한 비행, 이러한 철지난 영웅성은 뒤에 남겨진 여자들의 눈에는 조금 다르게 보인다. 제목의 인용과 노래는 그런 서로 다른 이해를 공정하게 외쳐 부르짖는다. 오로지 가족과 집안을 돌보는 일에만 정신을 쏟았던 여인을 찬미하기 위해 밀크맨은 복잡한 수수께끼를 낸다. 땅에서 발 한 번 떼지 않고도 여인은 날 수 있었다고. 아버지는 껄껄 웃으셨다.

차례

제1부

1

노스캐롤라이나 상호생명보험사 직원은 세시에 머시를 떠나 슈피리어호湖 반대편으로 날아가겠다고 약속했다. 사건 발발 이틀 전 그는 자신의 아담한 노란색 집 문에다 쪽지를 압정으로 박아놓았다.

1931년 2월 18일 수요일 오후 세시에 저는 머시에서 이륙해 제 두 날개로 저멀리 훨훨 날아갈 것입니다. 부디 저를 용서해주세요. 여러분 모두를 사랑했습니다.

(서명) 로버트 스미스,
보험회사 직원

스미스 씨는 사 년 전 린드버그처럼 엄청난 관중을 끌어모으지는 못했는데—기껏해야 마혼에서 쉰 명쯤 구경을 나왔을까—그건 그때가 이미 비행하기로 한 수요일 당일 열한시여서 아무도 쪽지를 읽지 못했기 때문이었다. 수요일 그 시각이면, 소문이 퍼지는 속도마저 한참 굼뜰 때다. 아이들은 학교에 있고 남자들은 직장에 있고 여자들은 대부분 코르셋을 졸라매며 오늘은 꼬리나 내장을 공짜로 얻을 수 있을지 정육점에 보러 나갈 준비가 한창일 때다. 그래서 실직자나 자영업자, 아니면 아주 어린 아이들만 구경을 올 수 있었다—소문을 듣고 일부러 찾아온 이들도 있었고, 우연히 바로 그 시각에 낫닥터 스트리트의 호숫가를 거닐다가 구경꾼이 된 이들도 있었다. 사실 낫닥터 스트리트는 집배원들은 알아듣지 못하는 지명이었다. 지도에는 메인스 애비뉴라고 등재되어 있었지만, 이 도시에 유일무이했던 흑인 의사가 그 거리에 살다가 죽었고 환자들은 그가 이사온 1896년부터 이 거리를 닥터 스트리트라고 불렀다. 환자들 중 그 거리나 그 근처에 사는 사람은 아무도 없었다. 시간이 흘러 다른 니그로들이 그리로 이사를 왔을 무렵, 그리고 우편이 그들 사이에서 대중화된 소식 전달 수단으로 자리를 잡을 무렵, 루이지애나주, 버지니아주, 앨라배마주 그리고 조지아주로부터 닥터 스트리트에 사는 사람들을 수취인으로 하는 편지들이 속속 도착하기 시작했다. 우체국 직원들은 이런 편지를 반송하거나 배달불능 우편물 처리소로 보냈다. 그러다가 1918년 흑인들이 군대에 징집될 때, 그들 중 상당수가 군 당국에 자신의 주소를 닥터 스트리트라고 써냈다. 이렇게 해서 이 지명은 공식적 지명에 버금가는 위상을 얻게 되었다. 그러나 오래가지는 못했다. 적법한 지명을 지키고 도시의 명소들을 유지하는 일이 자기네 정치 인생에서 가장 중요한 일이라고 믿는 시의원 몇몇이 '닥터 스트리트'라는 명칭을 경우를 불문하고 공식적으로 쓸 수 없게 못박았기 때문이다. 그들은 사우스사이드의 주민들만 그렇게 부른다는 사실을 잘 알고 있었기에 그 지역의 가게, 이발소, 식당마다 공문을 붙여서 호수에 면한 쇼어 로드로부터 6번 국도와 펜실베이니아행 2번 국도의 교차로까지 남북으로 이어지며 러더퍼드 애비뉴와 브로드웨이 사이를 평행으로 가로지르는 도로는 과거에도 그렇고 앞으로도 메인스 애비뉴지 결코 닥터 스트리트가 아니라고 주지시켰다.

정말이지 확실하고 명쾌한 공문이었던 터라 사우스사이드 주민들은 추억을 생생하게 간직하면서도 시의원들의 비위를 거스르지 않을 방법을 찾아냈다. 그들은 그 거리를 낫닥터 스트리트라고 불렀으며 거리 북쪽 끝에 있는 자선병원을 노머시 종합병원이라고 부르곤 했다. 1931년, 스미스 씨가 돔지붕에서 날아오른 다음날에야 흑인 임신부가 병원 계단이 아닌 병동에서 출산하는 것이 처음으로 허락되었기 때문이다. 그 여자에게만 특별한 후의를 베푼 이유가 니그로 의사의 외동딸이어서는 아니었던 것이, 의사는 일평생 인술을 베풀면서도 단 한 번도 이 종합병원의 혜택을 받지 못했을뿐더러 그의 환자들 중 머시 종합병원에 입원 허락을 받은 사람도 둘밖에 없었는데 모두 백인이었다. 게다가 1931년은 의사가 세상을 떠난 지 이미 오래되었을 때다. 병원이 그 산모를 받았던 건 스미스 씨가 지붕에서 뛰어내려 거꾸로 처박혔기 때문이었으리라. 사정이야 어쨌건, 자신이 날아오를 수 있다고 굳게 믿은 일개 보험회사 직원의 확신으로 인해 산모의 출산 장소가 달라졌는지는 알 수 없으나 출산 시각에는 분명 영향이 있었다.

죽은 의사의 딸은 스미스 씨가 약속한 시간에 커다랗고 푸른 비단 날개를 가슴 앞쪽으로 둥글게 감싼 채 돔지붕 뒤에서 나타나는 모습을 보고, 덮개를 씌운 바구니를 떨어뜨려 빨간 벨벳 장미꽃잎을 쏟았다. 바람이 불어와 꽃잎들이 사방으로, 위로, 아래로, 그리고 나즈막한 눈더미 위로 흩날렸다. 아직 덜 큰 딸들은 그 꽃잎을 잡으려고 서로 밀치며 다투었고, 아이들의 어머니는 신음을 내뱉으며 아랫배를 움켜잡았다. 장미꽃잎 소동은 사람들의 시선을 꽤나 잡아끌었지만, 임신한 여인의 신음소리에 귀를 기울이는 사람은 없었다. 모두들 그 소녀들이 몇 시간을 들여 비싼 벨벳에 패턴을 그리고 재단하고 바느질했다는 걸 알고 있었고, 게르하르트 백화점은 더러워진 벨벳을 절대 받지 않는다는 사실도 잘 알았다.

한동안은 화기애애하고 즐거웠다. 남자들도 달려들어 벨벳에 눈이 녹아들기 전에 주워 담는 일을 열심히 도와주었다—강풍에 휘날리는 꽃잎을 붙잡아주거나 눈 위에 내려앉은 꽃잎을 조심스럽게 집어주면서. 아주 어린 아이들은 지붕에서 빙글빙글 돌며 푸른 원을 그리는 남자를 구경해야 할지 땅에서 번쩍번쩍 빛을 내며 뒹구는 빨간 조각들을 바라보아야 할지 마음을 정하질 못했다. 아이들의 고민은 한 여인이 느닷없이 큰 소리로 노래를 부르기 시작하면서 자연스럽게 해결되었다. 군중 뒤편에 서서 노래하는 여인은, 의사의 딸이 훌륭하게 차려입은 것만큼이나 남루한 차림새였다. 의사의 딸은 임부복의 전통적 장식인 배꼽에 리본이 달린 깔끔한 회색 코트에 종 모양의 검은 모자를 쓰고 단추가 네 개 달린 여성용 덧신을 신고 있었다. 노래하는 여인은 짙은 남색 털모자를 이마까지 푹 눌러쓰고 있었다. 겨울 코트 대신 낡은 누비

옷으로 몸을 감싼 채였다. 머리를 한쪽으로 기울이고 시선은 로버트 스미스 씨에게 못박은 채, 여인은 힘찬 콘트랄토*로 노래했다.

오 슈거맨 날아가버렸네
슈거맨 사라져버렸네
슈거맨 하늘을 가로질러
슈거맨 고향으로 돌아갔네……

모여 선 쉰 명가량의 사람들 중 상당수가 서로 쿡쿡 찌르며 킬킬거렸다. 다른 사람들은 그 노래가 무성영화의 피아노 반주처럼 도움이 되고 의미를 밝혀주는 음악이기라도 한 듯 귀를 기울였다. 사람들은 그저 한동안 서 있었다. 아무도 스미스 씨를 향해 소리치지 않았고, 병원의 구급요원들이 도착할 때까지 저마다 이런저런 자기 신변의 소소한 문제에 몰두해 있었다.

병원 사람들은 창가에서 바라보고 있었다—처음에는 살짝 호기심이 발동해서 구경하다가, 병원 담벼락까지 군중이 불어난 듯하자 공포에 질려 지켜보았다. 흑인 인권 운동가들이 날마다 벌이는 그런 일이 벌어지는 게 아닐까 걱정했던 것이다. 하지만 플래카드도 없고 연설자도 없다는 걸 알고는 추위를 무릅쓰고 밖으로 나왔다. 하얀 가운을 입은 의사들, 짙은 색 재킷을 걸친 서무과 직원들, 그리고 빳빳하게 풀 먹인 제복을 입은 간호사 세 명이었다.

---

* 여성의 가장 낮은 음역.

스미스 씨와 커다랗고 푸른 날개를 본 병원 사람들은 몇 초간 얼어붙은 듯 꼼짝도 못했고, 여자의 노랫소리와 사방에 흩어진 꽃잎들도 놀랍기는 마찬가지였다. 잠시 일종의 예배 의식일 거라고 생각한 이들도 있었다. 디바인 목사*가 전권을 행사하는 필라델피아가 그리 멀지 않았으니까. 꽃바구니를 든 어린 소녀들은 그를 받드는 처녀들일지도 몰랐다. 하지만 금니를 한 남자의 웃음소리에 병원 사람들은 다시 정신을 차렸다. 백일몽에서 깨어나 즉각 업무에 착수해 이런저런 지시를 내렸다. 병원 사람들이 고함을 지르고 야단법석을 피우는 바람에, 고작해야 남자 몇 사람과 벨벳 조각을 갖고 노는 여자아이들, 노래를 부르는 여인 하나가 있던 그곳에 엄청난 혼란이 일었다.

간호사 한 명이 이 무질서를 조금이라도 효율적으로 통제해보고자 주위 사람들의 얼굴을 샅샅이 뜯어보다가, 마음만 먹으면 지구라도 움직일 듯한 다부진 몸매의 여인을 발견했다.

"이봐요, 당신." 간호사는 다부진 여인에게 다가서며 말했다. "이 아이들이 당신 아이들인가요?"

다부진 여인은 이 무례한 부름에 눈썹을 치켜올리면서 천천히 고개를 돌렸다. 하지만 목소리의 주인이 누구인지 보고는 눈썹을 내리고 눈을 내리깔았다.

"네?"

"하나를 뒤편의 응급실로 좀 보내요. 경비한테 당장 이리로 오라고 전하라고 하세요. 저기 저 남자애를 보내면 되겠네. 저기 쟤." 간호사는

* 아프리카계 미국인으로 1965년 사망할 때까지 60여 년간 흑인 사회에 영향력을 발휘한 영적 지도자.

대여섯 살쯤 되어 보이는, 고양이 같은 눈매의 남자아이를 가리켰다.

다부진 여인은 간호사의 손가락을 따라 눈동자를 아래로 굴려 그녀가 가리키는 아이를 바라보았다.

"기타예요, 부인."

"뭐라고?"

"기타라고요."

간호사는 웨일스어라도 들은 듯 다부진 여인을 멀뚱멀뚱 바라보았다. 그러더니 입을 꾹 다물고 다시 고양이 같은 눈매의 소년을 바라보고는 손깍지를 끼며 아주 천천히 제 할말을 했다.

"잘 들어. 병원 뒤편의 경비실로 가. 문에 '응급 입원'이라고 쓰여 있을 거야. 'A-D-M-I-S-I-O-N-S*, 입-원.' 거기에 경비가 있을 거야. 이리로 오라고 전해—당장 오라고. 어서 가. 어서!" 그녀는 깍지를 풀더니 손바닥으로 겨울 공기를 밀어내면서 손으로 뭔가 펴내는 듯한 동작을 했다.

갈색 양복을 입은 남자가 작은 구름 같은 입김을 뿜어내며 간호사에게 다가왔다. "소방차가 오고 있답니다. 안으로 들어가세요. 그러다 얼어죽겠어요."

간호사는 고개를 끄덕였다.

"부인, S를 하나 빠뜨리셨어요." 소년이 말했다. 그애는 북부에 온 지 얼마 되지 않아 백인들에게 말 거는 방법을 막 배우기 시작한 참이었다. 하지만 간호사는 추워서 팔을 문질러대며 이미 자리를 떠난 뒤였다.

---

* 올바른 철자는 'ADMISSIONS'이다.

"할머니, 저 아주머니가 S를 하나 빠뜨렸어요."

"그리고 '부탁해요'라는 말도."

"아저씨가 뛰어내릴까요?"

"완전 또라이가 뭘 못 하겠니."

"저 아저씨 누구예요?"

"보험금 걷어가는 사람이야. 완전 또라이지."

"저 노래 부르는 아줌마는 누구예요?"

"얘야, 저건 바보천치 중에서도 바보천치란다." 하지만 그녀는 노래 부르는 여인을 보며 미소를 지었고, 그 모습을 본 고양이 같은 눈매의 소년은 병원 꼭대기에서 날개를 퍼덕거리는 사내만큼이나 흥미롭게 여인의 노래에도 귀를 기울였다.

신고를 받은 경찰들까지 달려오자 군중은 이제 살짝 불안해졌다. 모두 스미스 씨를 알고 있었다. 한 달에 두 번 집으로 찾아와, 1달러 68센트를 걷어가고 작고 노란 카드에다가 날짜와 주당 불입금 84센트를 적어주는 남자였다. 사람들은 상시 반달가량 납입이 연체되었고, 언제나 미리 좀 지급해달라고 끝도 없이 그를 졸랐다—물론 일단 왜 이렇게 빨리 찾아왔느냐고 말하고 나서.

"아니 벌써 또 왔어요? 당신 일을 해치워버린 게 엊그제 같은데."

"당신 얼굴 보는 게 지겨워요. 정말 지겹다고."

"이럴 줄 알았어. 겨우 20센트를 벌었나 했더니 또 당신이군. 세리稅吏보다 더 자주 오는 것 같다니까. 후버*가 당신이 하는 짓을 알려나?"

* 미국의 31대 대통령(1929~1933)으로 경제 대공황을 맞았다.

사람들은 그를 놀리거나 그에게 심한 말을 하고 아이들을 시켜 집에 없다거나 아프다거나 피츠버그에 갔다고 말하게 했다. 그러면서도 그 작고 노란 카드에 무슨 대단한 의미라도 있는 것처럼 매달렸다—그들은 월세 영수증, 결혼 증명서 그리고 시효가 지난 직공 신분증과 함께 그 카드를 구두 상자에 소중히 넣어두었다. 스미스 씨는 무슨 일을 당해도 항상 미소를 잃지 않았으며, 내내 고객의 구두만 뚫어져라 바라보며 업무를 해냈다. 일 때문에 양복을 차려입긴 했어도 그 고객들보다 나을 것 없는 집에 살았다. 그들이 아는 여자와 연애를 한 적도 없고 교회에서도 가끔 '아멘'을 따라 읊는 것 말고는 아무 말도 하지 않았다. 누굴 때려눕힌 적도 없고 어두워지면 돌아다니지도 않아서, 사람들은 막연하게 스미스 씨가 좋은 사람일 거라 생각했다. 하지만 스미스 씨는 노란색 카드 뒷면에 박힌 노스캐롤라이나 상호생명보험사 건물의 갈색 사진과 따로 떼어놓고 생각할 수 없는 두 가지, 질병과 죽음을 짙게 연상시켰다. 머시 종합병원 꼭대기에서 뛰어내리는 일은 이제까지 그가 한 그 어떤 일보다도 흥미진진했다. 그에게 그런 강단이 있을 줄은 아무도 몰랐다. 이것 봐, 사람들은 속삭였다, 사람 속은 도무지 알 수가 없다니까.

노래하던 여인은 목소리를 낮추고 멜로디를 흥얼거리며, 군중 사이를 지나 아직도 배를 꼭 안고 있는 장미꽃잎 여인을 향해 다가갔다.

"몸을 따뜻하게 해야 해요." 그녀는 임신부의 팔꿈치를 살포시 건드리며 속삭였다. "아침이면 작은 새가 나오겠는데."

"네?" 장미꽃잎 여인이 말했다. "내일 아침이요?"

"지금 다가오는 아침은 그것뿐이지."

"그럴 리가 없어요." 장미꽃잎 여인이 말했다. "너무 일러요."

"아니, 이르지 않아. 딱 적당해."

두 여자가 서로의 눈동자 깊은 곳을 들여다보고 있을 때 군중 틈에서 큰 웅성거림이 일었다—물결치는 듯한 오오 소리. 스미스 씨가 잠시 균형을 잃고 휘청거리다가 돔지붕에 붙은 삼각형의 나무 장식을 붙들고 꼿꼿하게 서려 안간힘을 썼던 것이다. 노래하던 여인이 곧바로 노래를 다시 시작했다.

오 슈거맨 날아가버렸네
오 슈거맨 사라져버렸네……

시내에서 소방대원들이 제복 상의를 걸쳐 입고 머시 종합병원에 도착했을 때는 이미 스미스 씨가 휘날리는 장미꽃잎들을 보고, 음악소리를 듣고, 창공으로 도약한 후였다.

다음날 머시 종합병원 안에서 처음으로 흑인 아기가 태어났다. 그 어린 소년이 겨우 네 살에, 스미스 씨가 훨씬 먼저 발견한 진실—날 수 있는 건 오직 새와 비행기뿐이라는 것—을 깨닫고 그만 자기 자신에 대한 흥미를 깡그리 잃어버리고 만 걸 보면, 스미스 씨의 푸른 비단 날개가 어쨌든 흔적을 남겼던 모양이다. 비행 능력도 없이 살아가야 한다는 사실이 너무 큰 슬픔으로 다가온 나머지 소년의 상상력은 사라져버렸고, 그의 어머니에게 악감정이 없는 여자들 눈에도 소년은 둔한 아이로 보였다. 소년의 어머니를 정말로 싫어하는 여자들, 그러니까 초대를 받아 차를 마시러 가본 적이 있고 의사의 방 열두 개짜리 어두컴컴한 대저택과 초록색 세단을 질시하는 이들은 소년을 '괴짜'라고 불렀다. 다른 사람들, 그 집이 궁전보다는 감옥에 가깝고 도지 세단은 오로지 일요일에만 몰고 있다는 걸 아는 사람들은 루스 포스터와 쌀쌀맞은 딸들을 딱하게 여겼으며 아들을 일컬어 '속을 알 수가 없다'고 했다. 심지어 신비스럽다고도 했다.

"그애는 양막을 쓰고 나왔수?"

"그걸 말려 차를 끓여서 애한테 먹였어야지. 안 그러면 애가 귀신을 본다우."

"그 말을 믿어요?"

"난 안 믿지만, 노인네들 말씀이 그렇다잖아."

"글쎄, 그애는 아무튼 속을 알 수가 없어. 저 눈을 좀 봐요."

그러면 그들은 입천장에 붙은 '너무 급하게 구운' 선샤인 케이크 조각을 혀로 떼어내고 다시 한번 소년의 눈을 들여다보았다. 소년은 어머니에게 간곡한 애원의 눈길을 보내 방을 나가도 좋다는 허락을 받아낼 때까지 할 수 있는 한 최선을 다해 그들의 시선을 맞받아주었다.

거실을 나가려면 미리 계획을 잘 짜두어야 했다. 등뒤로 사람들이 수군대는 소리를 들으며 식당으로 이어지는 육중한 여닫이문을 열어젖힌 뒤 많고 많은 침실을 지나쳐 계단을 재빨리 올라가야 했고, 그러면서도 빨간 벨벳 조각을 산더미처럼 쌓아놓은 탁자 앞에 커다란 아기 인형들처럼 앉아 있는 리나나 커린디언스의 주의를 끌어서는 안 되었다. 소년의 누나들은 오후에 장미꽃을 만들었다. 눈부시고 생명 없는 장미들은 바구니에 몇 달 동안 쌓여 있었고, 그러다보면 게르하르트 백화점에서 수위 프레디 편에 1그로스* 정도는 더 쓸 수 있겠다는 말을 전해오곤 했다. 누나들 곁을 슬며시 지나쳐 아무렇지도 않게 던지는 악의에 찬 말들을 피하는 데 성공하면, 소년은 자기 방 창가에 무릎을 꿇고 앉아 어째서 자기는 땅에 머물러 있어야만 하는가를 고민하고 또 고민했다. 당시 의사의 저택에 퍼져 있던 정적, 선샤인 케이크를 먹는 여자들의 중얼거리는 소리에만 가끔 깨지곤 했던 그 정적은 그냥 정적일 뿐이었다. 정적. 그 정적은 평화롭지 않았고, 언제나 그렇듯 메이컨 데드의 등장으로 머지않아 끝장을 맞을 운명이었다.

건장하고, 으르렁대고, 자주 예고 없이 폭발하는 메이컨 앞에서 가족들은 하나같이 공포로 어색하게 얼어붙었다. 메이컨이 내뱉는 말 한마디 한마디에서 아내에게 품은 증오심이 번쩍번쩍 불꽃을 튀겼다. 딸들에 대한 실망은 잿가루처럼 아이들 위로 내려앉아, 버터 같은 피부를 탁하게 하고 여자아이다운 목소리가 되었을 아이들의 음성에서 기쁨의 선율을 틀어막아버렸다. 꽁꽁 얼어붙은 열기 같은 그 눈길을 받으면, 아이들은 문지방에 발이 걸려 넘어지고 수란 노른자에 소금통을 떨어뜨렸다. 아이들의 기품, 재치 그리고 자존감을 난도질하는 아버지의 행동거지는 아이들의 나날에서 유일하게 흥분을 자아내는 것이었다. 아버지가 유발하는 긴장감과 극적인 사건이 없었다면, 아이들은 도무지 뭘 하면서 살아야 할지 몰랐을 것이다. 아버지가 없을 때면 딸들은 피처럼 붉은 벨벳에 고개를 처박고서 아버지가 나타나기를 열렬히 기다렸고, 아내 루스는 남편의 경멸에 경악해 말을 잃은 채 하루를 시작

* 수량을 세는 단위의 하나로 144개를 이른다.

했다가 같은 이유로 완전히 생기를 되찾으며 하루를 마감했다.

오후의 손님들을 돌려보내고 문을 닫은 뒤 입술에서 조용한 미소까지 지우고 나면, 루스는 남편이 죽어도 못 먹겠다고 할 게 뻔한 음식을 준비하기 시작했다. 일부러 역겨운 요리를 만들려고 애쓰는 건 아니었고, 그저 달리 방도를 몰랐다. 루스는 선샤인 케이크가 남편 앞에 놓기에는 볼품이 없다는 걸 깨닫고 레닛 사과 디저트를 만들기로 마음을 먹는다. 하지만 송아지 고기와 쇠고기를 갈아 미트로프를 만드는 데 시간이 하도 오래 걸려 돼지고기 준비하는 걸 까맣게 잊고 하는 수 없이 고기 위에 뿌리는 베이컨 조각으로 만족하는가 하면, 아예 시간이 없어서 디저트는 만들지도 못하기 일쑤였다. 그러고 나서 그녀는 황급히 식탁을 차렸다. 루스는 하얀 리넨 식탁보를 펼쳐 세련된 마호가니 식탁 위에 펄럭이며 내려앉게 할 때마다 번번이 커다란 물 얼룩을 바라보았다. 식탁을 차리거나 식당을 가로질러 걸어갈 때도 어김없이 그 물 얼룩을 바라보곤 했다. 한번 더 바다를 바라보고 싶어 창문가로 향하는 등대지기처럼, 정해진 운동 시간이 되어 감옥 마당에 발을 디딜 때면 자동적으로 태양을 찾는 죄수처럼, 루스는 하루에도 몇 번씩 그 물 얼룩을 찾았다. 그 자리에 있고, 앞으로도 항상 그 자리에 있으리라는 사실을 잘 알고 있었지만, 그래도 그 존재를 다시 확인해야만 했다. 등대지기나 죄수처럼, 루스는 그것을 일종의 계류장이나 검문소, 즉 세상이 아직 무사히 그 자리에 있다는 확신을 주는 확고한 시각적 지표로 받아들였다. 이것은 삶이지 꿈이 아니라고 말해주는 지표. 그녀 외부에, 저 바깥에 잘 알고 있는 것 하나가 존재한다는 이유만으로, 그녀는 자신이 정말로 이 세상 어딘가에 살아 있다는 걸 인식할 수 있었다.

동굴 같은 잠에 빠져들거나 꿈을 꾸지 않고 생각조차 하지 않을 때도 그녀는 그 존재를 느꼈다. 오, 그리고 딸들과 손님들에게 어떻게 그 물 얼룩을 없애버릴지에 대해 끝도 없이 이야기를 했다—그 훌륭한 식탁의 유일한 흠집을 무엇으로 지울 수 있을지에 대해. 바셀린, 담배즙, 요오드, 사포질을 하고 아마인유油를 바르면 어떨까. 루스는 모든 방법을 다 써보았다. 하지만 루스의 곁눈질에 자양분이 담뿍 담겨 있어서인지 세월이 지날수록 얼룩은 오히려 도드라져 보였다.

그 얼룩덜룩한 잿빛 동그라미는 의사의 생전에 날마다 신선한 생화를 꽂아두던 수반이 있던 자리의 표지였다. 단 하루도 빠짐없이. 꽃이 없을 때는 나뭇잎을 장식해 꽂아두곤 했다. 나뭇가지와 산딸기 열매, 버들개지, 구주소나무를 함께…… 뭐가 됐든 저녁 식탁 위에는 언제나 아름다운 장식이 놓여 있었다.

루스의 아버지에게 그것은, 그들이 섞여 살고 있는 주위의 사람들과 자기 가족을 구별해주는 작은 암시였다. 그리고 루스에게는 자신의 유년기를 에워싸고 있었다고 기억하는 다정한 기품의 결정체였다. 메이컨이 그녀와 결혼해서 의사의 집으로 들어온 후에도 식탁의 꽃 장식만큼은 변함없었다. 그러다 유목流木을 구하러 바닷가로 가려면 도시에서 가장 험악한 동네를 지나가야 하는 시절이 찾아왔다. 루스는 신문의 생활란에서 유목과 말린 해초로 만든 장식을 본 적이 있었다. 11월의 어느 눅눅한 날이었고, 의사는 그때 이미 거동이 부자유스러워져 침실에서 유동식을 먹고 있었다. 바람 때문에 치마가 발목 부근에서 펄럭펄럭 휘날렸고 끈을 묶은 신발 틈새로도 바람이 매섭게 뚫고 들어오는 날이었다. 루스는 집에 돌아와 따뜻한 올리브 오일로 발과 다리를 문질러줘야 했다. 저녁식사 때, 단둘이 마주앉은 식탁에서 그녀는 남편에게 식탁 장식이 마음에 드는지 물어보았다. "사람들은 대체로 저런 걸 눈여겨보지 않아요. 쳐다보긴 하지만, 아름다움은 발견하지 못해요. 자연 그대로 이미 그 무엇보다 완벽하다는 걸 알지 못해요. 옆쪽에서 한번 봐요. 예쁘지 않아요?"

남편은 유목과 레이스 같은 담갈색 해초를 바라보고는 고개도 까딱하지 않고 이렇게 말했다. "당신이 요리한 닭은 뼈가 시뻘게. 게다가 감자 요리는 감자가 덩어리로 들어가야 한다고. 으깬 감자는 요리가 아니야."

루스는 해초가 바스러지도록 그냥 내버려두었고, 나중에 줄기와 잎맥이 지더니 거무스름한 딱지처럼 말려 식탁에 떨어지자, 수반을 치우고 부스러기를 쓸어냈다. 그러자 그 오랜 세월 동안 수반에 가려져 있던 물 얼룩이 드러났다. 일단 모습을 드러내자, 물 얼룩은 마치 식물이라도 되는 양 열병처럼 맥박 치는 거대한 옅은 회갈색 꽃으로 만개하더니 모래언덕이 모습을 바꾸듯 한숨을 쉬었다. 하지만 그냥 그 자리에 꼼짝도 않고 가만히 있을 줄도 알았다. 참을성 있게, 평온하게, 가만히.

계류장이란 원래, 그 존재를 인정하고 생생하게 살려두고 싶은 어떤 개념을 입증하기 위함일 뿐 달리 쓸 일이 없다. 일출에서 일몰까지의 시간을 견디기 위해서는 뭔가 다른 게 필요했다. 어떤 위안, 부드러운 손길이나 껴안을 만한 것. 그래서 루스는 저녁식사 준비를 끝낸 후부터 남편이 사무실에서 돌아올 때까지, 특유의 천진한 무능함을 떨치고 일어나 자기 몫의 위안을 즐겼다. 그녀의 은밀한 두 가지 쾌락 중 하나가 이것—아들이 연루된 쾌락—이었고 쾌감의 절반은 그 행위를 하는 방으로부터 얻었다. 그 방에는 촉촉한 녹음이 살아 있었다. 유리창에 찰싹 달라붙어 빛을 거르는 상록수가 만들어내는 녹음. 그곳은 의사 선생이 살아생전 서재라고 부르던 작은 방에 불과했고, 한쪽 구석에 세워둔 재봉틀과 드레스폼 말고는 흔들의자와 작은 발받침 하나밖에 없었다. 이 방에서 그녀는 아들을 무릎에 앉히고, 젖 빠는 소리에 귀를 기울이며 아들의 꼭 감은 두 눈을 바라보곤 했다. 엄마로서 느끼는 기쁨 때문이 아니라, 마룻바닥에 닿을락 말락 대롱거리는 아들의 두 다리를 보고 싶지 않아서.

늦은 오후, 남편이 사무실 문을 닫고 집으로 돌아오기 전에 그녀는 아들을 불렀다. 아들이 작은 방으로 들어오면 루스는 블라우스 단추를 풀고 미소를 지었다. 아이는 엄마 젖꼭지를 보고 당황하기엔 아직 어렸지만 밍밍한 젖맛을 지겨워할 만큼은 자랐기에, 심부름이라도 하듯 마지못해 다가와 하루에 적어도 한 번씩은 전처럼 어머니 품에 안긴 채 이빨로 상처를 내지 않게 조심하면서 어머니의 살에서 가늘게 새어나오는, 희미하게 단맛이 나는 젖을 빨곤 했다.

그녀는 아이를 느꼈다. 아이의 자제, 아이의 예의, 아이의 무관심, 이 모든 게 그녀를 공상에 빠져들게 했다. 그녀는 아들의 입술이 자기 몸에서 빛의 실을 뽑아내고 있다는 강렬한 느낌에 사로잡혔다. 마치 그녀가 황금을 뽑아내는 가마가 된 기분이었다. 이야기 속 방앗간집 딸처럼—밤이면 짚으로 가득찬 방에 앉아 요정 룸펠슈틸츠헨*이 준 은밀한

* 독일 민화에 나오는 난쟁이로, 그림 형제의 동화에도 등장한다.

힘, 그러니까 자기 북으로 금실을 자아낼 수 있다는 사실에 흥분하던 그 소녀처럼 말이다. 쾌감의 나머지 절반은 바로 그 환상에서 오는 것이었고, 루스는 그 쾌감을 포기하기가 끔찍하게 싫었다. 그래서 하숙인 겸 일꾼이 아니라 집안 식구들의 친구인 척하고 싶어하는 수위 프레디가 어느 날 집세를 하루 늦게 가지고 와서 상록수 너머로 창문 안쪽을 들여다보았을 때, 루스는 일상을 견딜 수 있게 해준 쾌락의 절반을 온전히 잃어버렸다는 즉각적인 깨달음에 두 눈이 공포로 질렸다. 프레디는 루스의 그런 표정을 단순한 수치심으로 해석했으나, 그럼에도 입가에 감도는 웃음을 지울 수는 없었다.

"이럴 수가. 맙소사."

그는 더 잘 보려고 상록수와 씨름했는데, 나뭇가지보다는 폭소가 더 문제였다. 루스는 재빨리 벌떡 일어나 젖가슴을 가리느라 아들을 마룻바닥에 떨어뜨리고 말았고, 이는 소년이 어렴풋이 의심하기 시작한 사실—오후마다 하는 이런 짓은 이상하고 잘못된 것이라는 사실—을 확인시켜주었다.

어머니나 아들이 말을 하거나, 옷매무새를 가다듬거나, 하다못해 서로 눈길을 주고받기도 전에, 프레디는 바삐 집앞으로 걸어와 현관 계단을 올라오면서 껙껙 웃어대며 그들을 불렀다.

"미스 루피. 미스 루피. 어디 있어요? 다들 뭐하고 있나요?" 그는 자기 방이라도 되는 것처럼 거리낌없이 녹색 방 문을 열어젖혔다.

"맙소사, 미스 루피. 내가 이런 걸 얼마 만에 보더라? 이런 꼴을 언제 마지막으로 봤는지 생각도 안 나네. 아니, 뭐 잘못됐다는 게 아니라. 내 말은, 연세 드신 어른들한테 물어보란 말이지요. 그냥, 그러니까, 이런 건 자주 볼 수 있는 광경이 아니라서……" 하지만 그의 눈길은 소년에게 못박혀 있었다. 그녀를 소외시키고 두 사람만의 은밀한 공모를 꾸미는, 알 만하다는 눈빛. 프레디는 소년을 위아래로 훑어보면서, 흔들리지 않고 비밀을 간직한 듯한 눈동자며 루스의 레몬빛 피부와 깜짝 놀랄 정도로 대조되는 새까만 피부색을 천천히 음미했다. "남부에서는 오랫동안 애들 젖 먹이는 여자들이 많았답니다. 암요, 많다뿐인가요. 하지만 요즘은 별로 볼 수가 없어요. 내가 알던 여자 중에는—좀 모자라는 어미였지만요—아들이 열세 살이 다 되도록 젖을 먹인 여자도 있어요. 하지만 그건 좀 심하잖아요, 안 그래요?" 그는 말을 하는 내내 손으로 턱을 비벼대며 소년을 바라보았다. 그러다 마침내 입을 다물고 아주 오랫동안 나지막한 웃음을 뱉었다. 머릿속에 맴돌던 말을 결국 찾아냈던 것이다. "밀크맨. 미스 루피, 여기 있는 아드님은 바로 그거예요. 이런 타고난 밀크맨은 저도 생전 처음 봤다니까요. 여자들아, 조심해! 여기 밀크맨이 납신다. 하!"

프레디는 새로 알게 된 사실을 루스의 이웃들에게 낱낱이 전했을 뿐만 아니라 자기가 사는 동네이자 메이컨 데드가 세를 받는 집들이 모여 있는 사우스사이드에까지 떠벌렸다. 그래서 루스는 거의 두 달을 집에서 숨어 지냈고 오후에 손님도 초대하지 않았다. 아들이 평생 떨쳐버릴 수 없을, 그리고 루스에게나 아이에게나 그의 아버지와의 관계에 전혀 도움이 되지 않는 새 이름으로 세례를 받았다는 소식을 끝끝내 듣지 않으려고.

메이컨 데드는 자세한 내막을 끝내 몰랐다—어쩌다가 자기 외아들이 자기가 불러달라고 한 적도 없고 인정하지도 않는 그런 별명을 얻게 되었는지. 가족의 작명법이 어마어마한 어리석음의 소치라고 믿었기에 이 문제는 상당히 마음에 걸렸다. 그러나 그는 워낙 가까이하기 어려운 사내였기 때문에—메이컨 데드는 태도가 워낙 쌀쌀맞아서 특별한 볼일 없이 일상적인 대화나 즉흥적인 대화를 나누기가 힘든 사람이었다—어쩌다가 아이에게 그런 별명이 생겼는지 자초지종을 말해줄 사람이 아무도 없었다. 메이컨 데드와 허물없이 이야기를 나눌 수 있는 사람은 오로지 수위 프레디뿐이었고, 그건 그가 제공하는 서비스의 대가로 누릴 수 있는 특권이었다. 하지만 프레디가 자기 입으로 그 얘기를 털어놓을 리 없었다. 그래서 메이컨 데드는 루스가 갑자기 공포에 질렸던 것도, 흔들의자에서 어색하게 벌떡 일어난 것도, 작은 발받침 옆에 소년이 툭 떨어져버린 것도, 게다가 프레디가 재미있다는 듯 놀랍다는 듯 상황을 요약한 것도 끝내 듣거나 상상하지 못했다.

메이컨 데드는 자세한 사정은 전혀 몰랐지만 학교 아이들이 자기 아들을 부르는 이름, 넝마주이가 낡은 옷가지 한 무더기 값으로 3센트를 주면서 자기 아들을 부르는 이름을 엿듣고는, 증오로 날카롭게 벼려진 판단력으로 대충 가닥을 잡았다—그는 그 이름이 깨끗하지 못하다는 사실을 눈치챘다. 밀크맨. 그 이름은 낙농업자라는 정직한 직업을 가리키는 말처럼 들리지 않았고, 집 뒷문에 보초를 서는 장교처럼 반짝거리며 선 차갑고 빛나는 깡통들을 연상시키지도 않았다. 그 이름은 더럽고, 내밀하고, 뜨겁게 들렸다. 어디서 어떻게 연유한 이름인지는 몰라도 뭔가 아내와 관련이 있다는 건 알 수 있었고, 그 이름은 아내를 생각할 때면 느끼는 감정처럼 혐오감으로 온통 얼룩져 있었다.

그가 아들에게 느끼는 혐오감과 불편함은 그 도시에서 하는 모든 일에 영향을 미쳤다. 차라리 슬픔을, 그냥 슬픔을 느낄 수 있었더라면 오히려 후련했을 텐데. 아들을 얻지 못하고 보낸 십오 년 세월의 회한은, 그토록 바라던 아들을 끔찍하게 구역질나는 상황에서 얻게 된 원한으로 바뀌었다.

그도 한때는 머리숱이 풍성했고, 루스가 복잡하고도 사랑스러운 속옷을 입으면 부러 오래오래 공들여 벗기던 때도 있었다. 그 시절의 전희란 그저 세상에서 가장 아름답고, 가장 우아하며, 가장 하얗고 보드라운 속옷들의 똑딱단추며 끈 같은 걸 끄르고, 풀고, 여는 것이 다였다. 코르셋 구멍 하나하나(한쪽에 스무 개씩 무려 마흔 개나 되었다) 빠짐없이 어루만지며 희롱했고, 눈처럼 새하얀 보디스를 조인 연파란색 그로그랭 리본의 매듭을 하나하나 풀곤 했다. 파란 리본만 푼 게 아니라 아예 밑단까지 모든 매듭을 다 풀어버리는 바람에 루스는 나중에 옷핀으로 다시 하나하나 고정해야 했다. 겨드랑이 땀받이와 슬립을 연결하는 고무 밴드를 잡아챘다 또 놓았다 하며 연신 소리를 내고 그녀 어깨에 닿는 손끝의 설렘으로 서로 감질나게 애태우곤 했다. 이렇게 옷을 벗길 때 말은 한마디도 오가지 않았다. 하지만 가끔씩 킬킬거리며 웃음을 터뜨렸고, 아이들이 '병원놀이'를 할 때 그렇듯 옷을 벗기며 가장 많이 웃었다.

루스가 나신을 드러내고 표백하지 않은 설탕처럼 촉촉하고 보슬보슬한 모습으로 누워 있으면, 그는 허리를 굽히고 그녀의 신발끈을 풀기 시작했다. 그게 최후의 기쁨이었다. 신발을 벗기고 스타킹을 발목과 발끝까지 껍질을 벗겨내듯 벗기고 나면 곧장 그녀 몸속에 들어가 재빨리 사정을 했던 것이다. 그녀는 그렇게 하는 걸 좋아했다. 그도 좋았다. 그녀의 맨발에 눈길도 주지 않고 이십 년 가까이 보내는 동안, 그가 아쉬웠던 건 속옷뿐이었다.

한때는 그녀의 입술이 죽은 사내의 손가락에 닿아 있는 그 모습을 죽을 때까지 영영 잊을 수 없을 거라 믿었었다. 착각이었다. 조금씩 조금씩 세부 사항들을 잊어버리다가 결국은 상상하고, 심지어 꾸며내고, 그 모습이 어떠했던가를 추정하게 되었던 것이다. 그 이미지는 뇌리에서 떠났지만, 불쾌감은 결코 사라지지 않았다. 그는 속옷의 기억을 분노의 자양분으로 삼았다. 이제는 영영 잃어버린, 동그랗고 순결한 코르셋 구멍들.

그래서 사람들이 아들을 밀크맨이라고 부를 때마다, 그 별명을 들은 아내가 눈을 깔고 윗입술에 송골송골 맺히는 땀을 훔칠 때마다, 그는 뭔가 더러운 연관성이 있음을 확신했고 자세한 내막이야 누가 말해주건 말건 개의치 않았다.

그리고 아무도 말해주지 않았다. 그럴 만한 용기가 있으면서 그를 그만큼 생각해주는 사람은 아무도 없었다. 아내의 옷을 벗기던 시절의 산증인인 리나와 커린디언스는 아버지를 생각하는 마음은 충분했으나 감히 용기를 내지 못했다. 그리고 그를 생각하는 마음은 없지만 말할 용기가 있는 유일한 사람은, 자기 여동생이라는 사실에도 불구하고 그가 아내보다도 더 증오하는 사람이었다. 아들이 태어난 후로 그는 동생의 얼굴을 보러 철길을 가로지른 적이 단 한 번도 없었고, 지금 와서 관계를 개선시켜볼 의지도 전혀 없었다.

메이컨 데드는 주머니를 뒤져 열쇠를 찾았고, 손가락에 열쇠를 말아

쥐며 그 견고한 뭉치로부터 마음의 안정을 찾았다. 그가 소유한 주택들(사실 진짜 주택이라고 할 만한 건 네 채뿐이었다. 나머지는 판잣집이었으니까)의 문을 모두 열 수 있는 열쇠꾸러미였는데, 낫닥터 스트리트에서 자기 사무실로 걸어오는 동안 그는 가끔씩 열쇠꾸러미를 어루만지곤 했다. 다른 사람은 몰라도 그는 그곳을 사무실로 생각했고 심지어 문에다 페인트로 '사무실'이라는 글자를 써놓기까지 했다. 하지만 판유리로 된 유리창은 딴소리를 하고 있었다. 반원형의 다 벗어져가는 금박 글씨로 그가 일하는 건물이 '서니네 가게'라고 떡하니 써 있었던 것이다. 전 주인의 가게 이름을 지우는 수고는, 그런다고 사람들 마음속에 새겨진 그 이름이 지워질 리 만무했으니 해볼 가치도 없었다. 이제 삼십 년 전 서니가 거기서 뭔가 장사를 하던 때를 기억하는 사람은 아무도 없건만, 그곳에 자리잡은 메이컨의 사무실은 오로지 '서니네 가게'라는 이름으로만 불렸다.

그는 그곳을 걸으며—엉덩이가 위로 올라붙고 운동선수처럼 걸으니 활보했다는 게 더 좋은 표현이리라—이름에 대해 생각하고 있었다. 틀림없이 그와 누이에게도 조상이 있었을 거라고, 칠흑 같은 피부색에 사탕수수 줄기같이 곧은 두 다리를 지니고, 진짜 이름을 갖고 있던 낭창낭창한 젊은이가 있었을 거라고 생각했다. 사랑과 진심을 담아 출생 당시 붙여준 이름. 농담이나 위장이나 상품명이 아닌 이름. 하지만 이 낭창낭창한 청년이 도대체 누구였는지, 사탕수수처럼 곧은 두 다리로 어디에서 와 어디로 갔는지는 도저히 알 길이 없었다. 도저히. 그의 이름도 전혀 알 수 없었다. 막상 그의 부모는 무슨 비뚤어진 심사에서였는지 아니면 될 대로 되라는 체념에서였는지, 아무런 관심도 없는 사람이 아무렇게나 지은 이름을 그냥 참고 사는 데 동의했다. 연방군*의 어떤 술주정뱅이 양키가 아무 생각 없이 끄적거린, 이 부담스러운 이름을 인정하고 후손들에게 대대손손 물려주는 데 합의했다. 말 그대로 펜이 미끄러져 잘못 쓴 글씨들이 쪽지에 적혀 그의 아버지에게 전달되었고, 그의 아버지는 자기 외아들에게 그 이름을 물려주었고, 그 아들은 또 자기 아들에게 그 이름을 물려주었다. 메이컨 데드는 또다른 메이컨 데드를 낳았고, 그 메이컨 데드는 루스 포스터 (데드)와 결혼해서 리나 데드라고 불리는 막달렌과 퍼스트 커린디언스** 데드와 (전혀 생각도 못했을 때) 또 한 명의 메이컨 데드를 낳았는데, 그 녀석이 지금 그에게 중요한 세계에서 밀크맨 데드라고 불리고 있었다. 게다가, 파일러트 데드라는 이름의 하나밖에 없는 누이는 오라버니에게 그의 아들이 어쩌다가 이렇게 바보 같은 이름을 갖게 되었는지 자세한 사정이나 내막을 결코 이야기해줄 리가 없는 사람이었다. 왜냐하면 이 모두가 누이에게는 더할 나위 없이 즐거운 일이었을 테니까. 누이라면 이런 이야기를 천천히 음미하고, 어쩌면 황동 상자에 잘 접어 보관하거나 한쪽 귀에다 대롱대롱 매달고 다닐지도 몰랐다.

그 역시 젊은 아버지로서, 첫아들만 빼고는 모든 아이들 이름을 성경에서 눈을 가리고 고르는 일에 동참했다. 그리고 누이동생의 이름을 지을 때 사정이 어떠했는지 속속들이 기억하고 있었으므로, 자기 손가락이 가리키는 단어가 뭐든 무조건 따랐다. 출산중 아내가 사망해 혼란스럽고 우울했던 그의 아버지가 엄지손가락으로 성경을 어떻게 훑고

* 독립전쟁 당시의 북군.

** '고린도전서'라는 뜻.

있었는지, 단어 하나 모르는 문맹이었던 그가 튼튼하고 잘생겨 보이는 철자들이 모여 있는 묶음을 어떻게 선택했는지, 그 속에서 나무처럼 생긴 커다란 형체가 위풍당당하면서도 보호해주듯, 일렬로 늘어선 작은 나무들 위로 늘어진 모습을 어쩌다 보게 되었는지. 그 일련의 철자들을 그가 갈색 종잇조각 위에 얼마나 정성껏 베껴썼는지. 문맹들이 흔히 그렇듯, 꺾어지고 휘어지고 멋부리는 획 하나하나까지 빠짐없이 베껴서 산파에게 보여주던 것을 그는 기억하고 있었다.

"이게 아기 이름이요."

"아기한테 이런 이름을 붙여주고 싶다는 거예요?"

"아기한테 그 이름을 붙여주고 싶소. 읽어봐요."

"아기에게 이런 이름을 붙여줄 순 없어요."

"읽어봐요."

"이건 남자 이름이에요."

"읽어보라니까요."

"파일러트Pilate.*"

"뭐라고요?"

"파일러트. 파일러트라고 적었잖아요."

"나룻배 사공pilot처럼?"

"아니요. 나룻배 사공하고는 달라요. '예수님을-죽인 빌라도'의 빌라도란 말이에요. 그렇게 나쁜 이름을 갖기도 힘들어요. 게다가 여자아이인데."

---

* 예수그리스도에게 십자가형을 언도했다고 알려진 고대 로마 총독 빌라도의 영어 이름.

"내 손가락이 가리킨 이름이 그거요."

"글쎄요, 그렇다고 머리가 꼭 손가락을 따라가라는 법도 없죠. 엄마도 없는 애한테 예수님을 죽인 사람 이름을 붙여주고 싶은 건 아니죠? 안 그래요?"

"나는 예수님께 아내를 살려달라고 빌었소."

"말조심해요, 메이컨."

"밤새도록 빌었소."

"그래서 이렇게 아기를 주셨잖아요."

"그래요. 그랬지. 파일러트라는 이름의 아기."

"이런, 맙소사."

"그 종잇조각을 어디로 가져가는 거요?"

"처음 왔던 데로 돌려보내야죠. 악마의 불길 속으로."

"이리 주시오. 성경에서 나온 이름이오. 성경 속에 있어야지."

그리고 그 이름은 정말 그 자리에 그대로 머물렀다. 여자아이가 열두 살이 되어 그 이름을 다시 꺼내 꼬깃꼬깃 접어서 작은 황동 상자에 넣은 뒤, 그 기괴한 물건을 왼쪽 귓불에 꿰어 매달게 될 때까지. 열두 살 때부터 자기 이름을 가지고 괴짜 짓을 했던 누이가 세월이 흐르면서 얼마나 더 희한한 사람이 되었을지, 메이컨은 미루어 짐작할 수밖에 없었다. 하지만 한 가지 확실한 건, 그녀가 3대 메이컨 데드의 이름을 정하는 일에 대해 아이의 탄생만큼이나 존경과 경외심을 느낄 거라는 사실이었다.

메이컨 데드는 아들이 태어났을 때, 누이가 자기 딸이나 그 딸의 딸이 태어났을 때보다 더 큰 관심을 보였던 것을 기억했다. 루스가 몸을 추스르고 일어나 전과 마찬가지로 살림살이를 꾸려나갈 수 있게—할 일이 많지도 않았다—된 후에도, 파일러트의 방문은 계속되었다. 신발끈은 풀어헤치고 뜨개 모자를 이마 위까지 푹 눌러쓴 채 괴상한 귀고리와 구역질나는 체취를 부엌까지 끌고 들어왔다. 열여섯 살 이후로 한 번도 만나보지 못했던 누이는, 메이컨의 아들이 태어나기 일 년 전쯤이 도시에 나타났다. 이제 와서 시집 식구 노릇을 하며 고모 노릇을 한답시고 지분지분 루스와 딸들을 돕는 양했지만, 제대로 된 살림에 대해서는 관심도 없고 아는 바도 없다보니 걸리적거리기만 했다. 결국 그녀는 요람 옆 의자에 앉아 아기에게 노래만 불러주게 되었다. 그리 나쁠 것 없는 일이었지만, 메이컨 데드의 뇌리에 가장 깊이 새겨진 기억은 누이의 얼굴에 떠오른 표정이었다. 놀라거나 열의로 달뜬 듯한 표정. 너무 강렬해서 어쩐지 심기가 편치 않았다. 아니 어쩌면 그것만이 아니었을지 모른다. 그 동굴 밖에서 누이와 헤어지고 난 후 너무 오랜만에 만나서, 그의 분노와 그녀의 배신이 기억났기 때문인지도 모른다. 그후 누이는 얼마나 전락했는가. 한 오라기 교양의 흔적마저도 사라지고 없었다. 한때 누이는 그에게 세상에서 가장 다정하고 소중한 사람이었다. 그러나 이제는 괴짜에, 음산하고, 그것도 모자라 단정치도 못한 모습이었다. 그가 틈만 주면, 온 동네 집안 망신은 혼자 다 시키고 다닐 게 뻔했다. 하지만 그런 일을 용납할 그가 아니었다.

결국 메이컨은 누이에게 자중심을 가지고 살 수 없다면 다시는 오지 말라고 못박았다. 양조장을 닫고 제대로 된 일자리를 잡을 수 있을 때까지.

"좀 여자처럼 입고 다닐 수 없어?" 메이컨은 스토브 옆에 서 있었다.

"머리에 쓴 뱃사람 모자는 도대체 뭐야? 넌 스타킹도 없어? 이 도시에서 내 꼴을 뭘로 만들려는 거야?" 은행의 백인들—그가 집을 사서 임대를 놓도록 도와주는—한테 이 너절한 밀주업자가 자기 동생이라는 사실이 알려진다는 건 생각만으로도 몸서리쳐지는 일이었다. 흠잡을 데 없는 사업 수완으로 낫닥터 스트리트의 저택에 살고 있는 니그로 재산가의 여동생이 남편도 없이 딸을 낳았는데 그 딸 역시 남편 없이 딸을 낳다니. 포도주를 빚어 먹고살면서 "거리의 천한 여자들처럼! 꼭 거리의 천한 여자들처럼" 길바닥에서 노래를 불러대는 미친년들이라니.

파일러트는 그곳에 앉아 이리저리 방황하던 눈길을 메이컨의 얼굴에 고정하고 그의 말에 귀를 기울였다. 그러더니 이렇게 말했다. "나도 오빠를 엄청 걱정했어, 메이컨."

분이 머리끝까지 치밀어오른 그는 벌써 부엌문간에 서 있었다. "자, 어서 나가, 파일러트. 당장 나가라고. 지금 난 악이 복받쳐올라서, 폭발하지 않으려고 꾹꾹 참고 있단 말이다."

파일러트는 벌떡 일어나 누비옷으로 몸을 감싸고, 마지막으로 아기를 향해 아쉬운 애정의 눈길을 보낸 뒤 부엌문으로 나갔다. 그리고 다시는 오지 않았다.

사무실 정문에 도착했을 때 메이컨 데드는 다부진 여자와 어린 소년 둘이 몇 미터 떨어진 곳에 서 있는 모습을 보았다. 메이컨은 사무실 문을 열고 책상으로 가서 자리를 잡고 앉았다. 회계장부를 훑어보고 있는데 아까 그 다부진 여인이 들어왔다, 홀로.

"안녕하세요, 데드 씨. 베인스 부인이라고 해요. 저기 15번가 3번지에 살아요."

메이컨 데드는 기억해냈다—여자가 아니라, 3번지의 사정을. 세입자의 할머니라든가 고모라든가 뭐 하여간 그런 사람이 이사를 들어왔다는데, 벌써 월세가 밀린 지 한참이었다.

"그렇군요, 베인스 부인. 저한테 주실 거 갖고 오셨습니까?"

"그러니까, 그것 때문에 드릴 말씀이 있어서요. 센시가 그 많은 애들을 다 나한테 남기고 갔어요. 그런데 제가 받는 생활 보조금이라는 게 잘 크는 마당 개 한 마리도 먹여 살리기 어려워요—그러니까 개 목숨 부지하기도 어렵단 말이지요."

"집세는 한 달에 4달러예요, 베인스 부인. 벌써 두 달이나 밀렸습니다."

"알고 있어요, 데드 씨. 하지만 아이들도 배에 뭐가 들어가야 살지요."

두 사람의 목소리는 나지막하고 공손했으며, 충돌의 기색은 찾아볼 수 없었다.

"길거리로 쫓겨나면 애들이 제 목숨 부지하고 살 수 있을까요, 베인스 부인? 어떻게든 수를 써서 집세를 주지 않으시면 애들은 길거리에 나앉게 될 겁니다."

"아니, 안 돼요. 애들은 집 없이는 살 수가 없어요. 우리도 다 있어야 한다고요. 선생님 댁 애들처럼요."

"그러면 부지런히 돈을 구하셔야죠, 베인스 부인. 시한은"—그는 벽에 있는 달력을 보려고 의자를 빙글 돌려 앉았다—"오는 토요일까지 드리겠습니다. 토요일이에요, 베인스 부인. 일요일이 아니고요. 월요일도 아닙니다. 토요일이에요."

만일 부인이 훨씬 젊어서 체액이 지금보다 풍부했더라면, 두 눈에 반짝반짝 빛나던 것이 뺨으로 흘러 떨어졌을 것이다. 하지만 나이가 나이다보니, 그저 반짝일 뿐이었다. 그녀는 손바닥으로 메이컨 데드의 책상을 꾹 눌러 짚고, 두 눈에 반짝이는 것이 흘러내리지 않도록 꽉 붙잡으며 의자에서 몸을 일으켜세웠다. 그녀는 고개를 약간 돌려 창밖을 바라보는가 싶더니, 다시 그를 바라보았다.

"데드 씨, 나랑 애들을 쫓아내면 댁한테 무슨 이득이 생기는 거요?"

"토요일입니다, 베인스 부인."

베인스 부인은 고개를 숙이고 무어라 읊조리더니 무거운 발걸음을 옮겨 천천히 사무실 밖으로 나갔다. 그녀가 서니네 가게 문을 닫자, 손주들은 양지를 벗어나 그녀가 서 있는 그늘로 몰려들었다.

"뭐래요, 할머니?"

베인스 부인은 키가 좀 큰 소년의 머리에 손을 얹고 머리카락을 살짝 만지작거리며 무심코 습진은 없는지 손톱으로 더듬어보았다.

"틀림없이 안 된다고 했을 거야." 다른 소년이 말했다.

"우리 이사가야 하는 거예요?" 키 큰 소년이 머리를 홱 젖혀 할머니의 손가락에서 빠져나와 그녀를 곁눈질로 쳐다보았다. 고양이 같은 두 눈에는 황금빛의 갈라진 틈이 있었다.

베인스 부인은 허리춤으로 손을 툭 떨어뜨렸다. "사업을 한다는 깜둥이 놈들은 눈뜨고 봐줄 수가 없어. 꼬락서니를 봐줄 수가 없는 화상들이야."

소년들은 서로를 바라보고는 다시 할머니를 보았다. 뭔가 엄청나게 중요한 얘기라도 들은 것처럼 입술을 벌리고.

베인스 부인이 문을 닫고 나가자, 메이컨 데드는 다시 회계장부를 넘기며 손가락으로 숫자를 짚기 시작했다. 그러면서 일에 몰입하지 않고 있는 마음 한편으로는, 처음 루스 포스터의 아버지를 찾던 때를 생각했다. 그때는 주머니에 열쇠가 겨우 두 개밖에 없었고, 만일 방금 문 밖으로 나간 그 여자 같은 사람들의 편의를 봐주며 살았다면 그나마도 없었을 터였다. 감히 낫닥터 스트리트(그때는 아직 닥터 스트리트였지만) 쪽으로 걸어가서 시에서 가장 유력한 니그로 인사에게 접근할 배짱을 부렸던 것도 다 그 열쇠들 덕분이었다. 사자 앞발처럼 생긴 노커를 잡고, 의사의 딸한테 장가를 들겠다는 생각을 했다는 것부터가, 열쇠 하나하나가 자기 소유의 집 한 채를 의미하기 때문에 가능한 일이었다. 그 열쇠들이 아니었다면, "누구세요?" 하는 의사의 첫마디가 떨어지자마자 황황히 도망쳤을지도 모른다. 아니면 그 창백한 눈동자의 열기에 밀랍처럼 녹아내렸던지. 하지만 그는 따님인 루스 포스터 양을 소개받았으며, 의사 선생님께서 허락해주신다면 가끔씩 따님과 만나고 싶다고 말할 수 있었다. 진지한 의도로 사귈 생각이며, 자기도 나이 스물다섯에 이미 흑인 자산가가 되었으니 포스터 양에게 어울리는 신사로 의사 선생님께서 고려해주실 만한 자격이 충분히 될 거라 믿는다고.

"자네에 대해서는 아는 바가 전혀 없네." 의사는 이렇게 말했다. "자네 이름밖에 모르는데, 그건 별로 마음에 들지 않는군. 하지만 딸아이가 좋다면 난 반대하지 않겠네."

사실 의사는 그에 대해 아주 잘 알고 있었고, 겉으로는 전혀 내색하지 않았지만 사실 이 키가 훤칠한 젊은이가 고맙기만 했다. 물론 애지중지 아끼는 외동딸이었고 아내가 죽고 나서는 집안에 쏠쏠한 도움이 되기도 했으나, 최근 들어 딸아이의 헌신적인 애정에 어쩐지 짜증이 났던 것이다. 한결같이 사랑으로 환히 빛나는 얼굴을 보고 있으면 심기가 불편했지만, 딸아이는 어린 시절 그토록 사랑스럽던 애정 가득한 그 표정을 단 한 순간도 지우는 법이 없었다. 밤 인사로 나누는 입맞춤은 딸아이의 둔함과 의사의 불편함이 빚어낸 걸작이었다. 열여섯이 되어서도, 루스는 여전히 밤이면 아버지를 불러 침대에 앉히고 기분좋은 농담을 잠깐이라도 나눈 후 입술에 키스를 해주길 원했다. 어쩌면 죽은 의사의 아내가 지키는 침묵이 너무나 소란스러웠기 때문인지도 모르고, 어쩌면 루스가 심란할 정도로 제 어미를 닮았기 때문인지도 모른다. 하지만 그보다는 그가 허리를 굽혀 키스를 해줄 때마다 루스의 얼굴에 빛나던 황홀한 표정 때문일 공산이 높았다—그런 황홀경이라니, 아무래도 옳게 느껴지지가 않았다.

이런 사정에 대해서는, 당연히, 딸아이에게 데이트를 신청하러 온 젊은이에게 한마디도 하지 않았다. 그래서 메이컨 데드는 여전히 그 열쇠 두 개에 마법 같은 힘이 있었다고 믿었다.

한참 백일몽에 빠져 있던 메이컨 데드는 정신없이 창문을 두들기는 소리에 퍼뜩 정신이 들었다. 고개를 드니 프레디가 금박 글씨 사이로 안을 들여다보고 있기에 들어오라는 뜻으로 고개를 끄덕였다. 금니를 한 밴텀급 체격의 프레디는 사우스사이드에서 가장 시끄러운 동네 소식통이었다. 전에도 지금과 똑같이 창문을 정신없이 두들겨대고, 똑같이 금니가 번쩍이는 미소를 날린 뒤, 이제는 모르는 사람이 없는 말을 메이컨에게 던졌었다. "스미스 씨가 떨어졌어요!" 지금도 프레디가 그에 필적하는 끔찍한 사태를 전하러 왔음이 분명했다.

“포터가 또 술을 마시고 돌아버렸답니다! 엽총을 갖고 있대요!”

“누굴 잡으러 간다던가?” 메이컨은 회계장부를 덮고 책상 서랍을 열기 시작했다. 포터는 그의 세입자였고 내일이 수금일이었다.

“특별히 누굴 잡겠다는 건 아니고요. 그냥 다락방 창문에 쭈그리고 앉아서 엽총을 흔들기 시작했답니다. 아침나절에 사람을 하나 죽여야 쓰겠다면서요.”

“오늘 일 나갔어?”

“옙. 독수리도 잡았답니다.”

“그걸 다 술로 날렸대?”

“다는 아니고요. 술은 한 병밖에 안 사서 아직 돈을 한 주먹 쥐고 있다던데요.”

“대체 어떤 미친놈이 포터한테 술을 팔아?”

프레디는 금니 몇 개를 드러내 보였을 뿐 아무 말도 하지 않았고, 그 때문에 메이컨은 술을 판 장본인이 바로 파일러트라는 걸 알아차렸다. 그는 서랍을 딱 하나만 빼고 모두 자물쇠로 잠갔다—그리고 잠그지 않은 마지막 서랍을 열어 작은 32구경 권총을 꺼냈다.

“경찰이 도시의 모든 밀주업자한테 경고를 하는데도, 여전히 어떻게든 술을 구한단 말이지.” 메이컨은 포터건 누구건—어른, 아이, 아니면 짐승—가릴 것 없이 아무한테나 포도주를 파는 사람이 자기 여동생이라는 걸 전혀 모르는 척 연기를 계속했다. 그러나 속으로는 파일러트를 감옥에 처넣어야 마땅하다는 생각을 백 번쯤 하고 있었으며, 자기에 대해 온갖 중상을 떠들어대 법원 그리고 은행이 자기를 쓰레기 취급하는 사태가 벌어지지만 않는다고 한다면, 기꺼이 직접 나서서 잡아 처넣고 싶은 심정이었다.

"그 물건 어떻게 쓰는 건지 알고 계십니까, 데드 씨?"

"방법은 아네."

"포터는 술만 마시면 완전히 돌아요."

"어떤 놈인지 알지."

"그런데 어떻게 잡으시려고요?"

"놈을 잡으려는 게 아니야. 내 돈을 잡으려는 거지. 그치야 원한다면 위에서 자빠져 죽든 어쩌든 알 바 아냐. 하지만 월세를 던져주지 않으면, 한 방 쏴서 창문에서 떨어지게 만들어야지."

프레디는 나직하게 킬킬거렸지만, 이빨 때문에 그 효과가 강렬했다. 하인 근성을 타고난 프레디는 가십을 사랑했고 언제나 소문을 떠들고 다녔다. 불평불만이라면 한마디도 놓치지 않고 귀담아들었으며, 욕설 한마디 놓치는 법이 없었다. 하물며 두 눈으로는 뭐 하나 못 보고 지나치는 게 없었다. 은밀한 사랑의 눈길, 싸움, 새로 산 옷.

메이컨은 프레디가 바보에다 거짓말쟁이기는 해도, 꽤 믿을 만한 거짓말쟁이라는 걸 알고 있었다. 프레디가 전하는 이야기는 항상 사실이었지만 그 배후의 동인動因에 대한 설명은 어김없이 빗나갔다. 방금만 해도, 포터가 엽총을 가지고 다락방 창문에 앉아 있으며 술에 취해 있다는 건 맞는 말이었다. 하지만 포터는 아침이 가기 전에 누군가, 그러니까 아무나 죽이려는 심사가 아니었다. 사실 그는 누구를 죽이고 싶은지가 아주 명확했다—바로 그 자신. 하지만 거기에는 전제조건이 있어 다락방 창문에서 낭랑하고 또렷한 목소리로 외쳤던 것이다. "오입질을 해야겠단 말이다! 재미 좀 보게 아무나 올려보내! 내 말 들려? 누구든 올려보내라고. 안 그러면 그냥 확 머리통을 날리고 죽어버릴 테니까!"

메이컨과 프레디가 마당에 다다랐을 때, 셋집 여자들은 포터의 애원에 야유로 답하고 있었다.

"뭐 그딴 거래가 다 있냐?"

"어디 먼저 죽어보시지, 그러면 누굴 올려보내줄 테니."

"꼭 여자라야 되냐?"

"꼭 사람이라야 되나?"

"꼭 살아 있는 것이라야 돼?"

"생간 한 조각 갖곤 안 되냐?"

"그 물건 당장 치우고 내 염병할 돈이나 던져!" 메이컨의 목소리가 한창 즐거워하던 여자들 사이를 날카롭게 갈랐다. "손에 쥔 달러 다 이리로 날려, 이 깜둥이 놈아. 그러고 나서 확 뒈져버리라고!"

포터는 몸을 돌려 엽총으로 메이컨을 겨누었다.

"방아쇠를 당기려면," 메이컨이 소리쳤다. "한 방에 맞추는 게 좋을걸. 쏘려면 내 숨통을 끊어놓으란 말이다. 안 그랬다간 네놈 불알이 목구멍에 가서 처박히도록 한 방에 날려줄 테니!" 그는 가져온 무기를 꺼냈다. "그놈의 창문에서 냉큼 떨어지지 못해!"

한 일 초쯤 주저했을까, 포터는 엽총 총신을 자기 쪽으로 빙글 돌렸다—아니, 돌리려고 했다. 총신이 길어서 쉽지가 않았다. 너무 취해서 도저히 될 일이 아니었다. 그는 각도를 제대로 잡으려고 안간힘을 쓰다, 별안간 다른 일에 정신을 팔았다. 포터는 엽총을 창턱에 기대어 세워놓고 제 불알을 까더니 커다란 호를 그리며 여자들의 머리 위에 오줌을 쌌고, 그러자 엽총에는 꿈쩍도 않던 여자들이 비명을 질러대며 공포에 질려 우왕좌왕 달렸다. 메이컨은 뒤통수를 긁었고, 프레디는 웃느라 허리를 펴지도 못했다.

포터는 한 시간이 넘도록 꼼짝도 못하게 그들을 붙잡아두었다. 겁에 질려 웅크렸다가, 비명을 질렀다가, 협박을 했다가, 오줌을 싸대고, 그 와중에 간간이 여자를 올려보내라고 애원을 하면서.

어깨를 크게 들썩이며 흐느끼다가, 포터는 또다시 비명을 마구 질러댔다.

"사랑해! 너희 전부 사랑한다고. 그러지 마. 너희, 여자들 말이야. 그만둬. 그러지 말라고. 내가 너희를 사랑하는 거 모르겠어? 너희를 위해서라면 죽을 수도 있어. 다른 사람을 죽일 수도 있고. 사랑한다잖아. 진짜란 말이야. 아, 하느님 맙소사. 나 이제 어떡해요? 이 염병할 세상에서 나 이제 뭘 어떡하냐고오오오오오?"

눈물이 두 뺨을 타고 흘러내렸고, 포터는 엽총 총신이 자기가 평생 애원하고 갈구하던 여인네인 양 두 팔로 얼싸안았다. "증오를 주소서, 주여." 그는 칭얼거렸다. "증오라면 달게 받겠습니다. 하지만 사랑은 내리지 마세요. 더이상 사랑은 감당할 수가 없습니다, 주님. 사랑은 짊어질 수가 없어요. 스미스 씨도 그랬잖습니까. 도저히 짊어지고 버틸 수가 없었던 거예요. 너무 무거워서. 예수님, 당신은 아시지요. 다 아시지요. 무겁지 않던가요? 예수님? 사랑이 무겁지 않으시던가요? 하느님, 모르시겠어요? 하느님 당신 아드님도 짊어지고 버티질 못했잖아요. 예수님도 사랑 때문에 돌아가셨는데, 나 같은 놈은 어떻게 되겠습니까? 안 그래요? 네?" 그는 또다시 화가 복받치는 모양이었다.

"이 깜둥이 놈아, 거기서 당장 내려오란 말이다!" 메이컨의 목소리는 여전히 우렁찼지만 슬슬 지친 기색이 배어났다.

"그리고 네놈, 이 조막만한 불알 달린 개코원숭이."—그는 메이컨에게 삿대질을 하려고 안간힘을 썼다—"네놈은 최악이야. 너 같은 놈은 죽여버려야 돼. 너 같은 놈은 진짜 죽여버려야 한다고. 왜 그런지 알아? 글쎄, 내가 이유를 말해주지. 난 알거든. 사람들은 다……"

포터는 창가에서 풀썩 주저앉으며 "그걸 모르는 사람이 어딨냐"라고 중얼거리더니, 곧 깊은 잠에 빠져들고 말았다. 포터는 점점 더 깊이 잠에 빠져들었고, 엽총은 손에서 미끄러져 탕탕 부딪히며 지붕에서 떨어지더니 땅에 닿는 순간 굉음을 내며 폭발했다. 총알은 어느 구경꾼의 신발을 스치고 날아가 길가에 주차되어 있던, 허름한 도지 승용차 타이어에 구멍을 냈다.

"가서 내 돈 가져와." 메이컨이 말했다.

"저요?" 프레디가 물었다. "혹시 저놈이……"

"가서 내 돈 가져오라니까."

포터는 코를 골고 있었다. 총이 발사되고 자기 주머니가 털리는 동안에도 내내 아기처럼 쌕쌕 잠을 잤다.

메이컨이 마당 밖으로 걸어나갈 무렵, 태양은 이미 빵공장 너머로 저문 뒤였다. 메이컨은 피로에 찌들고 짜증스러운 심정으로 15번가를 따라 걷다가 자기 소유의 셋집을 지나칠 때 고개를 들어 위를 올려다보았는데, 어스름과 황혼 사이에서 떨리는 빛을 받아 건물의 실루엣이 녹아내리는 듯 보였다. 여기저기 흩어져 있는 그의 집들은 반쯤 눈을 감고 웅크린 귀신들처럼 손닿을 수 없는 곳으로 뻗어 있었다. 그는 이런 황혼의 빛 속에서 건물을 바라보는 게 싫었다. 낮에 바라보면 든든하기만 하던 광경이 지금은 전혀 자기 것이 아닌 듯했다—심지어 그 집들이 서로 짜고 자신에게만 소외된 외부인 같은 기분, 재산도 없고 땅도 없는 방랑자 같은 기분을 느끼게 하는 것 같았다. 바로 이 고독감 때문에 누이의 집을 지나쳐야 하는데도 불구하고 지름길을 택해 낫닥터 스트리트로 질러갈 마음을 먹었다. 점점 어두워지고 있어 자기가 그리로 지나친대도 누이가 알 리 없다고 믿어 의심치 않았다. 메이컨은 마당 하나를 가로질렀고, 이어서 달링 스트리트로 이어지는 울타리를 따라 걸었다. 그 거리에서 파일러트는 지하실이 땅속에 묻혀 있는 게 아니라 땅 위로 불룩 솟아나 있는 것처럼 보이는 좁다란 일층집에 살고 있었다. 전기세를 내지 않아 파일러트의 집에는 전기도 들어오지 않았다. 가스도 마찬가지였다. 밤이면 파일러트는 딸과 함께 촛불과 등유램프로 집을 밝혔다. 장작과 석탄을 때 몸을 녹이고 요리를 했으며, 배관으로 끌어온 우물물을 마른 개수대로 퍼올려 식수로 썼고, 진보란 말은 길을 따라 좀더 멀리 걸어간다는 의미인 양 낙후된 생활을 하고 있었다.

파일러트의 집은 보도에서 80피트 떨어져 있었고, 집 바로 뒤편에는 네 그루의 거대한 소나무가 있었다. 파일러트는 그 나무들에서 솔잎을 뽑아 매트리스를 채워넣곤 했다. 소나무들을 보자 메이컨은 누이의 입이 생각났다. 소녀 시절부터 어찌나 솔잎 씹기를 좋아했던지 그때부터 숲냄새가 나던 누이. 십여 년이 넘는 세월 동안 그에게 파일러트는 외동딸 같은 존재였다. 어머니가 죽고 난 후, 누이는 수축하고 확장하는 근육의 움직임이나 재빨리 쏟아져내리는 양수압의 도움도 없이 간신히 자궁에서 빠져나왔다. 그 결과 메이컨이 누이를 안 숱한 세월 동안, 누이의 배는 등과 마찬가지로 매끈하고 단단했으며 어느 곳에서도 배꼽의 흔적을 발견할 수 없었다. 배꼽이 없었기에, 사람들은 그녀가 정상적인 통로로 이 세상에 왔음을 믿지 않았다. 그녀가 얇은 조직으로 된 튜브로 믿을 만한 인간적 영양의 원천과 연결된 채, 액체가 차 있는 따뜻한 자궁에 누워 있거나 둥둥 떠다니거나 자라난 적이 아예 없을 거라고들 생각했다. 하지만 메이컨은 그게 아니라는 걸 알고 있었다. 어머니의 다리가 힘을 잃고 쓰러질 때 그 자리에 있었고, 그 순간 산파의 눈을 똑똑히 보았으니까. 그리고 아기가, 다들 어미와 함께 죽었으리라 생각했던 그 아기가, 미동도 없고 소리도 없는 그저 무심한 동굴 같은 살덩이를 안간힘을 쓰며 뚫고 자기 탯줄과 태를 질질 끌고 나왔을 때 산파가 지르던 비명소리도 똑똑히 들었으니까. 하지만 나머지 이야기는 다 사실이었다. 갓난아이의 탯줄을 끊고 나자 배에 붙어 있던 탯줄 꼬랑지는 쭈글쭈글해지더니 뚝 떨어졌고 아예 존재했던 흔적조차 남기지 않았는데, 어렸던 메이컨은 아기를 돌보면서도 그게 대머리나 마찬가지로 별반 이상할 게 없다고 여겼다. 열일곱 살이 되고 돌이킬 수 없을 정도로 누이와 사이가 멀어진 뒤, 부를 축적하기 위해 고군분투하던 메이컨은 그제야 이 세상에 누이 같은 배를 가진 사람은 없을지도 모른다는 사실을 깨달았다.

누이의 마당에 가까워지고 있는 지금, 그는 집안에 누가 있든 어두우니 아무도 자신을 못 볼 거라고 생각했다. 그 집을 지나칠 때 왼편으로 눈길도 돌리지 않았다. 그런데 그때 메이컨의 귀에 음악소리가 들려왔다. 그들은 노래를 부르고 있었다. 다 같이. 파일러트, 리바, 그리고 리바의 딸 헤이가까지. 거리에는 아무도 보이지 않았다. 사람들은 저녁 식사를 하며 손가락을 빨고, 커피잔을 호호 불고, 두말할 것도 없이 포터가 벌인 소동이며 메이컨이 겁도 없이 다락방의 미친놈을 상대한 얘기로 수다 꽃을 피우고 있을 터였다. 이쪽 길에는 가로등도 하나 없었다. 보행자를 안내하는 건 오로지 달빛뿐이었다. 메이컨은 뒤따라오는 목소리들을 피하려 안간힘을 쓰며 계속 걸었다. 허둥지둥 음악이 따라올 수 없는 길 쪽으로 다가가고 있는데, 바로 그때, 그가 향하는 목적지—자기 집의 모습이, 마치 엽서 뒷면에 그려진 풍경처럼 눈앞에 선연히 떠올랐다. 아내의 가느다랗고 고집스러워 보이는 뒷모습, 오랜 세월 갈망에 시달리다 버석버석 말라버린 딸들, 무얼 시키거나 나무랄 때 말고는 그가 아예 말을 거는 법이 없는 아들. "안녕하세요, 아버지" "그래, 아들아. 셔츠는 바지 속에 집어넣어라" "죽은 새를 한 마리 발견했어요, 아버지" "그런 쓰레기는 집에 갖고 들어오지 마라……" 집은 음악이라고는 들리지 않는 곳이었는데, 오늘밤 그는 어쩐지 음악이 조금 듣고 싶었다—처음으로 애착을 갖고 돌보았던 그 사람에게서.

그는 뒤로 돌아 천천히 파일러트의 집 쪽으로 걸어갔다. 파일러트가 선창을 하면 다 같이 어떤 멜로디를 합창했다. 파일러트가 한 소절을 부르면 나머지 둘이 그 선율을 이어받아 목소리를 더했다. 파일러트의 힘찬 콘트랄토, 화음을 넣는 리바의 날카로운 소프라노, 그리고 지금이면 열 살이나 열한 살쯤 되었을 헤이가의 나직하고 보드라운 목소리가 마치 카펫 고정용 못을 끌어당기는 자석처럼 그를 잡아당겼다.

메이컨은 음악소리에 항복해 점점 더 가까이 다가갔다. 대화를 나누거나 모습을 보이기는 싫었고, 그저 음악을 듣고, 들판과 야생 칠면조와 옥양목을 떠올리게 만드는 그 음악의 원천인 세 사람을 보고 싶은 마음뿐이었다. 그는 최대한 살금살금 걸어가서, 촛불이 가장 낮게 깜빡이는 창가로 다가가 살며시 안을 들여다보았다. 리바는 긴 목을 무릎에 닿도록 구부리고 식칼인지 잭나이프인지로 발톱을 깎고 있었다. 어린 딸 헤이가는 머리를 땋고 있었고 파일러트는 창 쪽으로 등을 돌린 채 냄비를 휘휘 젓고 있어서 얼굴이 보이지 않았다. 아마 포도주정이겠지. 누이와 그 딸들은 아이처럼 먹었기 때문에, 메이컨은 누이가 젓고 있는 게 음식이 아니라는 걸 알았다. 그들은 입맛만 당기면 아무거나 먹어댔다. 계획적으로 식사를 하거나 균형잡힌 식사를 한다거나 식탁을 차리는 일은 전혀 없었다. 식탁에 다 같이 모여 앉는 일도 없었다. 파일러트가 따뜻한 빵을 구워두면, 누구든 아무때나 먹고 싶을 때 버터를 발라 먹곤 하는 식이었다. 아니면 포도주를 만들고 남은 포도나 복숭아를 며칠 동안 먹기도 했다. 누군가 우유 1갤런을 사오면 한 방울도 남지 않을 때까지 마셔댔다. 또다른 사람이 토마토 반 부셸을 사오거나 옥수수 여남은 개를 얻어오면, 그것 역시 다 없어질 때까지 그것만 먹었다. 그들은 있는 걸 먹고, 어쩌다 생긴 걸 먹고, 먹고 싶은 걸 먹었다. 포도주 장사로 번 돈은 더운 바람에 바닷물 마르듯 증발해버렸다—헤이가에게 싸구려 장신구를 사주고, 리바가 남자들한테 줄 선물을 사고, 그 밖에 또 무엇에 돈을 쓰는지 그로서는 알 수 없었다.

창문 근처 어둠 속에 몸을 숨긴 그는 그날 하루의 짜증이 몸에서 빠져나가는 기분이 들었고, 촛불빛을 받으며 노래 부르는 여인들의 꾸밈없는 아름다움을 한껏 만끽했다. 리바의 부드러운 옆얼굴, 숱 많은 머리카락을 잡고 꼬물꼬물 움직이는 헤이가의 손가락, 그리고 파일러트.

누이의 얼굴은 제 얼굴보다 더 잘 알고 있었다. 노래를 부르는 지금, 파일러트의 얼굴은 가면 같을 것이다. 감정과 열정이 모두 얼굴을 떠나 목소리에 들어갔을 테니까. 하지만 노래나 말을 하지 않을 때는, 잠시도 가만히 두지 않는 입 때문에 누이의 얼굴이 씰룩거린다는 것도 잘 알고 있었다. 그녀는 항상 뭔가를 질겅질겅 씹고 있었다. 아기 때도, 아주 어린 소녀였을 때도, 파일러트의 입안에는 항상 뭔가가 들어 있었다—빗자루에서 뽑은 지푸라기, 물렁뼈, 단추, 씨앗, 잎사귀, 끈, 그리고 메이컨이 찾아다주면 무척 좋아하던 고무줄과 지우개 들. 그녀의 입술은 자그맣게 씰룩거리며 활기차게 움직였다. 가까이서 보면, 웃으려는 건지 잇몸에 붙은 지푸라기를 혀로 떼어내고 있는 건지 알쏭달쏭한 얼굴이었다. 볼 안쪽에 말려 있는 고무줄을 빼내려는 것이었을까, 아니면 정말로 웃음을 지었던 걸까? 파일러트가 오물오물 뭔가를 씹거나 앞니로 씨앗을 쪼개고 있을 때 멀리서 보면 혼잣말로 무언가 속삭이는 모습처럼 보였다. 그녀의 입술은 포도주 얼룩이나 블루베리 물이 든 것처럼 피부색보다 짙어서 화장을 한 것처럼 보였다—아주 짙은 립스틱을 깔끔하게 바른 뒤 신문지 한 장으로 반들거리는 유분을 꼭꼭 눌러 제거한 것처럼.

메이컨이 추억과 음악의 무게에 노곤하게 취해 있는데, 노랫소리가 차츰 잦아들었다. 대기는 적막했지만 메이컨 데드는 자리를 뜰 수가 없었다. 이렇게 자유로이 그들을 바라보고 있는 게 좋았다. 그들은 움직이지 않았다. 그들은 그냥 하던 노래를 멈추었을 뿐이어서 리바는 계속 발톱을 깎았고, 헤이가는 머리를 땋았다 풀었다 했고, 파일러트는 냄비를 휘저으며 버드나무처럼 낭창낭창 흔들거렸다.

2

커다란 패커드 승용차가 소리 없이 부드럽게 미끄러지며 진입로를 타고 나갈 때, 순수한 기쁨에 젖어드는 사람은 오로지 리나라 불리는 막달렌과 퍼스트 커린디언스뿐이었다. 오직 그 둘만 모험을 떠나는 듯한 기분에 젖어 자동차의 호사스러움을 확실하게 만끽했다. 둘은 각자 차창 하나씩을 차지하고, 곁을 스쳐지나가는 시원하게 펼쳐진 여름날의 풍경을 바라보았다. 그네들은 둘 다 자기가 힘센 마부가 모는 왕족의 마차를 탄 공주라고 진심으로 믿을 만큼 충분히 컸고 또 그만큼 어렸다. 그들은 뒷좌석에 앉아, 메이컨과 루스의 눈을 피해 인조가죽 단화를 살짝 벗고 스타킹을 무릎까지 벗어 내린 채 길가에 걸어다니는 사람들을 구경했다.

이렇게 일요일 오후마다 가족이 함께하는 드라이브는 의례로 굳어져 있었는데, 메이컨에게는 이 의례가 너무 중요해서 마음놓고 즐길 수도 없었다. 그에게 이러한 행위는 자기가 정말로 성공한 사람이라는 사실을 확인하며 자족하는 방법이었던 것이다. 루스에게는 그렇게까지 야심만만한 의미를 가지지 않았지만, 그래도 그녀에게 역시 가족을 과시하는 수단이기는 마찬가지였다. 어린 소년에게 이 같은 의례는 그저 짐스럽기만 했다. 앞좌석 부모님 사이에 비좁게 끼여앉아야 했던 그의 눈앞에 보이는 거라고는 자동차 앞코에 붙은 날개 달린 여인상뿐이었다. 드라이브를 할 때는 어머니 무릎에 앉을 수 없었다—어머니가 못하게 한 게 아니라 아버지가 반대했기 때문이다. 그래서 부모님의 무릎이나 발, 손, 계기판, 패커드 코 끝에 자리잡은 은빛의 날개 달린 여인상 말고 뭔가 다른 걸 보려면, 비둘기색 좌석 위에 무릎을 꿇고 앉아 뒤쪽 유리창을 바라보는 수밖에 없었다. 하지만 거꾸로 차를 타고 가려니 불편하기 짝이 없었다. 눈먼 채로, 어디로 가고 있는지도 모르고—어디에 있었던 건지도 모른 채 날아다니고 있는 듯해 마음이 편치 않았다. 이미 지나쳐버린 나무들이나, 자동차가 뒤로한 공간 너머로 집들이나 아이들이 서서히 멀어지는 모습을 보고 싶지는 않았다.

메이컨 데드의 패커드는 낫닥터 스트리트를 따라 천천히 미끄러져 도심 우회로를 타고 험한 동네(이 지역은 하도 유혈사태가 많이 일어나는 바람에 나중에 '블러드 뱅크'라는 별명으로 널리 알려졌다)를 통과해 부유한 백인들이 사는 동네로 향했다. 지나가는 자동차를 본 흑인들은 그 기품과 위엄에 대해 사람 좋게 선망의 한숨을 쉬기도 했다. 1936년 당시에는 메이컨 데드처럼 잘사는 흑인이 거의 없었다. 어떤 이들은 차를 타고 유유히 지나가는 가족을 아주 약간의 질투심과 커다란 흥미를 가지고 구경했는데, 그건 메이컨 데드의 널찍한 녹색 패커드가 그들이 생각하는 자동차의 본분을 전혀 수행하지 않았기 때문이다. 메이컨은 결코 시속 20마일 이상 밟지 않았고, 급가속을 하는 일도 없었으며, 한두 블록 정도 기어를 1단으로 넣고 가면서 지나가는 행인들에게 스릴을 선사하는 일도 없었다. 타이어에 펑크가 난 적도 한 번 없고, 차에 기름이 떨어진 적도 없어서, 언덕이나 커브 길을 지날 때 활짝 웃으며 차를 밀어줄 여남은 명의 청년을 아쉬워해본 적도 없었다. 밧줄로 묶어 차체에 고정시킨 문도 없었거니와 좀 태워달라고 자동차 보닛에 뛰어오르는 십대들도 없었다. 그는 아무도 소리쳐 부르지 않았고, 그를 소리쳐 부르는 사람 역시 아무도 없었다. 고함을 치거나 친구와 웃느라 급정거를 하거나 후진을 하는 일 또한 전혀 없었다. 열린 차창으로 아이스크림콘이나 맥주병이 삐죽 튀어나오는 일도 없었다. 어린 남자 아기가 일어서서 차창 밖으로 오줌을 싸는 일도 없었다. 그는 가능하다면 절대 자동차가 비를 맞지 않도록 신경을 썼으며 서니네 가게까지는 늘 걸어갔다—차를 꺼내는 건 오로지 이런 행사가 있을 때뿐이었다. 게다가 사람들은 그가 뒷좌석에 외간 여자를 끌어들인 일은 없는지 의심했다. 풍문에 따르면 그가 '질 나쁜 집들'을 드나들고 몸가짐이 헤프거나 외로운 여자 세입자들과 가끔 잠자리를 같이한다는 것이었다. 리나라 불리는 막달렌과 퍼스트 커린디언스의 사방을 둘러보는 초롱초롱한 눈빛을 빼면, 그 패커드에는 진짜 살아 있다고 할 만한 사람이 아무도 없었다. 그래서 사람들은 그 차를 메이컨 데드의 장의차라고 불렀다.

퍼스트 커린디언스는 손가락으로 제 머리카락을 훑었다. 길고 얇은, 젖은 모래색 머리카락. "어디 특별한 데 가는 거예요, 아니면 그냥 한 바퀴 드라이브하는 거예요?" 퍼스트 커린디언스는 거리에서 눈을 떼지 않고, 지나치는 남녀를 구경하고 있었다.

"조심해요, 메이컨. 당신은 여기서 늘 길을 잘못 들잖아요." 루스는 자동차 우측에 앉아 부드럽게 말했다.

"당신이 운전하고 싶어?" 메이컨이 물었다.

"나는 운전 못 하는 거 알잖아요." 루스가 대답했다.

"그러면 가만 좀 있어."

"알았어요. 하지만 잘못 가도 내 탓은 하지……"

메이컨은 시내를 통과해 주거지역으로 향하는 왼쪽 갈림길로 매끄럽게 진입했다.

"아빠? 우리 어디 특별한 데 가는 거예요?"

"오노레." 메이컨이 말했다.

리나라 불리는 막달렌은 스타킹을 더 아래로 벗어 내렸다. "호숫가예요? 거기 뭐가 있는데요? 거긴 아무것도 없어요, 사람도 없고요."

"그쪽에 호반 휴양지가 있단다, 리나. 아버지는 거기를 한번 살펴보고 싶으시대." 루스가 또다시 대화에 끼어들었다.

"뭐하러요? 거긴 다 백인들 집이잖아요." 리나가 말했다.

"전부 다 백인들 집인 건 아니야. 어떤 데는 아무것도 없거든. 그냥 땅이야. 건너편 저멀리 말이야. 흑인들을 위한 괜찮은 휴양지가 될 수도 있을 거야. 해변 별장이 있는 휴양지. 무슨 말인지 알겠니?" 메이컨은 백미러로 딸을 흘낏 쳐다보았다.

"거기서 누가 살죠? 집을 두 채나 살 수 있는 흑인들이 어디 있다고." 리나가 말했다.

"콜스 목사님은 살 수 있지. 싱글턴 박사님도." 커린디언스가 리나의 말을 정정했다.

"그리고 그 변호사—그 사람 이름이 뭐더라?" 루스는 고개를 돌려 커린디언스를 바라보았지만, 커린디언스는 대꾸하지 않았다.

"그리고 메리도 될걸." 리나가 웃음을 터뜨렸다.

커린디언스는 언니를 차갑게 노려보았다. "아빠가 술집 여자한테 집을 팔지는 않을 거야. 아빠, 우리가 술집 여자 집 옆에 살게 하진 않으실 거죠?"

"거긴 그 여자 집이야, 커린디언스." 루스가 말했다.

"자기 집이든 아니든 관심 없어요. 어떤 여자냐가 문제지. 아빠?" 커린디언스는 아버지 쪽으로 몸을 기울이며 확답을 받고 싶어했다.

"너무 빨리 달리고 있어요, 메이컨." 루스는 구두 끝으로 바닥을 꾹 눌렀다.

"운전에 대해서 이러쿵저러쿵 한 마디라도 더 하면, 걸어서 집에 가게 될 줄 알아. 농담 아니야."

리나라 불리는 막달렌은 앞으로 몸을 기울이고 어머니의 어깨에 손을 얹었다. 루스는 입을 다물었다. 어린 소년은 발로 계기판 밑을 쿵쿵 찼다.

"그만두지 못해!" 메이컨이 소년에게 말했다.

"화장실 가고 싶어요." 아들이 말했다.

커린디언스는 고개를 치켜들었다. "맙소사."

"하지만 나오기 전에 화장실 갔었잖니." 루스가 말했다.

"가고 싶단 말이야!" 그는 칭얼거리기 시작했다.

"정말이야?" 소년의 어머니가 물었다. 그는 어머니를 바라보았다. "아무래도 차를 세워야겠어." 루스의 말은 특별히 누구에게 들으라고 한 말은 아니었다. 그녀의 두 눈은 방금 들어선 시골 풍경을 훑고 있었다.

메이컨은 속도를 늦추지 않았다.

"우리도 여름 별장이 생기는 건가요, 아니면 그냥 아빠가 집을 파는 건가요?"

"나는 아무것도 팔지 않아. 사서 임대할까 생각중이다." 메이컨이 대답했다.

"그런데 우리도—"

"쌀 것 같아요." 어린 소년이 말했다.

"—거기 살게 되나요?"

"아마."

"우리 가족들끼리만요? 아니면 또다른 사람들이랑?" 커린디언스는 매우 관심을 보였다.

"그건 모르겠구나. 하지만 몇 년 후에는—오 년이나 십 년쯤일까—그 정도 여유가 있는 흑인이 아주 많아질 거다. 아주 많아질 거야. 아빠 말을 믿으렴."

리나라 불리는 막달렌은 숨을 깊이 들이쉬었다. "저 앞에서 좀 세워주세요, 아빠. 얘가 좌석 시트를 버릴 거 같아요."

메이컨은 백미러로 딸을 보고는 천천히 속도를 늦추었다. "누가 데려갈래?" 루스는 문손잡이를 만지작거렸다. "당신은 안 돼." 메이컨이 말했다.

루스는 남편을 바라보았다. 그녀의 입은 벌어져 있었지만, 아무 말도 하지 않았다.

"저도 싫어요." 커린디언스가 말했다. "굽이 높은 구두를 신었단 말이에요."

"이리 따라와." 리나가 한숨을 쉬었다. 어린 소년과 큰누나, 둘은 자동차에서 내려 갓길에 자라난 키 큰 나무들 사이로 모습을 감추었다.

"정말로 이 도시에 저기서 살 만한 능력이 되는 흑인들이—그러니까 괜찮은 흑인들 말이에요—많을 거라고 생각하세요?"

"커린디언스, 꼭 우리 도시 출신이어야 한다는 법은 없단다. 사람들은 자동차를 타고 여름 별장으로 오거든. 백인들은 다 그러잖니." 메이컨은 손가락으로 운전대를 두들겼고 그 때문에 멈춰 있는 자동차가 살짝 흔들렸다.

"니그로들은 물을 좋아하지 않아요." 커린디언스가 킬킬거렸다.

"자기 것이 되면 좋아할걸." 메이컨이 말했다. 그는 차창 밖을 바라보다 리나라 불리는 막달렌이 나무 사이로 걸어나오는 걸 보았다. 손에는 색색의 커다란 꽃다발이 들려 있었지만, 얼굴은 분노로 구겨져 있었다. 연한 하늘색 드레스에 짙게 젖은 얼룩이 손가락 모양으로 퍼져 있었다.

"나한테 오줌을 쌌어." 그녀가 말했다. "저 자식이 나한테 대고 오줌을 쌌다고, 엄마." 울음을 터뜨리기 일보 직전이었다.

루스는 혀를 쯧쯧 찼다.

커린디언스는 웃음을 터뜨렸다. "거봐. 니그로들은 물을 좋아하지 않는다니까요."

소년이 일부러 그런 건 아니었다. 다 누지도 못했을 때 일어난 일이었다. 누나는 꽃을 주우려 그에게서 멀어졌고, 그는 등뒤에서 누나의 발소리가 들리자 미처 다 누기도 전에 돌아섰던 것이다. 이젠 버릇이 되어가고 있었다—등뒤에 있는 것들에 집중하는 버릇. 마치 앞으로 누릴 미래라는 건 존재하지 않는다는 듯이.

하지만 미래는 도래하지 않더라도 현재는 어김없이 확장되었고, 패커드를 타고 불편해하던 어린 소년은 학교에 들어가 열두 살에 한 소년을 만났으며, 그 소년은 그를 해방시켜주었을 뿐만 아니라 그의 과거는 물론 미래와도 연관이 깊은 한 여인에게로 그를 데려다주었다.

기타는 그녀를 안다고 말했다. 심지어 그 집안에 들어가본 적도 있다고 했다.

"그 안은 어떤데?" 밀크맨이 그에게 물었다.

"반짝반짝해." 기타가 대답했다. "반짝반짝하고 갈색이야. 냄새도 나."

"고약한 냄새야?"

"몰라. 그냥 그 아줌마 냄새야. 너도 맡아보면 알 거야."

아버지의 누이—아버지가 근처에도 가지 못하게 했던 여인—에 대한 믿을 수 없는, 하지만 아주 그럴듯한 이야기들에 둘은 꼼짝없이 매료되었다. 둘 다 하루라도 빨리 진실을 알아내고 싶어 안달이 나 있었고, 또 자기네들이야말로 그럴 만한 자격이 있으며 그리하는 게 자연스럽다고 믿었다. 여하튼 기타는 이미 그녀를 알고 있었고, 밀크맨은 그녀의 조카였으니까.

두 사람이 찾아갔을 때, 그녀는 긴 소매에 기장도 긴 검은 드레스 차림으로 두 다리를 쩍 벌리고 집 앞 계단에 앉아 있었다. 머리도 검은 천으로 감싸고 있어, 멀리서 보면 얼굴 아래쪽으로 실제로 보이는 거라곤 그녀가 껍질을 까고 있던 밝은색 오렌지들뿐이었다. 훗날 밀크맨이 기억한 그녀의 모습은 온통 날카로운 각이 도드라진 모습이었는데, 특히 무릎과 팔꿈치가 뼈만 앙상했다. 한쪽 발은 동쪽을 다른 발은 서쪽을 가리키고 있었다.

그들은 가까이 다가가 귓불에 매달려 달랑거리는 황동 상자를 보았고, 밀크맨은 그 순간 깨달았다. 저 귀고리, 저 오렌지, 그리고 각이 도드라진 검은 천이라니, 이제 그 무엇도—아버지의 지혜도 세상의 경고도—그녀를 그에게서 떼어놓을 수 없다.

나이가 차서 벌써 고등학교에 다니는 기타는 어린 친구처럼 어찌할 바를 모르고 주저할 이유가 없었기에 먼저 말을 걸었다.

"하이."

여자가 고개를 들어 올려다보았다. 처음에는 기타를, 다음에는 밀크맨을.

"무슨 말이 그러니?" 그녀의 목소리는 가벼웠지만, 자갈이 흩뿌려져 있었다. 밀크맨은 오렌지를 까는 그녀의 손가락에서 눈을 떼지 못했다. 기타는 씩 웃으면서 어깨를 으쓱해 보였다. "'안녕하세요'라는 뜻이에요."

"그럼 그렇게 말을 해야지."

"좋아요. 안녕하세요."

"아까보다 낫구나. 용건이 뭐냐."

"용건은 없어요. 그냥 지나가던 길이에요."

"내가 보니 그냥 서 있는 것 같은데."

"저희가 여기 있는 걸 원치 않으시면, 그냥 갈게요. 미스 파일러트." 기타가 온화하게 말했다.

"나는 뭘 원하고 말고 할 사람이 아니다. 원하는 게 있는 건 너희지."

"여쭤볼 게 좀 있어서요." 기타는 무심한 척하기를 그만두었다. 파일러트는 너무 직설적이어서, 그녀를 상대하려면 말을 조심해서 잘 골라야 했다.

"물어보렴."

"누가 그러는데 배꼽이 없으시다면서요."

"그게 질문이냐?"

"네."

"어째 질문 같지가 않구나. 대답처럼 들리는데. 질문을 해보라니까."

"있어요?"

"뭐가?"

"배꼽이 있어요?"

"없다."

"어떻게 된 거예요?"

"내가 어떻게 아니." 그녀는 밝은색 껍질을 무릎께에 툭툭 떨어뜨리고는 천천히 오렌지 조각을 떼어냈다. "이제 내가 뭘 하나 물어봐도 되겠니?"

"그럼요."

"저 꼬마 친구는 누구냐?"

"이 녀석은 밀크맨이에요."

"말할 줄 아냐?" 파일러트는 과일 한 조각을 꿀꺽 삼켰다.

"네. 할 줄 알아요. 말 좀 해봐." 기타는 파일러트에게서 시선을 떼지 않고 밀크맨을 팔꿈치로 쿡쿡 찔렀다.

밀크맨은 숨을 훅 들이쉬고 잠시 기다렸다 말했다. "하이."

파일러트는 웃음을 터뜨렸다. "네 녀석들은 아마 이 땅에 목매달리지 않고 살아 있는 니그로 중에서 가장 멍청한 녀석들일 게다. 그놈의 학교에서는 너희를 어떻게 가르치는 거냐? 돼지나 양들이 움직일 생각도 않고 꿈쩍 않고 있을 때 '하이'라고 하는 거야. 사람한테 '하이'라고 하면, 벌떡 일어나서 너희를 한 방 먹이기 마련이지."

부끄러움이 물밀듯이 그를 덮쳤다. 창피할 줄은 알고 있었지만, 이런 식은 아니었다. 당혹스러울 줄도 알았지만, 이런 식은 아니었다. 추하고 더럽고 가난하고 술주정뱅이인 쪽은 그녀였다. 6학년 동급생들은 괴짜 고모로 그를 놀려댔고 그 또한 고모가 싫었다. 그녀의 추함, 가난, 더러움 그리고 그녀가 만든 포도주에 어쩐지 자기도 책임이 있는 듯 느껴졌기 때문이다.

그런데 오히려 그녀가 학교를, 선생들과 그를 놀리고 있었다. 게다가 그녀는 사람들 말처럼 가난해 보이긴 했지만 그녀의 눈길에서는 가난뱅이 특유의 그 느낌을 전혀 찾아볼 수가 없었다. 심지어 더럽지도 않았다. 단정치 못한 건 사실이었지만, 더럽지는 않았다. 손톱 끝은 상아처럼 새하얬다. 그리고 그가 깜깜무식이 아닌 이상 이 여자는 결코 술주정뱅이가 아니란 걸 알 수 있었다. 물론 예쁜 것과는 거리가 멀었지만, 하루종일 바라보고 있어도 좋을 것만 같았다. 오렌지 조각에서 실

같은 속껍질을 떼어내는 손가락, 꼭 화장을 한 듯 나무딸기처럼 시커먼 입술, 귀고리…… 그리고 그녀가 일어섰을 때, 밀크맨은 헉 하고 숨이 막힐 뻔했다. 그녀는 아버지만큼 키가 컸으며, 자기보다 머리 하나는 넉넉히 더 있었다. 그녀의 드레스는 생각만큼 길지 않았다. 정강이뼈 바로 아래까지만 내려와서, 끈을 묶지 않은 남자 구두와 은갈색으로 빛나는 발목의 맨살이 보였다.

그녀는 아까 무릎께에 떨어뜨린 오렌지 껍질을 그대로 움켜쥐고 있어서, 계단을 올라가는 모습이 흡사 거시기를 움켜쥔 것처럼 보였다.

"네 아빠도 그러면 싫어하실 게다. 네 아빠는 멍청한 사람들을 싫어하니까." 그녀는 그렇게 말한 뒤 한 손으로는 껍질을 들고, 다른 한 손으로는 문고리를 잡은 채 똑바로 밀크맨을 바라보았다. "난 네 아빠를 잘 안다. 너도 알고."

다시 기타가 큰 목소리로 물었다. "아줌마가 얘네 아빠 동생이에요?"

"하나밖에 없는 여동생이지. 이제 살아 있는 데드 집안 사람은 셋밖에 없거든."

그때까지 바보 같은 "하이" 말고는 한마디도 입 밖에 내지 못했던 밀크맨은 자기도 모르게 버럭 소리를 질렀다. "나도 데드가家 사람이에요! 우리 엄마도 데드가 사람이고요! 우리 누나들도 마찬가지예요. 아줌마하고 아빠가 다가 아니란 말이에요!"

고래고래 고함을 치는 와중에도 소년은 자기가 왜 이토록 방어적인지—자기 이름에 대해 왜 이토록 소유욕을 드러내는지 이해할 수 없었다. 언제나 그 이름이 싫었고 그 이름의 모든 게 싫었으며, 기타와 친구가 되기 전까지는 자신의 별명도 싫어했다. 하지만 기타가 그 이름을 발음하면 어쩐지 똑똑하고 어른 같은 느낌이 들었다. 그래 놓고 이제 와서 이 이상한 여자에게 그 이름이 개인적으로 심오한 자존심의 문제라도 되는 듯 행동하고 있었다. 마치 그가 소속되어 있을 뿐 아니라 배타적인 권리도 갖고 있는 특별한 집단에서 그녀가 그를 쫓아내려 하기라도 하는 듯.

고함소리에 이어진 침묵의 박동 속에서, 파일러트가 큰 소리로 웃음을 터뜨렸다.

"너희 둘 반숙한 달걀 먹을 테냐?" 그녀가 물었다.

소년들은 서로의 얼굴을 쳐다보았다. 파일러트가 그들에게 음조를 바꿔 물은 것이다. 둘 다 반숙한 달걀은 먹고 싶지 않았지만, 그녀와 함께 있고 싶었고 한쪽 귀에만 귀고리를 달고, 배꼽도 없고, 훤칠한 검은 나무 같은 이 여인의 포도주 가게 안으로 들어가고 싶었다.

"아뇨, 감사하지만 괜찮아요. 하지만 물은 한 모금 마시고 싶어요." 기타가 그녀를 바라보며 미소로 답했다.

"좋아. 어서 들어오너라." 그녀는 현관문을 열었고, 그들은 그녀를 따라 볕이 잘 드는 커다란 방으로 들어섰는데, 그 방은 황량하면서도 어수선했다. 천장에는 이낏빛 자루가 하나 매달려 있었다. 유리병에 든 초가 사방에 널려 있었고, 신문기사와 잡지 사진이 압정으로 벽에 꽂혀 있었다. 하지만 가구라고는 고작 흔들의자 하나와 등이 곧은 의자 두 개, 커다란 식탁, 개수대와 스토브뿐이었다. 소나무 향과 발효하는 과일 냄새가 방안 곳곳에 배어 진동했다.

"너희도 하나 먹어봐. 난 딱 적당하게 익히는 비결을 알고 있거든. 흰자가 물컹거리는 건 싫잖아. 노른자는 부드러워야 하지만 줄줄 흘러서는 안 되지. 촉촉한 벨벳 같은 게 좋아. 어떻게 이런 걸 안 먹어보겠다는 거지?"

그녀는 오렌지 껍질을 커다란 항아리에 버렸는데, 그 항아리 역시 이 집안의 가재도구가 거의 다 그러하듯 원래는 다른 목적으로 만들어진 것 같았다. 이제 그녀는 물기 없는 개수대 앞에 서서, 냄비로 쓰는 파란색과 흰색이 섞인 대야에다 물을 받았다.

"자, 물과 달걀은 말하자면 동등한 입장에서 서로 만나야 해. 한쪽이 다른 쪽보다 유리하면 안 되지. 그래서 온도도 둘이 똑같아야 해. 나는 먼저 물의 차가운 기운을 살짝 없애. 찬 기운만 없어지게. 달걀이 실온이니까 물이 너무 따뜻해지면 안 돼. 그러고 나서, 진짜 비결은 바로 여기 어떻게 끓이느냐에 있지. 작은 공기 방울이 이렇게 물위로 올라올 때, 자갈만해지기 직전 딱 이렇게 완두콩만할 때 말이야. 자, 바로 지금 냄비를 불에서 내리는 거다. 그냥 불만 끄면 안 돼. 아예 냄비를 내려야 돼. 그런 뒤엔 신문을 접어서 냄비 위에다 올려놓고, 아주 간단하게 처리할 수 있는 일 하나만 하고 오는 거야. 문을 열어준다든지 쓰레기통을 비우거나 현관문 앞에서 다시 가지고 온다든지, 그런 일 말이지. 나는 보통 화장실에 간단다. 오래 걸리는 일은 안 돼, 명심해라. 그냥 잠깐 할 수 있는 일이어야 돼. 그러고 나면, 완벽하게 반숙된 달걀을 먹을 수 있지.

전에 우리 아버지한테 형편없는 음식을 해드렸던 게 생각나는구나. 네 아버지는"—그녀는 엄지손가락으로 밀크맨을 가리켰다—"네 아버지 요리 솜씨는 진짜 개똥만도 못했어. 한번은 내가 체리 파이를 만들어주었지, 아니 만들어주려고 애는 썼어. 메이컨은 착했고 나한테 엄청나게 잘해주었거든. 네가 그때 오빠를 알았더라면 좋을 텐데. 나한테 그랬듯이, 네게도 아주 좋은 친구가 되어주었을 게다."

그녀의 목소리를 들으면 밀크맨은 자갈이 떠올랐다. 서로 부딪는 작고 둥근 자갈. 쉰 목소리 때문이었을까, 느릿하게 음을 끌다가 또박또박 끊어 말하기도 하는, 단어들을 내뱉는 특유의 말투 때문이었을까. 소나무와 포도주 냄새가 뒤섞인 향기는 마약 같았고, 커튼도 블라인드도 없는 창문이 벽 삼면에 각각 두 개씩 방을 온통 에워싸고 있는데다 문 양편으로 하나씩, 개수대와 스토브 양편으로 또하나씩, 그리고 저 안쪽 벽에는 두 개가 있어 강렬하고 거침없이 쏟아져들어오는 햇살도 그러했다. 밀크맨은 네번째 벽 너머에는 틀림없이 침실이 있을 거라고 생각했다. 자갈 같은 목소리, 태양 그리고 마약 같은 포도주 냄새에 두 소년은 모두 힘이 풀려버렸고, 둘은 기분좋게 몽롱한 상태로 그녀의 목소리를 끝도 없이 듣고 또 들었다……

"네 아빠가 아니었으면, 난 여기 이렇게 살아 있지도 못했을 거야. 자궁 속에서 죽었겠지. 숲속에서 또 한번 죽고. 그 숲과 어둠을 못 견디고 틀림없이 죽어버렸을 게다. 하지만 오빠가 구해줘서 이렇게 달걀이라도 삶고 있는 거지. 알다시피 우리 아버지는 돌아가셨다. 그놈들이 5피트 상공으로 아버지를 날려버렸어. 울타리에 앉아서 기다리시던 아버지를, 뒤에서 몰래 다가가 5피트 상공으로 날려버렸다. 그래서 우리는 서시의 큰 집을 나오고 나니 갈 데가 없어서 한동안 걷다가 그놈의 숲속에서 살게 되었던 거야. 농사짓는 시골에서. 그러던 어느 날 아버지가 돌아오셨어. 처음에는 우리 둘 다 아버지라고 생각 못했지, 5피트 상공으로 날아가는 모습을 두 눈으로 똑똑히 보았으니까. 우리가 길을 잃어버렸을 때였다. 게다가 얼마나 컴컴했는지! 너희는 어둠에 한 가지 색깔밖에 없는 줄 알겠지만, 그렇지 않아. 검은색에도 대여섯 종류가 있어. 어떤 건 실크 같고, 어떤 건 양모 같지. 어떤 건 그냥 텅 비었고. 어떤 건 손가락 같아. 가만히 있지도 않아. 움직이면서 이런저런 검은색으로 계속 변하지. 뭘 보고 칠흑처럼 시커멓다고 하는 건, 초록색이라고 말하는 것과 똑같아. 어떤 초록색이란 말이야? 내 유리병들 같은 초록색인가? 메뚜기 같은 초록색? 오이, 양상추, 아니면 폭풍우를 쏟아붓기 직전의 하늘 같은 초록색? 그러니까, 밤의 검은색도 마찬가지야. 차라리 무지개색이라고 하는 게 낫지.

자, 아무튼 우리는 길을 잃었고 바람이 엄청나게 불고 있었는데 눈앞에 아버지의 뒷모습이 보였던 거야. 우리는 겁에 잔뜩 질린 어린애들이었어. 메이컨이 우리가 두려워하는 건 실재하지 않는다고 거듭 말했지. 무서운 게 실제로 존재하든 아니든 그게 무슨 차이가 있겠어? 언젠가 버지니아에서 어떤 부부의 빨래를 해주었던 생각이 나. 하루는 남편이 벌벌 떨면서 부엌으로 들어오더니 커피를 한잔 끓여줄 수 있겠냐는 거야. 안색이 끔찍하게 나쁘길래 뭐에 씐 것 같다고, 대체 무슨 일이냐고 내가 물었지. 그랬더니 자기도 모르겠다면서, 절벽에서 금방이라도 떨어질 것 같은 기분이래. 다리미처럼 반반한 노랗고 하얗고 빨간 리놀륨 바닥 위에 번듯하게 서서 하는 말이 그랬어. 처음에는 문을 붙잡고 있더니, 나중에는 의자를 붙들고 쓰러지지 않으려고 안간힘을 쓰더라. 나는 입을 놀려 부엌에는 절벽 같은 게 없다고 말했지. 그런데 그때 숲속에서의 기억이 떠올랐어. 그때 그 느낌이 생생하게 밀려왔어. 그래서 쓰러지지 않게 내가 꼭 붙잡아드려도 되겠느냐고 그 남자에게 물었지. 그러자 그는 세상에서 그렇게 고마운 일이 없겠다는 눈길로 나를 바라보았어. '정말 그래주겠소?'라고 말하더구나. 나는 그의 등뒤로 가서 그 사람 가슴 앞으로 손깍지를 끼고 꼭 붙잡아주었어. 조끼 아래 그의 심장이 한창 달아오른 노새처럼 요동치고 있더군. 하지만 차츰차츰 진정이 되었어."

"생명의 은인이시네요." 기타가 말했다.

"전혀 그렇지 않아. 내가 손을 풀기 전에 그 사람 부인이 들어왔거든. 나보고 뭐하는 짓이냐고 묻기에 대답을 했지."

"뭐라고요? 뭐라고 하셨어요?"

"사실대로 말했어. 절벽에서 떨어지지 않게 붙잡아드리는 거라고."

"그 남자는 차라리 뛰어내릴걸 싶은 심정이었을 거예요. 그 아줌마가 그 말을 믿던가요? 설마 곧이곧대로 믿어주더라고 하려는 건 아니죠?"

"당장 믿어주진 않았지. 하지만 내가 손을 놓자마자 그이는 시체처럼 방바닥에 풀썩 쓰러졌어. 안경이고 뭐고 박살이 났지. 얼굴을 정면으로 바닥에 부딪혔어. 그런데 이런 거 아니? 그이가 얼마나 천천히 쓰러졌는지 모른다. 맹세컨대 삼 분은 족히, 똑바로 서 있다가 바닥에 얼굴이 뭉개지기까지 삼 분은 족히 걸렸어. 절벽이 진짜 있었는지 없었는지 모르지만, 그 아래로 떨어지는 데 삼 분이 걸렸단 말이다."

"그 사람 죽었어요?" 기타가 물었다.

"완전히 죽어버렸지."

"아줌마 아빠는 누가 쏴죽였어요? 누가 총으로 쏴죽였다고 하신 거죠?" 기타는 이야기에 푹 빠져 두 눈이 초롱초롱 빛났다.

"5피트 상공으로……"

"누가 그랬어요?"

"누가 그랬는지, 왜 그랬는지는 나도 몰라. 너희한테 해준 얘기가 내가 아는 다란다. 무슨 일이, 언제, 그리고 어디서 일어났는지."

"어디였는지는 말씀 안 하셨어요." 기타는 집요했다.

"말해줬어. 울타리에서 그랬다고."

"울타리가 어디 있었는데요?"

"우리 농장에."

기타는 웃음을 터뜨렸지만, 두 눈이 너무 초롱초롱해 그다지 유머를 느낄 수는 없었다. "농장은 어디 있었는데요?"

"몬투어 카운티에."

그는 '어디' 부분은 포기하기로 했다. "좋아요, 그럼 언제요?"

"아버지가 거기 앉아 계셨을 때—그 울타리 위에."

기타는 낙담한 탐정 같은 기분이었다. "몇 년도였는데요?"

"길거리에서 아일랜드 사람들을 다 총으로 쏴죽이던 해였지. 총잡이들과 묘지 파는 사람들이 잘나가던 해였어, 그건 안다." 파일러트는 식탁에 술통 뚜껑을 하나 올려놓았다. 그런 후 세숫대야에서 달걀을 꺼내 껍데기를 벗기기 시작했다. 입안에서 오렌지 씨를 갖고 노느라 그녀의 입술이 달싹거렸다. 달걀들이 쩍 갈라지며 붉은빛이 도는 촉촉한 노른자위를 드러내자, 그녀는 그제야 다시 이야기를 계속했다. "하루는 아침에 일어났더니, 해가 벌써 중천에 가까워져 있더라고. 그렇게 맑을 수가 없었어. 푸르고. 우리 어머니 보닛에 둘러져 있던 리본처럼 푸르렀어. 저기 저쪽 하늘 보이냐?" 그녀는 손으로 창문 밖을 가리켜 보였다. "저기 히커리들 바로 뒤에. 보여? 바로 저기 저 위에."

그들은 집과 나무 뒤쪽으로 멀리 뻗어 있는 하늘을 바라보았다. "바로 저 색깔이야." 그녀는 마치 대단히 중요한 사실을 새삼 발견한 것처럼 말했다. "우리 어머니의 리본하고 똑같은 색깔. 나는 어머니의 리본 색깔은 어디서든 당장 알아볼 수 있는데, 어머니의 이름이 뭔지는 몰라. 어머니가 돌아가신 후로는, 아버지가 아무도 그 이름을 입 밖에 내지 못하게 했거든. 아무튼, 우리가 눈에 들어간 흙모래를 씻어내고 주위를 좀 제대로 둘러보려고 하는데, 나뭇등걸 위에 앉아 계시는 아버지가 보이지 뭐냐. 햇빛을 그대로 다 받으면서. 우리는 아버지를 불러대기 시작했는데, 아버지는 그냥 멍하니 우리를 쳐다보기만 했어. 우리를 보고 있지만 동시에 우리를 전혀 안 보고 있는 것처럼. 우리는 아버지 얼굴에 어쩐지 겁을 먹었어. 마치 물속에 잠긴 얼굴을 보고 있는 것 같았거든. 아버지는 잠시 후에 자리에서 일어나더니 등뒤로 내리쬐던 땡볕을 피해 다시 숲으로 들어가셨어. 우리는 그냥 나뭇등걸만 바라보고서 있었지. 나뭇잎처럼 바들바들 떨면서."

파일러트는 계란 껍데기를 한데 모아서 작은 더미로 쌓았다. 그녀가 가볍게 쓸고 또 쓰는 동안, 손가락들은 거듭 부채꼴로 펼쳐졌다. 소년들은 괜히 무슨 말을 했다가 이야기 다음 부분을 망칠까봐 두렵고, 말을 하지 않고 가만히 있으면 더이상 이야기를 안 해줄까봐 두려워 지켜보기만 했다.

"나뭇잎처럼 바들바들 떨었지." 그녀는 중얼거렸다. "나뭇잎처럼."

그녀는 느닷없이 고개를 치켜들더니 올빼미 울음소리 같은 소리를 냈다. "우우우! 간다!"

밀크맨도 기타도 인기척을 전혀 느끼지 못했는데, 파일러트는 벌떡 일어나더니 문 쪽으로 달려나갔다. 그녀가 문간에 닿기도 전에 누군가 문을 발로 차서 열어젖혔고, 밀크맨은 여자아이의 구부린 등을 보았다. 그 아이는 검은 딸기 같은 것들이 잔뜩 든 커다란 5부셸들이 바구니를 질질 끌어당기고 있었고, 한 여자가 반대편에서 바구니를 밀며 "문지방 조심해라, 얘야"라고 말했다.

"됐어요." 여자애가 대답했다. "밀어요."

"하긴 때가 됐지." 파일러트가 말했다. "깜박 정신 놓고 있으면 빛이 저물 테니."

"토미의 트럭이 고장났어요." 소녀가 가쁜 숨을 몰아쉬며 말했다. 두 사람이 간신히 바구니를 방안으로 들여놓는 데 성공하자, 소녀는 등을 쭉 펴고는 뒤돌아 그들을 똑바로 마주보았다. 하지만 밀크맨은 그녀의 얼굴을 볼 필요가 없었다. 뒷모습만 보고도 벌써 사랑에 빠졌으니까.

"헤이가." 파일러트는 방을 둘러보았다. "여기 이 친구는 네 동생이야, 밀크맨이라고 하지. 그리고 여기는 동생 친구고. 아가, 네 이름이 뭐랬지?"

"기타예요."

"기타? 기타 칠 줄 알아?" 그녀가 물었다.

"엄마, 헤이가 동생이 아니에요. 오촌이지." 소녀보다 나이 많은 여자가 말했다.

"그거나 그거나."

"아니에요, 달라요. 그렇지, 아가?"

"그럼요." 헤이가가 말했다. "다르죠."

"그것 봐요. 달라요."

"글쎄다, 뭐가 다른 거냐, 리바? 너는 모르는 게 없구나."

리바는 천장을 바라보았다. "같은 어머니한테서 태어났으면 동생이라고 하는 거고, 아니면—"

파일러트가 말을 끊고 끼어들었다. "내 말은 동생하고 오촌을 대하는 태도가 어떻게 다르냔 말이다. 둘 다 똑같이 대해야 하지 않니?"

"그게 문제가 아니죠, 엄마."

"넌 좀 입 닥쳐, 리바. 헤이가한테 말하는 거야."

"맞아요, 할머니. 똑같이 대해야죠."

"둘이 똑같으면, 그냥 하나로 부르지 왜 다른 말을 쓰겠어?" 리바는 허리에 손을 얹고서 눈을 커다랗게 떴다.

"그 흔들의자 좀 이리로 끌고 오너라." 파일러트가 말했다. "거기 너희 둘, 도와줄 셈이 아니라면 자리를 양보해야 할 게다."

여자들은 짤막하고 가시 많은 가지들이 그대로 달린 블랙베리가 수북이 담긴 바구니를 가운데 놓고 빙 둘러앉았다.

"우린 뭘 하면 되죠?" 기타가 물었다.

"저 밉살스러운 가지에서 작은 열매들을 터뜨리지 않고 떼어내야 해. 리바, 거기 그 단지 하나 더 가지고 오너라."

헤이가가 눈을 크게 뜨고 머리칼을 찰랑이며 주위를 둘러보았다. "뒷방에서 침대를 가져오면 어때요? 그러면 다 같이 앉을 수 있잖아요."

"난 마룻바닥에 앉으면 된다." 파일러트가 말했다. 그러더니 궁둥이를 철퍽 깔고 앉아 바구니에서 조심스레 나뭇가지 하나를 꺼내들었다.

"이게 다냐?"

"아뇨." 리바는 커다란 단지를 옆으로 굴리고 있었다. "바깥에 두 개 더 있어요."

"안에 들여놓는 게 좋겠다. 밖에 놔두면 파리가 너무 많이 꼬여."

헤이가가 일어나 문 쪽으로 가려다가 밀크맨에게 손짓을 했다. "자, 동생, 이리 와. 좀 도와줘."

밀크맨은 의자를 뒤로 젖히며 펄쩍 뛰어 일어나 종종걸음 치며 헤이가를 쫓아갔다. 밀크맨의 눈에 그녀는 이제까지 본 그 누구보다도 예쁜 소녀였다. 물론 자기보다 훨씬, 훨씬 더 나이가 많았다. 기타만큼이나 나이가 들어 보였고, 어쩌면 열일곱쯤 되었을지도 몰랐다. 밀크맨은 둥둥 떠다니는 기분이었다. 이렇게 생생하게 살아 있는 느낌은 처음이었고, 둥둥 떠 있었다. 그와 헤이가는 힘을 모아 바구니 두 개를 현관 계단까지 끌고 와 집안으로 들였다. 그녀는 밀크맨만큼이나 힘세고 튼튼했다.

"조심해, 기타. 천천히 해야 해. 계속 열매를 터뜨리고 있잖니."

"그냥 둬라, 리바. 먼저 감을 잡아야 해. 아까 참 내가 기타 칠 줄 아느냐고 물어봤지. 그래서 기타라고 부르는 거냐?"

"정말로 기타를 쳐서 그렇게 부르는 건 아니에요. 기타를 치고 싶어 해서 그런 거지. 아주 어릴 때 그랬대요. 사람들이 그러더군요."

"기타를 도대체 어디서 봤니?"

"플로리다 고향에 있던 가게에서 열린 경연대회에서 봤어요. 어머니가 저를 시내에 데리고 갔을 때 본 거예요. 아주 어렸을 때요. 커다란 유리 단지에 젤리빈이 몇 개 들었는지 맞히면 기타를 준다든가 왜 그런 거 있잖아요. 그걸 갖고 싶어서 제가 막 울었대요. 그리고 맨날 기타에 대해 묻고요."

"리바를 찾아왔으면 되는데. 아마 기타를 구해줬을 게야."

"아뇨, 살 수 없는 거예요. 젤리빈의 개수를 맞혀야 해요."

"무슨 말인지 안다. 리바라면 몇 개인지 알았을 게야. 리바는 그런 상을 잘 탄단다. 한 번도 못 탄 적이 없어."

"정말요?" 기타는 미소를 지었지만 의심스러운 표정이었다. "리바 아줌마가 재수가 좋아요?"

"그럼, 내가 얼마나 재수가 좋다고." 리바가 씩 웃었다. "사방에서 사람들이 찾아와 대신 제비를 뽑아달라거나 숫자를 뽑아달라고 한단다. 그 사람들 대신 해도 꽤 잘되지만, 나를 위해서 하면 어김없지. 따려고 하면 뭐든지 딸 수 있고, 별로 애쓰지 않아도 꽤나 많은 경품을 줄줄 따거든."

"그래서 이젠 아무도 리바에게 복권을 팔려고 하지 않아. 자기 걸 대신 뽑아달라고만 하지."

"이거 보여?" 리바는 드레스 위쪽으로 손을 집어넣더니 끈에 매달린 다이아몬드 반지를 꺼내 보였다. "작년에 이걸 땄어. 내가…… 뭐였죠, 엄마?"

"오십만번째."

"오십…… 아니 그게 아니었는데. 그 사람들은 그렇게 말하지 않았어요."

"백만의 절반이라고 했잖아."

"맞아. 백만의 절반번째로 시어스 로벅 백화점에 들어오는 사람." 그녀의 웃음소리는 명랑하고 뿌듯하게 들렸다.

"그 사람들은 엄마한테 주는 걸 못마땅하게 생각했어." 헤이가가 말했다. "엄마 몰골이 엉망이라서."

기타는 경악했다. "그 행사 기억해요. 하지만 흑인이 땄다는 얘기는 전혀 못 들었는데." 버릇처럼 거리를 싸돌아다니는 기타는 그 도시에서 벌어지는 공공연한 일들 중에 자기가 모르는 건 없다고 믿었다.

"아무도 몰랐지. 그 사람들은 바로 다음에 걸어들어오는 사람을 찍으려고 사진사며 만반의 준비를 다했더구나. 하지만 끝내 내 사진은 신문에 싣지 않았어. 나하고 엄마가 찾아봤거든, 그렇죠?" 그녀는 파일러트를 보고 확인을 받더니 다시 말을 이었다. "하지만 이등상을 탄 남자 사진은 실었지. 그 사람은 전시 채권을 받았어. 그는 백인이었거든."

"이등상이요?" 기타가 물었다. "무슨 '이등상'이요? 백만의 절반번째 사람이면 백만의 절반번째 사람이고 아니면 아닌 거지. 백만의-절반번째-다음-사람 같은 게 어딨어요?"

"수상자가 리바라면 그럴 수 있어." 헤이가가 말했다. "이등상을 만든 유일한 이유는 리바가 당첨됐기 때문이야. 그리고 상을 리바한테 준 유일한 이유는 그놈의 카메라들 때문이고."

"어쩌다가 시어스에 갔는지 그 얘기도 해주렴, 리바."

"화장실을 찾아 들어간 거였어." 리바는 고개를 뒤로 홱 젖히고 웃음을 터뜨렸다. 두 손이 블랙베리로 얼룩져 있어, 손으로 눈물을 훔치자 코에서 광대뼈까지 자줏빛 줄이 생겼다. 파일러트나 헤이가보다 피붓빛이 훨씬 더 밝은 리바는 눈이 아기처럼 순진해 보였다. 셋 다 꾸밈없는 표정을 하고 있었지만, 파일러트나 헤이가의 얼굴에는 복잡한 뭔가,

눈에 보이는 것 이상의 뭔가가 숨어 있었다. 오로지 리바만, 여드름이 난 밝은 피부와 공손한 태도를 지닌 그녀만이, 단순함 속에 아무것도 숨기고 있지 않다는 느낌을 주었다.

"시내에는 흑인들을 받아주는 화장실이 메이플라워 식당하고 시어스 백화점 딱 두 개밖에 없었거든. 시어스가 더 가까웠어. 볼일이 아주 급하지 않았던 게 천만다행이지. 그들은 다이아몬드를 보내줄 주소와 이름을 쓰라며 십오 분 동안이나 나를 붙들었어. 하지만 반지를 보내주겠다니 안 될 말이지. 나는 계속 물어봤어. 이거 진짜 행사 맞아요? 못 믿겠어요."

"엄마를 거기서 나가게 할 수만 있다면, 다이아몬드 반지가 아깝지 않았을걸요. 구경꾼들이 모여들었고, 파리떼까지 다 모여들 기세였으니까요." 헤이가가 말했다.

"그 반지로 뭘 하실 거예요?" 밀크맨이 물었다.

"껴야지. 좋아하는 물건을 타는 일은 드무니까."

"엄마는 상으로 타는 것마다 다 남을 줘버려." 헤이가가 말했다.

"남자한테." 파일러트가 말했다.

"하나도 간직하질 못해……"

"제일 갖고 싶어하는 게 그거야—남자……"

"산타클로스보다도 못한……"

"이상한 행운은 결코 행운이랄 수 없어……"

"그 남자는 일 년에 한 번만 오거든……"

헤이가와 파일러트는 대화를 양쪽으로 갈라, 밀크맨이나 기타보다는 자기 자신에게 의미 있는 말꼬리를 붙잡아 당기고 있었다—심지어 리바에게 의미 있는 얘기도 아니었다. 리바는 다이아몬드를 드레스 안쪽으로 다시 넣고는 다정하게 웃으며 푸르스름한 자줏빛 나무딸기를 솜씨 좋게 가지에서 떼어냈다.

밀크맨은 그때 키가 5피트 7인치*였는데, 온전히 행복감을 느낀 적은 살면서 그때가 처음이었다. 그는 나이가 더 많은 친구와 함께였고—그 친구는 현명하고 친절하며 겁이 없었다. 그는 악명 높은 포도줏집에 들어와 편안히 앉아 있었다. 자기를 에워싼 여자들은 자기와 함께 있는 걸 즐거워하는 것 같았고 큰 소리로 깔깔거리며 웃었다. 그리고 그는 사랑에 빠져 있었다. 아버지가 그들을 두려워했던 것도 당연했다.

"이 포도주는 얼마나 지나면 마실 수 있어요?" 그가 물었다.

"오늘 한 것? 몇 주일쯤." 파일러트가 말했다.

"우리도 좀 마시게 해주실 거예요?" 기타가 미소를 지었다.

"그럼. 지금 좀 마실래? 포도주는 지하실에 차고 넘치는데."

"그건 싫어요. 이걸 좀 마셔보고 싶어요. 제가 만든 포도주요."

"네가 이걸 만들었다고 생각해?" 파일러트가 그를 비웃었다. "이렇게만 하면 되는 줄 아니? 겨우 블랙베리 몇 알 따면?"

"아." 기타는 머리를 긁적거렸다. "깜빡했어요. 맨발로 이걸 으깨야 하죠."

"발? 발로?" 파일러트는 흥분해서 소리쳤다. "누가 발로 포도주를 만드냐?"

---

* 약 170센티미터.

"맛이 괜찮을 수도 있잖아요, 할머니." 헤이가가 말했다.

"뭐 더 나빠질 맛도 없어." 리바가 말했다.

"아줌마네 포도주 맛있어요, 파일러트 아줌마?" 기타가 물었다.

"그건 말 못해주겠다."

"왜요?"

"한 번도 맛본 적이 없거든."

밀크맨이 웃음을 터뜨렸다. "맛도 안 보고 포도주를 팔아요?"

"사람들은 맛보려고 포도주를 사는 게 아냐. 취하려고 사는 거지."

리바가 고개를 끄덕였다. "어쨌든 전에는 그랬었죠. 지금은 아무도 안 사가잖아요."

"집에서 만든 싸구려 술을 사려는 사람이 하나도 없어. 공황이 끝났으니까." 헤이가가 말했다. "이제는 다들 일자리가 있잖아. 포로지스 같은 술도 사먹을 돈이 있다고."

"그래도 아직 꽤 많이들 사." 파일러트가 헤이가에게 말했다.

"설탕은 어디서 구해요?" 기타가 물었다.

"암시장." 리바가 말했다.

"'꽤 많이'라니요? 사실대로 말해요, 할머니. 엄마가 야채 가게에서 백 파운드짜리 경품을 못 땄다면 작년 겨울에 우리는 아마 쫄쫄 굶었을걸요."

"그럴 리 없다." 파일러트는 입에다 새로 잔가지 하나를 집어넣었다.

"그랬을 거예요."

"헤이가, 할머니한테 대들면 안 돼." 리바가 속삭였다.

"누가 우리를 먹여 살렸겠어요?" 헤이가는 집요했다. "할머니는 안 먹고도 몇 달은 버틸 수 있잖아요. 꼭 도마뱀처럼."

"도마뱀은 안 먹고 그렇게 오래 버틸 수 있니?" 리바가 물었다.

"얘야, 널 굶어죽게 하진 않을 테니 걱정 마라. 네가 어디 하루라도 배가 고팠던 적이 있냐?" 파일러트는 손녀에게 물었다.

"있었을 리가 있나요." 그녀의 엄마가 말했다.

헤이가는 마룻바닥에 쌓인 더미에다 나뭇가지를 던지고는 손가락을 비볐다. 손끝이 짙은 붉은색으로 물들어 있었다. "배가 고팠던 적도 있었어요."

새처럼 재빨리, 파일러트와 리바는 고개를 홱 쳐들었다. 그들은 헤이가를 쳐다보더니 서로 의미심장한 눈길을 주고받았다.

"아가?" 리바의 목소리는 부드러웠다. "배가 고팠니, 아가? 왜 그렇다고 말하지 않았니?" 리바는 마음이 상한 표정이었다. "아가, 네가 원하는 거라면 우린 뭐든지 구해줄 텐데. 뭐든지. 너도 잘 알고 있잖니."

파일러트는 씹던 잔가지를 손바닥에 뱉었다. 그녀의 얼굴에는 미동도 없었다. 달싹거리는 입술이 아니면 마치 가면처럼 보이는 얼굴이었다. 밀크맨의 눈에는, 꼭 누군가가 그 얼굴에서 딸깍 하고 조명 스위치를 끈 것 같았다. 그는 여자들의 얼굴을 바라보았다. 리바의 얼굴은 잔뜩 구겨져 있었다. 눈물이 두 뺨을 타고 줄줄 흘러내렸다. 파일러트의 얼굴은 죽은듯 미동조차 없었지만, 무슨 신호를 기다리듯 긴장되어 있었다. 헤이가의 옆얼굴은 머리카락에 가려 보이지 않았다. 그녀는 팔꿈치를 허벅지에 대고서 몸을 굽히고는, 어둑어둑해지는 빛 때문에 피로 얼룩진 듯 보이는 손가락을 비볐다. 그녀의 손톱은 아주아주 길었다.

정적이 이어졌다. 심지어 기타마저 차마 침묵을 깰 엄두를 내지 못했다.

이윽고 파일러트가 말했다. "리바, 그애는 먹을 것 얘기를 하는 게 아냐."

깨달음이 천천히 리바의 얼굴을 휩쓸고 지나갔지만, 그녀는 대답하지 않았다. 파일러트는 다시 블랙베리를 손질하는 일로 돌아가 콧노래를 부르기 시작했다. 잠시 후, 리바가 목소리를 보탰고 두 사람은 함께 완벽한 화음으로 합창을 하다가 파일러트가 선창했다.

오 슈거맨 여기 날 두고 떠나지 말아요
목화솜에 질식할 것 같아요
오 슈거맨 여기 날 두고 떠나지 말아요
버크라*의 두 팔이 내 목을 졸라요……

두 여인의 노래가 후렴 부분에 다다르자, 헤이가도 고개를 들더니 함께 노래를 불렀다.

슈거맨 날아가버렸네
슈거맨 사라져버렸네
슈거맨 하늘을 가로질러
슈거맨 고향으로 돌아갔네.

밀크맨은 제대로 숨을 쉴 수가 없었다. 헤이가의 목소리는 그나마

* '백인'을 가리키는 속어.

자기 거라 말할 수 있었던 심장의 작은 조각, 남아 있던 그 작은 조각마저 끝내 퍼냈다. 밀크맨은 그 막막한 감정에 짓눌려 까무러칠 것만 같아 간신히 친구를 흘낏 쳐다보았고, 석양빛이 기타의 두 눈동자를 미끄러져, 천천히 번지는 깨달음의 미소에 그늘을 드리우는 광경을 보았다.

그날이 밀크맨에게 다디달았던 거야 두말할 필요도 없었고 그 달콤함을 배가한 건 거기에 비밀과 반항이 내포되었기 때문이었는데, 이 두 감정 모두 아버지가 돌아오자 한 시간도 못 되어 희미하게 흩어져 사라져버렸다. 프레디는 메이컨 데드에게 아드님이 오후 내내 "포도줏집에서 술을 마셨다"고 알렸다.

"거짓말이에요! 우리는 아무것도 마시지 않았어요. 아무것도요. 기타는 심지어 물 한잔을 달라고 해놓고도 마시지 않았다고요."

"프레디는 거짓말을 하는 사람이 아니다. 사실을 왜곡할지는 몰라도, 거짓말은 절대 하지 않아."

"아버지한테 거짓말했잖아요."

"포도주를 마셨다는 것? 그럴지도 모르지. 하지만 네가 거기 있었다는 건 거짓말이 아니지, 안 그러냐?"

"그래요. 그건 아니에요." 밀크맨은 말투를 살짝 누그러뜨렸지만, 목소리에 계속해서 반항의 날을 세워두는 데 성공했다.

"자, 내가 너한테 뭐라고 가르쳤더라?"

"그곳에 가까이 가지 말라고 하셨죠. 파일러트 고모 근처에 가지 말라고."

"그렇지."

"하지만 이유는 말씀해주지 않으셨어요. 그 사람들은 우리 친척이잖아요. 고모는 아버지 동생이고요."

"그리고 너는 내 아들이지. 그러니 넌 내 말을 들어야 해. 이유를 말하든 않든. 내 식탁 밑에다 두 발을 처넣고 있을 양이면, 이 집안에서는 내 말대로 해."

쉰두 살의 메이컨 데드는 마흔두 살 때와 마찬가지로 위압적인 사내였다. 그가 마흔두 살 때 밀크맨은 세상에 아버지만큼 큰 건 없다고 믿었다. 아버지는 그들이 살고 있던 집보다도 훨씬 더 큰 존재였다. 하지만 오늘 그는 아버지만큼이나 키가 큰 여인을 보았고 그 덕분에 자기도 키가 더 커진 듯한 느낌이 들었다.

"이 집안에서 제가 가장 어리긴 하지만, 저는 아기가 아니에요. 아버지는 저를 아기 취급하세요. 저한테는 늘 아무것도 설명해줄 필요가 없다고 하시잖아요. 그러면 제 기분이 어떻겠어요? 정말 아기가 된 기분이라고요. 열두 살짜리 아기요!"

"내 앞에서 언성 높이지 마라."

"아버지가 열두 살 때도, 할아버지한테 이런 취급을 받으셨어요?"

"말조심하지 못해!" 메이컨이 소리쳤다. 그는 주머니에서 두 손을 뺐으나 어찌해야 좋을지 몰랐다. 메이컨은 순간적으로 혼란에 휩싸였다. 아들의 질문이 주변 풍경을 바꿔놓았다. 그는 열두 살 소년으로 돌아가, 밀크맨의 입장이 되어 아버지에게 느꼈던 감정을 그대로 느꼈다. 사랑하고 존경했던 사나이가 울타리에서 고꾸라지는 모습을 보았을 때 자신을 덮쳤던 마비 증세. 흙먼지 속에서 경련하는 몸뚱어리를 지켜볼 때 온몸을 훑고 지나가던 뭔가 사나운 감정. 메이컨의 아버지는 닷

새 밤을 연달아 엽총을 껴안고 울타리에 앉아 계시다가 결국 자기 땅을 지키는 데 목숨을 바쳤다. 이 아이가 그에게 느끼는 감정도 그런 걸까? 어쩌면 이제 이런저런 얘기를 해줄 때가 되었는지도 모른다.

"어때요, 그러셨어요?"

"나는 아버지 바로 곁에서 일을 했다. 바로 곁에서 말이다. 내가 네 살인가 다섯 살이 되었을 무렵부터 우리는 함께 일했어. 우리 단둘이서. 어머니는 돌아가셨다. 파일러트를 낳다가 돌아가셨지. 파일러트는 아직 아기였어. 낮에는 파일러트를 다른 농장에서 지내게 했다. 매일 아침 내가 그애를 안고 거기 데려다주었어. 그런 뒤에 밭을 몇 개나 가로질러 아버지에게 갔지. 우리는 링컨 대통령을 쟁기에 매고…… 링컨 대통령, 그게 말 이름이었어. 아버지는 링컨이 대통령이 되기 전에는 아주 훌륭한 농사꾼이었다면서, 훌륭한 농사꾼한테서 일거리를 빼앗아가면 안 된다고 말씀하셨다. 아버지는 우리 농장을 '링컨의 천국'이라고 부르셨지. 손바닥만한 땅이었다. 하지만 그때 내게는 커 보였어. 지금은 그게 손바닥만한 땅이었다는 걸 알지, 아마 150에이커쯤 되었을 게다. 우리는 50에이커를 경작했어. 80에이커 정도는 숲이었거든. 참나무와 소나무가 아마 한재산 되었을 게다. 어쩌면 그들이 원한 게 그거였는지도 몰라—목재 말이다, 참나무와 소나무. 연못도 하나 있었는데, 그게 한 4에이커쯤 되었지. 물고기가 가득한 냇물도 흘렀고. 골짜기 한중간에 말이야. 그렇게 예쁜 산은 아마 못 봤을 게다, 몬투어 리지라고 불렀어. 우리는 몬투어 카운티에 살았거든. 서스쿼해나 바로 북쪽이다. 네 칸짜리 양돈장도 있었어. 커다란 우리는 폭이 40피트에 세로가 140피트고 우진각 지붕으로 덮여 있었다. 게다가 산 주위로 사슴과 야생 칠면조가 얼마나 많았는지 몰라. 아버지가 요리한 야생 칠면조를 맛보기 전엔 맛있는 걸 먹어봤다고 할 수가 없지. 아버지는 불길 속에서 야생 칠면조를 순식간에 태우셨어. 온통 새까맣게 되도록. 그러면 빠져나올 수가 없지. 속에 든 육즙이 빠져나오질 못해. 그런 뒤에 꼬치에 꽂아 이십사 시간 동안 구우셨다. 까맣게 탄 부분을 잘라내면, 그 속에 든 고기는 부드럽고 달콤하고 육즙이 줄줄 흘렀지. 그리고 과일나무도 있었어. 사과나무와 체리나무. 언젠가 파일러트가 나한테 체리 파이를 만들어주려 한 적도 있었다."

메이컨은 잠시 말을 멈추더니 얼굴에 미소를 띠었다. 몇 년 동안 이런 얘기를 한 번도 하지 않았다. 최근 들어서는 별로 추억에 잠겨본 적도 없었다. 결혼한 지 얼마 되지 않았을 때에는 루스에게 '링컨의 천국' 이야기를 들려주곤 했다. 어둠 속에서 현관 그네에 앉아, 한때 자기 것이었던 땅을 재창조하곤 했다. 집을 사들여 임대업을 시작할 무렵에는, 이발소에서 하릴없이 노닥이면서 그곳의 사내들과 이런저런 이야기를 나누곤 했다. 하지만 몇 년 동안 그런 시간이 없었다, 아니 그런 데 관심을 두지 않았다. 그런데 지금 아들과 함께 다시 회상에 잠기자 그 땅의 구석구석 세밀한 곳까지 마음속에 선명히 떠올랐다. 우물, 사과 과수원, 링컨 대통령, 그리고 망아지 메리 토드, 그들의 소 율리시스 S. 그랜트, 그들의 돼지 리 장군. 그가 기억하는바 역사를 배운 방식이 그랬다. 그의 아버지는 읽지도 쓰지도 못했기에, 직접 본 것과 이야기로 전해들은 것 말고는 몰랐다. 하지만 그는 메이컨의 마음속에 몇몇 역사적 인물을 깊이 새겨놓아, 어린 시절 학교에서 그 사람들에 대해 읽게 될 때면 메이컨은 자기 집 말과 돼지의 성격을 떠올렸다. 아버지가 쟁기

끄는 말을 링컨 대통령이라고 부른 건 그저 농담이었을지도 모르지만, 메이컨은 애초 강인하고 한결같고 온화하고 순종적인 말인 그를 사랑했었기에 링컨을 생각하면 항상 애정을 느꼈다. 그는 심지어 리 장군도 좋아했는데, 그건 어느 봄에 그를 도살해 버지니아 밖에서 맛볼 수 있는 최고의 돼지고기를 먹을 수 있었기 때문이었다. "엉덩이에서부터 스모크햄을 지나, 갈빗살을 지나, 소시지를 지나, 목살을 지나, 족발을 지나, 꼬리를 지나, 머릿고기 편육까지"—무려 여덟 달 동안 먹어치웠다. 그리고 11월에는 구운 돼지 껍데기를 먹었다.

"리 장군은 내가 보기엔 괜찮았다." 그는 미소를 지으며 밀크맨에게 말했다. "내가 아는 장군들 중에서 최고였지. 심지어 불알까지 맛있었거든. 서시는 자기가 한 요리를 통틀어 가장 맛있는 돼지 내장 요리를 한 냄비 했지. 허! 그 여자 이름을 까맣게 잊고 있었구나. 그래, 서시였어. 펜실베이니아주 댄빌에 있는 어떤 백인 소유의 커다란 농장에서 일했지. 거참, 잊어버린다는 게 참 묘하단 말이야. 몇 년 동안 아무것도 기억나지 않았으니. 그러다가 이렇게 모조리 다시 생각나고 말이야. 백인들은 개 경주도 열었어. 옛날에는 그게 꽤나 대단한 스포츠였지. 개 경주. 백인들은 자기 개를 끔찍이도 사랑했다. 깜둥이를 죽이면서 동시에 개털을 빗겼지. 다 큰 백인 사내들이 개 때문에 징징 우는 것도 봤다."

밀크맨에게 그의 목소리가 평소와 다르게 들렸다. 덜 딱딱했고, 말투도 달랐다. 훨씬 더 남부 말투에 가깝고 편안하고 부드러웠다. 밀크맨도 부드럽게 말했다. "파일러트 고모가 그러시는데, 누가 할아버지를 쐈대요. 5피트 상공으로 날아가셨고요."

"그 농장을 가꾸어 수익을 내는 데 아버지는 십육 년 세월을 바치셨지. 지금은 그 동네가 다 낙농업으로 바뀌었다만. 그때는 그렇지가 않았어. 그리고 그때는…… 좋았다."

"할아버지를 쏜 사람이 누구예요, 아버지?"

메이컨은 아들을 똑바로 바라보았다. "아버지는 까막눈이셨고 심지어 서명도 못하셨어. 대신 기호 같은 걸 쓰셨지. 그래서 그 사람들한테 속은 거야. 무슨 서류에 서명을 하셨는데 난 뭔지 몰라. 그러고 나서 그들은 그 땅이 자기네 땅이라고 했다. 아버지는 끝까지 아무것도 읽을 줄 모르셨어. 글을 가르쳐드리려고 했지만, 그 작은 기호들을 하루는 외워도 그다음날이 되면 까맣게 잊어버린다고 하시더구나. 아버지는 평생 딱 한 단어만 쓰셨다—그게 파일러트의 이름이었어. 성경에서 베끼셨지. 그 종이를 접어 파일러트가 귀에 달고 다니잖니. 아버지는 나한테 글을 배우셨어야 했어. 아버지가 당하신 온갖 나쁜 일들이 전부 글을 읽을 줄 몰라서 생긴 일이거든. 읽을 줄 몰라서 당신 이름도 엉망진창으로 지으셨지."

"할아버지 이름요? 어떻게요?"

"해방이 되었을 때였어. 그 주에 사는 흑인들은 모두 해방노예사무국에 등록을 해야 했다."

"아버지의 아버지가 노예였어요?"

"그렇게 바보 같은 소리가 어딨냐? 당연히 노예였지. 1869년에 노예 아닌 흑인이 어디 있었겠냔 말이다. 모두들 등록을 해야 했어. 자유건 아니건. 자유의 몸이 된 노예-였던-사람들. 그때 십대였던 아버지도 등록을 하러 갔는데 책상 앞에 앉은 사내가 술에 취해 있었던 거야. 아버지에게 어디서 태어났느냐고 묻더란다. 아버지는 메이컨이라고 했지. 그러자 아버지가 누구였냐고 물었대. 아버지는 '그분은 돌아가셨어요He's dead'라고 대답했다. 그러자 주인이 누구냐고 물어왔고, 아버지는 '저는 자유의 몸이에요I'm free'라고 대답했지. 음, 그런데 이 양키가 그걸 다 받아적긴 했는데, 모조리 엉뚱한 칸에 적었지 뭐냐. 고향은 어디에 붙어 있는지도 모를 던프리Dunfrie라고 적고, 이름 자리에다가는 그 바보가 '데드Dead' 쉼표 '메이컨'이라고 적은 거다. 하지만 아버지는 글을 읽을 줄 몰랐기 때문에 자기가 어떻게 등록이 되었는지 어머니가 말해줄 때까지 모르셨어. 두 분은 북부로 가는 포장마차에서 만나셨다. 이런저런 얘기를 나누다가, 자유의 몸이 되었다고 자랑하며 아버지가 그 서류를 어머니께 보여주신 게지. 그 서류를 들여다본 어머니가 뭐라고 적혀 있는지 읽어주셨단다."

"그 이름을 계속 쓰실 필요는 없었잖아요, 안 그래요? 진짜 이름을 썼어도 되잖아요, 아니에요?"

"어머니가 좋아하셨단다. 그 이름을 좋아하셨어. 새롭고, 과거를 싹 지워버릴 거라고 하셨단다. 전부 싹 지워버릴 거라고."

"할아버지 진짜 이름은 뭐였는데요?"

"어머니에 대한 기억은 별로 없어. 내가 네 살 때 돌아가셨으니까. 피부색도 밝고 예쁜 분이셨다. 내가 보기엔 백인 여자 같았어. 나하고 파일러트는 어머니를 하나도 닮지 않았지. 우리가 아프리카 출신이라는 게 조금이라도 미심쩍다면, 파일러트를 한번 봐. 그애는 아버지를 꼭 닮았는데, 아버지는 사진으로 본 아프리카 사람들과 꼭 닮았거든. 펜실베이니아주의 아프리카인. 행동거지도 그랬지. 문을 닫듯 얼굴을 꼭 닫고 사셨어."

"파일러트 고모도 그런 얼굴을 하는 걸 봤어요." 밀크맨은 느긋하고 친밀하게 말씀하시는 아버지 앞에서 어쩐지 속내를 털어놓아도 될 듯한 기분, 아버지와 가까워진 기분이 들었다.

"내 마음은 변함없다, 메이컨. 네가 거기 가지 않았으면 좋겠어."

"어째서요? 아직도 이유를 말씀해주시지 않았잖아요."

"그냥 내 말대로 해. 그 여자는 너한테 좋을 게 없어. 그애는 뱀이거든. 뱀처럼 네 마음을 매혹시킬지 모르겠다만, 뱀은 결국 뱀이야."

"지금 아버지의 여동생 얘기를 하는 거잖아요. 아침마다 아버지가 품에 안고 밭을 몇 개나 가로질렀다던 그 여동생이요."

"그건 아주 옛날 일이다. 너도 봤잖니. 그 여자가 어떻게 보이던? 좋은 사람으로 보여? 정상적인 사람으로?"

"아, 고모는……"

"아니면 네 목을 딸 사람으로 보이디?"

"그렇게 보이지는 않았어요, 아버지."

"글쎄다, 그 여자는 그런 사람이 맞아."

"고모가 뭘 어쨌는데요?"

"뭘 어떻게 해서가 아니다. 그냥 그렇게 생겨먹은 게지."

"고모가 어떻게 생겨먹었는데요?"

"뱀이라니까. 뱀 이야기 들어본 적 있냐? 땅에서 작은 새끼 뱀을 본 남자 이야기? 그래, 그 남자는 이 새끼 뱀이 상처 입고 피 흘리는 걸 보았어. 흙속에 늘어져 있었지. 그래서 남자는 안됐다는 생각에 그 새끼 뱀을 주워 자기 바구니에 넣고 집으로 데려갔단다. 그러고는 먹을 것을 주고 잘 돌봐주었더니 뱀이 커다랗고 튼튼한 놈으로 자랐어. 자기가 먹는 음식과 똑같은 걸 먹였거든. 그런데 하루는, 뱀이 남자에게 다가 오더니 그를 문 거야. 독니를 정확히 사내의 심장에 박아넣었지. 그 자리에서 쓰러져 죽어가면서, 사내는 뱀을 보고 물었어. '왜 이런 짓을 하느냐?' 그가 말했지. '내가 너를 잘 돌봐주지 않았느냐? 내가 네 목숨을 구해주지 않았느냐?' 그러자 뱀이 대답했다더군. '그랬죠.' '그런데 왜 이런 짓을 한 거냐? 왜 나를 죽이는 거냐?' 그러자 뱀이 뭐라고 했는지 아니? '하지만 당신도 내가 뱀이라는 걸 알고 있었잖아요, 안 그래요?' 그러니까 그 포도줏집 근처에 얼씬도 하지 말고 파일러트한테서 멀찍이 떨어지라는 말은 진심이다."

밀크맨은 고개를 숙였다. 아버지는 그에게 아무것도 설명해주지 않았다.

"얘야, 그 시간에 그보다 훨씬 더 나은 일을 할 수 있잖니. 게다가 너도 이젠 일을 배울 때가 되었다. 월요일부터 시작해. 방과후에 내 사무실로 오려무나. 거기서 두어 시간 일하면서 진짜배기가 뭔지 배우는 게야. 파일러트는 이 세상 사는 데 써먹을 만한 걸 하나도 못 가르쳐줄 게다. 다음 세상 사는 데 도움이 될진 몰라도 이 세상에선 하나도 쓸모가 없어. 네가 꼭 알아야 하는 중요한 사실 한 가지를 지금 당장 가르쳐주마. 네 것을 만들어야 한다. 그리고 네 것이 또다른 것들을 소유하게 만들어. 그러면 너는 너 자신과 다른 사람들의 주인이 될 게다. 월요일부터 시작하자꾸나, 어떻게 해야 하는지 가르쳐줄 테니."

3

메이컨의 사무실에서 일을 시작한 후 밀크맨의 삶은 한층 나아졌다. 아버지의 희망과는 달리, 포도줏집을 찾아갈 시간은 오히려 더 늘어났다. 메이컨의 임대주택으로 심부름을 다니다보니, 사우스사이드에 갈 일이 많아졌고 기타가 잘 아는 사람들과도 안면을 트게 되었다. 밀크맨은 어리고 친절해서—아버지와 정반대로—세입자들은 그를 편하게 생각해 놀리기도 하고, 먹을 것도 내주고, 속내를 털어놓기도 했다. 하지만 기타의 얼굴을 자주 볼 수는 없었다. 기타를 확실히 볼 수 있는 날은 토요일뿐이었다. 밀크맨이 토요일 아침에 때맞춰 일찍 일어나기만 하면, 기타가 거리로 나가 쏘다니기 전에, 그리고 메이컨을 도와 임대료를 걷을 시간이 되기 전에 친구 얼굴을 볼 수 있었다. 하지만 주중에도 두 사람은 학교를 빼먹고 어울리는 일이 잦았고, 기타가 그를 10번가, 바로 블러드 뱅크 지역 한가운데에 있는 페더의 당구장에 데려간 것도 그런 날들 중 하루였다.

기타가 문을 열어젖히고 "헤이, 페더! 레드캡 두 병 꺼내줘요"라고 버럭 고함을 친 건 오전 열한시경의 일이었다.

성근 곱슬머리에 땅딸막한 페더는 기타를 올려다보더니 밀크맨에게로 시선을 돌렸고, 이내 얼굴을 찌푸렸다.

"저 자식 데리고 나가."

기타는 멈칫하더니 키 작은 사내의 눈길을 따라 밀크맨의 얼굴을 보고 다시 사내를 바라보았다. 당구를 치던 대여섯 명의 사내도 페더의 목소리에 돌아보았다. 세 명은 공군 조종사로 332전투비행대대 소속이었다. 그들의 아름다운 모자와 근사한 가죽재킷이 의자에 조심스럽게 놓여 있었다. 머리카락은 두개골에 바짝 붙여 짧게 깎았고 셔츠 소매는 팔뚝 위에서 깔끔하게 바깥으로 접혀 있었으며 하얀 스카프는 새하얀 사각형을 그리며 뒷주머니에 꽂혀 있었다. 그들은 목에 번쩍거리는 은목걸이를 걸고 큐대에다 초크를 문지르며 은근히 재미있게 됐다는 표정을 비쳤다.

기타는 창피해 얼굴이 달아올랐다. "제가 데려온 애예요." 기타가 말했다.

"데리고 나가라니까."

"이러지 말아요, 페더. 내 친구라니까요."

"저 자식 메이컨 데드 아들이잖아, 맞지?"

"그런데요?"

"그러니까 여기서 데리고 나가란 말이야."

"얘 아빠가 누구든 이 녀석이 뭘 어떻게 하겠어요?" 기타는 꾹 참고 차분한 목소리로 말했다.

"나도 어떻게 못해. 나가."

"재네 아버지가 뭘 했는데요?"

"아직은 아무 짓도 안 했어. 그래서 데리고 나가라는 거야."

"얘는 얘네 아버지랑 달라요."

"달라야지—그치한테서 나왔다는 걸로 말 다했어."

"제가 책임—"

"나한테 수작 부릴 생각은 하지 마, 기타. 데리고 나가. 어차피 몽정할 나이도 안 된 애송이야."

조종사들이 왁자하게 웃음을 터뜨렸고 흰 띠가 둘러진 회색 밀짚모자를 쓴 남자가 말했다. "이런, 저 녀석 쫓아내지 마, 페더."

"당신은 입 닥쳐. 내가 여기 주인이야."

"뭐 해될 일이 있겠어? 열두 살짜리 꼬마인데." 그는 밀크맨을 향해 미소를 지었고, 밀크맨은 '아뇨, 열세 살이에요'라고 말하려다 입을 다물었다.

"그리고 이건 그쪽이랑 상관없잖아, 안 그래?" 페더가 물었다. "저 녀석 아비가 당신네 집주인도 아니고, 그렇지, 게다가 당신이 그럴듯한 영업허가증을 받은 것도 아니고. 당신은 아무것도……"

페더는 소년들을 대할 때처럼 신랄한 태도로 흰 띠가 둘러진 모자를 쓴 사내를 공격했다. 기타는 페더가 새 공격 목표를 잡은 기회를 놓치지 않고, 도끼로 나무를 찍듯 손을 힘껏 내뻗고는 이렇게 외쳤다. "그럼 나중에 봅시다. 가자. 여길 확 흔들어놓자고." 그의 목소리는 이제 우렁

차고 굵었다—두 사람 몫은 충분히 할 만큼 우렁차고도 굵은 목소리였다. 밀크맨은 두 손을 뒷주머니에 쑥 집어넣고 친구를 따라 문 쪽으로 향했다. 그리고 군인들이 자기 눈에서 발견하길 바랐던 냉정함에 걸맞게 목을 쭉 뺐다.

두 소년은 말없이 10번가를 느릿느릿 걷다가 연석 근처 인도의 툭 튀어나온 돌 벤치에 다다랐다. 둘은 거기서 걸음을 멈추고 작업복 차림의 사내들이 던지는 눈길에 등을 돌리고 앉았다. 사내 하나는 이발소 문간에 기대서 있었다. 다른 사내는 가게의 통유리창 쪽을 향해 의자를 뒤로 젖히고 앉아 있었다. 그들은 이발소 주인인 레일로드 토미와 호스피털 토미였다. 두 소년은 다른 남자들에게도, 서로에게도, 아무 말도 하지 않았다. 그들은 앉아서 지나가는 자동차들을 바라보았다.

"학교가 무너져버린 거냐, 기타?" 호스피털 토미가 의자에 앉은 채 말했다. 그의 눈은 나이 많은 노인처럼 희끄무레했지만, 눈만 빼면 건강하고 유연하며 젊어 보였다. 심각하지 않은 말투였으나, 그래도 어쩐지 권위가 묻어났다.

"아닙니다." 기타는 어깨 너머로 대답했다.

"그러면 이런 백주 대낮에 길가에서 대체 뭘 하고 있는 거지?"

기타는 어깨를 으쓱했다. "우리는 그냥 하루 쉬기로 했습니다, 토미."

"그러면 네 친구는? 친구도 안식일인가?"

기타는 고개를 끄덕였다. 호스피털 토미는 백과사전처럼 말했기 때문에, 기타는 그가 하는 말뜻을 대체로 넘겨짚어야 했다. 밀크맨은 여전히 지나가는 자동차들을 바라보고 있었다.

"너희 둘 다 휴일치고는 별로 재미를 못 보고 있는 거 같은데. 그렇게 사악한 얼굴을 하고 학교에 남아 있지 그랬냐."

기타는 담배를 뒤적뒤적 찾아 꺼내더니 밀크맨에게도 한 개비 내밀었다. "페더 때문에 화가 좀 났을 뿐입니다."

"페더?"

"네. 우리를 못 들어가게 하더군요. 제가 날이면 날마다 거기 가는데. 날마다 가도 아무 말 않더니. 오늘따라 우릴 내쫓았어요. 여기 내 친구가 너무 어리다나. 그게 말이 됩니까? 페더가? 손님 나이를 걱정해요?"

"페더한테 걱정이라는 걸 할 줄 아는 뇌세포가 있다는 것도 몰랐네."

"그런 거 없어요. 그저 잘난 척하려고 그러는 거지. 심지어 맥주 한 병도 못 마시게 하더군요."

레일로드 토미가 문간에서 나직하게 웃었다. "그게 다야? 맥주를 못 마시게 한 게?" 그는 목덜미를 문지르더니 기타를 향해 손가락을 구부려 보였다. "이리로 좀 와봐라, 얘야. 너희가 못 하는 게 또 뭐가 있는지 말해줄 테니. 이리로 좀 와봐."

소년들은 마지못해 일어나 너털웃음을 웃는 사내에게 쭈뼛쭈뼛 다가갔다.

"그게 대단한 일이라고 생각하는 거냐? 맥주 못 마시는 게? 글쎄다, 한번 물어보자. 한밤중에 볼티모어와 오하이오를 잇는 기차의 간이식당 주방, 깨끗이 치우고 다음날 장사 준비까지 완전히 마친 뒤 문을 걸어 잠근 주방 한가운데 꼼짝도 않고 서 있어본 적 있냐? 아니면 기관차가 궤도를 따라 미친듯이 달리는 중에 친구 세 명이 새로 뽑은 카드 패를 들고 널 기다린 적은?"

기타는 고개를 가로저었다. "아뇨, 저는 한 번도……"

"맞아, 한 번도 그래 본 적 없지. 그리고 앞으로도 그런 일은 절대 못 해볼 게다. 맥주 한 병 말고도 못 겪어볼 전율이 하나 더 있는 셈이지."

기타는 미소를 지었다. "토미," 기타가 말머리를 꺼냈지만, 토미는 말을 끊었다.

"십사 일을 내리 돌아다니다가 다정한 여자, 깨끗한 이불보, 그리고 오분의 일 남은 와일드터키*가 있는 집으로 돌아가는 기분을 네가 아냐? 응?" 그는 밀크맨을 바라보았다. "넌 해봤냐?"

밀크맨은 웃으며 대답했다. "아니요, 선생님."

"못 해봤어? 그럼 기대도 안 하는 게 좋을 거다, 앞으로도 못 해볼 테니까."

호스피털 토미는 작업복에서 새털 이쑤시개를 꺼냈다. "그 꼬마 놀리지 마, 토미."

"놀리긴 누가 놀려? 진실을 알려주는 것뿐이야. 절대 못 해볼 거니까. 두 녀석 모두 못 해볼 거야. 그리고 너희가 못 해볼 일을 하나 더 알려주마. 마음대로 빙글빙글 돌릴 수 있는 빨간 벨벳 회전의자가 네 개나 있는 전용 객실은 절대 못 가져볼 게다. 그럼. 그리고 전용 화장실과 특별히 제작된 8피트 너비의 침대도 못 가져보겠지. 그뿐일까, 여행할 때 따라다니면서 뭐든지 네가 시키는 대로 하는 시종과 요리사와 비서도 못 가져볼 게야. 그들은 시키는 대로 뭐든지 하지. 뜨거운 물병을 적당한 온도로 맞춰주고 은제 담뱃갑의 담배를 날마다 신선하게 갈아주고. 그것 역시 너희가 절대 못 겪어볼 일이겠구나. 주머니에 현

---

* 버번위스키.

금 5천 달러를 넣고 은행에 가서 은행원한테 이런이런 거리에 있는 이런이런 집을 사고 싶다고 말하자 그 사람이 당장 너한테 그 집을 팔 때, 그때 느끼는 기분을 아냐? 글쎄, 너희는 절대 그런 기분은 못 느껴볼 게다. 또 주지사의 저택이나 8천 에이커의 땅에 심긴 목재를 팔아볼 일도 없겠지. 네 명령 한 마디로 배가 움직이거나 기차가 달리는 일도 없을 테고, 원한다면 332대대에 입대해서 독일 비행기 수천 대를 혼자서 격추시키거나 히틀러의 뒷마당에 착륙해서 네 손으로 놈을 혼쭐낼 수야 있겠지만 아무리 그래도 셔츠 앞에 별 네 개를 달 수는 없을 게다, 세 개도 언감생심이지. 게다가 이른아침 빨간 장미와 따뜻한 크루아상 두 개, 그리고 핫초콜릿 한 잔을 쟁반에 받쳐들고 침대까지 갖다주는 대접도 못 받아볼 게야. 그럼. 천만의 말씀이지. 또 코코넛 잎사귀로 싸 이십 일 동안 묻어두었다가 생쌀로 속을 채운 뒤 모닥불에 구운, 너무 부드럽고 연해서 눈물이 날 듯한 꿩고기도 맛볼 일이 없겠지. 로스차일드 29년산이나 하다못해 보졸레라도 곁들이는 일은 일어날 턱이 없을 게다."

지나가던 남자들 몇이 토미의 말을 듣느라 발길을 멈췄다. "무슨 일이야?" 그들은 호스피털 토미에게 물었다.

"페더가 저 녀석들한테 맥주를 안 팔겠다고 했다나." 그가 말했다. 남자들은 왁자하게 웃음을 터뜨렸다.

"그리고 구운 알래스카도 못 먹어볼걸!" 레일로드 토미는 하던 말을 계속했다. "그럼! 그건 절대 못 먹어볼 테지!"

"구운 알래스카도 못 먹어볼 거라고요?" 기타는 공포에 질려 눈을 커다랗게 뜨고 제 목을 두 손으로 움켜쥐었다. "그렇게 마음 아픈 말씀을 하시다니!"

"자, 그러니까 말이다. 드디어 너희가 겪어볼 만한 게 나왔구나—아픈 마음 말이다." 레일로드 토미의 눈동자가 부드럽게 누그러지며 그 속에 담긴 명랑함이 느닷없이 죽어버렸다. "그리고 어리석음도. 수많은 어리석음. 그건 내 말을 믿어도 좋다."

"토미 선생님." 기타는 짐짓 겸허한 체하며 노래를 불렀다. "우리는 그냥 맥주 한 병 마시고 싶었던 게 다랍니다."

"그래." 토미가 말했다. "그래, 자, 한배에 탄 걸 환영한다."

"구운 알래스카가 뭐야?" 토미네 이발소를 벗어난 두 사람은 10번가를 따라 계속 걸었다.

"달콤한 거야." 기타가 말했다. "디저트."

"맛있어?"

"몰라. 나는 단걸 못 먹거든."

"못 먹어?" 밀크맨은 경악했다. "왜 못 먹어?"

"먹으면 속이 안 좋아."

"형은 달콤한 건 다 싫어?"

"과일은 좋아하지만 설탕을 넣은 건 다 싫어. 사탕, 케이크, 그런 거 말이야. 심지어 냄새도 맡기 싫어. 올라올 것 같아."

밀크맨은 신체적인 원인을 곰곰이 생각해보았다. 단걸 좋아하지 않는다는 사람을 믿어야 할지 확신이 가지 않았다. "형은 당뇨병인가봐."

"당뇨병은 설탕을 안 먹어서 생기는 병이 아니야. 설탕을 너무 많이 먹어서 생기는 병이지."

"그럼 뭐 때문이야?"

"나도 몰라. 단걸 먹으면 죽은 사람들이 생각나. 백인들이랑. 그래서 다 토하기 시작하는 거야."

"죽은 사람들?"

"그래. 그리고 백인들도."

"이해가 안 돼."

기타가 아무 말도 하지 않자 밀크맨이 계속 말했다. "언제부터 그랬어?"

"어릴 때부터. 아버지가 제재소에서 썽둥썽둥 썰려 돌아가신 후 제재소 소장이 우리집에 들러서 아이들한테 사탕을 줬어. 디비니티.* 커다란 봉지에 들어 있었지. 소장 마누라가 우리를 위해 특별히 만든 거라나. 디비니티 사탕은 달콤했어. 시럽보다 더 달콤했지. 정말로 달았어. 그 무엇보다도……" 기타는 걸음을 멈추더니 이마에 송골송골 맺힌 땀방울을 훔쳤다. 그의 눈빛이 흐려지며 흔들렸다. 기타는 인도에 침을 뱉었다. "자—잠깐만." 그는 이렇게 속삭이더니, 생선튀김 가게와 릴리네 미장원 사이 공터로 들어갔다.

밀크맨은 커튼이 드리워진 미장원 창문을 뚫어져라 바라보며 인도에 서서 기다렸다. 미장원에는 늘 커튼이나 블라인드가 드리워져 있었다. 이발소는 안 그런데. 여자들은 길거리를 지나다니는 사람들한테 머리를 매만지는 모습을 보여주기 싫어했다. 부끄러워했다.

기타가 다시 나타났을 때, 그의 두 눈은 헛구역질을 하느라 촉촉이

---

* Divinity. 기타에게는 아버지가 두 동강이 나서(divide) 죽은 상황이 연상되는 명칭이다.

젖어 있었다. "자, 가자." 기타가 말했다. "어디 가서 한 대 태우자. 적어도 그건 나도 즐길 수 있으니까."

열네 살이 되었을 무렵, 밀크맨은 한쪽 다리가 다른 쪽보다 짧다는 사실을 깨달았다. 맨발로 장대처럼 꼿꼿이 서면 왼쪽 발이 바닥에서 반 인치가량 떴다. 그래서 그는 절대 똑바로 서지 않았다. 엉거주춤 몸을 굽히거나 기대거나 한쪽 엉덩이를 쑥 내밀고 삐딱하게 섰으며, 아무에게도 이 사실을 털어놓지 않았다—결코. 리나가 "엄마, 쟤는 도대체 왜 저렇게 걷는 거예요?"라고 물었을 때도 "내 맘대로 걸을 거야. 내키면 누나의 그 못생긴 상판도 밟으면서"라고 응수했다. 루스는 "조용히 해라, 너희 둘 다. 그냥 성장통 때문이야, 리나"라고 말했다. 밀크맨은 그보다는 자기 상태를 더 잘 알고 있었다. 절름발이는 아니었지만—결단코 아니었다—살짝 절름발이 기미가 있었고, 그건 짐짓 꾸민 걸음걸이처럼, 아주 어린 소년이 제 나이보다 훨씬 더 세련돼 보이려고 점잔 빼며 걷는 것처럼 보였다. 아무튼 그는 걸음걸이 때문에 영 신경이 쓰였고, 스스로 뼈아픈 약점이라 통감하는 부분을 가리려고 온갖 동작이며 버릇을 몸에 익혔다. 앉을 때는 왼쪽 발목을 오른쪽 무릎 위에 얹었으며, 절대 그 반대로는 하지 않았다. 그리고 새로운 춤을 출 때마다 희한하게 뻣뻣이 세운 다리로 스텝을 밟았는데, 여자애들은 이런 스텝을 사랑해 마지않았고 급기야는 다른 소년들도 따라 하는 지경에 이르렀다. 기형은 대체로 그의 마음속에만 실재하는 것이었다. 하지만 대체로일 뿐 완전히는 아니었던 게, 농구장에서 몇 시간 동안 운동을 하고 나면 실제로 그쪽 다리에 찌르는 듯한 통증이 느껴졌다. 밀크맨은 그게 좋았고 소아마비 증상이라 믿었으며, 그런 이유로 남몰래 고故 루스벨트 대통령에게 동지애를 느꼈다. 시민권 위원회를 설립한 트루먼에게 모두가 열광할 때에도, 밀크맨은 남몰래 프랭클린 D. 루스벨트를 더 좋아했으며 그에게 아주아주 친밀감을 느꼈다. 사실, 친아버지보다도 더 친밀한 느낌이 들었는데, 메이컨은 결함이라곤 찾아볼 수 없는 사람인데다가 나이가 들수록 더욱더 강인해지는 것 같았기 때문이다. 밀크맨은 아버지를 두려워했고 또 존경했지만, 자기는 다리 때문에 결코 아버지처럼 될 수 없으리라는 사실을 잘 알고 있었다. 그래서 할 수 있는 한 용기를 내어 아버지와 달라지려고 애썼다. 메이컨은 깨끗하게 면도를 했지만, 밀크맨은 콧수염을 길러보려고 필사적으로 노력했다. 메이컨은 나비넥타이를 맸지만, 밀크맨은 매듭 타이를 맸다. 메이컨은 머리에 가르마를 타지 않았지만, 밀크맨은 일부러 머리를 깎아서까지 가르마를 새겨넣었다. 메이컨은 담배를 끔찍하게 싫어했지만, 밀크맨은 십오 분에 한 대씩 입에 담배를 물려고 애썼다. 메이컨은 돈을 모아두기만 했지만, 밀크맨은 돈을 사방에 뿌리고 다녔다. 하지만 좋은 구두와 부드럽고 얇은 양말을 선호하는 취향만은 메이컨과 공유하지 않을 수 없었다. 그리고 아버지에게 고용된 직원으로서 메이컨이 원하는 대로 일을 해내려고 노력했다.

메이컨은 기쁨에 들떴다. 아들은 이제 루스가 아니라 그의 소유였고, 더구나 행상인처럼 온 동네를 돌아다니며 임대료를 걷지 않아도 된다고 생각하니 한층 마음이 놓였다. 덕분에 사업의 품격도 높아진 것 같았고, 그에게는 이런저런 생각을 하고 계획을 짜고 은행 사람들을 방문하고 공지를 읽고 경매물품을 찾아다니면서 어느 땅에 세금이 징수되는지, 소유권자가 나타나지 않은 상속자산은 없는지, 어디에 도로가 나고, 슈퍼마켓과 학교가 설립되는지 알아낼 시간이 생겼다. 그리고 누가 어떤 자산을 정부에 팔아 택지조성 사업권을 따내려 하는지 알아낼 시간. 전시 공장부지 주위에 임대주택이 속속들이 생겨나고 있었다. 니그로인 그가 그 파이에서 큰 조각을 따내지 못할 거라는 건 잘 알고 있었다. 하지만 아직 원하는 사람이 나타나지 않은 땅이라든가, 유대인이나 가톨릭교도에게는 팔고 싶어하지 않는 사람들이 가진 소소한 주변 땅들, 아직 아무도 자산가치를 모르는 땅들이 있었다. 1945년 당시에는 파이껍질 주위로 넘쳐흐르는 파이 속이 꽤나 짭짤했다. 그의 것이 될 수도 있는 파이 속. 전쟁통에도 메이컨 데드의 사정은 어느 모로 보나 전보다 훨씬 나아졌다. 루스만 제외하고. 그리고 몇 년이 흘러 전쟁이 끝나고 파이 속이 허벅지로 줄줄 흘러넘쳐 손을 끈적거리게 하고 배를 채우다못해 뱃살을 축 늘어지게 만들었을 무렵에도, 그는 여전히 그 옛날 1921년에 루스를 목 졸라 죽일걸 그랬다며 후회했다. 루스는 가끔씩 외박하는 버릇을 고치지 않았는데, 이제 쉰 살이나 된 그녀를 대체 어떤 애인이 그렇게 오래 사귀어준단 말인가? 심지어 프레디조차 모르는 애인이라니, 그런 사람이 있을 리가 있나? 메이컨은 하등 중요한 일이 아니라고 생각해버리기로 작정했고, 그러고 나니 아내의 뺨을 후려칠 만큼 화나는 일도 점점 줄었다. 특히 마지막 사건 이후로는 그런 일이 정말로 없었는데, 그때가 마지막이 된 건 아들이 벌떡 일어나더니 주먹을 날려 그를 라디에이터 위로 쓰러뜨렸기 때문이다.

그때 밀크맨은 스물두 살이었고, 이미 육 년 전 오입질을 시작해서 같은 여자와 여러 번 자기도 한 터라 어머니를 새로운 시각에서 바라보기 시작한 지 오래였다. 어머니는 이제 덧신 신어라, 감기 걸릴라, 밥 먹어라 하는 잔소리를 늘어놓지 않았고, 그가 집에서 즐길 수 있는 작은 재미들을 죄다 지저분하고, 시끄럽거나 너저분한 꼴이라며 훼방을 놓는 존재가 아니었다. 지금 밀크맨의 눈에 비친 어머니는 소소한 일을 하며 만족을 찾는 연약한 여인이었다. 영산홍, 금붕어, 달리아, 제라늄, 임페리얼 튤립 등등 죽어도 가슴이 아프지 않을 만한 작은 생명체를 기르고 가꾸는 일 같은. 아닌 게 아니라 이 작은 생명체들은 실제로 죽어버리곤 했다. 금붕어는 수면 위로 둥둥 떠올랐고, 루스가 손톱으로 어항 벽을 톡톡 쳐도 전처럼 공포에 질려 번개처럼 호를 그리며 달아나지 않았다. 영산홍 잎사귀들은 점점 널찍해지고 점점 짙푸른색을 띠다가 빛깔이 가장 짙어지고 윤기가 최고조에 달했을 때, 돌연 생기를 잃고 흐늘흐늘한 누런 하트로 변해버렸다. 어떤 면에서 루스는 죽음을 질투했다. 의사가 세상을 떠났을 때 루스는 깊은 슬픔을 느끼면서도, 마치 그가 삶보다 훨씬 흥미로운 주제를 고른 것 같다는 생각에—루스 자신보다 훨씬 짜릿한 동반자를 선택한 것 같다는 생각에—그리고 죽음이 손짓하자 일부러 따라나선 것 같다는 생각에 어쩐지 자존심이 상하는 기분이 들었다. 죽음의 현존 앞에서 루스는 어느 때보다도 맹렬하고 심지어 영웅적이었다. 죽음의 위협으로 인해 루스는 삶의 방향을 찾았고 더 명료하게 생각할 수 있었으며 대담무쌍해질 수 있었다. 메이컨이 무슨 짓을 저질렀건, 루스는 의사가 정말 원하지 않았다면 죽지 않아도 되었을 거라 믿었다. 그리고 어쩌면 자신이 그렇게 실패하고 거부당했다는 의혹 때문에 (메이컨에 대한 미미한 복수심도 있었거니와) 남편을 폭력 외에는 아무런 탈출구가 없는 길로 몰아넣었는지도 몰랐다. 리나는 메이컨의 격한 분노를 설명할 길이 없다고 생각했다. 하지만 커린디언스는 차츰 대강의 밑그림을 볼 수 있었다. 어머니가 어떻게 아버지를 어떤 지경에, 힘이 아니라(아홉 살짜리 여자애도 루스의 뺨을 때리고 아무런 벌도 받지 않을 수 있었다) 무기력의 정점에 몰아넣는지. 루스는 자신이 일종의 정직한 어릿광대처럼 굴었던 어떤 사건을 상세히 그려 보이는 것부터 시작했다. 처음에는 기분좋은 저녁식사중의 대화로 출발했고, 루스가 자기 망신에 다른 사람을 억지로 끌어들이지 않았기 때문에 겉으로 보기에는 별 탈 없어 보였다. 하지만 모두들 그녀의 정직함에 감탄하면서도 한편으로는 어쩌면 저렇게 뭘 모를까 싶어 비웃었다.

루스가 드보라크 부인의 손녀딸 결혼식에 간 적이 있었다. 안나 드보라크는 늙은 헝가리 여인으로 한때 그녀 아버지에게 진료를 받던 환자였다. 아버지의 환자들 중에는 백인 노동자도 많았고, 몇몇 중산층 백인 여자들이 잘생긴 의사라고 찾아오기도 했다. 안나 드보라크는 1903년 자기 아들을 결핵 요양원에 보내지 않은 의사 선생을, 기적적으로 아들의 목숨을 구해준 은인이라고 생각했다. 소위 '요양원'에 갔던 이들은 거의 모두 그곳에서 죽음을 맞았다. 안나는 의사 선생이 머시 종합병원에서 전혀 영향력이 없으며, 마찬가지로 요양원에서도 아무런 영향력을 행사할 수 없다는 걸 몰랐다. 1903년의 결핵 치료법이 환자들의 건강에 가장 해로운 요법이었다는 사실도 전혀 몰랐다. 그녀가 아는 건 오로지 의사가 특정한 식이요법과 엄격하게 지켜야 할 휴식시간을 정해주고, 하루에 두 번 대구간유를 먹으라고 지시했다는 것뿐이었다. 소년은 살아남았다. 이 아들의 막내딸이 결혼하는 날, 드보라크 부인은 당연하게도 기적을 일으킨 의사의 딸을 초청하고 싶어했다. 루스는 결혼식에 참석했고 회중이 제단으로 가서 성체를 모실 때도 따라갔다. 무릎을 꿇은 채 고개를 숙이고 그 자리에 앉아 있던 그녀는, 자기가 신부를 선택의 상황, 밀전병을 그녀의 모자 위에 올려놓아야 할지 아니면 그녀 차례를 건너뛰어야 할지 선택해야 하는 상황에 몰아넣었다는 사실을 까맣게 몰랐다. 신부는 그녀가 가톨릭 신자가 아니라는 사실을 한눈에 알아보았다. 말씀에 고개를 들지도 않고 영성체를 제대로 받기 위해 혀를 내밀지도 않았기 때문이다.

"코르푸스 도미니 노스트리 제수 크리스티." 기도문을 읊은 뒤, 신부는 그녀에게 날카롭게 속삭였다. "쓰읍, 고개를 들란 말이오!" 루스는 고개를 들어 작은 은쟁반에 영성체를 받쳐들고 서 있는 복사를 보았다. "코르푸스 도미니 노스트리 제수 크리스티 쿠스토디아트 아니맘 투암……" 신부는 영성체를 내밀었고 그녀는 입을 벌렸다.

잠시 후 피로연장에서 신부는 루스에게 가톨릭 신자냐고 대놓고 물었다.

"아뇨. 전 감리교 신자인데요." 루스가 대답했다.

"그렇군." 신부가 말했다. "이보시오, 성당에서 영성체를 받을 수 있는 건 오직—" 바로 그때 늙은 드보라크 부인이 끼어들었다.

"신부님." 부인이 말했다. "저희 가족에게 가장 소중한 친구분을 소개해드릴게요. 포스터 박사님의 따님이세요. 이분 아버님께서 리키의 생명을 구해주셨지요. 만일 그분이 아니었더라면 리키는 아마 이 자리에……"

패드루 신부는 미소를 지으며 루스와 악수했다. "만나뵙게 되어 대단히 기쁩니다, 미스 포스터."

별것 아닌 일이었지만, 이야기는 장황했다. 리나는 어머니의 감정이 종교적 황홀감에서 순수한 자부심으로, 또 부끄러움으로 옮겨가는 한마디 한마디를 귀기울여 들으며 마치 자기가 체험하는 듯 느꼈다. 커린디언스는 분석적인 태도로 기대감에 차서 귀를 쫑긋 세웠다—어머니가 과연 이 일화를 어떤 상황으로 발전시켜서 끝내 메이컨으로 하여금 신랄한 면박을 날리거나 그녀를 때리게 만들 것인가 궁금해하면서. 밀크맨은 듣는 둥 마는 둥 했다.

"'가톨릭 신자십니까?' 그 사람이 나한테 묻더라고. 잠시 당황스러웠지만 곧 대답했지. '아뇨, 전 감리교 신자인데요.' 그러자 그는 가톨릭 성당에서 영성체를 받을 수 있는 사람은 가톨릭 신자뿐이라는 말을 하기 시작했어. 글쎄, 난 그런 얘기는 생전 처음 들어봤거든. 영성체는 누구든지 받을 수 있는 거라고 생각했지. 우리 교회는 매달 첫번째 일요일에 아무나 올 수 있잖아. 아무튼 그 신부님이 막 말을 시작하는데, 안나가 오더니 '신부님, 저희 가족에게 가장 소중한 친구분을 소개해드릴게요. 포스터 박사님의 따님이세요'라고 말했어. 글쎄, 그러니까 신부님이 만면에 미소를 띠는 거야. 그러고는 나와 악수를 하면서, 만나뵙게 되어서 대단히 기쁘고 영광이라고 하셨어. 그래서 결국 다 잘 끝났지. 하지만 난 정말 몰랐어. 양처럼 순진무구하게 거기 올라갔다니까."

"가톨릭 성당에서는 가톨릭 신자만 영성체를 받는다는 걸 몰랐단 말이야?" 메이컨 데드가 따져 물었는데, 그 어조에는 못 믿겠다는 기색이 역력했다.

"몰랐어요, 메이컨. 내가 어떻게 알겠어요?"

"자기네 학교를 따로 짓고, 아이들을 공립학교 근처에 얼씬도 못 하게 하는 사람들인데, 그런 사람들이 자기네들 종교 의례에 오고 싶어하는 사람은 아무나 다 받아줄 거라고 생각했다고?"

"영성체는 나누는 거잖아요."

"당신 정말 어리석군."

"패드루 신부님은 그렇게 생각하지 않았어요."

"바보짓은 혼자 다 하지."

"드보라크 부인도 그렇게 생각하지 않았고요."

"그 여자는 결혼식을 순조롭게 진행하려고 했을 뿐이야, 당신이 결혼식을 개판으로 만들까봐."

"메이컨, 제발 애들 앞에서 그런 말 좀 쓰지 마요."

"어느 빌어먹을 애들 말이야? 여기 있는 애들은 다 나이를 먹을 만치 먹어서 투표권도 있는데."

"말다툼할 이유가 없어요."

"당신은 가톨릭 성당에서 바보짓을 하고 피로연 손님들까지 다 민망하게 만들어놓고도, 식탁에서 당신이 정말 훌륭한 여자라는 칭찬을 듣고 싶은 거야?"

"메이컨……"

"그러고는 정말로 몰랐다는 거짓말을 하고 앉았어?"

"안나 드보라크는 전혀—"

"안나 드보라크는 자기 이름도 제대로 몰라! 당신한테 포스터 박사의 따님이라고 했잖아! 그 여자가 아직도 당신 이름을 모른다는 데 백 달러를 걸지! 당신 혼자서는 아무것도 아니라고! 당신은 당신 아빠의 딸일 뿐이야!"

"그래, 맞아요." 루스가 가늘지만 떨리지 않는 목소리로 말했다. "나는 분명 아빠의 딸이지." 그녀는 미소 지었다.

메이컨은 포크를 내려놓을 여유도 부리지 않았다. 그는 포크를 식탁에 떨어뜨리면서 손을 빵 접시 위로 날렸고, 그 손은 순식간에 주먹이 되어 루스의 턱을 강타했다.

밀크맨은 아무것도 미리 계획하지 않았지만, 틀림없이 알고 있었을 것이다. 언젠가는 메이컨이 어머니를 때린 후, 어머니가 손으로 입을 가리고 혓바닥으로 부러진 이빨이 없나 샅샅이 찾다가 이빨이 하나도 부러지지 않았다는 걸 확인하고는 입안에 든 음식조각을 남몰래 제자리로 돌려놓으려 애쓰는 모습을 보게 될 거라는 사실을—그리고 바로 그런 날이 오면 자기가 도저히 참을 수 없으리라는 사실을. 아버지가 주먹을 거두기도 전에 밀크맨은 아버지의 코트 칼라 뒤쪽을 덥석 붙잡아 의자에서 일으켜세우고는 주먹을 날려 그를 라디에이터 위로 쓰러뜨렸다. 창문의 블라인드가 펄럭거리더니 혼자 후루룩 말려올라갔다.

"어머니한테 한 번만 더 손대면, 제 손에 죽을 줄 아세요."

메이컨은 아들의 공격에 충격을 받아 입도 뻥긋 못했다. 오랜 세월 발을 디디는 곳마다 존경과 두려움을 불러일으켰고, 그 어떤 모임에서도 가장 키가 큰 사내였던 메이컨은 아무도 자기를 공격하지 못할 거라 믿었다. 그런데 지금 그는 벽을 짚고 질질 기는 몰골로, 자기만큼이나 키 큰 사내를 바라보고 있었다—게다가 그 사내는 자기보다 무려 마흔 살이나 젊었다.

벽을 짚고 질질 기는 아버지의 마음이 온갖 모순적인 감정으로 벅차올랐던 것처럼—수치심, 분노 그리고 마지못해 느끼는 아들에 대한 자랑스러움—아들 역시 그 나름의 모순적인 감정을 느꼈다. 아버지가 다른 남자—그게 자기 자신이라 해도—앞에서 무너지는 모습을 바라보고 있자니 고통스럽고 수치스러웠다. 피라미드가 수 세대에 걸쳐 목숨을 바쳐가며 완벽을 추구한 건장한 사내들의 손에 의해 신비하고 항구적인 방식으로 건설된, 오천 년을 이어져온 문명의 경이로움이 아니라, 시어스 백화점 뒷방에서 솜씨 좋은 진열창 장식업자가 마분지로 만든 것이며, 기껏해야 한평생 정도의 수명밖에 지니지 못한다는 사실을 알게 되었을 때 느낄 법한 서글픔이었다.

하지만 한편으로는 환희를 느꼈다. 욕망만큼이나 오랜, 코웃음을 치며 말처럼 뛰어다니고 싶은 환희였다. 밀크맨은 찰나에 하나를 얻고 하나를 잃었다. 무한한 가능성과 엄청난 책임이 그 앞에 펼쳐져 있었지만, 전자를 이용할 채비도 되어 있지 않았고 후자를 떠맡을 각오도 서 있지 않았다. 그래서 그는 빼기며 식탁을 돌아 걸어가서 어머니에게 물었다. "괜찮으세요?"

어머니는 손톱을 쳐다보고 있었다. "그래, 괜찮다."

밀크맨은 누나들을 쳐다보았다. 그는 누나들(혹은 누나들의 역할)과 어머니를 따로 생각할 수가 없었다. 누나들은 그가 태어났을 때 이미 십대 초반이었다. 이제 그들은 서른다섯 살과 서른여섯 살이 되어 있었다. 하지만 루스가 리나보다 겨우 열여섯 살 많았기 때문에, 밀크맨에게 세 사람은 항상 같은 또래로 보였다. 그런데 지금 식탁 너머로 마주친 누나들의 눈에는 너무나도 생생한, 너무나도 새로운 증오가 떠올라 있어, 그는 소스라치게 놀랐다. 원래 누나들의 창백한 두 눈은 훨씬 더 창백한 피부에 흐릿하게 번져드는 것처럼 보였는데 지금은 그렇지 않았다. 누나들의 눈언저리에 시커먼 흑연으로 선이 그어진 것만 같았다. 두 개의 선이 뺨을 타고 번져 있고, 장밋빛 입술은 증오심으로 부풀어 올라 터져버릴 듯했다. 밀크맨이 두 번이나 눈을 깜박거린 뒤에야 누나들의 얼굴은 그가 잘 알고 있는, 약간 겁먹은 순한 표정으로 되돌아왔다. 자기한테 고마워할 사람이 아무도 없다는 걸 깨닫고서, 그는 재빨리 방을 나섰다—심지어 욕을 퍼부을 사람도 없었다. 그 행동은 온전히 자기 혼자 감당할 몫이었다. 그로 인해 부모님 사이가 달라질 리는 없었다. 부모님의 내면이 달라질 리도 없었다. 아버지를 때려눕혔으니 체스판에 말을 둘 구석이 여기저기 몇 개쯤 새로 생겼을지는 몰라도, 게임은 계속될 것이었다.

헤이가와 잠자리를 함께한 뒤로 밀크맨은 한층 너그러워졌다. 아니 그런 생각이 들었다. 영혼이 드넓어졌다. 아니 그런 상상을 했다. 보통 때는 생각조차 않던 어머니를 보호해주고, 두려워하면서도 사랑했던 아버지를 때려눕힐 수 있을 만큼 너그러워지고 영혼이 드넓어졌다고.

침실로 돌아온 밀크맨은 서랍 속의 물건들을 만지작거렸다. 열여섯 살 되던 해에 어머니가 선물한 한 쌍의 은제 솔에는 자기 이름의 머리글자가 새겨져 있었는데, 그건 전문의 학위의 약자이기도 했다. 어머니와 그걸 두고 농담을 하기도 했고, 어머니는 의대 진학을 진지하게 고려해보라고 집요하게 눈치를 주었다. 그러면 그는 이렇게 응수해 어머니의 허를 찔렀다. "어떻게 보이겠어요? M. D., M. D.라니. 어머니라면 아플 때, 데드 박사님께 가고 싶으시겠어요?"

루스는 깔깔 웃음을 터뜨리면서도 그의 미들네임이 포스터라는 점을 일깨웠다. 포스터를 성으로 쓸 수도 있지 않겠니? 메이컨 포스터 박사. 근사하게 들리지 않니? 밀크맨은 그렇다고 인정할 수밖에 없었다. 은제 솔들은 어머니가 그에 대해 지녔던 바람을 끊임없이 상기시키는 물건이었다—고등학교에서 학업을 그만두지 말고, 대학에 진학해 의대에 가야 한다는 것. 루스가 남편의 일을 전혀 존경하지 않았던 것처럼 메이컨은 대학 졸업자들을 전혀 존경하지 않았다. 밀크맨의 아버지에게 대학이란 인생의 과업, 그러니까 자산을 소유하는 일에서 동떨어져 하릴없이 시간을 죽이는 곳일 뿐이었다. 메이컨은 딸들이 대학에 가기를 열렬히 바랐고—그곳에서 적당한 남편감을 찾을 수 있을 테니까—실제로 딸 하나, 커린디언스는 대학에 진학했다. 하지만 밀크맨에게는 무의미한 일이라고 생각했고, 더욱이 사무실에서 아들의 존재는 실제로 큰 힘이 되었다. 메이컨이 은행의 인맥을 움직여 그들의 인맥을 이용해 징집대상에서 아들을 '가족 부양 의무자' 범주로 옮겨 빼내왔을 정도로 쓸모가 큰 존재였다.

밀크맨은 거울 앞에 서서, 벽에 달린 등불의 흐릿한 빛이 비춘 자기 모습을 흘낏 바라보았다. 언제나 그렇듯, 눈앞에 보이는 모습은 별로 인상적이지 못했다. 얼굴은 그 정도면 꽤 근사했다. 여자들이 항상 칭찬하는 눈, 단단한 턱선, 눈부신 치아. 따로따로 떼어놓고 보면 그럴싸해 보였다. 아니 그럴싸해 보이는 정도가 아니었다. 하지만 어떤 일관성, 이목구비가 하나로 어우러지는 듯한 일관성이 결여되어 있었다. 그의 생김생김은 모두 너무나도 모호해 보였다. 마치 모퉁이 너머 가서는 안 될 곳을 살짝 엿보면서 앞으로 가야 할지 뒤로 물러서야 할지 고민하는 사람처럼. 그가 내린 결정이 지극히 중요한 것이라 해도, 그 결정을 내린 방식은 경솔하고 계획적이지 못한데다 무식한 것일 터였다.

등불 아래 그렇게 서서, 벽을 짚고 질질 기는 아버지의 모습을 생각하지 않으려고 애쓰고 있는데, 문 두드리는 소리가 들렸다. 리나나 커린디언스의 얼굴을 보고 싶지도 않았고, 어머니와 남몰래 밀담을 나누고 싶지도 않았다. 그렇다고 복도에 모습을 드러낸 아버지의 모습이 더 반가운 것도 아니었다. 메이컨의 입가에 난 가느다란 상처에는 아직도 한줄기 핏자국이 눈에 띄었다. 하지만 아버지는 꼿꼿이 서 있었고, 두 눈동자에는 흔들림이 없었다.

"저, 아버지." 밀크맨이 말을 꺼냈다. "저는—"

"아무 말 할 것 없다." 메이컨이 그를 밀치고 지나가며 말했다. "앉거라."

밀크맨은 침대 쪽으로 다가섰다. "저, 우리 이 일은 잊어버려요. 아버지가 약속해주신다면—"

"앉으라고 했잖냐. 앉으란 말이다." 메이컨의 목소리는 나직했지만, 얼굴은 파일러트 같았다. 밀크맨은 문을 닫았다. "너는 이제 다 컸지만, 덩치가 크다는 게 능사는 아니다. 온전한 남자가 되어야지. 그리고 온전한 남자가 되려면, 온전한 진실에 대처할 줄 알아야 해."

"아버지, 이러실 필요 없어요. 아버지와 어머니 두 분 사이의 일을 제가 전부 다 알 필요도 없고요."

"나는 말해야 하고, 너도 알 필요가 있어. 네가 아버지한테 주먹을 들이댈 작정이라면, 다음에는 그 주먹 뒤에 좀 쓸 만한 정보를 갖고 있는 편이 좋겠지. 지금부터 내가 하려는 말은 사과도 아니고 변명도 아니다. 그냥 정보일 뿐이지.

나는 네 엄마와 1917년에 결혼했다. 네 엄마는 열여섯 살이었고, 아버지와 단둘이 살고 있었지. 내가 네 엄마를 사랑했다고 말할 수는 없다. 그때는 요즘처럼 사랑이 꼭 필요하다고 생각하지 않았어. 사람들은 예의바르고, 정직하고—그리고 깨끗해야 했다. 겉과 속이 다르지 않은 사람들에게 의지해야 했지. 그렇지 않으면 살아남을 수가 없었으니까. 아내를 맞을 때 중요한 점은 무엇이 중요한지에 대해 둘의 생각이 같아야 한다는 것이었어.

장인은 나를 전혀 좋아하지 않았고, 솔직히 말해서 나도 그분에게 몹시 실망했다. 그분은 이 도시에서 가장 거물이라고 할 만한 니그로였거든. 최고 부자는 아니었지만 가장 존경받는 분이었어. 하지만 그렇게 지독한 위선자는 결코 없을 게다. 돈을 은행 네 군데에다 넣고 관리를 했지. 겉으로는 항상 점잖고 품위를 지켰어. 그런 천성을 타고난 줄 알았는데, 알고 보니 에테르*를 흡입했던 거였다. 이 동네 니그로들은 그 사람을 신처럼 우러러보았어. 하지만 그분에게는 그 사람들이 안중에도 없었다. 동네 사람들을 식인종이라고 불렀다니까. 네 누나 둘을 다 당신 손으로 받았는데, 매번 피부색에만 관심을 보였지. 아마 너는 손자 취급도 안 했을 게다. 당신이 직접 딸을 진료한다는 게 나는 별로 마음에 들지 않았어, 아무래도 그 여자는 내 아내였으니까. 당시 머시 종합병원에서는 흑인을 받지 않았어. 어쨌든, 루스는 다른 의사한테는 절

* 마취제.

대 안 가려고 했지. 나는 산파를 구해주려 했지만 의사 선생은 산파들이 더럽다고 했다. 나는 나 역시 산파가 받은 아기였다고, 우리 어머니가 산파로 충분했다면 당신 딸도 산파로 충분하다고 말씀을 드렸지. 그래, 그 문제로 우리는 심하게 말다툼을 했고, 결국 나는 친아버지가 딸의 애를 받는 것보다 더 더러운 건 없을 거라고 말해버렸다. 그걸로 확실히 낙인을 찍은 거지. 그후로는 별로 할말도 없었고, 두 사람은 내 의사와 상관없이 그렇게 했다. 리나와 커린디언스 둘 다. 나한테 눈을 감고 단어를 하나 골라서 이름을 짓게 해주긴 했지만 그게 전부였어. 알다시피 네 누나들은 기껏해야 일 년 남짓 시간을 두고 태어났지. 그리고 두 번 다 당신이 분만을 맡으셨다. 네 엄마가 두 다리를 쩍 벌리고 있는데, 당신이 그 자리에 있었단 말이다. 나도 장인이 의사라는 것과 의사들은 그런 문제에 신경쓰지 않는다는 걸 알고 있지만, 그분은 의사이기 이전에 사내였다. 그때 나는 두 사람이 작당해서 영원히 나를 괴롭히기로 했다는 걸 알았다—둘 다 말이다—그리고 내가 어떻게 하든지 간에 둘은 끝내 뭐든 자기네 마음대로 해버렸어. 내가 사는 집이 누구의 집인지, 도자기가 어디서 난 건지 항상 상기시켰다. 워터퍼드산產 수반을 구하려고 영국에 사람을 보냈는데, 그 수반을 놓을 식탁이 필요해 사람을 또 보냈다는 둥. 그 식탁은 너무 커서 문을 통과하려면 조각조각 해체해야 했어. 그는 날이면 날마다 자기가 이 도시에서 두번째로 쌍두마차를 가지게 된 사람이라고 자랑을 늘어놓았다.

내가 어디 출신인지, 우리가 어떤 농장을 소유했는지, 그런 것에는 신경조차 쓰지 않았다. 그리고 내가 하려고 애쓰던 일—그 일에도 전혀 관심이 없었지. 판자촌의 판잣집들을 사들인다고, 그렇게 말하더군.

'판자촌은 잘되어가나?' 저녁때 내게 건네는 인사말이 그거였어.

하지만 그게 문제가 아니었다. 그런 건 참을 수 있었어. 나는 내가 원하는 걸 잘 알고 있고, 어떻게 하면 얻을 수 있을지도 확실히 알고 있었으니까. 그래서 그건 참을 수 있었어. 실제로 참아냈고. 문제는 다른 데, 내가 뭐라고 꼬집어 말할 수 없는 데 있었다. 한번은 내가 은행 네 곳에 넣어둔 그 돈을 좀 꺼내 써보려고 한 적이 있었어. 철도 부지가 상당한 돈이 될 것 같았거든—철도 부지 보상금. 이리 라커워너가 사려던 참이었어. 나는 철로가 어디를 통과할지 확실히 감이 왔다. 그 근처를 걸어다니며 샅샅이 둘러보았지. 쇼어 로드, 부둣가, 6번 국도와 2번 국도가 갈라지는 교차로. 나는 철로가 어디로 지나갈지 정확하게 파악했다. 그리고 싸게 사서 철로 중개상에게 되팔 수 있는 땅도 찾아냈어. 그런데 나한테 단 한푼도 빌려주지 않더구나. 그때 나한테 돈을 빌려줬다면, 그럭저럭 살 만한 정도가 아니라 진짜 부자가 되어서 죽을 수 있었을 텐데. 그리고 나도 지금보다는 훨씬 더 출세했겠지. 나는 네 어머니한테 그를 좀 설득해달라고 부탁했다. 이리 철도가 정확히 어디로 향하는지 설명했어. 네 어머니는 아버지가 결정할 문제라고 하더군. 자기는 아무런 힘도 없다면서. 나한테, 자기 남편인 나한테 그렇게 말하더구나. 그때부터 나는 네 어머니가 결혼한 사람이 누군지 궁금해지기 시작했어—나인지 장인인지.

그러다가 의사 선생이 병이 났다." 메이컨은 병이 났다는 말을 하는 것만으로도 자신의 약점을 상기하게 된 듯 말을 멈추고는, 주머니에서 커다란 흰 손수건을 꺼냈다. 그는 입가에 난 가느다란 상처에 조심스럽게 손수건을 댔다. 그리고는 손수건에 묻은 희미한 핏자국을 들여다보았다. "그놈의 에테르가," 그가 말했다. "핏속에 들어갔던 모양이지. 병명은 다른 것이었지만, 난 그 에테르가 문제라는 걸 알았다. 장인은 그냥 자리에 누운 채로 퉁퉁 부어올랐어. 몸은 퉁퉁 붓고, 팔다리는 그저 시들시들 여위어갔다. 더이상 환자를 볼 수 없었고, 그 잘난 멍청이는 제 평생 처음으로 아파서 다른 멍청이한테 병을 낫게 해달라고 돈을 주는 기분을 알게 되었지. 그놈의 의사들 중 하나가, 장인을 봐주던 바로 그 의사놈이—자기네 병원에 그를 발도 못 들여놓게 했던 바로 그 놈들 중 하나였는데, 만일 장인이 자기네 딸이나 마누라 아기를 받았더라면, 아니 받을 꿈이라도 꿨다면, 당장 철길로 끌고 가 린치를 했을 게다—아무튼 그놈들 중 하나가, 장인이 자기 몸을 맡길 만하다고 생각했던 의사들 중 한 놈이, 그래, 레이디에이소라는 마법의 묘약을 들고 이 집에 들어와서는 병을 고칠 수 있을 거라 말했어. 루스는 흥분해서 어쩔 줄 몰랐지. 그리고 며칠 동안 장인의 상태가 호전되기는 했다. 그러고 나서 병세가 더 악화되었지만. 움직이지도 못하고, 두피에는 여기저기 땜빵이 생기더구나. 그러고는 네 어머니가 아직도 쓰는 저 침대에 꼼짝도 못하고 누워만 있다가 그 침대에서 죽었다. 무기력하게, 뚱뚱한 배때기에 깡마른 팔다리, 허연 쥐새끼 같았어. 음식을 소화하지를 못했거든. 식사는 모두 유동식으로 마시고, 식사 후에는 매번 뭔가를 삼켜야 했어. 나는 지금까지도 그게 에테르였다고 믿고 있다.

그가 죽던 날 밤, 나는 도시 반대편에 갈 일이 있었어. 포치가 무너져서 수리를 해야 했거든. 브래들리 씨네 집이었다. 포치가 이십 년 동안 기울어져 있다가 그냥 풀썩 꺼진 거야. 건물 주춧돌에서 깨끗하게 떨어져나갔지. 도와줄 사람을 몇 데리고 포치를 다시 세우러 가야 했어. 안 그러면 집밖으로 나올 때 사람들이 펄쩍 뛰어내려야 하고 도로 들어갈 때는 3피트 높이를 기어올라가야 하니까. 그런데 누가 발끝으로 살금살금 내게 걸어오더니 말하더구나. '의사 선생님이 돌아가셨대요.' 사람들이 말하길 루스는 그와 함께 이층에 있다고 했다. 많이 상심했을 것 같아서 그녀를 위로해주려고 당장 달려올라갔어. 포치에서 일할 때 입은 작업복을 갈아입을 여유도 없이 냅다 올라갔단 말이다. 루스는 침대 옆 의자에 앉아 있었는데, 나를 보자마자 벌떡 일어나더니 고래고래 소리를 지르더구나. '감히 그런 차림으로 여길 들어온단 말이에요? 씻고 와요! 여기 들어오기 전에 깨끗이 씻으라고요!' 상당히 짜증이 나긴 했지만, 나도 고인에 대한 예의는 있는 사람이다. 가서 씻었지. 목욕을 하고, 깨끗한 셔츠에 칼라를 달고서 다시 들어갔다." 메이컨은 다시 말을 멈추고 입가의 상처를 어루만졌다. 그의 눈에 떠오른 고통이 그 상처에서 기인하기라도 하는 것처럼.

"침대에," 그는 말을 꺼냈다가 한참 동안 입을 다물었고, 너무 오래 그러고 있는 바람에 밀크맨은 그가 말을 계속할 생각이 있는지 없는지조차 확실히 알 수 없었다. "침대에. 문을 열었을 때 네 어미는 거기 있었다. 장인 바로 옆에 누워 있었어. 마당에서 키우는 개처럼 벌거벗은 채 그에게 키스를 하고 있더구나. 장인은 새하얗고 퉁퉁 붓고 깡말라 죽어 있고, 네 어미는 그의 손가락을 제 입안에 넣고 있었다.

자, 그후로 내가 얼마나 끔찍한 시간을 보냈는지 알아줬으면 좋겠구나. 별별 생각을 다 했지. 리나와 커린디언스가 내 아이들일까. 물론 내 딸들이라는 건 금세 알 수 있었어. 그 개자식은 분명 오입질이라는 걸 할 수가 없을 테니까. 내가 처리해버리기 한참 전에 에테르가 이미 그놈의 물건을 알아서 처리해줬거든. 애들이 내 애가 아니었으면, 장인이 피부색을 그렇게 염려하지도 않았을 거고. 그리고 그가 루스의 아이들을 받았다는 생각도 떠올랐어. 그들이 신체적으로 접촉을 했다는 얘기는 아니다. 하지만 사내가 여자를 즐겁게 해주는 데는 여러 방법이 있는 거야, 오입질을 못 하더라도. 어쨌건, 네 어미가 그 침대에서 놈의 손가락을 빨고 있었던 건 사실이고, 그가 죽었는데도 그런 짓을 하는 마당에 살아 있을 땐 무슨 짓을 못했겠냐? 그런 여자는 죽여버리는 수밖에 없어. 내 말하건대, 그 여자 꼬드김에 넘어가서 못 죽인 걸 후회한 나날이 하루이틀이 아니다. 하지만 내 남은 일생을 감옥에 갇혀 보내고 싶지도 않았어. 그렇지만 메이컨, 가끔은 나 스스로 재빨리 내 마음을 다스리지 못할 때가 있다. 그냥 튀어나와버리는 거야. 오늘밤에, 그 여자가 '그래, 나는 분명 아빠의 딸이지'라고 말하고 슬쩍 웃었을 때……"

메이컨은 아들을 올려다보았다. 그 얼굴의 문은 활짝 열려 있었으며 피부는 무지갯빛으로 빛나고 있었다. 그는 살짝 갈라지는 목소리로 아들에게 말했다. "나는 나쁜 사람이 아니야. 네가 그걸 알아줬으면 좋겠다. 믿어줬으면 해. 나보다 자신의 책임을 진중하게 여기는 사람은 없다. 성자 취급해달라는 말이 아니야. 하지만 너도 전말을 알아야지. 나는 너보다 나이가 마흔 살이나 많고, 앞으로 사십 년을 더 살 수 있을 것 같지도 않다. 다음에 나한테 달려들고 싶은 생각이 들거든, 네가 채찍질하는 사내에 대해 생각을 좀 해보면 좋겠구나. 다음번에는 내가 그냥 두지 않을 거라는 사실도 유념해라. 내가 아무리 나이든 노인네라도, 다음번에는 그냥 두지 않을 거야."

그는 일어서서 손수건을 다시 뒷주머니에 꽂았다.

"지금은 아무 말도 말아라. 하지만 내가 한 말은 한마디도 빠짐없이 새겨들어."

메이컨은 문손잡이를 돌리고, 뒤돌아보지 않고 방에서 나갔다.

밀크맨은 침대 가장자리에 걸터앉아 있었다. 머릿속에서 웅웅 울리는 불빛 말고는 만물이 고요했다. 자기가 들은 이야기가 이상할 정도로 자신과 상관없이 느껴졌다. 공원 벤치에서 옆에 앉아 있던 낯선 사람이 느닷없이 돌아앉더니 은밀한 속내를 다 털어놓은 것만 같았다. 밀크맨은 그 낯선 이방인의 문제에 전적으로 공감했지만—그에게 일어난 일에 대한 그의 입장을 완벽하게 이해했다—그런 공감과 연민은 자기 자신이 연루되지 않은 일이라서, 또 그 이야기에서 자기가 어떤 위협도 느끼지 않는다는 사실에서 왔다. 그는 한 시간 남짓 전에 느꼈던 감정과 정반대의 기분을 느꼈다. 방에서 방금 걸어나간 낯선 사람은, 그가 온 열정을 다 끌어모아 맹렬한 타격을 가할 만큼 열렬한 감정을 느꼈던 사람이 아니던가. 심지어 지금도, 아버지의 얼굴을 강타하고자 하는 통제불능의 충동을 알리던 그 따끔따끔한 감각이 어깨에 느껴졌다. 이층의 자기 방으로 올라오면서 밀크맨은 소외감을 느꼈지만 정의감도 만끽했다. 그는 다른 남자가 힘없는 여자를 때리는 모습을 목격한 남자였다. 그리고 그 싸움에 끼어들었다. 세상의 역사란 이런 게 아니던가? 남자들이 하는 일이란 이런 게 아니던가? 약자를 보호하고, 우두머리에 맞서 싸우지 않던가? 약자가 어머니이고 우두머리가 아버지라는 사실 때문에 더 애통하긴 했지만, 그렇다고 해서 본질적인 사실이 달라지진 않았다. 천만의 말씀. 어머니를 사랑해서 그런 짓을 한 척할 생각은 없었다. 어머니는 사랑하기에는 너무나 실체가 없고 그림자 같았다. 하지만 안개처럼 있는 듯 없는 듯해서 더욱 보호가 필요해 보였다. 어머니는 곰 같은 사내에게 짐승 같은 취급을 받아 마음이 판판하게 짓눌려버리고 집안일이며 식구를 돌보느라 어깨가 굽어버린, 억척같은 모성애만 남은 여자가 아니었다. 악에 받친 말을 내뱉고 주둥이를 재빠르게 놀려 자기를 방어하는 입 험한 욕쟁이도 아니었다. 루스는 속을 알 수 없는데다 엄청나게 세련된 매너를 지닌, 맥없지만 복잡한 여인이었다. 그녀는 아는 건 엄청나게 많아 보였지만, 이해하는 건 거의 없었다. 꼬리를 무는 생각들은 흥미진진했고, 밀크맨에게는 새롭기도 했다. 그는 어머니를 한 번도 사람으로, 자기 삶에 끼어들어 이것저것 허락하거나 간섭하는 존재가 아닌 별개의 독립적인 인간으로 여겨본 적이 없었다.

밀크맨은 재킷을 입고 집을 나섰다. 저녁 일곱시 삼십분이었고, 아직은 어두워지기 전이었다. 그는 걸으면서 좀 다른 공기를 마시고 싶었다. 어떻게 생각해야 할지 알게 될 때까지는 어떤 감정을 가져야 할지도 알 수 없을 터였다. 그리고 M. D.라는 머리글자가 새겨진 은제 솔들이 빛을 받아 빛나고, 아버지가 방금까지 앉아 있던 의자에 엉덩이 자국이 아직 남아 있는 그 방에서는 생각하기가 힘들었다. 별들이 눈에 띌 만큼 또렷해지자, 밀크맨은 뭐가 진실인지 그리고 진실의 어느 부분이 자기하고 관련이 있는지 파악하려고 애쓰기 시작했다. 아버지가 던져준 이 새로운 정보를 어떻게 해야 할까? 혹시 더 큰 죄를 은폐하려고 고백을 한 건 아닐까? 지금 두 사람에 대해 어떤 감정을 가져야 하는 걸까? 무엇보다, 그게 사실일까? 어머니가…… 어머니가 당신 아버지와 정말 그 짓을 했을까? 메이컨은 아니라고 말했다. 의사가 불능이었다고. 그걸 어떻게 아셨지? 글쎄, 아버지는 확신 없이 그런 말을 했을 리가 없다. 아버지는 차라리 그랬으면, 하고 지나치게 열렬히 바라고 있었으니 가능성이 조금이라도 있었다면 그냥 지나쳐버렸을 리가 없었다. 하지만 아버지는 사내가 여자를 즐겁게 해주는 데는 '여러 방법'이 있다고 인정하셨다. "이런 빌어처먹을." 밀크맨은 큰 소리로 말했다. "이따위 엿먹을 소리를 왜 나한테 전부 털어놓은 거지?" 그는 하나도 알고 싶지 않았다. 안다고 해서 어떻게 해볼 수도 없었다. 의사 선생은 죽었다. 과거를 다시 손봐줄 수도 없는 일 아닌가.

혼란스러움은 급속히 분노로 바뀌고 있었다. "망측한 변태자식들." 그는 속삭였다. "망측해." 내가 그 문제에서 손을 떼길 바랐다면, 왜 그냥 손떼라고 말하지 않았을까? 밀크맨은 생각했다. 그냥 남자답게 와서 말하면 되지 않나, 신경 끄라고. 네가 신경 끄면, 나도 신경 끄겠다고. 그러니 우리 둘 다 신경 끄자고. 그러면 나도 좋아요, 그렇게 해요, 라고 대답했을 텐데. 그런데 천만의 말씀. 나한테 어쩌다, 왜 이렇게 되었는지에 대한 희한한 얘기를 들고 오다니.

밀크맨은 사우스사이드 쪽을 향해 걸어가고 있었다. 어쩌면 기타를 찾아낼 수 있을지도 몰랐다. 기타하고 한잔할 수 있으면 더 바랄 나위가 없을 텐데. 기타를 못 찾으면 헤이가를 만나러 가야지. 아니다. 헤이가와는, 아니 어떤 여자와도 얘기하고 싶지 않다, 아직은. 이렇게 망측한 얘기를 말이다. 자, 정말로 괴상망측한 사람들이었다. 그의 가족은 하나같이 미치광이들이었다. 파일러트는 하루종일 노래하며 벽에 대고 지껄였다. 리바는 바지만 걸치고 있으면 뭐든지 좋다고 흥분했다. 그리고 헤이가는…… 글쎄, 헤이가는 그런대로 괜찮았지만, 그럼에도 역시 정상이라고는 할 수 없었다. 그녀도 어딘가 기이한 행동을 하곤 했으니까. 하지만 적어도 헤이가의 기벽은 재미있었고 비밀로 도배되어 있지도 않았다.

기타는 대체 어디에 있을까? 정말로 필요할 때는 도무지 찾아낼 수가 없었다. 기타는 불쑥불쑥 튀어나왔다. 아무데서나, 아무때나, 불쑥불쑥 튀어나왔으나 제때 나타난 적은 단 한 번도 없었다. 밀크맨은 자기가 계속 혼잣말을 하고 있으며, 길 가는 행인들이 자기를 쳐다보고 있다는 걸 알아차렸다. 느닷없이, 그맘때에 한길을 돌아다니는 사람이 굉장히 많은 듯했다. 도대체 이 많은 사람들이 다 어딜 가는 거지? 그는 머릿속의 생각을 입 밖에 내어 말하지 않으려고 안간힘을 썼다.

"온전한 남자가 되려면, 온전한 진실에 대처할 줄 알아야 해." 아버지는 그렇게 말했다. 그런 걸 전부 다 알지 못하면, 온전한 사내가 될 수 없다는 말인가? "그 주먹 뒤에 좀 쓸 만한 정보를 갖고 있는 편이 좋겠지." 그래. 어떤 정보? 우리 엄마가 자기 아빠하고 그 짓을 했다는 정보. 우리 할아버지가 에테르를 좋아하고 검은 피부를 싫어했던 고고한 노란색 깜둥이였다는 정보. 그런데 왜 애초에 당신한테 딸을 시집보냈을까? 이웃들 몰래 딸과 그 짓을 하려고? 실제로 둘이 그 짓 하는 걸 본 적 있어? 없지. 그냥 뭐라 꼬집어 말할 수 없는 게 있었다고 했으니까. 할아버지 돈이겠지, 아마. 할아버지가 자기 돈에 손도 못 대게 했으니까, 안 그래? 그 딸도 전혀 도와주지 않았고, 그렇지? 그래서 당신은 두 사람이 수술대 위에서 붙어 있다고 생각한 거지. 은행 네 곳의 통장들을 다 당신한테 주고 마음대로 하라고 했으면, 이리 라커워너 철도를 사라고 했으면, 할아버지가 자기 딸하고 맘대로 무슨 짓이든 해도 괜찮았던 거 아냐, 안 그래? 당신 침대에다 사정을 해도 좋았을 거고, 당신네들 세 사람은 신나게 즐기면서 같이 살았을 거 아냐. 한쪽 찌찌는 그쪽이 빨고 당신은…… 다른…… 쪽……

밀크맨은 생각을 이어가다 걸음을 딱 멈추었다. 목덜미에 식은땀이 배어나왔다. 사람들은 길을 막고 서 있는 외로운 사내를 지나쳐 가려고 그를 난폭하게 밀쳤다. 밀크맨은 뭔가를 기억해냈다. 혹은 기억해냈다고 믿었다. 어쩌면 꿈을 꾸었는지도 모르고, 그가 기억해낸 건 꿈이었을 수도 있다. 어머니와 함께 침대에 누워 있는 두 남자의 모습, 각각 한쪽 젖꼭지를 깨물고 있는 그 장면이 선명하게 떠오르는 듯싶더니, 조각조각으로 깨지며 그 틈새로 또다른 장면이 나타났다. 녹색 방, 아주 작은 녹색 방이 있었고, 어머니가 그 녹색 방에 앉아 있었으며 젖가슴은 훤히 드러나 있었는데, 누군가가 그 젖꼭지를 빨고 있었고 그 누군가는 바로 그 자신이었다. 그래서? 그래서 뭐가 어쨌다고? 내 어머니가 나한테 젖을 물렸다. 어머니들은 아기들한테 젖을 먹인다. 식은땀이 왜 나는 거지? 그는 자신을 밀치며 지나쳐 가는 사람들, 그들의 짜증 섞인, 답답한 표정은 안중에도 없이 계속 걸었다. 밀크맨은 그 장면을 좀더 자세히 보려고 했지만 보이지 않았다. 그때 어떤 소리가 들렸고, 그는 그 소리가 장면과 관련이 있다는 걸 깨달았다. 웃음소리. 누군지 얼굴이 보이지 않는 사람이, 그 방에서 웃고 있다…… 그와 어머니를 비웃고 있다…… 그리고 어머니는 부끄러워한다. 그녀는 눈을 내리깔고 그의 시선을 피한다. "나를 봐요, 엄마. 날 봐요." 하지만 어머니는 그를 보지 않고 웃음소리는 이제 우렁차게 울려퍼진다. 모두 다 웃고 있다. 그가 바지에 오줌을 쌌던가? 젖을 먹이고 있는데 그가 바지에 오줌을 싸서, 그래서 어머니가 창피해하나? 무슨 바지? 그 당시에 바지 같은 건 입지 않았다. 기저귀를 차고 있었지. 아기들은 원래 기저귀에 오줌을 싸니까. 그런데 왜 바지를 입고 있었다는 생각이 들지? 정강이에 고무 밴드가 달린 파란 바지. 파란색 코듀로이 반바지. 왜 그런 옷을 입고 있었지? 그래서 그 남자가 비웃는 건가? 조그만 아기가 파란 반바지를 입고 있어서? 그는 자신이 거기 서 있는 모습을 본다. "나를 봐요, 엄마." 할말이라곤 그것밖에 떠오르지 않는다. "제발 나를 봐요." 서 있어? 그는 조그만 아기인데. 어머니의 품에 안겨 젖을 빨고 있는데. 일어설 수가 없잖아.

"일어설 수가 없었어." 그는 큰 소리로 말하면서, 가게 진열창 쪽으로 돌아섰다. 재킷의 뒤집어진 칼라 위로 삐딱하게 기울어진 자기 얼굴이 보였고, 그는 깨달았다. "어머니는 내가 말하고, 일어서고, 반바지를 입을 만큼 컸는데도 젖을 물렸고, 누군가 그걸 보고는 웃음을 터뜨렸어—그래서 사람들이 나를 밀크맨이라고 부르는 거야. 그래서 아버지는 절대 그 이름으로 나를 부르지 않고 어머니도 절대 그 이름으로 날 부르지 않는데 다른 사람들은 다 그 이름으로 날 부르는 거야. 그런데 어떻게 내가 그걸 잊었던 거지? 게다가 왜? 아무 이유도 없이 나한테 그런 짓을 했다면, 우유나 오벌틴* 같은 걸 다 컵으로 마실 수 있는데도 그랬다면, 어머니는 제 아비와 다른 짓을 할 수도 있는 여자가 아닐까?"

밀크맨은 눈을 꼭 감았다가 떴다. 거리는 아까보다 더 많은 사람들

* 우유에 타 먹는 가루.

로 붐볐고, 다들 그가 온 방향으로 향하고 있었다. 모두들 바삐 걸어가며 그에게 쿵쿵 부딪혔다. 얼마 후 그는 반대편 거리에는 행인이 한 사람도 없다는 걸 깨달았다. 이미 어둠이 내린 뒤라 자동차도 없었고 가로등은 환히 켜져 있었는데, 반대편 인도는 텅 비어 있었다. 그는 사람들이 다 어디로 가고 있나 보려고 뒤돌아섰지만, 캄캄한 밤 속으로 허둥지둥 사라져가는 사람들의 뒷모습과 모자들밖에는 아무것도 보이지 않았다. 그는 다시 낫닥터 스트리트의 반대편을 바라보았다. 단 한 사람도 없었다.

그는 자기를 지나쳐 가려는, 야구 모자를 쓴 남자의 팔을 툭 쳤다. "왜 다들 이쪽 길로만 다니는 거지?" 그는 물었다.

"똑바로 보고 다녀." 남자는 이렇게 쏘아붙이고는 군중을 따라가버렸다.

밀크맨은 계속 사우스사이드를 향해 걸어갔고, 그러면서도 자기는 왜 거리 반대편 인도로 건너가지 않는지 한 번도 생각해보지 않았다. 그곳에는 행인이 단 한 명도 없는데도.

밀크맨은 스스로 냉정하게, 명료하게 사고한다고 믿었다. 결코 어머니를 사랑하지 않았지만, 어머니가 자기를 사랑한다는 사실은 항상 알고 있었다. 늘 그게 옳은 것 같았다, 당연히 그래야 한다는 듯이. 그를 향한 어머니의 확고하고 영원한 사랑, 사랑을 얻기 위해 노력할 필요도 없고, 사랑받을 자격을 갖추려 애쓰지 않아도 되는 어머니의 사랑은 자연스럽게만 보였다. 그런데 이제 그 사랑이 썩어갔다. 그는 세상에 자기를 좋아하는 사람이 단 한 명이라도 있을까 의심스러웠다. 그냥 그 자신을 좋아해주는 사람이. 포도줏집을 찾아가는 것도 (아버지 이야기를 듣기 전에는) 어머니에게서 기대했던 사랑의 연장선상에 있는 것 같았다. 파일러트나 리바가 밀크맨의 어머니처럼 그에게 소유욕 강한 사랑을 품은 건 아니었지만, 그들은 조건 없이 그를 받아들였고 그저 편안하게 대해주었다. 또한 그들은 밀크맨을 진지하게 생각했다. 이런저런 것들을 물어보고, 그가 여러 가지에 보이는 반응들에 큰 소리로 웃음을 터뜨리거나 말다툼을 벌일 정도로 그의 반응을 중요하게 여겼다. 집에서는 무슨 일을 하든 어머니와 누나들의 말없는 이해(혹은 아버지의 무관심이나 비판)에 부딪힐 뿐이었다. 포도줏집 여자들은 어떤 일에도 무관심하지 않았고, 무엇 하나 그냥 그런가보다 하는 법이 없었다. 그들은 문장 하나하나, 단어 하나하나 모두 새롭게 받아들였고, 마치 우주의 온갖 소리를 포착해 해석하려고 애쓰며 몸을 떠는 빛나는 눈의 까마귀들처럼 그가 하는 말에 귀를 기울였다. 그런데 이제는 그들마저도 의심스러웠다. 모든 사람이 의심스러웠다. 아버지는 벽을 짚고 질질 기더니 이층으로 올라와 끔찍한 소식을 전해주었다. 어머니는 단순히 외동아들을 끔찍하게 사랑하는 여인이 아니라 근처에 있는 남자라면 아무나 붙들고—아버지건 아들이건—음탕하고 더러운 놀음을 했던 음란한 아이로 그려졌다. 심지어 누나들은, 그가 아는 여자들 중에서도 비길 데 없이 참을성 많고 마음이 넓다고 믿었던 그녀들은, 얼굴을 싹 바꾸고 눈동자 주위를 빨갛고 시커멓게 칠했다.

기타는 어디 있을까? 밀크맨은 명료한 판단력으로 단 한 번도 자신을 실망시킨 적이 없는 유일한 사람을 반드시 찾아내야만 했고, 그가 나라 밖으로 나가지 않은 한 꼭 찾아내고야 말겠다고 단단히 결심했다.

처음 들른 곳, 토미의 이발소에서 수확이 있었다. 기타는 그곳에 다른 사내들 몇몇과 함께였는데, 기대서 있는 자세는 각양각색이었으나 모두들 뭔가 귀기울여 듣고 있었다.

밀크맨은 들어가자마자 기타의 뒷모습을 알아보고 너무나 안도한 나머지 큰 소리로 외쳤다. "헤이, 기타!"

"쉿!" 레일로드 토미가 말했다. 기타는 돌아보더니 그에게 조용히 들어오라고 손짓을 했다. 그들은 라디오를 듣고 뭐라고 중얼거리면서 설레설레 고개를 흔들었다. 어느 정도 시간이 지난 후에야, 밀크맨은 그들이 왜 그렇게 긴장하고 있는지를 알게 되었다. 미시시피주 선플라워 카운티에서 어린 니그로 소년이 짓밟혀 죽은 채 발견된 것이다. 누가 짓밟아 죽였는지는 의문의 여지가 없었고—살인자들이 공공연하게 자랑하고 다녔으므로—동기 역시 의문의 여지 없이 분명했다. 그 소년은 어떤 백인 여자에게 휘파람을 불었고, 다른 백인 여자들과 잔 적이 있다고 인정했으며, 남부를 잠시 방문한 북부인이었다. 소년의 이름은 틸이었다.

레일로드 토미는 주위를 조용히 시키고 뉴스캐스터의 마지막 한마디까지 놓치지 않고 들으려 애썼다. 몇 초 후 뉴스는 끝났다. 아나운서는 그 문제에 대한 의견이 별로 없었거니와, 전달할 만한 사실은 더더욱 없었기 때문이다. 아나운서가 다음 뉴스로 넘어가자마자, 이발소 안은 이야기 소리로 떠들썩해졌다. 좌중을 조용히 시키던 레일로드 토미는, 이제 한마디도 없이 조용히 침묵을 지켰다. 그는 호스피털 토미가 손님을 의자에 앉혀두는 사이에, 면도날을 가는 가죽숫돌 쪽으로 걸어갔다. 포터, 기타, 수위 프레디 그리고 다른 남자들 서너 명은 분통을 터뜨렸고, 이발소 안 여기저기에서 분노에 찬 외침이 튀어나왔다. 밀크맨을 제외하면, 레일로드 토미와 엠파이어스테이트 둘만 아무 말도 없었다—레일로드 토미는 면도날을 가느라 여념이 없어서, 엠파이어스테이트는 좀 모자라서, 그리고 아무도 확실히 알지는 못했지만 아마도 벙어리여서일 것이다. 아무튼 좀 덜떨어진 사람이라는 것만큼은 의심의 여지가 없었다.

밀크맨은 복잡하게 오가는 대화에 집중하려고 애썼다.

"조간신문에 실리겠지."

"그럴 수도 있고, 아닐 수도 있지." 포터가 말했다.

"라디오에 나왔잖아! 신문에도 나올 거야!" 프레디가 말했다.

"저런 뉴스를 싣는 백인 신문은 없어. 그 녀석이 누굴 강간했으면 몰라도."

"뭘 걸래? 신문에 실리면 뭘 내놓을 건데?" 프레디가 말했다.

"잃어도 되는 거 아무거나 내놔보쇼." 포터가 대답했다.

"5달러 내기하는 거다."

"잠깐만." 포터가 소리쳤다. "어딜지도 말해봐요."

"'어디'냐니, 무슨 소리야? 조간신문에 실린다는 데 5달러 건다니까."

"스포츠면에?" 호스피털 토미가 물었다.

"아니면 만화면에?" 네로 브라운이 말했다.

"아니, 이 녀석아. 일면에. 일면에 난다는 데 5달러 건다."

"아니, 도대체 그게 무슨 빌어먹을 차이가 있다고 그래요?" 기타가 빽 고함을 쳤다. "애가 짓밟혀 죽었는데 거기들 모여 서서 어느 모자란 백인 놈이 기사를 신문에 실을 거니 말 거니 난리들을 치다니. 애가 짓밟혔잖아요, 네? 죽었잖아요, 안 그래요? 무슨 스칼릿 오하라 잡년한테 휘파람 좀 불었다고."

"왜 그딴 짓을 했대?" 프레디가 물었다. "미시시피주인 줄 알면서. 그 땅이 어떤 땅인 줄 알고? 톰 소여 땅인 줄 알았나?"

"그래, 휘파람 좀 불었다고 쳐요! 그래서 어쨌단 말입니까?" 기타는 머리끝까지 열이 올랐다. "그래서 죽어도 싸다는 말이에요?"

"녀석은 북부 출신이었잖아." 프레디가 말했다. "빌보*의 땅에서 빼기고 싶었던 게지. 자기가 뭐라도 된다고 생각했나보지?"

"자기가 남자라고 생각했겠지. 뭐긴 뭐겠어." 레일로드 토미가 말했다.

"글쎄, 뭐 착각한 게야." 프레디가 말했다. "빌보의 땅에 흑인 남자란 없어."

"없긴 뭐가 없어요." 기타가 말했다.

"누가 있어?" 프레디가 물었다.

"틸이지. 누군 누구야."

"그놈은 죽었어. 죽은 남자는 남자도 아니야. 죽은 놈은 시체지. 그게 다라고. 시체."

"살아 있어도 겁쟁이는 남자가 아니지." 포터가 말했다.

"누구한테 하는 소리야?" 프레디는 개인적인 모욕에 굉장히 민감했다.

"진정해, 두 사람 다." 호스피털 토미가 말했다.

"당신이지!" 포터가 소리쳤다.

---

* 시어도어 빌보(1877~1947). 미시시피주 주지사이자 연방 상원의원을 역임한 인물. 인종분리정책을 지지하는 등 극단적 인종차별주의자로 KKK의 일원이기도 했다.

"네놈이 나더러 겁쟁이라고 했어?" 프레디는 사실 관계부터 확실히 하려 했다.

"사실이니 잘 새겨들으시지."

"자네들 계속 그럴 거면, 우리 가게에서 나가게."

"저 깜둥이한테 얘기 좀 해줘요." 포터가 말했다.

"진심일세." 호스피털 토미가 말을 이었다. "이렇게 난리를 피울 이유가 없어. 그애는 죽었어. 그애 어머니는 울부짖고 있네. 놈들이 그애를 매장하지 못하게 하려고 말이야. 흑인 피라면 거리에 차고 넘쳐. 피를 뿌릴 양이면, 그애 얼굴을 짓뭉갠 모자란 백인 놈들 피나 뿌려."

"오, 살인자들은 붙잡힐 거예요." 월터스가 말했다.

"붙잡혀? 붙잡힌다고?" 포터는 경악했다. "당신 지금 정신이 홀딱 나갔어? 놈들이 그래, 붙잡는다 치자. 그러면 아마 성대한 파티를 열어주고 훈장도 달아줄걸."

"그래. 도시 전체가 퍼레이드 계획을 짜고 있을걸." 네로가 말했다.

"살인자들은 붙잡힐 거야."

"그래, 붙잡힐 거다. 그런데 실형을 받을 거 같아? 네가 죽기 전엔 그꼴 못 볼걸!"

"어떻게 실형을 선고하지 않을 수가 있어?" 월터스의 목소리는 높고 단호했다.

"어떻게? 그냥 안 하는 거야, 그런 거라고." 포터는 시곗줄을 만지작거렸다.

"하지만 이제 모르는 사람이 없잖아. 끝난 거야. 어디서나. 법은 법이야."

“내기할래? 이거 한 건 쉽게 하겠군!”

“진짜 바보 났군. 바보 났어. 흑인을 위한 법은 없어, 전기의자로 보낼 때 말고는.” 기타가 말했다.

“틸이 칼을 갖고 있었다더군.” 프레디가 말했다.

“허구한 날 그치들이 하는 소리지. 풍선껌 한 뭉치를 갖고 있으면 수류탄을 들고 있었다고 장담을 할걸.”

“어쨌든 그래도 놈은 입을 꾹 다물고 있었어야 해.” 프레디가 말했다.

“아저씨나 입 꾹 다물고 있어요.” 기타가 그에게 말했다.

“헤이, 이봐!” 프레디는 또다시 위협을 감지했다.

“남부는 나빠.” 포터가 말했다. “나쁘다고. 미국 남부에서는 달라지는 게 없어. 그 녀석 아비는 태평양 어딘가에서 맞다가 불알이 떨어졌을 게야.”

“벌써 떨어지지 않았으면, 그 모자란 백인 놈들이 이번에 확실히 알아서 처리해줄걸. 1918년 그 군인들 생각나?”

“우우우. 그런 얘기를 다 꺼내지는 말자고……”

사내들은 온갖 잔혹한 이야기들을 앞다투어 늘어놓기 시작했다. 처음에는 자기가 들은 얘기, 다음에는 자기 눈으로 똑똑히 본 얘기, 그리고 마침내 직접 겪은 일들까지. 사적인 수모, 경악 그리고 분노를 장황히 떠들어대다보니 나중에는 그것이 낫처럼 휘어 유머로 그들 자신에게 돌아왔다. 그들은 자기네들이 얼마나 빨리 달아났는지, 어떤 자세를 취했는지, 자기네들에게 닥친 남성성과 인간성에 대한 위협을 어떻게 모면했고, 조금이라도 덜 당하려고 어떤 꾀를 썼는지 이야기하며 시끌벅적하게 웃음을 터뜨렸다. 손에 빗자루를 든 채 입꼬리를 내리고 아주 똑똑한 열 살짜리 같은 표정을 하고 선 엠파이어스테이트만 빼고, 모두가 웃어댔다.

그리고 기타도. 쾌활한 생기는 눈에만 그 흔적을 남긴 채 차츰 가라앉았다.

밀크맨은 친구의 주의를 끌 때까지 기다렸다. 그러고 나서 두 사람은 함께 이발소를 나섰고, 말없이 거리를 걸었다.

"무슨 일이야? 들어올 때 보니까 열받은 것 같던데."

"아무것도 아니야." 밀크맨이 말했다. "어디서 한잔 걸칠 수 있을까?"

"메리네 어때?"

"싫어. 거기는 형을 귀찮게 하는 년들이 너무 많아."

"겨우 여덟시 반밖에 안 됐어. 체다 라운지는 아홉시나 돼야 문을 열텐데."

"망할. 형이 생각 좀 해봐. 나 피곤해."

"갈봇집도 생각나는데." 기타가 제안했다.

"괜찮지. 형 주머니 두둑해?"

"아니. 아직 파산 상태야."

"음악이 필요해. 음악하고 여자랑 한판."

"그러면 메리네 가야겠네. 아가씨들은 내가 딴 데 있으라고 할게."

"그럴래? 형이 그 아가씨들한테 이래라저래라 하는 거 보고 싶은데."

"정신 차려, 밀크. 여기는 뉴욕이 아냐. 선택할 수 있는 게 정해져 있다고."

"알겠어. 메리네 가자."

그들은 몇 블록 걸어 라이 스트리트와 10번가의 교차로에 다다랐다.

자그마한 빵집을 지날 무렵, 기타는 침을 꿀꺽 삼키더니 발걸음을 재촉했다. 메리네는 블러드 뱅크에서 장사가 제일 잘되는 술집 겸 라운지였다—다른 길모퉁이 세 군데에도 비슷한 술집이 있었지만 말이다—예쁜 얼굴에 화장을 덕지덕지 처바른, 술집 종업원이자 그곳 지분을 일부 갖고 있는 메리 덕분이었다. 그녀는 시건방지고, 재미있고, 손님들과 아주 잘 어울렸다. 매춘부들은 그녀의 술집에서 안전하게 일할 수 있었다. 외로운 술주정뱅이들은 그곳에서 편안히 술을 마실 수 있었다. 매춘부를 찾아다니는 사람들은 영계든 나이든 여자든 마음대로 골라잡을 수 있었다—심지어 미성년자까지도. 가만 앉아 있지 못하는 주부들은 그곳에서 남자들의 희롱을 받고 구둣굽이 떨어져나가도록 춤을 추었다. 십대들은 그곳에서 '인생 법칙'을 배웠다. 그리고 그곳에서는 모두가 흥분했다. 메리네 조명 아래에서는 누구든 아름다워 보였고, 아름답지 않더라도 매혹적으로 보였다. 그곳의 음악은 다른 곳이었다면 졸음이 올 얘기들에 분위기와 질감을 부여했다. 또 음식과 술은 사람들을 자극해 고상한 연극에나 나올 법한 행동을 하게 만들었다.

하지만 이 모든 것은 열한시경에야 시작되었다. 기타와 밀크맨이 그곳에 도착한 저녁 여덟시 반에는 텅 비어 있다시피 했다. 그들은 슬쩍 들어가 자리를 잡고 스카치와 물을 주문했다. 밀크맨은 재빨리 잔을 비우고 또 한 잔을 주문한 후 기타에게 물었다. "왜 다들 나를 밀크맨이라고 부르게 된 거지?"

"망할, 그런 걸 내가 어떻게 아냐? 그건 네 이름이잖아, 아냐?"

"내 이름은 메이컨 데드야."

"나를 여기까지 끌고 와서 한다는 소리가 네 이름을 알려달라는 거야?"

"꼭 알아야겠어."

"아, 술이나 마셔라, 임마."

"형은 형 이름을 알잖아, 안 그래?"

"헛소리 집어치워. 대체 왜 그러는 거야?"

"내가 우리 꼰대를 때려눕혔어."

"때려눕혀?"

"그래. 아버지를 때렸어. 빌어먹을 라디에이터에 갖다 처박았지."

"아버지가 너한테 무슨 짓을 했는데?"

"아무 짓도 안 했어."

"아무 짓도 안 했다고? 그런데 그냥 일어나서 아버질 때렸어?"

"그래."

"아무 이유도 없이?"

"아버지가 어머니를 때렸어."

"오."

"아버지가 어머니를 때렸어. 나는 아버지를 때렸고."

"그거 센데."

"그래."

"진심이야."

"알아." 밀크맨은 무겁게 한숨을 쉬었다. "나도 알아."

"이봐. 네 기분이 어떨지 이해가 돼."

"아니. 형은 이해 못해. 직접 겪은 일이 아니면 절대 이해 못해."

"아냐, 이해해. 내가 옛날에 사냥 많이 한 거 알잖아. 어렸을 때 고향에서—"

"아, 제기랄, 또 앨라배마 얘기를 들어야 되겠어?"

"앨라배마가 아니야. 플로리다지."

"어디든 간에."

"그냥 좀 들어봐, 밀크맨. 내 말을 좀 들어보라고. 나는 옛날에 사냥을 굉장히 많이 다녔어. 거의 걷기 시작할 때부터 다녔는데, 나는 그쪽에 꽤나 재주가 있었지. 다들 나보고 타고났다고 했어. 어떤 소리든 들을 수 있었고, 무슨 냄새든 맡을 수 있었고, 고양이처럼 눈도 밝았지. 무슨 말인지 알겠어? 타고났다고. 게다가 나는 겁이 하나도 없었어—어둠이나 그늘이나 이상한 소리 같은 게 하나도 무섭지 않았고, 죽이는 것도 두렵지 않았어. 뭐든지 말야. 토끼, 새, 뱀들, 다람쥐들, 사슴. 그리고 나는 어렸어. 전혀 마음에 거리낌이 없었지. 뭐든 총으로 쏠 태세였어. 어른들은 그걸 보고 껄껄 웃곤 했어. 나더러 타고난 사냥꾼이라면서. 할머니하고 여기로 이사를 오고 나서, 남부에서 뭔가 그리운 게 있다면 오로지 사냥이었지. 그래서 여름에 할머니가 우리를 다시 고향으로 보낼 때면, 내 머릿속에는 다시 사냥을 할 생각뿐이었어. 우리를 버스에다 태우고 할머니 여동생인 플로렌스 할머니에게 보내 여름을 지내게 했거든. 거기 가면 나는 곧장 삼촌들을 찾아서 숲에 가자고 했어. 그런데 어느 여름에—내가 열 살인가 열한 살 때였을 거야, 아마—다 같이 사냥을 나갔다가 나 혼자 떨어졌어. 수사슴 발자국을 본 것 같았거든. 수사슴이 나올 철이 아니었는데, 그런 데 신경쓸 내가 아니었지. 보기만 하면 죽이는 건 문제도 아니었으니까. 발자국은 내 생각이 옳았어. 수사슴이었지. 하지만 간격이 좀 이상하게 벌어져 있었어—내 생각만큼 멀찍멀찍 떨어져 있지 않았지만, 어쨌든 사슴은 사슴이었지. 사슴은 자기 발자국을 밟고 뛰거든. 한 번도 사슴을 본 적이 없는 사람들은 두 발 달린 동물이 펄쩍펄쩍 뛰어갔다고 생각할 거야. 아무튼, 흔적을 따라 계속 쫓아가다보니 덤불숲이 보이더군. 빛이 잘 들었는데, 느닷없이 나뭇가지 사이로 엉덩이가 보이지 뭐야. 첫 방에 쓰러뜨리고 두 방에 끝내버렸지. 정말 기분 끝내줬어. 잡은 사냥감을 삼촌들에게 자랑하는 내 모습이 눈앞에 선하더군. 그런데 다가가보니까—혹시 다시 쏴야 할까 싶어서 아주 천천히 다가갔거든—암사슴이었어. 어린 암사슴은 아니었어. 늙은 놈이었지만, 그래도 암사슴은 암사슴이었지. 기분이…… 안 좋더라. 무슨 말인지 알겠어? 내가 암사슴을 죽였던 거야. 암사슴, 임마."

밀크맨은 술 취하지 않은 것처럼 보이려고 애쓰는 사람처럼 눈을 커다랗게 부릅뜨고 기타를 뚫어져라 쳐다보았다.

"그러니까 아버지가 어머니를 때리는 걸 보고 네 기분이 어땠는지 이해할 수 있다고. 그 암사슴을 죽였을 때 같은 기분이겠지. 남자는 그러면 안 돼. 그런 기분은 어떻게 할 수도 없다고."

밀크맨은 고개를 끄덕거렸지만, 기타는 자기가 한 말이 전혀 효과가 없다는 걸 똑똑히 알 수 있었다. 하긴 밀크맨은 심지어 암사슴이 뭔지도 모를 공산이 컸고, 그게 뭐든 간에 자기 어머니는 아니었다. 기타는 술잔 테두리를 손가락으로 어루만졌다.

"어머니가 뭘 했는데, 밀크?"

"아무것도. 그냥 웃었어. 아버지는 어머니가 웃는 게 싫었대."

"말이 안 되잖아. 말이 되는 소리를 해라. 그리고 좀 천천히 마셔. 술도 못 이기는 체질이면서."

"무슨 소리야, 술도 못 이긴다니?"

"미안. 맘대로 처마셔라."

"심각한 얘기를 하려고 하는데, 지금 형이 헛소리를 하잖아."

"듣고 있어."

"나도 말하고 있어."

"그래, 너 말해라. 그런데 무슨 소리를 하는 거야? 너네 아빠는 자길 보고 웃었다고 네 엄마를 때렸고. 너는 엄마를 때렸다고 아빠를 때렸다 이거지. 그럼, 너희 집에서는 저녁마다 원래 다 같이 그러고 노는 거냐, 아니면 달리 말하고 싶은 게 있는 거냐?"

"나중에 얘길 좀 하자고 올라왔더군."

"누가?"

"우리 꼰대."

"뭐라던?"

"내가 온전한 남자가 되려면 온전한 진실을 알아야 한대."

"계속해봐."

"이리 라커워너 철도 부지를 사려고 했는데, 어머니가 못 하게 했대."

"그래? 좀 때려줘야 정신을 차리겠네."

"되게 웃긴다."

"그런데 왜 안 웃냐?"

"웃고 있어. 마음속으로."

"밀크?"

"응?"

"너희 아빠가 엄마를 때렸지, 맞지?"

"그래, 맞아."

"네가 아버지를 쳤고, 맞아?"

"맞아."

"아무도 고맙다고 안 하지, 맞지?"

"헤이, 기타 형. 또 맞혔네."

"어머니도, 누나들도, 그리고 아버지도 눈곱만치도 알아주지 않지."

"눈곱만치도. 맞아."

"그리고 아버지가 널 닦아세웠구나."

"그래. 아니, 아니. 그게 아니라 아버지는……"

"조용조용 얘기하던?"

"맞아!"

"사정을 설명했구나."

"그래."

"자기가 왜 때렸는지."

"맞아."

"그런데 아주 옛날 옛적에 일어난 일을 얘기한 거지? 네가 태어나기도 전에 일어난 일?"

"맞았어! 형은 진짜 똑똑한 흑인 꼬마다. 내가 옥스퍼드대학에다 형 얘기 잘해줄게."

"그런데 너는 아버지가 차라리 말을 안 해줬다면 싶은 거지. 너하고는 아무 상관도 없는 얘기고, 네가 어떻게 할 수 있는 일도 아니니까."

"방금 학위 코스 통과하셨어요. 기타 베인스 박사님."

"그런데 그래도 계속 마음이 쓰이는 거지?"

"생각 좀 하자." 밀크맨은 눈을 감고 손으로 턱을 받치려 했지만 너무 어려웠다. 그는 최대한 빨리 취하려고 애썼던 것이다. "그래. 글쎄, 확실히 마음이 쓰였지. 여기 오기 전까지는 확실히 그랬어. 나도 모르겠어, 기타 형." 그는 심각해지고 있었고 그의 얼굴에는 다 큰 남자가 토하지 않으려고…… 아니 울지 않으려고 할 때 짓곤 하는, 움직임도 흔들림도 없는 표정이 떠올라 있었다.

"잊어버려, 밀크. 그게 뭐든, 잊어버리라고. 아무것도 아니야. 무슨 말을 들었건, 다 잊어버려."

"그럴 수 있으면 좋겠어. 정말 그럴 수 있으면 좋겠다고."

"자, 내 말 들어봐, 이 친구야. 사람들은 원래 희한한 짓을 많이 해. 특히 우리는. 카드 패가 처음부터 너무 불리하게 쌓여 있어서, 게임에서 빠지지 않으려고, 그냥 살아남아서 게임을 계속하려고만 해도 희한한 짓거리들을 하게 되는 거야. 우리로서는 어쩔 도리가 없는 일들. 서로에게 상처를 주는 일들. 우리는 왜 그러는지조차 몰라. 하지만 이봐, 혼자 마음속에 꽁꽁 담아놓고 다른 사람한테 화풀이하는 짓은 하지 마. 이해하려고 해보고, 안 되면 그냥 잊어버리고 너 자신을 단단히 추슬러야 해."

"모르겠어, 기타 형. 만사 돌아가는 게 다 나한테는 버거워, 알아?"

"굴복하면 안 돼. 계획 없이 그러면 안 돼. 틸을 봐. 그 녀석도 결국 지고 만 거야. 이제 녀석은 WJR* 뉴스거리에 불과하잖아."

---

* 라디오 방송국.

"그 자식은 미쳤어."

"아니. 미친 게 아니야. 어렸지, 하지만 미치진 않았어."

"그놈이 백인 여자랑 자든 말든 누가 신경이나 쓴대? 그런 건 누구든지 할 수 있어. 뭐하러 그렇게 떠벌린 거야? 누가 신경이나 쓴대?"

"모자란 백인 놈들은 신경을 쓰지."

"그러면 그놈들이 틸보다 더 미친 거고."

"맞아. 하지만 놈들은 살아 있는 미친놈들이야."

"아, 뭐, 틸은 뒈지라고 해. 내 문제만도 골치가 아파."

"지금 말 다했어, 형제?"

"알았어. 그런 뜻은 아니었어. 나는……"

"왜 그러는 거야? 이름이 마음에 안 들어서?"

"그래." 밀크맨은 머리를 의자 뒤로 떨구었다. "내 이름이 싫어."

"내가 한마디해주지, 이 친구야. 깜둥이들은 이름도 다른 거 얻을 때처럼 얻는 거야—최선을 다해서. 최선을 다해서라고."

밀크맨의 눈은 이제 흐릿하게 풀려 있었고, 그가 하는 말들도 흐리터분했다. "우리 당장 짐 싸자."

"최선을 다하는 게 옳은 길이야. 가자. 집에 데려다줄게."

"아니, 그리로 돌아갈 수는 없어."

"싫어? 그럼 어디?"

"형네 집에 좀 재워줘."

"오, 이런. 너 내 상황 알잖아. 한 사람은 마룻바닥에서 자야 해. 게다가……"

"내가 마룻바닥에서 잘게."

"게다가, 누가 같이 잘지도 몰라."

"빌어먹을, 진짜?"

"빌어먹을, 진짜. 자, 가자."

"나는 집에 안 가, 기타 형. 내 말 알아듣겠어?"

"그러면 내가 헤이가네 집에 데려다줄까?" 기타는 종업원에게 계산서를 가져오라고 손짓해 보였다.

"헤이가네. 좋아. 다정한 헤이가. 헤이가의 이름은 뭘까."

"방금 말했잖아."

"성 말이야. 아빠 이름."

"리바한테 물어봐." 기타는 술값을 지불하고 밀크맨을 문간까지 부축했다. 바람이 불어서 서늘했다. 기타는 추위를 쫓으려고 팔꿈치를 퍼덕거렸다.

"다른 사람은 다 알아도 리바는 모를걸." 밀크맨이 말했다. "리바는 자기 성도 모르는데."

"파일러트한테 물어봐."

"그래. 파일러트한테 물어봐야겠어. 파일러트는 알아. 귓불에 달린 그 멍청이 같은 상자에 들어 있으니까. 자기 이름은 물론이고 다른 사람 이름도 다. 내 이름도 아마 그 안에 있을걸. 내 이름이 뭔지 파일러트한테 물어봐야겠어. 그런데, 형은 우리 꼰대 아버지가 어쩌다 그런 성을 갖게 됐는지 알아?"

"아니. 어쩌다 그렇게 됐대?"

"어떤 모자란 백인 놈이 지어줬대."

"잘난 척하느라고?"

"그래. 그런데 그냥 그 이름을 쓴 거야. 돼지게 순한 양처럼. 누가 총으로 쏴죽여버렸어야 하는 건데."

"뭐하러? 벌써 데드인데."

4

밀크맨은 또 한번 렉솔 드러그스토어에서 성탄절맞이 쇼핑을 했다. 크리스마스이브 하루 전날로 꽤 늦었지만, 더 일찌감치 사려 깊게 쇼핑을 할 만한 기분도 아니었고, 기운도 정신도 없었다. 서서히 감염되듯 시작된 권태는, 이제 그를 송두리째 사로잡아버렸다. 어떤 행위도 할 만한 가치가 없어 보였고, 어떤 대화도 나눌 만한 가치가 없어 보였다. 집에서 벌어지는 호들갑스러운 준비도 거짓되고 지저분해 보였다. 어머니는 매년 그랬듯이 크리스마스트리와 버터값이 얼마나 황당무계하게 비싼지 모른다고 수선거렸다. 그래봐야 올해 크리스마스트리도 매년 세웠던 트리와 다를 게 없을 터였다. 어머니가 어린 시절부터 쓰던 장식들을 잔뜩 짊어지고 한구석에 처박혀 있는 커다란 그림자 같은 그 물건. 마치 어머니가 만드는 과일 케이크가 먹을 만하고, 칠면조 요리가 뼈까지 푹 익는 것처럼. 아버지는 그들 모두에게 다양한 액수의 현금을 넣은 봉투를 주었고, 단 한 번이라도 직접 백화점에 가서 손수 고른 선물을 주면 애들이 좋아할지도 모른다는 생각은 꿈에도 하지 않았다.

밀크맨이 사야 할 선물은 몇 개 없었고, 드러그스토어에서 쉽게 고를 수 있었다. 리나라 불리는 막달렌 누나에게는 향수와 분가루. 커린디언스 누나에게는 콤팩트. 어머니에게는 5파운드들이 초콜릿 한 상자. 그리고 아버지에게는 면도용품 조금. 밀크맨은 십오 분 만에 모두 해치웠다. 유일하게 골치를 썩이는 선물은 헤이가의 것이었다. 헤이가는 뭐든지 좋아했지만 특별히 좋아하는 건 없었기 때문에, 선물을 빠르게 고르기가 힘들었다. 더 큰 문제는, 밀크맨이 계속해야 할지에 대해 확신이 없다는 사실이었다. 헤이가와 '사귀는' 일을 앞으로도 계속해야 할지. 그는 영화관 말고는 헤이가를 데리고 어디에 가는 일이 거의 없었고, 또래 친구들이 모여 춤을 추고 떠들썩하게 웃고 끼리끼리 은밀한 관계를 형성하기도 하는 파티에 헤이가를 데려가는 일도 전혀 없었다. 그를 아는 사람들은 모두 헤이가를 알았지만 공식적인 혹은 진짜 여자친구라기보다는 숨겨둔 성적 노리개 정도로 생각하고 있었다—결혼할 짝이라고 생각하는 사람은 아무도 없었다. 그리고 밀크맨이 데이트했던 수많은 여자들 중에 헤이가한테 '심각하게' 싸움을 건 여자는 기껏해야 한둘이었다. 다들 헤이가는 라이벌 취급할 가치도 없다고 생각했다.

못해도 십이 년이 넘는 세월이 지난 지금, 그는 슬슬 헤이가가 지겨워지기 시작했다. 헤이가의 기행은 더이상 자극적이지 않았고, 그녀의 가랑이를 벌리고 그 사이에 들어가 머무르는 과정이 망연자실할 만큼 쉽다는 사실이 어마어마한 행운처럼 여겨지던 처음과 달리, 이제는 오히려 자기로 하여금 섹스를 하기 위해 밀치락달치락 애쓰거나 노력하거나 뭔가 어려운 일을 해내도록 만들지 않는 헤이가의 태도가 짜증스럽기만 했다. 심지어 돈을 낼 필요도 없었다. 너무 자유롭고, 너무 풍요로워서 오히려 열의가 식었다. 흥분감도, 생각만 해도 심장이나 목덜미에서 피가 요동치는 느낌도 없었다.

헤이가는 세번째 맥주였다. 목구멍으로 넘어갈 때 눈물이 맺히도록 고마운 마음이 드는 첫번째 맥주가 아니었고, 첫잔의 쾌감을 확인하고 증폭시키는 두번째 맥주도 아니었다. 세번째 맥주, 그냥 있으니까, 마셔서 나쁠 것 없으니까 마시는 세번째 맥주였다. 마신다고 뭐가 달라지랴?

연말이 헤어지자는 말을 하기에 좋은 때인지도 몰랐다. 관계는 진전이 없었고, 그는 한없이 게을러지고 있었다. 앞발만 내밀면 꿀을 떠먹을 수 있다보니 나무를 기어오르고 벌과 싸우는 민첩성을 잃어버린, 하지만 그 탐색이 얼마나 흥분되는 것이었는지는 아직 잊지 않은 한 마리 응석받이 곰 같았다.

물론 크리스마스에는 선물을 사주리라. 보면서 두고두고 그를 기억할 만큼 근사하면서도, 그렇다고 쓸데없이 결혼 같은 걸 꿈꾸게 만들 만큼 근사하지는 않은 것으로. 진열품 중에는 싸구려 보석 장신구도 있었다. 헤이가는 저런 걸 좋아할지도 모르지만, 리바가 드레스 속에 넣어둔 다이아몬드 반지 앞에서는 빛이 바랠 테지. 타이멕스 시계? 헤이가는 시계 같은 건 쳐다보지도 않을 사람이다. 시계가 놓인 유리관을 바라보면서, 그는 화가 치미는 걸 느꼈다. 헤이가한테 무엇을 사줘야 할지 이렇게 결정을 못하고 망설이는 건 처음 있는 일이었다. 여태까지는 크리스마스에, 헤이가가 구체적으로 언급한 물건들의 긴 목록에서 그냥 하나를 골랐다(아니면 누나들에게 골라달라고 했다). 헤이가의 집에 전혀 어울리지 않는 물건들. 새틴으로 된 감색 목욕가운(이걸 욕실이 없는 집에 사는 여자한테 선물하다니), 처비 코트, 벨벳 리본이 달린 머리망, 모조 다이아몬드 팔찌와 귀고리 세트, 인조가죽 단화, 화이트 숄더스 향수. 밀크맨은 헤이가의 그런 특이성과 물욕을 처음에는 이상하게 생각했지만, 이내 파일러트와 리바는 명절을 축하하는 법이 없다는 사실을 기억해냈다. 하지만 그들은 헤이가에게 전폭적인 관용, 아예 무신경함으로 느껴질 지경의 관용을 베풀었으며, 헤이가의 변덕에 장단을 맞춰주려고 최선을 다했다. 처음 품에 안았을 때 헤이가는 덧없는 존재, 다소 멀게 느껴지는 존재였다. 그는 그런 식으로—자기가 그녀를 품에 안았을 때라고—기억하고 싶어했지만, 사실 그를 침실로 부른 뒤 방안에 서서 미소를 지으며 블라우스 단추를 푼 건 헤이가였다.

처음 본 순간부터, 밀크맨이 열두 살이고 헤이가가 열일곱 살이던 그때부터, 그는 사랑에 푹 빠져 그녀 앞에서 어색하고 서툴게 굴거나 그렇지 않으면 재담을 늘어놓는 일을 반복해왔다. 헤이가는 그를 아기 취급했고, 무시했고, 놀려댔다—그녀는 기분 내키는 대로 뭐든지 했고, 그는 그녀가 무엇을 하든 어떻게 하든 그저 보고만 있어도 고마운 마음이었다. 아버지가 받는 임대료를 그렇게 열심히 걷었던 이유도, 상당 부분 포도줏집을 찾아가 헤이가를 만날 시간을 벌기 위해서였다. 그는 아무때나 자유롭게 그 집에 들렀고, 방과후에는 반드시 그녀를 만날 수 있도록 애를 썼다.

몇 년이 흘렀고, 그는 헤이가 앞에 설 때면 그 어느 때보다 숨이 가빠지곤 했다. 그러다가 가쁜 숨도 차츰 진정되었다. 기타가 처음으로 그를 사우스사이드의 파티에 데려간 후로, 그리고 아무것도 하지 않아도 자기 또래의 동네 여자들이 자기에게 매력을 느낀다는 걸 알게 된 후로. 더이상 강아지처럼 호흡이 가빠지지는 않았으나, 그가 열일곱, 그녀가 스물둘이 되던 무렵까지만 해도 헤이가는 여전히 그를 잡아채 헐떡이게 만들 수 있었다. 그가 기억하는 나날들 중에서도 더할 나위 없이 지루하고 무미건조했던 어느 날, 헤이가는 그를 잡아채 헐떡거리게 만들었다. 3월의 할일 없는 어느 날이었는데, 밀크맨은 아버지의 투톤 컬러 포드를 몰고 헤이가의 집에 포도주 두 병을 가지러 온 참이었다. 밀크맨은 파티에 없어서는 안 될 술을 구해줄 수 있는 사람으로서 스무 살도 안 된 친구들의 각광과 믿음을 한몸에 받고 있었다. 파일러트의 집에 도착한 그는 가정불화의 현장으로 걸어들어갔다.

리바의 새 남자친구가 돈을 조금 꿔달라고 부탁했는데, 리바가 돈이 한푼도 없다고 대답한 것이다. 그는 리바에게서 부탁하지도 않은 훌륭한 선물을 두세 개 받은 적이 있는 터라, 그녀가 거짓말을 하고 있으며 이런 식으로 꺼지라는 말을 하려는 거라고 생각했다. 그들은 뒷마당에서 싸우고 있었다—그러니까 그 남자가 비난을 퍼붓고 있었다. 리바는 울면서 자기가 한 말은 정말이니 믿어달라고 애원했다. 밀크맨이 문을 열자마자, 침실 뒤쪽 창문으로 밖을 내다보고 있던 헤이가가 달려나왔다. 그녀는 파일러트를 향해 소리를 질렀다. "할머니! 저놈이 엄마를 때리고 있어요! 내가 봤어요! 주먹으로요, 할머니!"

파일러트는 4학년 지리책을 읽고 있다가 고개를 들더니 책을 덮었다. 밀크맨의 눈에, 그녀가 느릿느릿 메마른 개수대 위에 달린 찬장으로 다가가 지리책을 올려놓고 칼을 꺼내는 모습이 보였다. 여전히 느릿느릿 파일러트는 앞문으로 나갔고—뒷문이라는 게 아예 없었다—이윽고 밀크맨의 귓전에 리바의 비명소리와 남자의 욕설이 들려왔다.

파일러트를 말려야겠다는 생각은 아예 뇌리에 떠오르지도 않았다—그 입술은 미동도 없었고 귀고리는 번득이며 불을 뿜었다—그러나 그는 집 뒤편으로 돌아서는 파일러트를 뒤쫓았고 헤이가도 따라왔다. 파일러트는 남자의 등뒤로 다가가, 오른팔로 번개같이 사내의 목을 죄고 칼끝을 심장 근처에 갖다댔다. 그녀는 남자가 칼끝을 느낄 때까지 기다렸다가, 칼이 셔츠를 뚫고 살에 사분의 일 인치 정도 박힐 때까지 솜씨 좋게 찔러넣었다. 파일러트가 목을 계속 붙들고 있어서 사내는 볼 수는 없었지만 피가 셔츠를 끈적끈적하게 적시는 걸 느낄 수 있었다. 그녀는 그에게 말했다.

"자, 네놈을 죽일 생각은 없어. 그러니까 걱정 따위는 하지 않아도 돼. 그냥 잠깐만 꼼짝 말고 있어, 심장이 바로 여기 있으니까. 하지만 칼을 더 깊이 꽂지는 않을 거야. 조금이라도 더 꽂아넣으면, 곧장 네 심장 속으로 들어갈 테니까. 그러니까 진짜로 꼼짝달싹하면 안 돼, 내 말 알겠어? 일 인치라도 움직이면 내 손이 어떻게 될지 몰라. 지금은 아주 작은 구멍일 뿐이야, 핀에 긁힌 정도밖에 안 되지. 기껏해야 두 큰술 정도 피를 흘릴걸. 그리고 아주 얌전하게 있으면, 실수하지 않고 칼을 도로 뺄게. 하지만 그전에, 대화가 좀 필요할 것 같네."

남자는 눈을 감았다. 관자놀이에서 옆얼굴로 땀이 줄줄 흘러내렸다. 리바의 비명소리를 들은 이웃 사람들이 삼삼오오 파일러트의 뒷마당에 몰려들었다. 사람들은 곧바로 남자가 이 도시에 새로 온 신참이라는 걸 알아차렸다. 그게 아니라면 리바에 대해 저렇게 까맣게 모를 리가 없을 테니까. 리바는 수중에 있는 건 뭐든지 남한테 나눠주는 사람이고, 그 집안에 동전이라도 한푼 있었다면 아마 그에게 줬으리라는 것쯤은 알았을 테니까. 그리고 그보다 더 중요한 사실, 파일러트의 것을 함부로 건드리면 안 된다는 사실을 알았을 테니까. 파일러트는 남에게 폐를 끼치는 법이 없고 누구에게나 도움을 아끼지 않았지만, 살가죽 밖으로 영혼이 빠져나와 50야드 밖에서도 덤불에 불을 지르고, 사람을 잘 익은 황색 순무로 능히 바꿔놓을 만큼 무시무시한 짓을 저지를 수 있는 사람이었다—배꼽이 없는 것만 봐도 이쯤은 할 사람이었다. 그래서 이웃들은 사내를 별로 불쌍히 여기지 않았다. 그저 목을 학처럼 빼고 파일러트가 그 남자에게 뭐라고 하나 잘 들으려고 애를 썼을 뿐.

"잘 봐, 얘야. 저애가 내 외동딸이야. 내가 낳은 첫아기이고, 내 손이 헛나갈까봐 그런 짓은 절대 못 하겠지만 만약 네놈이 돌아서서 내 얼굴을 본다면 저애가 내 마지막 자식이라는 것도 알게 되겠지. 네놈도 알다시피 여자들은 어리석은데, 그중에서도 어미들이 가장 어리석어. 그리고 어미들이 어떤 사람들인지는 네놈도 알겠지? 네놈도 어미가 있으니까, 안 그래? 그럼, 있겠지, 그러니까 내 말이 무슨 말인지 알 게야. 다른 사람들이 자기 자식을 좋아하지 않으면, 어미들은 마음이 상하고 불안해지지. 내 평생 처음으로 참담한 기분을 느낀 게 언제냐 하면, 어떤 녀석이—쥐방울만한 어떤 남자애였는데—내 딸이 마음에 들지 않는다고 했을 때야. 어찌나 화가 나는지, 뭘 어떻게 해야 할지를 모르겠더라고. 우리가 최선을 다해도, 너희 남자들한테 있는 힘이 우리한테는 없거든. 그래서 다 큰 남자가 여자를 때리는 걸 보면 우리가 그렇게 속상한 거야. 내 말 알겠어? 이 칼을 도로 빼내서, 네놈이 내 딸한테 또다시 비열한 짓거리를 하게 두기는 끔찍하게 싫구나. 왜냐하면 딱 한 가지는 내가 똑똑히 알거든. 그애가 무슨 짓을 했는지 몰라도 적어도 네놈한테는 정말 잘했다는 것. 하지만 이 칼을 더 깊이 박아넣어서 네 어미한테 지금 내가 느끼는 기분을 맛보게 해주기도 싫어. 솔직히 말해서, 나도 어찌해야 할지 전혀 모르겠다. 어쩌면 네놈이 날 도와줄 수도 있겠지. 말 좀 해보련, 내가 어떻게 하면 될까?"

사내는 숨을 못 쉬어 버둥거렸고, 파일러트는 목을 감은 팔에서 약간 힘을 뺐지만 칼끝은 심장에 그대로 두었다.

"풀어줘요." 그가 조그맣게 말했다.

"으으으으으음?"

"보내줘요. 저…… 절대…… 손찌검하지 않을게요. 약속합니다."

"진짜 약속하지, 아가?"

"네. 약속해요. 제 얼굴 다시는 볼 일 없으실 겁니다."

리바는 무릎을 두 팔로 감싸안은 채 땅바닥에 앉아, 퉁퉁 붓지 않은 나머지 눈으로 영화관에라도 온 것처럼 그 장면을 바라보았다. 입술은 터지고 뺨은 심하게 멍들었으며, 줄줄 흐르는 코피를 막으려다 치마와 손이 온통 피투성이였는데 아직도 코에서 피가 방울방울 떨어지고 있었다.

파일러트는 남자의 셔츠에서 칼끝을 뽑고 팔을 거두었다. 그는 잠시 비틀거리더니 자기 옷에 묻은 피를 내려다봤다가 다시 파일러트를 올려다보고, 제 입술을 핥으며 파일러트가 지켜보는 가운데 집 옆쪽으로 슬금슬금 뒷걸음질을 쳐서 도망쳤다. 파일러트의 입술은 그가 시야에서 벗어나 한길로 줄행랑을 놓고 나서야 다시 움직이기 시작했다.

주위 사람들의 시선이 모두 리바에게 쏠렸다. 제대로 일어서기도 힘든 모양이었다. 사내가 발로 찬 데 안쪽 뭔가가 부러진 것 같다고 말했다. 파일러트는 손으로 리바의 갈비뼈를 만져보더니 부러지지는 않았다고 말했다. 그러나 리바는 병원에 가고 싶다고 했다. (병원에 입원해보는 게 그녀의 소원이었다. 리바는 병원에 입원하려고 애쓰지 않는 날이 하루도 없었는데, 그녀의 영화 같은 상상 속에서 병원은 훌륭한 호텔이었던 것이다. 리바는 병원에서 허용하는 한 최대한 자주 헌혈을 했고, 혈액은행이 머시에서 좀 떨어진 사무실 비슷한 의원으로 옮겨간 후에야 그 일을 그만두었다.) 그녀는 이제 생떼를 썼고, 파일러트는 결국 리바에게 두 손을 들었다. 이웃 사람 하나가 차를 태워주겠다고 했고, 그들이 모두 떠나고 나자 포도주를 사러 온 밀크맨과 헤이가 단둘만 남았다.

이 사건을 목격하고 기분이 한껏 들뜬 밀크맨은 헤이가를 따라 집안으로 들어가, 깔깔 웃으면서 흥분한 말투로 떠들어댔다. 그런데 그가 흥분하면 할수록 헤이가는 더 조용해졌고, 그가 수다스러워지면 그만큼 그녀의 말수는 적어졌다.

"굉장하지 않았어? 우와! 그 남자보다 키가 이 인치는 더 크면서, 우리는 약하다고 이야기하다니."

"우리는 약해."

"뭐에 비해서? B－52 폭격기?"

"여자들이 다 할머니만큼 힘이 센 건 아니야."

"그래야지. 그 반만큼만 힘이 세도 지나친 거야."

"글쎄, 근육의 힘은 다른 문제고. 내가 말한 건 다른 의미에서 여자들이 약하다는 거였어."

"몇 가지 예를 들어봐. 나한테 예를 좀 들어주면 좋겠어. 헤이가는 어디가 약하지?"

"내가 그렇다는 게 아니야. 다른 여자들을 말한 거지."

"그럼 약점이 없어?"

"아직 하나도 못 찾았어."

"나를 꼼짝없이 제압할 수 있다고 생각하지, 헤이가." 열일곱 살짜리들은 시도 때도 없이 그런 것만 생각하기 마련이었다—누가 자기를 꼼짝없이 제압할 수 있는지.

"그럴걸." 헤이가가 말했다.

"하! 좋아, 아무려나 그 말이 틀리다는 걸 증명하지 않도록 조심해야겠는걸. 파일러트가 또 칼을 들고 돌아올지도 모르니까."

"파일러트가 겁나던?"

"그럼. 파일러트 고모가 안 무서워?"

"응. 난 무서운 사람이 없어."

"그래. 강하네. 헤이가가 강한 건 나도 알지."

"강한 게 아니야. 다른 사람들이 나더러 이래라저래라 하지 못하게 하는 것뿐이지. 나는 내가 하고 싶은 대로 해."

"파일러트가 이래라저래라 하잖아."

"하지만 꼭 해야 하는 건 아냐, 내가 하고 싶지 않으면."

"나도 우리 어머니한테 그렇게 말할 수 있으면 좋겠다."

"어머니가 너를 당신 마음대로 휘두르니?"

"글쎄…… 꼭 휘두른다고 하긴 어렵고." 밀크맨은 자기를 괴롭히는 짜증스러운 느낌을 표현할 말을 찾아 헤맸다.

"너 지금 몇 살이니?" 헤이가가 물었다. 자상하게 어린아이의 나이를 묻는 여자처럼 헤이가의 눈썹이 위로 올라갔다.

"열일곱."

"결혼해도 되겠네." 헤이가의 말에는 어머니가 그의 문제에 참견을 하지 못하게 해야 한다는 강렬한 암시가 담겨 있었다.

"나 너 기다리는 거야." 그는 남자들 특유의 건방진 태도를 되찾으려 (아니 몸에 익히려) 애쓰며 말했다.

"오래 기다려야겠는데."

"왜?"

헤이가는 인내심을 시험당하고 있다는 듯 한숨을 쉬었다. "결혼할 남자하고는 사랑을 하고 싶어."

"나는 어떤지 시험해봐. 시도해보면 알 수 있을 거야."

"넌 나한테 너무 어려."

"생각하기 나름이지." 그가 말했다.

"응. 내가 생각하기에 그래."

"너도 다른 여자들과 다를 바 없어. 백마 탄 왕자님이 타닥타닥 말을 타고 달려와서 집 앞에 서기를 기다리는 거지. 그럼 계단을 바람처럼 달려내려갈 테고, 펑! 둘의 눈길이 마주치면, 왕자님은 자기 말에 너를 홱 올려 태우고 같이 바람 속으로 달려 사라지겠지. 바이올린 연주 소리가 나오면서 말 엉덩이에는 'MGM 영화사 제공'이라는 글자가 찍힐 테고. 맞지?"

"그래." 그녀가 말했다.

"그때까지 뭘 하게?"

"어린 남자애 팬티 속에서 거시기가 크는 걸 구경해야지."

밀크맨은 미소를 지었지만, 썩 기분이 좋지는 않았다. 헤이가는 웃음을 터뜨렸다. 그는 벌떡 일어나 그녀를 잡으려 했지만 그녀는 침실로 뛰어들어가 문을 닫아버렸다. 밀크맨은 손등으로 턱을 문지르며 문 쪽을 바라보았다. 그러고는 어깨를 으쓱하고 포도주 두 병을 주워들었다.

"밀크맨?" 헤이가가 문밖으로 고개를 빼꼼 내밀었다. "이리 들어와."

그는 돌아서서 식탁 위에 술병을 내려놓았다. 문이 열려 있었지만 그녀는 보이지 않았고, 마치 내기에서 이겼다는 듯 웃는 나지막하고 은밀한 웃음소리, 그녀의 웃음소리만 들려왔다. 그는 너무 서두르는 바람에 천장에 매달린 초록색 자루를 깜박 잊고 피하지 못했다. 그녀에게 다가갔을 때는 벌써 이마에 혹이 올라오고 있었다. "저 안에 뭐가 그렇게 든 거야?" 그가 물었다.

"그건 파일러트 물건이야. 자기 유산이래." 헤이가는 블라우스의 단추를 풀었다.

"도대체 뭘 물려받은 거야? 벽돌인가?" 그때 그는 그녀의 젖가슴을 보았다.

"이게 내가 그때까지 하려는 일이지." 그녀가 말했다.

그때부터 둘은 자유로이, 아무런 거리낌없이 엎치락뒤치락하며 낄낄 웃어댔고, 기타가 일하러 가면 기타의 방에서 오래 시간을 보내기 시작했다. 기타가 집에 있을 때 자기 방에 틀어박혀 아주 많은 시간을 보내듯이. 그녀는 그에게 비밀 아닌 비밀이었고, 그의 인생에 영원한 붙박이였다. 사람을 감질나게 애태우는 데 이골이 난 그녀인지라, 가끔은 그의 욕구를 기꺼이 채워주고 가끔은 거부했다. 하지만 그로서는 그녀가 언제 어떤 이유로 받아주거나 거절할지 알 길이 없었다. 리바와 파일러트는 아마 알고 있을 거라 생각했지만, 그들은 헤이가와 그의 달라진 관계에 대해 입도 뻥긋하지 않았다. 열두 살 때 품었던 숭모의 감정은 조금 빛바랬지만, 잠자리를 같이하게 되었다는 사실이 기뻤고 그녀는 괴짜에다 기발하고 함께 있으면 재미있었으며, 때로 버릇없이 굴기도 했지만 가식이나 꾸밈이 없어서 웬만한 또래 여자아이들보다 훨씬 신선했다. 헤이가는 몇 달 동안 그를 만나주지 않다가도 어느 날 그가 나타나면 또 만면에 미소를 띤 채 반가이 맞아주었다.

헤이가의 열정이 타올랐다가 식는 일이 삼 년쯤 반복된 뒤에는 그녀 쪽에서 거절하는 일이 차츰차츰 줄어들었고, 그가 아버지를 때린 무렵에는 아예 거절이라는 게 없었다. 심지어 헤이가는 그를 기다리기 시작했고, 그가 다른 사교생활에 몰두하면 할수록 더욱더 그에게 충실해졌다. 그녀는 입술을 삐죽거리고, 뾰로통하게 심술을 내고, 자기를 사랑하지 않는다든가 더이상 보고 싶어하지 않는다고 투정을 부렸다. 밀크맨은 제 나이를 거의 생각하지 않고 살았지만 헤이가는 자신의 나이를 몹시 의식했다. 밀크맨은 만사에 거칠 것 없는 소년의 행태를 서른한 살까지 밀고 나갔다. 헤이가는 서른여섯이 되었고—초조해했다. 그녀는 두 사람의 관계 한가운데에다 떡하니 의무를 밀어넣었다. 밀크맨은 빠져나갈 구멍을 찾기 시작했다.

밀크맨은 고른 선물의 값을 점원에게 지불하고 가게를 나오며, 헤이가와 헤어지기로 마음을 먹었다.

우리가 오촌간이라는 사실을 다시 얘기해야지, 그는 생각했다. 헤이가에게는 아예 선물을 사주지 않기로 했다. 대신 두둑하게 현금을 줄 생각이었다. 정말 근사한 선물을 사주고 싶었지만, 자기가 선물을 주는 게 누가 되지 않을까 싶었다고 해명해야지. 자기는 그녀에게 필요한 남자가 아니었다고. 그녀에겐 결혼할 수 있는 안정된 남자가 필요하다고. 자기가 방해만 되는 것 같다고. 둘이 인척관계이기도 하니 이제 다른 사람을 찾아봐야 하지 않겠느냐고. 마음이 아프다고, 말할 것이다. 그 오랜 세월을 함께하고 이렇게 헤어지려니 마음이 너무나 아프지만, 그녀를 너무나 사랑하고, 그렇게 사랑한다면 상대방을 먼저 생각해야 하는 거라고. 사랑하는 이에게 이기적으로 굴 수는 없다고.

할말을 이렇게 세심하게 생각해놓고 나니, 마치 벌써 이야기를 다 마치고 만사가 깨끗하게 정리된 듯한 기분이 들었다. 그는 아버지의 사무실로 돌아가 금고에서 현금을 좀 꺼낸 뒤, 헤이가에게 그럴싸한 편지를 쓰고 이렇게 끝을 맺었다. "그리고, 고맙다고 말하고 싶어. 네가 내게 얼마나 의미 깊은 존재였는지 몰라. 정말 고마워. 오랜 시간 행복하게 해줘서 고마워. 물론 이 편지에 사랑을 담아 보내지만, 그보다 고마운 마음이 더 커."

그리고 그는 정말로 사랑을 담아서, 라고 썼지만 그럼에도 '고마운 마음'이라는 말과 '고마워'라는 말에 적나라하게 드러나는 냉정함 때문에, 헤이가는 그만 핑그르르 돌아 저 맑고 푸르른 창공으로 어지러이

내던져졌다. 공기도 희박하고 언제나 소리 없는 곳, 사람들은 늘 속삭임으로 대화하고 아니면 아예 아무 소리도 내지 않는 곳, 만물이 꽁꽁 얼어붙어 있고 오로지 그녀 가슴속에서만 가끔씩 불꽃이 타올랐다 치직거리는 소리를 내며 꺼져가는 곳. 그러다 결국 헤이가는 밀크맨 데드를 찾아 거리로 달려나갔다.

지폐와 편지를 접어 봉투에 넣고 한참이 지난 후, 밀크맨은 아버지의 책상에 걸터앉았다. 그는 수많은 숫자열을 더하고 또 더했지만, 항상 80센트 부족하거나 80센트가 남았다. 그는 여전히 집중하지 못하고 초조해했는데, 그게 모두 헤이가 탓만은 아니었다. 얼마 전 그는 기타와 경찰의 수사에 대해 이야기를 나누었다. 열여섯 살쯤 된 소년이 하굣길에 밧줄로 추정되는 것에 목이 졸려 살해되었고, 두개골은 함몰되어 있었다고 했다. 지역 경찰과 함께 수사를 펴고 있는 주 경찰 기동대는 소년이 살해된 방식이—목을 조르고 얼굴을 박살냈다는 점에서—1953년 제야에 벌어진 또다른 소년의 살인사건과 1955년에 벌어진 네 건의 살인사건과 유사하다고 발표했다. 당구장과 토미의 이발소에 떠도는 소문에 따르면, 위니 루스 저드가 다시 습격한 것이라고 했다. 남자들은 웃으면서 새로 온 신참들에게 1932년 사형선고를 받은 살인자 위니 루스의 이야기를 들려주었다. 그녀는 희생자들을 도끼로 죽이고 사지를 자른 다음 여행가방에 쑤셔넣었는데, 결국은 붙잡혀 정신병자를 수용하는 연방 수용소에 갇혔고 해마다 두세 번씩 그곳을 탈출한다고 했다.

심지어 한번은 2백 마일을 걸어서 두 개 주를 횡단한 후에야 체포되었다. 그해 12월 이 도시에서 잔인한 살인사건이 한 건 일어났는데, 때마침 위니 루스가 탈옥해 자유의 몸으로 돌아다니고 있었기 때문에 사우스사이드 사람들은 모두 그녀의 짓이라고 믿었다. 그때부터 특히 잔혹한 살인사건이 보도되면, 니그로들은 위니 루스의 짓이라고 숙덕거렸다. 위니 루스는 백인이고, 피살자들도 백인이 아니냐고들 떠들어댔다. 이런 식으로, 백인들의 광기—생면부지의 사람들을 대상으로 지독하게 광기 어린 살인을 계획적으로 저지르는 짓—라고밖에 생각할 수 없는 짓거리를 그들 나름대로 해명해보려 했던 것이다. 그들이 보기에 그런 살인을 저지를 수 있는 건 오로지 백인 미치광이밖에 없었고, 위니 루스 저드는 이런 조건에 꼭 맞아떨어졌다. 흑인들은 서로 죽이는 일이 있어도 어김없이 그럴듯한 이유가 있다고 믿었다. 다른 사람의 영역을 침범했다든가(다른 남자의 아내와 자는 현장을 들켰다거나), 환대의 법칙을 무시했다든가(친구의 겨자단지에 손을 뻗는 척하며 고기를 홱 빼앗아간다든가), 아니면 모욕적인 언사로 상대의 정력이나 정직함, 인간성, 그리고 정신 건강을 의심했다든가 하는 이유. 게다가 더욱더 중요한 점은, 그들은 자신들이 저지른 범죄는 순간적인 충동에 눈이 멀어 저지른 것이기에 정당하다고 생각했다. 분노나 질투에 눈이 멀어, 체면이 깎였기 때문에, 기타 등등. 이네들은 희생자가 자기네 종족만 아니라면, 엽기적인 살인사건도 은근히 재미있어했다.

그들은 최근의 살인사건을 저지른 위니 루스의 동기가 무얼까 추정해보았다. 누군가가 갇혀 있다보니 색에 눈이 멀어서, 오입질을 찾아 나선 거라고 말했다. 하지만 성인 남자들이 자기 같은 여자를 원할 리 없다는 걸 잘 알고, 학생을 노렸다는 것이다. 또다른 사람은, 위니 루스가 새들슈즈를 끔찍하게 싫어하는데, 정신병동에서 뛰쳐나와 4백 마일을 걸어 간신히 안전한 곳에 도달했을 때 처음 본 게 새들슈즈를 신은 아이였고, 그녀는 이를 견딜 수가 없어—미쳐 돌아버린 거라고 했다.

그런데 이렇게 오가는 농담 사이로, 아무도 입 밖에 내지 않는 한줄기 공포심이 내비쳤다. 경찰이 소년의 시체가 발견된 학교 운동장에서 '더벅머리 니그로'가 달아나는 것을 본 목격자가 있다고 발표했던 것이다.

"샘 셰파드가 아내를 도끼로 내리찍었을 때 사람들이 봤다던 그 더벅머리 니그로 아닌가." 포터가 말했다.

"망치로 때려 죽였잖아." 기타가 말했다. "망치로 스물일곱 번 내리쳤지."

"하느님 맙소사. 왜 스물일곱 번이나 내리쳤지? 힘들게 죽였네."

"힘들지 않은 살인이 어디 있나." 호스피털 토미가 말했다. "사람을 죽이는 건 힘들어. 왜 영화에서는, 주인공이 어떤 사람 목을 팔로 조르면 기침 몇 번 하다가 죽어버리잖아? 그거 절대 믿지 말게. 인간의 몸은 강인해. 죽음의 위협에 맞닥뜨리면 엄청난 힘을 끌어내지."

"전쟁 때 사람 죽여본 적 있어요, 토미?"

"몇몇은 손을 댔지."

"손으로요?"

"총검으로. 92연대 사람들은 총검을 썼어. 벨로숲 전체가 총검으로 번쩍거렸지. 눈부시게 번쩍거렸어."

"어떤 기분이었어요?"

"불쾌해. 끔찍하게 불쾌하다고. 안 그러면 놈이 나한테 똑같은 짓을 한다지만, 그래도 역시 사람한테 차마 못할 짓이야."

사람들은 언제나 그렇듯 토미의 반듯한 말투에 웃음을 터뜨렸다.

"그건 자네가 군대에 가기 싫어했기 때문이잖아." 뚱뚱한 사내가 말했다. "자네가 거리를 헤매다 오벌 포버스*를 맞닥뜨렸다고 치면 어때?"

"이런 망할, 그 빌어먹을 개자식은 기꺼이 죽여주겠어." 실팍한 덩치의 사내가 말했다.

"어디 그런 소리 계속해보라고. 금세 붙들려갈걸."

"나는 더벅머리가 아냐."

"아마 경찰들이 더벅머리로 만들어줄걸."

"손에 브라스너클**을 끼고 네놈 머리통을 들쑤셔놓은 뒤에 더벅머리라고 말하겠지."

정말로 우스워서 웃어대는 엠파이어스테이트의 킬킬거리는 소리 말고 다른 웃음소리들은 밀크맨에게 어쩐지 힘없고 불안하게 느껴졌다. 그 방에 있는 사람들은 하나같이 자기도 언제든 거리를 걷다가 붙잡히면, 신분이나 살인사건 당시의 행방에 대해 아무리 믿을 만한 증거를 제출한다 해도 몹시 불쾌한 취조를 당할 수 있음을 잘 알고 있었다.

그리고 문제가 하나 더 있었다. 밀크맨은 꽤 오래전부터 이런 살인사건들 중 적어도 하나, 아니 그 이상은 니그로 목격자가 있거나 니그로에 의해 행해졌을 거라는 실마리를 얻을 수 있었다. 어떤 말실수, 희생자에 대해 뭔가 구체적인 사항을 알고 있는 사람 같은. 위니 루스가

* 1955년부터 1967년까지 아칸소주 주지사를 역임한 인물. 공교육에서의 인종분리가 금지되었음에도 백인 학교에 흑인이 등교하지 못하도록 무력으로 저지했다.

** 손가락에 끼우는 금속 무기.

새들슈즈를 참을 수 없이 싫어했는지 아닌지 같은 사항들. 그 소년이 새들슈즈를 신고 있었던가? 신문에 그런 얘기가 나왔던가? 아니면 그저 훌륭한 재담가가 생각해낼 만한 기상천외한 세부 사항이었을 뿐인가?

토미 형제는 청소를 하고 있었다. "문 닫았어요." 그들은 문을 열고 고개를 비쭉 들이민 사내에게 말했다. "가게문 닫아요." 대화는 이제 차츰 잦아들어 조용해졌고 하릴없이 노닐던 사내들은 나가기가 싫은 듯 어물거렸다. 기타도 마찬가지였지만, 결국은 웃옷을 입고 엠파이어스테이트와 섀도복싱을 하다가 문간에 서 있는 밀크맨에게 다가왔다. 사우스사이드의 가게들은 안 그래도 시시한 화관과 조명을 달고 있었는데, 도시에서 가로등마다 달아놓은 볼품없는 크리스마스 장식리본이며 종들 때문에 한층 더 시시해 보였다. 오로지 시내에만 크고 밝고 축제 분위기가 나며 희망으로 가득찬 불빛들이 환했다.

두 청년은 10번가를 따라 걸어 기타의 방 쪽으로 향했다.

"소름 끼쳐." 밀크맨이 말했다. "진짜 소름 끼치는 짓이야."

"세상이 소름 끼치지." 기타가 말했다. "소름 끼치고 뒤죽박죽인 세상이야."

밀크맨은 고개를 끄덕거렸다. "레일로드 토미가 그러는데 죽은 남자애가 새들슈즈를 신고 있었대."

"그랬대?" 기타가 물었다.

"그랬냐고? 형도 알면서. 형도 우리하고 계속 같이 웃고 있었잖아."

기타가 그를 흘낏 바라보았다. "그래서 너 무슨 냄새라도 난다는 거냐?"

"나만 따돌리고 있다는 건 알지."

"그래, 그럼 그렇다고 쳐. 그런데 다른 감정 없어. 그냥 그 얘기를 하고 싶지 않은 것 같아."

"나하고 그 얘기를 하고 싶지 않은 거겠지. 토미네 이발소에서는 신나게 얘기했잖아."

"이봐, 밀크, 우리 꽤 오래 붙어다녔지, 안 그래? 하지만 아무리 그래도 우리가 서로 다른 사람이라는 데엔 변함이 없어. 매사에 늘 생각이 똑같을 수는 없단 말이야. 그냥 이대로 좀 내버려두면 안 돼? 이 세상엔 별별 사람들이 다 있어. 궁금증이 도지는 사람이 있는가 하면, 안 그런 사람도 있다고. 어떤 사람들은 말하고, 또다른 사람들은 비명을 질러. 발로 차는 사람들이 있는가 하면, 차이는 사람들이 있다고. 네 아버지만 해도 그래. 네 아버지는 발로 차는 사람이잖아. 내가 네 아버지를 처음 본 건, 그가 우리를 집에서 쫓아내던 때야. 바로 거기서부터 너와 나 사이에는 엄청난 차이가 있었지. 그래도 어쨌든 우리는 친구니까……"

밀크맨은 걸음을 멈추고 기타도 억지로 붙들어 세워 몸을 돌렸다. "형이 나한테 헛소리 훈계를 할 사람이 아니라는 거 알아."

"훈계가 아니야, 임마. 너한테 해줄 말이 있어서 그런 거야."

"좋아, 말해봐. 빌어먹을 헛소리 훈계는 하지 말고."

"네가 말하는 훈계가 도대체 뭔데?" 기타가 따져 물었다. "네가 이 초 동안만이라도 입다물고 잠자코 있은 적 있어? 네가 말 안 하고 다른 사람 얘기를 들어줘야 했던 적이 있느냐고? 그게 훈계야?"

"훈계라는 건, 서른한 살짜리 남자한테 말하면서 열 살짜리 애한테 말하듯 하는 거지."

"나보고 말하라는 거야, 말라는 거야?"

"어서 말해봐. 말하라고. 그런 괴상한 말투로만 말하지 말란 말이야. 형이 선생이고 내가 코찔찔이 꼬맹이인 것처럼."

"바로 그게 문제야, 밀크맨. 넌 지금 내가 하려는 말보다 말투에 더 신경을 쓰잖아. 우리가 매사에 똑같은 생각을 할 필요는 없지 않느냐고, 너랑 나랑은 다르다고 말하고 있는데 말야. 또—"

"그러니까 형 말은, 나한테는 말해주기 싫은 더러운 비밀이 있다는 거 아냐."

"나한테는 흥미로워도 너한테는 재미없는 일들이 있다는 얘기야."

"내가 재미가 있을지 없을지 형이 어떻게 알아?"

"난 너를 알아. 오랫동안 알았잖아. 너는 그 잘난 친구들도 있고 오노레섬에서 피크닉도 즐기고, 그 와중에 뇌의 절반쯤으로는 길거리 똥개를 생각해줄 여유도 있지. 너한테는 빨강 머리 계집애도 있고 사우스사이드의 계집애도 있는데, 또 그 사이에 뭘 얼마나 거느리고 있는지 누가 알겠어."

"이럴 수가. 그 오랜 세월을 같이 지냈는데, 이제 와서 내가 사는 동네 가지고 날 윽박질러?"

"네가 사는 동네 문제가 아니야—네가 어디서 어울려 노느냐가 문제지. 넌 아무데서도 살지 않아. 낫닥터 스트리트에 사는 것도 아니고 사우스사이드에 사는 것도 아니지."

"형 나한테 지금 무슨 맺힌 거 있—"

"너한테 맺힌 거 아무것도 없어."

"내가 어딜 가든 형은 언제나 환영이야. 나는 형을 오노레섬으로 초대하려고 애썼—"

"오노레섬 따위는 엿이나 바꿔 먹어! 너 내 말 못 알아듣냐? 내가 그 깜둥이 천국에 가는 날에는, 다이너마이트 한 상자하고 성냥 한 갑을 들고 갈 줄 알아."

"전에는 좋아했잖아."

"한 번도 좋아한 적 없어! 너 따라간 적은 있지만, 한 번도 좋아한 적 없다고. 한 번도."

"니그로들이 해변 별장을 갖는 게 뭐가 어때서? 도대체 원하는 게 뭐야, 기타 형? 형은 마룻바닥을 닦거나 목화솜을 따지 않는 니그로들만 보면 무조건 화를 내잖아. 여기는 앨라배마주 몽고메리가 아냐."

기타는 처음엔 격분한 눈초리로 그를 바라보았으나, 곧 너털웃음을 터뜨렸다. "네 말이 맞아, 밀크맨. 그게 아마 네가 살면서 한 가장 진실된 말일 거야. 여기는 분명 앨라배마주 몽고메리가 아니지. 말해봐. 만일 그렇다면 어떻게 할래? 여기가 알고 보니 몽고메리였다면?"

"비행기표를 끊어야지."

"맞았어. 이제야 네가 너 자신에 대해 모르던 사실을 좀 깨닫게 된 것 같네. 네가 누군지, 뭘 하는 놈인지."

"그래. 앨라배마주 몽고메리에 살기 싫어하는 놈이지."

"아니. 거기 살 수 없는 놈이야. 상황이 힘들어지면, 너는 녹아버릴 테니까. 네놈은 진지한 인간이 아니야, 밀크맨."

"진지하다는 건 다르게 말하면 비참하다는 거야. 나는 진지한 게 뭔지 속속들이 알고 있어. 우리 꼰대가 진지하거든. 우리 누나들도 진지하고. 그리고 우리 어머니보다 더 진지한 사람은 세상에 없을 거야. 어머니는 너무 진지해서, 시들어가고 계시거든. 언젠가 뒷마당에 있는 어머니를 바라본 적이 있어. 바깥은 되게 추웠는데, 어머니는 12월 15일이 오기 전에 구근을 심어야 한다고 하셨어. 그래서 거기 무릎을 꿇고 땅을 파고 계셨지."

"그래서? 뭘 말하려는 건지 모르겠는데."

"내가 하려던 말은, 어머니는 그 구근을 심고 싶어하셨다는 거야. 그럴 필요도 없는데 말야. 어머니는 꽃을 심는 걸 좋아하셔. 정말로 좋아해. 하지만 형이 그 얼굴을 봤어야 해. 세상에서 가장 불행한 여자처럼 보였다고. 세상에서 가장 비참한 여자. 그러니 그게 무슨 재미야? 내 평생 어머니가 큰 소리로 웃는 걸 들어본 적이 없어. 가끔 미소를 짓고, 심지어 소리를 좀 내기도 하지만. 나는 한 번도 어머니가 큰 소리를 내며 웃었다는 생각이 안 들어."

화제를 바꾸는 기색도 없이, 무슨 얘기를 하고 싶은 건지 스스로도 잘 모르는 채로 그는 뜬금없이 언젠가 꾼 어머니에 대한 꿈 이야기를 시작했다. 꿈이라고 말한 건, 그게 정말로 일어난 일이며 자기가 정말로 보았던 일이라는 걸 기타에게 털어놓고 싶지 않았기 때문이다.

그는 부엌 개수대에 서서 먹다 남은 커피를 버리다가 유리창 너머로 루스가 정원에서 땅을 파고 있는 모습을 보았다. 루스는 작은 구멍을 파고 작은 양파처럼 생긴 것을 그 속에다 고이 밀어넣었다. 거기 서서 넋 놓고 어머니를 바라보는데, 그녀가 판 구멍에서 튤립이 자라나기 시작했다. 처음에는 가느다란 한 줄기 녹색 관 같은 것이었는데, 곧 잎사귀 두 장이 벌어졌다—줄기 양쪽으로 하나씩. 그는 눈을 비비고 다시

보았다. 이제 어머니 뒤편 땅에서 줄기가 여러 개 솟아나고 있었다. 어머니가 이미 심어놓은 구근이거나 아니면 포대에 너무 오래 보관해서 싹이 텄는지도 몰랐다. 줄기들은 금방 키가 쑥쑥 자라나더니 곧 얼마나 많아졌는지 서로 밀치며 어머니의 드레스를 타고 오르기 시작했다. 그런데도 어머니는 그 사실을 까맣게 몰랐고 뒤돌아보지도 않았다. 그녀는 계속 땅을 팔 뿐이었다. 줄기 몇 개에서는 이미 꽃망울이 싹트기 시작했고, 피처럼 붉은 망울들은 위아래로 고개를 까딱거리면서 어머니의 등을 건드렸다. 마침내 어머니는 자라나서 고개를 까딱거리며 등을 건드리는 그 꽃들을 알아보았다. 밀크맨은 어머니가 공포에 질려 벌떡 일어설 거라 생각했고—최소한 놀란 기색이라도 보일 줄 알았다. 하지만 어머니는 그러지 않았다. 어머니는 뒤로 몸을 젖히며 손으로 꽃들을 때리는 시늉을 했지만, 장난스럽고 짓궂은 동작이었다. 꽃들이 자라나고 또 자라나서, 나중에는 고개를 까딱거리며 움직이는 꽃들 위로 어머니의 어깨와 휘젓는 팔밖에 보이지 않았다. 꽃들은 보드라운 톱니 모양의 입술로 어머니의 숨결을 앗아가, 그녀를 숨막히게 해서 죽일 작정이었다. 그런데 어머니는 그냥 미소를 지으며 해로울 것 없는 나비를 쫓듯 꽃과 싸우고 있었다.

밀크맨은 꽃들이 위험하다는 걸, 곧 어머니 주위의 공기를 모조리 빨아들여 그녀를 힘없이 땅바닥에 쓰러뜨릴 거라는 걸 알았다. 하지만 어머니는 그런 생각을 전혀 못하는 것 같았다. 결국 꽃들이 어머니의 몸을 온통 뒤덮어버렸고, 이제 그에게 보이는 거라곤 마지막 순간까지 발길질을 계속하는 어머니의 몸 위로 낮게 휜 한 무더기의 엉킨 튤립뿐이었다.

밀크맨은 이 꿈이 진지한 건 위험하다는 자기의 주장을 뒷받침하기라도 하듯 기타에게 구구절절 설명했다. 최대한 가볍게 이야기하려 했지만 기타는 끝내 그의 눈을 똑바로 바라보며 이렇게 말했다. "왜 어머니를 도와주러 가지 않았어?"

"뭐라고?"

"도와주러. 그 밑에서 어머니를 끌어내러."

"하지만 어머니가 좋아하셨어. 즐거워하고 계셨다고. 좋아하셨단 말이야."

"확실해?" 기타는 미소를 지었다.

"물론이지. 내 꿈이었으니까."

"하지만 너희 어머니잖아."

"아, 형. 어째서 원래 있지도 않은 의미를 끌어내려고 하는 거야? 형은 자기 말이 옳다는 걸 입증하려고 모든 걸 지독하게 진지한 걸로 만들고 있어. 처음에는 내가 앨라배마에 살지 않는 게 잘못됐다. 그다음에는 꿈속에서 옳은 일을 하지 않았으니 잘못됐다. 이제는 그런 꿈을 꾼 것도 잘못이네. 내 말 알아듣겠어? 아주 하찮은 문제라도 형한테는 죽고 사는 문제가 돼. 형은 점점 더 우리 꼰대랑 꼭 닮아가. 아버지는 종이 클립이 다른 서랍에 들어 있는 걸로도 내가 사과해야 된다고 생각해. 다들 왜 이러는 거야?"

"너만 빼고 다들 잘못된 방향으로 가고 있는 것 같지?"

밀크맨은 침을 삼켰다. 오래전 아버지를 때리고 집을 나왔던 날 저녁, 사람들이 모두 거리 한쪽 보도에 몰려 그와 반대 방향으로 걸어가던 기억이 났다. 아무도 그와 같은 방향으로 가지 않았다. 마치 기타가 그 꿈속에도 들어갔다 나온 것만 같았다.

"어쩌면 그럴지도 모르지." 그가 말했다. "하지만 내가 어디로 가고 있는지는 알아."

"어디로 가는데?"

"파티가 열리는 곳."

기타는 미소를 지었다. 그의 치아는 웃옷에 내려앉는 눈송이처럼 새하얬다. "메리 크리스마스." 기타가 말했다. "그리고 해피 뉴 이어." 기타는 손을 흔들고 자기가 사는 쪽으로 모퉁이를 돌아 사라졌다. 그는 밀크맨이 어디로 가느냐고 묻기도 전에, 그리고 기다리라고 말하기도 전에, 사우스사이드의 눈 내리는 어스름 속으로 자취를 감춰버렸다.

이제 밀크맨은 서니네 가게에서 회계장부를 덮고 숫자열과 씨름하는 일을 포기했다. 기타에게 무슨 일이 일어나고 있었고, 아니 이미 일어난 게 틀림없었다. 기타는 밀크맨의 생활방식을 빈번히 걸고 넘어졌는데, 그러한 말들은 기타의 변화를 보여주는 한 가지 사례에 불과했다. 요즘 밀크맨은 기타의 방으로 계단을 뛰어올라가 그를 파티나 술집에 끌고 갈 수 없었다. 게다가 기타는 여자 얘기를 하거나 술에 취하는 것도 별로 기꺼워하지 않았다. 그나마 스포츠, 그리고 음악 정도에 여전히 열광했다. 그 외에는 늘 음침한 황금빛 눈동자를 하고 있었다. 그리고 정치 얘기.

기타가 진중한 분위기를 풍길수록 밀크맨은 평소보다 가족 이야기를 더 많이 하게 되었고, 자기 생활방식을 까불거리는 말투로 두둔하게 되었다. 여자들과 오노레섬 파티들. 기타는 밀크맨의 관심사가 그것만은 아니라는 걸 아는데, 그렇지 않은가? 밀크맨이 다른 일에도 관심이 많다는 걸 알고 있는데. 예를 들면? 밀크맨은 스스로 따져보았다. 좋다, 한 가지를 들어보자면 그는 아버지의 사업에 썩 괜찮은 수완을 발휘하고 있었다. 솔직히 탁월한 능력이었다. 하지만 부동산에 진짜로 마음이 끌리지는 않는다고 즉각 인정할 수밖에 없었다. 남은 평생을 임대료와 자산만 생각하며 살아야 한다면, 아마 미쳐버리고 말 것이다. 하지만 밀크맨은 남은 평생 바로 그 일을 하며 살아가야 한다, 그렇지 않은가? 그게 아버지가 예상하고 계획해둔 바였고, 그 자신도 예상해온 것이었다.

어쩌면 기타가 옳은지도 몰랐다—어느 정도는. 밀크맨의 삶은 의미도 없고 목적도 없었으며, 또 솔직히 밀크맨이 다른 사람들 생각을 그리 끔찍이 하는 것도 아니었다. 그는 위험을 무릅쓰거나 불편함을 감수하면서까지 꼭 갖고 싶은 게 하나도 없었다. 하지만 그래도 그렇지, 기타가 무슨 권리로 그런 말을 한단 말인가? 자기도 몽고메리에 살지 않으면서. 하는 일이라곤 자동차 공장에서 일하며 몰래 여기저기 돌아다니고—어디로 가는지는 아무도 몰랐다—토미의 이발소에서 사람들과 어울려 노는 것뿐인 주제에. 기타는 한 여자와 몇 달 이상 사귀는 법이 없었다—기타 본인 표현을 빌리자면, 평균적으로 이 정도 기간이 지나면 여자가 '영구적인-관계-어쩌고 하는 시끄러운 소리'를 하기 시작한단다.

형은 결혼을 해야 해, 밀크맨은 생각했다. 어쩌면 나도 결혼을 해야 하는지 몰라. 누구와? 주위에 여자들은 차고 넘쳤고, 밀크맨은 오노레 사람들 사이에서 아주 괜찮은 신랑감이었다. 하나 고르면 어떨까—빨강 머리로. 괜찮은 집을 하나 얻는 거야. 집 찾는 건 아버지가 도와주시겠지. 아버지와 진짜 동업 관계로 들어가서…… 그리고 어쩌지? 뭔가 더 나은 걸 기대할 수 있어야 하잖아. 돈에는 관심을 가지려 해도 가질 수가 없었다. 갖고 싶은 걸 못 가져본 적은 한 번도 없었기에, 돈은 그에게 새로운 매력이 전혀 없었다. 정치는—다른 건 몰라도 이발소의 정치와 기타가 관심을 갖는 유형의 정치—생각만 해도 졸음이 왔다. 그는 지루했다. 세상 모든 사람이 지겨웠다. 도시도 지겨웠다. 기타가 정신을 팔고 있는 인종문제는 그중에서도 제일 지겨웠다. 밀크맨은 날마다 썹을 흑백 문제가 없다면, 그 사람들이 뭘 하고 살았을까 궁금했다. 그들의 삶 (그리고 TV 뉴스) 그 자체라 할 수 있는 수모, 폭력 그리고 핍박을 구구절절 늘어놓지 못한다면, 그들은 도대체 어떤 존재였을까? 케네디나 일라이자*를 두고 말다툼을 할 수 없었다면? 그들은 만사에 남의 핑계를 댔다. 일이 잘되지 않았을 때, 청구서를 지불하지 못했을 때, 병이 났을 때, 사람이 죽었을 때, 다 '그 사람'이 잘못했기 때문이라고 했다. 그리고 기타도 꼭 그들처럼 되어가고 있었고—물론 기타는 남의 탓을 하지는 않았지만—밀크맨이 보기에는, 들려오는 온갖 억울한 사연에 동감하는 눈치였다.

밀크맨은 인스턴트커피를 끓여 마시려고 간이 주방으로도 쓰는 욕실로 들어가 핫플레이트의 전원을 꽂았다. 그 안에 있는데, 유리창을 다급하게 두드리는 소리가 들렸다. 다시 사무실로 나와보니 창문에 붙은 글씨 사이로 프레디의 눈이 보였다. 밀크맨은 문을 열어주었다.

---

* 흑인 종교 지도자. 흑인의 우월성을 강조하며 1934년부터 1975년까지 미국 내 흑인 이슬람 단체인 '이슬람 국가(Nation of Islam)'를 이끌었다.

"안녕하세요, 프레디 아저씨. 무슨 일이에요?"

"따뜻한 데를 찾아왔어. 오늘밤에는 뛰어다녀야 하거든. 크리스마스도 다가오는데, 나는 그저 거리를 위아래로 뛰어다녀야만 하다니." 프레디는 백화점 수위로 일하면서 우편물과 소포도 배달하고 있었다.

"백화점에서 아직 새 트럭 안 사줬어요?" 밀크맨이 물었다.

"미쳤어? 아마 엔진이 땅바닥에 툭 떨어져나가고 나서야 좀 쓸 만한 차를 줄걸."

"커피 물을 좀 올렸어요. 한잔 드실래요?"

"이렇게 반가울 데가 있나. 불빛이 비치길래 여기로 들어오면 뜨거운 커피나 한잔할 수 있을까 싶었지. 그런데 커피에 살짝 맛을 내고 싶은 마음은 없나?"

"마침 그럴 생각이네요."

"좋았어."

밀크맨은 욕실에 들어가, 변기 물탱크 뚜껑을 들어올리고서 알코올을 들이지도 못하게 하는 메이컨의 눈을 피해 숨겨둔 반 파인트들이 술병을 꺼냈다. 그는 사무실로 술병을 들고 와서 책상에 놓아둔 다음 다시 욕실에 들어가 커피 두 잔을 탔다. 사무실로 돌아왔을 때, 프레디는 벌써 술을 한 모금 꿀꺽 삼켜놓고서는 아닌 척 시치미를 떼고 있었다. 그들은 커피에 살짝 술을 탔고 밀크맨은 주위를 둘러보며 담배를 찾았다.

"살기 팍팍해, 이 친구야." 프레디는 처음 한 모금을 마시고 나서 무심하게 말했다. "팍팍하다고." 그러더니 뭔가가 빠진 걸 그제야 깨달았다는 듯 물었다. "친구는 어디 갔냐?"

"기타 형 말이에요?"

"그래. 기타. 그 녀석은 어디 갔어?"

"며칠 못 봤어요. 기타 형이 어떤지 아시잖아요. 순식간에 휙 자취를 감추곤 하죠." 밀크맨은 프레디의 머리카락이 얼마나 새하얗게 세었는지 깨달았다.

"연세가 어떻게 되세요, 프레디 아저씨?"

"그걸 누가 알아? 아침에 흙을 만드시고 오후에 날 만드셨다고." 그는 낄낄거리며 웃었다. "하지만 나는 아주 오래오래 살았지."

"여기서 태어나셨어요?"

"아니. 남부에서. 플로리다주 잭슨빌. 나쁜 땅이란다, 그렇고말고. 아주아주 몹쓸 땅이지. 잭슨빌에는 흑인 아이들이 갈 만한 고아원도 없다는 사실 아냐? 그래서 애들을 감옥에다 가둬. 연좌농성에 대해 떠들어대는 사람들에게 나는 감옥에서 자란 내가 그런 걸 무서워할 줄 아느냐고 대꾸하지."

"아저씨가 고아인 줄은 몰랐어요."

"글쎄, 그냥 보통 고아는 아니었지. 친척들도 다 있었지만, 엄마가 돌아가신 뒤로 아무도 날 받아주지 않았어. 어머니가 희한하게 돌아가셔서 날 받아주려는 사람이 없었지."

"어떻게 돌아가셨는데요?"

"귀신들."

"귀신들이요?"

"귀신 안 믿니?"

"글쎄요."—밀크맨은 미소를 지었다—"믿을 의향이 있다고 해두죠."

"믿는 게 좋을 게야. 바로 여기 있거든."

"여기요?" 밀크맨은 곁눈질로 사무실을 둘러보지는 않았지만, 그러고 싶었다. 바깥에는 바람이 캄캄한 암흑 속에서 울부짖고 있었고, 땅속 요정 같은 모습을 한 프레디는 금니를 번득거리고 있었다. "꼭 이 방에 있다는 얘기는 아니고. 물론 있을 수도 있지만." 그는 머리를 모로 기울이고 이야기를 들었다. "아니. 이 세상에 귀신들이 있다는 말이다."

"귀신들 보신 적 있어요?"

"많이. 아주 많이 봤지. 귀신들이 우리 어머니를 죽였어. 물론 그건 내 눈으로 못 봤지만 그후로 귀신들을 봤어."

"귀신들 얘기 좀 해주세요."

"아니, 싫어. 내 눈으로 본 귀신 얘기는 절대 안 해. 귀신들이 싫어하거든."

"그러면 아저씨가 안 본 귀신 얘기를 해주세요. 어머니를 죽인 귀신 얘기."

"아. 글쎄다. 그 귀신 말이지. 엄마가 이웃 친구하고 마당을 가로질러 걸어가다가 문득 같이 고개를 들어 바라봤더니 저 앞에서 어떤 여자가 길을 따라 내려오고 있더래. 그래서 길가에 멈춰 서서 누군가 보려고 기다렸다는군. 여자가 가까이 다가오자 이웃 친구가 여보시오, 라고 말을 걸었는데 그 말을 하자마자 여자가 새하얀 황소로 변하더라는 거야. 바로 눈앞에서. 우리 엄마는 그 자리에 쓰러졌고 곧장 진통을 시작했어. 내가 태어나자 사람들이 나를 어머니에게 보여주었고, 어머니는 비명을 지르더니 혼절해버렸지. 그리고 영영 깨어나지 못하셨어. 아버지는 내가 태어나기 두 달 전에 세상을 뜨셨고, 우리 집안 식구들이고 다른 집 사람들이고 할 것 없이 하얀 황소가 데려온 아기를 키우려 하지 않았어."

밀크맨은 큰 소리로 웃기 시작했다. 프레디의 기분을 상하게 할 생각은 없었지만 웃음을 멈출 수가 없었고, 애를 쓰면 쓸수록 웃음이 더 터져나왔다.

프레디는 기분이 상했다기보다는 놀란 기색이었다. "내 말 안 믿는구나, 그렇지?"

밀크맨은 너무 심하게 웃느라 대답을 할 수가 없었다.

"좋아." 프레디는 두 손을 들며 말했다. "좋아, 마음껏 웃어. 하지만 이 세상에는 네가 꿈도 못 꿀 정도로 희한한 일들이 많다고, 이 친구야. 자네도 배우게 되겠지. 희한한 일이 아주 많아. 바로 여기 이 동네에서도 희한한 일이 일어나고 있다니까."

밀크맨은 이제 웃음을 참을 수 있었다. "뭐라고요? 이 동네에서 무슨 희한한 일이 일어난다고 그러세요? 최근에 하얀 황소 같은 건 본 적이 없는데요."

"눈을 똑바로 떠. 네 친구한테 물어봐. 그애는 안다."

"어느 친구요?"

"네 친구 기타. 그놈한테 무슨 희한한 일이 벌어지고 있느냐고 물어봐. 어쩌다 느닷없이 엠파이어스테이트하고 여기저기 뛰어다니게 되었느냐고 물어보라고."

"엠파이어스테이트요?"

"그래. 엠파이어스테이트."

"누가 엠파이어스테이트랑 같이 돌아다닌다고 그래요? 녀석은 맞이 갔잖아요. 빗자루 들고 서서 침만 줄줄 흘리는 녀석이라고요. 말도 제대로 못하잖아요."

"말을 안 하는 거지. 그렇다고 못하는 건 아니야. 말을 하지 않는 건, 오래전에 아내가 다른 남자와 한 침대에 있는 걸 보고 그때부터 할말을 잃어서 그러는 것뿐이고."

"그럼, 기타 형은 그 친구랑 대체 뭘 하는 거예요?"

"좋은 질문이야. 경찰도 아마 그 답을 알고 싶을걸."

"어떻게 얘기가 엠파이어스테이트에서 경찰로 넘어가요?"

"못 들었어? 경찰이 학교 운동장에서 백인 남자애를 죽인 흑인을 찾고 있다잖아."

"알아요. 그걸 모르는 사람이 어디 있어요."

"글쎄, 그 흑인에 대한 묘사가 스테이트하고 맞아떨어져. 그리고 기타가 그 친구를 여기저기 데리고 다니고. 아마 숨겨주는 거겠지."

"뭐가 그렇게 이상해요? 기타 형은 원래 그런 사람이잖아요. 경찰이 찾고 있는 사람이라면 누구든지 숨겨줄 사람이에요. 기타 형은 백인들, 특히 경찰을 싫어하니까 그들이 쫓는 사람이라면 누구든 도와주겠죠."

"이해를 못하는구나. 기타하고 스테이트가 하는 짓이 그냥 숨겨주는 정도로 보이지를 않는다고. 꼭 정말로 죽인 것처럼 군단 말이야."

"프레디 아저씨, 살짝 취했어요?"

"그래, 나 살짝 취했어. 하지만 그렇다고 사실이 달라지진 않아. 여기 좀 봐. 에밋 틸이 죽었을 때 기억나? 53년도에? 그래, 바로 그 직후에 학교 운동장에서 백인 남자애가 죽임을 당했지, 맞지?"

"모르겠어요. 내가 저지르지도 않은 살인사건들을 어떻게 날짜순으로 외워요."

"모르겠다고?" 프레디는 못 믿는 눈치였다.

"몰라요. 스테이트가 한 짓이라는 얘기예요, 지금?"

"내 말은 꼭 하는 짓이 그런 것 같다는 얘기고, 기타가 알고 있다는 얘기야. 그리고 뭔가 이상한 일이 벌어지고 있다는 얘기고. 그 말이야."

내가 자기 엄마와 하얀 황소 얘기를 비웃어서 화가 났구나, 밀크맨은 생각했다. 그래서 나한테 복수를 하려는 거야.

"조심해." 프레디가 말을 이었다. "조심하라고." 프레디는 파인트 술병을 들여다보고, 텅 비었다는 걸 확인하더니 나가려고 일어섰다. "그래. 뭔가 이상한 일들이 요즘 이 동네에서 일어나고 있어. 하지만 무슨 소리를 듣더라도 내 이름은 끌어들이지 마. 그 보험회사 직원이 지붕에서 뛰어내렸을 때도 꼭 이랬어. 그 사람 얘기는 들어본 적 있어?"

"있는 것 같아요."

"네가 아주 어린 아기였을 때일 게다, 1931년. 글쎄, 그것도 정말 희한한 일이었지." 프레디는 코트 단추를 채우고 모자의 귀마개를 한껏 끌어내렸다. "아무튼 커피 잘 마셨다. 여러모로 아주 좋아졌어. 아주 좋아졌다." 그는 주머니에서 장갑을 꺼내며 문간으로 걸어갔다.

"천만에요, 프레디 아저씨. 크리스마스 전에 못 뵐지도 모르니까, 메리 크리스마스예요."

"너도. 그리고 너희 가족들한테도 안부 전해라. 데드 씨하고 어머니한테도 메리 크리스마스라고 전하고." 그는 다시 미소를 지었다. 문 앞에 다다르자 그는 장갑을 꼈다. 그리고 고개를 천천히 돌려 밀크맨을 똑바로 바라보았다. "무슨 일이 벌어지고 있는지 알 만한 사람을 한 명 더 알려주지. 커린디언스. 커린디언스에게 물어봐."

그는 금니를 명랑하게 번득이더니 총총 사라졌다.

5

공포는 아무래도 변함이 없었다. 밀크맨은 햇살을 똑바로 받으며 기타의 침대에 누워, 얼음송곳이 목을 관통하면 어떤 느낌일까 상상해보려 애썼다. 하지만 포도주처럼 붉은 피가 뿜어나오는 광경을 눈앞에 그려보고 얼음송곳이 목을 뚫고 들어오면 기침이 날까 생각해봐도 전혀 도움이 되지 않았다. 공포는 십자로 겹쳐놓은 앞발들처럼 그의 가슴 위에 놓여 있었다.

그는 눈을 감고 이마에다 팔을 얹어, 너무 많은 생각이 빛에 노출되지 않도록 했다. 팔이 드리운 어둠 속에서, 그는 얼음송곳이 빗방울보다 더 빨리 떨어져내리는데 자신은 어린아이처럼 그걸 혓바닥으로 받으려 하는 상상을 했다.

다섯 시간 전 기타의 집 문을 두드리기 전에 그는 계단 맨 꼭대기에

서서, 아직도 창문을 두드리고 있는 여름비에 젖어 빗물을 뚝뚝 떨어뜨리는 몰골로, 이 빗방울들이 전부 아주 작은 강철 얼음송곳들이라 상상해보았다. 그러고 나서 그는 문을 두드렸다.

"네?" 어쩐지 약간 공격적인 목소리였다. 기타는 이제 누구인지 확인하지 않고는 절대 문을 열어주지 않았다.

"나야—밀크맨." 그는 대답하고서 자물쇠 세 개가 짤깍거리며 풀리는 소리를 기다렸다.

밀크맨은 젖은 양복 상의 아래로 어깨를 잔뜩 움츠린 채 방으로 들어갔다. "뭐 마실 거 없어?"

"이제는 좀 알 때도 된 것 같은데." 기타는 미소를 지었고, 황금빛 눈동자가 잠시 흐려졌다. 그들은 오노레 대 앨라배마 논쟁이 있은 후 별로 얼굴을 보지 못했지만 그 싸움은 둘 다에게 앙금을 씻는 효과가 있었다. 이제 서로 가장하지 않아도 되었기 때문에 오히려 편안해졌던 것이다. 대화를 하다가 서로 다른 점 때문에 전쟁터에 다다르면, 그들의 말싸움은 너그러운 유머로 가득찼다. 게다가 그간 그들의 우정은 훨씬 더 즉각적인 방식으로 시험대에 올랐다. 지난 육 개월간 밀크맨은 위험한 고비를 겪었는데, 기타가 계속 그에게 도움의 손길을 내밀고 또 내밀어주었다.

"그럼 커피 줘." 밀크맨이 말했다. 그는 나이 지긋한 노인처럼 힘겹게 침대에 앉았다. "언제까지 버틸 거야?"

"영원히. 이제 끝났어, 친구. 술은 안 마셔. 차는 어때?"

"기가 막혀서."

"찻잎이 있어. 네 녀석은 틀림없이 홍차가 봉지 속에서 자라는 건 줄 알았겠지만."

"맙소사."

"루이지애나 면화 같은 거야. 그걸 따는 흑인들은 아랫도리에 흰 천을 두르고 터번을 하고 있는 게 다를 뿐이지. 인도에 가면 어딜 가나 그것밖에 안 보여. 작디작은 하얀 홍차 봉지가 꽃피는 덤불숲들. 알겠어?"

"홍차나 내놔, 기타 형. 홍차만 달라고. 지리학 강습은 됐고."

"지리는 싫어? 좋아, 지리는 빼지. 그럼 홍차에다 역사를 좀 넣을까? 아니면 정치사회적—아니야. 그것도 역시 지리로군. 빌어먹을, 밀크, 내 인생은 지리투성이인가봐."

"물 끓이기 전에 냄비부터 좀 씻을 수 없어?"

"예를 들어서, 나는 지금 북부에 산단 말씀이야. 그러니 제일 먼저 생각나는 질문은 뭐의 북부냐, 이거지. 자, 남부의 북부지. 그러니까 북부는 남부가 있기 때문에 존재하는 거야. 하지만 그게 북부가 남부와 다르다는 뜻인가? 천만의 말씀! 남부는 그저 북부의 남부일 뿐이야……"

"끓는 물에 그 빌어먹을 찻잎 넣지 마. 찻잎 위에다 끓는 물을 붓는 거라고. 주전자에다. 찻주전자에다가 말이야!"

"하지만 주목할 만한 약간의 차이가 있기는 하지. 예를 들어서 북부인들은—그러니까 북부에서 태어나서 자란 사람들 말이야—먹는 걸 갖고 까다롭게 굴거든. 글쎄, 음식에 대해서가 아니지. 사실 음식은 안중에도 없어. 온갖 장식적인 것들에 대해 까다롭게 구는 거지. 무슨 말인지 알아? 주전자니 나발이니. 이 사람들은 주전자에 대해서 아주 웃기게 군단 말이지. 그런데 홍차? 그 사람들은 얼그레이하고 립턴 할아버지의 인스턴트 홍차의 차이도 몰라."

"이봐, 형, 홍차를 달라고. 제멋대로 찢은 풀 쪼가리 말고."

"립턴 할아버지가 〈뉴욕 타임스〉를 쫙쫙 찢어서 물들인 뒤 조그맣고 귀여운 하얀 봉지에 넣었더니 북부의 니그로들은 좋아서 날뛰었다지. 흥분해서 어쩔 줄을 몰랐대. 그거 눈여겨본 적 있어? 그 사람들이 그 조그만 하얀 봉지를 얼마나 좋아하는지?"

"아, 맙소사Oh, Jesus."

"예수도 북부인이야. 이스라엘에 살았지만 심장은 북부 사람이었대. 피 흘리는 심장으로 보자면 말이지. 그의 사랑스럽고 조그맣고 나이든, 피 흘리는 붉은 심장. 남부 사람들은 그 사람이 자기네 사람인 줄 알았는데, 그건 그저 그들이 처음 봤을 때 예수가 나무에 매달려 있었기 때문이야. 남부 사람들은 그런 데 팍 공감하거든. 목매다는 사람한테도 그렇고 목매달리는 사람한테도. 하지만 북부 사람들은 그것보다 좀 똑똑해서……"

"도대체 누구 얘기하는 거야? 흑인들이야 백인들이야?"

"흑인? 백인? 너도 그렇게 인종차별하는 니그로는 아니겠지, 설마? 누가 흑인이 어쩌고저쩌고 그랬어? 이건 그냥 지리학 강습일 뿐이야."

기타는 밀크맨에게 김이 오르는 찻잔을 건네주었다.

"아, 그래, 이게 홍차면 나는 흐물흐물한 계란프라이다."

"거봐. 까다롭다고. 왜 네가 흐물흐물한 계란프라이냐? 왜 그냥 계란프라이면 안 되는데? 아니면 그냥 오래된 평범한 달걀이라거나? 아니 도대체 왜 달걀이냐고? 니그로들이 별별 짓을 다했어도 달걀 노릇은 안 했다."

밀크맨은 큰 소리로 웃기 시작했다. 기타가 또 한번 해낸 것이다. 흠

빽 젖어서 기타의 집으로 올 때는 쓰러져 죽어버리고 싶은 심정이었는데, 이제는 큰 소리로 웃어대면서 홍차를 줄줄 흘리고 목이 메어 대답도 제대로 못했다. "왜? 어째서 깜둥이는 달걀이 못 되는데? 마음만 먹으면 달걀도 될 수 있지."

"아니. 달걀은 절대 안 돼. 속에 그런 씨가 없거든. 유전자가 좀 그래. 유전자 때문에 아무리 열심히 노력해도 달걀이 될 수는 없는 거야. 자연이 절대 안 된대. '안 돼, 넌 절대 달걀이 될 수 없다, 깜둥아. 자, 마음만 먹으면 까마귀가 될 수 있어. 아니면 커다란 비비가 될 수도 있지. 그렇지만 달걀은 안 돼. 달걀은 어렵고 복잡해. 연약하기도 하고. 그리고 하얗잖아.'"

"갈색 달걀도 있어."

"인종 혼합 같은 거군. 게다가, 그런 걸 먹고 싶어하는 사람이 어딨냐."

"프랑스 사람들은 좋아해."

"프랑스에서는 그렇지. 하지만 콩고에서는 안 그래. 콩고의 프랑스 사람들은 갈색 달걀에 손도 대기 싫어한다고."

"왜 싫어하는데?"

"겁이 나니까. 피부가 어떻게 될까봐. 태양처럼 말이야."

"프랑스 사람들은 태양을 사랑해. 항상 태양빛을 받으려고 난리들이지. 리비에라에서는—"

"프랑스 태양빛은 받으려고 하겠지만, 콩고 태양빛은 아니야. 콩고에서는 사람들이 태양을 지독하게 싫어하거든."

"글쎄, 나는 원하는 것이 될 권리가 있어. 그리고 난 달걀이 되고 싶고."

"프라이?"

"프라이."

"그럼 누가 네 껍데기를 깨부숴야겠구나."

심장박동보다 더 빠르게, 기타는 분위기를 싹 바꾸었다. 밀크맨은 입가를 훔치며 기타의 눈을 피했다. 인광을 발하는 무언가가 다시 그 눈동자에 돌아와 자리잡았다는 걸 깨달았기 때문이다. 작은 방은 조용한 가운데 차려 자세를 취하고 있었다. 이곳은 주인집 아주머니가 집세로 돈도 벌고 공짜로 경비원도 둘 수 있게 이층 포치에 가벽을 세워 하숙방으로 개조한 방이었다. 바깥 계단이 혼자 사는 남자에게는 안성맞춤이었다. 특히 기타 베인스처럼 비밀이 많은 남자.

"오늘밤에 방 좀 써도 돼?" 밀크맨이 물었다. 그는 손톱을 살펴보고 있었다.

"여자랑 붙게?"

밀크맨은 고개를 가로저었다.

기타는 그 말을 믿지 않았다. 자기 친구가 살해당하기 전날 밤에 진심으로 혼자 있고 싶어할 거라 믿지 않았다. "그거 무서워. 아주 무섭다고."

밀크맨은 대답하지 않았다.

"괜히 강한 척할 필요 없어. 나한테는 그럴 필요 없다고. 네가 마음만 먹으면 용감한 사람이라는 건 다들 알아."

밀크맨은 고개를 들었지만 여전히 대답하지 않았다.

"아무튼 말이야." 기타는 조심스럽게 말을 이었다. "네 심장을 도려낼 수도 있는 일이야. 그러면 너는 헛되이 죽은 용감한 깜둥이 대열에 끼게 될 거라고."

밀크맨은 폴몰 담배에 손을 뻗었다. 담뱃갑이 비어 있어서, 그는 기타가 그날 재떨이로 쓰던 플랜터스 땅콩버터 뚜껑에서 좀 길다 싶은 꽁초를 집어들었다. 그는 침대에 두 다리를 쭉 뻗고 누워서, 긴 손가락으로 성냥이 있을 만한 주머니들을 더듬었다. "전부 다 쿨해." 그가 말했다.

"웃기는 소리." 기타가 말했다. "쿨한 게 어딨냐. 아무것도, 어디에도 없어. 심지어 북극도 쿨하지 않아. 쿨하다고 생각하면, 그리로 올라가서 빌어먹을 빙하에 네 꽁무니가 다 얼어붙는 거나 구경해봐. 그리고 빙하가 처리 못한 건, 북극곰들이 알아서 처리해줄 거야." 기타가 일어서자 머리가 거의 천장에 닿았다. 밀크맨의 무심함에 짜증이 나서, 그는 방을 정돈하며 심란한 마음을 달랬다. 그는 귀퉁이에 기대어 세워둔 등받이의자 밑에서 빈 상자를 찾아내 쓰레기를 마구 주워 담기 시작했다. 창문틀에 있던 타고 남은 성냥, 전날 먹은 바비큐 뼈다귀. 그는 코울슬로가 흘러넘친 골판지 종이컵들을 구겨 상자 속으로 발사했다. "내가 아는 깜둥이들은 다 쿨하고 싶어해. 자기통제는 나쁠 게 없지만, 아무도 다른 사람을 통제할 수는 없는 거야." 그는 곁눈질로 밀크맨의 얼굴을 보며 무슨 반응을 보이는지, 어떤 틈이라도 보이는지 찬찬히 살폈다. 이런 침묵은 전에 없던 일이었다. 무슨 일이 일어난 게 틀림없었다. 기타는 친구를 진심으로 염려했지만, 자기 방으로 경찰을 불러들일 만한 일은 결코 원치 않았다. 그는 땅콩버터 뚜껑 재떨이를 집어들었다.

"기다려. 거기 아직 쓸 만한 꽁초들이 있단 말이야." 밀크맨이 부드럽게 말했다.

기타는 재떨이를 통째로 상자에다 던져넣었다.

"왜 그랬어? 담배 다 떨어졌다는 거 알면서."

"그러면 엉덩이 재게 들고 가서 좀 사와."

"이봐, 기타 형. 제발 헛소리 좀 그만해." 밀크맨은 침대에서 일어나 상자에 손을 뻗었다. 그가 상자를 잡으려는 찰나 기타가 물러서더니 상자를 방 저편으로 획 던져버렸고, 그 바람에 기껏 주워 담은 쓰레기가 엉망으로 널브러졌다. 기타는 고양이처럼 우아하고 경제적인 몸짓으로 팔을 휘둘러 주먹으로 벽을 쾅 쳐서, 밀크맨이 취할 만한 반응을 미리 차단했다.

"정신 똑바로 차리고 들어." 기타는 목소리를 낮게 깔았다. "내가 무슨 말을 할 때는 정신 똑바로 차리고 들으란 말이야."

두 사람은 머리와 머리를 맞대고, 발끝과 발끝을 맞댄 채 서 있었다. 밀크맨의 왼발은 바닥에서 약간 떠 있었고, 인광을 발하는 기타의 눈동자에 심장이 까맣게 타는 듯한 느낌이었지만 그럼에도 그 눈길을 똑바로 받았다. "내가 안 그러겠다면? 그러면 어떡할 건데? 날 죽일 거야? 내 이름은 메이컨이야, 기억해? 나는 이미 데드라고."

기타는 익숙한 농담에도 웃음을 띠지 않았지만, 그래도 이글거리는 눈빛이 약간 누그러지는 걸로 보아 알아들은 게 틀림없었다.

"네 살인자한테 누가 그 얘기를 해줘야 할 텐데." 기타가 말했다.

밀크맨은 짤막하게 웃음을 터뜨리고는 침대 쪽으로 물러섰다. "형은 걱정이 너무 많아, 기타 형."

"꼭 필요한 만큼 걱정할 뿐이야. 하지만 지금 당장은, 네가 왜 이리 태평한지 그걸 좀 알아야겠어. 넌 오늘이 30일이라는 걸 알고 여기 왔잖아. 누가 널 찾으려 하면, 이리로 찾아오는 건 시간문제야. 그런데 널 혼자 두고 나가라는 거잖아. 도대체 무슨 짓인지 말 좀 해봐."

"있잖아." 밀크맨이 말했다. "하고많은 협박 중에서, 내가 겁이 났던 건 딱 두 번이었어. 첫번째하고 세번째. 그후로는 내가 꽤 잘 대처하고 있지, 안 그래?"

"그래, 하지만 이번엔 느낌이 좀 이상해."

"이상할 거 하나도 없어."

"아냐, 이상해. 너. 네가 이상해."

"아니, 난 안 이상해. 그냥 피곤할 뿐이야. 미친놈들을 피해 다니는 것도 피곤하고, 이 뺑투성이 동네도 지겹고, 거리 위아래로 도망다니면서 제자리걸음만 하는 것도 지겹고……"

"그래, 피곤한 게 전부라면야 금세 다 해결되겠네. 조만간 실컷 쉬게 될 테니까. 침대가 편할 거라는 장담은 못해, 장의사들은 매트리스를 안 만들거든."

"아마 이번에는 안 찾아올지도 몰라."

"육 개월 동안 한 번도 약속을 어긴 적이 없어. 그 여자가 휴가라도 떠날 것 같아?"

"이제 그 지독한 년한테서 더이상 숨을 수도 없어. 끝내야 해. 한 달 후에 이 짓을 또 할 수는 없다고."

"그 집 식구들한테 말해서 좀 말려보지 그래?"

"내가 그 집 식구야."

"내 말 좀 들어, 밀크. 네가 꼭 그러라면 꺼져줄게. 하지만 잠깐만 내 말을 좀 들어봐. 그 계집애는 지난번에 칼슨제 가죽 벗기는 칼을 들고 왔어. 칼슨제 가죽 벗기는 칼이 얼마나 날카로운 줄 알아? 레이저처럼 네 몸을 확 잘라버릴 수 있단 말이야."

"알아."

"아니, 넌 몰라. 나하고 문Moon이 그 여자를 붙잡았을 때, 너는 술집 바 밑에 숨어 있었잖아."

"뭘 갖고 왔는지는 알아."

"내일 이 방에는 문도 없을 거야. 그리고 내가 네 말대로 가버리면 기타도 없는 거지. 이번에는 그 여자, 피스톨을 들고 올지도 몰라."

"흑인 여자한테 피스톨을 주는 바보가 세상에 어디 있냐?"

"포터한테 엽총을 준 바보도 있는데 뭐."

"그거야 옛날 일이고."

"내가 걱정되는 건, 오히려 그런 게 아니야. 네가 이상하게 굴어서 그래. 꼭 그러길 바라는 것처럼. 죽길 고대하는 것처럼 보인단 말이야."

"뭘 보고 그러는 거야?"

"널 보고. 아주 차려입었잖아."

"서니네 가게에서 일하고 왔으니까. 책상 앞에서 일할 때는 옷을 쫙 빼입으라는 게 우리 꼰대 명령인 거 알잖아."

"옷 갈아입고 올 시간은 있었잖아. 벌써 자정이 넘었는데."

"좋아. 그래, 나 쫙 빼입었어. 죽기를 학수고대하고 있다 이 말이야. 방금 형한테 더이상 숨고 싶지 않다고도 얘기했고……"

"비밀이구나, 맞지? 비밀이 있는 거야."

"그건 우리 둘 다 마찬가지잖아."

"우리 둘? 너하고 그 여자?"

"아니. 형하고 나. 형이 요즘 괴상한 연막을 치곤 하더라고." 밀크맨은 기타를 올려다보고 씩 웃었다. "그러면 내가 모를 줄 아나보지."

기타도 그를 보며 씩 웃어 보였다. 이제 비밀이 있다는 걸 알았으니, 보통 때와 같은 우정의 리듬을 다시 탈 수 있었다.

"알겠습니다, 데드 씨. 혼자서 해결하시죠. 찾아오시는 손님한테 떠나기 전에 정돈 좀 해놓고 가시라고 말해줄래? 돌아와서 네 머리를 찾으려고 산더미처럼 쌓인 담배꽁초 더미를 뒤적거리기는 싫거든. 내가 쉽게 찾을 수 있는 데 놓여 있어주면 고맙지. 남아 있는 게 그 여자 머리일 경우에는, 뭐, 뒤쪽 선반 위의 장을 뒤져보면 수건이 좀 있을 거다."

"마음 푹 놔, 형. 누구의 머리도 안 떨어질 테니까."

그들은 자연스레 나온 말장난이 맞아떨어진 데 대해 함께 웃음을 터뜨렸고, 그 웃음소리가 잦아들기도 전에 기타는 갈색 가죽재킷을 집어 들고서 문 쪽을 향해 발걸음을 뗐다.

"담배!" 밀크맨이 기타의 등에 대고 소리를 질렀다. "사라지기 전에 나 담배 좀 갖다줘!"

"알았어!" 기타는 벌써 계단을 반쯤 내려가고 있었다. 그의 생각은 이미 밀크맨을 떠나 여섯 늙은이가 그를 기다리는 집으로 날아가 있었다.

그날 밤 기타는 돌아오지 않았다.

밀크맨은 햇살을 받으며 가만히 누워 있었다. 마음은 백지장처럼 텅 비고, 폐가 담배 연기를 갈구했다. 차츰 죽음에 대한 공포와 열망이 다시 찾아왔다. 무엇보다 그는 자신이 알고 있는 사실로부터 도망치고 싶었고, 그가 들은 얘기가 암시하는 함의들로부터 도피하고 싶었다. 세상에 대해 그가 아는 건 모두 다 다른 사람들이 들려준 것들이었다. 타인의 행동과 증오를 쓸어 담은 쓰레기통이 된 기분이었다. 자기 스스로 한 일은 아무것도 없었다. 아버지를 때렸던 그때 단 한 번을 제외하고는 독자적으로 행동한 적이 없었는데, 그때 그 행동, 그 단 한 번의 행위로 전혀 원치 않는 것을 알게 되었고 그에 따른 책임까지 짊어져야 했다. 아버지가 루스 이야기를 해주었을 때, 밀크맨은 아버지의 편에서서 어머니를 경멸했으나 어쩐지 이용당한 기분이 들었다. 부당하게 무거운 부담을 떠안은 느낌이었다. 무엇도 그의 잘못은 아니었기에 생각하기도 싫고, 연루되기도 싫고, 뭔가 조치를 취하기도 싫었다.

그렇게 나태한 정의감을 만끽하며 기타의 침대에서 뒹굴던 밀크맨은 일주일 전쯤 이와 똑같은 정의감으로 집을 나서는 어머니를 미행했던 일이 생각났다.

파티에서 집으로 돌아오던 길이었고, 밀크맨이 메이컨의 뷰익 자동차를 겨우 길가에 대고 자동차 라이트를 껐을 때 조금 앞에서 낫닥터 스트리트를 따라 걸어가는 어머니의 모습이 눈에 들어왔다. 새벽 한시 반이었지만, 시각이나 올려 세운 코트 깃과는 어울리지 않게 어머니에게서는 꺼림칙하게 뭔가 숨기려는 기색을 전혀 찾아볼 수 없었다. 어머니의 발걸음은 단호한 확신에 차 보였다. 서두르거나 방황하는 발걸음이 아니었다. 대단치는 않지만 괜찮은 직장으로 향하고 있는 여인의 안정된 걸음걸이였다.

루스가 모퉁이를 돌자, 밀크맨은 잠시 기다렸다가 자동차에 시동을 걸었다. 그는 엔진 기어를 올리지 않은 채 살금살금 기어가듯 모퉁이를 돌았다. 어머니는 버스 정류장에 서 있었고, 밀크맨은 버스가 와 어머니가 승차할 때까지 어둠 속에서 기다렸다.

분명 밀회는 아니었다. 그랬다면 남자가 근처 어딘가로 어머니를 데리러 왔으리라. 연정을 품은 여자가 한밤중에 자기를 만나러 오는 데 대중교통을 이용하게 할 남자는 없다. 더구나 루스 나이의 여인이라면 더더욱. 게다가 예순이 넘은 여자를 원하는 남자가 세상에 있기나 한가?

버스를 쫓아가는 건 악몽 같았다. 버스는 너무 자주 정차했고, 너무 오래 정차했으며, 따라붙었다가 숨었다가 하면서 어머니가 내렸는지 살펴보는 일은 힘들었다. 밀크맨은 자동차 라디오를 켰지만, 음악은 날카로운 신경을 달래주기는커녕 오히려 더 긁어댈 뿐이었다. 그는 신경이 곤두선 나머지 진지하게 돌아갈까 생각했다.

마침내 버스가 카운티 순환선이 지나는 기차역에 정차했다. 그곳이 종점이었다. 그곳에서, 어머니가 얼마 남지 않은 승객들에 섞여 역의 로비로 들어가는 모습이 보였다. 그는 어머니를 놓쳤다고 생각했다. 어느 기차를 탔는지 알아낼 길이 없을 테니까. 그는 다시 집으로 돌아갈까 고민했다. 늦은 시각이었고, 그는 녹초가 되어 있었으며, 자신이 어머니에 대해 더 많은 걸 알고 싶은지도 확신할 수 없었다. 하지만 이왕 이렇게 멀리까지 왔는데, 지금 돌아가서 만사를 아무것도 모르는 상태로 남겨두는 건 바보 같은 짓이라는 생각이 들었다. 그는 주차장에 차를 세우고 역 쪽으로 천천히 걸어갔다. 어쩌면 어머니는 기차를 타지 않으실지도 몰라, 하고 그는 생각했다. 어쩌면 기차역에서 남자를 만날

지도 모르지.

그는 문을 밀어젖히기 전에 찬찬히 주위를 둘러보았다. 역사 내에는 어머니의 자취가 없었다. 작고 평범한 건물이었다. 낡았지만 조명은 밝았다. 소박한 대기실에는, 아마도 어디 고등학교 미술반 학생들이 원색의 테크니컬러로 그린 듯한 미시간주의 상징이 걸려 있었다. 분홍색 사슴 두 마리가 뒷발로 선 채 서로를 마주보고 있었고, 두 사슴 사이 눈높이 정도에 독수리가 홰를 치고 앉은 그림이었다. 독수리 날개는 활짝 펼쳐져 있어서 어깨를 으쓱 올린 것같이 보였다. 머리는 왼쪽을 향해 있었다. 사나운 한쪽 눈으로는 사슴 눈을 쏘아보고 있었다. 그림 아래 긴 리본띠에는 보랏빛으로 라틴어가 쓰여 있었다. Si Quaeris Peninsulam Amoenam Circumspice.* 밀크맨은 라틴어를 몰랐고, 어째서 울버린주**가 상징으로는 수사슴을 쓰는지 이해할 수 없었다. 아니면 암사슴인가? 그는 암사슴을 죽였다던 기타의 이야기가 떠올랐다. "남자는 그러면 안 돼." 밀크맨은 후회 비슷한 감정이 맥박처럼 빠르게 울컥울컥 치솟는 걸 느꼈지만, 곧 떨쳐버리고 다시 어머니를 찾기 시작했다. 그는 기차역 뒤편으로 걸어갔다. 여전히 어머니의 모습은 보이지 않았다. 그러다 그는 위층에도 플랫폼이 있다는 걸 깨달았다. 계단이 그리로 이어져 있었고, 화살표에는 '페어필드와 노스이스턴 교외 지역'이라고 쓰여 있었다. 어머니는 저 위로 올라가셨는지도 모른다. 그는 조심스레 계단 쪽으로 이동하며, 어머니를 보거나 놓칠까봐 사방으로 흘낏흘낏 곁눈질을 했다. 확성기가 정적을 깨뜨리고, 페어필드 하이

* '아름다운 반도를 찾고 있다면 주위를 둘러보세요'라는 뜻으로, 미시간주의 표어.

** 미시간주의 별명. 울버린은 족제빗과에 속하는 동물이다.

츠행 두시 십오분발 열차가 위층 플랫폼에서 출발한다고 알렸다. 그는 계단을 쏜살같이 달려올라가, 루스가 열차에 타는 모습을 보고 자기도 간신히 다른 객차로 뛰어들었다.

열차는 십 분 간격으로 열 군데 정거장에 정차했다. 밀크맨은 매 정거장마다 객차 사이로 몸을 빼고 밖을 내다보며 어머니가 하차하는지 살폈다. 여섯 정거장을 지난 뒤, 그는 차장에게 도시로 돌아가는 다음 열차가 몇시에 있느냐고 물어보았다. "새벽 다섯시 오분입니다." 차장이 말했다.

밀크맨은 시계를 보았다. 벌써 세시였다. 반시간 후 차장이 "페어필드 하이츠, 종점입니다"라고 외쳤을 때, 밀크맨은 다시 바깥을 내다보았고 이번에는 어머니가 하차하는 모습이 보였다. 그는 재빨리 달려나가 어머니의 널찍한 고무굽이 계단을 내려가는 소리가 들려올 때까지, 대기하는 승객들이 바람을 피할 수 있도록 지어놓은 삼면의 목조 구조물 뒤에서 기다렸다.

방풍벽 너머 길을 따라 저 아래로 가게들이 줄지어 늘어서 있었는데—지금은 모두 문이 닫혀 있었다. 신문가판대, 커피숍, 문방구, 하지만 주택은 없었다. 페어필드의 부자들은 역 근처에 살지 않았고, 길가에서 보이는 집도 거의 없었다. 그래도 루스는 고른 발걸음으로 길을 따라 걸어갔고, 몇 분 지나지 않아 페어필드 공동묘지로 통하는 널찍하게 굽이진 진입로로 들어섰다.

밀크맨은 입구에 아치를 이루는 철제 구조물을 뚫어져라 바라보다가, 어머니가 의사 선생의 시신을 안장할 공동묘지를 몹시 꼼꼼하게 골랐다는 이야기를 얼핏 흘린 기억이 났다—니그로들이 한데 누워 있지 않은 곳 어딘가. 그리고 사십 년 전 페어필드는 농사를 짓는 시골이었기에 손바닥만한 공동묘지에 묻히는 시체가 흑인인지 백인인지 아무도 신경쓰지 않았다.

밀크맨은 나무에 기댄 채 입구에서 기다렸다. 여태까지는 조금이나마 의혹이 있었다 하더라도, 이제는 아버지가 한 말이 모두 사실이라는 걸 알게 된 것이다. 어머니는 어리석고, 이기적이고, 기괴하고, 모호하게 음탕한 여인이었다. 그는 또다시 학대받은 듯한 기분에 사로잡혔다. 어째서 자기 가족 중에는 정상적인 인간이 하나도 없는 걸까?

그는 어머니가 다시 나올 때까지 꼬박 한 시간을 기다렸다.

"안녕하세요, 어머니." 그가 말했다. 그는 자기가 느끼는 기분만큼 최대한 서늘하고 잔인한 목소리로 말하려고 애썼다. 느닷없이 나무 뒤에서 튀어나와 어머니를 기겁하게 만든 것도 마찬가지 생각에서였다.

그는 성공했다. 어머니는 놀라서 비틀거리며 입으로 숨을 헉하고 크게 들이마셨다.

"메이컨! 너니? 네가 여기 있어? 오, 이럴 수가. 나는……" 어머니는 필사적으로 이 상황을 별것 아닌 것처럼 무마하려 애썼다. 힘없이 웃음을 띠고 눈을 깜박이면서, 뭐라 말해야 할지 어떻게 행동해야 할지 또 교양 있게 처신할 방법을 강구하면서.

밀크맨이 어머니의 입을 막았다. "어머니의 아버지 무덤에 같이 누우려고 오신 거죠? 이 긴 세월 동안 어머니는 내내 그런 짓을 하고 계셨던 거예요? 가끔씩 자기 아버지하고 하룻밤을 보내고?"

루스의 어깨가 축 처지는 듯 보였지만, 목소리는 놀랄 만큼 차분했다. "기차역까지 같이 걸어가자꾸나."

두 사람 모두 작은 방풍벽 안에서 시내로 돌아가는 열차를 기다리는 사십오 분간 아무 말도 하지 않았다. 해가 떠올라 벽에 쓰인 젊은 연인들의 이름을 비추었다. 사람들이 플랫폼으로 이어지는 계단을 올라오고 있었다.

열차가 측선에서 다시 돌아 플랫폼에 들어왔을 때에도 두 사람은 아무 말도 하지 않았다. 바퀴가 실제로 돌아가고 엔진이 헛기침을 한 뒤에야 비로소 루스가 이야기를 꺼냈는데, 뜬금없이 문장 중간부터 말하기 시작했다. 마치 아들과 함께 페어필드 공동묘지 입구를 나설 때부터 내내 머릿속으로 생각하고 있었던 것처럼.

"……사실은 내가 작은 여자이기 때문이었어. 어리다는 얘기가 아니다. 작다는 뜻이야. 작다는 건, 내가 짓눌려 작아졌다는 얘기지. 내가 살던 커다란 대저택은 나를 작은 꾸러미 같은 존재로 짓눌러버렸다. 친구도 하나 없었어, 내 드레스와 하얀 실크 스타킹에 손을 한번 대보려는 급우들이 있었을 뿐이지. 하지만 아버지가 있었기 때문에 친구라는 게 필요하다는 생각은 안 했다. 나는 작았지만, 아버지는 크셨지. 내가 죽었는지 살았는지 진심으로 신경을 써준 유일한 분이셨다. 사람들은 대부분 내가 죽었는지 살았는지에만 흥미를 가졌지, 하지만 아버지는 정말로 신경을 써주셨어. 메이컨, 아버지는 좋은 분은 아니셨다. 오만한 사람인 건 분명했고, 어떤 때는 어리석고 파괴적인 사람이기도 했어. 하지만 내가 살았는지, 살았으면 어떻게 살고 있는지 신경을 쓰셨지. 과거에도 그렇고 지금도 그렇고, 그런 사람은 그분 말고는 이 세상에 아무도 없다. 그리고 그 관심을 받기 위해서라면, 난 못할 일이 없었어. 아버지의 존재감이 느껴지는 곳, 아버지의 물건들, 아버지가 쓰시던 물건들, 아버지의 손길이 닿았던 물건들 사이에서 살아간다는 건 내게 중요한 일이었어. 나중에는 아버지가 이 세상에 계시다는 사실을 아는 것도 그만큼 중요해졌지만. 그분이 세상을 떠나고 나서 나는 아버지한테서 느꼈던, 누군가 내게 신경을 쓴다는 느낌을 다시 지피려고 애를 썼다.

나는 이상한 여자가 아니야. 작은 여자일 뿐이지.

네가 항상 머무르는 그 가게에서 네 아버지가 너한테 나에 대해 무슨 이야기를 했는지 다는 모른다. 하지만 내가 내 이름을 알듯이 확실히 아는 사실은, 네 아버지는 자기한테 득이 될 만한 이야기만 한다는 거야. 아마 자기가 우리 아버지를 죽인 장본인이며 너도 죽이려 들었다는 얘기는 하지 않았겠지. 자기한테 쏟던 내 관심을 우리 아버지와 네가 빼앗아갔기 때문이었어. 그 얘기는 절대 하지 않았을 거라는 걸 나도 안다. 그리고 자기가 우리 아버지의 약을 내버렸다는 얘기도 하지 않았겠지만, 그건 사실이야. 나는 우리 아버지를 구할 수 없었지. 메이컨이 아버지의 약을 치워버렸는데도 나는 그 사실을 전혀 몰랐고, 파일러트가 아니었다면 아마 네 목숨도 구하지 못했을 게다. 파일러트가 너를 이 세상에 태어나게 해준 장본인이야."

"파일러트 고모요?" 밀크맨은 졸음이 확 깨는 기분이었다. 속아넘어갈 줄 알면서도 얘기를 듣는 사람처럼 흐리멍덩한 귀로 어머니의 얘기를 듣기 시작했다.

"파일러트. 늙고, 미친, 다정한 파일러트. 우리 아버지가 돌아가신 후로 네 아버지와 나는 육체적인 관계가 전혀 없었고, 그때 리나와 커린디언스는 겨우 아장아장 걷는 아기들이었지. 우리는 지독한 부부싸움을 했다. 그이는 나를 죽이겠다고 협박했어. 나는 그가 우리 아버지에게 무슨 짓을 했는지 경찰에다 고발해버리겠다고 협박했지. 우리는 둘 다 그렇게 하지 않았다. 그에게는 나를 죽여서 얻는 만족감보다 우리 아버지의 돈이 더 중요했겠지. 그리고 나는 내 아기들만 아니었다면 아주 행복하게 죽어주었을 거야. 그런데 메이컨이 방을 옮겼고, 한동안 그렇게 지내다가 나는 더이상 참을 수가 없는 지경에 이르렀다. 그런 식으로 사느니 차라리 죽는 게 낫다는 생각이 들었지. 아무도 나를 만지지 않고, 나를 만지고 싶다는 눈길조차 주지 않는 삶이라니. 그때부터 나는 페어필드를 찾기 시작했다. 이야기를 하려고. 진심으로 이야기를 듣고 싶어하고 나를 비웃지 않을 사람한테 이야기를 하려고. 내가 믿을 수 있는 사람. 나를 믿어주는 사람. 나한테…… 관심이 있는 사람. 나 자신을 위해서. 그 사람이 땅속에 있대도 상관없었어. 네 아버지가 더이상 나와 잠자리를 하지 않았을 때, 내 나이는 스무 살이었다. 그건 힘든 일이야, 메이컨. 아주 힘든 일이지. 서른 살이 되었을 때…… 난 그렇게 살다가 죽어버릴까봐 겁이 났다.

그때 파일러트가 이 도시로 왔어. 이 도시가 제 것인 양 찾아들어왔지. 파일러트, 리바, 그리고 리바의 어린 아기, 헤이가. 파일러트는 당장 메이컨을 만나러 왔고, 나를 보자마자 내 문제가 뭔지 알아차렸어. 그리고 어느 날 내게 묻더구나. '오빠를 원해요?' '누군가, 사람이 그리워요.' 내가 대답했지. '오빠도 다른 사람만큼은 쓸 만해요.' 그녀가 말했어. '게다가, 임신을 하게 될 텐데, 아기는 오빠 아기라야 하잖아요. 오빠도 아들이 있어야 해요. 안 그러면 이게 우리의 끝이니까.'

파일러트는 나한테 이상한 짓을 하라고 시켰어. 메이컨의 음식에 청회색빛 풀 같은 걸 넣으라고도 했지." 루스는 웃음을 터뜨렸다. "나는 꼭 의사가 된 듯한, 대단히 중요한 과학 실험을 하는 화학자가 된 듯한 기분이었어. 게다가 효과가 있었다. 메이컨이 나흘 내리 나를 찾아왔거든. 심지어 나랑 있으려고 대낮에 사무실에서 달려온 적도 있었어. 자기도 무슨 영문인지 몰라 어안이 벙벙한 표정이었지만, 아무튼 오긴 왔지. 그러다 그것도 끝이 났어. 두 달 후, 나는 임신을 했지. 그 사실을 알고 나서 네 아버지는 당장 파일러트를 의심했고 나한테 아이를 지워버리라고 했어. 하지만 나는 그 말을 듣지 않았고 파일러트의 도움으로 네 아버지에게 맞설 수 있었다. 파일러트가 없었으면 그렇게 강하게 나가지 못했을 거야. 그녀가 내 목숨을 살려준 거지. 그리고 메이컨, 네 목숨도. 파일러트는 네 목숨도 살려준 거야. 자기 아기처럼 너를 지켜주었지. 네 아버지한테 쫓겨나기 전까지."

밀크맨은 앞자리에 달린 차가운 손잡이에 머리를 기댔다. 거기 그렇게 머리를 대고, 냉기가 머릿속을 빙글빙글 돌게 내버려두었다. 그리고는 어머니를 바라보았다. "어머니의 아버지가 돌아가셨을 때, 침대 위에 같이 누워 계셨어요? 벌거벗고?"

"아니. 하지만 침대맡에 속옷을 입고 꿇어앉아 그 아름다운 손가락에 키스를 했다. 그 몸에서 손가락들만이……"

"저에게 젖을 먹이셨죠."

"그래."

"제가…… 나이가 들 때까지. 아주 나이가 들 때까지."

루스는 아들 쪽으로 몸을 돌렸다. 그리고 고개를 들더니 아들의 눈을 깊이 들여다보았다. "그리고 너를 위해 기도도 했지. 밤이면 밤마다 낮이면 낮마다 하루도 빠짐없이. 무릎을 꿇고. 자, 이제 네가 말해보렴. 내가 무릎을 꿇고 너에게 무슨 해를 끼쳤더냐?"

그게 시작이었다. 이제 모든 것이 끝날 터였다. 얼마 후 그녀는 문으로 걸어들어올 테고, 그도 이번에는 그녀가 마음대로 하게 내버려둘 작정이었다. 나중에는 그가 누구인지 어디에 있는지 그런 기억도 다 사라지겠지. 리나라고 불리는 막달렌과 퍼스트 커린디언스, 그가 태어나는 걸 죽여서라도 막으려던 아버지에 대한 기억도. 아버지와 어머니 사이의 기막힌 원한, 강철처럼 매끄럽고 뿌리깊은 원한에 대한 기억도. 그리고 이런 백일몽도 사라지고, 어머니가 하신 그 끔찍한 말씀들이 귓전을 울리지도 않겠지. '무슨 해를? 내가 무릎을 꿇고 너에게 무슨 해를 끼쳤더냐?'

그녀의 발소리가 들리더니, 그다음에는 문고리가 돌아가는 소리, 철컥 멈췄다가 다시 돌아가는 소리가 들려왔다. 눈을 가린 손을 치우지 않아도, 그녀가 바로 거기 서서, 창문으로 그를 바라보고 있다는 걸 알 수 있었다.

헤이가. 사람을 죽이려고, 얼음송곳을 휘두르는 헤이가. 헤이가는 성탄절에 고맙다는 쪽지를 받은 직후부터 달마다 술통과 찬장과 지하실 선반을 뒤져 진정한 사랑을 죽일 수 있는 간편한 휴대용 흉기를 찾아 헤매기 시작했다.

'고마웠다'는 말에 치명적인 상처를 입기는 했으나, 그녀가 흉기를 찾아 찬장을 뒤지러 달려간 건 그 때문이 아니었다. 밀크맨이 어떤 여자의 어깨에 팔을 두르고 그녀의 비단결 같은 구릿빛 머리칼이 그의 코트 소매 위로 풍성하게 늘어뜨려진 광경을 목격한 일이 결정타가 되었다. 그들은 메리네 술집에 앉아서, 얼음을 채운 잭대니얼스 유리잔 너머로 미소를 짓고 있었다. 여자는 뒷모습이 약간 커린디언스나 리나와 비슷해 보였는데 그녀가 웃으면서 밀크맨 쪽으로 몸을 돌렸을 때, 그리고 헤이가가 그 회색 눈동자를 보았을 때, 성탄절 이후 헤이가의 가슴에 얌전히 얹혀 있던 주먹 쥔 손에서 집게손가락이 가죽 벗기는 칼의 날처럼 활짝 펴졌다. 초승달이 조수를 찾아 끌듯 규칙적으로 헤이가는 흉기를 찾아 헤맸고, 그런 뒤에는 자기 집을 몰래 빠져나와 자기가 이 세상에 태어난 이유라고 믿는 한 남자를 찾아 나섰다. 자기가 그 남자보다 다섯 살 더 많고 또 친척이라는 사실마저도 그 열정을 누그러뜨리지 못했다. 오히려 그녀의 성숙함과 혈연으로 얽힌 관계 때문에 열정이 열병이 되더니 급기야 애정이 아니라 역병이 되었다. 밤이면 그 감정은 그녀를 말 그대로 쓰러뜨렸고 아침이면 일으켜세웠다. 그가 없는 하루를 보내고 나서 잠자리에 들 때면 심장이 글러브를 낀 주먹처럼 갈비뼈를 때렸다. 그리고 아침이면 완전히 잠이 깨기 한참 전부터 쓰라리게 가슴을 조이는 갈망을 느꼈고, 그녀는 그 갈망에 잡아채여 꿈속에서 난폭하게 끌려나오곤 했다.

그녀는 정처 없이 헤매는 유령처럼 집 주위를 빙빙 돌다가 포치로 갔고, 길을 따라 걸었고, 과일가게와 정육점을 지나쳤는데, 어디에서도 무엇에서도 평화를 찾지 못했다. 할머니가 넝쿨에서 처음 딴 토마토를 반으로 쩍 갈라 살짝 소금을 뿌려서 자기 앞에 놓아줘도 평화는 찾을 수 없었다. 리바가 티볼리 극장에서 경품으로 받아온 분홍색 유리 접시 여섯 개들이 세트도 그녀에게 평화를 주지 못했다. 그리고 두 사람이 그녀를 위해 함께 만들어준 밀랍 초도 소용이 없었다. 파일러트가 심지를 적시고 리바가 손톱 가는 줄로 작은 꽃들을 새겨넣어, 가게에서 산 진짜 초 받침에 받쳐 침대맡에 놓아주었는데도. 심지어 중천에 떠올라 맹렬하게 불타는 정오의 태양도, 바다처럼 새카만 저녁도 마찬가지였다. 세상 그 무엇도 밀크맨이 키스하지 않는 입술, 그에게로 달려가지 않는 두 발, 그를 볼 수 없는 두 눈, 그리고 그를 만질 수 없는 두 손을 생각하지 못하도록 그녀의 마음을 끌어낼 수는 없었다.

가끔씩 그녀는 아무도 빨아주지 않는 젖가슴을 만지작거리며 놀았는데, 나른한 기분이 저절로 사라지고 나면 그 자리에 홍수나 눈사태가 심술궂게 휘몰아치는 황무지가 생겼다. 구조헬기를 타고 날아다니는 관찰자들은 무심한 자연현상이라 믿을지 몰라도 마지막 숨을 삼키는 희생자들은 그 고의적이고 사적인 악의를 알기 마련이다. 헤이가의 마음속에서는 상어처럼 계산된 폭력성이 자라났다. 그래서 의례적인 영아살해를 저지르기 위해 빗자루를 타고 밤하늘을 가로질러 날아오르는 마녀들이 가랑이 사이의 막대만큼이나 시커먼 바람에 흥분하듯이, 신물이 나도록 질려버린 신부가 남편에게 줄 그리츠*에 양잿물을 섞으면서 그 효력을 걱정하는 것만큼이나 그리츠의 농도에 신경을 쓰듯이, 수많은 여왕과 창녀들이 에메랄드 반지의 독을 오래된 적포도주에 털어넣으면서 그 반지의 아름다움에 매료되듯이, 헤이가는 자기가 수행해야 할 사명의 세세한 부분들을 생각하며 기운을 차렸다. 그녀는 밀크맨을 쫓아다녔다. 가슴속에서 두들겨대던 주먹이 집게손가락을

* 작게 부순 옥수수를 끓여 죽처럼 만든 음식으로, 미국 남부에서 흔히 아침으로 먹는다.

펼 때마다, 그와 어떤 식으로든 접촉하는 게 안 하는 것보다는 나을 때마다, 그녀는 그를 쫓아다녔다. 그의 사랑을 얻을 수는 없었기에(그리고 그가 그녀 생각을 아예 하지 않을지도 모른다는 사실은 도저히 견딜 수가 없었기에), 헤이가는 그의 두려움을 얻기로 했던 것이다.

그런 나날들이 찾아오면, 헤이가는 머리카락을 천둥 구름처럼 뻗쳐 세우고서 밀크맨을 찾을 때까지 사우스사이드와 낫닥터 스트리트를 헤매고 다녔다. 가끔은 이틀이나 사흘이 걸리기도 했고, 그녀를 본 사람들은 헤이가가 "또 밀크맨을 찾아 떴다"는 말을 입에서 입으로 전했다. 여자들은 창문 밖으로 그녀를 바라보았다. 남자들은 체커를 하다가 고개를 들고 이때쯤 그녀가 찾아올 때가 되지 않았나 궁금해했다. 사랑을 잃어버린 남녀가 아무리 극한으로 치달아도 이 동네 사람들은 놀라는 법이 없었다. 사랑을 잃은 여인들이 치맛자락을 머리에 뒤집어쓰고 개처럼 울부짖는 모습도 본 사람들이었다. 그리고 사랑을 잃은 뒤 넋이 나가 문간에 앉아 있는 남자들도 보았다. '다행이지.' 사람들은 속으로 생각했다. '내가 저렇게 무덤 같은 사랑을 안 해본 게 다행이지.' 엠파이어스테이트만 해도 훌륭한 예였다. 그는 프랑스에서 백인 여자와 결혼했고, 그녀를 고향으로 데려왔다. 파리처럼 행복감에 젖은 그는 정말 파리처럼 부지런하게 일하며 육 년간 그녀와 함께 살았는데, 어느 날 집에 돌아와 그녀가 다른 남자와 누워 있는 모습을 보았다. 다른 흑인 남자와. 그리고 자기의 백인 아내가 사랑했던 건 자기만이 아니라, 이 또다른 흑인 사내만이 아니라, 인종 전체였다는 걸 알게 되자 그는 주저앉아 입을 다물었고 다시는 한마디도 하지 않았다. 레일로드 토미는 빈민 수용소, 노역장, 아니면 정신병자 수용소를 전전하는 그를 구제하려고 경비원 자리를 내주었다.

그래서 헤이가의 습격은 사랑으로 '생명을 얻은' 미스터리의 요체로 받아들여졌고, 사람들은 그 미스터리가 발현한 방식에 크게 관심을 가졌지만, 그 결과에 대해서는 별로 신경쓰지 않았다. 사정이야 어쨌건 친척한테 못할 짓을 한 놈은 당해도 싸니까.

밀크맨에게 그나마 다행인 것은 적어도 지금까지 헤이가는 세상에서 가장 무능한 살인자였다는 사실이다. 희생자가 눈앞에 있으면 (엄청나게 격분한 와중에도) 그 존재 자체에 압도당해, 격렬하게 부들부들 떨었고 칼부림을 해대는 것도 망치를 휘두르는 것도 얼음송곳으로 찌르는 것도 서투르기 짝이 없었다. 뒤에서 손목을 붙들리거나, 누가 앞에서 몸으로 막거나, 아니면 턱을 깨끗하게 한 방 맞아 살인이 실패로 돌아가면, 그녀는 당장 풀썩 주저앉아 바로 그 자리에서, 그리고 나중에는 파일러트의 채찍을 맞으며—헤이가는 파일러트의 채찍질에 온몸을 맡기며 안도감을 느꼈다—감정을 정화하는 눈물을 줄줄 흘렸다. 파일러트는 그녀를 때렸고, 리바는 울었고, 그리고 헤이가는 웅크리고 앉아 있었다. 다음에 똑같은 일이 벌어질 때까지. 그녀가 기타가 혼자 사는 작은 방 문고리를 돌리고 있는 지금처럼.

방문은 잠겨 있었다. 그래서 그녀는 한쪽 다리를 현관 난간에 올리고 창문을 만지작거렸다. 밀크맨은 시끄러운 소리를 들었고, 창문이 흔들리는 소리도 들었지만, 꼼짝도 하지 않았고 눈을 가린 팔을 치우지도 않았다. 유리가 딸각거리다 쨍그랑 깨지는 소리가 들렸을 때도 그는 움직이지 않았다.

헤이가는 신발을 다시 신고 방금 깨뜨린 창문의 구멍으로 팔을 넣어 창문고리를 돌렸다. 창문을 올리는 데 얼마나 오래 걸렸는지 모른다. 그녀는 한쪽 다리로 온몸의 무게를 지탱하며 난간 위에 걸쳐져 있었다. 창문은 문설주의 일그러진 궤를 따라 미끄러지며 열렸다.

밀크맨은 보지 않으려 안간힘을 썼다. 등에 송골송골 땀이 맺히고 겨드랑이에서 허리로 흘렀다. 하지만 공포는 사라지고 없었다. 그는 아침햇살처럼 고요히 누워서, 세계의 에너지를 자기 의지로 빨아들였다. 그리고 그녀가 죽어버렸으면 하고 바랐다. 그녀가 날 죽이든가 아니면 그 자리에 쓰러져서 죽어버렸으면. 내가 이 세상에서 천수를 누리든가 아니면 죽어서 이 세상을 떠나버렸으면. 내가 이 세상에서 살 운명이라면, 그녀가 죽어버리기를. 둘 중 하나. 나 아니면 그녀. 선택해.

죽어, 헤이가. 죽어. 죽어. 죽어버려.

하지만 그녀는 죽지 않았다. 그녀는 방으로 기어들어와 작은 철제 침대로 걸어왔다. 손에는 정육점에서 쓰는 칼이 들려 있었고, 헤이가는 그 칼을 머리 위로 높이 쳐들었다가 그의 셔츠 칼라 위로 드러난 매끄러운 목을 향해 무겁게 내리찍었다. 칼은 그의 쇄골을 치고 어깨 쪽으로 비껴나갔다. 살짝 찢긴 살갗에서 피가 흐르기 시작했다. 밀크맨은 몸을 움찔했으나, 팔을 움직이지도 않고 눈을 뜨지도 않았다. 헤이가는 이번에는 두 손으로 다시 칼을 쳐들었는데, 아무리 해도 두 팔을 내릴 수가 없었다. 있는 힘껏 애를 써봤지만, 어깨관절이 꿈쩍도 하지 않았다. 십 초가 흘렀다. 십오 초. 마비된 여자와 얼어붙은 남자.

삼십 초가 되자 밀크맨은 자기가 이겼다는 걸 알았다. 그는 팔을 치우고 눈을 떴다. 그의 눈길은 마치 어디 매달린 것처럼 위로 쳐든 그녀의 두 팔로 옮겨갔다.

오, 그의 얼굴을 보았을 때 헤이가는 생각했다. 그가 얼마나 아름다운지 잊고 있었어.

밀크맨은 일어나 앉아서, 다리를 침대 옆으로 빙글 내리더니 일어섰다.

"두 손을 딱 그렇게 하고 있다가," 그가 말했다. "똑바로, 똑바로 재빨리 내리면, 그 칼을 네 보지에 갖다 꽂을 수 있겠군. 그렇게 하지 그래? 그러면 문제가 다 해결될 텐데." 밀크맨은 헤이가의 뺨을 톡톡 두들기고는 커다랗고, 짙은, 애원하는, 공허한 그 눈동자로부터 등을 돌렸다.

헤이가는 아주 오랫동안 그렇게 서 있었고, 그로부터 더 오랜 시간이 흐른 후에야 다른 사람에게 발견되었다. 하지만 사람들은 헤이가가 어디에 있을지 짐작할 수 있었다. 그녀가 한동안 보이지 않는다는 걸 누군가 알아차렸다면, 그녀의 행방은 뻔했다. 심지어 이제는 루스도 알았다. 일주일 전, 루스는 프레디로부터 헤이가가 육 개월 동안 여섯 번이나 밀크맨을 죽이려 했다는 이야기를 전해들었다. 루스는 프레디의 금니를 뚫어져라 바라보며 물었다. "헤이가?" 루스가 헤이가를 보지 못한 지도 벌써 몇 년이 흘렀다. 파일러트의 집을 찾아가본 건 평생 딱 한 번뿐이었다—아주 오래전에.

"헤이가?"

"헤이가. 쇼어 헤이가."

"파일러트도 알아요?"

"그럼요. 그럴 때마다 매질을 하는데, 그래봤자 아무 소용 없어요."

루스는 마음이 놓였다. 한순간, 그녀는 자기 아들을 세상에 태어나게 해준 장본인인 파일러트가 이제 그의 시체를 봐야겠다고 작정을 한 줄 알았다. 하지만 안도의 순간은 잠시였고, 금세 밀크맨이 자기 입으로 그런 얘기를 해주지 않았다는 사실에 마음이 아파오기 시작했다. 루스는 곧 아들이 자기한테 아무 얘기도 하지 않으며, 그렇게 된 지 꽤 오래되었다는 사실을 깨달았다. 루스에게 아들은 한 번도 사람, 별개로 존재하는 진짜 사람이었던 적이 없었다. 아들은 항상 어떤 열정에 가까웠다. 남편과 함께 누워 아기를 하나 더 갖고 싶다는 심정이 너무나 절박해 낳게 된 아들은 루스가 그토록 바라 마지않던 그녀와 메이컨을 이어주는 끈이자 두 사람을 하나로 묶어주고 성생활을 회복시켜주는 존재였다. 태어나기 전부터 그애는 강렬한 느낌 그 자체였다—파일러트가 빗물에 넣고 휘저은 뒤 음식에 넣으라고 준 고약한 청회색 가루가 자아내는 그 느낌. 하지만 메이컨은 며칠 동안의 성적 최면에서 깨어나 길길이 날뛰며 분노했고 훗날 그녀의 임신을 알았을 때는 유산시키려 했다. 루스는 메이컨이 억지로 먹인 반 온스의 피마자유 때문에 구역질을 했고, 그다음에는 팔팔 끓는 물을 방금 비운 뜨거운 냄비 위에 앉아야 했고, 그다음에는 비누같이 미끈거리는 관장제, 뜨개바늘(문 바깥에서 서성이는 남자가 무서워, 화장실에 쪼그리고 앉아 울면서 바늘 끝만 찔러넣었다), 그리고 마침내 메이컨이 그녀의 배를 주먹으로 때렸을 때(아침식사 후 그의 접시를 치우려고 일어서는데, 그가 배를 보더니 주먹으로 때렸다) 그녀는 사우스사이드로 달려가 파일러트를 찾았다. 그 동네에 걸어가본 건 처음이었고, 파일러트가 어느 거리에 사는지는 알고 있었지만 집은 몰랐다. 파일러트의 집에는 전화도 없고 번지수도 없었다. 루스는 지나가는 사람을 붙잡고 파일러트의 집이 어디냐고 물어본 뒤, 비포장도로 뒤로 쑥 들어가 자리잡은 초라한 갈색 집으로 향했다. 파일러트는 의자에 앉아 있었다. 리바는 이발사의 가위로 파일러트의 머리카락을 자르고 있었다. 그때 루스는 헤이가를 처음 보았는데, 당시 헤이가는 네 살인가 다섯 살이었다. 머리를 네 갈래로 길게 땋은 통통한 여자애로, 땋은 머리 두 가닥은 귀 위로 뿔처럼 솟아 있고 나머지 둘은 목 뒤로 꼬리처럼 늘어져 있었다. 파일러트는 루스를 위로해주고 복숭아를 하나 주었지만, 루스는 솜털 때문에 입덧이 도져서 먹을 수가 없었다. 파일러트는 루스의 말을 듣더니 리바를 가게로 보내 아르고 옥수수 전분 한 통을 사오게 했다. 파일러트는 손에다 전분을 약간 뿌리더니 루스에게 내밀었고, 루스는 순순히 한 덩어리를 덜어 입에다 넣었다. 맛을 보자마자, 그 바삭바삭한 식감을 느끼자마자 루스는 더 달라고 부탁했고 그 집을 나서기 전까지 반 통이나 먹어치웠다. (그 후로 루스는 옥수수 전분을 먹었고, 얼음과 견과류를 씹어먹었으며, 가끔씩 돌발적으로 아주 작은 자갈돌 몇 개를 입에다 넣기도 했다. "아기를 배면, 아기가 먹고 싶어하는 걸 먹어야 해요." 파일러트가 말했다. "그래야 원하는 걸 먹지 못해 굶주린 상태로 세상에 태어나지 않거든요." 루스는 아무리 씹어도 성에 차지 않았다. 그녀의 치아는 음식을 씹고 싶어 안달이 났다. 고양이가 발톱을 갈고 싶은 충동을 느끼듯, 루스는 바삭거리는 걸 먹으려고 사방을 뒤졌고, 그런 게 없으면 제 이를 갈았다.)

루스는 옥수수 전분을 먹으면서 파일러트를 따라 침실로 갔고, 파일러트는 그녀에게 집에서 즉석으로 만든 거들—사타구니가 꽉 조였다—을 칭칭 감아주더니 사 개월이 될 때까지 벗지 말라고, 또 "메이컨이 주는 이상한 것들은 이제 받아먹지 말고, 다른 게 또 자궁을 들이받지 않도록 조심해야 해요"라고 말했다. 파일러트는 걱정 말라는 말도 했다. 메이컨이 더이상 그녀를 속썩이는 일은 없을 거라고. 자기가, 파일러트가 알아서 하겠다고. (몇 년 후 루스는 파일러트가 메이컨의 사무실 의자에 작은 인형을 놓아두었다는 사실을 알게 되었다. 다리 사이에 색을 입힌 작은 닭뼈가 꽂혀 있고 배에는 빨간 원이 그려져 있는 남자 인형이었다. 메이컨은 그 인형을 쳐서 의자에서 떨어지게 한 뒤 긴 자로 밀어 욕실로 가져가 알코올을 흠뻑 적셔 불태워버렸다. 아홉 번이나 나눠 태운 후에야, 불길은 속을 채운 밀짚과 솜에까지 가닿았다. 하지만 메이컨은 둥글고 불처럼 빨간 배는 기억했던 게 틀림없다. 왜냐하면 그후로는 루스를 가만히 내버려두었기 때문이다.)

그녀는 눈 속에 서 있고 발치에는 천으로 만든 장미꽃잎들이 떨어져 있으며 머리 위로는 푸른 날개를 단 남자가 있던 그 바로 다음날 아기가 태어나자, 루스는 아기를 아름다운 장난감, 휴식, 여흥, 그리고 젖을 먹일 때는—프레디한테(그때도 프레디였다) 들킬 때까지—육체적 쾌락으로 여겼다. 그후로 아들은 그녀에게 더이상 벨벳으로 만든 봉제인형이 아니었다. 아들은 그녀와 남편이 영화 속 카우보이와 인디언들처럼 싸우는 대평원이 되었다. 서로 상대방의 가치관에 황망해하면서. 각자 자기의 순수성을 신봉하고 상대방이 드러내는 어리석음에 분노하면서. 당연히 루스가 인디언 쪽이었다. 카우보이들에게 자기 땅과 관습과 본래의 모습을 빼앗기고서 사지를 벌린 채 발판처럼 짓밟히는 신세가 되어 결국 체념하고 그나마 남은 소소하고 무의미한 반항에 매달린 꼴이었다.

하지만 그 아들은 누구였을까? 겉에는 살가죽이 붙어 있고, 속에는 그녀가 도무지 알 길 없는 감정이 들어 있는 이 훤칠한 사내. 그런데 누군가 그 속을 아는 사람이, 너무나 깊이 알아서 죽이고 싶을 정도로 다 아는 사람이 있었던 것이다. 느닷없이 세상은 루스가 가꾸는 임페리얼 튤립처럼 활짝 꽃잎을 벌리고 사악한 노란 암술을 드러냈다. 그녀는 자신의 참담한 불행을 재배하면서, 형태를 가꾸고 다듬어 예술로 빚어내고 그걸 하나의 '길'로 만들어버렸다. 그런데 이제는 자기가 있는 세계 바깥의 더 크고, 악의에 찬 세계가 보였다. 의사가 게거품을 물다가 썩어간(손자가 그에게서 물려받은 유일한 것, 그 아름다운 손만 빼고) 사주식四柱式 침대 바깥의 세계. 정원과 금붕어가 죽은 어항 바깥의 세계. 그녀는 다 끝났다고 생각했었다. 피마자유를 먹었고, 김이 피어오르는 냄비에 살갗이 데고 물러 오줌을 누거나 딸들이 재단하고 바느질하는 테이블에 같이 앉아 있을 수조차 없었지만 다 헤쳐나왔다고 생각했다. 어쨌든 아기를 낳았고, 그럼에도 메이컨과 한번 갈라진 사이는 회복되지 않았지만, 그래도 그애는 그녀의 유일한 승리로서 존재했다.

그런데 프레디는 끝난 게 아니라고, 아직 끝나지 않았다고 말하고 있었다. 아직도 그애를 죽이려 하는 사람이 있다니. 그녀로서는 당당하게 해낸 유일한 공격적 행동이었건만, 그걸 빼앗아가려 한다니. 게다가 그애의 목숨을 위협하는 사람이 메이컨과 피를 나눈 혈육이라니.

"그거 정말 마음이 아프네." 루스는 프레디가 건네준 임대료를 받아 접어서 주머니에 넣으며 큰 소리로 말했다. "그거, 정말로 마음이 아프네요."

루스는 포치 계단을 걸어올라가 부엌으로 들어갔다. 자기 발이 뭘 하려는지도 모른 채로 루스는 개수대 아래 낡은 자물쇠가 달린 찬장 문을 쾅 하고 찼다. 문은 칭얼거리듯 작은 신음소리를 내면서 슬그머니 다시 열렸다. 그걸 본 루스는 한번 더 발로 차서 문을 닫았다. 문은 또 다시 칭얼거리더니 곧 다시 열렸다.

"문이 닫혔으면 좋겠어." 그녀는 속삭였다. "닫혀라."

문은 여전히 열려 있었다.

"닫혀라. 내 말 들려? 닫히라고. 닫혀. 닫혀." 이제 그녀는 고래고래 소리를 질렀다.

리나라 불리는 막달렌은 어머니의 고함소리를 듣고 계단을 달려내려와 부엌에 들어섰다. 그곳에서 어머니는 개수대를 뚫어져라 바라보며 명령을 내리고 있었다.

"엄마?" 리나는 경악했다.

루스가 고개를 들어 딸을 보았다. "왜 그러니?"

"모르겠어요…… 엄마가 뭐라고 하시는 말씀을 들었는데……"

"누구 좀 불러서 저 문 좀 고쳐라. 닫혔으면 좋겠어. 꽉 단단히."

리나는 서둘러 지나가는 루스를 빤히 바라보았고 어머니가 계단을 달려올라가는 발소리를 듣고는 믿지 못하겠다는 듯이 손가락을 입에 갖다댔다. 루스는 예순두 살이었다. 리나는 어머니가 그렇게 빨리 움직일 수 있는지 꿈에도 몰랐다.

루스의 정열은 폭이 좁았지만 깊고 깊었다. 오래도록 섹스를 하지 못하고, 오래도록 자위에 의존하고 있던 그녀는, 아들에게 닥쳐온 죽음이 마지막으로 그녀가 섹스를 했던 기억을 절멸하는 일이라고 생각했다.

일년에 예닐곱 번씩 무덤을 찾았던 예의 단호한 발걸음으로, 루스는 집을 나서 26번 버스를 타고 운전사 바로 뒷자리에 앉았다. 그녀는 안경을 벗어 치맛단으로 안경알을 닦았다. 자기 것이라 여겼던 사람에게 죽음이 찾아오면 그녀는 늘 그렇게 차분하고 결단력 있게 행동했다. 아버지의 힘없는 머리카락 사이로 죽음이 숨결을 불어넣어 머리카락을 날릴 때 그랬던 것처럼. 그녀는 의사 선생을 간호할 때와 똑같은 침착성과 효율성을 되찾았는데, 당시 그녀는 죽음의 가슴에 손을 대고 가까이 다가오지 못하도록 밀어내며 그것을 거부하고, 의사 선생이 더이상 살고 싶은 마음이 없어지고도 남을 때까지, 고통이 계속되다 혐오감으로 바뀌고 숨을 쉴 때마다 제 몸의 악취를 맡는 일이 공포로 다가올 때까지 아버지를 살려두었다. 그 시점도 지나 병이 깊어지다못해 자기를 살려두려는 그녀의 노력에 저항할 힘도 없어져서, 평화로운 안식을 허락해주기는커녕 연하게 빛나는 눈동자를 그의 몸에 자석처럼 못박고 그가 그토록 갈망하는 좁은 땅속으로 들어가지 못하게 붙들고 있는 이 여자에 대한 절대적 증오심만 남을 때까지.

루스는 지나치는 거리 표지판을 또렷하게 보려고 안경알을 깨끗하게 닦았다. ("체리를 먹어요." 파일러트가 그런 말을 했었지. "그러면 눈에다 그 작은 유리창들을 달고 다니지 않아도 될 테니.") 그녀의 마음은 텅 비어 있었고, 오로지 그곳에—파일러트가 살고, 아마도 헤이가도 함께 살고 있을 달링 스트리트에 가야겠다는 생각뿐이었다. 머리카락을 늘어뜨리고 있던 그 통통한 어린애가 어쩌다가 그녀의 아들을 죽이려고 칼을 휘두르는 살인자가 되었을까? 어쩌면 프레디가 거짓말을 했는지도 모른다. 어쩌면. 두고 봐야지.

은행도 보이지 않고 다 쓰러져가는 집들 사이의 구멍가게들이 시야에 들어오자, 루스는 하차를 알리는 줄을 잡아당겼다. 그녀는 버스에서 내려 달링 스트리트를 가로지르는 지하도로 향했다. 꽤 많이 걸어야 했기 때문에 파일러트의 집에 닿았을 때 루스는 땀을 흘리고 있었다. 문은 열려 있었지만, 안에는 아무도 없었다. 집에서는 과일 냄새가 났고, 루스는 지난번 이곳을 방문했을 때 복숭아에 입덧이 일었던 기억이 떠올랐다. 그녀가 풀썩 주저앉았던 의자가 바로 여기 있었다. 저기에는 밀초를 만드는 틀, 파일러트가 집에서 만드는 비누를 노르스름한 갈색 조각으로 굳히는 납작한 냄비가 있었다. 그때 안식처였던 이 집은, 루스가 차디찬 분노를 느끼고 있는 지금도 여전히 여인숙이나 안전한 항구처럼 보였다. 파리가 한 마리도 달라붙어 있지 않은 파리끈끈이가 천장에서부터 돌돌 말려 내려와 있었고, 그 근처에는 커다란 자루도 하나 걸려 있었다. 루스는 침실을 들여다보았고, 작은 침대가 세 개 있는 것을 발견하고는 골디락스*처럼 제일 가까운 침대에 가서 앉아보았다. 가족들이 주로 지내는 커다란 방 하나와 이 침실, 달랑 그것뿐인 방 두 개짜리 집에는 뒷문이 없었다. 바깥에서만 들어갈 수 있는 지하실이 하나 있었는데, 집에 비스듬히 붙어 있는 철제문을 열면 그곳으로 통하는 돌계단이 나왔다.

루스는 가만히 앉아 분노와 결단이 굳도록 내버려두었다. 누구 침대일까 궁금해 담요를 들어올려보았지만 보이는 건 매트리스 커버뿐이

* 영국의 전래동화 「골디락스와 곰 세 마리」의 주인공인 금발 소녀.

었다. 바로 옆 침대도 마찬가지였지만, 세번째 침대는 그렇지 않았다. 시트도 있고, 베개도 있고. 베갯잇도 있었다. 저게 헤이가의 침대겠구나, 그녀는 생각했다. 굳어졌던 분노가 스르르 녹아 썰물처럼 몸밖으로 빠져나갔다. 그녀는 그 방을 나오면서 다시 분노가 빠져나가지 못하도록 꾹 눌렀다. 그래야 누군가 돌아올 때까지 기다리고 또 기다릴 힘이 생길 테니까. 루스가 바깥방 마룻바닥 위를 서성거리며 손바닥으로 양 팔꿈치를 꼭 감싸쥐고 있는데 갑자기 집 뒤편에서 들려오는 듯한 콧노래 소리가 들렸다. 파일러트야, 루스는 생각했다. 파일러트는 늘 콧노래를 부르며 뭔가를 우물우물 씹었다. 루스는 먼저 프레디의 말이 사실인지 물어볼 생각이었다. 루스에게는 파일러트의 차분한 관점이, 특유의 정직함과 평정심이 필요했다. 그래야 어떻게 해야 할지 알 수 있을 테니까. 두 팔을 펴고 분노를 폭발시켜 무슨 짓이든 해야 할지, 아니면…… 또다시 입안에서 아르고 전분의 맛이 느껴졌고 그때 그녀가 누렸던 기막힌 식감과 바삭거리는 느낌이 되살아났다. 포치로 걸어나와 제멋대로 무성하게 자란 담배를 헤치며 집 옆쪽으로 힘겹게 걸어가고 있는 지금, 그녀는 그저 이만 바득바득 갈 뿐이었다.

한 여자가 꼭 맞잡은 양손을 무릎 사이에 두고 벤치에 앉아 있었다. 파일러트는 아니었다. 루스는 가만히 서서 그 여자의 뒷모습을 바라보았다. 결코 죽음의 뒷모습이 아니었다. 온통 뼈로 이루어져 있지만 작은 고통에도 몹시 민감해서 쉽게 상처 입는 정강이처럼 여리고 보드라워 보였다.

"리바?" 그녀가 말했다.

여자는 돌아서서, 루스가 생전 처음 보는 슬프디슬픈 눈빛으로 그녀를 똑바로 바라보았다.

"리바는 갔어요." 그녀는 말했는데, 마지막 단어가 꼭 영원히 가버렸다는 뜻으로 들렸다. "무슨 일이시죠?"

"저는 루스 포스터예요."

헤이가는 빳빳하게 굳었다. 번개의 섬광 같은 흥분이 짜르르 온몸을 관통했다. 밀크맨의 어머니. 처음엔 그이를 붙잡고 싶어서, 그다음에는 그냥 얼굴만이라도 보고 싶어서, 나중에는 그저 그에게 익숙한 것들 근처에라도 있고 싶어서, 그 집 건너편에 하염없이 서 있던 저녁이면 이층 유리창 커튼 사이로 보이던 실루엣의 주인공. 밤마다 홀로 그 집 앞에 서 있었던 것은, 공연한 광기의 표현이었기에 훨씬 더 사적인 의미를 지녔다. 한두 번 옆문이 열리고 한 여자가 식탁보에 붙은 빵가루를 털어내거나 작은 카펫의 먼지를 떨어낼 때 그녀가 보았던 그 윤곽. 헤이가는 밀크맨이 어머니에 대해서 했던 이야기들이나 파일러트와 리바한테 들었던 얘기들이 하나도 기억나지 않았다. 그의 어머니 앞에 서니 압도당해버린 것이다. 음험한 기쁨이 미소라는 형태로 헤이가의 온 얼굴에 번져나갔다.

루스는 감동받지 않았다. 죽음은 항상 미소를 지었다. 그러고는 숨을 쉬었다. 그리고 정강이뼈라든가, 퀸엘리자베스종 장미들에 생기는 아주 작은 흑점이라든가, 죽은 금붕어의 눈에 씌워진 얇은 막처럼 무력해 보였다.

"그애를 죽이려고 한다지요." 루스의 목소리는 사무적이었다. "그애 머리털 하나라도 건드린다면, 맹세컨대 그쪽 모가지를 찢어버리겠어요."

헤이가는 놀란 얼굴이었다. 세상에 이 여자의 아들만큼 그녀가 사랑하는 사람은 없었고, 그녀 역시 그 누구보다도 그가 살아 있기를 바랐지만, 그럼에도 마음속의 맹수를 손톱만큼도 자기 마음대로 할 수가 없었다. 아나콘다 같은 사랑에 완전히 사로잡혀, 이젠 자아도, 두려움도, 욕구도, 지성도 무엇 하나 온전히 자기 것으로 남아 있는 게 없었다. 그래서 헤이가는 루스에게, 진심을 가득 담아 대답했던 것이다. "그러지 않으려고 노력할게요. 하지만 저도 확실한 답은 드릴 수가 없어요."

루스는 그 말 속에 숨은 애원의 목소리를 들었고, 자기가 보고 있는 것이 사람이 아니라 어떤 충동, 혹은 세포, 혹은 왜 이렇게 목숨을 걸고 단 하나만을 추구하는지 스스로도 이유를 모르고 이해하지도 못하는 적혈구 같다는 생각을 했다. 심장근육이나 말초시신경으로 어두운 터널을 헤엄쳐올라 서로 영양을 주고받는 적혈구.

헤이가는 눈꺼풀을 내리깔고 한때 실루엣으로만 존재했던 여인의 모습을 게걸스럽게 훑어보았다. 그이와 같은 집에서 잠을 잤던 여인, 집에 돌아오라고 그를 부를 수 있고 또 돌아오게 하는 여인, 그 육신의 신비로운 비밀을 알고 그가 살아온 평생의 기억을 지니고 있는 여인. 그를 속속들이 알고, 이가 나는 걸 지켜보았으며, 손가락을 그의 입에 넣어 잇몸을 문질러주었던 여인. 그의 엉덩이를 닦아주고, 성기에 바셀린을 발라주고, 깨끗한 하얀 기저귀에 그의 토사물을 받았던 여인. 제 젖꼭지를 물려 그에게 젖을 먹였고, 심장 바로 밑에 그를 꼭 껴안고 따뜻하고 안전하게 보듬어주었으며, 그를 위해 그 어느 때보다도 넓게, 넓게 가랑이를 벌렸던 여인. 심지어 지금도 원한다면 그의 방에 마음대로 들어가 옷냄새를 맡고, 구두를 어루만지고, 그가 머리를 뉘었던 바로 그 자리에 머리를 누일 수 있는 여인. 하지만 무엇보다도, 그 무엇보다도, 이 깡마르고 레몬처럼 노란 여인은 분명하고 확실하게 알고 있었다. 헤이가가 제 목을 따서라도 갖고 싶은 앎을 가지고 있었다. 바로 오늘 그를 만나게 될 거라는 사실. 헤이가의 마음속에서 질투심이 뭉게뭉게 피어올라 온몸이 떨려왔다. 당신인지도 몰라, 헤이가는 생각했다. 내가 죽여야 할 사람은 어쩌면 당신인지도 몰라. 그러면 아마 그이는 나한테 올 테고, 내가 그이한테 가는 것도 허락해줄 거야. 그이는 내 고향home이야. 그러고는 큰 소리로 "그이는 내 고향이에요"라고 말했다.

"그리고 나는 그애의 고향이지요." 루스가 말했다.

"그리고 그애는 두 사람이야 어찌되든 백조똥만큼도 신경 안 쓰겠지."

두 사람은 몸을 돌려 창문턱에 기대서 있는 파일러트를 보았다. 언제부터 그러고 있었는지 알 수 없었다.

"그애 잘못이라고만 말할 수도 없군요. 다 큰 여자 둘이 남자가 집house이라는 둥, 집이 필요하다는 둥 얘기하고 있으니. 그애는 집이 아니라 남자야, 게다가 뭐가 필요한지 몰라도 당신네들 두 사람이 줄 수는 없는 거고."

"나를 좀 가만 내버려둬요, 할머니. 그냥 좀 혼자 가만 내버려두라고요."

"넌 이미 혼자야. 지금보다 더 혼자이고 싶다면, 다음주 중에나 깨어나게 한 대 후려친 다음 내버려두도록 하지."

"할머니는 날 괴롭히고 있어!" 헤이가는 소리를 지르며 머리칼 사이로 손가락을 찔러넣었다. 평범한 좌절의 몸짓이었지만, 이상하게 어색

해서 루스는 이 여자애가 어딘가 진짜로 일그러져 있다는 걸 알았다. 여기가 사우스사이드의 황야이구나. 빈곤, 흙먼지, 소음만 있는 것이 아니라, 사랑조차도 얼음송곳으로 길을 찾아야 하는 극단적이고 막무가내인 열정이 있고 통제 자체가 부재하는 곳. 여기 사는 사람들은 언제든, 누구든, 무슨 짓이든 저지를 수 있다는 걸 알면서 살아가고 있었다. 사자와 나무와 두꺼비와 새 들의 세계, 혹은 논리가 존재하는 황야가 아니라 아무것도 없는 자연 그대로의 황야.

파일러트한테서는 그런 걸 보지 못했다. 파일러트의 평정심이 여타의 기벽을 가려주었고, 어찌됐든 그녀는 루스가 아는 사람들 중에서 유일하게 메이컨에게 맞설 수 있는 강인한 사람이었다. 하지만 파일러트를 처음 보았을 때 루스는 겁을 먹었다—당시 파일러트는 부엌문을 두드리고, 자기 오빠 메이컨을 찾는다고 말했다. (루스는 아직도 파일러트가 조금 무서웠다. 남자처럼 주기적으로 깎는 짧은 머리, 졸린 듯한 큰 눈과 바삐 움직이는 입술, 털도 없고 흉터도 없고 주름도 없는 매끈하고 반질반질한 피부 때문만은 아니었다. 루스는 자기 눈으로 똑똑히 본 적이 있었다. 배꼽이 있어야 할 자리에 아무것도 없던 그녀의 배를. 배꼽 없는 여자한테 겁을 먹지는 않더라도, 아무렇지 않게 받아들이기는 힘든 법이다.)

곧 그녀는 손을 들어올려 근엄한 태도로 헤이가의 칭얼거림을 잠재웠다.

"거기 좀 앉아봐. 마당에서 나가지 말고 거기 앉아."

헤이가는 기가 푹 죽어서 천천히 자기가 앉았던 벤치로 돌아갔다.

파일러트는 루스 쪽으로 눈길을 돌렸다. "어서 들어와요. 좀 쉬었다가 버스를 타야지요."

그들은 서로 마주보고 식탁에 앉았다.

"이렇게 푹푹 찌는 통에 복숭아들이 꼬들꼬들 말라버렸어요." 이렇게 말하며 파일러트는 복숭아 여남은 개가 담긴 바구니에 손을 뻗었다. "하지만 이 안에 먹을 만한 게 몇 개 있을 거예요. 좀 잘라줄까요?"

"아니, 괜찮아요." 루스가 말했다. 이제는 몸이 약간 떨렸다. 긴장과 분노, 호기롭던 처음의 심리상태에 이어 손녀딸에게 퍼붓는 파일러트의 폭언까지 들은 후라, 조용히 차를 마시며 이야기를 나누는 듯한 말투에 그만 긴장이 탁 풀렸다. 너무 빨리, 너무 급작스럽게, 몸에 밴 예절과 기품의 세계로 되던져진 듯했다. 루스는 무릎 위에 두 손을 꼭 힘주어 맞잡고 떨림을 멈추려고 애썼다.

서로 그렇게 다를 수가 없었다, 이 두 여자는. 한 사람은 새카맣고, 다른 사람은 레몬빛이었다. 한 사람은 코르셋을 입고 있었고, 사내 같은 다른 사람은 원피스 아래로 알몸이었다. 한 사람은 책은 많이 읽었지만 여행은 별로 하지 못했다. 다른 사람은 지리책밖에 읽은 게 없었지만, 나라 끝에서 끝까지 안 가본 곳이 없었다. 한 사람은 평생 돈에 의존해왔지만, 다른 사람은 돈에 철저히 무심했다. 하지만 이런 차이는 다 무의미했다. 두 사람의 공통점은 심오했다. 두 사람 모두 메이컨 데드의 아들에게 극도의 관심을 보였고, 두 사람 모두 돌아가신 자기 아버지와 친밀하게 소통하며 그로부터 힘을 얻었다.

"지난번 제가 여기 왔을 때 복숭아를 주셨지요. 그때도 제 아들 일로 찾아왔었어요."

파일러트는 고개를 끄덕거리더니 오른손 엄지로 복숭아를 쫙 갈랐다.

“저애를 절대 용서할 수 없을 거예요. 그런 짓을 저지르려고 했다는 것만으로도, 평생 용서할 수 없겠지요. 하지만 내가 보기에는, 어쩐지 당신이 저애를 이해할 수 있을 것 같아요. 잠깐만 생각해보세요. 루스도 지금 저애를 죽일 각오로 왔잖아요—아니 하다못해 불구라도 만들 각오로요—저애가 아들을 빼앗아가려 했다는 이유로. 당신 삶에서 아들을 빼앗아가려 했기 때문에 저애가 당신의 원수가 된 게지요. 글쎄요, 헤이가 눈에는 자기 인생에서 그를 빼앗아가려는 사람이 또 있는 거예요—바로 당신의 아들 자신이지요. 그래서 헤이가는 밀크맨을 원수로 생각하는 거예요. 헤이가의 삶에서 그를 빼앗아가려는 건 바로 그 자신이거든요. 헤이가는 그가 그런 짓을 하도록 내버려두느니 차라리 죽여버릴 생각인 거예요. 그러니까 내가 지금 하는 말은 당신네 두 사람이 결국 똑같은 생각을 하고 있다는 거지요.

내 힘껏 저애를 말리고는 있어요. 당신도 알다시피 저앤 내 손녀딸이기도 한데, 그 짓을 시도할 때마다 갈기갈기 찢어질 정도로 때린답니다. 그러니까, 그냥 시도만 할 뿐이에요. 절대 그 짓은 못할 거란 걸 내가 확실히 알아요. 밀크맨은 처음부터 절 죽이려는 사람 손을 피해 태어난 애예요. 어미 배 속에 누워 있을 때부터 친아비 손에 죽임을 당할 신세였는데. 당신도 좀 돕기는 했지만요. 그애는 피마자유와 뜨개바늘을 피했고, 뜨거운 증기에 데어 결딴날 뻔한 적도 있고, 또 당신과 메이컨이 다른 무슨 짓을 했는지 몰라도 아무튼 그걸 다 이겨냈어요. 그러고도 그애는 살아났죠. 가장 힘없고 무력할 때도 살아났어요. 그애를 죽일 수 있는 건 제 어리석음밖에 없고 어떤 여자도 그애를 죽이지 않을 거예요. 오히려 여자 손에 목숨을 구할 가능성이 더 높지요."

"아무도 영원히 살지 못해요, 파일러트."

"그래요?"

"물론이지요."

"아무도?"

"그럼요, 그 누구도."

"어째서 그런지 모르겠네요."

"죽음은 삶만큼이나 자연스러운 거예요."

"죽음에는 자연스러운 구석이 하나도 없어요. 세상에서 가장 부자연스러운 일이라고요."

"그럼 사람들이 영원히 살아야 한다고 생각해요?"

"어떤 사람들은. 그래요."

"누가 결정하죠? 누구는 살아야 하고 누구는 살면 안 된다는 걸?"

"그 사람들 각자가 결정하지요. 어떤 사람들은 영원히 살고 싶어해요. 또다른 사람들은 그렇지 않고요. 다들 결국은 어느 쪽으로든 결정한다고 믿어요. 사람들은 죽고 싶을 때 죽고, 죽고 싶어해야 죽어요. 죽기 싫은 사람들은 죽지 않아도 돼요."

루스는 오한을 느꼈다. 그녀는 늘 아버지가 죽기를 원했다고 믿어왔다. "내 아들에 관한 한 당신의 믿음을 전적으로 신뢰할 수 있다면 좋겠어요. 하지만 그러면 정말 어리석은 여자가 될 것 같아요. 당신도 저처럼 아버지가 돌아가시는 장면을 보셨지요. 살해당하는 걸 보셨잖아요. 당신은 아버지가 돌아가시고 싶어했다고 믿어요?"

"나는 아버지가 총을 맞는 걸 봤어요. 5피트 상공으로 날아가는 것도. 땅바닥에서 꿈틀거리는 것도 보았지만, 돌아가시는 건 못 봤을뿐더러 총을 맞은 후로도 아버지를 봤어요."

"파일러트, 당신이 직접 아버지를 땅에 묻었잖아요." 루스는 흡사 어린아이에게 말하는 투였다.

"메이컨이 묻었지요."

"마찬가지예요."

"메이컨도 아버지를 봤어요. 자기 손으로 묻고 나서, 아버지가 그 울타리에서 날아가고 나서도. 우리 둘 다 아버지를 봤어요. 나는 지금도 그분을 봐요. 내겐 아주 큰 도움이 되지요, 정말로 큰 도움이 돼요. 내가 알아야 할 일들을 말씀해주시거든요."

"어떤 일들요?"

"갖가지 일들요. 아버지가 주위에 계시다는 걸 알고 있으면 참 기분이 좋아요. 아버지는 내가 언제나 믿고 의지할 수 있는 분이라고 말씀드렸지요. 또다른 얘기도 해드릴게요. 아버지는 유일한 분이세요. 나는 아주 어렸을 때 다른 사람들과의 유대가 끊어졌어요. 그게 어떤 기분인지 루스는 결코 모르겠지요. 아버지가 그 울타리 위로 날아간 뒤, 나와 메이컨은 며칠 동안 정처 없이 헤매다 헤어졌고, 나는 혼자 다녀야 했어요. 아마 내가 열두 살 때쯤이었을 거예요. 외톨이가 되어서는 버지니아를 향해 걷기 시작했지요. 그곳에 아버지 친척이 있다는 이야기를 들은 기억이 났거든요. 어머니 친척이었는지도 모르죠. 아무튼 누가 그런 말을 했던 것 같았어요. 어머니는 내가 태어나기도 전에 돌아가셨기 때문에 기억이 전혀 없지만."

"태어나기도 전에요? 그럼 어떻게……?"

"어머니의 숨이 끊어지고 바로 다음 순간에 내가 태어났지요. 내 숨통이 트일 때쯤 어머니는 이미 이 세상 사람이 아니었어요. 나는 어머니 얼굴을 한 번도 본 적이 없어요. 하다못해 어머니 이름도 몰라요. 하지만 어머니가 버지니아에서 왔다고 했던 건 기억나요. 아무튼, 그래서 그리로 가기로 했던 거예요. 날 받아줄 사람이 있는지, 거기 갈 여비를 마련하기 위해 한동안 일할 데가 있는지 찾아봤지요. 이레 동안 걷고 나서 어느 목사님 가족이 사는 집을 찾았어요. 구두를 신으라고 한 것만 빼면 좋은 곳이었지요. 그분들은 학교에도 보내주셨어요. 교실이 하나밖에 없어 모두 함께 앉아서 공부했지요. 나는 열두 살이었지만, 학교에 처음 간 것이었기 때문에 아주 작은 꼬맹이들하고 같이 앉아 있어야 했답니다. 그걸 크게 신경쓰지 않았어요. 사실은 굉장히 좋았지요. 나는 지리를 아주 좋아했어요. 지리를 공부하다보면, 책을 읽고 싶어졌어요. 그리고 선생님은 내가 지리를 너무 좋아하니까 기뻤셨나봐요. 나더러 책을 가지라고 하길래 집에서 보려고 들고 왔지요. 그런데 그때쯤 목사가 내 몸에 손을 대기 시작했어요. 내가 어찌나 바보였는지, 어떻게 막아내야 할지도 잘 몰랐지요. 하지만 결국 그런 짓을 하다가, 그러니까 내 젖가슴을 엄지로 만지작거리다가 아내한테 들켰고, 나는 쫓겨났어요. 쫓겨나면서도 지리책을 들고 나왔어요. 그 마을에는 나를 받아줄 만한 흑인들이 많았기 때문에, 그냥 거기 머물러도 됐을 거예요. 그 당시 너무 늙어서 일을 못하는 사람들은 애들을 돌봤어요. 어른들은 일을 하러 가면서 다른 사람들 집에 애들을 맡겼지요. 하지만 그 사람이 목사고 이러저러하니, 내가 떠나는 게 좋겠다고 생각했어요. 그 집에서 급료를 주지 않아서 수중에는 한푼도 없었어요. 그냥 먹여주고 재워주기만 했거든요. 그래서 기념품으로 지리책하고 돌멩이 하나만 들고 뛰쳐나왔어요.

그리고 일요일날 떠돌이 일꾼들을 만났지요. 요즘은 이주노동자라고 부르더군요. 그런데 그때는 그냥 떠돌이 일꾼들이라고 불렀어요. 그들이 나를 받아주고 잘 대해주었지요. 나는 뉴욕주에서 콩 따는 일을 하다가, 딴 곳으로 옮겨서 다른 곡식을 거둬들였어요. 어디를 가나 돌멩이를 하나씩 주웠지요. 그 패거리는 네댓 가족으로 이루어져 있었어요. 다들 이렇게 저렇게 혈연으로 얽힌 사이더군요. 하지만 좋은 사람들이었고, 나한테 잘해줬어요. 아마 삼 년 정도 같이 지냈을 텐데, 내가 계속 그 사람들과 같이 지냈던 건 패거리의 어떤 여자를 아주 좋아했기 때문이에요. 약초를 쓸 줄 아는 여자였지요. 나한테 여러 가지를 가르쳐줬고, 가족을 그리워하지 않게 도와주었어요. 메이컨과 아버지 생각을 하지 않도록. 나는 그들을 떠날 생각은 해본 적도 없었는데, 결국은 떠나게 되었지요. 그럴 수밖에 없었어요. 얼마 후, 그 사람들이 나를 가까이하지 않게 되었으니까요." 파일러트는 복숭아 씨를 빨았는데, 어린 나이에 다른 사람들과 '단절'되었던 기억 때문에 표정은 어둡게 굳어 있었다.

그 소년. 약초를 쓰던 여자의 조카, 아니면 사촌이었던가. 그녀가 열다섯 살이 되었을 때, 폭우가 퍼부어 사람들이 그런 폭우 속에서는 아무것도 수확할 수 없어 오두막에서 나오지도 못하고(오두막이라도 있는 사람들일 경우의 얘기다—없는 사람들은 천막을 치고 있었다) 있을 때, 그 소년과 파일러트는 함께 자리에 누웠다. 고작해야 파일러트 또래였던 소년은 그녀의 모든 것에 기뻐했고, 그녀의 어떤 점에도 놀라지 않았다. 그러니 어느 날 저녁식사 후에 그 소년이 다른 남자들에게 (하지만 여자들한테도 소리가 들릴 만한 거리에서) 배꼽이 있는 사람도 있고 없는 사람도 있다는 걸 몰랐다고 말한 건 전혀 악의 없는 행동이었다. 남자들과 여자들은 그의 말에 눈을 크게 뜨면서, 그게 도대체 무슨 말이냐고 따져 물었다. 소년은 여러 번 헛짚으며 말실수를 하다가—그는 한쪽 귀에만 귀고리를 한 예쁜 소녀를 자기가 차지하는 바람에 사람들이 경계한다고 생각했다—결국 사실대로 털어놓았고, 곧 사람들이 동요하는 건 다름아닌 배꼽 이야기 때문이라는 걸 깨달았다.

소년의 말이 진짜인지 아닌지 알아낼 임무를 맡은 사람은 약초 쓰는 여인이었다. 다음날 그녀는 파일러트를 자기 오두막으로 불렀다. "누워봐라." 그녀가 말했다. "뭘 좀 확인하고 싶구나." 파일러트는 짚으로 만든 간이침상에 누웠다. "이제 원피스를 걷어올려봐." 여자가 말했다. "좀더. 위로. 더 높이." 그러더니 그녀는 눈을 커다랗게 치뜨면서 입에다 손을 갖다댔다. 파일러트가 벌떡 일어났다. "뭐예요? 왜 그러세요?" 그녀는 뱀이나 독거미가 다리 위를 기어다니는 줄 알고 자기 몸을 내려다보았다.

"아무것도 아니다." 여자가 말했다. 그러더니 한마디. "얘야, 네 배꼽은 어디 있니?"

파일러트는 '배꼽'이라는 말을 들어본 적이 한 번도 없었기에 여자가 무슨 말을 하는지 전혀 이해하지 못했다. 그녀는 거칠거칠한 침상 위로 벌린 자기 다리를 내려다보았다. "배꼽이라고요?" 그녀가 물었다.

"거 있잖니. 이거." 그러더니 여자는 자기 원피스를 걷어올리고 속바지의 고무줄을 살찐 배 아래로 끌어내렸다. 파일러트는 배 한가운데에 코르크 마개처럼 생긴 자그마한 것, 마치 시냇물가를 따라 생기는 작은 소용돌이처럼 물을 흘려보내라고 만들어진 듯 보이는 아주 작은 살점을 보았다. 오빠의 배에 있던 것과 꼭 같았다. 오빠에게는 그게 있었다. 그녀에게는 없었다. 오빠는 서서 오줌을 누었다. 그녀는 쭈그려 앉아서 누었다. 오빠는 수말처럼 음경이 있었다. 그녀는 암말처럼 질이 있었다. 오빠는 젖꼭지가 두 개 달린 판판한 가슴이 있었다. 그녀는 암소처럼 유두가 있었다. 오빠는 배에 코르크 마개가 있었다. 그녀는 없었다. 그녀는 그것이 남녀의 또다른 차이라고 생각했다. 함께 잠자리에 들었던 그 소녀에게도 배꼽이 있었다. 하지만 그녀는 지금까지 단 한 번도 다른 여자의 배를 본 적이 없었다. 그리고 나이 지긋한 여인의 얼굴에 떠오른 공포의 표정으로 미루어보건대, 그게 없다는 건 뭔가 잘못된 것임에 틀림없었다.

"그게 어디다 쓰는 거죠?" 그녀가 물었다.

여자는 침을 삼켰다. "그건…… 그건 자연스럽게 태어난 사람한테는 다 있는 거란다."

파일러트는 그 말을 이해하지 못했지만, 나중에 약초 쓰는 그 여자와 캠프의 다른 여자들과 나눈 이야기의 요지는 확실히 이해했다. 그녀는 떠나야 했다. 그들은 정말 미안해했고 그녀를 좋아했으며, 그녀는 매우 일도 잘하고 모두에게 큰 도움이 되는 사람이었다. 그래도 그녀가 떠나야 한다는 사실에는 변함이 없었다.

"제 배 때문인가요?" 하지만 여자들은 파일러트에게 대답하지 않았다. 그들은 땅바닥만 쳐다보았다.

여자들은 파일러트가 화를 내며 떠나길 원치 않았기 때문에, 그녀가 원래 받아야 할 몫보다 훨씬 두둑이 돈을 챙겨주었다. 그들은 파일러트가 화가 나면 자기네들에게 어떤 식으로든 앙갚음을 할 거라 믿었던데다 하느님의 피조물이 아닌 사람과 오래도록 함께 지냈다는 두려움에 더해 일말의 연민도 느꼈던 것이다.

파일러트는 떠났다. 그녀는 또다시 버지니아로 향했다. 하지만 이제 그녀는 팀을 짜서 추수하는 법을 터득했기 때문에 또다른 이주노동자들이나, 벽돌공장과 철공소, 조선소와 같이 계절 타는 일을 하는 남자들을 따라다니는 여자들을 찾기로 했다. 삼 년 동안 곡식을 수확하는 일을 하면서, 이런 여자들을 너무나 많이 보아왔던 것이다. 살림살이를 포장마차에 꾹꾹 쑤셔담은 채, 날씨가 허락될 때에만 흑인들을 찾아 일거리를 나누어주는 마을이며 도시들을 닥치는 대로 돌아다니는 여자들. 회사에서는 여자들이 따라오는 걸 별로 달가워하지 않았지만—가난한 흑인 정착자들이 자기네 마을에 물밀듯이 밀려들어오는 걸 원치 않았으므로—여자들은 어쨌든 따라와서 마을의 가정집이나 농장에 일꾼으로 취직해, 공짜거나 공짜에 다름없는 헐값의 집 아무데서나 살았다. 하지만 파일러트는 흑인들이 많이 모여 사는 마을에서 안정적인 직업을 갖고 싶지 않았다. 중서부의 소도시에서 장사나 무역업으로 자리를 잡은 니그로들과의 만남은 어김없이 불쾌하기만 했다. 부인들은 그녀의 원피스 밑에서 떨고 있는 맨 젖가슴을 싫어했고, 대놓고 그렇게 말했다. 그리고 사내들은 거친 흑인 아이들을 수없이 많이 보았지만, 파일러트는 이제 그들에게 망신을 줄 만큼 나이가 들어 있었다. 게다가 그녀는 계속해서 떠돌아다닐 작정이었다.

그러다 파일러트는, 고향으로 향하며 일거리가 있는 곳이라면 어디든 멈춰 일주일씩 머무르며 일하는 떠돌이 일꾼들과 합류했다. 파일러트는 또다시 어떤 남자를 잠자리로 데려갔고, 추방당했다. 하지만 이번에는 공손하면서도 단호한 선언도, 넉넉한 보수도 없었다. 그냥 어느 날 그녀가 실을 사러 마을에 나간 사이 그들은 그녀를 두고 떠나버렸다. 그녀가 야영장에 돌아와보니 꺼져가는 모닥불, 돌멩이가 가득 든 가방 하나, 그리고 나무에 기대놓은 지리책 말고는 아무것도 없었다. 그들은 그녀의 양철컵마저 가져가버렸던 것이다.

수중에는 동전 6페니와 돌멩이 다섯 개, 지리책과 검은 실(헤비웨이트 No. 30) 두 타래밖에 없었다. 버지니아로 가야 할지, 구두를 신는 한이 있어도 마을에 자리를 잡아야 할지 그녀는 바로 그 자리에서 결정을 내려야 했다. 그래서 파일러트는 둘 다 하기로 했다—전자를 가능하게 하기 위해 후자를 택하기로. 그녀는 6페니와 책과 돌멩이와 실타래를 들고서, 다시 시내로 걸어갔다. 시내에서 흑인 여자들이 일하는 곳은 두 군데였다. 세탁장, 그리고 그 길 건너편의 매음굴이나 다름없는 호텔. 파일러트는 세탁장으로 마음을 정한 뒤 걸어들어가서 팔꿈치까지 물에 푹 담근 세 명의 젊은 여자들에게 말했다. "오늘밤 여기서 묵어도 될까요?"

"밤에는 여기에 아무도 없는걸요."

"알아요. 있어도 되나요?"

그들은 어깨를 으쓱했다. 다음날 파일러트는 일당 10센트를 받는 세탁부로 취직했다. 거기서 일하고, 거기서 먹고, 거기서 자면서 동전을 모았다. 몇 년 동안 추수 일을 하면서 굳은살이 박힌 그녀의 손은 거친 느낌이 없어지고 세탁물 속에서 보들보들해졌다. 약간 다르지만 거칠기는 마찬가지인 세탁부의 손으로 바뀌기 전까지는 말이다. 빨래를 주무르고 짜느라 파일러트의 손등은 갈라지고 터져서 빨래 헹굴 물이 담긴 수조에 피가 줄줄 흘러들었다. 파일러트 때문에 시트 한 무더기를 다 망칠 뻔했지만, 다른 여자들이 시트를 두 번 헹구어주며 그녀를 도왔다.

어느 날 파일러트는 시내에서 증기를 뿜으며 달려가는 기차를 발견했다. "저 기차는 어디로 가나요?" 그녀가 물었다.

"남부." 그들이 대답했다.

"여비가 얼마나 들어요?"

여자들은 웃었다. "화물차야." 그들이 파일러트에게 말했다. 객차는 두 칸밖에 없었고, 흑인은 탑승이 금지되어 있었다.

"글쎄, 그러면 흑인들은 가고 싶은 데가 있으면 어떻게 가나요?"

"아무데도 가면 안 되지." 그들이 말했다. "하지만 꼭 가야 한다면, 포장마차로 가야 해. 말 빌려주는 곳에 다음 포장마차가 언제 떠나는지 물어봐. 말을 빌려주는 사람들은 누가 떠날 채비를 하면 반드시 알게 되니까."

파일러트는 그렇게 했고, 날씨가 완연히 추워지기 직전인 10월 말쯤 웨스트버지니아로 향했다. 지리책으로 보면 가까운 곳이긴 했다. 버지니아주에 다다랐을 때, 그녀는 자신이 어디로 가서 친척을 찾아봐야 할지 전혀 모른다는 사실을 깨달았다. 그곳에는 그녀가 이제껏 본 것보다 더 많은 흑인이 살고 있었고, 그녀는 그들 사이에서 느낀 안도감을 평생 고이 간직했다.

파일러트는 누가 이름을 물으면 성은 말하지 않고 이름만 대는 편이 좋다는 걸 알고 있었다. 사람들에게 성을 말해주면 늘 좋지 못한 결과가 따랐다. 그런데 이제는 만나는 사람마다 '데드' 집안 사람을 아느냐고 물어봐야 했다. 사람들은 얼굴을 찌푸리며 "아니, 그런 사람은 듣도 보도 못했소"라고 말했다.

버지니아주 컬페퍼의 한 호텔에서 빨래를 하며 지낼 무렵, 파일러트는 버지니아주 해안에 있는 어느 섬에 니그로 농부들이 정착지를 이루어 살고 있다는 이야기를 들었다. 그들은 야채를 재배하고 가축을 기르며 위스키를 만들고 담배도 조금 판다고 했다. 다른 니그로들과 별로 어울리지 않지만, 그들로부터 존경을 받으며 자급자족한다고 했다. 그리고 나룻배를 타야만 거기에 갈 수 있다고 했다. 어느 일요일, 파일러트는 뱃사공에게 하루 일이 다 끝나면 배로 자기를 그곳에 데려다달라고 부탁했다.

"거기 가서 뭘 하려고?" 그가 물었다.

"일이요."

"거기서는 일 안 하는 편이 좋을 텐데." 그가 말했다.

"왜요?"

"그 사람들은 너무 자기네들끼리만 어울린다고."

"저 좀 데려다주세요. 뱃삯은 드릴게요."

"얼마나?"

"5센트요."

"세상에! 태워주지. 아홉시 반까지 이리로 와."

그 섬에는 스물다섯 내지 서른 가구가 살고 있었고, 파일러트가 일하는 건 전혀 두렵지 않지만 본토가 싫고 도시가 답답해서 이곳을 찾아왔다고 분명히 밝히자 그들은 파일러트를 받아주었다. 그녀는 그곳에서 삼 개월 동안 일했다. 괭이질을 하고, 낚시를 하고, 쟁기질을 하고, 나무를 심고, 양조장 일도 도왔다. 그녀는 배만 가리고 있으면 된다고 생각했다. 그리고 그건 사실이었다. 열여섯 살이 된 그녀는 섬 가족들 중에서 애인을 사귀면서도 배에 절대로 직사광선이 들지 않도록 애를 썼다. 그녀는 또한 아이를 배기까지 했는데, 자기와 결혼하고 싶어 안달이 난 그 남자와 결혼하지 않겠다고 하는 바람에 자기네 남자들이 세상에서 가장 훌륭한 신랑감이라 철석같이 믿고 있는—그래서 그렇게 근친결혼이 많았다—섬의 여인네들을 기함하게 만들기도 했다. 파일러트는 남편한테 영원히 배를 감출 수 없을까봐 겁이 났다. 아무것도 없이 매끄러운 배를 보면, 그도 다른 사람과 똑같이 반응할 게 뻔했다. 다들 파일러트의 결정에 도무지 못 믿겠다는 반응을 보이긴 했어도, 그녀더러 떠나라고 하는 사람은 없었다. 그들은 파일러트를 지켜보면서, 산달이 가까워지자 차츰 일을 줄여주고 가벼운 허드렛일만 맡겼다. 아기가, 딸이 태어났을 때, 그 자리에 있던 산파 두 사람은 파일러트의 가랑이 사이에서 벌어지는 일에 골몰한 나머지 그녀의 매끈한 풍선 같은 배는 쳐다보지도 않았다.

어머니가 된 파일러트가 자기의 어린 딸한테서 가장 먼저 찾아본 건 배꼽이었고, 배꼽을 보고는 마음을 푹 놓았다. 귀고리 속에 접어 넣은 그 이름을 어떻게 얻게 되었던가를 기억해낸 파일러트는, 아흐레 동안 기다린 후 여자들 중 하나에게 성경을 달라고 부탁했다. 찬송가는 있지만, 이 섬에 성경 같은 건 없다고 그네들은 대답했다. 예배를 보고 싶어 했던 사람들은 다 본토로 나가는 수밖에 없었다고 했다.

"성경에 있는 이름 중에서 여자애한테 좋은 이름 하나만 말씀해주실래요?" 파일러트가 부탁했다.

"오, 아주 많지." 그들은 이렇게 말하더니 이름을 스무 개쯤 술술 불렀고, 파일러트는 그중에서 리베카를 골라 리바로 줄여 불렀다.

리바가 태어난 직후에, 아기 아버지가 다시 파일러트를 찾아왔다. 파일러트는 출산 후 지독한 외로움과 우울증에 시달리고 있었다. 아직 파일러트가 다 '낫지' 않았기 때문에 아기 아버지는 그녀를 만나는 게 금지되었고, 그래서 그녀는 아기와 함께 기쁨에 찬 시간을 보내기도 했지만 가끔은 어둡고 외로운 시간을 보내야 했다. 대낮처럼 환하게, 파일러트의 아버지가 말했다. "노래하렴. 노래해"라고. 그리고 나중에는 창가에 기대서서 말했다. "그렇게 사람만 남겨두고 날아가버리는 게 아니야"라고.

파일러트는 아버지가 무슨 말씀을 하시는지 모두 이해했다. 파일러트는 아름답게 노래할 줄 알았고, 노래를 하면 우울한 마음이 곧 괜찮아졌다. 그리고 아버지는 그녀에게 펜실베이니아로 돌아가서 메이컨과 그녀가 살해한 사내의 유골을 수습하라는 말을 하는 것이었다. (그녀가 직접 때린 것은 아니었지만, 그건 상관없었다. 그녀는 오빠의 공범자였다. 왜냐하면 그 당시 그녀는 오빠와 일심동체였기 때문이다.) 아기가 육 개월이 되었을 때, 그녀는 아기 아버지의 어머니에게 아기를 맡기고 섬을 떠나 펜실베이니아로 향했다. 그들은 겨울이 다가오고 있다며 그녀를 말렸지만, 파일러트는 전혀 개의치 않았다.

한 달 후, 파일러트는 자루 하나를 들고 돌아왔고 그 속의 내용물에 대해서는 일언반구도 하지 않았다. 그녀는 그 자루를 지리책과 돌멩이와 실 두 타래의 재산에 더했다.

리바가 두 살이 되었을 때, 파일러트는 초조함에 휩싸였다. 마치 지리책이 그녀에게 전국을 떠돌아야 하는 방랑자의 표지를 찍고, 그녀의 두 다리를 분홍색, 노란색, 파란색, 초록색으로 표시된 주마다 심어둔 것만 같았다. 그녀는 섬을 떠나 그후 이십여 년 동안 방랑생활을 했고 리바가 아기를 낳은 후에야 방랑을 멈출 수 있었다. 그 섬만한 곳은 세상에 다시 없었다. 오래도록 한 남자와 사귀었던 파일러트는 다른 남자를 찾았지만, 그 섬 남자만한 남자 역시 다시는 없었다.

한참 시간이 흐르자, 파일러트는 자기 배에 대해 걱정하지 않게 되었고 아예 숨기려는 시도조차 하지 않게 되었다. 남자들은 팔이 없는 여자들, 다리가 한쪽만 있는 여자들, 곱사등이나 눈먼 여자들, 술 취한 여자들, 면도칼을 든 여자들, 난쟁이들, 어린아이들, 죄수들, 남자애들, 양들, 개들, 염소들, 간, 서로서로, 심지어 몇몇 식물들과도 오입질을 하면서, 그녀—그러니까 배꼽이 없는 여자와 오입질하는 것만 두려워한다는 생각이 들었던 것이다. 그들은 꼭 등처럼 생긴 그 배만 보면 얼어붙었다. 그녀가 옷을 모두 벗고 일부러 무릎처럼 눈먼 배를 드러낸 채 그들에게 똑바로 다가가면, 남자들은 심지어 발을 절거나 차갑게 변하곤 했다.

“당신 뭐야? 무슨 인어 같은 거 아니야?” 어떤 남자는 이렇게 소리를 지르고는 서둘러 양말을 찾아 신으려 했다.

그래서 파일러트는 고립되었다. 이미 가족도 없는데, 갈수록 동포들에게서 고립되고 있었다. 섬에서 비교적 행복을 누렸던 걸 제외하면, 다른 행복의 원천은 모두 그녀가 가질 수 없는 것이었기 때문이다. 결혼으로 누리는 배우자와의 정, 속내를 털어놓을 수 있는 친구와의 우정, 그리고 공동의 종교. 남자들은 이맛살을 찌푸렸고, 여자들은 숙덕이며 아이들을 등뒤에 숨겼다. 심지어 유랑극단에서도 그녀를 받아주지 않았으리라. 왜냐하면 그 돌연변이에는 중요한 요소—그로테스크함—가 결여되어 있었으니까. 사실 별로 볼 게 없었다. 그 결함은 무시무시하고 낯설었으나 여전히 극적인 감흥은 없었다. 친밀함, 가십 그리고 호기심을 드라마로 바꿔줄 시간적 여유가 필요했다.

결국 파일러트는 기분이 나빠지기 시작했다. 어마어마한 무지 때문에 고초를 겪기는 했지만 그렇다고 우둔한 사람은 아니었기에, 세상에서 자신의 현재 위치와 앞으로 그 위치가 별반 달라지지 않을 거라는 사실을 깨닫고는 이제까지 배운 모든 전제를 모조리 버리고 무無에서 시작하기로 마음먹었다. 일단, 머리카락을 잘랐다. 그건 더이상 신경쓰고 싶지 않은 것들 중 하나였다. 그러고 나서 어떻게 살고 싶은지 또 자기에게 소중한 건 무엇인지를 결정하는 힘겨운 과업에 도전했다. 나는 언제 행복하고 언제 슬프며 그 차이는 무엇일까? 살아 있기 위해서는 무엇을 알아야 할까? 이 세상에서 진실된 건 뭘까? 파일러트의 정신은 구불구불한 거리들과 어디로도 이르지 않는 오솔길들을 거닐다가 때때로 심오한 진리에 도달했고, 어떤 때는 세 살짜리도 알 법한 깨달음에 이르렀다. 흔할지 몰라도 새로웠던 이런 지식 추구의 과정 내내, 그녀는 한 가지 확신으로 노력에 결실을 맺었다. 죽음이 그녀에게 어떠한 두려움도 불러일으키지 않았기 때문에(그녀는 종종 죽은 사람과 이야기를 나누었다) 그녀에게는 세상에 더이상 두려울 게 없다는 사실. 그 확신에 더불어 고통스러워하는 이들에 대한 이방인으로서의 연민

덕분에 그녀는 성숙했고—그녀가 만들어내거나 획득한 지식의 결과였다—정교하게 사회화된 흑인 세계의 경계 내에 간신히 머물러 있을 수 있었다. 그들은 파일러트의 옷차림을 황당무계하다고 여겼지만, 그녀가 다른 사람들의 사생활을 존중했기 때문에—모두들 사생활에 대한 집착이 대단했다—그 점은 상쇄되었다. 그녀는 사람들을 빤히 쳐다보곤 했는데, 그 당시 다른 사람의 눈을 똑바로 쳐다보는 것은 흑인들 사이에서 비할 바 없이 무례한 짓으로 여겨졌고, 아이들에게나 혹은 아이들끼리, 그리고 어떤 부류의 무법자들에게나 용인되는 행동이었다—그렇지만 파일러트가 대놓고 뜯어보는 일은 결코 없었다. 그리고 핏속에 종려유가 흐르는 사람답게, 그녀는 손님이 찾아오면—용건이 사업이건 사교이건 간에—무조건 대화를 시작하기도 전에 음식부터 대접하곤 했다. 파일러트는 큰 소리로 웃었지만 절대 미소 짓는 법이 없었고, 서시가 아침식사를 하라며 체리잼을 가져온 이후 1963년 예순여덟 살이 될 때까지 단 한 방울의 눈물도 흘리지 않았다.

그녀는 식탁 예절이나 개인위생 문제에는 완전히 흥미를 잃어버렸지만, 대신 인간관계에 깊은 염려와 관심을 가지게 되었다. 몬투어 카운티에서 보낸 십이 년 세월 동안 아버지와 오빠에게 온화한 보살핌을 받고 그녀 자신도 가축을 보살피는 입장에 있으면서 바람직한 행동거지를 배웠던 것이다. 그녀를 인어라고 불렀던 남자들이나 그녀 발자국을 비로 쓸어 지워버리고 문에다 거울을 달아놓던 여자들의 행동거지에 비해 바람직한 행동거지.

파일러트는 타고난 치유자였으며, 말다툼을 하는 주정뱅이들이나 싸움이 붙은 여자들 사이에서 언제나 제 입장을 견지했고, 가끔은 그들 사이를 중재해 보통 때보다 훨씬 더 오래 평화를 유지시키기도 했다. 당사자들과는 전혀 다른 사람이 중재한 덕이었다. 하지만 무엇보다도 중요한 건, 파일러트가 정신적 스승—가끔 그녀 눈앞에 나타나서 여러 이야기를 해준 아버지—의 말씀을 귀기울여 들었다는 사실이다. 리바가 태어난 후로 아버지는 더는 전처럼, 메이컨과 그녀가 서시의 집을 나왔을 때 숲 근처와 동굴에서 본 옷차림으로 파일러트를 찾아오지 않았다. 그때 그는 총을 맞을 때 입고 있었던 위아래가 붙은 작업복에 작업화를 신고 있었다. 그런데 이제는 하얀 셔츠에 파란 칼라, 그리고 갈색 헌팅캡 차림이었다. 신발은 신지 않았는데(구두 두 짝의 끈을 서로 묶어서 어깨에 둘러메고 있었다) 아마 십중팔구 발이 아파서 그런 듯했다. 그녀의 침대맡이나 포치에 앉아 있을 때 혹은 양조장 증류기 옆에 기대어 쉴 때면 늘 발가락을 주무르곤 했으니까. 포도주 양조와 더불어 위스키를 증류하는 일도 파일러트가 안정된 생계를 꾸려나가는 수단으로 자리잡기 시작했다. 양조 기술 덕분에 파일러트는 시시각각 매일매일 더 큰 자유를 누릴 수 있게 되었는데, 재산이라고는 전혀 없고 돈 때문에 몸을 팔 생각도 전혀 없는 여자한테 그만한 일은 다시없었다. 일단 도시의 흑인 구역에 일개 밀주업자로 자리를 잡은 후로는, 가끔 경찰이나 보안관하고 부딪치는 것 말고는 별 문제가 없었다. 왜냐하면 포도주 가게에 종종 뒤따르는 행위들—여자나 도박에 관한—을 그녀가 전혀 허용하지 않았던데다 술을 산 고객들에게도 그 자리에서 마시지 못하게 하는 편이었기 때문이다. 파일러트는 술을 만들어 팔았다. 그게 전부였다.

리바가 자라서 이 남자 저 남자를 전전하며 오르가슴을 찾아 헤매기 시작하고, 그사이에 잠시 짬을 내 자식 하나, 헤이가까지 낳자 파일러트는 이제 생활에 변화를 줄 때가 되었다고 생각했다. 리바 때문은 아니었다. 리바는 어머니와 자신의 삶에 몹시 만족하고 있었으니까. 그보다는 손녀딸 때문이었다. 헤이가는 몹시 까다로운 아이였다. 헤이가는 겨우 두 살밖에 안 되었을 때에도 먼지며 지저분한 것을 몹시 싫어했다. 세 살이 되자 이미 허영기가 들고 오만해졌다. 헤이가는 예쁜 옷을 좋아했다. 파일러트와 리바는 헤이가가 바라는 것들에 경악했지만, 그 소원을 들어주려 애쓰며 기뻐했다. 헤이가의 버릇은 점점 나빠졌고, 헤이가는 할머니와 엄마의 관용에 보답하고자 자신이 그들을 창피하게 생각한다는 사실을 최선을 다해 숨겼다.

파일러트가 오빠를, 그가 아직 살아 있다면 찾기로 결심한 건 그 아이, 헤이가에게 가족이, 친척이, 그리고 그녀와 리바가 줄 수 있는 삶과는 아주 다른 삶이 필요했기 때문이었고, 파일러트가 메이컨에 대해 기억나는 것들로 미루어보았을 때 오빠는 다르게 살고 있을 것 같았다. 부유하고, 인습적이며, 헤이가가 선망하는 것들이나 사람들과 비슷할 것 같았다. 게다가 파일러트는 오빠와 화해하고 싶었다. 그녀는 아버지에게 오빠의 거처를 물었지만, 아버지는 발을 문지르면서 고개를 저을 뿐이었다. 그래서 파일러트는 처음으로 직접 경찰을 찾아갔고, 경찰은 적십자로 가보라고 했으며, 적십자에서는 구세군에 가보라고 했고, 구세군에서는 퀘이커교도를 찾아가보라고 했고, 거기서는 다시 구세군에 가보라고 했으며, 구세군에서는 뉴욕에서 세인트루이스까지, 디트로이트에서 루이지애나까지 모든 대도시에 자리잡은 자기네들의 지회에 지령을 보내 전화번호부를 찾아보라고 했고, 마침내 실제로 대위 한 사람이 전화번호부에 등재되어 있는 그를 찾아냈다. 파일러트는 구세군에서 결국 찾아냈다는 사실에 놀라워했으나, 대위는 그런 이름을 가진 사람이 많을 리가 없으니 놀랄 일은 아니라고 했다.

파일러트는 돈이 아주 많았기에, 그들은 품격 있게 (기차를 한 번, 그리고 버스를 두 번 타고) 여행을 했다. 1929년의 증시 폭락으로 집에서 만든 싸구려 술을 사먹는 고객이 어찌나 많이 늘었는지 구세군에서 모금해 챙겨준 돈도 별로 필요 없었다. 파일러트는 여행가방과 녹색 자루와 다 큰 딸과 손녀를 데리고 도착했지만, 오빠는 모질고 불친절하고 부끄러워했으며 전혀 용서해줄 기미가 없었다. 그때 사랑이 없어 죽어가고 있던 오빠의 아내만 아니었다면 파일러트는 당장 그곳을 떠났을 것이다. 식탁에 마주앉아 그녀의 인생 역정을 듣고 있는 지금 루스는 사랑이 너무 많아 죽어가는 듯했고, 파일러트는 루스의 마음을 헤이가에게서 떼어놓고 싶어 일부러 이야기를 길게 끌고 있었다.

6

“내가 그 여자를 집에 데려다줬어. 돌아와보니까 방 한가운데에 서 있더라. 그래서 그냥 집에 데려다줬어. 딱하더라. 정말 딱해.”

밀크맨은 어깨를 으쓱해 보였다. 그는 헤이가 이야기라면 하기 싫었지만, 기타를 일단 자리에 앉혀놓고 은근슬쩍 다른 이야기를 물어보려면 쓸 만한 방법이었다.

“너 대체 그 여자한테 무슨 짓을 한 거냐?” 기타가 물었다.

“내가 그 여자한테 대체 무슨 짓을 했느냐고? 그 여자가 정육점 칼을 들고 돌아다니는 걸 보고도 나한테 그런 걸 물어?”

“내 말은 그전에 말이야. 완전히 만신창이가 됐던데.”

“형이 육 개월마다 한 번씩 여자들한테 하는 짓을 했을 뿐이야—다 끝내자고.”

"못 믿겠어."

"사실이야."

"아니. 그 정도로는 그럴 수가 없어."

"내가 지금 거짓말을 한다는 거야?"

"맘대로 생각해. 하지만 그 여자는 상처를 받았어—그리고 그 상처는 네가 준 거고."

"그게 형하고 무슨 상관이야? 그 여자가 몇 달 동안이나 나를 죽이려고 날뛰는데도 내가 그 여자한테 손도 안 대는 걸 봤잖아. 그런데 지금 그러고 앉아서 그 여자 걱정을 한단 말이지. 느닷없이 경찰 나으리 행세를 하고 말이야. 최근 들어 후광을 이고 다니는 일이 부쩍 늘었는데. 혹시 하얀 가운도 있어?"

"그게 대체 무슨 소리야?"

"형한테 조목조목 비판받는 게 이제 지겹다는 얘기야. 우리 둘이 똑같은 눈으로 보지 않는 문제가 한둘이 아니라는 건 나도 알아. 형이 내가 게으르다고—그러니까 내가 진지하지 못하다고—생각하는 것도 알지만 우리가 친구 사이라면…… 나는 형한테 간섭 안 하잖아, 안 그래?"

"그래. 전혀."

밀크맨은 맥주로 장난을 치고 기타는 홍차를 홀짝거리는 사이 몇 분이 흘렀다. 헤이가가 그를 죽이려 한 지 며칠이 지난 어느 일요일 오후 그들은 메리네 술집에 앉아 있었다.

"담배 안 피우지?" 밀크맨이 물었다.

"응. 끊었어. 전보다 훨씬 기분도 좋고." 또 침묵이 흘렀고, 얼마 후 기타가 말을 이었다. "너도 끊어야 해."

밀크맨이 고개를 끄덕거렸다. "그래. 형 곁에 남아 있으려면 그래야겠지. 담배도 끊고, 섹스도 안 하고, 술도 끊고—전부 다 끊을게. 은밀한 생활을 하면서 엠파이어스테이트하고나 어울려야겠어."

기타가 얼굴을 찌푸렸다. "이러면서 누가 간섭을 한다는 거야?"

밀크맨은 한숨을 쉬고 친구의 얼굴을 똑바로 쳐다보았다. "간섭쟁이는 나야. 어째서 형이 지난 성탄절에 엠파이어스테이트와 이리저리 도망을 다녔는지 알고 싶어."

"그 친구한테 골치 아픈 문제가 있었어. 그래서 내가 도와줬던 거야."

"그게 다야?"

"그럼 또 뭐가 있겠냐?"

"뭔지는 나도 모르지. 하지만 다른 게 있다는 건 알아. 자, 나는 절대 알면 안 되는 거라면, 좋아, 그렇게 말해. 하지만 어쨌든 형한테는 무슨 일이 있어. 그리고 그게 무슨 일인지 나도 알고 싶고."

기타는 대답이 없었다.

"기타 형, 우리는 오랫동안 친구였잖아. 형은 나에 대해 모르는 게 없어. 나는 형한테 뭐든지 말할 수 있어—우리가 다른 것과 별개로, 형은 믿을 수 있다는 걸 아니까. 하지만 얼마 전부터는, 이런 감정이 일방통행 같아. 내 말 무슨 뜻인 줄 알아? 나는 형한테 말을 하지만, 형은 내게 말해주지 않아. 내가 못 믿을 사람이라고 생각하는 건 아니지?"

"믿어도 될지 잘 모르겠어."

"한번 시험해봐."

"그럴 수는 없어. 다른 사람들도 연루되어 있는 문제야."

"그렇다면 다른 사람 얘기는 하지 마. 형 얘기만 해."

기타는 한동안 그를 쳐다보았다. 어쩌면, 그는 생각했다. 어쩌면 너를 믿을 수 있을지도 몰라. 어쩌면 아닐지도 모르지, 하지만 어쨌든 위험을 감수해보겠어. 왜냐하면 언젠가는……

"좋아." 그는 큰 소리로 말했다. "하지만 내가 지금부터 하는 말은 너한테서 끝나야 해. 너한테서 끝나지 않는다면, 너는 내 목에 올가미를 감는 거나 마찬가지야. 그래도 알고 싶어?"

"그래."

"정말?"

"정말."

기타는 홍차에 뜨거운 물을 좀더 부었다. 그는 찻잎이 천천히 바닥에 가라앉을 때까지 잠시 찻잔 속을 바라보았다. "가끔 백인이 흑인을 죽이면 대부분의 사람들이 고개를 절레절레 흔들면서 '어, 어, 정말 부끄러운 일 아닌가?'라고 말하는 건 너도 알고 있겠지."

밀크맨은 눈썹을 치켜올렸다. 그는 기타가 현재 진행중인 무슨 거래에 대해 털어놓을 줄 알았다. 그런데 그는 자신의 단골 주제인 인종문제로 미끄러져들어가고 있었다. 그는 한마디 한마디가 의미심장하다는 듯, 그리고 자기 말을 자기가 경청하는 듯 느릿느릿 말했다. "난 침을 꿀꺽 삼키거나, '어, 어, 어'라고 말할 수가 없어. 그래서 무슨 일이든 해야만 했지. 그리고 단 하나 남은 할일은 균형을 맞추는 일이었어. 상황을 공평하게 유지하는 거야. 남자든 여자든, 아니면 아이든 오대에서 칠대를 이어 내려와야 한 사람이 태어나거든. 그러니 한 사람이 죽을 때마다 다섯 세대에서 일곱 세대가 죽음을 맞는 거야. 놈들이 우리를 죽이려 들고, 우리를 말살하려 드는 것 자체를 막을 수는 없어. 놈들은 성공할 때마다 오대에서 칠대를 말살하는 거야. 나는 그 숫자를 똑같이 만드는 일을 돕고 있어.

결사단이 하나 있어. 위험을 감수할 각오를 다진 소수의 사람들로 이루어져 있지. 먼저 일을 벌이는 경우는 없어. 심지어 사람을 고르지도 않아. 그들은 비처럼 무관심해. 하지만 니그로 아이가, 니그로 여인이, 아니면 니그로 사내가 백인들에게 살해당했는데도 그들의 법, 그들의 법정이 아무 조치도 취하지 않으면, 이 결사단이 무작위로 비슷한 희생자를 골라서 가능한 한 비슷한 방식으로 처형해. 니그로가 목매달려 죽으면, 그들도 희생자를 목매달아 죽여. 니그로가 화형당하면, 그들도 불태워 죽이지. 강간당하고 살해당하면, 그들도 강간하고 살해해. 가능하다면. 도저히 같은 방식으로 할 수가 없다면, 그들이 할 수 있는 방식으로. 하지만 어쨌든 죽이는 거야. 그 결사단은 자칭 '7일'이라고 불러. 일곱 명의 사내들로 구성되어 있지. 항상 일곱 명이고 오로지 일곱 명뿐이야. 그중 한 사람이 죽거나 결사단을 떠나거나 더이상 쓸모가 없어지면, 새로운 사람을 선발해. 당장 선발하는 건 아니야. 그런 자리에 사람을 뽑는 건 시간이 걸리는 일이니까. 하지만 그들은 전혀 서두르지 않는 것 같아. 그들의 비결은 시간이야. 시간을 충분히 들이고, 오래 지속되는 것. 수를 늘리지 않는 것. 알려지면 위험하니까. 그들은 화장실에 이름을 쓰지도 않고 여자들한테 빼기지도 않아. 시간과 침묵. 그 두 가지를 무기로, 그들은 영원히 존재하는 거야.

'7일'은 1920년에 시작되었어. 조지아 출신 일등병이 불알을 잘린 후 살해당하고, 1차대전이 끝난 뒤 프랑스에서 고향으로 돌아온 퇴역

군인의 눈이 멀었을 때지. 그리고 그때부터 계속 활동한 거야. 지금은 나도 결사단의 일원이야."

밀크맨은 기타가 말하는 내내 미동 없이 가만히 듣고 있었다. 이제 그는 온몸이 긴장하고, 쭈그러들어, 차갑게 식는 느낌이었다.

"형이? 형도 사람을 죽일 거야?"

"사람이 아니야. 백인이지."

"대체 왜?"

"방금 말했잖아. 필요한 일이니까. 해야 하는 일이니까. 비율을 똑같이 유지해야 하니까."

"그런데 만일 그렇게 하지 않는다면? 계속 이렇게 가다간 어떻게 되는데?"

"그러면 세계는 동물원이 될 테고, 난 그런 세계에서 살 수가 없어."

"살인을 저지른 사람들만 쫓아다니면 되는 거 아냐? 왜 죄 없는 사람들을 죽여? 어째서 그런 짓을 저지른 사람들만 죽이지 않는 거냐고?"

"누가 저질렀는지는 중요하지 않아. 백인들은 누구나 그런 짓을 할 수 있어. 그러니까 그냥 아무나 죽이면 되는 거야. 실제로 저지르지 않는다 뿐이지, 하나같이 잠재적인 깜둥이 살인자니까 죄 없는 백인은 없다고 보면 돼. 히틀러 때문에 그놈들이 놀란 줄 알아? 히틀러가 괴물이라고 생각해서 놈들이 전쟁에 나갔다고 생각해? 히틀러는 세계에서 가장 자연스러운 백인이야. 깜둥이가 없으니까 유대인과 집시들을 잡아 죽인 거라고. KKK단이 히틀러가 한 짓에 충격받았을 것 같아? 아니, 그럴 리가 없지."

"하지만 린치를 하고 사람의 불알을 자르는 인간들은—미친놈들이야, 기타 형. 미친놈들이라고."

"누군가 우리한테 그런 짓을 하면, 사람들은 그런 짓을 한 놈은 미쳤다거나 무식하다고 말하지. 그건 술에 취해서 그랬다고 하는 거나 마찬가지야. 아니면 변비 때문에 그랬다거나. 왜 우리 중에는 술에 취한 나머지 아니면 무식한 나머지 다른 사람의 눈알을 도려내거나, 거시기를 잘라내거나, 그런 짓을 하는 사람이 없는 거지? 완전히 돌아서 그런 짓을 하는 사람이? 변비가 심해서 그런 짓을 하는 사람이? 게다가 더 핵심적인 문제는, 어째서 니그로들은 미국에서 제일 또라이고 제일 무식한 인종이면서 그렇게 미친 짓, 무식한 짓을 저지르지 않는 거지? 그게 아니야. 백인들은 부자연스러운 종이야. 인종 자체가 부자연스러워. 그리고 그 부자연스러운 적을 극복하려면 강한 의지가 필요한 거야."

"좋은 사람들은? 어떤 백인들은 니그로들을 위해서 희생하잖아. 진짜 희생."

"그건 그저 한두 명 자연스러운 인간들이 있다는 뜻일 뿐이야. 하지만 그런 사람들도 살인을 멈추지는 못했어. 그치들은 분개하지만, 그렇다고 그런 일이 멈추지는 않아. 심지어 큰 소리로 떠들고 다닐지도 모르지만, 그렇다고 해도 그런 일이 멈추지는 않는다고. 심지어 불편을 감수할 수도 있지만, 살인은 계속될 거야. 그리고 우리도 계속할 거야."

"형은 핵심을 놓치고 있어. 그런 사람들은 한두 명이 아니야. 아주 많다고."

"그래? 밀크맨, 케네디도 술에 취하고 권태에 절어 미시시피의 배불뚝이 난로 앞에 앉아 있다보면, 재미로 집단 린치에 가담할지 몰라. 그런 상황에서는 부자연스러운 본성이 모습을 드러낼 거란 말이야. 하지만 나는 아무리 취해도, 아무리 지루해도 절대 그런 데 가담할 리 없어, 너도 마찬가지고, 내가 아는, 아니 들어 아는 어떤 흑인도 그런 짓을 할 리가 없어. 절대. 어떤 세상, 어떤 시대에 태어나도, 백인이라고 아무나 잡아다가 썰어 죽이지는 않을 거란 말이야. 하지만 그들은 그런 짓을 할 수 있어. 게다가 이득을 보려고 그런 짓을 하는 것도 아니야. 대체로 다른 일들은 이득을 보려고 하지만 말이야. 그 사람들은 그냥 재미로 그런 짓을 해. 부자연스럽지."

"그러면……" 밀크맨은 아무런 다른 이유 없이 니그로를 도와주었던 백인을 찾아 기억 속을 샅샅이 뒤졌다. "슈바이처. 알베르트 슈바이처. 그 사람도 그랬을까?"

"당연하지. 그치는 아프리카 사람들은 안중에도 없었어. 쥐들이나 마찬가지였을 거야. 그치는 자기 자신을 시험하는 실험실에 있었던 거지—자기가 인간 개새끼들을 위해 일할 수 있다는 걸 증명하려고."

"엘리너 루스벨트는?"

"여자들은 모르겠어. 백인 여자들이 무슨 짓을 할 수 있는지는 모르겠지만, 흑인들 몇이 나무에 묶여 불타 죽는 광경을 더 잘 보라고 아기를 들쳐올리고 있던 백인 어머니들의 사진은 확실히 기억해. 그래서 나는 엘리너 루스벨트도 미심쩍어. 하지만 루스벨트 씨에 대해서는 의심의 여지가 없지. 아마 그 사람을 휠체어에 태워서 앨라배마의 먼지 자욱한 작은 읍내에 데려다놓고 담배 조금, 체스판, 위스키 조금, 그리고 밧줄을 쥐여줬다면 틀림없이 그 인간도 그 짓을 저질렀을 거야. 내 말은, 특정한 조건이 주어지면 백인들은 모두 그런 짓을 한다는 거야. 그리고 똑같은 상황에서 우리는 그러지 않을 테고. 그러니 백인들 중 몇 명이 그러지 않았다는 건 의미가 없어. 나는 귀로 들어. 눈으로 읽어. 그리고 이제는 백인들 스스로도 그 사실을 안다는 걸 알아. 백인들도 자기네가 부자연스러운 족속이라는 걸 안다고. 백인 작가들이나 예술가들이 벌써 오래전부터 그런 얘기를 해왔으니까. 그들은 백인들이 부자연스럽다고, 타락한 존재라고 말해. 백인들은 그걸 비극이라고 부르지. 영화에서는 모험이라고 하고. 그건 그저 타락일 뿐인데, 그들은 그걸 영광스러운 걸로, 자연스러운 걸로 꾸미려고 애를 써. 하지만 그렇지 않아. 백인들의 질병은 핏속에, 염색체 구조 속에 있는 거라고."

"입증할 수 있는 얘기겠지. 과학적으로 말야?"

"아니."

"그런 걸 믿고 행동하기 전에 먼저 진위를 입증해야 한다고 생각하지 않아?"

"우리를 죽이기 전에 백인들이 우리에 대해 과학적으로 뭐라도 입증한 적 있어? 없잖아. 일단 죽여놓고, 왜 우리가 죽어야 하는지 과학적 증거를 갖다대려 했을 뿐이지."

"잠깐만, 기타 형. 백인들이 그렇게 나쁘고, 형 말대로 부자연스러운 족속이라면, 어째서 형은 그들과 똑같이 되려고 하는 거야? 그놈들보다 더 나은 인간이 되고 싶지 않아?"

"나는 백인보다 나아."

"하지만 지금 형은 백인 말종들이 하는 짓을 하고 다니잖아."

"그래, 하지만 나는 합리적인 사람이야."

"합리적이라고? 어째서?"

"나는, 첫째, 즐기고 있지 않아. 둘째, 권력이나 대중의 주목이나 돈이

나 땅을 노리고 있지 않아. 셋째, 누군가에 대해 분노하고 있지 않아."

"분노하고 있지 않다고? 분노하고 있으면서!"

"전혀 그렇지 않아. 나는 그러기가 싫어. 그런 짓 하는 게 무서워. 화가 치밀거나 술에 취하거나 약에 취하거나 어떤 사람한테 개인적인 원한이 없으면 하기 힘든 일이야."

"그게 무슨 도움이 되는지 모르겠어. 그렇게 해서 도대체 누굴 도울 수 있다는 건지."

"말했잖아. 숫자. 균형. 비율. 그리고 흙, 땅."

"내가 형 말을 이해 못하나봐."

"흙은 흑인들의 피로 축축해. 그리고 우리 전에는 인디언의 피로 축축했지. 백인들은 구제불능이야. 그리고 이런 식으로 계속되다가는 우리 중 누구도 살아남지 못할 테고 살아남은 사람들이 살 수 있는 땅도 없을 거야. 그러니 수가 변하지 않게끔 해야 해."

"하지만 우리보다 백인들이 더 많아."

"서구에서만 그런 거야. 어쨌든 비율이 백인들에게 유리한 쪽으로 커져서는 안 돼."

"하지만 이런 결사단의 존재가 모든 사람에게 알려져야 해. 그러면 이런 짓을 그만둘 수 있을지도 모르잖아. 왜 그렇게 비밀을 지키는 거야?"

"붙잡히지 않으려고."

"다른 니그로들한테라도 알릴 수 없어? 그러니까 희망을 주기 위해서라도?"

"안 돼."

"왜 안 돼?"

"배신. 배신할 가능성 때문에."

"그러면, 그놈들한테라도 알려. 백인들한테 알리라고. 마피아나 KKK단 같은 데. 확 겁을 줘서 버릇을 고쳐놓으라고."

"너는 바보 같은 소리를 하고 있어. 어떻게 한 곳에만 알리고 다른 데는 모르게 한단 말이야? 게다가 우리는 그런 놈들하고는 달라. 마피아는 부자연스러운 단체야. KKK도 마찬가지고. 마피아는 돈 때문에 사람을 죽이고, KKK는 재미로 사람을 죽이지. 그리고 거대한 수익을 내고 있는데다 마음 내키는 대로 해도 보호를 받아. 우리는 그렇지 못해. 하지만 중요한 건 다른 사람들이 아는 게 아니야. 심지어 우리는 희생자에게도 말하지 않아. 그냥 '너의 날이 왔군'이라고 속삭일 뿐이지. 우리 일의 진수는 비밀이라는 점, 그리고 소규모라는 점이야. 아무도 이 일에 대해 떠벌리고 다니면서 부자연스러운 만족감을 얻기를 원하지 않는다는 것. 얘기하고 다니지 않는다는 것. 우리는 우리끼리도 자세한 내막을 이야기하지 않아. 그냥 임무를 받을 뿐이야. 니그로가 수요일에 죽임을 당하면, 수요일을 담당하는 사람이 일을 맡아. 월요일에 죽임을 당하면, 월요일을 담당하는 사람이 일을 맡고. 그리고 일을 마치면 서로에게 알려. 어떻게 죽였는지, 누구인지를 말하는 게 아니야. 그리고 로버트 스미스의 경우처럼 감당하기 힘들어진 경우에도 포기하거나 다른 사람한테 말하고 다니지는 않아, 그냥 그렇게 할 뿐이지. 포터도 마찬가지고. 포터는 그 일로 힘들어했지. 그들은 다른 누군가가 그가 담당한 요일을 대신 맡아줘야 한다고 생각했어. 포터는 휴식이 좀 필요했던 것뿐 이제는 괜찮아."

밀크맨은 친구를 빤히 쳐다보다가, 그간 참고 참았던 경련이 온몸을 훑고 지나가는 걸 느꼈다. "도저히 이해가 안 돼, 기타."

"알아."

"잘못된 데가 너무 많아."

"말해봐."

"그러니까, 일단, 결국은 붙잡히게 될 거야."

"아마도. 하지만 내가 붙잡힌다고 해도 예정보다 좀 일찍 죽는 것뿐이야—더 잘 죽는 건 아니지. 그리고 어떻게 죽든, 언제 죽든, 나는 관심 없어. 다만 무엇을 위해 죽게 될 것인가가 중요하지. 그건 내가 무엇을 위해 사는가와 같은 문제니까. 게다가 붙잡히게 되면 아마 한 가지, 어쩌면 두 가지 죄목으로 날 기소하고 죽일 수는 있어도 모든 죄를 밝혀낼 수는 없을 거야. 그리고 아직도 일주일 중 6일이나 남아 있지. 우리는 활동한 지 아주 오래되었어. 그리고 장담하지만, 앞으로도 아주 오래오래 존속할 거야."

"형은 결혼도 못해."

"그래."

"아이도 못 가져."

"그래."

"무슨 놈의 인생이 그래?"

"아주 만족스러워."

"형 인생에는 사랑이 없잖아."

"사랑이 없다고? 사랑이 없어? 너 내 말 못 들었니? 백인들을 증오해서 하는 짓이 아니라고 했잖아. 우리를 사랑해서 하는 거야. 너를 사랑해서. 내 평생이 사랑이라고."

"이런, 형은 완전히 뒤죽박죽이구나."

"내가? 그놈의 수용소 유대인들이 나치를 잡을 때, 그들은 나치를 증오하는 거냐, 죽은 유대인을 사랑하는 거냐?"

"그거랑 달라."

"놈들은 돈도 있고 세상의 관심도 받으니까."

"아니. 왜냐하면 그들은 나치 전범을 잡아서 법정에 넘기기 때문이야. 형은 살인을 하고, 심지어 살인자를 죽이는 것도 아니야. 형은 죄 없는 사람들을 죽이고 있다고."

"말했잖아. 세상에는—"

"그렇지만 그런다고 해서 한 가지도 바로잡지—"

"우리는 가난한 사람들이야, 밀크맨. 나는 자동차 공장에서 일해. 나머지도 겨우 먹고살아. 우리의 정의를 위해 지원해줄 돈줄과 주와 국가가 어디 있냐? 유대인들은 사냥감을 법정에서 재판한다고 했지. 우리한테 법정이 있어? 이 나라 도시 중에 배심원이 놈들에게 유죄판결을 내릴 만한 데가 한 군데라도 있어? 지금도 세상에는 니그로가 백인에게 불리한 증언을 할 수 없게 되어 있는 곳들이 있어. 판사, 배심원, 법정이 니그로가 하는 말을 법적으로 무시해야만 하는 곳들이 있다고. 흑인이 범죄의 피해자가 되려면 백인의 증언이 있어야 한다는 말이야. 그래야만 가능해. 모자란 백인 놈이 니그로를 죽였을 때 정의나 법정 그 비슷한 거라도 있었다면, '7일' 같은 단체는 만들 필요도 없었겠지. 하지만 그런 건 없어. 그래서 우리가 있는 거야. 그런데 우리 일에는 돈도, 후원도, 근사한 의상도, 신문도, 상원의원도, 로비스트도, 그리고 환상마저 없다고!"

"형 말투가 꼭 X인가 하는 빨강 머리 니그로 같아. 형도 그 사람처럼 이름을 기타 X라고 바꾸지 그래?"

"X, 베인스—그게 무슨 차이가 있냐? 이름 같은 건 아무래도 상관없어."

"형은 그 사람이 무슨 말을 하고 싶은 건지 모르는구나. 그 사람은 백인들에게 자기가 노예의 이름을 인정하지 않는다는 걸 알리려는 거야."

"백인들이 뭘 알건, 무슨 생각을 하건 나는 손톱의 때만큼도 신경쓰지 않아. 게다가, 나는 내 이름을 인정해. 그것도 나라는 사람의 일부야. 기타는 내 이름이야. 베인스는 주인 이름이고. 나는 그걸 다 합친 존재야. 노예 이름은 괜찮아. 하지만 노예 신분은 문제지."

"그런데 백인들을 때려눕히면 형의 노예 신분이 달라져?"

"믿어봐."

"내 노예 신분을 바꾸는 데도 무슨 도움이 돼?"

기타는 미소를 지었다. "글쎄, 그렇지 않을까?"

"빌어먹을, 전혀." 밀크맨은 얼굴을 찌푸렸다. "형들이 신문을 읽고 불쌍한 백인 노인 한 사람을 매복 습격한다고 해서 내가 더 오래 살게 될까?"

"네가 더 오래 살고 말고 하는 문제가 아니야. 네가 어떻게 살고 왜 사는가의 문제지. 네 아이들이 또 아이들을 낳을 수 있는가의 문제고. 언젠가는 백인들이 린치를 하기 전에 먼저 생각부터 해야 하는 세상을 만들기 위해 노력하는 문제야."

"기타 형, 그 더러운 짓을 아무리 해도 내 인생이나 다른 니그로의 인생이 달라지지는 않아. 형이 하는 짓은 미친 짓이야. 그리고 또하나. 그건 습관이야. 그런 짓을 오래하다보면, 아무한테나 하게 돼. 내 말이 무슨 뜻인 줄 알아? 어뢰는 어뢰야. 이유야 뭐든 난 개의치 않아. 마음에 들지 않는다고 다 죽일 수 있다면, 나도 죽일 수 있겠지."

"우리는 니그로들은 죽이지 않아."

"형이 방금 한 말 들었어? 니그로들이라고 했잖아. 밀크맨이 아니라. '아니, 너는 못 죽여, 밀크맨'이라고 하지 않고 '우리는 니그로들은 죽이지 않아'라고 했어. 빌어먹을, 그러다 형들이 규칙이라도 다 바꾸게 된다면?"

"결사단은 결사단이야. 오래전부터 그래 왔어."

밀크맨은 생각에 잠겼다. "젊은 친구들도 있어? 다른 결사단원들은 더 나이가 많아? 형이 제일 젊은 사람이야?"

"왜?"

"왜냐하면 젊은 친구들은 단칙을 바꿀 수도 있으니까."

"네 신상이 걱정돼, 밀크맨?" 기타는 재미있다는 표정을 지었다.

"아니. 그런 건 아니야." 밀크맨은 담배를 끄고 한 대 더 꺼내려고 손을 뻗었다. "말해줘, 형은 무슨 요일 담당이야?"

"일요일. 나는 일요일의 남자야."

밀크맨은 짧은 쪽 다리의 발목을 문질렀다. "형 신상이 걱정돼."

"재미있네. 나도 네 신상이 걱정되거든."

7

진정한 내륙 사람들은 스스로 안다. 가끔 마주치는, 와이오밍주를 따라 흐르는 비터크리크나 파우더강, 커다랗고 깔끔한 유타주의 솔트레이크가 그들에게 주어진 바다의 전부이며, 해안선을 꿈꿀 수 없으므로 강둑, 바닷가, 모래사장 정도로 만족해야 한다는 것을. 그리고 아무것도 없기 때문에, 그들은 도주를 꿈꾸는 일이 거의 없다. 하지만 오대호 지역에 사는 사람들은 나라 끝에 존재한 그들의 위상 때문에 혼란을 겪는다—나라 끝이라 해도 국경일 뿐 해안선이 아니기 때문이다. 해안가에 사는 사람들이 그러하듯, 그들은 오래도록 최후의 탈출구나 완전한 도피처 외에는 더이상 갈 곳이 없는 최전방에 있다고 믿으며 살아가는 듯 보인다. 하지만 세인트로렌스가 바다의 기억들로 채워주는 오대호는 구불구불한 강으로 대서양과 연결되어 있지만 본질적으로 육지에 갇혀 있다. 오대호 지역의 사람들이 이 사실을 깨달으면 떠나고 싶은 갈망이 뼈아프게 깊어지고, 탈출은 어쩔 수 없는 몽상의 자취이면서도 필수적인 행위가 된다. 그것은 다른 거리, 다른 각도로 비추는 햇살에 대한 욕구일 수도 있다. 아니면 낯선 사람들에게 에워싸이고 싶은 갈망인지도 모른다. 심지어 등뒤로 문이 철컥 닫히는 소리를 듣고 싶은 바람일 수도 있다.

밀크맨에게 그것은 문이 철컥 닫히는 소리였다. 그는 자기 등뒤에서 낫닥터 스트리트의 육중한 흰색 문이 닫히는 걸 느끼고, 문고리가 잠기는 소리를 듣는 게 마지막이라는 사실을 깨닫고 싶었다.

"네가 다 소유하게 될 게다. 전부 다. 너는 자유로워질 거야. 돈은 자유다, 메이컨. 세상에 하나밖에 없는 진짜 자유야."

"알아요, 아버지. 저도 알아요. 하지만 제가 떠나야 한다는 사실에는 변함이 없어요. 이 나라를 뜨겠다는 것도 아니에요. 저는 그저 제 힘으로 일어서고 싶을 뿐이에요. 제 힘으로 일자리를 얻고, 제 힘으로 먹고 살고 싶어요. 아버지는 열여섯에 그걸 해내셨잖아요. 기타 형은 열일곱에 독립했고요. 다들 그렇게 해요. 저는 아직도 집에 살고, 아버지 회사에서 일해요—땀흘려 일자리를 따낸 게 아니라, 제가 아버지 아들이라는 이유만으로요. 저는 벌써 서른 살이 넘었어요."

"나는 네가 필요하다, 메이컨. 떠날 생각이었다면, 오 년 전에 떠났어야지. 이제 나는 너에게 의지하고 있단 말이다." 그 같은 사람에게 애원이란 참으로 어려운 일이었지만, 메이컨 데드는 최선을 다해 빌다시피 부탁했다.

"딱 일 년만이에요. 일 년요. 일 년 치 봉급만 선불로 주시고 보내주세요. 돌아와서 일 년 동안 무보수로 일하며 갚겠습니다."

"돈이 문제가 아니다. 네가 여기 있으면서, 일을 맡아 처리해준다는 게 중요하지. 내가 너한테 남겨줄 재산을 네가 전부 관리해야지. 속속들이 알고, 어떻게 다뤄야 하는지 배워야지."

"지금, 제가 필요할 때, 그 돈을 조금만 쓰게 해주세요. 파일러트 고모처럼 초록색 자루에 넣어서 천장에 걸어두고 아무도 못 쓰게 하지 마시고요. 제게 계속 기다리라고만 하시고—"

"방금 뭐라고 했지?" 늙은 개가 날고기 냄새를 맡자마자 물고 있던 신발을 떨어뜨리듯이, 메이컨 데드는 순식간에 애원하는 듯한 표정을 얼굴에서 싹 지우고 새로운 흥밋거리에 코를 벌름거렸다.

"제게 조금만—"

"아니. 그 말 말고. 파일러트와 자루 이야기 말이다."

"아, 파일러트 고모의 자루 말이죠. 아버지도 보셨잖아요? 천장에 매달아놓은 그 초록색 자루 보셨죠? 고모는 그걸 자기 유산이라고 하던데요. 방 이편에서 저편으로 걸어가려면, 거기 머리를 부딪힐 수밖에 없어요. 기억 안 나세요?"

메이컨은 정신없이 눈을 깜박이고 있었지만, 가까스로 마음을 진정시키고 이렇게 말했다. "나는 평생 한 번도 파일러트네 집안에 들어가본 적이 없다. 한 번 들여다본 적은 있지만, 캄캄해서 천장에 매달린 물건 같은 것은 보지 못했어. 마지막으로 그 물건을 본 게 언제냐?"

"아마 아홉 달이나 열 달쯤 전일걸요. 그게 왜요?"

"아직도 있을 것 같으냐?"

"그럼 어디 갔겠어요?"

"초록색이라고 했지. 확실히 초록색이 맞냐?"

"네, 초록색. 풀빛 같은 초록색이었어요. 그게 뭔데요? 뭐가 마음에 걸리시는 거예요?"

"파일러트가 그게 자기 유산이라고 했단 말이지, 응?" 메이컨은 미소를 짓고 있었는데, 지독하게 교활해 보여서 밀크맨은 그게 미소라고 생각하지 못했다.

"아뇨. 파일러트 고모는 그런 말 안 했어요. 헤이가가 해준 얘기예요. 제가 방을 가로질러…… 그러니까…… 방 반대쪽으로 가는데 키가 커서 그 자루에 걸린 거예요. 머리를 부딪혔어요. 혹도 났죠. 헤이가에게 이게 뭐냐고 물었더니 '파일러트의 유산이야'라고 하던데요."

"그런데 거기 부딪혀서 네 머리에 혹이 났다고?"

"네. 꼭 벽돌 같았어요. 어떻게 하시게요, 소송이라도 거시려고요?"

"점심 먹었니?"

"지금 열시 반이에요, 아버지."

"메리네로 가. 그리고 너하고 나하고 먹을 바비큐를 주문해라. 머시 종합병원 건너편 공원에서 만나자꾸나. 거기서 점심을 먹자고."

"아버지……"

"자, 어서 가라. 내 말대로 해. 어서 가, 메이컨."

그들은 머시 종합병원 건너편에 있는 작은 공원에서 만났다. 공원은 비둘기, 학생, 술주정뱅이, 개, 다람쥐, 아이, 나무, 그리고 비서로 붐볐다. 두 흑인 사내는 가장 붐비는 곳으로부터 약간 떨어진 곳에 있는 철제 벤치에 앉았는데, 아주 구석은 아니었다. 그들은 아주 잘, 상자에서 돼지고기를 꺼내 먹기에는 지나치다 싶을 만큼 잘 차려입고 있었지만, 그 따뜻한 9월의 낮에는 그런대로 자연스러워 보였다. 공원에 온통 감도는 감미롭고 감상적인 분위기에 완벽하게 어울렸던 것이다.

밀크맨은 아버지의 심리적 동요에 호기심을 느꼈지만, 걱정은 별로 하지 않았다. 너무나 많은 일이 일어나고 있었고, 너무나 많은 변화가 있었다. 게다가 아버지가 안달하며 행여 근처에 사람이 있을까 주위를 둘러보는 것은, 아버지 당신이 원하는 바와 관련된 것일 뿐 밀크맨 자신이 원하는 일과는 무관하다는 걸 알고 있었다. 그 열차에 타서 어머니의 슬프디슬픈 노래를 들은 이후로, 밀크맨은 아버지를 냉정하게 바라볼 수 있었다. 어머니의 말씀은 아직도 밀크맨의 뇌리에서 춤을 추었다. "내가 무릎을 꿇고 너에게 무슨 해를 끼쳤더냐?"

심장을 숨겨놓은 주머니 깊은 곳에서는, 이용당한 느낌이 들었다. 어쩐지 세상 모든 사람이 모종의 목적을 위해, 아니면 모종의 수단으로서 자신을 이용하고 있는 것 같았다. 자기네들이 꾸민 모종의 음모를 그에게 행사하면서, 그를 자기네들이 지닌 부, 혹은 사랑, 혹은 순교의 꿈의 표적으로 삼는 것 같았다. 그들이 저지른 일들은 모두 밀크맨과 관련되어 있었지만, 밀크맨 자신이 원하는 바는 전혀 고려되지 않았다. 언젠가 아버지와 기나긴 이야기를 나누고 나서 밀크맨은 어머니와 멀찍이 거리를 두게 되었다. 그런데 이제 어머니와도 은밀하고 솔직한 대화를 나누고 나자, 자신은 태어나기도 전, 어머니 자궁 속에서 첫 신경줄조차 형성되기 전부터 엄청난 싸움과 불화의 씨앗이었다는 사실을 깨닫게 되었다. 그리고 그를 목숨보다 더 사랑한다고, 자기 목숨보다 더 사랑한다고 주장하던 유일한 여인은 알고 보니 그의 목숨보다 그를 더 사랑했던 모양이었다. 반년 동안이나 그를 쫓아다니며 목숨을 앗으려 하는 걸 보면. 그리고 기타. 그가 아는 분별 있고 한결같은 유일한 사람이 갑자기 돌아버려 속을 확 찢어발기더니 대화 대신 피와 어리석음만 줄줄 쏟아냈다. 그는 엠파이어스테이트에게 어울리는 짝이었다. 이쯤 되자 밀크맨은 호기심은 가지되 흥분이나 희망 같은 건 접고, 이 사람은 또 무엇을 내놓으라고 하려나 기다렸다.

"내 이야기를 좀 들어봐라. 고기 먹으면서 내가 하는 이야기 좀 들어봐. 생각의 흐름이 끊어지지 않게 중간에 끼어들지 말고.

아주 오래전에, 내가 너한테 농장에서 일꾼으로 지내던 어린 시절 이야기를 해준 적이 있을 게다. 파일러트와 나에 대해서. 아버지가 살해당한 이야기 말이다. 나는 그 이야기를 끝까지 하지 않았지. 너한테 전부 다 이야기해주지는 않았어. 말하지 않고 남겨둔 부분은 나와 파일러트에 대한 이야기였다. 나는 너를 파일러트한테서 떼어놓으려고 애썼고, 그애를 뱀이라고 부르기까지 했어. 이제 왜 그랬는지 그 이유를 말해주마."

빨간 공 하나가 발치로 굴러왔고, 메이컨은 공을 집어 어린 소녀에게 다시 던져주었다. 아이가 다시 어머니의 시야가 미치는 곳으로 무사히 돌아갔는지 확인하고 나서, 그는 이야기를 시작했다.

메이컨 데드 1세가 죽고 육 일이 지난 후 그의 자식들, 즉 열두 살짜리 파일러트와 열여섯 살 난 메이컨 데드는 집 없는 떠돌이 신세가 되었다. 아이들은 어찌할 바를 모르고 슬픔에 휩싸인 채 그들이 아는 가장 가까운 흑인의 집으로 갔다. 그 둘을 손수 받았고 어머니가 돌아가셨을 때 임종을 지켰으며 파일러트의 이름을 지을 때도 함께 있었던 산파 서시가 있는 집. 그녀는 댄빌 외곽의 커다란 집에서—저택이었다—소위 대농장주라 일컬어지는 가문을 위해 일했다. 고아들은 요리 화덕에서 연기가 솟는 모습을 보자마자 아침 일찍 야채밭에서 서시를 불렀다. 서시는 아이들을 들여보내주고, 안도감에 두 손을 꼭 맞잡고는 무사히 살아 있는 모습을 보니 얼마나 기쁜지 모른다고 말했다. 그녀는 살인이 일어난 후, 아이들이 어떻게 되었는지 전혀 모르고 있었다. 메이컨은 아버지와 함께 낚시를 즐기던 '링컨의 천국'에 있는 냇가, 그가 9파운드짜리 송어를 낚았던 바로 그 자리에 제 손으로 직접 아버지를 묻었다고 설명했다. 무덤이 너무 야트막하다 싶었지만, 그곳에 바윗돌을 쌓아놓고 왔다고 했다.

서시는 아이들에게 자기와 함께 지내면서 앞으로 어떻게 해야 할지, 어디 갈 만한 데가 있는지 생각해보자고 했다. 그녀는 쉽게 그 집에 아이들을 숨겼다. 집안 식구들이 잘 들어가지 않는 방들이 있었고, 만약 그 방들도 안전하지 않으면 자기 방(집안 사람들이 드나들 수 없는)을 함께 쓸 각오까지 하고 있었다. 하지만 방이 워낙 좁아서, 아이들은 창고로만 사용하는 삼층의 방 두 군데에 머물게 되었다. 서시가 음식과 씻을 물을 가져다주고, 요강을 비워주기로 했다.

메이컨은 그 집에서 자기들이 일할 수는 없느냐고 물었다. 주인마님께서 부엌이나 마당에서 잡일이든 뭐든 시켜주시지 않을까요?

서시는 이를 악물고 가까스로 말을 꺼냈다. "너 미쳤니? 아버지를 죽인 사내들 얼굴을 봤다면서. 너희가 자기네들을 봤다는 걸 그치들이 모르는 줄 알아? 어른도 죽이는 사람들인데, 너희를 어떻게 하겠니? 제발 정신 좀 차려라. 계획을 세우고, 어떻게 할지 생각해야 해."

메이컨과 파일러트는 딱 보름간 그곳에 머물렀고, 더이상은 하루도 참을 수 없었다. 그는 대여섯 살 무렵부터 농장에서 일해온 몸이었고, 파일러트는 타고난 성품이 야생적이었다. 그들은 정적, 벽, 그리고 하루의 유일한 흥분거리인 먹고 화장실에 가는 일만을 기다리고 앉아 있을 뿐 아무것도 할일이 없는 지루한 생활을 견딜 수가 없었다. 어떤 일이라도 카펫 위를 하루종일 걸어다니고, 백인들이 먹는 보드랍고 밍밍한 음식을 먹고, 상앗빛 커튼 뒤에서 몰래몰래 하늘을 훔쳐봐야 하는 것보다는 나았다.

파일러트는 서시가 아침식사로 흰 빵으로 만든 토스트와 체리잼을 가지고 온 날 울기 시작했다. 파일러트는 지나치게 달기만 한 으깬 체리 곤죽이 아니라, 자기 체리나무에서 딴 줄기와 씨앗이 있는 체리가 먹고 싶었다. 율리시스 S. 그랜트의 젖꼭지에 입을 대고 따뜻한 젖을 입안으로 꿀꺽꿀꺽 빨아들이지 못한다면, 혹은 토마토 넝쿨에서 토마토를 하나 따 그 자리에서 먹을 수 없다면 죽어버릴 것만 같았다. 어떤 음식들이 미친듯이 먹고 싶어서 파일러트는 폐인이 되다시피 했다. 설상가상 직접 뚫은 귓불마저 쓰라리고 아파서 광적인 신경발작을 일으킬 지경이었다. 농장을 떠나기 전, 파일러트는 성경에서 자기 이름이 쓰인 갈색 종이를 찢어냈고, 코담뱃갑과 푸른 리본이 달린 해가림용 보닛 사이에서 오랜 시간 고민하다 결국 어머니의 유품인 작은 황동 담뱃갑을 선택했다. 그녀는 어떻게 하면 이 상자를 귀고리로 만들어서 자기 이름을 보관할까 하는 궁리를 하며, 저택에서의 비참한 날들을 보냈다. 파일러트는 철사를 찾았지만 그건 상자를 관통하지 못했다. 마침내, 울고불고 칭얼거리고 애원한 끝에, 서시가 니그로 대장장이한테 부탁해 상자에 금으로 된 고리를 붙여 왔다. 파일러트는 귀가 얼얼해지도록 비벼대고는, 금줄 끝을 불로 달궈 귓불에 찔러넣었다. 메이컨이 금줄 끝을 매듭지어주었지만 귀는 부풀어올라 고름이 줄줄 흘렀다. 파일러트는 고름을 짜내고 피를 멎게 하기 위해 서시가 시키는 대로 상처에 거미줄을 댔다.

체리 때문에 그토록 많이 울었던 날 밤에, 남매는 파일러트의 귓불이 좀 나아지면 떠나기로 결심했다. 어쨌든 그곳에 머무르는 건 서시에게 너무 큰 폐를 끼치는 일이었고, 백인들한테 들키기라도 하면 서시까지 쫓겨날 수도 있었다.

어느 날 아침 뚜껑 덮은 접시에 스크래플*을 들고 삼층으로 올라온 서시는 방 두 개가 휑하니 비어 있는 걸 발견했다. 그들은 심지어 담요도 들고 가지 않았다. 칼 하나와 양철컵 하나를 가져갔을 뿐.

그 집에서 나온 첫날은 마냥 즐거웠다. 그들은 라즈베리와 사과를 먹었다. 구두를 벗고 이슬 맺힌 잔디와 햇살에 따스하게 데워진 진흙에 맨발을 한껏 맡겼다. 밤이 오면 건초 더미에서 잠을 잤는데, 탁 트인 공기가 달가워 들쥐나 진드기마저도 반가운 잠동무처럼 느껴졌다.

다음날에는 기분은 좋았지만 흥분은 덜했다. 그들은 서스쿼해나강이 구부러지는 길목에서 멱을 감고 밭과 숲과 냇가, 그리고 인적이 드문 오솔길들을 따라 남쪽 방향으로 정처 없이 걸으며 버지니아로, 메이컨이 친척이 있을 거라 믿은 그곳으로 향하고 있다고 생각했다.

사흘째 되는 날 아침에 눈을 떠보니 50야드도 떨어지지 않은 나무등

* 잘게 썬 돼지고기에 채소, 옥수숫가루, 향신료 등을 섞어 네모나게 튀겨낸 요리.

곁에 아버지를 꼭 닮은 사내가 앉아 있었다. 사내는 남매 쪽을 보지 않았다. 그냥 앉아 있을 뿐이었다. 그가 그렇게 아득하게 먼 눈길로 그들을 지나쳐 저 뒤편을 바라보고 있지만 않았더라면, 둘은 당장 아버지를 부르거나 그에게 달려갔을 것이다. 하지만 그 사내는 왠지 무서웠다. 그래서 그들은 도망쳤다. 하루종일 간헐적으로 불쑥불쑥 사내의 모습이 보였다. 오리들이 노는 연못을 내려다보고 있다든가, 시커모어나무의 Y자형 가지 사이에 있다든가, 햇볕을 가리느라 눈 위에 손을 대고 바위 너머 저 아래의 널찍한 골짜기를 뚫어져라 바라보는 모습. 그를 맞닥뜨릴 때마다 그들은 뒤로 물러서서 반대 방향으로 달렸다. 이제 그들이 알고 있는, 속속들이 알고 있는 유일한 것인 땅마저도 공포로 다가오기 시작했다. 땡볕이 내리쬐고 공기는 달콤했지만, 바람이 치켜든 잎사귀 하나, 독보리밭에 숨어 있던 암꿩의 바스락거리는 소리 한 번에도 그들의 핏속에 무수한 바늘처럼 공포가 돋았다. 홍관조, 회색 다람쥐, 가터뱀, 나비, 땅두더지와 토끼 들—그들이 태어날 때부터 함께 살아온 다정한 것들이 모두 그들을 찾아 뒤를 쫓는 어떤 존재의 불길한 징조로 느껴졌다. 심지어 강이 재잘거리며 흘러가는 소리마저도 그들을 기다리는, 그들을 기다리고만 있는 축축한 목구멍의 부름처럼 들렸다. 그나마도 백주 대낮의 이야기다. 밤은 얼마나 더 공포스러웠던가.

어두워지기 직전, 태양이 그들만 남겨두고 저물어버렸을 때, 어느 숲에서 기어나와 농장이나 버려진 헛간이라도—어디든 밤을 보낼 만한 곳이—있을까 살펴보려고 언덕마루를 찾아 나섰을 때, 둘은 동굴을 하나 보았고 그 앞에는 아버지가 서 있었다. 이번에는 그가 남매에게 따라오라는 손짓을 했다. 무한한 밤의 숲과 아버지를 닮은 사내라는 선택의 기로에 서서, 남매는 후자를 택했다. 어쨌든, 아버지라면 그들을 해치지는 않을 게 아닌가?

그들은 아버지의 손짓과 가끔 뒤돌아보는 시선을 따라 천천히 동굴 입구로 다가갔다.

그들은 동굴 속을 들여다보았는데, 아무것도 보이지 않았고 심연처럼 깊은 어둠뿐이었다. 아버지는 이미 자취를 감추고 없었다. 그들은 동굴 입구에만 머물러 있으면, 밤을 보내기에 썩 괜찮은 곳이라고 생각했다. 어쩌면 아버지는 단순히 아이들을 찾아 나섰던 건지도 몰랐다. 해야 할 일과 갈 곳을 일러주려고. 둘은 허벅지 높이로 쌓여 있는 돌더미에서 선반처럼 툭 튀어나온 암반을 찾아 최대한 편하게 자리를 잡았다. 뒤로는 아무것도 보이지 않았고, 박쥐들이 귀찮게 굴 거라는 사실만 분명했다. 하지만 또다른 어둠—바깥의 어둠—에 비하면 그쯤은 아무것도 아니었다.

아침이 밝아오자 메이컨은 자꾸만 눈이 떠지는 선잠에서 깨어나 장을 비우고 싶다는 강한 충동을 느꼈다. 삼 일 동안 야생과일만 먹고 살았으니 당연했다. 누이를 깨우지 않고 암반에서 내려온 그는, 갓 떠오른 태양빛을 받으며 언덕마루에 쭈그리고 앉아 있기가 부끄러워 동굴 안쪽으로 더 깊이 걸어들어갔다. 일을 마쳤을 때는 어둠이 좀더 걷혀 있었고, 그때 그는 바로 15피트 전방에 한 남자가 뒤척이며 자고 있는 모습을 보았다. 메이컨은 바지 단추를 채운 다음 그를 깨우지 않고 도망치려 했지만, 발밑에서 나는 잎사귀와 나뭇가지의 바스락거리는 소리 때문에 남자가 화들짝 잠에서 깨고 말았다. 그는 고개를 들고, 몸을 돌리더니, 미소를 지었다. 메이컨의 눈앞에 있는 사내는 늙어빠졌고,

몹시 새하얗고, 미소가 흉측했다.

메이컨은 물러선 채 한 손을 뒤로 뻗고는 내내 아버지의 시체가 흙 속에서 족히 일 분 동안 경련하며 춤을 추던 모습만 생각했다. 동굴 벽에 손을 대자, 돌덩어리 하나가 떨어져나와 덜컥 손에 잡혔다. 그는 손가락을 오므려 쥐고, 웃고 있는 사내의 머리로 그 돌을 던져 눈 바로 위를 명중시켰다. 피가 뿜어져나오며 그 창백한 얼굴에서 한순간에 미소를 지워버렸지만, 흐르는 피를 셔츠로 연신 문질러 닦으며 점점 다가오는 사내를 멈추지는 못했다. 메이컨은 또다른 돌덩어리를 집어들었으나 이번에는 빗나가고 말았다. 사내는 계속 다가왔다.

비명소리가 웅웅거리며 동굴 속에 울려퍼져 박쥐들을 잠에서 깨운 건, 메이컨이 마침내 사내의 마지막 숨통을 끊어놓았다고 생각했을 때였다. 피를 흘리던 사내는 비명소리가 나는 쪽으로 고개를 돌려 오래도록 흑인 소녀를 바라보았고, 그 틈을 타서 메이컨은 칼을 꺼내 늙은이의 등을 찔렀다. 그는 앞으로 푹 꼬꾸라졌다가 고개를 돌려 그들을 올려다보았다. 사내의 입술이 달싹거렸고 뭔가 웅얼거리는 것 같았는데, "도대체 왜?"라고 말하는 것처럼 들렸다. 메이컨은 노인이 더이상 입술을 달싹이지 않을 때까지, 말하려고 애쓰는 일을 포기할 때까지, 그리고 땅바닥에서 펄떡펄떡 뛰며 경련하기를 그칠 때까지 칼로 찌르고 또 찔렀다.

늙은이의 갈비뼈를 뚫고 난도질을 하느라 가쁜 숨을 헉헉 몰아쉬던 메이컨은 사내가 깔고 자던 담요를 가지러 다시 달려갔다. 그는 죽은 남자가 사라지기를, 뭔가에 덮여 숨겨지기를, 자취도 없이 없어지기를 원했다. 메이컨이 담요를 낚아채자 커다란 방수포가 딸려 왔고, 야트막한 구덩이 같은 걸 널빤지 세 개로 덮어놓은 게 보였다. 그는 잠시 주저하다가 널빤지를 발로 걷어차보았다. 그 밑에는 입구를 철사로 묶어 봉한 작은 회색 꾸러미들이 새 둥지의 알처럼 모여 있었다. 메이컨은 그중 하나를 집어들었다가 어마어마한 무게에 놀라고 말았다.

"파일러트." 그가 불렀다. "파일러트."

하지만 그녀는 그 자리에 뿌리를 박고 서서, 입을 멍하니 벌린 채 죽은 사내를 뚫어져라 바라보고 있었다. 메이컨은 누이의 팔을 잡아끌고 꾸러미들이 있는 구덩이까지 끌고 와야 했다. 그가 철사와 한참 씨름한 끝에(결국 이빨을 쓸 수밖에 없었다) 하나를 열어 흔들자, 그 속에 들어 있던 금덩어리들이 동굴 바닥에 깔린 나뭇잎과 잔가지 위로 쏟아져 내렸다.

"황금이야." 그가 속삭이고는 처음 일을 치러본 강도처럼 곧장 일어서서 오줌을 쌌다.

삶, 안전 그리고 호사가 공작새의 깃털처럼 그의 눈앞에 펼쳐져 그렇게 선 채로 탐나도록 근사한 각각의 색깔들을 분별하려 애쓰고 있는데, 야트막한 구덩이 반대편에 아버지의 흙투성이 구두가 보였다.

"정말 아빠야!" 파일러트가 말했다. 그러자 그는 그녀가 알아봐준 데 대해 응답하듯이, 깊이 숨을 들이쉬더니 눈을 홉뜨고 공허한 목소리로 "노래하렴. 노래해"라고 속삭인 후 다시 눈 녹듯 사라져버렸다.

파일러트가 동굴 주위를 사방으로 뛰어다니며 아버지를 부르고 찾는 동안, 메이컨은 금이 든 꾸러미들을 방수포에 차곡차곡 챙겨넣었다.

"가자, 파일러트. 여기서 빠져나가자."

"그건 가져가면 안 돼." 그녀는 메이컨이 든 짐꾸러미를 손가락으로 가리켰다.

"뭐? 가져가지 말자고? 너 정신 나갔어?"

"그건 도둑질이야. 우리는 사람을 죽였어. 사방에서 우리를 찾을 거야. 그걸 훔쳐가면, 사람들은 우리가 돈 때문에 그런 짓을 했다고 생각할 거야. 두고 가야 해, 메이컨. 돈꾸러미들만 없으면 우린 안 잡힐 거야."

"이건 돈이 아니야. 금이라고. 이게 우리를 평생 먹여 살려줄 거야, 파일러트. 농장을 하나 더 살 수도 있어. 우리는—"

"두고 가, 메이컨! 두고 가! 사람들이 처음 있던 그 자리에서 찾아내게!" 그러더니 그녀는 소리를 질러대기 시작했다. "아빠! 아빠!"

메이컨은 동생의 뺨을 후려쳤고, 파일러트의 귓불에서 작은 황동 상자가 달랑거렸다. 그녀는 한순간 손으로 상자를 감싸쥐더니, 영양처럼 뛰어올라 오빠에게 달려들었다. 그들은 죽은 사내가 눈을 뜨고 빤히 응시하는 가운데 싸웠다. 파일러트는 메이컨에 버금가게 힘이 셌지만 진짜 그를 상대할 정도는 되지 못했고, 손에 늙은이의 피가 채 마르지 않은 칼을 쥐고 당장이라도 오빠의 심장을 찌를 듯한 기세로 덤비지 않았더라면 메이컨한테 정신을 잃도록 맞았을 터였다.

메이컨은 미동도 없이 가만히 서서 여동생의 두 눈을 바라보았다. 그가 추악한 욕설을 퍼붓기 시작했지만, 그녀는 대꾸하지 않았다. 메이컨은 동굴에서 나와 조금 걸었다.

그는 온종일 파일러트가 나오기를 기다렸다. 그녀는 온종일 그 안에 머물렀다. 밤이 되어도 그는 나무 밑에 그냥 그렇게 앉아 있었는데, 전에는 그렇게 무섭던 밤의 사물들이 이제는 하나도 겁나지 않았다. 그는 눈을 커다랗게 뜨고, 여동생이 보슬보슬한 곱슬머리를 동굴 밖으로 내밀기만 기다렸다. 그녀가 있는 쪽에서는 아무 소리도 들리지 않았고 그는 밤새도록 기다렸다. 새벽이 되었을 때 그는 누이가 잠들어 있기를 바라며 한 발 한 발 살금살금 움직였다. 바로 그때 개들이 짖는 소리가 들려왔고 그는 사냥꾼들이 근처를 서성이고 있음을 알았다. 메이컨은 개 짖는 소리가 더이상 들리지 않을 때까지 있는 힘을 다해 숲속을 달리고 또 달렸다.

그는 다음날 하루종일 혹시나 아직 근처에 있을지 모를 사냥꾼들에게 들키지 않고 동굴로 돌아가려고 안간힘을 썼다. 마침내 그가 동굴에 다다랐을 때는 사흘 하고도 이틀 밤이 지난 후였다. 동굴 안에는 죽은 사내가 여전히 평온하게 그를 올려다보고 있었지만, 방수포와 금은 사라지고 없었다.

비서들은 모두 없어졌다. 아이들과 개들도 없었다. 비둘기, 술주정뱅이, 그리고 나무 들만 작은 공원에 남아 있었다.

밀크맨은 바비큐를 거의 먹지 못했다. 그는 땀과 지난날의 기억에 밀려드는 감정 때문에 번들거리는 아버지의 얼굴을 바라보았다.

"그애가 가져간 거야, 메이컨. 그 난리를 쳐놓고, 그애가 황금을 가져간 거라고."

"어떻게 아세요? 고모가 가져가는 걸 직접 보신 것도 아니잖아요." 밀크맨이 말했다.

"방수포는 초록색이었어." 메이컨 데드는 두 손을 비볐다. "파일러트가 이 도시에 온 게 1930년의 일이다. 이 년 후에 온 나라의 황금을 다 회수했지. 그애를 본 지 이십 년 남짓 되었을 때였는데, 나는 파일러트가 그 세월 동안 그걸 다 써버린 줄 알았다. 이곳에 왔을 때는 꼭 가난뱅이 쓰레기처럼 살고 있었으니까. 전부 다 써버린 줄 알았던 것도 무리가 아니었어. 그런데 그 집에 머리를 부딪히면 혹이 생길 정도로 딱딱한 물건이 잔뜩 든 초록색 자루가 있다는 얘기 아니냐. 그게 황금이다, 얘야. 그게 바로 그거야!"

그는 아들을 똑바로 바라보며 입술을 핥았다. "메이컨, 그걸 가져오면 절반을 주겠다. 어디든 네 마음대로 가라. 그걸 가져와. 우리 둘 다를 위해서 말이야. 제발 그걸 가져와라, 아들아. 황금을 가져와."

8

요즘 기타의 눈앞에는 밤마다 근사한 드레스의 천조각들이 어른거렸다—흰색과 자주색, 담청색, 분홍색과 흰색, 레이스와 보일, 벨벳과 공단, 면과 새틴, 아일릿과 그로그랭. 밤새도록 천조각들이 뇌리에서 떠나질 않았고, 그는 리나라 불리는 막달렌과 커린디언스가 바람 부는 가운데 허리를 굽히고서, 로버트 스미스 씨의 눈길 아래 떠다니던 심장처럼 빨간 벨벳 조각들을 붙잡으려고 하던 광경을 기억해냈다. 하지만 기타의 천조각들은 좀 달랐다. 그가 본 근사한 드레스의 천조각들은 날아다니지 않았다. 부활절 성가의 마지막 절 음표처럼, 허공에 조용히 걸려 있을 뿐이었다.

어린 흑인 소녀 네 명이 교회 폭발로 산산조각이 났고, 기타의 임무는 일요일 중 하루에 백인 소녀 네 명을 최대한 비슷하게 살해하는 것이었다. 그는 일요일의 남자였으니까. 철사 한 줄이나 접이식 칼 같은 걸로는 할 수 없는 일이었다. 이 일에는 폭발물이나, 총기나, 수류탄이 필요했다. 말하자면 돈이 필요했다. 니그로들이 집단으로 살해되는 일이 점점 더 많아지고 있었기 때문에, 그는 '7일'의 임무가 앞으로 점점 더 백인들을 집단으로 살해하는 일이 될 거라는 사실을 알고 있었다. 홀로, 단신으로 죽음을 맞는 일은 빠르게 유행에서 밀려나고 있었고, '7일' 역시 그런 추세에 대비해야만 했다.

그래서 밀크맨이 은닉된 황금을 훔쳐서 나눠 갖자는 제안을 해왔을 때, 기타는 미소를 지었다. "황금?" 도무지 믿어지지가 않았다.

"황금."

"황금을 갖고 있는 사람은 아무도 없어, 밀크맨."

"파일러트한테 있어."

"황금을 갖고 있는 건 불법이야."

"그러니까 갖고 있는 거야. 쓸 수가 없으니까, 그리고 애초에 갖고 있는 게 잘못이니 도둑맞아도 신고를 못해."

"그걸 우리가 어떻게 처분하지—그걸 어떻게 달러로 바꿀 건데?"

"그건 우리 아버지한테 맡겨. 아버지는 은행에 줄이 있고, 그 줄은 또 다른 은행에 줄이 있으니까. 그 사람들이 아버지한테 법화法貨로 바꿔 줄 거야."

"법화라." 기타는 나지막하게 웃었다. "그걸 법화로 바꾸면 얼마나 받을 수 있는데?"

"그건 우리가 알아내야지."

"어떻게 나눌 건데?"

"셋으로."

"너희 아버지도 아시냐?"

"아직. 둘이 나누는 걸로 알고 계셔."

"언제 말하려고?"

"나중에."

"그러자고 하실까?"

"어떻게 그러지 말자고 하겠어?"

"황금은 언제 가져올 건데?"

"언제든지 우리가 하고 싶을 때."

기타는 손바닥을 활짝 펴 보였다. "멋진 자식." 밀크맨이 그의 손바닥을 철썩 쳤다. "법화. 법화. 정말 맘에 들어. 처녀 신부 비슷하게 들리는데." 기타는 목덜미를 문지르더니 유유하고 호사스러운 몸짓으로 태양을 향해 얼굴을 들었다.

"이제 뭔가 생각해내야 해. 그걸 손에 넣을 방법을." 밀크맨이 말했다.

"산들바람이 되어야지. 시원하고도 시원한 산들바람." 기타는 태양을 향해 미소를 지으며 말했다. 햇살 한 조각으로 시험해보면서 황금을 얻을 준비를 하는 것처럼 그의 눈은 감겨 있었다.

"산들바람?" 기타가 열렬하게 달려들자, 밀크맨은 어쩐지 흥분이 식었다. 무슨 삐딱한 심정인지 이런 행운을 쟁반에 받쳐들고 친구한테 갖다주기가 싫어졌다. 이런 모험에는 뭔가 난관이, 복잡한 문제가 있어야만 했다. "그냥 걸어들어가서 벽에 있는 걸 낚아채오면 된다 이거지, 맞지? 그리고 파일러트나 리바가 뭐라고 하면, 그냥 때려눕히고 오면 된다는 거지. 그게 형이 생각하는 거 맞아?" 그는 한껏 비꼬는 듯한 목소리로 이야기하려고 애를 썼다.

"패배주의. 너한테 있는 게 그거야. 패배주의."

"내가 가진 건 상식이야."

"진정해, 이 친구야. 아빠가 좋은 걸 준다는데도 넌 그게 싫다 이거지."

"싫다는 게 아니야. 그저 살아서 도망 나오고 싶을 뿐이야. 그래야 훔친 물건 덕이라도 볼 거 아냐. 뒤통수에 박힌 얼음송곳 빼달라고 뇌 전문의한테 그걸 다 갖다 바치고 싶지는 않다고."

"어느 얼음송곳이 네 뒤통수를 뚫겠냐, 이 깜둥이 녀석아."

"심장은 뚫을 수 있겠지."

"어차피 심장으로 하는 일도 없잖아?"

"피를 내보내지. 그리고 앞으로도 계속 피를 내보내고 싶다고."

"좋아. 문제가 있긴 해. 아주 사소한 문제이기는 하지만. 어떻게 다 큰 사내 둘이서 여자 셋이 사는 집에 들어가 50파운드짜리 자루를 들고 나오느냐 하는 거지—다 합쳐봤자 300파운드도 안 나가는 여자들 셋이 사는 집에서 말이야."

"방아쇠를 당기는 데 몸무게가 무슨 상관이야?"

"무슨 방아쇠? 그 집에 총 가진 사람이 어디 있다고."

"헤이가가 갖고 있을지 누가 알아."

"이것 봐, 밀크. 그 여자는 거의 일 년 동안이나 너를 죽이려고 애썼어. 손에 잡히는 건 뭐든지 다 썼는데, 총은 한 번도 쓴 적이 없다고."

"그래서? 생각중인지도 모르잖아. 다음달까지 기다리면서."

"다음달이면 너무 늦을걸, 안 그래?" 기타는 옆으로 머리를 기울이더니 밀크맨을 향해 미소를 지었다. 사람의 마음을 사로잡는 소년 같은 미소. 밀크맨은 이렇게 느긋하고 다정한 기타의 모습을 아주아주 오랫동안 보지 못했다. 그래서 자기가 기타를 끌어들이려 했던 걸까, 그는 궁금해졌다. 분명히 혼자서도 할 수 있는 일이었는데, 어쩌면 그는 기타가 다시 열정을 보이며 농담을 하기를, 얼굴을 활짝 펴고 음침한 저승사자 같은 표정 대신 미소를 띠기를 바랐는지 모른다.

그들은 일요일에 도시의 흑인 구역에서 멀찌감치 떨어진 6번 국도에서 다시 만났다. 중고차 거래소, 데어리 퀸, 그리고 화이트 캐슬 햄버거 가게가 있는 도로였다. 그날 아침 가게에는 손님이 하나도 없었다—주차장에 묘비처럼 늘어선 자동차들의 무덤 같은 정적을 깨고 간간이 들려오는 자동차 소리뿐.

그때 마지막으로 나눈 대화 이후로—기타가 자기 일을 설명해주었던 중요한 대화 말이다, 그후로 우연히 마주칠 때면 짤막하게 나눈 이야기들 말고—밀크맨은 자신을 괴롭히는 질문을 기타에게 던질 배짱이 자기한테 있었으면 하고 바랐다. "해본 적 있어?" 그는 마음속으로도 그 질문을 차마 던질 수가 없었으니, 큰 소리로 입 밖에 내어 말할 수 있을 리 만무했다. 밀크맨은 '7일'이 하는 일의 중대함과 무시무시함, 그리고 위험성에 대한 기타의 설명에 깊은 인상을 받았다. '7일' 결사단원들조차 서로 구체적인 사항까지 이야기하지는 않는다고 했으니, 자신이 더이상 꼬치꼬치 캐물어봤자 기타가 다시 퉁명스러워질 뿐이라는 걸 밀크맨은 알고 있었다. 그리고 차가워질 테지. 하지만 그 질문이 뇌리에서 떠나지 않았다. '형이 해본 적이 있을까? 정말로 누구를 죽여본 적이 있을까?' 10번가의 늙은이들처럼, 그도 이제 조간과 석

간신문, 이 주일에 한 번씩 나오는 흑인 신문을 샀고, 미심쩍은 동기불명의 살인에 대한 기사가 나오는지 초조한 마음으로 읽어내려갔다. 그런 사례를 하나 발견하면, 그는 용의자가 나올 때까지 그 기사를 추적했다. 그러고는 자기 종족이 아닌 다른 사람에게 살해된 흑인이 있는지 살펴봐야 했다.

"그거 혹시 해봤어?" 그는 마치 친구의 순결이 궁금한 십대 소녀 같았다. 갓 새로운 표정과 몸짓을 갖게 된 친구—뭔가 다르고, 독립적인, 분명한 태도. "그거 혹시 해봤어? 내가 느껴보지 못한 뭔가 이색적이면서도 평범한 기분을 느껴봤어? 네게 하나밖에 없는 소중한 자아를 위험에 내맡기는 기분을 이제 너는 알아? 어떤 기분이었어? 두려웠어? 그걸 한 뒤에 너는 달라졌어? 만일 그걸 하면, 나도 달라질까?"

아마 그가 언젠가 물어볼 수 있을지도 모르지만 오늘, 꼭 옛날로 돌아간 것만 같은 오늘은 아니다. 그들은 밀크맨이 열두 살이고 기타가 한창 사춘기이던 시절 그랬던 것처럼 함께 위험을 감수하려 하고 있었다. 그때 그들은 으스대고, 쭈그려 앉고, 기대고, 가랑이를 쫙 벌린 채 걸터앉고, 온 동네를 뛰어다니며 시빗거리를 찾거나 남을 겁주기라도 하려고 난리를 부렸다. 다른 소년, 여자아이, 개, 비둘기, 할머니, 교장선생님, 술주정뱅이, 아이스크림 장수, 그리고 고물 수집상의 말 들이라도. 성공하면, 둘은 바람을 타고 나는 기분이 되어 웃음이 터져나오는 입을 손으로 막았다. 그리고 실패하면, 다른 사람한테 도리어 모욕을 당한다거나, 무시를 당한다거나, 아니면 줄행랑을 쳐야 하는 사태가 생기면, 그들은 창피함에 흘린 식은땀이 손바닥에서 다 날아갈 때까지 농담 따먹기를 하고 서로 욕을 퍼부어댔다. 이제 그들은 사내였기에,

단지 그들 스스로 그 기분을 느껴보고 싶다는 이유만으로 다른 사람들한테 공포를 불러일으키는 일은 훨씬 드물어졌다. 그러나 그 일이 전보다 더 가벼워진 것은 아니었다. 두려움으로 획득해서 두려움으로 유지하는 지배력은 다른 수단을 쓸 때보다 여전히 훨씬 더 달콤했다. (여자들은 예외인데, 그들은 매력으로 획득해서 무관심으로 잡아두는 편을 좋아했다.)

지금 다시 그 시절로 돌아간 것만 같은데, 밀크맨은 이런 기분을 잃고 싶지 않았다.

게다가 다른 문제도 있었다. 기타는 칼날처럼 서늘한 공포에 늘 바짝 붙어서 살아가야만 하는 삶의 명분에 기꺼이 그리고 열정적으로 투신했다. 밀크맨은 막상 자신은 공포를 그렇게까지 갈구하지 않는다는 사실을 알고 있었다. 그는 두려움을 자아내는 사람 앞에서 오히려 잘살 수 있기 때문이었다. 아버지, 파일러트, 기타. 그는 이제 두려움을 모르는 그들을 부러워하면서 그들 모두에게 끌렸고, 심지어 헤이가의 대담무쌍함마저 부러웠다. 그녀가 더이상 위협적인 존재가 아니며, 자기의 죽음보다는 관심을 바랐던 바보라는 사실에도 불구하고 말이다. 기타는 여전히 위험을 무릅쓰고 벼랑 끝에서 살아가는 능력이 있었다. 그러니 밀크맨이 그를 이 계략에 끌어들인 건, 단지 그의 도움이 필요해서만은 아니었다. 그보다는 오히려 이 일탈적 행위에 명랑한 유희와 더불어 벼랑 끝의 위태로움이 반드시 필요했기 때문이다. 공모자로 기타를 끌어들임으로써, 밀크맨은 이제 재미와 함께 두려움도 기대할 수 있게 되었다.

그들은 여유롭게 6번 국도를 따라 내려가면서 자주 발걸음을 멈추고, 자동차들을 살펴보거나 손짓 발짓을 해가며 기타의 표현대로 '문도 없고 자물쇠로 잠긴 창문도 없는' 판잣집을 터는 최고의 방법에 대해 농담을 주고받았다.

"하지만 그래도 사람들은 있다고." 밀크맨이 주장했다. "셋이나. 다 미친 사람들이야."

"여자들이지."

"미친 여자들이라고."

"그래봤자 여자들이야."

"잊은 모양인데, 기타 형, 파일러트가 애초에 금을 어떻게 손에 넣었는지 생각해봐. 그걸 차지하려고 동굴 속에서 사흘이나 죽은 남자 시체하고 같이 기다렸다는데 그게 열두 살 때 얘기야. 열두 살 때 금이 탐나서 그런 짓을 할 만한 여자라면, 거의 일흔이 다 된 지금은 그걸 지키려고 무슨 짓을 할지 어떻게 알아?"

"거칠게 나갈 필요는 없어. 머리만 쓰면 돼."

"좋아. 머리를 써서 여자들을 어떻게 집밖으로 꾀어낼지 말해봐."

"자, 그럼 어디 보자." 기타는 잠깐 멈춰 서서 전신주에 등을 긁었다. 시원한 황홀경에서인지 그 생각에 집중하느라 그런지 눈을 감고 있었다. 밀크맨은 영감을 떠올리려고 하늘을 바라보았고, 중고차 거래소의 지붕 쪽을 흘낏 쳐다보다 넬슨 뷰익 본사인 길고 낮은 건물 지붕 위에 하얀 공작새가 홰를 치고 앉아 있는 걸 발견했다. 그가 새의 존재를 자신의 우유부단함이 현실과 충돌할 때마다 찾아오는 백일몽의 일환으로 치부해버리려는 순간, 기타가 눈을 뜨고는 말했다. "이런 빌어먹을! 저놈의 새는 대체 어디서 온 거지?"

밀크맨은 마음이 놓였다. "동물원에서 왔나보다."

"그 허름한 동물원? 거기엔 지쳐빠진 원숭이 두 마리하고 뱀 몇 마리 밖에 없어."

"글쎄, 그럼 어디서 왔을까?"

"글쎄."

"봐—날아와 앉는다." 밀크맨은 하늘을 나는 존재를 볼 때면 느끼는 주체할 수 없는 기쁨을 또 한번 느꼈다. "꽤 그럴싸하게 나는데. 그런데 저 계집애 걸음걸이 좀 봐."

"수컷이야."

"응?"

"수컷이라고. 저건 수컷이야. 저렇게 보석이 쫙 박힌 꼬리를 가진 건 수컷뿐이야. 망할 놈의 자식. 저것 좀 봐라." 공작은 꼬리를 활짝 폈다. "잡자. 어서, 밀크." 그러더니 기타는 울타리 쪽으로 달려가기 시작했다.

"뭐하게?" 밀크맨이 그를 쫓아 달리며 물었다. "붙잡아서 뭐하게?"

"잡아먹지!" 기타가 소리쳤다. 그는 주차장을 둘러친 이중 파이프를 수월하게 뛰어넘더니, 담청색 뷰익 자동차 근처를 으스대며 걷고 있는 공작새를 속이려고 고개를 약간 옆으로 젖힌 채 거리를 두고 새 주위를 빙빙 돌기 시작했다. 공작새는 꼬리를 접고 자갈밭에 꽁지깃을 질질 끌었다. 두 사내는 가만히 서서 그 모습을 지켜보았다.

"어떻게 나는 꼴이 닭보다 나을 게 없지?" 밀크맨이 물었다.

"꼬리가 너무 과해서. 저렇게 보석이 많이 박혔으니 꼬리가 몸을 짓누르는 거야. 허영심 같은 거지. 저걸 다 끌고 누가 하늘을 날 수 있겠어. 날고 싶으면 몸을 짓누르는 것들을 다 버려야지."

공작새는 뷰익의 후드 위로 펄쩍 뛰어올라가더니 또다시 꼬리를 활짝 펴 번쩍거리는 뷰익을 가려버렸다.

"화냥년." 기타가 나직하게 웃었다. "흰둥이 화냥년."

밀크맨도 따라 웃었다. 그리고 그들은 잠시 더 지켜보다가 중고차들과 순백색의 공작새를 뒤로하고 그 자리를 떠났다.

하지만 그 새는 그들의 마음을 사로잡고 말았다. 그들은 도둑질을 어떻게 할까 계속 이야기를 나누는 대신, 황금을 법화로 바꿔 뭘 살 수 있을까 상상하기 시작했다. 기타는 최근의 금욕주의를 떨쳐버리고, 옛날 옛적 꿈들을 되살리는 즐거움을 만끽했다. 할머니와, 기타의 아버지가 돌아가신 후에 아이들 양육을 도와주러 플로리다에서부터 여기까지 달려와주신 아버지의 외삼촌 엉클 빌리에게 뭘 사드리면 좋을까. 아버지의 무덤에 놓을 묘석도 사야지, '백합이 새겨진 분홍색 묘석'을. 또 남동생과 여동생들, 그리고 조카들을 위한 것들. 밀크맨도 공상에 잠겼지만, 기타처럼 붙박아놓을 물건을 원하는 건 아니었다. 그는 배, 자동차, 비행기, 그리고 대규모의 승무원을 지휘하는 자신의 모습을 꿈꾸었다. 돈이 있으면 희한하게 굴기도 하고, 너그럽게 베풀기도 하고, 신비로워 보이고도 싶었다. 하지만 웃으며 앞으로 뭘 할지 어떻게 살 계획인지 떠들어대면서도, 그는 자기 목소리에 어쩐지 가식이 섞여 있다는 생각을 떨칠 수가 없었다. 밀크맨은 돈이 필요했다—그것도 절박하게, 라고 그는 믿었다—그렇지만 도시 밖으로 탈출하는 것 외에는, 낫닥터 스트리트와 서니네 가게와 메리네 술집과 헤이가를 피해 멀리 달아나는 것 외에는 특별히 지금과 다른 삶을 눈앞에 그려볼 수가 없었다. 새로운 사람. 새로운 장소. 그리고 지휘권. 그게 인생에서 그가 원하는 것들이었다. 그래서 밀크맨은 동생과 근사한 옷을 사 입고, 엉클 빌리한테 맛있는 식사를 대접하고, 판돈을 1야드 반도 넘게 깔아놓고 일주일 내내 카드 게임을 하면서 점수를 2점으로, 그다음에는 4점으로 계속 올려가겠다고 말하는 기타의 이야기에 깊이 몰입할 수가 없었다. 기타가 읊어대는 목록에 "우와아아!" 하고 소리지르며 환호하긴 했지만, 자기 생활이 별로 불편하지 않았고 심지어 안락함에 더해 어느 정도의 사치마저 누리고 있었던 터라 어쩐지 자신이 중심에서 좀 밀려나 있는 느낌이 들었던 것이다. 그는 그저 부모의 과거로부터 벗어나 다른 길을 걷고 싶을 뿐이었다. 부모의 과거는 여전히 그들의 현재였으며, 이제는 그의 현재가 되겠다고 윽박지르고 있었다. 그는 어머니와 아버지 사이의 독기가, 두 사람이 저마다 자기 손에 꼭 쥐고 있는 확신에 찬 정의감이 끔찍하게 싫었다. 그리고 그 독기를 무시하고 초월하고자 하는 자신의 노력이 효과를 보는 건, 뭐든 가볍고 크게 심각한 결과를 초래하지 않는 일로 나날을 보낼 때뿐이었다. 그는 헌신과 강렬한 감정을 피했고, 결단을 회피했다. 되도록이면 알려 하지 않았고, 기분좋게 하루를 보낼 정도로만 감정을 느끼고, 다른 사람들이 자신한테 호기심을 가질 정도로만—하지만 온몸을 던져 자신에게 헌신하지는 않을 정도로만—흥미로운 인간이 되고자 했다. 헤이가는 온몸과 마음을 바쳐 자신에게 헌신했고, 그의 인생에 차마 다시 바랄 수 없는 드라마를 선사했다. 밀크맨은 늘 자기의 어린 시절이 무균 지대였다고 생각해왔는데, 메이컨과 루스가 들려준 이야기 때문에 그 기억이 질병과 비참함과 앙심을 품은 심장의 악취를 풍기는 부패한 이불홑청으로 덮여버렸다. 그가 저지른 반항들은 아무리 소소한 것이라도 모두 기타와 함께 저질렀거나 그와 공유한 짓거리들이었다. 그리고 자유를 위한 도박이라 할 수 있는 이번 '잭과 콩나무' 건 역시 아버지가 내려준 일이긴 해도—지령을 내린 거나 마찬가지니까—꽤 성공할 가능성이 높았다.

밀크맨은 친구가 자기를 비웃을 거라고, 아니면 뭔가 신랄한 논평을 던지며 거절을 해서, 기타가 이제 신비에 싸인 사내이며 뼛속들이 책임감을 지닌 인물이라는 사실을 자신에게 상기시켜줄지도 모른다고 절반쯤 예상했다. 하지만 부탁을 하자마자 그 돈으로 뭘 가질 수 있을까 줄줄 늘어놓는 기타의 얼굴을 보고, 밀크맨은 자기 생각이 틀리지 않았음을 알았다. 어쩌면 전문 암살자는 이제 신물이 났거나, 마음이 달라졌는지 모른다. 혹시 그는 해보았……? "형 혹시……?" 밀크맨은 맛있는 식사며 옷이며 묘석 따위를 상세히 설명하는 친구의 말을 들으면서, 혹시 기타는 그저 자기가 한 번도 가져보지 못한 것—돈—의 유혹을 물리칠 수 없었던 것이 아닐까 하는 생각을 했다.

기타는 태양을 향해 미소를 지으며 애정이 담뿍 담긴 말투로 텔레비전이니 황동 침대니 일주일 내내 카드 게임을 할 거라는 이야기를 읊고 있었지만, 그의 마음은 오로지 TNT가 부릴 수 있는 마술에 쏠려 있었다.

둘의 상상력이 바닥났을 때쯤, 시간은 거의 정오에 가까웠고 그들은 다시금 사우스사이드 외곽에 다다라 있었다. 그들은 아까 하다 만 음모 이야기를 다시 이어갔다. 기타는 이제 쳐들어갈 태세가 되어 있었다. 밀크맨은 아직도 조심스러웠다. 그런 지나친 조심스러움을 기타는 이해할 수 없었다.

"네가 이해가 안 돼. 다이너마이트 같은 제안을 들고 나한테 달려와서, 사흘 내내 같이 그 이야기를 했잖아. 여자 따먹은 이후로 최고로 신나는 뉴스였는데, 막상 본론으로 들어가니까 별 거지 같은 이유를 들어서 안 되겠다고 하다니. 지금 나를 엿 먹이는 거야, 뭐야?"

"내가 뭐하러 형을 엿 먹이냐? 애초에 형한테 얘기할 필요도 없었는데."

"몰라. 어째서 네가 이 짓을 하는지도 나는 모르겠어. 너야 나를 아니까—내가 왜 이 짓을 하려는지 짐작할 수 있겠지. 하지만 너는 돈이 아쉬워본 적도 없고 필요할 때 못 구해본 적도 없는 놈이잖아."

밀크맨은 어째서 기타가 '이 짓을 하려는지'에 대한 언급은 무시하고 최대한 차분하게 말했다. "도망가려면 그 돈이 필요해. 말했잖아, 형. 나는 여길 뜨고 싶다고. 홀로 서고 싶어."

"너 홀로? 백만 달러가 든 지갑을 꿰차고서, 홀로 선다고 말하는 거냐?"

"좆 까지 마. 내가 금이 필요한 이유가 뭐든 그게 무슨 상관이야?"

"네가 진짜로 그걸 바라는 건지 잘 모르겠거든. 적어도 내가 보기에는 달려가서 확 저지를 만큼 절박하지는 않은 것 같은데."

"제대로 했으면 좋겠다는 거야. 골치 아픈 일 안 생기게. 절대…… 형도 알다시피, 강도질은 중죄야. 잘못하다가는—"

"무슨 강도질? 이건 강도질이 아니야. 파일러트잖아."

"그래서?"

"그래서라니! 너희 친척이잖아."

"친척도 사람이야, 그리고 사람들은 소리를 지를 줄 알아."

"최악의 상황이 뭔데? 일어날 수 있는 최악의 상황이 뭐냔 말이야?

우리가 쳐들어가, 그치? 세 사람 다 거기 있다고 쳐. 여자들 아냐. 여자들이 뭘 어떻게 하겠어? 우릴 갈기기라도 하겠어?"

"그럴지도 모르지."

"정신 차려! 누가? 헤이가가? 네 면상을 코앞에 두고도 실패한 여자야. 파일러트가? 그 여자는 너를 사랑한다고. 아마 너한테는 손도 안 댈걸."

"그렇게 생각해?"

"그래, 그렇게 생각해! 이봐. 꺼림칙한 게 있으면, 솔직히 털어놔. 친척이라서 그래? 너보다 너희 아버지한테 더 가까운 사람들이잖아. 그런데 아버지가 이 일을 시킨 거고."

"그것 때문이 아니야."

"그럼 뭔데?"

"그 여자들은 미쳤어, 기타 형. 그 사람들이 무슨 짓을 할지는 아무도 몰라. 심지어 그들 자신도 모른다고."

"나도 그 여자들이 미쳤다는 건 알지. 50센트짜리 포도주를 팔고 양동이에다 소변을 보면서, 멍청한 머리 위에다 백만 달러를 걸어놓고 사는 사람들이 그럼 제정신이겠냐. 미쳤다는 게 겁나? 그럼 네놈이 미친 거야."

"붙잡히기 싫어, 그게 다야. 감옥에 들어가서 살기는 싫다고. 그러니까 그런 일이 일어나지 않게 계획을 제대로 세우자는 거야. 그게 뭐 그렇게 대단한 걸 요구하는 거야? 계획을 세우자는 것뿐인데."

"계획을 짜는 것 같지가 않으니까 그렇지. 시간 끄는 걸로만 보여."

"계획을 짜는 거야. 그들을 어떻게 집밖으로 꾀어낼지. 우리가 어떻게 집안으로 들어갈지. 그놈의 자루를 어떻게 천장에서 끊어내서 다시 집밖으로 나와 길을 따라 내려갈지. 그런데 계획을 짜기가 쉽지 않은 사람들이란 말이야. 그들은 평범한 사람들이 아니라고. 평범한 사람들이 지닌 습성 같은 게 전혀 없어. 게다가 그놈의 술주정뱅이들도 있잖아. 언제 불쑥 들이닥칠지 알 수 없는 일이야. 그 사람들은 시간 맞춰 움직이는 사람들이 아니야, 기타 형. 파일러트는 시계를 볼 줄도 모를걸. 해를 보고 대충 아는 거지."

"그 사람들도 밤에는 잠을 잘 거 아니야."

"잠든 사람은 언제든 깰 수 있어."

"잠을 깨면 때려눕히면 되잖아."

"나는 아무도 때려눕히고 싶지 않아. 우리가 들어갔을 때, 그들이 없으면 좋겠어."

"무슨 일로 집을 비우게 만들 건데?"

밀크맨은 고개를 저었다. "지진이라도 나야 하려나."

"그러면 지진을 내지 뭐."

"어떻게?"

"집에 불을 지르는 거야. 집안에다 스컹크를 한 마리 넣거나. 곰을 풀어도 되고. 뭐든. 아무거나."

"좀 진지해져봐, 형."

"형님이 나름대로 애쓰고 있잖냐. 나도 애쓰고 있다고. 그 사람들은 아무데도 안 가냐?"

"다 같이?"

"다 같이."

밀크맨은 어깨를 으쓱했다. "장례식에. 장례식에는 가더라. 서커스도."

"오, 이런! 그럼 누가 죽을 때까지 기다려야 된다는 얘기냐? 아니면 '링글링 브러더스'가 순회공연 올 때까지 기다리거나?"

"생각을 좀 해보려고 하잖아. 지금으로서는 가망이 없어."

"좋아, 가망이 없으면 만들어야 사나이지!"

"제발 분별 있게 굴자."

"분별? 분별로 금 항아리를 딸 수 있는 줄 아냐? 분별 찾으면서 금 항아리를 손에 넣는 사람은 아무도 없어. 분별 없이 굴어야 되는 일이야. 넌 어떻게 그것도 모르냐?"

"내 말 좀 들어봐……"

"이제 안 들을 거야! 너나 좀 들어! 너한테도 인생이란 게 있지? 그러면 좀 살아봐! 빌어먹을 인생을 너도 좀 살아보라고! 살아!"

밀크맨의 눈이 활짝 열렸다. 인정하지 않으려고 안간힘을 썼지만, 기타의 목소리에서 자신을 부르는 뿔나팔소리를 듣자 입안이 소금기로 가득차는 듯했다. 바다 밑바닥에도 있고 말의 목에 배어드는 땀에도 섞여 있는 그 소금기. 그 강력하고 없어서는 안 되는 맛 때문에 종마들은 몇 날 며칠 수백 마일을 달려간다. 그 맛은 새롭고, 달콤하며, 그만의 것이었다. 그를 괴롭히던 우유부단, 의혹 그리고 불확실성은 흔적도 소리도 없이 스르르 사라져갔다.

이제 밀크맨은 그간의 망설임이 무엇 때문인지 확실히 알 수 있었다. 간단한 일을 부자연스러운 복잡한 일로 만들고 싶어서가 아니었다. 기타를 견제하기 위해서도 아니었다. 그저 전에는 진심으로 믿지 않았을 뿐이다. 아버지가 그에게 그 기나긴 이야기를 해주었을 때, 그건 정말 '잭과 콩나무' 이야기처럼 들렸다…… 무슨 동화책 나부랭이에나 나올 법한 이야기. 정말로 그 자리에, 정말로 황금이 있을 것 같지가 않았고, 그냥 가서 가져오기만 하면 정말로 자기 것이 된다니 믿을 수가 없었다. 너무 간단했다. 하지만 기타는 그 이야기를 믿었고, 단단한 실체성을 부여했으며, 더 나아가 중요한 의미를 띤, 진짜 대담무쌍한 행동으로 만들어냈다. 그는 자기 안의 자아가 매끈한 윤곽선을 지닌 완성된 모습으로 나타나는 것을 느꼈다. 레일로드 토미의 이발소에서 벌어지는 합창에 깔깔 웃는 것 이상으로 참여할 수 있는 자아가. 이건 확실히 알 수 있었다. 그에게 이제까지 진정한 대적對敵이라고 할 만한 것은 오직 아버지를 때린 일뿐이었는데, 그건 토미네 이발소의 늙은이들이 눈을 반짝거릴 만한 그런 종류의 이야기는 아니었다.

밀크맨이 이 모든 걸 분명하게 깨달은 건 아니었다. 그저 소금기를 맛보고 기타의 목소리에서 사냥꾼의 뿔나팔소리를 들었을 뿐.

"내일." 그가 말했다. "내일 밤."

"몇시에?"

"한시 반. 내가 데리러 갈게."

"좋았어."

저멀리 길 끝에서, 밀크맨과 기타에게서 멀리 떨어진 곳에서, 공작새가 꼬리를 활짝 펼쳤다.

도시의 어떤 지역에서는, 가을밤이면 호수에서 달콤한 향취가 바람에 실려온다. 설탕을 입힌 생강이나, 거무스름한 정향을 띄운 달콤한 아이스티 같은 향취. 하지만 1963년 9월 19일의 호수는 공장 폐수와 플라스틱 제조공장의 화학 폐기물로 가득찬 나머지 근처의 버드나무 잎사귀마저 창백하게 빛을 잃고 가늘게 마를 정도였기 때문에, 이런 향기가 나는 이유를 설명할 길이 없었다. 잉어들이 배를 까뒤집고 호숫가로 떠밀려왔고, 머시 종합병원의 의사들은 말은 안 해도 그 물속에서 멱을 감으면 어김없이 중이염에 걸린다는 사실을 다들 알고 있었다.

하지만 그런데도 이렇게 달콤한 양념 같은 진한 향취가 실려와 동방과 줄무늬 천막과 발찌들이 내는 샤샤샤 소리를 연상시켰다. 에어컨이 들어오면서 모두들 창문을 닫고 모터가 윙윙 돌아가는 소리를 들으며 얕은 잠을 잤기 때문에, 호수 근처에 사는 사람들도 이제 그 향취를 알아채지 못하게 된 지 오래였지만.

그래서 설탕 입힌 생강 냄새는 거리로, 나무 주위로, 지붕 위로, 아무도 모르게 불어오다가 마침내는 희미해지고 옅어진 채 사우스사이드까지 밀려왔다. 그곳에는 에어컨은 말할 것도 없고 차양조차 없어 밤에 느낄 수 있는 최소한의 시원함이라도 느껴보려고 창문을 활짝 열어놓는 집들이 있었다. 그곳에서 생강 냄새는 잠든 사람들의 꿈을 일그러뜨리고, 그들로 하여금 오랫동안 갈망해오던 것이 바로 눈앞에 있다고 믿게 만들 만큼 날카롭게, 날카롭게 사람들의 코를 찔렀다. 그런 밤 잠 못 들고 깨어 있는 사우스사이드의 주민들은, 그 향취 때문에 무엇을 하든 무슨 생각을 하든 그것이 한없이 가까우면서도 한없이 아득하게 느껴졌다. 달링 스트리트의 소나무 근처에—포도주를 마시는 술꾼들이 찾는 갈색 집 바로 옆에—서 있던 두 사나이는 대기의 냄새를 맡을 수 있었지만 생강을 떠올리지는 않았다. 두 사람 모두 그건 자유의 냄새, 아니면 정의, 혹은 호사, 혹은 복수의 향취라고 믿었다.

아크라의 장터에서 곧장 날아왔다 해도 좋을 달콤한 공기를 들이마시며, 그들은 꽤 오래라고 느껴지는 시간 동안 그렇게 서 있었다. 한 사람은 나무에 몸을 기댄 채 한 발을 땅에서 떼고 흔들거렸다. 마침내 한 사람이 다른 이의 팔꿈치를 건드렸고, 두 사람은 함께 활짝 열린 창문을 향해 나아갔다. 아무 탈 없이, 두 사람은 창문으로 들어갔다. 그들은 일부러 소나무 아래 어둠 속에 서 있었으면서도, 그 방안에서 그들을 맞은 더 깊은 어둠에는 미처 대비를 하지 못했다. 그런 암흑은, 두 사람 다 눈을 감고도 경험해보지 못한 것이었다. 그러나 어둠보다 더 심란한 건, 바깥의 열기와는 정반대로 (생강 냄새 짙은 나른한 열기에 사람들은 접힌 목살에 차는 땀을 훔쳤다) 파일러트의 집안이 얼음처럼 차갑다는 사실이었다.

느닷없이 달이 떠올라 손전등처럼 방안을 똑바로 비추었다. 두 사람은 동시에 그것을 보았다. 그것은 육중하게 걸려 있었고, 염색약에 너무 오래 담가둔 부활절 달걀 같은 초록색을 띠고 있었다. 그리고 그건 마치 부활절처럼, 모든 걸 약속하고 있었다. 부활하신 주님과 심장의 외로운 욕망. 완전한 권력, 철저한 자유, 그리고 완벽한 정의. 기타는 그 앞에 무릎을 꿇고 앉아 손깍지를 껴 발판을 만들었다. 밀크맨은 기타의 머리에 한 손을 얹고 올라서서, 계속 움직이며 자세를 잡아 기타의 어깨에 앉았다. 기타가 천천히 일어섰다. 밀크맨은 자루를 더듬어 올라가다가 자루목을 찾아냈다. 밧줄은 끊을 수 있을 거라 생각했는데, 알고 보니 철사로 묶여 있어서 밀크맨은 짜증이 났다. 철사일 줄 모르고 펜치도 철사 끊는 연장도 가져오지 않았기 때문에, 밀크맨은 칼로 끊어낼 수 있기만을 바랐다. 칼이 철사를 갈아대는 쇳소리가 방안 가득 울려퍼졌다. 그는 이런 소리를 듣고도 계속 잘 수 있는 사람은 아무도 없을 거라고 생각했다. 마침내 철사 몇 가닥이 끊어졌고, 이 모든 어둠에서 벗어나는 것도 시간문제가 되었다. 그들은 철사가 끊기는 순간 자루의 무게 때문에 두 사람 모두 마루에 나뒹굴 거라 예상하고, 속삭임으로 신호를 보내면 기타가 무릎을 꿇고 주저앉아 밀크맨이 거의 동시에 바닥에 발을 디딜 수 있게 하자고 미리 계획했다. 그러나 그렇게 우아한 발놀림을 구사할 필요가 전혀 없었다. 자루가 예상보다 훨씬 더 가벼워, 밀크맨은 아주 쉽게 자루를 내릴 수 있었다. 두 사람이 다시 균형을 잡자마자 공기가 빠지는 듯한 커다란 한숨소리가 났지만, 둘은 서로 상대방이 낸 소리라 믿어 의심치 않았다. 밀크맨이 칼을 넘겨주자 기타는 그 칼을 접어서 뒷주머니에 꽂았다. 또다시 깊은 한숨소리가 났고 한층 더 뼛속까지 시린 한기가 덮쳤다. 자루목을 잡고 아래를 받쳐든 채, 밀크맨은 기타를 따라 창문 밖으로 나왔다. 기타가 먼저 창턱을 가볍게 넘은 후, 밀크맨이 넘어오는 걸 도와주려고 뒤로 돌아섰다. 달빛이 착시를 일으켰는지, 친구 바로 뒤에 한 남자가 서 있는 듯한 형상이 보였다. 그들은 몇 분 전에 빠져나왔던 열기에 다시 에워싸여, 재빨리 집밖으로 걸어나와 거리에 발을 디뎠다.

그 집에 열려 있는 또다른 창문, 헤이가가 머리를 감고 리바가 강낭콩을 불리는 개수대 바로 옆에 있는 창문으로, 한 여인의 얼굴이 나타났다. '도대체 저 녀석들이 저걸 왜 갖고 가는 거지?' 그녀는 생각했다. 그러고는 창턱에서 나뭇조각 하나를 집어들어 입안에 집어넣었다.

9

사자생寫字生. 그게 커린디언스가 선택한 단어였고, 마치 19세기에서 빠져나온 듯 들렸기에 어머니도 인정해주었다. 그녀는 딸이 주州 계관 시인 밑에서 어떤 일자리를 얻었는지 점잖은 숙녀 친구들에게 말해줄 때마다 돌아오는 멍한 시선을 즐겼다. "그애는 마이클메리 그레이엄의 사자생이에요." 그 낡아빠진 라틴어*는 딸이 하는 일(사실, 그녀는 일할 필요가 없었다)을 복잡하고, 어렵고, 특히 그 학벌과 아주 어울리는 것처럼 들리게 만들어주었다. 그러면 여자들은 감히 더이상 꼬치꼬치 따져 물을 엄두조차 내지 못했고(그들은 발음을 기억하려 애썼지만, 그래도 역시 사전에서 찾아낼 수 없었다) 다만 마이클메리 그레이엄이라

---

* Amanuensis.

는 이름에 마땅한 깊은 감명을 받을 수밖에 없었다. 물론 그건 거짓말이었고, 더 간단히 '비서'라고 말해도 거짓말이었지만, 루스는 그게 진짜라고 믿었기 때문에 매번 자신 있게 그렇게 말했다. 루스가 그때도 몰랐고 끝내 알지 못했던 건, 커린디언스가 미스 그레이엄의 하녀라는 사실이었다.

빨간 벨벳 장미를 만드는 것 외에는 도무지 맞는 일이 없었던 커린디언스는, 학위에 걸맞은 일자리를 찾느라 고생해야 했다. 대학에서 보낸 삼 년, 프랑스에서 보낸 3학년 시절, 그리고 저명한 닥터 포스터의 손녀딸이라는 사실만으로도, 그녀는 미스 그레이엄의 지하실 문에 걸린 제복 두 벌보다는 좀더 대단한 결과를 얻었어야 했다. 그런데 이 모든 특혜를 지니고도 그러지 못했다는 사실이 커린디언스에게는 여전히 믿을 수 없는 일이었다. 다들 그녀와 리나라 불리는 막달렌이 결혼을 잘할 줄 알았다—대학을 나온 커린디언스에 대한 기대는 특히 높았다. 그녀는 교육을 통해 문명사회에 기여할 만한—아니, 그녀의 경우에는 사회를 문명화할—똑똑한 엄마이자 아내가 되는 법을 배웠다. 그리고 결혼을 못 할 경우에는 다른 대안들도 있었다. 선생님, 사서, 아니면…… 글쎄 아무튼 뭔가 지적이고 공공심이 느껴지는 일들 말이다. 하지만 이중에서 그 어떤 소명도 커린디언스의 이마를 톡톡 두드리지 않아 그녀는 마냥 기다렸다. 높은 목소리에 황갈색 피부를 지닌 커린디언스는 어머니의 확신을 그대로 믿었다. 자신이 전문직 흑인 남성의 짝이 될 거라고. 그래서 커린디언스는 그런 남자들이 있을 만한 곳이면 때와 장소를 가리지 않고 모임을 찾아다니고 티파티에 다녔으며, 다른 도시로 휴가나 주말 여행도 다녀왔다. 그녀가 대학을 졸업

한 40년대에 그곳으로 처음 이사온 흑인 의사는 그녀보다 다섯 살 어린 아들이 딸린 남자였다. 두번째로 이사온 치과의사는 슬하에 태어난 지 얼마 안 된 딸 둘을 두고 있었다. 세번째는 몹시 연로한 내과의사로 (알코올중독자라는 소문이 있었다) 두 아들이 벌써 장가를 들어 가정을 이루고 있었다. 그리고 선생들, 법률가 둘, 장의사 하나가 있었다—그나마 간혹 쓸 만한 총각이 있다 싶을 때에도, 커린디언스는 그들의 선택에서 제외되었다. 그녀는 그럭저럭 예뻤고, 그럭저럭 상냥했고, 아버지가 부자라서 어려울 때 기댈 구석도 있었지만, 추진력이 모자랐다. 이 사내들에게는 중산층의 삶에 절어 야망도, 굶주림도, 강단도 없는 여자가 아니라 어려운 삶도 이겨낼 수 있는 아내가 필요했다. 그들은 출세하고 싶어하고, 재산을 모으고 싶어하며, 일단 지위를 얻게 되면 그것을 지키기 위해 힘든 일도 마다않을 아내를 원했다. 그들은 자신을 희생하고 남편의 중노동과 희생을 고맙게 여길 아내를 원했다. 커린디언스는 좀 지나치게 우아했다. 그녀는 1940년에 브린모어대학을 다녔다. 1939년에는 프랑스에 있었다. 이건 좀 심했다. 피스크, 하워드, 탤러디가, 투갈루—이런 곳이 그 남자들의 사냥 구역이었다. 프랑스어를 할 줄 알고 '퀸 메리'호를 타고 여행했던 여자는 장래의 환자나 고객들에게 적절한 태도를 갖지 못했을 가능성이 높았고, 직업이 선생인 남자들은 저보다 많이 배운 여자 근처에는 얼씬도 하지 않았다. 우체국 직원마저 리나와 커린디언스에게 괜찮은 신랑감으로 후보에 오른 적이 있지만, 그때는 이미 둘의 나이가 서른다섯을 훨씬 넘긴 후였고 딸들이 의사한테 시집을 가지는 못할 거라는 혹독한 현실을 루스가 이미 받아들인 후였다. 그 사실은 모두에게 커다란 충격이었지만, 그들은 더 완연한 진실에 고개를 돌림으로써 이 충격을 견뎌냈다. 아마 그들은 그 누구와도 결혼하지 못하리라는 진실.

리나라 불리는 막달렌은 자기 인생을 체념하고 받아들인 듯 보였지만, 커린디언스는 어느 날 아침 잠에서 깨어나 자기가 장미꽃잎을 만드는 마흔두 살의 여자가 되었다는 걸 깨닫고 심각한 우울증을 겪었고, 그 우울증은 마침내 그녀가 집밖으로 나가기로 결단을 내릴 때까지 지속되었다. 그래서 그녀의 직업 구하기는—이것이 두번째 충격이었다—강렬한 열의로 불탔다. 대학을 졸업한 지 이십일 년이 지난 터라 교직은 얻기 힘들었다. 현재의 교육위원회가 요구하는 '새로운' 과정을 하나도 이수하지 않았기 때문이었다. 커린디언스는 주립 교육대학에 가서 필요한 과정을 이수하는 방안도 고려했고 심지어 등록하러 교무과 건물까지 갔었다. 하지만 보송보송한 파란 스웨터 밑의 어뢰 같은 젖가슴들, 화장기 하나 걸치지 않은 민낯의 젊은 얼굴들을 보고는 우박을 동반한 폭풍에 휘날리는 나뭇잎처럼 건물을 벗어나 캠퍼스 밖으로 뛰쳐나오고 말았다. 그건 딱하기 짝이 없는 일이었는데, 그녀에게 진짜로 써먹을 수 있는 기술이 없었던 탓이다. 브린모어는 사 년 동안의 교양교육이라는 원래 목적, 세상에 존재하는 쓸 만한 직업의 80퍼센트에 부적합한 인간으로 키워내기를 충실히 이행했다. 첫째, 한가로운 시간, 마음의 양식, 그리고 생각 없는 가사家事를 주로 훈련시킴으로써. 둘째, 그런 일에는 아까운 사람이라는 분명한 암시를 줌으로써. 커린디언스가 대학을 졸업하고 직업의 세계로 돌아오자, 배경을 막론하고 흑인 여성들에 대한 수요가 있는 건 오로지 한 가지 직종뿐이었다. 그리고 1963년이 되었을 때, 커린디언스의 가장 큰 걱정은 그저 자기가 이 년 동안 그 일을 해왔다는 사실을 가족들에게 들키지 말아야 한다는 것이었다.

커린디언스는 길에서 다른 하녀들을 마주치지 않으려고 애썼고, 버스에서 날마다 만나는 하녀들은 그녀를 자기네들보다 훨씬 높은 신분이라고 생각했다. 그녀는 하이힐을 신고 출근했는데, 하루종일 서 있어야 하는 여자들은 먼 귀갓길에 하이힐의 부담까지 감당할 수 없었기 때문이다. 커린디언스는 용의주도했다. 그녀는 구두, 앞치마, 혹은 제복이 든 쇼핑백을 절대 들고 다니지 않았다. 대신 책을 한 권 가지고 다녔다. 표지에 금박으로 '*콩트 드 도데*'라는 글씨가 박힌 작은 회색 책이었다. 미스 그레이엄의 집에 들어서면, 커린디언스는 제복으로 갈아입고(그래도 흰색이 아니라 점잖은 파란색이었다) 단화를 신은 뒤 비눗물한 양동이를 들고 털썩 바닥에 무릎을 꿇었다.

미스 그레이엄은 커린디언스의 옷과 약간 도도한 태도에 몹시 만족했다. 그것은 그녀의 집안에 이국적인 분위기를 불어넣었는데, 그녀는 이 도시 문학계의 중심, 말하자면 심장 같은 인물이었기에 워낙 그런 분위기를 좋아했다. 마이클메리 그레이엄은 커린디언스를 세심하게 배려해주었다. 대규모의 디너파티를 열 때는, 스웨덴 요리사를 고용해 힘든 일은 굿윌 인더스트리스에서도 일하고 있는 그 백인 주정뱅이한테 시켰다. 마이클메리는 하루에 여러 번 소박하고 간단한 식사를 하는 쪽이었기에 커린디언스가 보통 때 해주는 평범한 요리에 조급증을 내지도 않았다. 게다가 글을 읽을 줄 알고 문학의 위대한 거장들을 익히 아는 듯한 하녀를 두고 있다는 건 그녀에게 기분이 좋을 뿐 아니라 안심이 되는 일이었다. 크리스마스 선물로 하녀에게 인정 없어 보이는 봉투 대신 『월든』 한 권을 줄 수도 있고, 친구들한테 그 얘기를 할 수도 있다니 정말 멋진 일이었다. 마이클메리 그레이엄이 살고 있는 세계에서 온건한 자유주의, 보헤미안적인 청춘의 잔재, 그리고 예민한 여자시인인 척하는 행동거지는 무정부주의로 통했다.

커린디언스는 세상물정을 잘 몰랐지만 아주 바보는 아니었다. 그녀는 주인마님에게 자기가 대학에 다녔다든가 유럽에 가본 적이 있다는 사실을 철저히 숨겼고, 미스 그레이엄이 자신에게 가르쳐주지 않은 불어(예를 들면, '앙트레'*)는 한마디도 알아듣는 내색을 하지 않았다. 사실 커린디언스의 일은 그녀에게도 좋았다. 그 집에서는, 자기 집에서 한 번도 가져보지 못한 걸 가져볼 수 있었다. 바로 책임감이었다. 그녀는 어떤 면에서 큰 성공을 거두었고, 가끔은 오만을 버린 대가로 자긍심을 얻었다. 아무리 파란색이라도 어쨌든 제복을 입고 다른 사람들에게 거짓말을 해야 하는 굴욕감은, 아이처럼 용돈을 받는 게 아니라 자기 돈을 갖게 된다는 순전한 희열 덕분에 견딜 만했다. 그리고 마이클메리가 매주 토요일 정오에 단정히 접어 건네주는 돈의 액수가 진짜 비서들이 매주 집으로 가져가는 봉급과 2달러도 차이가 나지 않는다는 사실을 알고는 깜짝 놀랐다.

부엌 타일을 박박 문질러 닦고 마룻바닥을 반짝반짝 윤나게 하는 일만 제외하면 그렇게 힘든 일도 아니었다. 시인은 혼자 살았고, 시간과 일정을 세심하게 조정해 힘겨운 예술가의 책무를 다해야 했기 때문이다. 시인은 다른 일은 별로 할 수가 없었다. 결혼, 아이들—이 모든 것

---

* Entrez. '들어오세요'라는 뜻.

은 '위대한 고뇌'를 위해 희생되었고, 그녀의 집은 까다로운 직업(그리고 아버지가 남긴 후한 유언장)에 전적으로 헌정되었다. 색채, 가구 그리고 비품 들도 얼마나 영감을 주는가에 따라 선택되었다. 그리고 물건을 깎아내릴 때면 그녀는 입버릇처럼 "저것을 집안에 두고서는 단 한 줄도 쓸 수가 없겠어"라고 말하기를 좋아했다. 저것은 꽃병일 수도, 배관공들이 설치한 새 세면기일 수도, 식물일 수도, 심지어 세인트존스고등학교의 3학년 학생들이 성탄 집회 때 그녀가 해준 감동적인 강독에 대한 감사의 뜻으로 보내온 성탄절 화환일 수도 있었다. 미스 그레이엄은 날마다 오전 열시에서 열두시까지, 그리고 오후 세시에서 네시 십오분까지 글을 썼다. 저녁시간은 대개 지역 시인, 화가, 음악가, 그리고 소설가 들과의 토론과 모임에 바쳐졌는데, 그들은 모여서 다른 예술가들을 칭찬하거나 비난하고 문학 시장을 경멸하면서 한편으로는 추종했다. 마이클메리 그레이엄은 시집을 출간했기 때문에, 이러한 집단에서 여왕이나 다름없었다—1938년에 『내 영혼의 사계절』이라는 제목으로 그녀의 첫 시집이 출간되었으며, 1941년에 『더욱 머나먼 땅』이라는 제목으로 그녀의 두번째 시집이 나왔다. 게다가 그녀는 최소 스무 개에 달하는 소소한 문학잡지, 두 개의 '통속잡지', 여섯 개의 대학신문, 그리고 헤아릴 수 없이 많은 일요판 신문에 시를 게재했다. 또한 1938년에서 1958년까지 '올해의 시인'상을 아홉 번이나 받았으며, 마침내 그토록 탐내던 주 계관시인의 자리를 따냄으로써 절정에 올랐다. 임명식에서는 세인트존스고등학교 합창단이 그녀의 대표작인 「좌우명」을 낭송했다. 그러나 이 모든 업적에도 불구하고, 출판사들은 그레이엄의 전집(가제는 『가장 먼 땅』이었다)을 발간하는 데 여전히 미지근한 반응을 보였다. 하지만 그녀 마음속에서는 언젠가 전집도 출간되리라는 게 이미 기정사실이었다.

처음 커린디언스를 보았을 때, 미스 그레이엄은 전혀 좋은 인상을 받지 못했다. 첫째, 일자리를 얻으러 온 그녀가 면접 시간보다 십 분이나 일찍 나타나는 바람에, 일정을 분 단위로 철저히 지키는 마이클메리가 어쩔 수 없이 날염 실내복 차림으로 문을 열어줘야 했기 때문이다. 이런 실수로 이미 짜증이 나버린 그녀는 하녀의 연약한 체구에 더 큰 환멸을 느꼈다. 누가 봐도 차양을 달거나 폭풍 대비용 창문을 내리거나 힘든 청소 일을 오래 견딜 수 있는 여자가 아니었다. 하지만 그 여자의 이름을 알게 되었을 때, 마이클메리는 '커린디언스 데드'라는 어감에 혹한 나머지 그 자리에서 그녀를 고용했다. 그녀가 나중에 친구들한테 이야기했듯 그녀의 시적 감수성이 올바른 판단력을 누른 셈이다.

그들은 주인마님과 하녀로서 아주 잘 지냈고, 육 개월쯤 되었을 때 마이클메리는 커린디언스에게 타이핑을 배우는 게 어떻겠느냐고 제안했다. 그러니 커린디언스는 결국 정말로 사자생이 되는 수순을 밟고 있는 거나 마찬가지였다.

미스 그레이엄이 타이핑을 배워 자신의 일을 좀 도와달라고 말한 지 얼마 되지 않아, 한 흑인 남자가 버스에서 커린디언스 옆자리에 앉았다. 그녀는 그를 별로 눈여겨보지 않았다—초라한 옷을 입고 나이가 상당히 들어 보인다는 것만 눈치챘을 뿐. 하지만 커린디언스는 곧 그 남자가 자기를 뚫어져라 쳐다보고 있음을 느꼈다. 정말인지 확인하기 위해 재빨리 곁눈질을 하자 남자의 환한 미소가 눈에 들어왔다. 커린디언스는 고개를 돌리고 그가 내릴 때까지 움직이지 않았다.

다음날에도 남자는 그 자리에 있었다. 커린디언스는 또 한번 완전히 무시했다. 그 주의 나머지 나날들은 남자의 지켜보는 눈길 없이 흘러갔다. 하지만 그다음주 월요일, 남자는 돌아와서 자칫하면 추파로 변할 표정으로 그녀를 바라보았다. 이런 드문드문한 만남이 한 달 정도 계속되었다. 커린디언스는 그 남자를 두려워해야 할 것 같았다. 남자의 태도에서는 어쩐지 기다리는 듯한—자신감에 넘쳐 분명 무언가를 기다리는 듯한 느낌이 풍겼기 때문이다. 그런데 어느 날 아침 남자는 버스에서 내리며 그녀 옆자리에 하얀 봉투를 두고 갔다. 그녀는 자신이 내릴 정거장에 도착할 때까지 봉투를 건드리지 않았지만, 일어서서 줄을 당겨야 할 때가 되자 최대한 남들 눈에 띄지 않게 슬쩍 봉투를 집어들지 않고는 배길 수가 없었다.

스토브 옆에 선 채 마이클메리가 마실 우유에 흰 막을 걷어내려 기다리면서, 커린디언스는 봉투를 열어 카드를 꺼냈다. '우정'이라는 단어가 도드라진 글씨로 파랑과 노랑 꽃다발 위에 걸려 있었고, 카드 안쪽에도 우정이라는 단어로 시작하는 한 편의 시가 씌어 있었다.

우정은 내민 손길이며,
따뜻한 헌신의 미소.
나 오늘 그대에게 다 드리리,
마음 가득 담아서.

특별히 성性을 분간할 수 없는 하얀 손이 이번에도 조금 작은 파랑과 노랑 꽃다발을 들고 있었다. 서명은 없었다.

커린디언스는 쓰레기를 담으려고 펼쳐둔 갈색 종이봉투에 카드를 던져버렸다. 카드는 하루종일 그곳에 있었지만, 그녀의 마음에도 남아 있었다. 저녁때가 되자, 그녀는 자몽 껍데기와 홍차 찌꺼기와 살라미 껍질을 헤치고 봉투 바닥에서 카드를 꺼내 깨끗하게 털어서 핸드백에 넣었다. 왜 그랬는지 스스로도 설명할 수가 없었다. 그 남자는 짜증밖에 나지 않는 귀찮은 존재였고 그가 던지는 추파는 모욕적이었다. 하지만 그 누구도, 세상에 그 어떤 사람도 그녀에게 희롱을(진지한 희롱을) 걸어오지 않은 지가 아주 오래되었던 것이다. 최소한 카드는 괜찮은 이야깃거리가 될 테니까. 커린디언스는 그가 서명을 했으면 좋았을 거라는 생각을 했다. 그 남자의 이름을 알고 싶어서가 아니라, 그 편이 좀더 진짜처럼 보일 테니까—다른 사람들 눈에는 그녀가 제 손으로 산 카드 같아 보일지도 모른다.

그후 이 주일 동안 남자는 버스를 타지 않았다. 어느 날 남자가 다시 나타났을 때, 커린디언스는 말을 걸거나 그 존재를 신경쓰지 않으려고 했지만 무척 힘들었다. 남자는 평소에 내리는 정거장에 다다르자 커린디언스 쪽으로 몸을 기울이더니 "기분 상하지 않으셨기를 진심으로 바랍니다"라고 말했다. 그녀는 고개를 들고 살짝 웃어 보이며 고개를 저었다. 남자는 더이상 아무 말도 하지 않았다.

하지만 그날 이후로 두 사람은 인사를 나누기 시작했고 마침내는 이야기를 하는 사이가 되었다. 얼마 후 그들은 (조심스럽게, 경계를 풀지 않고) 수다를 떨고 있었고, 적어도 그녀 쪽에서는 그가 버스에 타는 걸 기다리게 되었다. 남자의 이름이 헨리 포터이고 그 동네에서 가끔 정원 일을 한다는 걸 알게 된 그녀는 카드나 남자 이야기를 다른 사람들에게 한마디도 하지 않은 걸 다행으로 여겼다.

둘은 즐겁게 대화를 나누었지만 두 사람의 태도는 묘했다. 두 사람 모두 상대에게 특정한 질문을 피하고 있었다—자기도 똑같은 정보를 털어놓아야 할까봐 걱정스러웠기 때문이다. 어느 동네에 사시나요? 아무개 씨 아시나요?

마침내 포터 씨는 일이 끝난 후 커린디언스를 데리러 가겠다고 제안했다. 자가용이 있는 건 아니지만 친구의 자가용을 가끔 빌릴 수 있다고 말했다. 커린디언스는 그러라고 했고, 그 결과 십대 같은 중년의 연인이 탄생했다—연애에 휘말리기에는 너무 어려 부모님께 들킬까 안달복달하는 연인이. 헨리 포터는 낡은 회색 올즈모빌로 그녀를 데리고 드라이브를 다녔고—시골이나 자동차극장으로—그들은 얼굴을 알아볼 사람들이 없는 몇몇 싸구려 구멍가게에서 형편없는 커피를 마시며 함께 앉아 있곤 했다.

커린디언스는 자기가 포터 씨를 창피하게 생각한다는 걸 알고 있었고, 그가 자신의 또다른 비밀, 자기 직장에 맞먹는 또하나의 비밀이 되어야 한다는 것을 알고 있었으며, 그 남자가 자기 집에 발을 들여놓는 일이 결코 없을 거라는 사실도 잘 알았다. 그래서 자기가 느끼는 수치심만큼이나 그 남자를 증오했다. 가끔은 자신을 향한 그의 확실한 사랑을 느끼면서도, 자신의 외모며 몸가짐이며 목소리를 칭찬하는 말을 줄곧 들으면서도, 그를 증오했다. 하지만 그런 스쳐가는 경멸감은 오래 지속되지 않았고, 그녀는 누군가의 굶주림과 만족의 유일한 대상이 되는 자동차극장에서의 데이트를 거절할 수 없었다.

어느 시점이 되자 커린디언스는 포터가 신중하게 구는 것이 그녀(그녀의 신분을 비롯한 것들)를 배려하기 위해서만은 아니며, 스스로도 발각되기 싫은 마음이 있기 때문이 아닐까 하는 의혹을 갖게 되었다. 처음 든 생각은 유부남이 아닐까 하는 의심이었다. 그는 어쩐지 아쉽다는 미소를 지으며 부인했지만, 그녀는 그 미소를 응큼하다고 해석했고 그후로 의심은 커져갔다. 마침내 포터는 자기가 총각임을 증명하고 진짜 잠자리의 기쁨을 만끽하려는 심산으로 그녀를 자기 방에 초대했다. 그녀가 곧바로 거절하고 며칠 동안 계속해서 거부하자 결국 그는 절대적인 진실, 그녀가 그를 창피하게 여기고 있다는 바로 그 진실을 면전에 디밀며 비난했다.

"당신을 창피하게 여긴다고요?" 그녀의 눈과 입은 경악으로 (그가 그런 추측을 할 거라고는 꿈에도 생각 못했기 때문에 그녀는 정말로 놀라버렸다) 벌어졌다. "창피스러웠다면 아예 당신을 만나지도 않았을 거예요. 이런 식으로는 더더욱이나!" 그녀는 그들이 앉아 있는 자동차 바깥의 세계를 가리켜 보였다. 인기 있는 자동차극장 주차장에는 자동차들이 줄줄이 늘어서 있었다.

포터는 손등으로 그녀의 뺨을 훑었다. "좋아요, 그렇다면? 당신이 저한테 해주는 얘기들은 사실일 수도 있고 동시에 그렇지 않을 수도 있군요."

"당신한테 사실이 아닌 이야기는 한 적이 없어요. 저는 우리 둘 다 알고…… 문제를…… 이해하고 있다고 믿었는데요."

"그럴 수도 있지요." 그가 말했다. "어디 들어봅시다, 코리." 그의 손등이 그녀의 턱선을 따라 내려갔다. "문제가 뭔지 어디 들어보자고요."

"우리 아버지. 우리 아버지 때문이에요…… 그분이라서요."

"어떤 분이신데요?"

커린디언스는 어깨를 으쓱해 보였다. "당신도 저만큼이나 잘 알고 계시잖아요. 아버지는 우리가…… 사람들과 어울리는 걸 싫어하세요. 아주 엄격하신 분이거든요."

"그게 우리집에 가지 않겠다는 이유인가요?"

"미안해요. 저는 그 집에서 살아야 해요. 아버지한테 우리 관계를 알릴 수는 없어요. 아직은 안 돼요." 하지만 언제? 그녀는 생각했다. 마흔네 살에도 안 된다면, 그렇다면 언제? 지금이 아니라면, 음부의 털마저 하얗게 세어가고 젖가슴이 축 처져가는 지금도 안 된다면—그렇다면 언제?

포터는 그녀가 마음속으로 던진 질문을 큰 소리로 되풀이했다. "그렇다면, 언제 되겠습니까?" 커린디언스는 당장 대답을 할 수가 없었다. 손가락을 이마에 얹고 "모르겠어요. 솔직히 말해서 정말로 모르겠어요"라고 대답할 수밖에.

도덕적으로나 자식 된 도리로나 그녀의 감정은 너무나 가식적이었고 그에 수반한 몸짓도 너무나 가식적이어서, 그녀는 자신이 얼마나 바보 같은 꼬락서니로 보였는지 당장 깨달을 수 있었다. 그 낡은 자동차 안에서 했던 일들, 오 분 전에 자기 혓바닥으로 내뱉은 말들…… 그런데 지금 와서 관자놀이를 어루만지며 마이클메리가 시를 읽는 목소리로 "모르겠어요"라고 말하다니 창피스러웠고, 포터도 그녀의 얼굴에서 손을 떼고 운전대를 잡은 걸 보니 혐오감을 느낀 게 틀림없었다. 두번째 영화가 막 시작하는데, 그는 자동차에 시동을 걸고 천천히 자갈이 깔린 진입로를 따라 나갔다.

시내의 자동차들 사이에 섞여들기 전까지 두 사람 모두 아무 말도 하지 않았다. 열시 삼십분이었다. 그녀는 어머니에게 아주 늦은 시각까지 미스 그레이엄의 원고를 타이핑해주고 와야 한다고 말해두었다. 어머니는 "이렇게 더운데?"라는 말뿐이었다. 커린디언스는 가만히 앉아 수치심을 느끼면서도 그 단어는 생각하지 않고 있다가, 문득 그가 보통 때처럼 집으로 걸어갈 수 있게 내려주곤 하는 정거장으로 향하고 있음을 깨달았다. 커린디언스는 곧바로 그가 다시는 자기를 만나주지 않을 거라는 사실을 알았고, 앞으로의 나날들이 가구도 없고 사람도 없는 임대용 홀의 지저분한 회색 카펫처럼 눈앞에 펼쳐졌다.

"저를 집으로 데려다주시는 건가요?" 그녀는 목소리에 불안감이 배어나오지 않게 하는 데 성공했다—어찌나 성공적이었는지 그 말이 오만하고 무신경하게 들릴 정도였다.

그는 고개를 끄덕이고 말했다. "인형 같은 여자는 싫어요. 저는 여자를 원해요. 아빠를 무서워하지 않는 성숙한 여자 말입니다. 코리, 당신은 성숙한 여자가 되길 원하지 않는 것 같아요."

커린디언스는 앞유리 바깥을 빤히 쳐다보았다. 성숙한 여자? 그녀는 그런 여자를 생각해보려 애썼다. 어머니? 리나? 브린모어의 여자 학장? 마이클메리? 어머니를 찾아와서 케이크를 먹는 여자들? 어쩐지 그 누구도 어울리지 않았다. 그녀는 성숙한 여자라곤 한 사람도 알지 못했다. 그녀가 아는 여자들은 죄다 인형 같은 여자였다. 버스를 타고 다니는 여자들을 말하는 걸까? 정체를 숨기지 않는 다른 하녀들? 아니면 밤에 거리를 활보하는 흑인 여자들?

"버스를 타고 다니는 여자들처럼 말이에요? 그럼 그 여자들 중에서 골라 사귀면 되잖아요. 그 여자들 무릎에다 카드를 떨어뜨리지 그러세요?" 포터의 말이 정곡을 찔렀다. 그녀는 자기보다 못하다고 믿어 의심치 않았던 유일한 사람들과—그것도 불리하게—비교당하고 있었다. "무릎에 카드가 놓이면 그 여자들이 아주 좋아할 텐데요. 아주 좋아할 거예요. 아, 깜빡했네요. 그럴 수가 없겠네요, 안 그래요? 줘봤자 그 여자들이 읽을 줄을 알아야지. 그 여자들은 그걸 집에 가져가서 일요일까지 기다렸다가 목사님한테 읽어달라고 할걸요. 물론 읽어주는 걸 듣고도 무슨 뜻인지 모를 수도 있고요. 하지만 그래도 무슨 상관이에요—글 주위에 꽃들이며 멋부려 휘갈겨쓴 글씨들이 그득할 테니 그것만으로도 행복해할 거예요. 그게 싸구려 구멍가게에서 파는 것 중에서도 제일 우스꽝스럽고 진부하고 공장에서 마구 찍어낸 카드라는 건 손톱만큼도 신경쓰지 않겠죠. 그 뚱뚱한 얼굴에다 디밀어준대도 흔해빠진 게 뭔지 모를 테니까요. 깔깔 웃으면서 그 뚱뚱한 허벅지를 철썩 한 대 치고 당장 자기네 집 부엌으로 당신을 데려갈 거예요. 바로 아침식사용 식탁 위로. 하지만 당신은 그 여자들한테 15센트짜리 카드 같은 건 보내지 않을 테죠, 안 그래요?—그게 얼마나 어리석고 바보 같은 짓인가를 떠나서—그 여자들은 성숙한 여자들이고 그들에게는 애써 구애 같은 걸 하지 않아도 되니까요. 그냥 가서 '어이 거기, 오늘밤에 내 방으로 와'라고 말하면 되는 거잖아요. 안 그래요? 그렇지 않아요? 그렇지 않아요?" 이제 커린디언스는 거의 절규하고 있었다. "하지만 아니죠. 당신은 숙녀를 원했잖아요. 앉는 법, 옷 입는 법, 접시에 담긴 음식을 먹는 법을 알고 있는 여자 말이에요. 여자하고 숙녀는 다른 건데, 제가 어느 쪽인지는 당신도 잘 알죠."

포터는 연석 바로 옆에 차를 바짝 붙여 댔고, 시동을 끄지도 않은 채 그녀 쪽으로 몸을 기울여 문을 열었다. 커린디언스는 차에서 내려 최대한 세게 문을 닫으려고 했지만, 빌린 올즈모빌의 녹슨 경첩 때문에 마음대로 되지 않았다. 그녀는 몸짓만으로 만족해야 했다.

낫닥터 스트리트 12번지에 다다랐을 때쯤에는, 커린디언스의 온몸이 도저히 어떻게 할 수 없을 정도로 와들와들 떨리고 있었다. 그러다 느닷없이 떨림이 멎었고, 그녀는 계단 앞에서 얼어붙은 듯 꼼짝도 하지 않았다. 곧 그녀는 하이힐을 신은 발을 돌려 왔던 길을 도로 달려내려가 포터가 차를 세워둔 곳으로 갔다. 포치로 향하는 계단에 발을 올려놓는 순간, 그녀는 둥근 참나무 식탁에 쌓여 있는 빨간 벨벳 장미 더미 앞에서 자신의 여성성이 흐물흐물 썩어가는 모습을 보았던 것이다. 자동차는 엔진소리를 내며 아직 그 자리에 있었다. 커린디언스는 평생 그 어느 때보다도 더 빨리 그 자동차를 향해 달려갔다. 다섯 살 때 온 가족이 함께 휴가를 보냈던 오노레섬 풀밭 위를 가로질러 달려가던 그 때보다 더 빨리. 심지어 병 때문에 할아버지가 어떻게 되었는지를 처음으로 보고 계단을 달려내려가던 그때보다도 더 빨리 달렸다. 그녀는 손으로 손잡이를 잡아당겨보고 문이 잠겨 있다는 걸 알았다. 포터는 그녀가 쾅 소리를 내며 문을 닫으려던 아까와 별로 달라진 게 없는 자세로 앉아 있었다. 그녀는 허리를 굽히고 자동차 유리창을 두드렸다. 포터의 옆모습은 꿈쩍도 하지 않았다. 그녀는 더 시끄럽게 창문을 두드렸고, 집 모퉁이만 돌면 서 있는 잿빛의 너도밤나무 아래에서 누군가 자기 모습을 볼지도 모른다는 생각 같은 건 전혀 하지 못했다. 너무나 가깝고도 너무나 멀어서, 그녀는 마치 꿈을 꾸는 기분이었다. 거기 있으면서도 거기 없는 듯한, 손이 닿을락 말락 하는 거리에 있는데 끝내 닿을 수 없는.

그녀는 부유한 자산가와 우아한 루스 포스터의 딸이자, 이 도시에서 두번째로 쌍두마차를 소유했던 저명하고 존경받는 닥터 포스터의 손녀, 퍼스트 커린디언스 데드였고, '퀸 메리'호의 갑판에 모습을 나타낼 때마다 사람들의 눈길을 한몸에 받았으며 파리 전역의 프랑스 남자들이 침을 줄줄 흘렸던 여인이었다. 평생 순수함을 지켜온(글쎄, 거의 대부분의 세월이라 해야 할 테고, 대체로 순수하다고 해야겠지만) 커린디언스 데드가 이제 허드렛일을 하는 일꾼 자동차 차창을 미친듯이 두드리고 있었다. 하지만 벨벳 장미를 피할 수만 있다면 영원히 미친듯이 두드려댈 작정이었다. 그녀와 리나와 어머니가 백화점으로 가던 길에 지나쳤던 병원, 그리고 그날 눈 위로 흩날리던 그 빨간 벨벳. 어머니는 임신중이었고—처음 그 사실을 알았을 때 커린디언스는 창피하다고 생각했다. 그녀는 임신한 엄마를 뒀다는 걸 친구들이 알면 얼마나 놀려댈까 하는 생각뿐이었다. 아직 때가 일러서 겉으로 봐서는 티가 나지 않는다는 걸 알게 되자 달콤한 안도가 찾아왔다. 하지만 2월쯤 어머니의 몸은 무거워졌고, 운동을 약간이라도 하러 집밖으로 나가야만 했다. 그들은 얼어붙은 곳을 조심스럽게 피해가며 눈 속을 천천히 걸었다. 그리고 머시 종합병원을 지나가는데, 사람들이 우르르 모여서 지붕 위의 한 남자를 바라보고 있었다. 커린디언스는 어머니보다 먼저 그 남자를 보았는데, 루스가 위를 올려다보고 너무 놀라 바구니를 떨어뜨리는 바람에 꽃잎이 사방으로 흩날렸다. 커린디언스와 리나는 부지런히 꽃잎을 주워 꽃잎에 묻은 눈을 코트 자락으로 닦으면서, 병원 지붕 위에 푸른 날개를 달고 서 있는 남자를 한시라도 놓칠까 흘낏흘낏 바라보았다. 그네들은 깔깔거리면서 웃었다, 리나와 그녀는. 장미꽃잎을 주워 담으면서, 고개를 들어 남자를 구경하면서, 두려움과 창피스러움과 어지러움을 느끼며 깔깔 웃었다. 전부 한데 뒤섞여버렸다—빨간 벨벳, 비명소리, 그리고 바닥에 떨어져 박살이 난 남자. 그녀는 시체를 아주 똑똑히 보았는데 놀랍게도 피가 전혀 나지 않았다. 시야에 들어오는 빨간색이라고는 양손과 바구니에 든 것뿐이었다. 어머니의 신음소리는 점점 더 커져갔으며, 땅속으로 꺼져드는 사람처럼 보였다. 마침내 인형처럼 부서진 시체를 수습하러 들것이 왔고(피가 전혀 나지 않아서 더 인형처럼 보였다) 어머니를 싣고 갈 휠체어도 도착해, 어머니는 곧장 분만실로 옮겨졌다.

커린디언스는 계속 장미꽃잎을 만드는 일을 했지만 그 바보 같은 소일거리가 끔찍하게 싫었고 그 일에서 빠지려고 리나에게 갖가지 핑계를 다 댔다. 그 장미꽃잎들은 죽음을 말했다. 처음에는 푸른 날개를 단 사내의 죽음을. 이제는 그녀 자신의 죽음을. 포터가 고개를 돌리고 몸을 굽혀 그녀에게 문을 열어주지 않으면, 커린디언스는 틀림없이 자기가 죽어버릴 거라 믿어 의심치 않았다. 그녀는 차창 너머에 앉은 살아 있는 육신의 관심을 끌고자 손등이 얼얼하도록 두들겨댔고, 그를 만지고 그의 온기를 느낄 수만 있다면 주먹으로 창문을 깨부수는 짓도 마다하지 않을 생각이었다. 오로지 그만이 그녀를 말라빠진 장미꽃잎에 숨막혀 죽는 것으로부터 보호해줄 수 있을 테니까.

포터는 꼼짝도 하지 않았다. 커린디언스는 그가 기어를 바꾸고 자동차를 몰고 가버릴까봐, 이 거리에 그녀 혼자 남겨둘까봐 겁에 잔뜩 질려 자동차 펜더 위로 기어올라가서 보닛 위에 온몸을 쫙 펴고 누워버렸다. 그녀는 앞유리창 너머로 그를 쳐다보지 않았다. 그냥 자동차 위에 몸을 쭉 펴고 누워 손가락으로 붙잡을 데를 찾아 강철을 더듬거렸다. 아무 생각도 하지 않았다. 버티려면, 절대 떨어지지 않으려면 뭘 해야 하나, 그 생각만 했다. 시속 백 마일로 달리더라도 절대 떨어지지 않으리라. 후드에서 미끄러지지 않으려고 그녀는 눈을 꽉 감고 있었는데, 그 바람에 문이 열렸다 닫히는 소리도 듣지 못하고, 자동차 앞쪽으로 걸어오는 포터의 발소리도 듣지 못했다. 그의 손길이 어깨에 닿고 그녀를 부드럽게 품안으로 끌어당겼을 때 커린디언스는 놀라 비명을 질렀다. 그는 그녀를 조수석으로 안고 가더니, 잠시 세워놓고서 자동차 문을 열고는 그녀가 편안하게 의자에 앉도록 도와주었다. 그는 차에 타 그녀의 고개를 자기 어깨에 기대게 하고 나직한 울음소리가 잦아들 때까지 기다렸다가 운전석에서 일어나 그녀가 인도에 떨어뜨린 핸드백을 주우러 나갔다. 그러고는 차를 몰고 15번가 3번지로 향했다. 메이컨 데드의 소유이자 열여섯 명의 세입자가 살고 있는 그 집에는 다락방에 창문이 하나 있었는데, 그곳이 바로 다른 누구도 아닌 이 헨리 포터가 비명을 질러대고, 흐느껴 울고, 엽총을 휘둘러대며 마당에 서 있는 여자들 머리에다 오줌을 싼 그 창문이었다.

아직 자정이 되지 않은 시각이었고 무더웠다—찌는 듯 더운 날씨여서 달콤한 생강 냄새 같은 기분좋은 향내가 공기에 배어 있지 않았더라면 사람들은 화를 냈을지도 모른다. 커린디언스와 포터는 앞문을 열고 복도로 들어갔다. 부엌문 아래쪽에 있는 불빛 근처에서 카드 게임이 한창이었고, 그 밖에 다른 세입자들의 기척은 없었다.

커린디언스에게는 침대밖에, 병원처럼 하얗게 칠해진 철제 침대밖에 보이지 않았다. 그녀는 방에 들어가자마자 그 침대에 풀썩 주저앉아 온몸을 쭉 펴고 누웠다. 목욕을 하고, 문질러 닦고, 속속들이 비워내고, 생전 처음으로 단순해진 기분이었다. 포터는 그녀가 먼저 옷을 벗은 후에 옷을 벗고 그녀 곁에 누웠다. 잠시 두 사람은 말이 없었고, 이윽고 포터가 몸을 뒤집어 자기 다리로 그녀의 다리를 벌렸다.

커린디언스는 그를 내려다보았다. "이게 저를 위한 건가요?" 그녀가 물었다.

"그래요." 그가 말했다. "그래요, 당신을 위한 거예요."

"포터."

"이건…… 당신을 위한 거예요. 장미꽃 대신. 그리고 실크 속옷과 향수병들 대신."

"포터."

"하트 모양 상자에 든 초콜릿 크림 대신. 커다란 집과 어마어마하게 커다란 자동차 대신. 긴 여행 대신……"

"포터."

"……깨끗하고 하얀 배를 타고 가는 여행 대신."

"아니에요."

"소풍 대신……"

"아니에요."

"……그리고 낚시 대신……"

"아니에요."

"……그리고 포치에서 함께 늙어가는 대신."

"아니에요."

"당신을 위한 거예요. 그럼요, 당신을 위한 거죠."

그들은 새벽 네시에 일어났다. 아니 적어도 그녀는 그랬다. 눈을 뜨고 그녀는 자신을 빤히 쳐다보는 그의 두 눈을 보았는데, 그의 눈에는 눈물인지 땀방울인지가 맺혀 있었다. 창문을 열어놓았는데도 방안은 찌는 듯이 몹시 더웠다.

"화장실." 그녀가 중얼거렸다. "화장실이 어디 있죠?"

"복도 끝에." 그가 말했다. 그러더니 미안하다는 듯 덧붙였다. "뭐 갖다줄까요?"

"오," 그녀는 이마에 붙은 축축한 머리카락 몇 가닥을 옆으로 넘겼다. "마실 것 좀 주세요. 아무거나 시원한 거."

그는 허둥지둥 옷을 입고, 셔츠와 양말도 신지 않은 채 방에서 나갔다. 커린디언스도 일어나서 옷을 입기 시작했다. 방안에 거울이 하나도 없는 것 같아서, 그녀는 열린 창문 앞에 서서 자신의 모습을 비춰줄 만큼 색깔이 짙은 유리창 위쪽을 보며 머리를 가다듬었다. 그때 벽이 눈에 띄었다. 들어와서 침대 위로 쓰러질 때는 벽지라고 생각했던 것이 알고 보니 달력이었다. 달력들이 줄줄이 붙어 있었다. 1939년형 허드슨 사진이 있는 S. &. J. 자동차 부품 회사에서 만든 달력, 쿠야호가 강 건설 회사에서 만든 달력("우리는 기쁨을 선사하기 위해 건설합니다—우리에게는 건설하는 일이 기쁨입니다"), 러키하트 화장품 회사에서 만든 달력(곱슬머리 여자가 두텁게 분을 바른 얼굴로 웃고 있었다), 〈콜 앤드 포스트〉 신문사에서 만든 달력. 하지만 대부분은 노스캐롤라이나 상호생명보험사에서 받은 것이었다. 달력들은 말 그대로 벽을 뒤덮고 있었고, 하나같이 12월로 넘겨져 있었다. 마치 1939년 이후로 달력을 하나도 버리지 않고 모아둔 것 같았다. 어떤 달력들은 십이개월이 모두 한 장에 나와 있는 카드 형태였는데, 이런 달력에는 날짜 위에 동그라미가 쳐져 있는 곳도 있었다.

그녀가 달력을 바라보고 있는데 포터가 들어왔다. 그는 얼음물이 든 컵을 들어 보였고, 얼음조각이 컵 가장자리까지 꽉꽉 들어차 있었다.

"어째서 달력을 모아두세요?" 그녀가 물었다.

그가 웃었다. "시간 때우려고요. 여기. 물 마셔요. 좀 시원해질 겁니다."

그녀는 컵을 받아들고 얼음이 이에 닿지 않도록 애쓰며 살짝 입을 축이면서 컵 가장자리 너머로 그를 바라보았다. 맨발로 그렇게 서서, 땀으로 축축해진 머리카락이 페인트처럼 뺨에 달라붙어 있게 내버려둔 채 그녀는 편안하다고 느꼈다. 허영심이 있던 자리에 아주 새삼스러운 자긍심이 차오름을 느낄 수 있었다. 그녀는 이 남자, 그녀의 아버지에게서 손바닥만한 방을 빌려 살고, 칼로 음식을 먹고, 제대로 된 구두 한 켤레 없는 이 사내에게 감사했다. 부모님이 평생 그녀 근처에 얼씬도 하지 못하게 했던 (그리고 그녀 스스로도 피했던) 사내들의 완벽한 전형에게. 그런 남자들은 자기 여자를 때리고, 배신하고, 굴욕을 주고, 떠나버린다고 정평이 나 있었다. 커린디언스는 그에게 바짝 다가가, 손가락으로 그의 턱을 치켜들고서 목에다 깃털처럼 가벼운 키스를 했다. 그가 두 손으로 그녀의 얼굴을 감싸쥐자, 그녀는 눈을 감고 작은 협탁에 물컵을 내려놓으려 했다.

"아니, 안 돼요. 곧 날이 밝을 겁니다. 집에 데려다줄게요."

그녀는 순순히 말을 듣고 옷을 다 입었다. 그들은 최대한 살금살금 계단을 내려와 부엌문 바로 앞 마룻바닥으로 떨어지는 커다란 삼각형 모양 불빛을 지나쳤다. 남자들은 아직도 카드 게임을 하고 있었지만, 이제는 문이 약간 열려 있었다. 포터와 커린디언스는 재빨리 불빛을 피해 지나쳤다.

그런데도 어떤 목소리가 외쳤다. "거기 누구요? 메리?"

"아뇨. 접니다. 포터예요."

"포터?" 그 목소리가 못 믿겠다는 투로 말했다. "교대 시간이 어떻게 되는데?"

"나중에 봅시다." 포터는 이렇게 말하더니, 목소리의 주인공이 궁금증을 못 이겨 복도로 나오기 전에 얼른 현관문을 열었다.

커린디언스는 기어를 사이에 두고 최대한 바짝 포터에게 붙어 앉아 의자 등에 고개를 기댔다. 그녀는 다시 한번 눈을 감고 남동생이 세 시간 전 마시고 있던 달콤한 공기를 깊이 들이마셨다.

"머리를 좀 가다듬는 편이 좋지 않을까요?" 포터가 물었다. 그는 지금 이대로의 그녀 모습이 소녀 같고 아름답다고 생각했지만, 혹시라도 그녀의 부모님이 아직 깨어 있다면 그녀의 변명이 우습게 들리지 않기를 바랐다.

그녀는 고개를 저었다. 지금은 세상 그 무엇을 준다 해도 머리카락을 뒷덜미에 공처럼 말아올리고 싶지 않았다.

포터는 커린디언스가 자동차 보닛 위에 드러누워버렸던 바로 그 나무 밑에 차를 세웠다. 속삭이며 고백하고 나니, 네 블록을 걸으면서도 그녀는 포치 계단을 오르는 일이 더이상 무섭지 않았다.

문을 닫자마자 말소리가 들렸고, 그녀는 본능적으로 풀어내린 머리카락을 만졌다. 목소리는 닫힌 부엌문 뒤, 식당 너머에서 흘러나오고 있었다. 남자들의 목소리였다. 커린디언스는 눈을 깜박거렸다. 방금 남자들이 불 켜진 부엌에 앉아 시끄럽고 흥분된 소리로 이야기를 나누는 집에서 돌아온 참인데, 자기 집에서 똑같은 장면을 다시 보게 될 줄이야. 그녀는 한밤중 이 시간, 그녀가 익숙하지 않은 이 시간은 늘 그렇듯 남자들의 전유물인가 하고 생각했다. 어쩌면 남자들은 여자들이 잠든 사이에 용 이빨에서 솟아난 거인들처럼* 부스스 일어나 주방에 무리 지어 모이는지도 모른다. 그녀는 발끝으로 살금살금 문으로 다가갔다. 아버지가 말하고 있었다.

"아직도 그놈을 왜 끌어들였는지 대답하지 않았다."

"지금 와서 그런다고 뭐가 달라져요?" 이건 남동생의 목소리였다.

"그놈이 이제 알고 있잖니." 아버지가 말했다. "그게 다른 점이다."

"뭘 말이에요? 알 것도 없어요. 순 엉터리라고요." 밀크맨의 목소리가 종기처럼 부풀었다.

"실수였지, 엉터리는 아니야. 어디 다른 데 있다는 뜻일 뿐이다. 그게 다라고."

"그래요. 조폐공사에 있겠죠. 가서 조폐공사를 털어올까요?"

"아니야!" 메이컨이 식탁을 내리쳤다. "틀림없이 거기 있단 말이다. 틀림없어."

커린디언스는 그들이 격한 감정으로 나누는 이야기가 대체 무슨 뜻

* 그리스신화에서 카드모스는 아테나 여신의 지시를 받아 용의 이빨을 땅에 뿌리는데, 땅에 떨어진 용의 이빨 하나하나에서 무장한 전사가 솟아오른다.

인지 알아들을 수가 없었지만, 거기 서서 더 알고 싶은 마음도 없었다. 지금 그녀가 느끼는 충족감을 흐트러뜨리기가 싫었기 때문이다. 그녀는 그들을 내버려두고 계단을 올라 자기 침대로 들어갔다.

아래층 주방에서, 밀크맨은 팔짱을 끼고 식탁 앞에 앉아 고개를 숙이고 있었다. "전 상관 안 해요. 그게 어디 있든 관심 없어요."

"실수였어." 아버지가 말했다. "살짝 일이 꼬였을 뿐이다. 그렇다고 우리가 발을 빼야 하는 건 아니야."

"감옥에 처넣어졌는데도 살짝 일이 꼬였을 뿐이라고요?"

"너는 나왔잖니, 안 그래? 거기 겨우 이십 분 정도밖에 더 있었니."

"두 시간이에요."

"경찰서로 가자마자 날 불렀다면 이 분도 채 안 있었을 게다. 아니 더 일찍. 경찰들한테 붙들렸을 때 당장 날 불렀어야지."

"경찰차에는 전화기가 없어요." 밀크맨은 만사가 귀찮았다. 그는 손으로 고개를 받치고 앉아, 셔츠 소매를 보며 말했다.

"너 혼자만 있었어도, 경찰이 전화를 하게 해줬을 게다. 네 이름만 말해도 곧장 풀어줬을 게야. 하지만 네가 그놈의 사우스사이드 깜둥이하고 같이 있었잖니. 그래서 사태가 그렇게 꼬인 게다."

"그래서 꼬인 게 아니에요. 돌멩이와 사람 뼈가 잔뜩 들어 있는 자루를 들고 돌아다닌 게 문제죠. 사람 뼈 말이에요. 경찰이 조금이라도 머리가 돌아간다면, 한때 그 뼈에 붙어 있던 사람이 있을 거라는 추측을 왜 못하겠어요."

"물론 옛날에야 그랬겠지. 하지만 오늘밤은 아니다. 그 뼈에 살점이 붙어 있던 사람이 어제 살아 있었을 리도 없지. 시체가 해골이 되려면 시간이 걸리니까. 경찰들도 그건 알아. 경찰들이 수상하게 생각한 게 기타가 아니라는 말은 할 생각 마라. 그 노란 눈알을 한 깜둥이는 무슨 짓이든 저지를 수 있는 면상을 하고 있더구나."

"경찰은 기타의 눈을 보고 차를 세운 게 아니에요. 그들은 아무것도 못 봤어요. 무조건 길가에 세우라고 하더니 우리더러 내리라고 했어요. 그런데, 왜 그랬느냐고요? 우리 차를 왜 세웠느냐고요? 우리는 속도를 내지도 않았어요. 그냥 차를 몰고 있었을 뿐인데." 밀크맨은 더듬거리며 담배를 찾았다. 경찰이 다리와 등과 엉덩이와 팔을 더듬는 동안, 자동차 쪽으로 허리를 굽히고 다리를 벌린 채 손을 후드 위에 얹고 있던 걸 생각하니 다시 화가 치밀었다. "속도도 안 내는 차를 세우다니 대체 무슨 짓들이에요?"

"경찰들은 마음 내키는 대로 아무 차나 세우지 않니. 그들은 너희가 흑인이라는 걸 봤을 뿐이야. 그리고 그 남자애를 죽인 니그로를 찾고 있잖아."

"대체 누가 그게 니그로의 짓이래요?"

"신문에서 그러더구나."

"신문은 언제나 그렇게 말하죠. 언제나……"

"그런다고 뭐가 달라지냐? 네가 혼자 있었고 당장 이름을 말했다면 그들이 너를 붙드는 일은 없었을 게고, 차를 수색하지도 않았을 게고, 그 자루를 열어보는 일도 없었을 게다. 다 나를 안단 말이다. 경찰서에 내가 나타나자 태도가 달라지지 않더냐."

"아버지가 나타나도 하나도 달라지는 게 없던걸요."

"뭐라고?"

"아버지가 그 빌어먹을 개자식을 한쪽 구석으로 데려가서 지갑을 연 후에야 태도가 달라졌죠."

"나한테 지갑이 있다는 걸 고맙게 생각해라."

"고맙게 생각하죠. 그럼요, 고맙고말고요."

"그랬으면 그걸로 끝이었을 게야, 그놈의 사우스사이드 깜둥이 자식만 아니었다면. 그 자식만 없었어도, 경찰이 파일러트를 거기까지 부르지는 않았을 게다." 메이컨은 손으로 무릎을 문질렀다. 아들의 석방 여부가 파일러트한테 달려 있었다는 사실을 생각만 해도 그는 수치심에 치가 떨렸다. "너절하게 밀주나 파는 암캐 같으니라고."

"파일러트 고모를 아직도 암캐라고 불러요?" 밀크맨은 킬킬거리면서 웃기 시작했다. 기진맥진한데다 천천히 긴장이 풀어지면서 어질어질했다. "아버지는 고모가 그걸 훔쳤다고 생각했죠. 그 긴 세월 내내…… 그 긴 세월 내내 그래서 고모를 미워했던 거예요." 이제 그는 큰 소리로 깔깔 웃어댔다. "동굴인지 뭔지 하는 데서 금덩어리가 가득 든 커다란 자루를 몰래 지고 나왔다고, 100파운드도 넘는 묵직한 금덩어리 자루를 어깨에 이고 나와서 오십 년 동안 전국을 헤매면서도 한푼도 쓰지 않고 빌어먹을 양파 자루처럼 천장에다 매달아놨다고 생각했단 말이지요." 밀크맨은 고개를 젖히고서 웃음소리가 주방 가득 울리도록 웃어댔다. 메이컨은 말이 없었다. "오십 년이나…… 오십 년 동안 아버지는 그 황금 생각을 하고 계셨단 말이죠! 오, 빌어먹을. 이건 정말 완전히 미친 짓이야……" 웃다보니 그의 두 뺨에 눈물이 줄줄 흘러내리고 있었다. "미쳤어. 당신네들 다 미쳤어. 완전히 미쳐버렸군. 미리 알았어야 하는데. 전부 다 미친 짓이라는 걸. 전부 다 돌았어—이런 생각 자체가."

"뭐가 더 미친 짓이냐? 그 긴긴 세월 동안 금이 든 자루를 끌고 돌아다니는 게 미친 짓이냐, 아니면 사람 뼈다귀를 끌고 돌아다니는 게 미친 짓이냐? 응? 뭐가 더 미친 짓이냐고?" 메이컨이 물었다.

"저는 모르겠어요. 정말로 모르겠어요."

"그런 짓을 한 여자가 또 뭘 못 하겠니. 경찰이 그년을 잡아넣었어야 하는 건데. 네 녀석들이 그 뼈가 파일러트 거라고 말했을 때, 문을 열고 들어오는 그년을 곧장 철창에 처넣었어야 해."

밀크맨은 소매로 눈물을 훔쳤다. "무슨 죄로 처넣어요? 그런 얘기를 했는데?" 그는 또다시 웃기 시작했다. "걸어들어오는 품이 꼭 루이즈 비버하고 버터플라이 매퀸*을 한데 섞어놓은 것 같았어요. '그럼요, 선생님. 물론이죠, 선생님……'"

"그런 소리는 한 적 없어."

"한 거나 마찬가지예요. 심지어 목소리도 다르게 냈다고요."

"내가 그 여자는 뱀이라고 했잖니. 순식간에 탈바꿈을 한다니까."

"심지어 겉모습도 달라 보였어요. 키가 작아 보였다고요. 키도 작고 불쌍해 보였어요."

"그걸 도로 찾고 싶었기 때문이다. 경찰들한테서 뼈를 되돌려받고 싶어서 그런 게야."

"불쌍한 남편의 뼈 말이죠, 돈이 없어서 매장도 못한. 파일러트 남편이 어디 있긴 한가요?"

"교황한테 남편이 있더냐?"

---

* 둘 모두 미국의 흑인 여배우.

"글쎄요, 아무튼 도로 찾았잖아요. 경찰이 돌려줬으니까."

"마음먹은 일은 확실히 하는 년이니까, 물론이지."

"그래요. 확실히 했어요. 하지만 어떻게 그렇게 빨리 알아챘을까요? 그러니까 경찰서에 들어올 때 이미…… 그러니까…… 채비를 차리고 온 게 분명했어요. 도착했을 때는 이미 계산이 다 서 있었다고요. 붙잡아서 서署로 데리고 오는 길에 경찰이 자초지종을 설명해줬나봐요."

"아니, 경찰들은 그런 짓 안 해."

"그렇다면 어떻게 알았던 거죠?"

"파일러트가 뭘 아는지, 그걸 누가 알겠냐."

밀크맨은 고개를 저었다. "귀신이나 알겠죠." 그는 여전히 흥미로워하고 있었지만, 아까 기타와 함께 수갑을 찬 채 나무 벤치에 앉아 있을 때는 목덜미에 두려움이 스멀거렸다.

"백인의 유골이라니." 메이컨이 말했다. 그는 일어서서 하품을 했다. 하늘을 뒤덮었던 암흑은 이제 조금 누그러져 있었다. "깜둥이 암캐가 백인의 유골을 지고 돌아다니다니." 그는 다시 하품을 했다. "나는 죽어도 그년을 이해할 수가 없어. 일흔두 살이나 먹었는데도 그년 속은 하나도 모르고 죽겠군." 메이컨은 부엌문 앞으로 가서 문을 열었다. 그리고 돌아서서 밀크맨에게 말했다. "하지만 그게 무슨 뜻인지 너는 알겠지, 안 그러냐? 그애가 백인의 유골을 훔쳐가고 황금은 그냥 뒀다면, 그건 그 자리에 틀림없이 그대로 있을 거란 말이다." 그는 아들이 뭐라고 반박할 기회도 주지 않고 문을 쾅 닫아버렸다.

글쎄, 그 자리에서 썩으라지, 밀크맨은 생각했다. 누구든 '황금'이라는 단어를 입 밖에 내기만 하면 이빨을 다 뽑아버릴 테다. 그는 부엌에 앉아 커피를 더 마시고 싶었지만, 일어나서 커피를 가져오기에는 너무 피로했다. 곧 어머니가 아래층에 나타나리라. 어머니는 그와 메이컨이 들어왔을 때 잠을 깼지만, 메이컨이 다시 위층으로 올려보냈다. 밀크맨은 담배 한 대를 더 찾으면서 개수대 위의 전깃불이 새벽빛에 흐려지는 걸 지켜보았다. 쨍한 햇살이 또 한번의 무더운 여름날을 예고했다. 하지만 햇살이 강렬해질수록 그는 점점 더 참담해지기만 했다. 메이컨이 떠나고 혼자 앉아 있자니, 그날 밤에 있었던 일들이 다시 떠올랐다—소소한 일들, 세세한 것들이 뇌리에 떠올랐지만, 정말로 그런 일이 일어났던 건지 확신할 수가 없었다. 어쩌면 그가 머릿속으로 꾸며낸 게 아닐까. 파일러트는 확실히 전보다 키가 훨씬 더 작아졌다. 유치장 면회실에 서 있던 파일러트는 키가 경사의 어깨에도 미치지 못했다—그리고 경사의 머리는 밀크맨의 턱에도 닿지 못했다. 원래 파일러트는 밀크맨만큼 키가 컸다. 그런데 경찰에게 애처롭게 굴며, 할머니한테 장난을 치려고 그 자루를 훔쳤다는 밀크맨과 기타의 거짓말을 확인해주던 파일러트는 그를 올려다봐야 하는 키였다. 그리고 경찰의 방문으로 잠을 깰 때까지 자루가 없어진 줄도 몰랐다고 사정을 설명하면서 손까지 부들부들 떨었다. 도대체 남편의 유골을 훔쳐갈 생각을 하다니 이해를 할 수가 없고, 남편은 십오 년 전에 미시시피에서 린치를 당해 죽었다고, 목 매달린 남편의 시체를 끌어내리지도 못하게 하기에 일단 마을을 떠났다가 다시 돌아가보니 시신이 제 무게를 못 이겨 밧줄에서 빠져 땅에 떨어져 있었고, 그래서 그를 추스려 땅에 묻으려 했지만 '장례 치르는 사람들'은 관 하나에 50달러씩 달라고 했고 목수는 소나무 상자 하나에 12달러 50펜스나 불렀으며 그녀는 12달러 50펜스를 구할 수가 없어서 그냥 솔로몬 씨(남편은 참으로 기품 있는 흑인이었기에 그녀는 항상 그를 이렇게 불렀다고 했다)의 유골을 자루에 담아 간직하고 있었다는 것이다. "성경 말씀에 보면, 주님이 한데 모은 걸 사람의 손으로 함부로 하지 말라 하셨지요. 「마태복음」 21장 2절 말씀이에요.* 우리는 서로 진심으로 아끼는 합법적인 부부였답니다." 그녀는 애원했다. 구구절절 이야기가 길어지면서 심지어 그녀의 눈망울마저도, 커다랗고 졸려 보이는 그 늙은 눈망울마저도 작아졌다. "그래서 그냥 제 근처에 그이를 두기로 했던 거예요. 죽을 때 같은 구덩이에 묻어달라고. 그러면 심판의 날 우리가 함께 일어날 수 있을 테니까요. 손에 손을 꼭 잡고서 말이지요."

밀크맨은 경악했다. 파일러트는 이름을 지을 때 말고는 성경을 들여다보지도 않는 줄 알았는데, 장과 절까지 짚어가며 인용을 했던 것이다. 게다가 밀크맨과 기타와 메이컨을, 누군지 잘 모르겠다는 눈길로 바라보았다. 심지어 아는 사람들이냐는 질문을 받았을 때는, 친오빠를 바라보며 "여기, 이 사람은 전혀 몰라요"라고 날카롭게 쏘아붙이더니 "하지만 이 친구는 동네에서 본 적이 있는 것 같아요"라고 말하는 것이었다. 이 대목에서 그녀는, 죽은 사람 같은 눈빛을 하고 대리석처럼 꼼짝도 않고 앉아 있던 기타를 향해 손짓을 해 보였다. 얼마 후 모두들 메이컨의 차를 타고 집으로 가는 길에도—파일러트는 앞좌석에 앉고, 기타와 그는 뒷좌석에 앉았다—기타는 한마디도 하지 않았다. 그의 분노는 마치 피부에서 스멀스멀 피어오르는 열기 같아서, 열린 차창으로 불

* 실제로는 「마태복음」 19장 6절.

어들어오는 뜨거운 공기마저 상쾌하게 느껴질 정도였다.

그리고 또다시 변화가 있었다. 파일러트의 키가 다시 커진 것이다. 다 해진 실크로 감싼 그녀의 정수리는 사내들과 마찬가지로 자동차 천장에 닿을락 말락 했다. 그리고 원래 목소리도 되돌아왔다. 그녀는 오로지 메이컨에게만 말했고, 다른 사람은 아무도 입을 열지 않았다. 일상적인 대화를 나누듯, 하다 만 이야기를 마저 하는 사람처럼, 그녀는 경찰에게 했던 것과는 전혀 다른 이야기를 오빠에게 들려주었다.

"그날 밤낮을 꼬박 그 안에서 보내고 다음날 아침 바깥을 내다봤더니 오빠는 사라지고 없더군. 겁이 나서 오빠에게 달려가고 싶었는데, 머리카락 한 오라기도 보이지 않았어. 그곳에 다시 돌아간 건 삼 년쯤 지나고 나서야. 겨울이었지. 사방에 눈이 쌓여서 제대로 길을 찾을 수가 없었어. 먼저 서시를 찾다가, 동굴을 찾아 나섰지. 여정은 지독하게 힘겨웠고, 내 몸은 몹시 쇠약해져 있었어. 어디를 가든 사방이 눈 천지였고. 하지만 오빠가 날 제대로 안다면, 그깟 작고 낡은 꾸러미들을 가지러 거기까지 돌아갈 사람이 아니라는 걸 알았어야지. 처음 봤을 때도 눈 하나 깜짝하지 않았는데, 삼 년이 지난 후에 흑심이 생겼겠어. 내가 거기 간 건 아빠가 가라고 하셨기 때문이야. 아빠는 가끔 나를 보러 오셔. 그리고 내가 해야 할 일을 일러주시지. 처음에는 그냥 노래를 하라고, 노래를 멈추지 말라고만 하셨어. '노래하렴' 하고 속삭이곤 하셨지. '노래하렴. 노래해.' 그러다가 리바가 태어난 직후에는 찾아오셔서 단도직입적으로 말씀하셨어. '그렇게 사람만 남겨두고 날아가버리는 게 아니야.' 아버지는 내게 이렇게 말씀하셨지. 사람의 목숨은 귀중한 거라고. 사람만 달랑 남겨두고 그렇게 날아가버리는 게 아니라고. 나는 아버지가 무슨 말을 하는 건지 곧바로 알아들었어. 우리가 그 짓을 할 때 아버지도 그 자리에 계셨으니까. 아버지 말씀은 남의 목숨을 빼앗으면 자기 것이 된다는 거였어. 책임을 져야 한다는 거야. 사람을 죽이고 싹 입을 닦을 수는 없는 거라고. 그들은 계속 남아서, 자기의 목숨이 된다고. 그래서 나는 다시 돌아가서 찾아와야만 했어. 그리고 결국 동굴을 찾았지. 그 자리에 있더군. 늑대 같은 것들이 시체를 끌고 다녔는지 동굴 입구 쪽, 우리가 잠을 잤던 바로 그 바위 위에 반쯤 누운 채로 거의 앉아 있는 것처럼 놓여 있었어. 나는 그의 유골을 조각조각 모아서 자루에 담았지. 군데군데 여전히 옷이 걸쳐져 있었지만, 유골은 깨끗하게 마른 상태였어. 그후로 내내 그걸 갖고 다녔지. 아버지가 그러라고 하셨고, 그 말씀은 옳았어. 사람 목숨을 함부로 빼앗아놓고 뒤도 돌아보지 않은 채 떠나버릴 수는 없는 거야. 목숨은 목숨이니까. 귀중한 거야. 그리고 자기가 죽인 사람은 자기가 떠맡아야 해. 어디를 가든, 어차피 자기 마음속에 남아 따라다니거든. 그러니까 어디를 가든 유골을 가까이 둘 수 있게 갖고 다니는 쪽이 훨씬, 훨씬 더 좋아. 그렇게 하면 마음이 자유로워져."

마음이 만신창이가 되겠지, 밀크맨은 생각했다. 만신창이가 되어 영영 회복할 수 없겠지. 그는 식탁에서 몸을 일으켰다. 기타를 찾으러 나가기 전에 눈을 좀 붙여야 했다.

휘청거리며 계단을 올라가는데, 뷰익에서 내리던 파일러트의 등이 기억났다—그 무거운 자루를 지고도 전혀 구부러지지 않은 등. 그리고 자동차에서 멀어져가는 파일러트를 무섭게 노려보던 기타의 눈길도 기억났다. 메이컨이 기타를 차에서 내려줬을 때, 그는 밀크맨의 "안녕"

이라는 인사에 대답은커녕 고개도 돌리지 않았다.

밀크맨은 정오에 눈을 떴다. 누군가 방에 들어와 침대 발치의 마룻바닥에 작은 선풍기를 하나 놓고 갔다. 그는 한참 동안 웅웅거리는 소리에 귀를 기울이다가 일어나 욕조에 물을 받으러 욕실에 갔다. 밀크맨은 미지근한 물에 몸을 담근 채 땀을 흘렸고, 너무 덥고 피곤한 탓에 몸에 비누칠도 하기가 싫었다. 가끔 한 번씩 얼굴에 물을 끼얹어 이틀 된 수염을 적셨다. 면도를 하면 턱을 크게 벨 것 같았다. 욕조는 그가 몸을 뻗지도 못할 만큼 작아서 몹시 불편했다. 그 안에서 헤엄도 칠 수 있던 시절이 기억에 선했건만. 이제 그는 제 다리를 내려다보았다. 왼다리가 오른다리만큼 길어 보였다. 그는 자기 몸을 훑어보았다. 경찰관의 손이 닿던 감촉이 아직도 느껴졌다—파리떼가 앉은 말의 옆구리가 떨리듯, 살점이 펄떡 곤두서는 감촉. 그뿐만이 아니었다. 수치심 같은 뭔가가 피부에 끈적끈적 달라붙었다. 사지를 쭉 벌린 채 온몸을 샅샅이 손으로 수색당하고 수갑이 채워질 때 그 수치심. 어른답게 한탕 친 것도 아니고 할로윈에 아이가 할 법한 장난처럼 해골 따위를 훔쳐 달아난 수치심. 아버지와 고모를 모조리 동원해 간신히 풀려났다는 수치심. 그리고 아버지가—'우리 다 사정을 잘 알잖소' 하는 관대한 미소를 지으며—경찰 앞에서 굽실거리는 모습을 보았을 때 느낀 더 큰 수치심. 하지만 무엇보다 참담한 건 파일러트를 지켜보며 그녀의 말을 듣고 있을 때 든 수치심이었다. 파일러트가 '제미마 아주머니'*처럼 굴어서 부

---

* Aunt Jemima. 19세기 후반 백인이 흑인으로 분장하고 흑인 가곡 등을 부르던 민스트럴 쇼에서 주요하게 등장한 캐릭터로, 백인에게 아첨하는 흑인 가정부의 전형으로 그려졌다.

끄러웠던 게 아니라, 그런 짓을 몹시 능숙하게 해내며 기꺼이—그를 위해서—해주었다는 사실이 수치스러웠다. 바로 조금 전, 그 자루를 유산이라 믿고 훔쳐서 그녀 집을 나섰던 장본인인 그를 위해서. 게다가 파일러트가 '훔친' 물건이라고 오인했던 것도 무의미했다…… 고모가 누구로부터 훔쳤단 말인가? 죽은 사람한테서? 똑같이 도둑질을 하려 했던 아버지한테서? 그때도 지금도? 그 역시 도둑질을 한 건 마찬가지였고, 그것도 모자라 도둑질하고 있을 때 고모가 방에 들어오기라도 하면 때려눕힐 각오까지 하고 있었다—적어도 그는 스스로 각오가 되어 있다고 생각했다. 그에게 처음으로 완벽한 달걀을 요리해주었고, 하늘을, 어머니의 리본처럼 푸르른 하늘색을 보여준 사람. 그래서 그후로 하늘을 바라볼 때면 아득하거나 까마득한 느낌이 전혀 없이, 마치 그가 사는 방의 천장처럼, 그가 소속된 곳처럼 친밀하고 익숙하게 느껴지도록 만들어준 이 흑인 할머니를 때려눕히려 했다니. 파일러트는 그에게 이야기를 들려주었고, 노래를 불러주었고, 바나나와 옥수수빵을 먹여주었으며, 해마다 첫추위가 찾아오는 날이면 뜨거운 호두수프를 만들어주었다. 그리고 어머니의 말씀이 사실이라면, 이 흑인 할머니는—일흔이 가까운 나이지만 십대 소녀 같은 피부와 민첩함을 지닌—다들 그저 기적만을 바라고 있을 때, 그를 세상에 태어나게 해준 장본인이었다. 그가 때려눕혀 기절시키겠다고 마음먹었던 바로 이 할머니, 경찰서로 허겁지겁 달려와 경찰들 앞에서 쇼를 한 이 할머니는—마음을 활짝 열고 경찰들의 비웃음과 동정과 경멸과 조롱, 불신, 비열함과 변덕, 짜증, 권세, 분노, 권태를 한없이 너그럽게 받아주며—자기 자신과 밀크맨을 위해서라면 못할 게 없다는 각오를 보여주었다.

밀크맨은 다리로 물을 철벅거렸다. 그리고 다시 파일러트를 바라보던 기타의 눈길을 떠올렸다—두 눈에서 보석처럼 빛을 발하던 증오심. 기타는 그런 표정을 지을 자격이 없다. 밀크맨은 기타에게 끝내 물어보지 못한 질문의 답을 퍼뜩 깨달았다. 기타는 살인을 할 수 있고, 살인할 의지도 있었으며, 아마 살인을 해본 적도 있을 것이다. '7일'은 그런 능력의 결과일 뿐 동기가 아니었다. 그렇다. 기타는 파일러트를 그런 눈으로 바라볼 명분이 전혀 없다. 밀크맨은 이렇게 생각하며 욕조에서 몸을 일으켜 황급히 비누칠을 했다.

밖으로 나오자마자 9월의 열기가 덮쳐와 목욕의 상쾌한 맛을 싹 쓸어 없애버렸다. 메이컨이 뷰익을 가져갔기 때문에—그는 나이가 들어 많이 걸어 다닐 수가 없었다—밀크맨은 기타의 집까지 걸어가야 했다. 그가 모퉁이를 돌아서는데, 뒤쪽 유리창에 톱니바퀴 모양으로 금이 간 낮익은 회색 올즈모빌 한 대가 집 앞에 세워져 있는 것이 눈에 띄었다. 사내들 몇몇이 차에 타 있고 두 사람은 밖에 서 있었다. 기타와 레일로드 토미였다. 밀크맨은 걷는 속도를 늦추었다. 토미가 뭔가 말하고, 기타는 고개를 끄덕이고 있었다. 그러더니 두 사내는 악수를 했다—밀크맨이 여태 한 번도 본 적 없는 악수였다. 먼저 토미가 기타의 손을 양손으로 잡고, 다음에는 기타가 토미의 손을 양손으로 잡았다. 토미는 자동차에 탔고 기타는 황급히 집 모퉁이를 돌아 자기 방으로 통하는 옆쪽 계단으로 달려갔다. 올즈모빌은—밀크맨은 1953년이나 1954년 모델이리라 생각했다—간신히 유턴을 하더니 그가 있는 쪽으로 달려왔다. 차가 스쳐갈 때 보니, 안에 탄 남자들은 모두 똑바로 앞을 보고 있었다. 포터가 운전을 하고 엠파이어스테이트가 한가운데 앉아 있었으며 레일로드 토미가 저쪽 끝자리를 차지하고, 뒷좌석에는 호스피털 토미와 네로라는 남자가 앉아 있었다. 다른 남자는 밀크맨이 모르는 사람이었다.

저들이 바로 그 사람들이구나, 그는 생각했다. 그의 심장이 미친듯이 뛰었다. 여섯 명의 사내들, 한 사람은 포터, 그리고 기타. 저 사람들이 '7일'이야. 게다가 저 자동차. 가끔 집 근처에서 커린디언스를 내려주곤 하는 바로 그 차였다. 밀크맨은 처음에는 누가 누나를 간간이 집까지 태워주나보다 생각했다. 하지만 시간이 흘러도 누나가 그것에 대해 일언반구도 하지 않는데다 최근 들어 말수도 적어지고 통통하게 살도 붙는 걸 보고는 아마 몰래 남자를 만나고 있나보다, 하고 결론을 내렸다. 그는 우습고, 애틋하고, 어쩐지 약간 서글프다는 생각이 들었다. 하지만 이제 그는 누나가 만나는 사내가 누구인지는 몰라도 어쨌든 저 자동차에 그리고 '7일'에 소속되어 있다는 사실을 알게 되었다. 어리석은 여자 같으니라고, 밀크맨은 생각했다. 하고많은 사람 중에 고른 게 하필. 누나는 정말 바보 같아. 정말 바보 같다고. 빌어먹을!

이젠 기타가 문제가 아니었다. 그는 기타를 나중에 만나기로 했다.

밀크맨이 술에 취하면, 사람들은 그를 훨씬 더 잘 대해주고, 훨씬 공손하게 대했으며, 그에게 더 깊은 이해심을 보여주었다. 알코올은 밀크맨을 전혀 바꿔놓지 않았지만, 알코올 기운이 거나하게 올랐을 때 그가 만나는 사람들에게는 엄청난 영향력을 발휘했다. 사람들은 외모부터 훨씬 근사해 보였고, 속삭임 이상으로 언성을 높이는 일도 없었으며, 그에게 손을 댈 때도, 하다못해 부엌 개수대에 대고 그가 오줌을 싸는 바람에 파티에서 쫓아낼 때나 버스 정류장 벤치에서 졸고 있는 그의 주머니를 털려 할 때마저도, 그 손길은 부드러웠고 애정이 담뿍 담겨 있었다.

그는 그런 식으로, 은근한 취기에서 꼭지가 돌아버릴 정도로 술에 전 상태를 오가며 이틀 낮과 하룻밤을 보냈고, 중학교 3학년 이후로 네 개 이상의 문장으로 말을 건네본 적이 없는 리나라 불리는 막달렌과 정신이 번쩍 드는 대화를 나누지 않았더라면 아마 적어도 하루는 더 그렇게 보냈을 것이다.

어느 이른아침에 밀크맨은 집에 돌아갔는데, 리나가 계단 꼭대기에서 그를 기다리고 있었다. 레이온 가운으로 몸을 감싸고 안경을 끼지 않은 누나는 방금 전 그의 주머니를 턴 그 남자처럼 진짜 같지 않고 친절해 보였다.

"이리 좀 와봐. 너한테 보여줄 게 있어. 잠깐만 이리 와볼 수 있어?" 누나는 속삭였다.

"나중에 보면 안 돼?" 그도 친절하게 말했다. 자신이 얼마나 피곤한지를 생각했을 때 자기 목소리에 배어나는 공손함은 자랑스러울 정도였다.

"응," 그녀가 말했다. "안 돼. 지금 봐야 해. 오늘. 그냥 보기만 해."

"리나 누나. 나 지금 완전히 녹초……" 그는 다정하고 분별 있는 목소리로 말머리를 꺼냈다.

"일 분 이상 걸리지 않을 거야. 중요한 일이야."

그는 한숨을 내쉬고는 누나를 따라 복도를 지나 그녀의 침실로 갔다. 그녀는 창문으로 걸어가더니 손가락으로 가리켜 보였다. "저기 좀 내려다봐."

느릿느릿해도 우아하다고 생각하는 걸음걸이로, 밀크맨은 창문으로 다가가 커튼을 젖히고 누나가 손가락으로 가리키는 곳을 눈으로 따라갔다. 보이는 거라곤 고작해야 집 옆에 자리잡은 잔디밭뿐이었다. 움직이는 건 눈을 씻고 찾아봐도 없었지만, 그는 이른 새벽빛에 자신이 미처 보지 못했을지도 모른다고 생각했다.

"뭐?"

"저 작은 단풍나무를 보라고. 바로 저기." 그녀는 손가락으로 4피트쯤 되는 자그마한 단풍나무를 가리켜 보였다. "이제 빨갛게 단풍이 들기 시작해야 해. 9월도 거의 다 끝났으니까. 하지만 단풍이 들지 않아. 그냥 시들어서 초록색 잎사귀인 채로 떨어지고 있어."

그는 누나 쪽으로 몸을 돌리고 미소를 지었다. "중요한 일이랬잖아." 그는 화를 내지 않았고 심지어 짜증을 부리지도 않았으며, 그런 자기의 평정심을 즐기고 있었다.

"중요한 일이야. 아주 중요해." 누나의 목소리는 부드러웠다. 그녀는 계속 나무를 뚫어져라 쳐다보고 있었다.

"그러면 말을 해봐. 난 곧 일하러 가야 해."

"알고 있어. 하지만 누나한테 일 분도 못 내줘?"

"죽은 나무를 빤히 쳐다보고 있는 일이라면 못 내줘. 싫어."

"아직 죽지 않았어. 하지만 곧 죽겠지. 올해는 잎사귀가 빨갛게 물들지 않을 테니까."

"리나 누나. 셰리주 마셨어?"

"놀리지 마." 리나가 말했는데, 그녀의 말투에서는 강철 같은 단호함이 묻어났다.

"술 마신 거지, 그렇지?"

"너 내 말을 제대로 듣지 않는구나."

"듣고 있어. 여기 이렇게 서서 오늘의 대단한 뉴스를 듣고 있잖아—저 나무가 죽어간다는 뉴스."

"너 전혀 기억 못하는구나, 그렇지?"

"뭘 말이야?"

"네가 저 나무에다 오줌을 쌌잖아."

"내가 뭘 했다고?"

"네가 저 나무에 오줌을 쌌어."

"리나 누나, 내 생각에 이 얘기는 나중에 해도……"

"그리고 나한테도 오줌을 싸갈겼지."

"어…… 리나 누나, 나도 살면서 잘못한 일이 몇 가지 있겠지. 스스로 생각해도 기분좋지 않은 일들이 있어. 하지만 하느님께 맹세컨대 누나한테 오줌을 싼 적은 없어."

"여름이었어. 아빠가 그 패커드를 사셨던 해였지. 함께 드라이브를 갔었는데 네가 화장실에 가고 싶다고 했어. 기억나?"

밀크맨은 고개를 저었다. "아니. 기억 안 나."

"내가 널 데려갔어. 시골이라 달리 갈 데가 없었지. 그래서 부모님이 나한테 너를 데려가라고 한 거야. 엄마가 가려고 했지만, 아빠가 못 가게 하셨어. 그렇다고 당신이 가지도 않을 거면서. 커린디언스는 콧대를 치켜들고 한마디로 거절했고, 그래서 다들 나보고 가라고 했어. 나도 뾰족구두를 신고 있었는데 말이야. 나도 여자애였는데 말이지. 그런데도 다들 나보고 가라고 했어. 너랑 나는 갓길에서 벗어나 비탈길을 약간 내려가야 했어. 그쪽은 풍경이 참 예뻤지. 나는 네 바지의 단추를 끌러주고 네가 혼자 볼일을 볼 수 있게 뒤로 돌아섰어. 보랏빛 제비꽃이 풀밭 여기저기 자라나 있었고 노란 야생 수선화도 군데군데 보였어. 나는 꽃을 따고 나뭇가지도 몇 개 꺾었지. 집에 돌아와서 그 가지들을 바로 저기에 심었어." 그녀는 고갯짓으로 창문 쪽을 가리켰다. "구멍을 하나 파서 그냥 심었어. 난 예전부터 꽃을 좋아했어, 알잖아. 조화를 만드는 일을 시작한 것도 바로 나였지. 엄마가 아니라. 커린디언스도 아니었어. 나였지. 나는 그 일이 좋았어. 그 일은 나를…… 차분하게 만들었거든. 그래서 정신병원에서 환자들에게 바구니를 짜게 만들고 자투리천으로 깔개를 만들게 하나봐. 그러면 환자들이 차분해지니까. 바구니를 만들지 않으면 그 사람들은 진짜로 잘못된 게 뭔지 깨닫고…… 뭔가 할지도 모르니까. 뭔가 끔찍한 일을. 네가 나한테 오줌을 쌌을 때, 나는 너를 죽이고 싶었어. 한두 번 진짜 죽이려 한 적도 있어. 간단한 방법으로 말이야. 네 욕조에 비누를 놓아둔다든가 그런 거. 하지만 넌 한 번도 미끄러져 넘어지거나 목을 부러뜨리거나 계단에서 굴러떨어지거나 하는 일이 없었지." 그녀는 조금 웃었다. "하지만 그때 뭔가 눈에 띄었어. 그때 내가 땅에 심었던 꽃들, 네가 오줌을 쌌던 그 꽃들은—그래, 물론 죽었지. 하지만 가지는 죽지 않았어. 가지는 살아남았지. 그게 저 단풍나무야. 그래서 나는 더이상 그 일에 대해 화를 내지 않았던 거야—그러니까 오줌 쌌던 일에 대해서—나무가 자라고 있었으니까. 그런데 저 나무가 이제 죽어가고 있어, 메이컨."

밀크맨은 왼손 넷째 손가락으로 눈가를 비볐다. 참을 수 없이 졸음이 쏟아졌다. "그래, 알았어. 오줌 한번 대단하게 쌌네, 그렇지? 그럼 어디 한번 더 싸볼까?"

리나라 불리는 막달렌은 가운 주머니에서 한 손을 빼 밀크맨의 입가를 후려쳤다. 밀크맨은 빳빳하게 굳어 그녀를 향해 뭔가 몸짓을 하려다 말았다. 리나는 본 척도 하지 않고 이렇게 말했다. "내 이름이 막달렌이라는 사실만큼 확실한 건, 내 평생의 걸림돌이 바로 너라는 사실이야. 저 나무가 살았으니 이제 괜찮다고 생각했어. 하지만 사람한테 오줌을 갈기는 데는 수도 없이 많은 방법이 있다는 걸 내가 깜박 잊었던 거야."

"내 말 좀 들어봐." 밀크맨은 술이 확 깨서 최대한 차분하게 말했다. "누나가 셰리주를 마셨으니까 봐줄게—어느 선까지는 말이야. 하지만 나한테 다시 손찌검을 하기만 해봐. 도대체 사람한테 오줌을 싸고 자시고 하는 게 다 무슨 얘기야?"

"너는 평생 우리한테 그 짓을 하고 살았잖아."

"누나 미쳤구나. 내가 이 집 사람들 일에 간섭한 적이 있기나 해? 내가 다른 사람한테 이래라저래라 명령하거나 말하는 걸 본 적이나 있어? 나는 지휘봉 따위 들고 다니지 않는다고. 나는 그냥 내 맘대로 살고 다들 제멋대로 살게 내버려둔다고, 누나도 알잖아."

"네가 아빠한테 커린디언스 일을 고자질했다는 거 다 알고 있어. 그 애가 만나는 남자에 대해서. 몰래 만나는 남자 말이야. 그리고—"

"그래야만 했어. 나도 커린디언스 누나가 누군가 만났으면 좋겠지만, 그 남자는 내가 알아. 나는—나도 가까이서 어울려 다닌 적이 있으니까. 그리고 내 생각에 그 남자는……" 밀크맨은 뭐라고 설명해야 할지 몰라 말을 멈추었다. '7일'에 대해서, 그가 품은 의혹에 대해서 설명할 길이 없었다.

"그래?" 그녀의 목소리에는 냉소가 짙게 배어 있었다. "그럼 누구 다른 남자라도 생각해뒀어?"

"아니."

"아니라고? 하지만 그 남자는 사우스사이드 사람이고, 커린디언스한테는 맞지 않는 짝이란 말이지? 너하고 어울려 다니는 건 괜찮고, 커린디언스한테는 안 된단 말이지, 응?"

"리나 누나……"

"누가 누구한테 어울리는 짝인지 네가 그걸 어떻게 알아? 그리고 커린디언스가 일어서든 자빠져 넘어지든 대체 언제부터 네가 그렇게 신경을 썼어? 너는 평생 우리를 비웃으며 살았잖아. 커린디언스. 엄마. 나. 우리를 이용하고, 명령을 내리고, 네 멋대로 판단하면서. 네 음식을 어떻게 요리하는지, 네 집 살림을 어떻게 꾸리는지 일일이 따지면서. 그런데 이제 와서, 느닷없이, 커린디언스가 잘사나 못사나 너무 걱정이 돼서 네 맘에 안 드는 남자와 헤어지게 만들겠다는 거지. 네가 뭔데 사람이든 물건이든 좋다 나쁘다 결정하는 거야? 나는 네 허파가 생겨나기 십삼 년 전부터 이 세상 공기를 들이마셨어. 커린디언스는 십이 년을 더 살았고. 너는 우리 둘에 대해 하나도 몰라—네가 아는 거라곤 우리가 장미꽃을 만들었다는 게 다지—그런데 이제, 어려서 침도 제대로 뱉지 못하던 네 턱에서 줄줄 흐르는 침을 닦아준 여자한테 뭐가 좋은지를 네가 안다 이거지. 우리의 소녀 시절은 길바닥에서 주운 동전처럼 너를 위해 허비되었어. 네가 자면, 우리는 소리도 내지 않았지. 네가 배고파하면, 우리는 요리를 했어. 네가 장난치고 싶어하면, 우리는 너를 즐겁게 해줬어. 그리고 네가 여자와 투톤컬러 포드의 차이를 알 만큼 나이가 들고 나서는, 이 집의 모든 게 너를 위해 멈춰 섰어. 넌 아직도 속옷을 빨거나 침대를 정리하지 않고, 욕조에 낀 때를 닦거나 네가 어지른 것들을 정돈하지 않지. 그리고 오늘까지 단 한 번도 우리한테 피곤하냐고, 슬프냐고, 아니면 커피 한잔 하겠느냐고 물어본 적이 없고. 네 발보다 무거운 짐을 들어본 적도 한 번 없고, 4학년 산수보다 어려운 문제를 풀어본 적도 없지. 그런데 너한테 우리 인생을 결정할 권리가 대체 어디서 났단 말이야?"

"리나 누나, 진정해. 그런 얘기 듣고 싶지 않아."

"어디서 났는지 내가 말해줄까. 네 가랑이 사이에 달려 있는 그 돼지 창자 같은 거시기에서 나온 거야. 그래, 우리 어린 남동생, 누나가 뭐 하나 얘기해줄게. 그 정도로는 어림도 없어. 그걸 네가 어디서 찾기나 할지, 누가 너한테 주기나 할지 모르겠다만, 아무튼 거시기 따위로는 어림도 없단 소리야. 아빠는 커린디언스가 집밖에 나가지도 못하게 하고, 직장도 그만두게 하고, 셋집에서 그 남자를 쫓아내고 그의 월급도 압류했어, 전부 다 너 때문이야. 너는 아빠랑 똑같아. 아주 똑같아. 나는 아빠 때문에 대학에 가지 않았어. 아빠가 엄마를 어떻게 할까봐 두려워서. 넌 기껏 아빠를 한 대 때리고는 우리가 너를 엄마의 보호자로 생각하는 줄 알지. 네가 엄마 편을 들었다고. 그거 다 거짓말이야. 너는 권력을 이양받으려 했던 거야. 엄마랑 우리 모두에게 이래라저래라 할 권리가 너한테 있다고 우리한테 보여주려 했던 거지."

그녀는 갑자기 말을 뚝 그쳤고, 밀크맨의 귀에는 누나의 숨소리가 들려왔다. 다시 말을 시작했을 때, 누나의 목소리는 달라져 있었다. 강철 같은 단호한 느낌이 사라지고 그 자리에 이리저리 부유하는 산들바람처럼 경쾌한 음악소리가 있었다. "우리가 어린아이였을 때, 네가 태어나기 전에, 아빠가 우리를 얼음 창고로 데려갔던 적이 있어. 허드슨 자가용에 태워 데려가셨지. 우리는 둘 다 잘 차려입고, 땀을 줄줄 흘리는 흑인들 앞에 서 있었어. 손수건에 싼 얼음을 빨면서, 우리 옷에 물방울이라도 떨어질까 싶어 앞으로 몸을 약간 숙이고서. 거기엔 다른 아이들도 있었지. 맨발에, 웃통을 벗은 더러운 아이들. 하지만 우리는 멀찌감치 자동차 근처에 하얀 스타킹을 신고, 리본을 달고, 장갑을 낀 채로 서 있었어. 그리고 아버지는 흑인 남자들과 이야기를 하면서도 계속 우리 쪽을, 우리와 자동차를 흘낏흘낏 바라보았지. 자동차와 우리를 말이야. 그러니까 우리를 거기 데려간 건 그들로 하여금 우리를 보게 하고, 우리를 부러워하고, 아버지를 부러워하게 만들기 위해서였던 거야. 그때 남자애 하나가 우리 쪽으로 오더니 커린디언스의 머리카락에 손을 댔어. 커린디언스는 자기 몫의 얼음을 그 남자애한테 주었는데, 우리도 모르는 사이에 아빠가 우리 쪽으로 달려왔지. 아빠는 커린디언스의 손에 있는 얼음을 쳐서 흙속에 내던져버리더니 우리 둘을 자동차 안으로 억지로 쑤셔넣었어. 처음에는 우리를 과시하고, 그다음에는 우리 바짓가랑이를 벌려놓았어. 우리 평생이 그랬어. 우리가 처녀인 양 바빌론 거리를 자랑스럽게 행진하게 만들고는, 바빌론의 창녀들처럼 모욕을 주었지. 그런데 지금 아빠가 또 커린디언스의 손에서 얼음을 쳐서 떨어뜨리려 하고 있어. 그건 다 네 탓이야." 리나라 불리는 막달렌은 울고 있었다. "다 네 탓이야. 너는 슬프고 딱하고 어리석고 자기밖에 모르는 혐오스러운 인간이야. 네 조막만한 돼지 창자가 너한테 큰 도움이 되길 바라. 그리고 너도 거시기를 잘 돌봐주고. 그것 말고는 네가 가진 게 없잖아. 하지만 이거 하나는 똑똑히 알려주고 싶어." 그녀는 주머니에서 안경을 꺼내 썼다. 안경알 너머 눈이 두 배로 커졌는데, 몹시 창백하고 차가워 보였다. "나는 더이상 장미를 만들지 않아. 그리고 네가 이 집안에서 오줌을 싸는 것도 마지막이 될 거야."

밀크맨은 아무 말도 하지 않았다.

"이제," 그녀는 속삭였다. "내 방에서 나가."

밀크맨은 돌아서서 방을 가로질러 나갔다. 좋은 충고네, 그는 생각했다. 그대로 하지 않을 이유가 뭐가 있겠어? 그는 문을 닫았다.

제2부

10

헨젤과 그레텔이 숲에 서서 눈앞에 펼쳐진 공터의 집을 바라보고 있던 그때, 목덜미의 솜털은 틀림없이 떨리고 있었으리라. 그들은 무릎이 풀려, 오로지 맹목적인 허기만으로 앞으로 나아갔을 것이다. 조심하라고 경고하거나 가지 말라고 붙잡아줄 사람도 하나 없었다. 잘못을 깨닫고 비탄에 빠진 부모는 아득히 멀리 있었다. 그래서 그들은 죽음보다 더 늙은 노파가 사는 집을 향해 전속력으로 달렸고, 떨리는 목덜미의 솜털과 풀린 무릎은 무시했을 것이다. 다 큰 남자도 허기 때문에 기운을 낼 수 있는데, 무릎에 힘이 빠진다거나 심장박동이 좀 불규칙해진다 해도 머지않아 굶주림을 달랠 수 있다는 생각만 하면 모두 까맣게 잊게 되는 것이다. 더군다나 그런 갈망의 대상이 생강빵이나 맛있는 젤리가 아니라 황금이라면.

밀크맨은 시커먼 호두나무 가지 아래 몸을 낮춘 채 다 쓰러져가는 커다란 집 쪽으로 곧장 걸어갔다. 한때 어떤 노파가 그 집에 살았다는 사실을 알고 있었지만, 지금 봐서는 생명체의 기척이 전혀 느껴지지 않았다. 밀크맨은 팔을 쑤셔넣으면 팔꿈치까지 올 정도로 겹겹이 자라난 담쟁이넝쿨 속에, 정말로 살아 있는 숲의 생명체들이 우주를 이루고 있다는 사실을 까맣게 몰랐다. 기어다니는 생명체, 살금살금 돌아다니면서 절대 눈을 감지 않는 생명체. 굴을 파고 황급히 달아나는 생명체, 그리고 너무나 고요한 나머지 달라붙어 있는 담쟁이 줄기와 분간이 되지 않는 생명체. 탄생, 삶 그리고 죽음—이 모든 게 잎사귀 뒷면에서 일어났다. 그가 서 있는 자리에서 보면, 그 집은 마치 급속도로 퍼지는 질병에 잠식되어 시커멓고 진물이 줄줄 흐르는 상처가 난 듯 보였다.

그의 등뒤로 1마일 떨어진 곳에 쇄석도로가 깔려 있었는데 자동차 한두 대가 지나는 소리가 들려와 그나마 마음을 달래주었다—그중 한 대는 쿠퍼 목사의 자동차로, 그의 열세 살짜리 조카가 운전대를 잡고 있었다.

정오, 라고 밀크맨은 그애에게 말했다. 정오에 다시 돌아오라고. 그저 이십 분이면 된다고 말했어도 됐을 텐데, 이렇게 혼자 남아서 도시인들이 소위 요란스러운 고요라고 할 법한 침묵에 휩싸여 있자니 이럴 줄 알았으면 오 분이면 된다고 할 걸 그랬다 싶었다. 하지만 그애가 별로 할일이 없었다 해도, '일' 때문에 댄빌에서 15마일 떨어진 곳까지 차를 몰고 나와 일 분이라도 가만있는 건 멍청하기 짝이 없는 짓일 터였다.

그는 동굴을 찾고 있다는 걸 숨기려고 그렇게 정교한 이야기를 꾸며

내지 말았어야 했다. 누가 꼬치꼬치 캐물을지도 몰랐다. 게다가 거짓말은 아주 간단해야 한다, 꼭 사실처럼. 과도한 세부 사항이란 그저 과잉일 뿐. 하지만 호사스러운 비행이 끝나자마자 곧바로 피츠버그에서 오랜 시간 버스를 타고 온 그는 지독하게 피곤했고, 그래서 자기 이야기에 설득력이 없을까봐 겁이 났다.

비행기를 타고 오는 여정은 그의 마음을 한껏 부풀게 했으며 환상을 부추기고 절대 쓰러지지 않을 듯한 기분을 만끽하게 해주었다. 구름 위에, 육중하면서도 가볍게, 소리 없는 쾌속('순항'이라고 조종사는 말했지만)에 몸을 맡긴 채 번들거리며 빛나는 새가 된 정교한 금속 안에 앉아 있자니, 그가 실수를 한 번이라도 한 적이 있거나 혹은 할 수 있는 인간이라는 사실이 도저히 믿어지지 않았다. 오직 한 가지 사소한 생각만 마음에 걸릴 뿐이었다—기타가 함께 오지 않았다는 사실. 기타가 엄청나게 좋아했을 텐데—풍경이며, 음식이며, 스튜어디스들까지. 하지만 밀크맨은 이 일을 그 누구의 도움도 받지 않고 혼자 하고 싶었다. 이번 한 번만큼은 홀로 하고 싶었다. 현실세계에서 멀리 떨어져 창공에 떠 있으면서 그는 자유로운 기분을 만끽할 수 있었지만, 땅에서는 떠나기 직전 기타와 이야기를 나눌 때 그랬듯 다른 사람들이 꾸는 악몽의 날개가 자꾸만 얼굴을 후려치며 그를 옭아맸다. 리나의 분노, 커린디언스의 께느른하게 벌어진 입술과 그에 어울리는 헝클어진 머리카락, 루스의 한층 심해진 감시의 눈길, 바닥이 보이지 않는 아버지의 탐욕, 헤이가의 공허한 눈—밀크맨은 자기가 무슨 죄를 지었길래 이런 꼴을 봐야 하는지 알 수가 없었지만, 이젠 질려서 신물이 났다는 것과 최대한 빨리 떠나야 한다는 것만은 확실히 알았다. 그는 아버지에게 말하기 전에 기타에게 자기 결심을 털어놓았다.

"아버지는 물건이 아직도 동굴에 그대로 있을 거라고 생각하셔."

"그럴 수도 있지." 기타는 홍차를 홀짝거렸다.

"어쨌든, 한번 가서 확인해볼 만할 거 같아. 적어도 진실이 뭔지 확실히 알게 될 테니까."

"그럼, 물론이지."

"그래서 가서 찾아볼 작정이야."

"너 혼자?"

밀크맨은 한숨을 쉬었다. "그래, 그래. 나 혼자. 난 여기를 떠야겠어. 어딘가 다른 데로 뜨고 싶어 죽을 지경이라고."

기타는 컵을 내려놓고 입 바로 앞에서 손깍지를 꼈다. "우리 둘이 가면 더 수월하지 않겠어? 너한테 골치 아픈 일이라도 생기면 어쩌려고?"

"더 수월할지는 몰라도, 한 사람도 아니고 두 사람이나 숲을 헤매고 다니면 더 수상하게 보일 것 같아. 황금을 찾으면, 내가 여기로 가져올 테니까 전에 약속한 대로 나누자고. 못 찾으면, 뭐, 그래도 어쨌든 돌아오긴 해야겠지."

"언제 떠나려고?"

"내일 아침."

"혼자 간다니까 네 아버지가 뭐래?"

"아직 아버지께 말씀 안 드렸어. 지금은 형밖에 몰라." 밀크맨은 일어나서 창가로 가 기타 집의 조그만 포치를 내다보았다. "망할."

기타는 그를 찬찬히 뜯어보았다. "무슨 문제 있어?" 그가 물었다. "왜 그렇게 저기압이야? 무지개 끝으로 달려가려는 사람답지 않은데."

밀크맨은 돌아서서 창턱에 앉았다. "그게 정말로 무지개였으면, 그리고 아무도 그 단지를 들고 달아나지 않았으면 좋겠어. 난 그게 필요하거든."

"그게 필요 없는 사람이 어디 있냐."

"나만큼 절실하게 필요한 사람은 없을걸."

기타는 미소를 지었다. "이제 보니 이번에는 단단히 바람이 들었나 보네. 전보다 훨씬 심한데."

"그래, 뭐, 전보다 상황이 더 나빠졌으니까, 아니 어쩌면 전과 다름없는 건지도 모르지. 모르겠어. 나는 그저 내 인생을 살고 싶다는 생각뿐이야. 아버지 회사의 사동 노릇은 더이상 하기 싫어. 그런데 여기 있는 한, 나는 영영 그 일을 하게 될 거야. 내 돈이 생기지 않는 이상 말이지. 그 집에서 뛰쳐나와야만 하는데, 그렇다고 빚을 지고 싶지는 않아. 우리 식구들 때문에 내가 완전히 돌아버리겠어. 아버지는 내가 자기처럼 되어서 어머니를 증오하기를 바라. 어머니는 내가 자기처럼 생각하면서 아버지를 증오하기를 바라고. 커린디언스는 나한테 말도 안 걸어. 리나는 내가 나가기만 기다리고. 그리고 헤이가는 내가 자기 침대에 묶여 있든지 그게 아니면 차라리 죽어버리기를 바라지. 다들 나한테서 뭔가를 바란다고, 무슨 말인지 알아? 그 인간들이 다른 데서는 결코 얻을 수 없는 뭔가를 내게 바란단 말이야. 그걸 내가 갖고 있다고 생각하는 거야. 그런데 나는 그게 뭔질 모르겠어—그 인간들이 정말로 바라는 게 뭔지를 모르겠다고."

기타는 다리를 쭉 뻗었다. "네 목숨을 원하는 거야."

"내 목숨?"

"그게 아니면 뭐겠어?"

"아냐. 헤이가는 내 목숨을 원하지. 우리 식구들은…… 그들이 원하는 건—"

"그런 뜻으로 말한 게 아니야. 사람들이 네 죽은 목숨을 원한다는 게 아니라 네 산목숨을 원한다고."

"형이 지금 무슨 소리를 하는 건지 잘 모르겠어." 밀크맨이 말했다.

"봐봐. 우리가 처한 상황 때문에 그래. 모든 사람이 흑인의 목숨을 원해. 모든 사람이. 백인 남자들은 우리가 죽지 않으면 조용히 있기를 바라지—조용히 있는 건 죽은 거나 다름없는데. 백인 여자들도 똑같아. 그들은 우리를 원해. '보편적인' 인간, '인종적 의식'이 전혀 없는. 온순하길 바라지, 침대에서만 빼고. 그 여자들은 침대에서 약간 인종적인 치마를 두르고 싶어한달까. 하지만 침대 밖으로 나오면, 우리가 인종이 아닌 개인이 되길 바라거든. 우리가 이런 말을 한다 치자. '하지만 그 사람들이 우리 아빠한테 린치를 가했어.' 그러면 그 여자들은 말하지. '그래요, 하지만 당신은 린치를 한 사람들보다 훨씬 나은 사람이잖아요. 그러니 잊어버려요'라고. 그리고 흑인 여자들은 말이야, 그 여자들은 우리 자아 전체를 원해. 사랑이라고, 이해심이라고 딴에는 부르지. '어째서 저를 이해해주지 않나요?' 그 여자들의 말뜻은, 이 세상에서 자기 말고는 아무것도 사랑하지 말라는 거야. 그 여자들은 '책임감을 가져요' 하고 말하는데, 사실 그 말은 자기가 없는 곳은 아무데도 가지 말라는 뜻이고. 네가 에베레스트산을 오르려고 하면, 그 여자들은 밧줄의 매듭을 묶어놓지. 네가 바다 밑바닥까지 가려고 한다면—그저 뭐가 있는지 보려고—산소통을 숨겨두고. 아니 그렇게 멀리까지 갈 필요도 없어. 나팔을 하나 사서 불고 싶다고 해봐. 오, 그 여자들은 음악을 사랑하지만, 그것도 네가 우체국에서 여덟 시간은 죽도록 일하고 난 뒤의 얘기지. 네가 정말 해낸다 해도, 고집 세고 비열해서 끝끝내 에베레스트산 꼭대기까지 기어올랐다고 쳐도, 아니면 정말로 연주를 아주 훌륭하게 잘한다 쳐도—그걸로는 충분하지 않아. 나팔을 불다 허파가 터져나갈 지경이 되어도 남은 호흡으로 자기를 사랑한다는 말을 해주길 바랄걸. 그 여자들은 온전히 자기한테만 관심을 갖기를 바라는 거야. 위험을 감수하면 여자들은 진짜가 아니라고 말하지. 자기네를 사랑하지 않는다는 거야. 심지어 네 목숨도 멋대로 걸지 못하게 할걸, 네 자신의 목숨인데도—자기 때문에 거는 게 아니면 못하게 한다고. 자기네들 때문에 죽는 게 아니면, 죽지도 못해. 무엇을 위해 죽을지조차 선택하지 못한다면, 남자의 목숨이 무슨 쓸모가 있겠냐?"

"무엇을 위해 죽을지를 선택할 수 있는 사람은 아무도 없어."

"아니, 선택할 수 있어. 그리고 못하면, 최소한 노력이라도 해야지."

"형은 원한에 받친 거 같은데. 그런 기분이라면, 어째서 숫자놀음 같은 거나 하고 있는 거야? 인종의 비율을 똑같이 맞춘다든가 그런 짓거리 말이야. 내가 어째서 그런 짓을 하느냐고 물어보면, 형은 매번 사랑 얘기를 꺼내잖아. 니그로를 사랑한다느니. 그런데 이제 와서—"

"그건 정말로 사랑 때문이니까. 사랑이 아니면 달리 무엇 때문이겠어? 나는 비판하는 대상을 사랑할 수도 없어?"

"알겠어, 하지만 피부색만 제외하면 백인 여자들이 원하는 거나 흑인 여자들이 원하는 거나 뭐가 다른지 나는 모르겠어. 형은 다들 우리 목숨, 우리의 산목숨을 원한다고 했지. 그렇다면 흑인 여자가 강간당하고 살해당하면, '7일'은 무엇 때문에 백인 여자를 강간하고 살해하는 거야? 그 흑인 여자 걱정은 무엇 때문에 대신해주느냐고?"

기타는 고개를 모로 꼬고 밀크맨을 꼬나보았다. 그의 콧구멍이 약간 벌름거렸다. "왜냐하면, 그 여자는 내 거니까."

"그래. 왜 아니겠어." 밀크맨은 목소리에서 못 미더운 기색을 지우려고 굳이 애쓰지 않았다. "그러니까, 다들 하나같이 우리를 죽이고 싶어한다 이거지, 흑인 남자들만 빼고, 그렇지?"

"그래."

"그러면 왜 우리 아버지는—아주 시커먼 흑인 남자인데—태어나기도 전부터 나를 죽이려 하셨을까?"

"아마 네가 계집애인 줄 알았던 모양이지. 모르겠어. 하지만 네 아버지가 아주 이상한 니그로라는 건 내 입으로 다시 말해줄 필요가 없겠지. 네 아버지는 우리가 뿌린 씨앗을 자기가 거두는데, 그럼에도 우리에게는 어쩔 도리가 없어. 네 아버지는 꼭 백인처럼 행동하고, 백인처럼 생각한단 말이지. 사실, 네가 아버지 얘기를 꺼내주니 도리어 잘됐어. 어디 한번 말해봐, 친아버지가 평생 일군 재산을 백인 놈들한테 모조리 빼앗기고 총에 맞아 죽는 꼴까지 봤으면서, 어떻게 사람이 아직까지 그렇게 굽실굽실하면서 살 수 있냐? 어째서 네 아버지는 백인 놈들을 그렇게 사랑하지? 그리고 파일러트도 그래. 그 여자는 더 이상해. 파일러트도 그 광경을 봤다면서, 그런데 첫째, 무슨 미친 짓인지 스스로 벌을 준다면서 돌아가 모자란 백인 놈 유골을 수습했지, 그리고 둘째, 그 모자란 백인 놈의 황금은 그 자리에 그대로 두고 왔잖아! 봐, 그게 자진해서 노예 노릇을 하는 게 아니면 대체 뭐야? 그 여자가 벌어먹을 제미마 노릇을 한 건 그게 천성에 맞기 때문이야."

"이봐, 기타 형. 일단 우리 아버지는 백인이 살든 양잿물을 삼키든 관심도 없어. 그저 백인들이 갖고 있는 걸 원할 뿐이야. 그리고 파일러트 고모는 완전 또라이긴 해도, 우리를 거기서 빼내주고 싶어했어. 고모가 영리하게 대처하지 않았으면, 우리는 지금도 둘 다 꼼짝없이 감옥 바닥에 엉덩이 붙이고 떨고 있겠지."

"내 엉덩이겠지. 네 엉덩이는 아니고. 그 할멈이 빼내려던 건 내가 아니라 너니까."

"그러지 마. 그건 공평하지 못하잖아."

"아니. 나는 공평한 건 애초에 포기했어."

"하지만 파일러트도 그렇게 취급한다는 거야? 대체 왜? 파일러트는 우리가 한 짓을 알고도 우리를 철창에서 빼내줬잖아. 우리를 위해 무릎을 꿇고, 우리를 위해 광대짓을 하면서 빌빌 기었다고. 그 얼굴, 형도 봤잖아. 형은 평생 그런 광경을 본 적이나 있어?"

"한 번. 딱 한 번." 기타가 말했다. 그러고는 백인이 10달러짜리 지폐 네 장을 어머니에게 쥐여주었을 때 그녀가 어떤 미소를 지었는지 새삼 떠올렸다. 어머니의 두 눈에는 감사 이상의 감정이 우러났다. 감사 그 이상의 감정. 사랑이 아니라, 기꺼이 사랑을 바치겠다는 의지. 남편이 두 동강이 나서 거꾸로 관에 들어갔는데도. 기타는 제재소 사람들이 시체의 조각을 제대로 맞추지도 않고 잘린 부분은 밑으로, 살점이 남아 있는 부분은 위로 해서 관에 넣었다는 이야기를 하는 걸 들은 적이 있었다. 양쪽이 서로 마주보게. 두 눈이 각자 서로를 뚫어져라 바라보게. 한쪽 콧구멍이 내쉰 숨을 다른 쪽 콧구멍이 들이쉬게. 오른뺨이 왼뺨을 마주보게. 오른쪽 팔꿈치가 왼쪽 팔꿈치 위로 교차되게. 그리고 그때, 어린 마음에도 기타는 걱정을 했었다. 아버지가 심판의 날 부활해 처음 보게 되는 광경이 하느님의 영광이나 아름다운 하느님의 얼굴이 아니라—아니 심지어 무지개도 아니라, 당신의 한쪽 눈이면 어떡하나 하고.

그런데도 어머니는 미소를 지었고 아버지를 영원히 반으로 갈라놓은 사태를 책임져야 할 이에게 기꺼이 사랑을 바치겠다는 의지를 보여주었다. 소장 아내가 만든 디비니티 사탕 때문에 구역질이 올라온 게 아니었다. 그건 훨씬 나중의 일이었다. 제재소 소장이 어머니에게 생명보험금 대신 "애들과 함께 난관을 극복하라"고 40달러를 주었으며, 어머니가 그걸 행복하게 받아서 장례식 당일 아이들에게 커다란 박하사탕을 하나씩 사주었다는 사실 때문에 그는 구역질이 났다. 기타의 두 누이와 어린 남동생은 뼈처럼 하얗고 피처럼 붉은 막대를 쪽쪽 빨았지만, 기타는 도저히 그럴 수가 없었다. 그는 손에 들러붙을 때까지 사탕을 쥐고 있었다. 그는 하루종일 사탕을 쥐고 있었다. 묘지에서도, 장례식 만찬 때도, 그 수많은 불면의 밤에도. 다른 사람들은 그를 인색하다고 놀려댔지만, 그는 그 사탕을 먹을 수도 내버릴 수도 없었다. 그러다가 어느 날, 그는 마침내 바깥의 변소에다, 이 땅의 냄새나는 구덩이 속에다 사탕을 떨어뜨려버렸다.

"한 번," 그가 말했다. "딱 한 번." 그러자 다시 그때의 욕지기가 고스란히 덮쳤다. "중요한 건 이거야." 그가 말했다. "아주 중요한 것. 그놈의 케네디 사람들한테 속지 마. 그리고 너한테 사실대로 말할게. 난 동굴에 대한 너희 아버지 생각이 옳기를 바라. 그리고 황금을 다시 갖고 오겠다는 네 생각에 다른 꿍꿍이가 없기를 진심으로 바라고."

"그게 대체 무슨 뜻이야?"

"내가 불안하다는 뜻이야. 아주 불안해. 나는 돈이 필요하거든."

"형 감정이 상했으면, 형도—"

"내가 아니야. 우리야. 우리는 할일이 있어. 그리고 바로 얼마 전에"—기타는 눈을 가늘게 뜨고 밀크맨을 보았다—"바로 얼마 전에 우리 단원 하나가 길바닥으로 내쫓겼어. 굳이 이름을 대지 않아도 되는 어떤 사람 짓이지. 그리고 그 어떤 사람이 두 달 치 집세를 못 받았다고 하는 바람에 봉급도 전부 차압당했어. 벽에 뚫린 12피트 너비의 구멍이나 다를 바 없는 그 집의 두 달 치 집세란 그 어떤 사람한테는 물고기에게 주머니만큼이나 별 필요 없는 건데도 말이야. 이제 우리는 이 사람을 돌봐주고, 살 곳을 구해주고, 그놈의 밀린 집세도 내줘야 해, 그리고—"

"그건 내 잘못이야. 사정을 설명해줄게……"

"아니. 아무 소리도 하지 마. 네가 집주인도 아니고 네가 쫓아낸 것도 아니잖아. 총을 갖다준 사람이 네놈인지는 몰라도, 방아쇠를 당긴 건 네가 아니야. 난 네 탓이 아니라고 봐."

"왜 아니야? 형은 우리 아버지 얘기를 하고, 우리 아버지의 여동생 얘기를 하고, 내가 가만히 있으면 우리 누나 얘기도 할 거잖아. 형은 나는 어떻게 믿는 거야?"

"이 꼬마야, 나도 그런 질문을 스스로에게 던져야 하는 일이 없기를 진심으로 빈다."

그 우울했던 대화는, 그렇게 그럭저럭 괜찮게 끝이 났다. 진짜 분노도 없었고 돌이킬 수 없는 말을 내뱉은 것도 아니었다. 밀크맨이 떠날 때, 기타는 보통 때처럼 손바닥을 펴 보였고 밀크맨은 그 손바닥을 철썩 쳤다. 아마 피로해서 그랬겠지만, 부딪치는 손바닥이 어쩐지 힘없이 느껴졌다.

피츠버그공항에서 그는 댄빌이 북동쪽으로 240마일 떨어진 곳에 있으며, 그레이하운드 버스 외에 다른 대중교통 수단으로는 갈 수 없다는 사실을 알게 되었다. 그는 비행중에 만끽한 고상한 기분을 포기하고 싶지 않아, 영 내키지 않는 기분으로 공항에서 버스 터미널까지 택시를 타고 가 그레이하운드가 출발할 때까지 두 시간 동안 앉아 있었다. 승차할 무렵이 되자, 그는 꼼짝도 않고 앉아 있었던 것, 잡지를 읽었던 것, 터미널 근처의 거리를 조금 거닐었던 것 때문에 피로가 엄습했다. 피츠버그를 벗어나 십오 분쯤 지났을 때 밀크맨은 잠이 들었다. 잠에서 깨어났을 때는 늦은 오후였고, 댄빌까지 한 시간 남짓 남았을 무렵이었다. 아버지는 이 지역의 전원이 얼마나 아름다운지 침이 마르도록 극찬했지만, 밀크맨이 보기에는 그저 반짝 찾아온 늦더위에 짙푸르게 물든 녹음일 뿐이었다. 하지만 훨씬 남쪽인데도 그가 사는 도시보다 서늘했다. 아마 산지라서 기온차가 생기나보다, 하고 그는 생각했다. 밀크맨은 몇 분 정도 더 차창을 스쳐지나가는 풍경을 음미해보려 애썼지만, 반복되는 같은 풍광에 얼마 지나지 않아 도시인다운 권태를 느끼고 말았다. 나무가 무성한 곳도 있지만 그렇지 않은 곳도 있었다. 어떤 들판은 푸르렀고, 또 어떤 들판은 그렇지 않았으며, 멀리 보이는 야트막한 산은 다른 산들과 하나도 달라 보이지 않았다. 그래서 그는 표지판을 자세히 보기 시작했다—22마일 전방에, 17마일 동쪽에, 5마일 북동쪽에 있는 읍내들의 이름을. 또 교차로와 카운티와 횡단로, 다리, 역, 터널, 산, 강, 개천, 부두, 공원 그리고 전망대의 이름을. 사람마다 하는 일이 다 따로 있나보다, 하고 그는 생각했다. 더드베리 포인트에 관심이 있는 사람이라면, 이미 그게 어디 붙어 있는지 틀림없이 알고 있을 테니.

그는 여행가방에 셔츠 두 벌, 속옷 몇 점과 함께 커티사크 위스키도 두 병 챙겨넣었다. 돌아오는 길에는 이 커다란 여행가방에 진짜 짐을 싣게 되리라고 생각했다. 그런데 지금으로서는, 가방을 버스 밑에 싣지 말 걸 그랬다는 생각에 후회가 막심했다. 당장 술을 한잔 걸치고 싶은 마음이 굴뚝같았기 때문이다. 시계, 어머니가 선물한 금장 론진 시계를 보니, 정류장에 닿으려면 아직도 이십 분이나 남아 있었다. 밀크맨은 고개를 젖히고 머리 받침에 기대 잠을 청해보았다. 단조로운 시골 풍경을 계속 바라보느라 두 눈에 주름이 자글자글 잡혔다.

댄빌에서 내린 그는 버스 터미널이 11번 국도에 위치한 간이식당에 불과하며 카운터 보는 사람이 버스표, 햄버거, 커피, 치즈와 땅콩버터크래커, 담배, 사탕과 콜드컷까지 판다는 걸 알고 깜짝 놀랐다. 로커도 없고, 수하물 보관소도 없었으며 택시도 없고, 심지어 화장실도 없었다.

느닷없이 그는 우스꽝스럽다는 생각이 들었다. 도대체 어떻게 해야 하는 걸까? 여행가방을 내려놓고 저 남자한테 가서 '저희 아버지가 오십팔 년 전에 살던 농장 근처에 있는 동굴이 어딘지 아세요?'라고 물어봐야 하나? 그는 아는 사람도 하나 없었고, 이미 죽은 지 오래인 노파의 이름자 외에는 아는 게 없었다. 그리고 이 조그만 농촌 구석에서는 이 이상 괜한 주목을 끌지 않는 편이 좋았다. 그의 베이지색 스리피스 정장, 단추가 달린 연한 하늘색 셔츠와 검은색 스트링 타이, 아름다운 플로샤임 구두가 이미 시선을 끌 만큼 끌었으니까. 그는 카운터 보는 사람에게 가방을 여기에 좀 맡겨도 되겠느냐고 물었다. 남자는 여행가방을 바라보고는 그 질문이 무슨 뜻인가 마음속으로 곰곰 생각하는 눈치였다.

"돈은 내겠습니다." 밀크맨이 말했다.

"여기 놔둬요. 저기 사탕상자들 뒤에다가." 남자가 말했다. "언제 가지러 올 거요?"

"오늘 저녁에요." 밀크맨이 말했다.

"좋소. 바로 여기다 놔두겠소."

밀크맨은 면도용품이 든 작은 가방을 들고 간이식당 겸 버스 터미널을 나와서 펜실베이니아주 댄빌 거리로 나갔다. 물론 미시간주에서도 이런 곳을 본 적이 있지만, 자동차에 기름을 넣을 때 말고는 그런 곳에서 볼일이 전혀 없었다. 거리에 있는 상점 세 곳은 밤이 되어 문을 닫는 중이었다. 다섯시 십오분경이었고 다 합쳐봤자 십여 명쯤 되는 사람이 거리를 걷고 있었다. 한 사람은 니그로였다. 나이 지긋하고 키 큰 사내로, 갈색 헌팅캡을 쓰고 유행에 뒤진 낡은 칼라를 단 옷을 입고 있었다. 밀크맨은 한동안 그 뒤를 따라가다가 그를 붙잡고 말했다. "저, 혹시 저를 좀 도와주실 수 있을지요." 밀크맨은 그 말을 하면서 미소를 지었다.

사내는 돌아보았지만 대답하지 않았다. 밀크맨은 자신이 뭔가 남자의 기분을 상하게 한 게 아닐까 걱정했다. 마침내 남자는 고개를 끄덕이며 대답했다. "내 힘껏 도와드리리다." 카운터를 보던 백인 남자처럼 살짝 시골 억양이 섞인 말투였다.

"제가 사람을 찾고 있는데요…… 서시, 서시라는 숙녀분이에요. 그러니까, 그분을 찾는다기보다 그분 집을 찾고 있어요. 혹시 그분이 어디 사셨는지 아세요? 저는 이 동네 사람이 아니라서요. 방금 버스에서 내렸거든요. 여기서 처리해야 할 일이 있어서. 보험 때문에 몇 가지 자산을 확인해봐야 해서요."

남자는 귀기울여 듣고 있었지만 말을 가로막을 생각은 전혀 없어 보였기에, 밀크맨은 "도와주시겠어요?"라고 어색하게 말을 끝맺을 수밖에 없었다.

"쿠퍼 목사님은 아마 아실 겁니다." 남자가 말했다.

"어디 가면 그분을 만날 수 있을까요?" 밀크맨은 어쩐지 이 대화에서 뭔가 빠진 듯한 느낌이 들었다.

"스톤 레인. 우체국이 나올 때까지 이 길을 주욱 따라가세요. 우체국을 끼고 돌아서 계속 걸으면 윈저가가 나올 거요. 그다음 거리가 스톤 레인이요. 쿠퍼 목사님은 거기 살아요."

"거기에 교회가 있는 건가요?" 밀크맨은 목사가 교회 바로 옆에 살 거라고 생각했다.

"아니. 아니. 교회에는 목사관이 따로 없어요. 쿠퍼 목사님은 스톤 레인에 살아요. 아마 노란 집일 거요."

"고맙습니다." 밀크맨이 말했다. "정말 감사합니다."

"천만에요." 남자가 말했다. "그럼 안녕히." 그러더니 그는 가버렸다.

밀크맨은 가방을 가지러 돌아가야 하나 잠시 생각하다 그만두고 방금 그 남자가 가르쳐준 길을 따라가보았다. 성조기가 우체국임을 나타내주고 있었는데, 우체국은 웨스턴 유니언* 사무실을 겸하는 약국 바로 옆 건물이었다. 교차로에서 왼쪽으로 돌긴 했는데 거기서부터는 거리 표지판이 없었다. 표지판이 없으면 윈저가나 스톤 레인을 어떻게 찾지? 밀크맨은 주택가를 지나고 또 지나 걷고 또 걷다가 약국으로 돌아가 전화번호부에서 'A. M. E.'나 'A. M. E. 시온'**을 찾아봐야겠다고 생각했는데, 바로 그때 노란색과 흰색으로 칠해진 집 한 채가 눈에 들어왔다. 어쩌면 이 집인지도 몰라, 그는 생각했다. 밀크맨은 계단을 올라가면서 예의를 갖추어야 한다고 단단히 다짐했다. 도둑은 공손해야 하며 상대의 호감을 얻어야 하는 법이다.

"안녕하십니까. 쿠퍼 목사님 안에 계시나요?"

여자가 문간에 서 있었다. "네, 계세요. 들어오시겠어요? 제가 목사님을 불러드릴게요."

"감사합니다." 밀크맨은 좁은 복도로 들어가서 기다렸다.

키가 작고 통통한 남자가 안경을 만지작거리며 모습을 드러냈다. "선생님께서 저를 만나러 오셨는지요?" 남자는 두 눈으로 재빨리 밀크맨의 옷을 훑었지만, 목소리에서는 과한 호기심이 전혀 느껴지지 않았다.

"네. 어…… 안녕하십니까?"

"좋습니다. 좋아요. 선생님께서는?"

"아주 좋습니다." 밀크맨은 그 말만큼이나 기분이 어색했다. 지금까

---

* 미국의 전신회사.

** 미국에 기반을 둔 아프리카 감리교 성공회와 아프리카 감리교 시온 성공회.

지는 낯선 사람에게 좋은 인상을 남기려고 굳이 애쓸 필요가 없었고, 낯선 사람한테서 뭘 얻어낼 필요도 없었으며, 다른 인간한테 안녕하냐고 물어본 적이 있는지조차도 전혀 생각나지 않았다. 차라리 다 말해버리는 게 낫겠군, 그는 생각했다. "도움이 필요합니다, 목사님. 저는 메이컨 데드라고 합니다. 저희 아버지는 이 지역—"

"데드? 메이컨 데드란 말인가요?"

"네." 밀크맨은 제 이름을 변명하기라도 하듯 미소 지었다. "저희 아버지가—"

"아니, 이럴 수가." 쿠퍼 목사는 안경을 벗었다. "이럴 수가! 에스터!" 목사는 어깨 너머로 소리를 지르면서도 손님한테서 눈을 떼지 않았다. "에스터, 이리 좀 와봐요!" 그러더니 밀크맨에게 이렇게 말하는 것이었다. "나는 당신네 식구들을 알아요!"

밀크맨은 미소를 지으며 어깨를 약간 늘어뜨렸다. 낯선 마을에서 자기 가족을 아는 사람을 만나니 기분이 좋았다. 자라면서 그가 평생 들은 거라곤 이런 말에 숨은 작은 떨림이었다. "나는 여기 살지만, 우리 가족은……" 아니면 "그 여자는 가족이라는 게 없는 것처럼 굴더구나"라든가 "너희 가족은 아무도 거기 살지 않니?" 같은 말들. 하지만 막상 밀크맨은 '관계'라는 게 무슨 뜻인지 알지 못했다. 그는 성탄절 바로 전에 프레디가 서니네 가게에 앉아 했던 말을 기억해냈다. "친척들도 아무도 날 받아주지 않았어"라는 말. 밀크맨은 쿠퍼 목사와 그의 아내를 보고 환하게 웃었다. "정말요?"

"여기 좀 앉아보시오, 젊은이. 자네가 내가 알던 메이컨 데드의 아들이란 말이지. 오, 글쎄, 뭐, 부친을 그렇게 잘 알았다는 얘기는 아니오만. 젊은이의 부친께서는 나보다 네다섯 살 많으셨고 읍내에 별로 많이 나오시지를 않았거든. 하지만 여기 사람들은 전부 메이컨 데드 어르신을 기억한다오. 그러니까 젊은이의 할아버지 되시는, 메이컨 데드 영감 말이오. 우리 아버지와 막역한 친구 사이셨지. 우리 아버지는 대장장이셨소. 하느님의 소명을 받들게 된 건 나뿐이라오. 아니, 이런 이런 이런." 쿠퍼 목사는 씩 웃더니 양 무릎을 주물렀다. "오, 맙소사, 내가 제정신이 아니군. 자네 배가 고플 텐데. 에스터, 여기 젊은이가 배를 채울 만한 걸 좀 가져와요."

"아, 아뇨, 아닙니다. 감사합니다, 목사님. 그냥 간단하게 한잔할 수 있으면 좋겠는데요. 그러니까 목사님께서 술을 하신다면 말씀입니다."

"그럼. 그럼. 도시에 있는 것처럼 세련된 건 하나도 없소, 미안하오만—에스터!" 부인은 부엌으로 가고 있었다. "유리잔이랑 찬장에 있는 그 위스키 좀 꺼내 와요. 여기 메이컨 데드의 아들이 피곤해서 한잔 걸치고 싶다지 않소. 자, 어디 한번 얘기를 좀 해보시게. 어떻게 나를 찾아왔소? 설마 부친께서 나를 기억하는 건 아니겠지?"

"틀림없이 기억하실 겁니다. 거리에서 어떤 남자분을 만났는데 그분께서 목사님을 찾아가라고 말씀해주셨습니다."

"그 사람한테 내가 어디 사는지 물어봤단 말이오?" 쿠퍼 목사는 사실관계부터 정확히 해두길 바랐다. 벌써 친구들한테 늘어놓을 이야깃거리의 얼개를 짜고 있었던 것이다. 처음에 그 젊은이가 자기 집을 어떻게 찾아왔는지, 어떻게 물어물어 자기를 찾아왔는지……

에스터가 코카콜라 쟁반, 유리잔 두 개, 그리고 물 같은 게 든 커다란 마요네즈 단지를 들고 돌아왔다. 쿠퍼 목사는 그걸 잔 두 개에 아무것도 섞지 않고 진하게 따랐다. 얼음도, 물도 없이—오로지 순수 호밀 위스키뿐이었다. 위스키를 꿀꺽 삼키자 밀크맨의 목구멍은 발기발기 찢어지는 것 같았다.

"아닙니다. 목사님 이름을 대고 묻지는 않았습니다. 서시라는 여자분이 어디 사시는지 아느냐고 물어봤어요."

"서시? 아, 그래, 이런. 서시 할멈 말이군!"

"그 사람이 목사님께 여쭤보라고 하더군요."

쿠퍼 목사는 미소를 짓더니 위스키를 좀더 따랐다. "이 동네 사람들은 다 나를 알고 나는 이 동네에 모르는 사람이 없다오."

"그러니까, 그들이…… 그 사람들이…… 그러니까 아버지의 선친께서 돌아가신 후에 한동안 아버지가 그 여자분과 함께 지냈다는 걸 알고 있습니다."

"아주 좋은 곳에 살았지요. 아주 훌륭한 곳이었어. 지금은 어떤 백인들 소유일 텐데. 물론 그걸 탐내서 그랬던 게지. 그래서 그분을 쐈던 거고. 여기 사람들 상당수가 그 일로 몹시 불안해했다오, 수많은 사람들이 말이지. 겁도 많이 났고. 한데 부친께 파일러트라는 누이가 있지 않았던가?"

"맞아요, 파일러트 고모요."

"아직 살아 계시오?"

"오, 그럼요. 아주 잘 살고 계십니다."

"그렇단 말이오? 아주 예쁜 소녀였는데. 정말로 예뻤소. 우리 아버지가 파일러트에게 그 귀고리를 만들어준 분이라오. 그래서 우리가 그 애들이 살아 있단 걸 알게 된 거지. 메이컨 데드 영감이 죽고 나서는, 아무도 애들이 죽었는지 살았는지 몰랐거든. 그렇게 몇 주가 지나고 서시가 우리 아버지 가게를 찾아왔소. 지금 우체국이 있는 바로 그 길 맞은편에—거기 우리 선친의 대장간이 있었거든. 서시가 작은 금속상자를 가져왔는데 그 안에 꼬깃꼬깃 접힌 종잇조각이 들어 있었지. 파일러트의 이름이 적힌 종이였소. 서시는 우리 아버지께 아무 말도 하지 않고 그냥 그 상자로 귀고리를 만들어달라고만 했소. 주인집에서 브로치를 훔쳐왔다면서. 아버지는 그 브로치에서 금핀을 뽑아다가 상자에 붙여주셨다오. 그래서 우리가 그애들이 살아 있고 서시가 돌봐주고 있다는 걸 알게 된 거요. 서시와 함께 있으면 아이들은 괜찮을 터였지. 서시는 버틀러 가문의 하녀였소—그 부유한 백인 가문 말이오—훌륭한 산파이기도 했지. 별별 사람들을 다 받았다오. 나까지 포함해서."

어쩌면 위스키, 마시기만 하면 다른 사람들을 모두 기품 있어 보이게 하는 위스키 때문이었는지도 모른다. 하여간 밀크맨은 전에 닳도록 듣고 또 듣긴 했지만 대충 한 귀로 흘렸던 이야기가 이 남자의 입에서 흘러나오는 걸 듣고는 기쁨을 느꼈다. 사건이 일어난 현장에 있다는 사실 때문에 그렇게 실감나게 느껴지는 것인지도 몰랐다. 파일러트가 달링 스트리트에서 동굴과 숲, 혹은 귀고리에 대해 이야기하는 걸 듣고 있다든가, 낫닥터 스트리트의 자동차 소음 너머로 아버지가 야생 칠면조를 요리한 이야기를 늘어놓는 걸 듣고 있노라면, 전혀 다른 세계, 전혀 다른 시대의 이야기처럼, 그리고 심지어 사실이 아닌 이야기처럼 이국적으로 들렸다. 그런데 이곳 목사관에서, 업라이트피아노 옆 등나무 의자에 앉아 마요네즈 단지에서 따른 사제 위스키를 마시고 있자니, 그 이야기는 사실이었다. 의식도 못한 사이, 그는 파일러트의 귀고리가 주조되던 그 장소로 곧장 걸어들어갔다. 어린 시절 그를 매료시켰던 그 귀고리, 그 귀고리를 만드는 바람에 살해당한 사내의 아이들이 살아 있다는 사실이 이 동네 흑인들에게 알려졌다니. 그리고 이곳이 바로 그 귀고리를 만든 사람의 아들이 사는 집 거실이라니.

"그런 짓을 한 사람은 붙잡혔습니까—살인을 한 사람?"

쿠퍼 목사는 눈썹을 치켜올렸다. "붙잡혔느냐고?" 그는 만면에 기가 막힌다는 표정을 띠고 물었다. 그러더니 다시 미소를 지었다. "붙잡을 필요도 없었소. 애초에 어디 도망가지도 않았으니까."

"그러니까 재판을 받았느냐는 말입니다. 그 사람은 체포되었나요?"

"무슨 죄로 체포를 하겠소? 깜둥이를 하나 죽였다는 죄로? 자네가 어디서 왔다고 했더라?"

"그럼 아무도 뭔가 조치를 취하지 않았다는 말씀입니까? 누가 한 짓인지 알아내려 하지도 않고요?"

"누가 한 짓인지 모르는 사람은 아무도 없었다오. 서시가 일하던 집 주인—버틀러가 사람들이 그랬으니까."

"그런데 아무도 조치를 취하지 않았다는 말씀이세요?" 밀크맨은 자신의 분노에 스스로 놀랐다. 처음 그 이야기를 들었을 때는 화가 나지 않았다. 그런데 어째서 지금은?

"조치를 취할 수가 없었소. 백인들은 신경도 쓰지 않았고, 흑인들은 감히 용기를 내지 못했지. 지금 같은 경찰은 아예 없었고. 지금은 카운티 보안관이 이런 일을 처리하지. 그런데 그때는 그렇지가 못했거든. 그때는 순회판사가 일 년에 한두 번 들르는 게 고작이었다오. 게다가 그런 짓을 한 사람들이 이 카운티의 절반을 소유한 자산가들이었으니.

메이컨의 땅은 중간에 끼어 있어서 방해가 되었지. 사람들은 그저 애들이 무사히 탈출했으니 다행이라고 생각했을 뿐이오."

"서시가 그분을 죽인 사람들을 위해 일했다는 말씀이시군요. 서시도 그 사실을 알고 있었나요?"

"그럼, 물론이지."

"그런데도 아이들을 그 집에 머무르게 했단 말이에요?"

"대놓고는 아니지. 아이들을 숨겨두었으니까."

"그래도 같은 집에는 있었던 거군요, 그렇죠?"

"그렇지. 최고의 장소였다고 생각한다오. 아이들이 마을로 찾아왔다면, 다른 사람 눈에 띌 수도 있었소. 아무도 그 집을 찾아볼 생각은 하지 않을 테니까."

"아빠—저희 아버지께서도 그걸 아셨을까요?"

"그애가 얼마나 알고 있었는지는 모르겠소. 서시가 말을 해주기나 했을는지. 나는 살인사건 이후로는 그애를 한 번도 본 적이 없으니까. 아무도 못 봤다오."

"그 사람들 지금은 어디 있습니까? 버틀러가 사람들 말이에요. 아직도 여기 삽니까?"

"지금은 죽었지. 한 명도 빠짐없이 다 죽었다오. 마지막으로 남아 있던 딸 엘리자베스도 이삼 년 전에 세상을 떴소. 바윗돌처럼 불임인 채로 늙어빠져서 죽었지. 세상만사는 결국 다 제대로 돌아가기 마련이오, 젊은이. 하느님께서 일하시는 방식은 불가사의하지만 계속 살다보면, 오래오래 살다보면 늘 결국은 다 제대로 돌아간다는 걸 알게 될 거요. 그 사람들은 그렇게 훔치고 살인까지 해서 얻은 재산 덕을 하나도 못

보았으니까. 손톱만치도."

"그 사람들이 덕을 보았든 못 보았든 그런 건 관심 없습니다. 문제는 그들이 다른 사람을 해쳤다는 사실이죠."

쿠퍼 목사는 어깨를 으쓱해 보였다. "젊은이가 사는 저 윗동네에서는 백인들이 좀 다른가보지요?"

"아니, 그런 건 아닙니다만…… 하지만 가끔은, 조치를 취할 수 있기도 하지요."

"그게 무슨 소리요?" 목사는 진심으로 흥미를 보이는 기색이었다.

밀크맨은 기타의 말을 빌리지 않고는 답할 수가 없어서 그냥 아무 말도 하지 않았다.

"여기 이거 보이쇼?" 목사는 몸을 돌려 귀 뒤쪽으로 자라난 호두만한 결절을 밀크맨에게 보여주었다. "우리 중에는 휴전 기념일 행진에 참가해보려고 필리*까지 간 친구들도 있다오. 1차대전이 끝난 직후였지. 우리는 초청받고 허가도 얻었지만, 그 사람들, 백인들은 우리가 거기 끼는 걸 달가워하지 않았소. 그래서 소동을 벌이기 시작했지. 돌을 던지고 욕설을 퍼붓고 하는 짓거리 말이오. 제복에는 콧방귀도 뀌지 않았소. 아무튼, 기마경찰이 몇 달려왔지—우리는 백인들을 진정시키러 온 줄 알았소. 그런데 경찰들은 우리를 짓밟았다오. 그 말발굽으로. 여기 이게 바로 말발굽의 위력이오. 대단하지 않소?"

"하느님 맙소사."

"설마 복수를 하자고 여기 온 건 아니겠지, 그렇지 않소?" 목사는 앞

* 필라델피아.

으로 몸을 수그렸다.

"아닙니다. 그냥 지나가는 길이었을 뿐입니다. 다른 일은 없어요. 그냥 한번 둘러보고 싶어서. 농장도 보고 싶고……"

"복수 얘기라면 서시가 다 알아서 잘 처리했으니까."

"서시가 뭘 어떻게 했습니까?"

"하! 그 할멈이 안 한 일이 뭐가 있나?"

"오래전에 여기 와보지 못한 게 아쉽군요. 서시를 만나볼 수 있었다면 좋았을 텐데. 아마 돌아가실 때 백 살쯤 되셨겠어요."

"그보다 나이를 더 먹었지. 내가 어렸을 때 백 살이었으니까."

"농장이 근처에 있나요?" 밀크맨은 약간 흥미가 동한 듯한 표정을 지었다.

"그렇게 멀지는 않다오."

"이렇게 이왕 나왔으니 어디 있는지 한번 보고 싶은데요. 아버지한테 워낙 말씀을 많이 들어서."

"15마일쯤 나가면 있는 버틀러 저택 바로 뒤에 붙어 있다오. 내가 젊은이를 데려가줄 수도 있고. 내 고물차가 정비소에 들어가 있긴 한데, 어제까지 다 고쳐진다고 했으니까. 한번 알아보지."

밀크맨은 자동차가 준비될 때까지 나흘을 더 기다려야 했다. 쿠퍼 목사 집에서 손님으로 나흘을 보내는 동안, 아버지나 할아버지를 기억하는 사람들, 그리고 그들에 대한 이야기를 어디서 주워들은 동네의 노인들이 죄다 그를 보려고 목사의 집을 장시간 찾았다. 그들은 다양한 측면에서 그 이야기를 들려주었고, 모두들 '링컨의 천국'이 얼마나 아름다운 농장이었는지 이야기했다. 부엌에 앉아서, 그들은 얼마나 촉촉한 눈길로 밀크맨을 바라보았는지 모른다. 그러면서 어찌나 대단한 경외감과 애정을 담아 할아버지 이야기를 해주는지 밀크맨은 할아버지가 그리워질 정도였다. 아버지가 한 말도 새삼 떠올랐다. "나는 아버지 바로 곁에서 일을 했다. 바로 곁에서 말이다." 그때 밀크맨은 아버지가 어렸을 때도 남자다웠다는 사실을 과시하려 한다고 생각했다. 이제 보니 아버지는 뭔가 다른 말을 하고 있었던 것이다. 당신이 당신의 아버지를 사랑했다는 얘기, 그분과 절친한 관계였다는 사실, 할아버지도 아버지를 사랑하고 믿었으며 '바로 곁'에서 일할 자격이 있다고 인정해주었다는 이야기를 하고 싶었던 거다. "그분이 땅바닥에 쓰러져 계신 모습을 보니, 내 마음속에서 뭔가 거칠게 날뛰었지." 아버지는 그렇게 말했다.

쿠퍼 목사가 '뭔가 조치를 취하는 일'의 불가능성을 이야기할 때 밀크맨이 짐짓 느끼는 척했던 감정을 아버지는 진짜로 느꼈던 거다. 이곳 사람들은 메이컨 데드 부자를 훌륭한 사내들로 기억하고 있었다. 파일러트는 '누구의 구둣발에도 짓밟히지 않을' 어여쁜 숲의 야생소녀로 기억하고 있었다. 그들 중 오로지 한 사람만 할머니를 기억했다. "예쁜 얼굴이었지만, 백인처럼 보였지. 어쩌면 인디언이었을지도 몰라. 머리카락이 검고 눈꼬리가 약간 위로 치켜올라갔거든. 아이를 낳다가 죽었지." 노인들이 이야기를 하면 할수록—복숭아, 조지아주에서 자라는 것 같은 진짜 복숭아를 길렀던 유일한 농장, 사냥이 끝나고 즐겼던 만찬, 겨울의 돼지 도살, 그리고 일, 농장을 굴리려면 뼈빠지게 해야 하는 일 이야기를 들으면 들을수록—밀크맨은 자기 삶에서 빠진 무언가가 아쉬워졌다. 노인들은 우물을 파고, 덫을 놓고, 나무를 자르고, 봄 날

씨가 좋지 못할 때는 불을 피워 과수원을 따뜻하게 하고, 망아지를 길들이고, 개를 훈련시키는 이야기를 늘어놓았다. 그리고 그 모든 이야기 속에 밀크맨의 아버지, 메이컨 데드 2세가 있었다. 그 노인들과 동년배이며, 황소처럼 강하고, 안장 없이 맨발로도 말을 탈 수 있었던 사람이자 다들 입을 모아 인정하듯 누구보다도 빨리 달렸고, 누구보다 힘차게 땅을 갈았으며, 가장 총을 잘 쏘고, 가장 많이 거두어들이고, 누구보다 말을 잘 탔던 사람. 그들이 말하는 소년의 모습에서는 엄하고 탐욕스럽고 사랑 없는 남자의 모습을 찾아볼 수 없었다. 밀크맨은 그들이 묘사하는 소년을 사랑했고, 우진각 지붕을 한 우리와 복숭아나무를 갖고 있던, 일요일이면 이른새벽부터 2에이커나 되는 널따란 연못에서 낚시를 했던 소년의 아버지를 사랑했다.

노인들은 밀크맨을 그들의 회상에 불을 붙이는 점화제로 이용하며, 끝도 없이 이야기를 늘어놓았다. 좋았던 시절, 힘겨웠던 시절, 이제는 달라진 것들, 여전히 변하지 않은 것들—그 모든 이야기들 위로 우뚝, 키 크고 근사했던 메이컨 데드가 있었는데, 밀크맨이 보기에 그 당시에는 이들이 소년에 불과했을 텐데도 그분이 죽음을 맞으면서 이 노인들도 죽어가기 시작한 것만 같았다. 메이컨 데드는 그들이 나중에 커서 되고 싶어했던 농부였고, 머리 좋게 논에 물을 끌어대는 사람이었으며, 복숭아나무를 기르는 사람이었고, 돼지 도살자였으며, 야생 칠면조를 구워주는 사람이었고, 40에이커의 땅을 순식간에 판판하게 갈아엎으면서 천사처럼 노래를 부르는 사람이었다. 어디서 불쑥 튀어나왔는지 알 수 없었고, 배운 게 없어 무식하고 죄수처럼 빈털터리라 노예해방문서, 성경, 검은 머리의 예쁜 아내밖에 가진 게 없었지만 그는 불과일 년 만에 10에이커의 땅을 임대했고, 그다음해에는 10에이커를 더 임대했다. 그리고 십육 년 후에는 몬투어 카운티 전체를 통틀어 가장 멋진 농장의 주인이 되어 있었다. 화가의 붓처럼 그들의 삶을 채색하고 설교처럼 그들의 마음에 다가왔던 농장. "보여?" 농장은 그들에게 말했다. "보여? 너희가 뭘 해낼 수 있는지 보여? 일자무식이라도 상관없고, 노예로 태어났어도, 이름을 잃어버렸어도, 아버지가 돌아가셨어도 상관없어, 아무것도 상관없다고. 자, 여길 봐. 남자가 마음먹고 힘을 쏟으면 해낼 수 있는 일이 여기 있잖아. 그만 울고." 그 농장은 말했다. "세상의 변두리를 기웃거리며 부스러기를 주워먹는 일 따위는 그만둬. 유리한 입장을 이용해, 유리한 입장일 수 없다면 불리한 입장이라도 이용해. 우리는 여기 살아. 이 지구에, 이 나라에, 바로 여기 이 카운티에. 다른 곳이 아니라! 우리는 이 반석 위에 집을 갖고 있어, 모르겠어? 내 집에서는 아무도 굶지 않아. 내 집에서는 아무도 울지 않아. 그리고 내게 집이 있으면 당신에게도 있는 거야! 붙잡아. 이 땅을 붙잡아! 붙잡고, 움켜쥐어, 형제들, 땅을 만들어, 형제들, 흔들고, 쥐어짜고, 갈아엎고, 비틀고, 두들겨패고, 발로 차고, 키스하고, 채찍질하고, 발로 구르고, 땅을 파고, 경작하고, 씨를 뿌리고, 추수하고, 임대하고, 사고, 팔고, 소유하고, 건물을 짓고, 늘리고, 그러고서 후대에 넘겨주는 거야—무슨 말인지 알겠어? 후대에 넘겨주라고!"

하지만 놈들은 그의 머리를 총으로 쏴서 날려버렸고 훌륭한 조지아 복숭아들을 따먹어버렸다. 그리고 어린 소년에 불과했던 그들마저 그때부터 죽어가기 시작해 아직까지 죽어가고 있었다. 그들은 밤마다 모여 앉아 밀크맨을 바라보며 수다를 떨면서, 뭔가를 간절히 갈구하고 있었다. 밀크맨의 입에서 혹시라도 그 꿈에 다시 불을 지피고 지금 겪고 있는 죽음의 과정을 멈출 수 있는 말이 나오지나 않을까 하고. 밀크맨이 자기 아버지, 그들이 알고 있던 소년, 훌륭한 메이컨 데드의 아들에 대한 이야기를 시작한 것은 그 때문이었다. 그는 약간 과장을 보탰고, 그러자 노인들은 생기를 되찾았다. 아버지가 얼마나 많은 집을 소유하고 있는가 하는 얘기(그들은 씨익 웃음을 머금었다), 이 년마다 새 차를 사는 얘기(그들은 웃었다), 그리고 아버지가 이리 라커워너를 사들이려고 했던 얘기(그게 훨씬 그럴싸하게 들렸다)를 듣고, 그들은 기쁨에 들떠 환호성을 올렸다. 그러면 그렇지! 과연 메이컨 데드 영감의 아들답군그래! 그들은 모든 것을 낱낱이 알고 싶어했고, 밀크맨은 자기도 모르게 회계사처럼 자산을 줄줄 읊어대고 거래며 총 임대수입이며 은행 대출이며 아버지가 요즘 새로 관심을 보이는 것—주식시장—까지 말하고 있는 자신을 깨달았다.

느닷없이, 한창 이야기를 하던 중에 밀크맨은 황금이 갖고 싶어졌다. 당장 자리를 박차고 일어나 황금을 찾으러 떠나고 싶어졌다. 그는 황금이 있는 데로 달려가서, 한 사람만 죽이면 대를 완전히 끊을 수 있을 거라 믿었던 어리석은 치들, 버틀러 가문의 코밑에서 황금덩어리를 하나도 남김없이 낚아채고 싶었다. 그는 노인들의 숭모를 받아 번쩍이며 빛을 발했고, 그 긍지로 무서울 게 없어졌다.

"자네 아버지는 누구와 결혼을 했나?"

"시내에서 가장 부유한 니그로 의사의 딸과 결혼했습니다."

"그러면 그렇지! 과연 메이컨 데드다워!"

"너희 모두 대학에 보냈나?"

"누나들은 대학에 갔습니다. 저는 사무실에서 아버지 곁을 지키며 일을 돕고요."

"하! 돈을 벌려고 자네를 집에 두었군그래! 메이컨 데드는 항상 결국은 돈을 벌고야 마는 사람이지!"

"부친은 무슨 차를 몰지?"

"뷰익입니다. 225."

"세상에, 225란 말이지! 몇 년형인가?"

"올해 최신형이지요!"

"그러면 그렇지! 과연 메이컨 데드다워! 그 친구는 이리 라커워너를 사고 말 거야! 원하는 건 뭐든 손에 넣는 친구니까! 아, 이런. 그 친구 때문에 백인들이 죽도록 골치를 썩겠군. 아무도 그 친구를 쓰러뜨리지 못해! 메이컨 데드는 호락호락한 사람이 아니야! 이 세상에서는 어림도 없지! 그리고 다음 세상에서도 마찬가지고! 허! 세상에! 이리 라커워너라니!"

그렇게 기다렸는데 목사는 함께 갈 수가 없었다. 그는 설교로는 수입이 부족해 화물 적하장에서 일을 했는데 이른 교대조로 불려나갔던 것이다. 하나밖에 없어서 그냥 '조카'라고 불리는 목사의 조카가 밀크맨을 농장까지 차로 데려다주는 임무를 맡았다—최대한 가까이까지. 조카는 열세 살이었고 운전대 너머를 간신히 볼 수 있는 키였다.

"저애 면허 있어요?" 밀크맨이 쿠퍼 부인에게 물었다.

"아니, 아직 못 땄지." 부인은 이렇게 말하고 경악한 밀크맨의 얼굴을 보더니 농장에서 일하는 남자아이들은 일찍부터 운전을 한다고—그럴 수밖에 없다고 말해주었다.

밀크맨과 조카는 아침식사를 하자마자 출발했다. 길이 꼬불꼬불한 이차선 도로인데다 도저히 추월할 수 없는 경트럭 뒤에서 이십 분을 허비하는 바람에 거기까지 가는 데 한 시간이 족히 걸렸다. 조카는 말이 없었다. 그애가 관심이 있는 건 오로지 밀크맨의 옷뿐인지, 기회가 있을 때마다 옷을 만졌다. 밀크맨은 셔츠 하나를 그애에게 주기로 마음먹고, 맡겨둔 여행가방을 찾으러 잠깐 터미널에 들르자고 부탁했다.

마침내 조카는 집 한 채 보이지 않는 길가에서 속력을 늦추었다. 그러더니 차를 세웠다.

"뭐가 잘못됐니? 내가 운전할까?"

"아닙니다. 다 왔어요."

"다 왔다니? 어디?"

"저 뒤쪽이에요." 그는 덤불숲을 가리켰다. "버틀러 저택으로 가는 길이 저 안쪽에 있고, 농장의 후문도 저 너머에 있어요. 거기까지는 걸어가셔야 해요. 자동차로는 갈 수가 없어요."

지당하신 말씀이었다. 나중에 알게 되었지만, 밀크맨의 두 발로도 덤불이 무성히 자란 돌길을 걷는 일은 버거웠다. 그는 잠깐 그곳을 살펴보고 나중에 혼자 다시 올 심산으로, 조카더러 기다려달라고 말했다. 하지만 소년은 심부름을 해야 한다면서 밀크맨이 오라는 시간에 다시 오겠다고 했다.

"한 시간 후." 밀크맨이 말했다.

"읍내로 돌아가는 데만도 한 시간은 걸릴 텐데요." 조카가 말했다.

"쿠퍼 목사님이 나를 데려다주라고 하지 않았니. 길을 잃고 헤매도록 내버려두라고 하진 않으셨을 텐데."

"심부름을 하지 않으면, 엄마가 회초리로 때려요."

밀크맨은 짜증이 났지만, 거기 혼자 남을까봐 초조해하는 기색을 비치기 싫어—그는 무겁고 지나치게 장식이 많은 시계를 흘낏 보았다—아이가 정오에 돌아오는 데 합의했다. 그때가 아홉시였다.

늙은 호두나무 가지에 모자가 자꾸 걸려 벗겨져서, 밀크맨은 모자를 손에 들었다. 밑단을 접어 올리지 않은 바지는, 축축한 잎사귀 위를 1마일쯤 걷자 시커멓게 물이 들었다. 정적이 귓전에서 포효했다. 밀크맨은 불편했고 살짝 불안했지만, 마음속에 황금이 손에 잡힐 듯 그려지는데다 어젯밤 함께 술을 마신 노인들의 얼굴도 떠올라서, 평생 본 중에서도 가장 큰 저택을 둥글게 감싸고 도는 진입로의 자갈돌과 낙엽 위로 굳건히 한 발을 내디뎠다.

여기가 그들이 머물렀던 곳이로군, 밀크맨은 생각했다. 여기서 파일러트 고모가 체리잼을 받고 울음을 터뜨렸던 거구나. 밀크맨은 잠시 가만히 서 있었다. 틀림없이 과거에는 아름다웠으리라, 그들 눈에는 궁전처럼 보였겠지, 하지만 두 사람 모두 얼마나 갑갑하게 갇힌 느낌이었는지, 방에서 하늘을 보기가 얼마나 어려웠는지, 카펫과 휘장이 얼마나 끔찍하게 싫었는지 하는 얘기밖에 하지 않았다. 누가 아버지를 죽였는지 모르면서도 본능적으로 살인자의 집을 싫어했던 것이다. 그리고 그 집은 정말로 살인자의 집처럼 보였다. 어두컴컴하고, 폐허가 되어 쓰러져가는, 사악한 집. 하늘을 날고 싶어 창문가에 꿇어앉았던 그때 이후로, 이렇게 외로운 느낌에 사로잡혔던 적은 없었다. 한 아이가 담쟁이 넝쿨이 미처 뒤덮지 못한 이층 창문에서 그를 바라보는 것이 느껴졌다. 그는 미소를 지었다. 나 자신의 모습이 보이는 모양이군—창문으로 하늘을 바라보았던 걸 기억하는지도 모르고. 아니면 나무를 뚫고 지나가려는 빛이었는지도 몰라. 네 개의 우아한 기둥이 주랑을 떠받치고 거대한 이중문에는 묵직한 황동 노커가 달려 있었다. 그는 노커를 잡았다가 놓았다. 소리는 목화솜에 떨어진 빗방울처럼 금세 흡수되었다. 들썩거리는 기척이 없었다. 밀크맨은 자신이 밟아온 길을 뒤돌아보다가 방금 자기가 빠져나온 녹색 심연, 검푸른 터널, 끝이 보이지 않는 터널을 보았다.

농장은 버틀러 저택 바로 뒤쪽에 있다고 들었지만, 사람들의 거리 감각이 얼마나 제각각 다른지 잘 알고 있는 그는 빨리 움직이는 편이 좋겠다고 생각했다. 그가 찾는 물건을 발견한다면 밤에 다시 돌아와야 할 터였다—물론 장비를 갖추고서. 그보다 이 지역을 좀 눈에 익혀놓는 게 더 중요했다. 그는 충동적으로 손을 뻗어 문고리를 돌려보려 했다. 문고리는 꿈쩍도 하지 않았다. 그는 그냥 가려고 반쯤 돌아선 채로—말 그대로 뒤늦게 생각이 나서—문을 밀어보았더니 한숨 같은 소리를 내며 활짝 열렸다. 그는 안으로 몸을 들이밀어보았다. 빛도 없었지만, 그보다 악취 때문에 뭘 볼 수가 없었다. 털이 많은 동물의 악취, 농익고, 집 전체에 퍼져 있는, 숨막히는 악취. 그는 기침을 하고 어디 침을 뱉을 만한 데가 없나 찾아보았다. 악취가 입안으로 들어와 이와 혓바닥을 얇은 막처럼 감싸고 있었기 때문이다. 밀크맨이 뒷주머니에서 손수건을 꺼내 코를 틀어막고 열린 문에서 뒤로 물러나 아침에 먹은 변변찮은 음식을 다 게워내려는 순간, 악취가 사라지더니 급작스럽게 그 자리에 달콤한 향신료 향기가 들어찼다. 생강 뿌리 같은—쾌적하고, 깨끗하고, 유혹적인 향내. 그는 그 향기에 놀라고 또한 매혹되어

물러났던 길을 되밟아 집안으로 들어갔다. 일이 초쯤 지나자, 거대한 홀의 수작업으로 깔고 마감한 목조 바닥과 저멀리 어둠 속에 나선형으로 뻗어올라가는 널찍한 계단이 눈에 들어왔다. 그의 시선이 계단을 따라 올라갔다.

어렸을 때 그는 아이라면 다 꾸는 꿈, 마녀가 어두운 복도를 따라 마당의 나무들 사이로 그를 뒤쫓아와서 결국 도저히 빠져나갈 수 없는 방으로 몰아넣는 꿈을 꾸곤 했다. 검은 드레스와 빨간 속치마를 입은 마녀들, 분홍색 눈과 초록색 입술을 지닌 마녀들, 아주 작은 마녀들, 몸이 길고 마른 마녀들, 얼굴을 찌푸린 마녀들, 미소를 짓는 마녀들, 비명을 지르는 마녀들과 깔깔 웃음을 터뜨리는 마녀들, 날아다니는 마녀들, 달리는 마녀들, 그리고 그냥 땅 위에서 미끄러지듯 움직이는 마녀들. 그래서 층계 꼭대기에 서 있는 여인을 보았을 때, 그는 그 활짝 편 두 손, 그를 향해 활짝 벌린 손가락, 그를 위해 떡하니 벌린 입, 그를 게걸스럽게 삼키듯 바라보는 그녀의 눈을 향해 층계를 올라가지 않고는 배길 수가 없었다. 꿈속에서는 계단을 올라가기 마련이니까. 그녀는 그를 붙잡고, 그의 어깨를 꼭 잡고는 곧장 그녀 쪽으로 끌어당겨 두 팔로 그의 몸을 꼭 감싸안았다. 그의 가슴께에 닿는 그녀의 머리, 턱밑에 닿는 머리카락의 감촉, 강철 용수철처럼 등을 문지르는 바싹 마른 앙상한 두 손, 조끼에 대고 뭐라고 뭐라고 횡설수설하는 그녀의 늘어진 입, 이 모든 것 때문에 현기증을 느끼면서도 그는 알고 있었다. 항상, 어김없이 마녀가 와락 덮치거나 끈적끈적한 포옹을 하는 순간 자신이 비명을 지르며 발기한 채 꿈에서 깬다는 것을. 하지만 지금은 발기만 했을 뿐이었다.

밀크맨은 꿈이 끝나기 전까지는 빠져나갈 수 없다는 걸 알고 무기력에 눈을 감았다. 그 무기력에서 떠올라 깨어난 건 무릎께에서 나는 웅웅 소리 때문이었다. 내려다보니 황금빛 눈동자의 개 한 무리가 그를 에워싸고 있었는데, 개들은 저마다 창문에서 그를 내려다보던 영특한 아이의 눈빛을 하고 있었다. 느닷없이 여인이 그를 놓아주었고, 그는 그 여인까지 내려다보게 되었다. 차분하고 진실되고 살펴보는 듯한 개들의 눈빛에 비해 여자의 눈빛에는 광기가 서린 듯 보였다. 개들의 말끔하고 잘 빗은 암회색빛 털에 비해, 여자의 머리카락은 헝클어지고 더러웠다.

여자는 개들을 보고 말했다. "저리 가라, 헬무트, 저리 가. 호르스트, 너도 저리 가." 그녀는 손을 내저었고 개들은 순순히 말을 따랐다.

"자, 이리 오거라, 이리 와." 그녀는 밀크맨에게 말했다. "여기 안으로 들어와." 여인은 두 손으로 그의 손을 잡았고, 그는 그녀를 따라갔다—팔을 쭉 뻗고, 손은 그녀에게 잡힌 채로—자기 싫은데 잠자리로 끌려가는 어린 소년처럼. 두 사람은 함께 다리 주위에서 미끄러지듯 움직이는 개들의 몸뚱이를 헤쳐나갔다. 여인은 그를 어떤 방으로 이끌더니 회색 벨벳 소파에 앉히고는, 발치에 앉아 있는 개 두 마리만 남기고 다른 개들을 모두 내보냈다.

"저 바이마르종 기억하니?" 자리를 잡고 앉아, 의자를 그가 있는 쪽으로 바싹 당기면서 여인이 말했다.

늙은 여자였다. 어찌나 늙었는지 혈색이 하나도 없었다. 늙어서 얼굴 생김새 중 알아볼 수 있는 건 입과 눈뿐이었다. 코, 턱, 광대뼈, 이마, 목은 모두 무상하게 변화하는 세월에 시달려 잡힌 주름과 코바늘로 뜨개

질이라도 한 것 같은 피부 속에서 개별적인 정체성을 잃어버린 지 오래였다.

밀크맨은 명료하게 사고하려고 애를 썼지만, 꿈속에서 명료하게 사고하기란 참으로 힘겨운 일이었다. 아마 이 여자가 서시인 모양이지. 하지만 서시는 죽었는데. 이 여인은 살아 있다. 그는 아무리 애를 써도 그 정도 생각밖에 할 수 없었다. 여인이 자기한테 말을 건네고 있긴 하지만 그래도 여자는 죽은 사람일지도 몰랐다—아니, 죽은 사람이어야만 했다. 주름이나 살아 있다고는 도저히 믿어지지 않는 얼굴 때문이 아니라, 이빨 하나 없는 그 입에서 강인하고 감미로운 스무 살 처녀의 목소리가 흘러나왔기 때문이다.

"나는 어느 날 네가 돌아올 줄 알았다. 그래, 하긴 꼭 그렇다고 말할 수도 없겠구나. 어떤 때는 의심도 했고 또 어떤 날은 아예 생각조차 하지 않고 지냈으니까. 하지만 봐라, 내가 옳았잖니. 네가 정말로 돌아왔으니까."

그런 얼굴에서 나오는 그런 목소리를 듣고 있는 건 끔찍스러운 일이었다. 어쩌면 그의 귀가 잘못된 건지도 몰랐다. 그는 자기 목소리를 듣고 싶어서, 논리적인 얘기를 한번 해보기로 했다.

"죄송합니다. 저는 그 사람 아들이에요. 메이컨 데드의 아들이요. 저는 할머니가 아는 사람이 아니에요."

여인은 얼굴에서 웃음기를 싹 거두었다.

"제 이름도 메이컨 데드지만, 저는 서른두 살이에요. 할머니께서는 저희 아버지와 할아버지를 알고 지내셨지요." 지금까지는 괜찮았다. 밀크맨의 목소리는 전과 다름없었다. 이제 그는 자기가 상황 판단을 제대로 한 건지 알아보기만 하면 되었다. 여인은 대답을 하지 않았다. "할머니가 서시죠, 그렇죠?"

"그래, 서시." 그녀가 대답했지만 그에게 흥미를 완전히 잃어버린 것처럼 보였다. "내 이름이 서시다."

"저는 그냥 둘러보러 온 거예요." 그가 말했다. "쿠퍼 목사님 부부와 함께 며칠 지냈습니다. 그분들이 저를 여기 데려다주셨고요."

"나는 네가 그애인 줄 알았다. 네가 나를 보러 돌아온 줄 알았어. 그애는 어디 있니? 내 아가 메이컨은?"

"집에요. 살아 계세요. 아버지가 저한테 할머니 얘기를 해주셨어요……"

"그리고 파일러트도. 파일러트는 어디 있니?"

"고모도 그곳에 계세요. 잘 지내요."

"그래, 너는 그애를 꼭 닮았구나. 정말 닮았어." 하지만 그 목소리에는 확신이 없었다.

"아버지는 이제 일흔두 살이세요." 밀크맨이 말했다. 서시가 마지막으로 보았을 때 아버지는 열여섯 살이었으니까, 그렇게 말하면 자기가 그 메이컨이 아니라는 걸 확실히 하며 문제가 정리될 줄 알았다. 하지만 그녀는 "음"이라는 말밖에 하지 않았다, 마치 일흔둘이든 서른둘이든 나이라는 건 그녀에게 아무 의미도 없다는 듯이. 밀크맨은 서시가 진짜로 얼마나 나이를 먹었는지 궁금해졌다.

"배고프니?" 서시가 물었다.

"아뇨, 감사합니다. 아침식사는 했어요."

"그러니까 그 꼬마 쿠퍼랑 같이 지냈다는 말이니?"

"네, 맞아요."

"말썽쟁이지. 담배 피우지 말라고 그렇게 일렀건만, 애들은 말을 안 들어."

"혹시 한 대 피워도 될까요?" 살짝 긴장이 풀린 밀크맨은 담배를 피우며 긴장을 좀더 풀고 싶었다.

그녀는 어깨를 으쓱했다. "마음대로 하려무나. 요즘은 다들 제멋대로 구니까."

밀크맨은 담배에 불을 붙였고 개들은 성냥 긋는 소리에 웅웅거리며 불길을 향해 눈을 반짝거렸다.

"쉬!" 서시가 속삭였다.

"아름다워요." 밀크맨이 말했다.

"뭐가 아름답다는 거니?"

"개들 말입니다."

"개들은 아름다운 게 아니라 이상해. 하지만 귀찮은 것들을 쫓아주지. 나는 개들을 돌보느라 진이 다 빠졌단다. 이 개들은 버틀러 양 거야. 버틀러 양은 개들을 교배하고, 또다른 종끼리 교미도 시켰지. 몇 년 동안이나 이 개들을 AKC*에 내보내려고 애썼어. 그런데 허가를 내주지 않더구나."

"무슨 종이라고 하셨지요?"

"바이마르종. 독일계지."

"개들을 키워서 어떻게 하시게요?"

* American Kennel Club. 다양한 견종의 혈통을 유지하고 보호하려는 목적으로 운영되는 미국의 비영리기관으로, 도그쇼 등의 행사를 주최한다.

"아, 몇 마리는 키우고. 몇 마리는 팔고. 여기서 다 같이 죽을 때까지 그러는 거지 뭐." 그녀는 미소를 지었다.

그녀가 지닌 고상한 버릇들이 해지고 더러운 옷과 어우러지는 양상은, 자글자글한 얼굴이 그 강인하고 젊고 세련된 목소리와 어우러지는 양상과 꼭 같았다. 그녀는 새하얗게 센 백발—땋아내린 것 같기도 하고, 아닌 것 같기도 한—을 마치 우아하게 손질한 머리에서 머리카락 한 올이 잘못 삐져나온 것처럼 매만지곤 했다. 그리고 미소를 지을 때는—산酸이 한 방울 뚝 떨어지는 바람에 셀룰로이드가 녹아내리는 것처럼 살점이 벌어졌는데—턱에 꼭 손가락을 갖다댔다. 이 고상한 태도와 세련된 화술이 어우러진 데 그만 속아넘어가 메이컨은 서시가 단순히 어리석은 노인일 뿐이라는 생각을 하고 말았다.

"가끔씩 외출도 하셔야겠어요."

그녀가 그를 바라보았다.

"이 집은 이제 할머니 건가요? 그 사람들이 이 집을 할머니께 유산으로 남겼어요? 그래서 이 집에 머물러 계셔야 하는 건가요?"

그녀는 입술로 잇몸을 꾹 눌렀다. "내가 여기 혼자 남은 유일한 이유는, 그 여자가 죽었기 때문이란다. 자살을 했지. 그 많던 돈이 다 없어져서, 그래서 자살을 했어. 방금 전에 네가 서 있던 그 발판 위에 서 있다가 난간 너머로 몸을 던졌지. 하지만 바로 죽지는 못했어. 일주일인가 이 주일쯤 병상에서 앓았는데, 이 집에는 우리밖에 아무도 없었어. 개들은 그때 사육장에 있었지. 내가 그 여자를 이 세상에 태어나도록 도왔단다. 그 어미와 할머니도 마찬가지였어. 이 카운티 사람들을 아마 거의 다 내가 받았을 게다, 정말 그랬어. 한 사람도 목숨을 잃지 않았단다. 한 사람 목숨도 놓친 적이 없어. 오직 네 어미만 빼고. 아니, 네 할머니지. 그럴 게야. 나는 요즘은 개들을 받고 있어."

"쿠퍼 목사님 친구분들이 그러시는데, 백인처럼 보였었대요. 저희 할머니요. 정말 그랬나요?"

"아니, 혼혈이었어. 대체로 인디언 혈통이었지. 미인이었는데, 젊은 여자치고는 무서운 걸 몰랐어. 남편한테 미쳤었지, 좀 심하다 싶을 정도로. 내 말뜻 알겠니? 너무 지독하게 사랑하는 여자들이 있단다. 암꿩처럼 남편의 일거수일투족을 주시했지. 불안했어. 불안한 사랑이었어."

밀크맨은 이 혼혈 여인의 증손녀, 헤이가를 생각하며 말했다. "네. 무슨 말씀인지 알아요."

"하지만 좋은 여자였어. 그 여자를 잃고 나는 아기처럼 엉엉 울었단다. 아기처럼. 불쌍한 싱."

"뭐라고요?" 그는 서시가 혀 짧은 소리를 하나 싶어 어리둥절했다.

"내가 아기처럼 울었다고 그때—"

"아니. 그분 이름이 뭐였다고요?"

"싱. 네 할머니 이름이 싱이었어."

"싱? 싱 데드. 도대체 어디서 그런 이름을 얻었대요?"

"네 이름 같은 이름은 어디서 얻었니? 백인들은 니그로 이름을 경주마 이름 짓듯 짓잖니."

"그런 것 같아요. 아버지한테 그 이름을 어떻게 갖게 되셨는지 들었어요."

"뭐라고 하든?"

밀크맨은 술 취한 양키의 이야기를 여인에게 들려주었다.

"글쎄다, 하지만 그 이름을 굳이 계속 쓸 필요는 없었단다. 그 여자가 그렇게 만들었지. 그 이름을 결국 쓰게 만들었어." 서시는 그의 이야기가 끝나자 이렇게 말했다.

"그 여자라니요?"

"싱. 그의 아내 말이다. 둘은 북부로 가는 포장마차에서 만났지. 그 여자 말로는 가는 길 내내 피칸을 먹었다고 했어. 그 포장마차에는 약속의 땅으로 향하는 해방노예들이 가득 타고 있었고."

"그분도 노예였나요?"

"아니. 절대 아니란다. 자기는 노예였던 적이 한 번도 없다고 항상 자랑을 했는걸. 그 여자 친척들도 그렇고."

"그런데 그 포장마차에서 대체 뭘 하고 있었던 거죠?"

"나도 모르니 그건 대답을 해줄 수가 없겠구나. 그걸 물어볼 생각은 한 번도 못해봤네."

"어디서 출발한 거예요? 조지아주?"

"아니. 버지니아주. 네 할아버지 할머니의 식구들이 모두 버지니아주에 살았대. 컬페퍼 근처 어디라던데. 샬러메인이라던가 뭐 그런 곳이었어."

"파일러트 고모가 한동안 살았던 곳이 그 근처라고 들었어요. 우리한테 오기 전에 방방곡곡 안 가본 데가 없대요."

"파일러트는 그 남자애랑 결혼했니?"

"어느 남자애요?"

"파일러트의 애 아버지 말이다."

"아뇨. 그 남자와 결혼하지 않았어요."

"결혼할 거라 생각지도 않았지. 너무 부끄러워했거든."

"뭘 부끄러워했는데요?"

"배 말이다."

"아, 그거요."

"혼자 태어났어. 내가 별로 해줄 일도 없었지. 둘 다 죽은 줄 알았단다, 어미랑 애 둘 다. 그애가 불쑥 튀어나왔을 때, 난 정말 기절해 자빠지는 줄 알았다. 맥박이 어디에서도 잡히지 않았거든. 그냥 자기 혼자 밖으로 나왔어. 네 아버지는 그애를 사랑했단다. 둘이 그렇게 헤어졌다는 얘기를 듣고 얼마나 마음이 아팠는지 몰라. 둘이 다시 만났다니 기분이 좋구나." 서시가 한창 신이 나서 과거 이야기를 시작했기 때문에, 밀크맨은 메이컨과 파일러트가 그냥 같은 도시에 살 뿐이라는 말을 하지 않기로 했다. 그는 두 사람이 헤어진 걸 서시가 어떻게 알고 있는 건지, 그리고 무슨 일로 헤어지게 된 건지도 알고 있는지 궁금했다.

"두 사람이 다툰 사연은 알고 계세요?" 그는 조용히, 짐짓 무심하게 말했다.

"자세한 사정은 몰라. 그냥 그랬다는 사실만 알지. 파일러트는 아기가 태어난 뒤 곧바로 이곳으로 돌아왔단다. 언젠가 겨울이었는데. 여기를 떠나면서 오빠하고 헤어졌고 그후로는 한 번도 본 적이 없다고 하더구나."

"파일러트 고모는 이 집을 떠난 후 며칠인가 둘이서 동굴에서 지냈다고 했어요."

"그래? 틀림없이 사냥꾼의 동굴이었을 게야. 사냥꾼들이 가끔 그곳을 쉼터로 쓰곤 했었지. 먹고. 불 피우고. 잠을 자고. 그 사람들이 아마 거기다 메이컨 영감의 시체를 갖다 버렸을 게다."

"그 사람들이라니 누구요? 저는…… 아버지 말씀으로는 당신이 할아버지 시신을 묻었다고 하시던데요. 냇물인가 강가 근처에, 아무튼 두 분이서 낚시를 하던 곳에요."

"그랬지. 하지만 구덩이가 너무 얕은데다 물에 너무 가까웠어. 큰물이 들자 당장 강물에 시신이 둥둥 떠내려갔단다. 그애들이 사라진 지 한 달도 되지 않아 시신이 물에 떠내려갔어. 그 강 아래쪽에서 몇 사람이 낚시를 하고 있다가 시체를 발견한 게야, 니그로의 시신을. 그들은 그게 누구인지 알았지. 그 사람들이 동굴에다 갖다 버렸단다, 그것도 여름에. 여름이면 시체를 묻어줘야 하는 것 아니겠니. 내가 버틀러 부인한테 그건 정말 수치스러운 일이라고 말했던 게 기억나는구나."

"아빠는 그 사실을 모르세요."

"그럼 말하지 말거라. 마음이라도 편하게. 아버지가 살해당했다는 것만도 힘든데, 시신이 어떻게 됐는지 굳이 알 필요가 있겠니."

"파일러트 고모가 왜 여기로 돌아왔는지 말씀하시던가요?"

"그래. 아버지가 그러라고 하셨다면서. 걔 말로는, 제 아버지 혼령이 가끔 찾아온다고 하더라."

"그 동굴을 좀 보고 싶어요. 그분이…… 그러니까 사람들이 그분 시체를 갖다 버린 그곳 말입니다."

"지금은 별로 볼만한 게 남아 있지 않을 텐데. 워낙 오래전 일이라서."

"알아요. 하지만 유골이 조금이라도 남아 있으면 제가 제대로 묻어드릴 수도 있잖아요."

"이런, 그거 정말 기특한 생각이구나. 죽은 이들은 땅에 묻히지 못하는 걸 싫어한단다. 아주 싫어하고말고. 동굴은 어렵지 않게 찾을 수 있을 게다. 지금 네가 따라온 길을 다시 돌아나가거라. 울타리의 나무문이 나올 때까지 북쪽으로 계속 가. 다 쓰러져가긴 해도, 아마 문인 걸 알아볼 수는 있을 게야. 바로 거기서부터 숲이 나올 게다. 숲으로 조금 걸어들어가면 시냇물이 나온단다. 그 냇물을 건너. 숲이 좀더 이어질 테지만, 앞을 보면 야트막한 언덕이 몇 개 보일 게야. 그 언덕들 바로 앞쪽에 동굴이 있단다. 못 찾을 리가 없어. 그 근처에 동굴은 하나뿐이거든. 아버지께 네가 할아버지의 시신을 무덤에 제대로 안장해드렸다고 말씀드려라. 묘석이라도 있으면 세우고. 근사한 묘석 말이다. 사람들이 머지않아 나도 찾아주고, 누군가 나를 불쌍하게 여겨주면 좋으련만." 그녀는 개들을 쳐다보았다. "사람들이 머지않아 나를 찾아줘서, 내가 너무 오래 여기 이렇게 누워 있지 않게 해주면 좋겠어."

서시 생각에 마음이 뭉클해진 밀크맨은 마른침을 삼켰다. "사람들이 할머니를 찾아오지 않나요, 네?"

"개장수들이 오긴 하지. 아주 가끔 찾아오곤 해. 그 사람들이 나를 찾아주지 않을까 싶구나."

"쿠퍼 목사님은…… 사람들은 할머니께서 돌아가셨다고 생각해요."

"거참 잘됐구나. 나는 읍내에 사는 니그로들이 싫어. 개장수들이 찾아오고 개 먹이를 배달해주는 사람이 일주일에 한 번씩 와. 그 사람들이 오지. 그들이 나를 찾을 게다. 나는 그저 그날이 머지않아 오길 바랄 뿐이야."

밀크맨은 셔츠 칼라를 느슨하게 하고 새 담배에 불을 붙였다. 지금 그는 이 침침한 방에 아버지와 파일러트 고모를 받은 여인과 함께 앉아 있었다. 할아버지가 살해당한 후 두 사람을 숨겨주기 위해 자신의 일자리는 물론 목숨까지도 내건 사람, 요강을 비워주고, 밤마다 먹을 음식과 씻을 물이 담긴 냄비를 갖다준 사람. 심지어 몰래 마을로 내려가 소녀 파일러트의 이름이 담긴 코담뱃갑을 귀고리로 만들어주기까지 했던 사람. 그러고 나서 귀에 화농이 생기자 치료해주기도 한 사람. 그리고 그 오랜 세월이 지난 후에도 두 아이 중 하나를 만난 줄 알고 기뻐서 들뜬 사람. 치유자, 산파, 다른 세상에서라면 머시 종합병원의 수간호사가 되었을지도 모르는데. 그 대신 그녀는 바이마르종 개들을 보살피고 자기를 위한 소망은 딱 하나밖에 품지 않았다. 죽고 나서, 개들이 자신을 다 먹어치워버리기 전에 누군가가 자기 시신을 찾아주었으면 하는 소망.

"할머니는 이곳을 떠나셔야 해요. 저 빌어먹을 개들은 다 팔아버리세요. 제가 도와드릴게요. 돈이 필요하세요? 얼마면 되나요?" 밀크맨은 홍수처럼 와락 덮친 연민에 사로잡혀, 그녀가 고맙다며 미소를 지을 거라 생각했다. 하지만 그녀의 목소리는 차가웠다.

"내가 걷고 싶을 때 걸어나갈 줄도 모른다고 생각하는 거냐? 그 돈은 도로 주머니에 집어넣어라."

좋은 마음을 먹었는데 무안을 당하자, 밀크맨은 똑같이 차가운 어조로 응수했다. "그 백인들을 그렇게 사랑하셨던 거예요?"

"사랑?" 그녀가 물었다. "사랑이라고 했니?"

"아니라면 어째서 그 인간들의 개를 그렇게 돌보고 계신 거예요?"

"그 여자가 왜 자살했는지 알고 있니? 이곳이 폐허가 되는 걸 참고

볼 수가 없어서 그런 거다. 하인들과 돈과 돈으로 살 수 있는 것 없이는 살 수가 없는 여자였어. 재산은 동전 한푼 남지 않았고 그나마 들어오는 수입은 모두 세금으로 걷어갔어. 그녀는 이층을 맡은 하녀들을 먼저 내보내야 했고, 그다음에는 요리사, 그다음은 개 조련사, 그다음은 정원 일을 하는 일꾼, 그다음은 운전사, 그다음은 자동차, 그다음에는 일주일에 한 번씩 목욕을 시켜주던 여자를 떠나보내야 했지. 그러고는 이것저것 찔끔찔끔 팔기 시작했다—땅, 보석, 가구 같은 것들. 마지막 몇 년 동안은 정원에서 기른 채소로 연명해야 했지. 마침내 그 여자는 더 이상 못 참겠다고 생각한 게야. 도움받을 사람도 하나 없고, 돈도 한푼 없다는 생각—글쎄다, 그걸 도저히 견딜 수가 없었던 게야. 결국 그 여자는 모든 걸 포기해버리고 말았지."

"하지만 할머니는 내보내지 않았잖아요." 밀크맨은 어렵지 않게 빈정거리듯 말할 수 있었다.

"그래, 나는 내보내지 않았지. 그 여자가 자살을 했으니."

"그리고 할머니는 아직도 충성을 바치고 계시고 말이죠."

"넌 사람 말을 제대로 듣지 않는구나. 네 귀는 머리에 붙어 있지만, 뇌와 통하지는 않는 모양이지. 내 말은, 그 여자는 내가 평생 동안 해온 일을 직접 하기보다는 차라리 자살하는 쪽을 택했다는 얘기다!" 서시는 벌떡 일어섰고, 개들도 일어났다. "내 말 듣고 있었던 거냐? 하루종일 내가 하는 일을 보고는 그만 죽어버렸단 말이다. 알겠냐? 나같이 사느니 차라리 죽어버린 거란 말이다. 자, 그러니 그 여자가 날 뭐로 봤을지 생각해봐라! 나 같은 삶, 내가 하는 일을 보고 너무도 혐오스러워서 저렇게 사느니 차라리 죽어버리는 편이 낫겠다고 생각했던 여자인데,

내가 여기 머물러 있는 이유가 그년을 사랑했기 때문이라고 생각한다면, 네놈은 손톱만큼도 분별이 없는 놈이야!"

개들은 웅웅거렸고 서시는 개들의 머리를 어루만졌다. 한 마리는 그녀의 옆구리 쪽에 서 있었다. "그 사람들은 이곳을 사랑했다. 정말 사랑했어. 이곳을 위해 바다 건너에서 분홍빛 결이 살아 있는 대리석을 가져왔고, 이탈리아 사람들을 고용해서 샹들리에도 만들었는데, 나는 두 달에 한 번씩 사다리를 타고 올라가서 하얀 모슬린 천으로 그걸 닦아야 했지. 그 사람들은 이 집을 정말 사랑했어. 이 집을 위해서 도둑질을 하고, 거짓말을 하고, 사람을 죽였다. 하지만 남아 있는 사람은 나 혼자야. 나하고 개들만 남았어. 그리고 나는 이 집을 절대, 다시는 청소하지 않을 게다. 절대로. 아무것도. 얼룩 하나, 먼지 하나도 손대지 않을 게야. 그 인간들이 이승에서 위하고 아끼며 살던 장소는 모조리 허물어져 썩어가게 둘 게다. 샹들리에는 벌써 떨어져서 산산조각났지. 저기 연회장 바닥에 그대로 있어. 산산조각난 채로 말이다. 뭔가 줄을 갉아먹었던 모양이지. 허! 나는 이 집이 완전히 망가지는 걸 지켜볼 게다. 반드시 망가지게 만들어버리고 말 게야, 아무도 이 집을 고쳐 쓰지 못하게. 그래서 만일을 대비하려고 개들을 안으로 데리고 들어왔지. 개들은 낯선 사람들이 들어오지 못하게 지켜주기도 하니까. 그 여자가 죽고 난 후 사람들은 도둑질을 하려고 여길 넘봤다. 그러면 내가 개들을 풀었지. 그러고 나서 개들을 이 안으로 안전하게 데리고 들어왔어. 개들이 그 여자 침실을 어떤 꼬락서니로 만들어놨는지 너도 한번 봐야 하는데. 그 여자의 방에는 벽지가 없었어. 그럼. 무슨 벨기에 여자들이 육 년 동안 만들었다는 비단 문직이 발라져 있었지. 그 여자가 그걸 얼마나 사랑했는지 몰라—오, 정말 얼마나 사랑했는지. 바이마르종 개 서른 마리가 그걸 벽에서 뜯어내는 데 딱 하루가 걸렸단다. 네가 악취에 질식할 염려만 없다면, 그걸 보여줄 텐데." 그녀는 사방을 에워싼 벽을 바라보았다. "이게 마지막으로 남은 방이다."

"제 도움을 받아주시면 좋겠어요." 그는 잠시 후에 말했다.

"너는 이미 나를 도와주었단다. 이곳에 들어와 악취가 나지 않는 것처럼 행동하고 또 내게 메이컨과 내 다정한 꼬마 파일러트 이야기를 해주었잖니."

"정말이세요?"

"그럼, 정말이다마다."

두 사람은 같이 일어서서 복도를 따라 걸었다. "발밑을 조심해라. 불이 없으니까." 개들이 사방에서 웅웅거리며 나타났다. "개들 먹이 줄 때가 됐구나." 그녀가 말했다. 밀크맨은 계단을 내려가기 시작했다. 반쯤 내려갔을 때, 그는 돌아서서 서시를 올려다보았다.

"저희 할머니가 그 이름을 버리지 못하게 했다고 하셨죠. 할아버지의 진짜 이름을 아세요?"

"아마 제이크였을 게다."

"제이크 뭐요?"

그녀는 어깨를 으쓱해 보였다. 셜리 템플* 같은, 어린 소녀처럼 연약해 보이는 몸짓이었다. "제이크라고밖에 말해주지 않았어."

"고맙습니다." 그는 큰 소리로 대답했다. 과하다 싶을 정도로 큰 소리

* 1930년대 미국의 유명한 아역 배우.

였지만, 개들의 웅웅거림 너머로 다시 홍수처럼 덮쳐오는 악취를 뚫고 감사의 마음을 전하고 싶었다.

하지만 웅웅거리는 소리와 악취는 그가 터널을 지나 쇄석도로에 다다를 때까지 따라왔다. 그가 다시 도로에 나왔을 때는 열시 반이었다. 조카가 돌아올 때까지는 아직 한 시간 반이나 남아 있었다. 밀크맨은 갓길을 천천히 걸으면서 계획을 짰다. 언제쯤 다시 와야 할까? 돈 주고 자동차를 한 대 빌리거나 목사의 차를 빌려야 하나? 조카가 그의 여행가방을 찾았을까? 어떤 장비가 필요하지? 손전등 말고 또 뭐가 필요할까? 발각되면 어떤 이야기를 꾸며내 핑계를 대야 하나? 당연히, 할아버지의 유골을 찾는다고 해야지—유골을 수습해서 제대로 장사를 치러드리려고 한다고. 그는 조금 더 어슬렁거리다가 조카가 돌아올 만한 방향을 향해 걷기 시작했다. 몇 분쯤 지났을까, 그는 지금 자신이 맞는 방향으로 가고 있는지 의심스러워졌다. 다시 돌아가려 할 때, 덤불 사이로 삐죽삐죽 튀어나온 두세 개의 널빤지 끄트머리가 눈에 띄었다. 아마 이것이 서시가 말한 나무문인 모양이었다. 지금은 나무문이라 할 수 없지만, 아무튼 문이었던 흔적이 남아 있었다. 서시가 집밖으로 나와본 지 벌써 수년이 지났으니까, 하고 그는 생각했다. 그때 알던 나무문이라면 지금쯤 망가질 만도 하지. 그리고 서시가 말해준 방향이 정확하다면, 그곳에 갔다가 열두시까지 돌아올 수 있을지도 모른다. 적어도 대낮에 한번 둘러볼 수는 있겠군.

밀크맨은 잡목림을 살살 반으로 가르며 숲속으로 조금 더 깊이 들어갔다. 오솔길 같은 건 흔적도 보이지 않았다. 하지만 좀더 들어가자 물소리가 들려왔고, 바로 앞쪽 나란히 선 나무 너머에서 들려오는 소리인 듯해 그는 그 소리를 따라갔다. 하지만 그의 착각이었다. 십오 분을 더 걸은 뒤에야 그곳에 도달할 수 있었다. "그 냇물을 건너"라고 서시가 말했기 때문에 그는 무슨 다리 같은 게 있을 거라 생각했다. 하지만 그곳에는 아무것도 없었다. 시냇물 건너편으로 언덕들이 보였다. 저곳이 틀림없었다. 바로 저곳. 계산해보니, 다시 길을 떠나기 전까지 남아 있는 한 시간 남짓 안에 간신히 다녀올 수 있을 것 같았다. 밀크맨은 주저앉아서 신발과 양말을 벗은 뒤, 양말을 주머니에 쑤셔넣고 바짓단을 말아올렸다. 그는 구두를 손에 들고 시냇물로 첨범첨벙 걸어들어갔다. 하지만 냇물의 냉기와 바닥의 미끈미끈한 돌멩이에 미처 대비하지 못해 그만 한쪽 발이 미끄러져서 바닥에 무릎을 꿇었고, 넘어지지 않으려고 버티다가 구두를 물에 흠뻑 적시고 말았다. 그는 간신히 몸을 일으켜세우고 구두에 들어간 물을 쏟았다. 이미 흠뻑 젖어버렸으니, 이제 와서 다시 돌아간다는 건 의미가 없었다. 그는 계속 물을 헤치며 나아갔다. 그런데 곧이어 바닥이 6인치나 푹 꺼지는 바람에 그는 일 분도 못 되어 또 넘어지고 말았고, 이번엔 아예 풍덩 빠져버려 머리가 물속에 잠겨 눈앞에 작고 투명한 은빛 물고기가 스쳐가는 모습을 흘낏 보았을 정도였다. 코에 들어간 물을 빼내느라 킁킁거리면서, 그는 너무 얕아서 헤엄을 칠 수도 없고 바위가 많아서 걷기도 힘든 냇물에 대고 욕을 퍼부었다. 무작정 발을 들여놓을 게 아니라 먼저 막대기로 깊이를 쟀어야 했는데, 그러기엔 그가 지나치게 들떠 있었다. 체중을 싣기 전에 발끝으로 디딜 곳을 가늠하면서, 그는 계속 나아갔다. 굼뜬 동작이었다—냇물의 깊이는 대략 2 내지 3피트가량 되었고 너비는 12야드쯤 되어 보였다. 그렇게 몸이 달아 있지만 않았어도 건너기에 폭이 훨씬 좁은 목을 찾아낼 수 있었을 터였다. 무작정 냇물에 풍덩 뛰어들 게 아니라 이렇게 저렇게 했어야 했다는 생각을 하고 있자니 헛수고를 하는 자신에게 짜증이 벌컥 치솟았고, 그 짜증스러움 덕분에 그는 계속 움직이며 건너편까지 갈 수 있었다. 그는 구두를 마른땅에 던지고, 몸을 물에서 끌어내 강둑으로 기어올라갔다. 숨이 턱까지 차, 담배를 찾아 몸을 더듬었지만 담배는 흠뻑 젖어 있었다. 밀크맨은 풀밭에 등을 깔고 누워 중천에 뜬 태양빛에 몸을 따뜻하게 덥혔다. 그는 입을 벌리고 맑은 공기에 혀를 씻었다.

잠시 후 그는 일어나 앉아 젖은 양말과 신발을 신었다. 밀크맨은 시간을 확인하려고 시계를 보았다. 시계는 째깍거리며 가고 있었지만, 자판은 깨지고 분침은 구부러져 있었다. 움직이는 편이 좋겠어, 그는 생각했다. 언덕도 냇물소리처럼 보기와는 다르게 훨씬 더 멀 테니까. 나무 사이와 덤불숲, 그리고 사람의 발길에 길들지 않은 땅 위를 그냥 밟고 걷기만 하는 일이 이렇게 힘들 줄은 상상도 하지 못했다. 숲을 생각하면 그의 마음속에는 항상 시립공원이 떠올랐다. 어렸을 때 소풍을 가곤 했던, 아기자기하고 걷기 편한 길들이 나 있는 오노레섬의 잘 가꾸어진 그 숲. "원시림을 10에이커나 임대해서 그걸 깔끔하게 개척했지." 메이컨 데드 영감의 농장이 처음에 어떻게 시작되었는지 설명하면서, 어떤 남자가 말했었다. 이걸 개척해? 이걸 다 베어냈다고? 헤치고 나아가기도 힘든 이것들을?

젖은 셔츠 안쪽으로 땀이 흘렀고, 그제야 날카로운 돌들에 찔린 발밑 상처가 느껴지기 시작했다. 간간이 나무가 없는 공터에 닿으면, 밀크맨은 낮은 언덕들이 시야에 들어오는 쪽으로 방향을 바꾸었다.

마침내 평지가 끝나고 덤불숲, 묘목들, 바위투성이의 완만한 경사가 나왔다. 그는 가장자리를 따라 걸으면서 툭 터진 곳을 찾아보았다. 언덕의 남쪽으로 내려가자 바위가 더 많고 험준해졌으며 묘목은 찾아보기 힘들어졌다. 바로 그때, 15피트에서 20피트 정도 위쪽으로 바위에 뚫린 시커먼 구멍이 보였다. 힘은 꽤 들겠지만 올라가는 길이 위험해 보이지는 않았다. 하지만 구두 바닥이 워낙 얇고 매끄러워서 등반이 녹록지 않을 것 같았다. 그는 재킷 소매로 이마에 흐르는 땀을 훔치고 셔츠 칼라에 느슨하게 두른 가느다란 검은 넥타이를 풀어 주머니에 집어넣었다.

입안에 다시 짠맛이 돌았고, 거기서 찾을 수 있다고 믿고 또 바라던 그 물건 생각에 심하게 흥분한 나머지, 밀크맨은 손을 따뜻한 돌멩이에 문질러 말려야만 했다. 그는 늙은이들의 딱하고 굶주린 눈망울과, 메이컨 데드의 아들이 성취한 반항적 성공에 대해 무슨 말이든 듣고 싶어 안달하던 그들의 열렬한 관심을 생각해보았다. 그리고 할아버지의 머리를 총으로 날려버린 후 과수원을 거닐며 조지아 복숭아를 맛보았을 백인들을 생각해보았다. 밀크맨은 깊이 심호흡을 하고 바윗돌 위로 조심조심 발을 디뎠다.

첫번째 바위에 발을 딛자마자 돈 냄새가 확 풍겨왔는데, 그건 결코 냄새라고 할 수 없었다. 그건 마치 사탕과 섹스와 잔잔히 반짝이는 조명 불빛 같았다. 현악기가 깔린 피아노 음악 같았다. 밀크맨은 파일러트의 집 근처 소나무 아래에서 기다리던 때도 이 향취를 느껴본 적이 있었다. 파일러트의 집 천장에 잘 지켜진 약속처럼 걸려 있던 녹색 자루에 달빛이 비칠 때는 이 향취를 더 강하게 느꼈다. 그리고 뭐니 뭐니 해도 자루를 손에 쥐고, 가볍게 마루에 탁 착지하던 그 순간 이 향취를 가장 강하게 느꼈다. 라스베이거스와 묻힌 보물. 카드 딜러들과 웰스파고은행의 포장마차 로고, 경마장의 창구와 치솟는 유전들, 주사위 놀이, 끝내주는 카드 패들, 그리고 내기 경마 티켓들. 경매, 은행 금고, 그리고 헤로인 거래. 이러한 것들이 떠오르자 마비가 오고, 온몸이 덜덜 떨리고, 입안이 바싹바싹 마르고, 손바닥에 땀이 줄줄 흘렀다. 다급함, 그리고 '그들'을 제압했다는 느낌, 아니 '그들'이 내 편이라는 느낌. 말을 잃은 남자들이 일어나서 테이블에 퀸 카드를 던졌다, 여왕 목이 부러질 정도로 세차게. 여자들은 아랫입술을 빨며 빨간 칩을 숫자가 쓰인 네모칸 안에 놓았다. 구명요원들, 우등생들은 현금 등록기를 흘낏거리며 문까지 거리가 얼마나 되는지 곰곰이 따져보았다. 이기기 위해서. 이 세상에 승리만큼 좋은 게 어디 있으랴.

밀크맨의 몸놀림이 민첩해졌다. 암벽 위로 몸을 끌어올리고, 무릎으로 틈새를 파고들고, 손가락으로는 단단한 흙덩어리나 튀어나온 돌덩어리를 더듬어 찾았다. 그는 생각을 떨쳐버리고 모든 걸 몸에 맡겼다. 마침내 밀크맨은 동굴 입구에서 20피트쯤 오른쪽에 자리한 평평한 지반에 발을 딛고 일어섰다. 거기서 보니 그리 허겁지겁 서두르지만 않았다면 일찌감치 찾아낼 수 있었을 법한 조잡한 오솔길이 눈에 띄었다. 그게 사냥꾼들이 이용하던 길이고 파일러트와 아버지도 따라간 길이었다. 20피트 높이의 가파른 돌벽을 오르느라 옷이 갈기갈기 찢어진 사람은 그 말고 아무도 없었다.

동굴로 들어가자 빛이 전혀 없어 아무것도 보이지 않았다. 그는 몇 발자국 물러섰다가 손으로 눈 주위를 감싸고 다시 들어갔다. 시간이 좀 흐르자 동굴 벽과 땅바닥을 분간할 수 있었다. 아버지와 고모가 잠을 잤던 암반이 거기 있었는데, 그가 상상했던 것보다도 훨씬 컸다. 그리고 바닥에는 한때 모닥불을 붙인 자리가 곳곳에 있었으며, 입구 주변에는 커다란 돌덩어리 몇 개가 세워져 있었다—그중 하나에는 V자 형태의 관 비슷한 게 얹혀 있었다. 그런데 유골은 대체 어디 있는 걸까? 서시 말로는 그들이 시신을 여기에 갖다 버렸다고 했다. 아마 더 안쪽에, 야트막한 구덩이가 있는 쪽에 버렸을 것이다. 밀크맨에게는 손전등이 없었고, 갖고 있던 성냥도 어차피 다 젖어버렸을 터였지만 그래도 좌우지간 마른 성냥을 한번 찾아봐야겠다고 생각했다. 그나마 톡톡 소리라도 나는 게 한두 개 있었다. 나머지는 완전히 쓸모가 없어져버렸다. 그래도 차츰 눈이 어둠에 익숙해지고 있었다. 그는 동굴 입구에 자라난 덤불에서 나뭇가지를 하나 꺾어 허리를 굽히고 발 바로 앞 땅바닥을 쓸어보며 걸었다. 30 내지 40피트쯤 걸어들어가니 동굴 벽이 훨씬 바싹 붙었다. 천장은 아예 보이지도 않았다. 그는 발길을 멈추고 천천히 옆으로 움직이기 시작했다. 나뭇가지 끝으로 전방 1야드 정도의 땅을 쓸어보았다. 손날이 바위에 스치자 그는 손에 묻은 마른 박쥐 똥을 털어낸 후 왼쪽으로 이동했다. 가지가 허공을 쳤다. 그는 또 한번 발길을 멈추고, 가지 끝이 다시 땅에 닿을 때까지 내렸다. 가지를 올렸다 내렸다 해보고, 주위와 뒤쪽을 쿡쿡 찔러보다가 그는 드디어 구덩이를 찾았다는 사실을 깨달았다. 2피트 정도 깊이에 너비는 대략 8피트쯤 되는 구덩이였다. 그는 가지로 바닥을 미친듯이 긁어댔다. 가지가 뭔가 딱딱한 데 부딪혔고, 얼마 후 또다른 단단한 덩어리에 부딪혔다. 밀크맨은 침을 꿀꺽 삼키고 무릎을 털썩 꿇었다. 그는 눈을 최대한 가늘게 뜨고 뭐라도 보려 했으나 아무것도 보이지 않았다. 문득 조끼 주머니에 든 라이터가 떠올랐다. 밀크맨은 나뭇가지를 집어던지고 라이터를 찾았다. 돈 냄새에 정신이 혼미해질 지경이었다—반짝이는 불빛들, 피아노 음악. 그는 제발 불이 붙기를 빌며 라이터를 꺼냈다. 두번째 시도에서 라이터에 화르륵 불이 붙었고, 밀크맨은 아래를 내려다보았다. 라이터 불이 나갔다. 그는 다시 불을 켜고 손으로 약한 불꽃이 꺼지지 않도록 막았다. 구덩이 바닥에는 돌멩이, 널빤지, 낙엽, 심지어 양철컵도 보였지만 황금은 보이지 않았다. 밀크맨은 배를 깔고 엎드린 채, 한 손에는 라이터를 들고 다른 손으로는 구덩이 바닥을 샅샅이 쓸어보았다. 긁어보고, 잡아당겨도 보고, 더듬어도 보고, 찔러도 보았다. 통통한 새가슴을 한, 작은 황금주머니 같은 건 없었다. 아무것도 없었다. 아무것도. 밀크맨은 자기도 모르게 구덩이에 대고 길게 우오오오오라고 외쳤다. 그 소리에 박쥐들이 놀라 느닷없이 화드득 내려오더니 그의 머리 위, 어둠 속으로 날아들어갔다. 박쥐에 소스라치게 놀란 그는 벌떡 일어났고, 그 바람에 오른발 구두 밑창이 보드라운 코도반 가죽에서 떨어져나갔다. 그는 박쥐들에 허겁지겁 쫓겨, 덜렁거리는 밑창에 걸려 넘어지지 않으려고 발을 높이 치켜들고서 뒤뚱대며 달렸다.

다시금 햇볕이 쏟아지는 곳으로 나온 그는 멈춰 서서 숨을 골랐다. 흙, 눈물, 그리고 지나치게 밝은 햇빛이 눈에 들어왔지만, 분노와 혐오감에 눈을 비빌 생각도 들지 않았다. 그는 그저 라이터만 커다란 호를 그리며 언덕 밑 나무숲 속으로 사라지도록 힘차게 던져버린 뒤, 자신이 어느 방향으로 가고 있는지도 신경쓰지 않고 절뚝거리며 오솔길을 따라 내려갔다. 그는 그저 아무데나 편한 데 발을 디딜 뿐이었다. 그러다 깜짝 놀랄 정도로 갑자기, 눈앞에 시냇물이 다시 나타났다. 하지만 그곳은—여기는 너비가 12피트 정도밖에 되지 않고 물도 아주 얕아서 돌멩이가 깔린 바닥이 훤히 들여다보일 정도였다—물을 건널 수 있게 널빤지로 발판이 깔려 있는 상류 쪽이었다. 그는 주저앉아 검은 스트링 타이로 구두 밑창을 동여매고, 걸어서 다리를 건넜다. 건너편 숲속으로는 오솔길이 나 있었다.

밀크맨은 허기가 져 몸이 덜덜 떨려왔다. 포만감을 느낄 정도로 배가 부르지 않은, 그런 익숙한 배고픔이 아니라 뭔가 맛있는 걸 먹고 싶은 초조한 욕망, 진짜 허기였다. 진짜 허기. 당장 배를 채우지 못하면 그 자리에서 정신을 잃고 쓰러질 것만 같았다. 그는 딸기 하나, 호두 하나, 무엇이든 찾아내기 위해 덤불이며 나뭇가지며 땅바닥을 샅샅이 뒤졌다. 하지만 뭘 어떻게 찾아야 할지, 그런 것들이 어떻게 자라나는지 전혀 아는 바가 없었다. 위장에 경련이 일어날 정도가 되어, 그는 부들부들 떨면서 나뭇잎 몇 장을 뜯어 입에다 쑤셔넣었다. 쓸개처럼 쓰디썼지만 우적우적 나뭇잎을 씹고 뱉은 후 또다른 나뭇잎을 입안에 넣었다. 밀크맨은 쿠퍼 부인이 차려준 아침식사를 생각했다. 그때는 보기만 해도 입맛이 뚝 떨어지는 상이었는데. 기름 범벅이 된 계란 프라이, 씨와 과육이 둥둥 떠다니는 갓 짠 오렌지 주스, 손으로 자른 두꺼운 베이컨, 잔뜩 쌓인 하얗고 뜨거운 그리츠 그리고 비스킷. 부인으로서는 최선을 다했다는 걸 알고 있었지만, 그 전날 먹은 위스키 때문인지, 블랙커피 두 잔을 마시고 간신히 비스킷 두 개를 집어먹었을 뿐 영 입맛이 나질 않았다. 나머지는 보기만 해도 구역질이 났고, 그나마 좀 먹은 것마저도 서시의 문 앞에 다 게워내고 온 참이었다.

관목 몇 그루가 길을 막고 있어, 분통을 터뜨리며 옆으로 치웠더니 그의 눈앞에 예의 나무문과 길이 보였다. 쇄석도로, 자동차들, 울타리 표지판, 문명. 밀크맨은 시간을 가늠하려고 하늘을 보았다. 태양은 그가 정오라고 알고 있는 정중앙에서 사분의 일쯤 기울어져 있었다. 대략 한시쯤 됐을 거라고, 그는 추정했다. 조카는 벌써 왔다 갔으리라. 그는 지갑을 찾으려고 뒷주머니를 더듬었다. 물에 젖어 지갑 가장자리 색깔이 좀 바래 있었지만, 내용물은 무사했다. 5백 달러, 운전면허증, 메모지에 적은 전화번호들, 주민등록증, 개찰하고 남은 비행기표, 세탁소 영수증. 밀크맨은 길 위아래를 훑어보았다. 먹을 것을 구해야 했으므로, 지나가는 자동차를 얻어 탈 수 있기를 바라면서 그는 댄빌이 나오리라 추정되는 남쪽을 향해 걷기 시작했다. 게걸스럽게 허기진 것도 모자라 발까지 아파왔다. 세번째 자동차가 멈춰 섰는데—1954년형 쉐보레였다—흑인인 운전수는 조카와 마찬가지로 밀크맨의 옷차림에 무척 관심을 보였다. 무릎이나 겨드랑이의 찢어진 부분, 넥타이로 동여맨 구두, 밀크맨의 머리카락에 붙은 낙엽과 양복 여기저기 들러붙은 흙 같은 건 아랑곳하지도 않는 듯했다.

"어느 쪽으로 가슈?"

"댄빌이요. 최대한 가까이 내려주시면 됩니다."

"그럼 타쇼. 가는 길에서 그리 멀지 않으니까. 뷰퍼드로 질러가는 길인데, 최대한 근처에 내려주리다."

"감사합니다." 밀크맨이 대답했다. 자동차 좌석이 좋았다. 너무나 좋았다. 그래서 그는 지친 등을 나일론 커버에 기대고 한숨을 내쉬었다.

"잘빠진 양복인데요." 남자가 말했다. "이 근처 분이 아닌 모양이지요?"

"네. 미시간에서 왔습니다."

"그래요? 저희 숙모님이 그쪽으로 이사를 가셨는데. 플린트라고. 플린트라는 데 아슈?"

"그럼요. 플린트 압니다." 밀크맨의 발이 악을 쓰고 있었다. 발가락과 이어지는 보드라운 피부 쪽이 발뒤꿈치보다 훨씬 더 시끄럽게 악을 써댔다. 그 노래가 영원히 계속될까봐, 그는 감히 발가락을 쭉 펼 엄두도 낼 수 없었다.

"그 동네는 어떤 동네요? 플린트 말이오."

"겉만 번지르르하죠. 별로 가서 살 만한 데는 아니에요."

"그럴 줄 알았수다. 이름은 그럴싸하게 들리는데, 사실은 그럴 줄 알았소."

밀크맨은 차에 타면서 뒷좌석에 놓인 여섯 개들이 코카콜라 한 상자를 보았다. 그 생각이 머릿속을 떠나지 않았다.

"이 코카콜라 하나 살 수 있을까요? 목이 좀 말라서요."

"뜨뜻미지근할 텐데요." 남자가 말했다.

"목만 축이면 됩니다."

"마음껏 드세요."

밀크맨은 손을 뻗어 상자에서 한 병을 꺼냈다.

"병따개도 있으세요?"

남자는 밀크맨에게서 병을 가져가 병 꼭지를 이로 물더니 천천히 뚜껑을 땄다. 밀크맨이 미처 건네받을 겨를도 없이, 거품이 치솟아올라 사내의 턱과 허벅지를 온통 적셨다.

"뜨겁군." 남자는 너털웃음을 터뜨리고는 남색과 흰색이 섞인 손수건으로 얼굴을 닦았다.

밀크맨은 코카콜라 한 병을 삼사 초 만에 거품까지 꿀꺽꿀꺽 다 마셔버렸다.

"한 병 더 드실라우?"

밀크맨은 그러고 싶었지만 사양했다. "담배 한 대만."

"담배는 피우지 마쇼." 사내가 말했다.

"오." 밀크맨은 대답했고, 안간힘을 쓰며 참았지만 결국 길게 트림을 뱉고 말았다.

"버스 정류장은 저기 모퉁이를 돌아가면 있소." 그들은 댄빌 바로 외곽에 도착했다. "어렵잖게 찾을 수 있을 거요."

"정말 감사드립니다." 밀크맨은 문을 열었다. "얼마나 드리면 될까요? 콜라값까지 다 합쳐서요."

남자는 미소를 머금고 있었지만, 아까와는 딴판으로 안색이 달라져 있었다. "내 이름은 가넷, 프레드 가넷이요. 가진 건 별로 없지만, 가끔 콜라 한 병 선심 쓰고 차에 태워주는 정도는 할 수 있수다."

"그런 뜻은 아니었습니…… 저는……"

하지만 가넷 씨는 벌써 손을 뻗어 문을 닫은 뒤였다. 밀크맨은 차를 몰고 떠나면서 고개를 절레절레 흔드는 그의 모습을 볼 수 있었다.

밀크맨은 발이 아파서 눈물이 나올 것 같았지만, 간신히 간이식당 겸 버스 정류장까지 가 카운터를 보던 남자를 찾았다. 그 남자는 자리에 없었고, 한 여자가 나와서 무슨 용건이냐고 물었다. 기나긴 대화가 이어진 후에야, 그는 가방이 거기 없고, 남자도 거기 없으며, 흑인 소년이 가방을 가져갔는지 아닌지 여자는 전혀 아는 바가 없고, 여기는 휴대품 보관소가 없다는 사실을 알게 되었다. 여자는 정말 미안하지만 만약 소년한테 가방이 없다면 정류장 관리인네 집에 알아봐야 한다고 말했고, 더 도와드릴 일은 없느냐고 물어왔다.

"햄버거요." 그가 말했다. "햄버거 몇 개하고 커피 한 잔 주세요."

"네. 몇 개나 드릴까요?"

"여섯 개요." 말은 그렇게 했지만 네 개째 먹자 위에 경련이 일어났고, 결국 그는 로어노크까지 가는 길 내내 간간이 허리를 펴지 못할 정도로 심한 통증에 시달려야 했다. 하지만 출발하기 전에 그는 쿠퍼 목사한테 전화를 걸었다. 전화를 받은 부인은 남편이 아직 화물 적하장에서 일하고 있으니 서두르면 아마 만날 수 있을 거라고 말했다. 밀크맨은 그녀에게 고맙다고 인사한 뒤 전화를 끊었다. 그는 우아한 신발을 신은 포주처럼 걸어서 간신히 버스 정류장과 아주 가까운 적하장에 다다랐다. 밀크맨은 입구로 들어가 처음 마주친 사람에게 쿠퍼 목사가 아직 안에 있느냐고 물어보았다.

"쿠프 말입니까?" 남자가 말했다. "아마 저기 저 기차 역사 쪽으로 간 것 같은데. 저기 보이쇼? 바로 저기."

밀크맨은 그 손가락이 가리키는 곳을 따라, 자갈과 침목이 깔린 길을 절뚝거리며 걸어 가까스로 역사에 도달했다.

하지만 그곳에는 나무상자를 질질 끌고 있는 늙은이뿐 아무도 없었다.

"실례합니다." 밀크맨이 말했다. "쿠퍼 목—아니 쿠프가 아직 여기 있나요?"

"방금 떠났는데. 달려가면 아마 만날 수 있을 거외다." 남자가 말했다. 밀크맨은 애쓰며 걷느라 이마에 흐른 땀을 훔쳤다.

밀크맨은 아픈 두 발로 그를 찾으러 달려가는 상상을 해보고는 말했다. "아, 괜찮습니다. 나중에 만나죠, 뭐." 그는 돌아서서 나가려 했다.

"여보시오." 그때 노인이 말했다. "그 친구를 만나러 가지 않을 거면, 이것 좀 도와주시겠소?" 그러더니 발밑에 놓인 거대한 나무상자를 가리켰다. 거절하고 이유를 대고 할 기운도 없어서, 밀크맨은 고개를 끄덕였다. 두 사람은 끙끙거리며 상자를 밀어다가 간신히 짐수레 위에 올려놓았고, 짐수레를 밀어서 화물 무게를 다는 단상까지 갖다놓았다. 밀크맨은 상자 위에 털썩 주저앉아 숨을 골랐고, 고맙다는 노인의 인사에 고개를 끄덕이기조차 힘들었다. 그는 역사를 나서 길거리로 나왔다.

밀크맨은 이제 피로했다. 지독하게 피로했다. 쿠퍼 목사도, 성공에 굶주린 그의 친구들도 다시 만나고 싶지 않았다. 그리고 당장은 아버지나 기타에게 무엇에 대해서도 설명하고 싶지 않았다. 그래서 절뚝거리며 버스 정류장으로 다시 돌아가 남부로 향하는 다음 버스가 언제 출발하느냐고 물었다. 남부라야만 했다. 그것도 반드시 버지니아주라야만 했다. 왜냐하면 이제 황금의 행방을 알 것도 같았기 때문이다.

햄버거로 가득 채운 속에, 쓰라린 발에, 속은 다 뒤집어질 것처럼 욕지기가 났지만, 그나마 엉덩이를 붙이고 앉아 있으니 동굴 구덩이 밑바닥에 깔려 있던 실망감은 느껴지지 않았다. 그는 버스에서 몇 시간 내리 곤하게 잠을 잤고, 잠에서 깨어 백일몽을 꾸다가, 좀더 눈을 붙였고,

휴게소에서 다시 깨어 완두콩 수프를 한 그릇 먹었다. 그는 드러그스토어에 들어가서 쿠퍼 씨 집에 두고 온 세면도구와 면도용품을 새로 산 뒤, 구두를 고치고(일단은 껌으로 붙여놓았다) 양복을 수선하고 새 셔츠를 사는 건 좀 기다렸다가 버지니아주에 도착해서 하기로 결심했다.

그레이하운드 버스는 도로를 질주하며 바이마르종 개들처럼 웅웅거리는 소리를 냈고, 밀크맨은 '마지막으로 남은 방'에 앉아 개들을 바라보던 서시의 눈길을 떠올리고는 살짝 몸을 떨며 개들보다 서시가 더 오래 사는 게 아닐까 생각했다. 하지만 개들은 서른 마리도 넘었고, 계속해서 번식하고 있었다.

멀리 보이는 야트막한 산들은 밀크맨에게 더이상 그냥 풍경이 아니었다. 30달러짜리 구두를 단번에 찢어버릴 수도 있는, 실재하는 장소였다. 그는 물건이 그곳에 있기를 세상 그 무엇보다 간절히 바랐다. 줄줄이 쌓인 작은 자루들이 통통한 비둘기 같은 배를 발라당 까뒤집고 그의 손아귀에 들어오기를. 메이컨 데드가 재배한 조지아 복숭아의 이름으로, 서시와 황금빛 눈동자를 가진 개들의 이름으로, 특히 같은 신세의—'배운 게 없어 무식하고 죄수처럼 빈털터리'였던—흑인이 성공하고 난 후 어떤 운명을 맞는지를 똑똑히 목격한 후 수염이 채 돋지도 않은 나이에 죽어가기 시작한 쿠퍼 목사와 그의 오랜 친구들의 이름으로 그 황금을 원했던 거라고, 밀크맨은 생각했다. 또한 기타의 이름으로, 밀크맨이 떠날 때 그가 슬쩍 비친 의혹의 표정, '네가-다-망쳐버릴-거라는-걸-나는-알아'라는 듯한 그 표정을 지워버리기 위해 황금을 원했던 거라고도 생각했다. 황금은 하나도 찾지 못했지만, 그는 이제 황금을 원했던 그 모든 훌륭한 명분이 아무 의미도 없다는 걸 알았다.

사실을 말하자면 그것이 황금이고, 그는 황금을 갖고 싶었기 때문에 그걸 원했던 것이다. 그것도 공짜로. 밀크맨은 버스 정류장에 앉아 햄버거를 우적우적 씹어 삼키면서, 이대로 집에 가면 어떻게 될까 상상했고—황금이 없다고 말해야 할 뿐만 아니라, 그곳에서 빠져나올 수 없으리라는 것이 분명했다—그러자 생각이 제대로 돌아가기 시작했다.

서시는 메이컨과 싱이 버지니아주에서 포장마차에 올랐다고, 두 사람 모두 그곳 출신이라고 했다. 그녀는 또한 메이컨의 시신이 처음 큰 물이 났을 때 강에 떠올랐고, 버틀러가 사람들, 아니면 다른 누군가가 어느 여름밤 그 시신을 사냥꾼의 동굴에 갖다 버렸다고 말했다. 어느 여름밤이라. 그들이 시체를 유기할 때는 분명히 시체, 그러니까 형체를 알아볼 수 있는 육신이었다. 그들이 니그로라는 걸 알아보았으니까. 하지만 파일러트가 그곳에 갔을 때는 겨울이었고 유골밖에 없었다고 했다. 사 년이 지난 후 서시를 찾아간 그녀는 눈 속에 동굴을 찾아갔고, 백인의 유골을 수습해왔다고 말했다. 어째서 아버지의 유골은 못 봤을까? 시신은 두 구가 있었어야 한다. 하나는 그냥 지나치고 다른 하나만 수습했다는 말인가? 서시는 틀림없이 그에게 해준 것과 똑같은 이야기를 파일러트에게도 전해주었으리라—아버지의 시신이 동굴에 있다고. 파일러트는 서시에게 그들이 동굴에서 사람을 죽였다는 말을 털어놓았을까? 서시가 아무 언급을 하지 않은 걸로 보아 그건 아닐 가능성이 높다. 파일러트는 백인의 유골을 수습했고, 황금은 아예 찾아보지도 않았다고 말했다. 하지만 그건 거짓말이다. 두번째 유골 이야기를 하지 않은 건, 그녀가 동굴에 돌아갔을 때 시신이 없었기 때문이다. 그녀는 사 년 후에 돌아간 게 아니었다—아니, 만일 그랬다 하더라도, 그건 두번째 방문이었다. 그녀는 백인들이 니그로의 시신을 동굴에 갖다 버리기 전에 그곳에 돌아갔던 것이다. 물론 그녀는 유골을 수습해갔다. 밀크맨도 유치장에서 탁자 위에 놓인 걸 똑똑히 보았으니까. 하지만 그녀가 가져간 건 그게 전부가 아니었다. 파일러트는 황금도 가져갔다. 버지니아주로. 그러니 어쩌면 버지니아주에 황금의 행방을 아는 사람이 있을지도 모른다.

밀크맨은 파일러트의 행적을 추적했다.

11

여자들은 손에 아무것도 들고 있지 않았다. 핸드백도, 동전지갑도, 지갑도, 열쇠도, 작은 종이가방도, 빗도, 손수건도 없었다. 그들은 들고 다니는 게 아무것도 없었다. 밀크맨은 이제까지 살아오면서 핸드백을 어깨에 메지도 않고, 팔 밑에 끼지도 않고, 손가락으로 꼭 쥐지도 않은 채 길거리를 다니는 여자들을 한 번도 본 적이 없었다. 이곳의 여자들은 어디론가 가고 있는 것처럼 보였지만, 손에는 아무것도 들고 있지 않았다. 그것만으로도 자신이 버지니아주의 깡촌 구석, 표지판이 계속해서 블루리지산맥이라고 일러주던 바로 그 지역에 정말로 와 있음을 실감할 수 있었다. 간이식당 겸 버스 터미널이 있고 한길에 우체국도 있던 댄빌은 이 이름 없는 시골, 너무 작은 마을이라 국고 보조금이 지원되거나 민간기업체가 벽돌 하나 갖다 박은 일이 없는 이곳에 비하면 번창한 대도시나 진배없었다. 로어노크, 피터즈버그, 컬페퍼에서 그는 샬러메인이라는 도시를 수소문하고 다녔다. 아는 사람이 하나도 없었다. 어떤 이들은 해안가에 있을 거라고 했다. 대서양 연안에. 계곡 마을이라고 하는 사람들도 있었다. 그는 결국 AAA* 사무실을 찾아갔고, 사무실 직원들은 잠시 후 그곳이 어딘지, 그리고 진짜 지명이 무엇인지 알아냈다. 샬리마였다. 거기까지 어떻게 가면 되나요? 글쎄, 걸어갈 수는 없어요, 그건 분명해요. 거기까지 다니는 버스가 있습니까? 기차는요? 없어요. 글쎄, 아주 가까이는 없는 것 같네요. 버스 하나가 있기는 한데, 기껏해야…… 결국 밀크맨은 한 청년의 마당에서 50달러짜리 차를 75달러나 주고 사버렸다. 자동차는 주유소까지 가서 기름을 채우기도 전에 고장이 났다. 그는 주유소까지 차를 밀고 가, 팬 벨트, 브레이크 라이닝, 오일 필터, 가스 라인 필터, 재생 타이어 두 개, 그리고 새 오일 팬을 사는 데 132달러를 썼다. 새 오일 팬은 필요 없었지만, 정비사가 개스킷이 고장났다고 말하기 전에 사버린 것이었다. 억울하기 짝이 없었으며 끔찍하게 내기 힘든 돈이었다. 그 정도의 가치가 없어서가 아니라, 정비소 주인이 그의 스탠더드 오일 신용카드를 3달러짜리 지폐 보듯 하는 바람에 하는 수 없이 현금으로 지불해서도 아니라, 그가 남부의 물가에 벌써 익숙해졌기 때문이었다. 양말 두 켤레에 25센트, 구두 밑창 가는 데 30센트, 셔츠 한 장에 1달러 98센트, 면도는 물론이고 머리도 함께 깎는 데 50센트, 이건 토미 형제들한테 일러줘야 했다.

자동차를 사고 나니 사기가 한창 충천해서 이 여행이 즐겁게 느껴지

* 전미 자동차 협회.

기 시작했다. 낯선 이들에게서 도움과 정보를 얻어내는 자신의 능력, 그들을 매혹시키는 매력, 그들의 너그러운 호의(숙소가 필요한가요? 좋은 식당을 가르쳐줄까요?). 남부가 인심이 좋다는 얘기는 전부 사실이었다. 흑인들이 왜 남부를 등지고 떠났는지 의아할 정도였다. 어디를 가나 백인의 얼굴은 전혀 볼 수 없었고, 니그로들은 성격 좋고 원기가 왕성했으며 독립심이 강했다. 이곳에서 그가 누리는 보상은 모두 혼자 힘으로 얻어낸 것이었다. 고향에서처럼 아버지의 후광으로 누리는 특혜도 아니었고, 댄빌에서처럼 할아버지의 추억 덕을 본 것도 아니었다. 그리고 지금 운전대를 잡고 있자니 밀크맨은 기분이 훨씬 더 좋아졌다. 그는 자신의 감독이나 다름없었다—내키면 용변을 보고 목이 마르면 잠깐 차를 세우고 시원한 맥주를 마셨다. 75달러짜리 자동차에서조차 그는 권력을 강렬하게 실감했다.

샬리마는 그가 가진 텍사코* 지도에는 아예 나오지도 않았으며, AAA 사무실에서는 비회원에게 상세도를 주지 못하게 되어 있었기 때문에—보통 지도와 전반적인 정보를 제공해줄 뿐이었다—그는 표지판이며 눈에 띄는 지표를 꼼꼼하게 살펴야만 했다. 하지만 그렇게 최선을 다해 표지판을 살펴보았음에도, 솔로몬의 만물상 바로 앞에서 팬 벨트가 또 고장나지 않았더라면 그는 목적지에 도착했다는 사실조차 몰랐을 것이다. 알고 보니 그곳이 버지니아주 샬리마의 번화가이자 중심가였다.

그는 포치에 나와 앉아 있는 네 명의 남자들에게 고갯짓으로 인사를

* 미국의 석유회사.

하고 어슬렁거리는 하얀 암탉들을 피해 가게로 걸어갔다. 가게에는 솔로몬 씨 본인이리라 짐작되는 카운터 보는 사람 외에도 남자 셋이 더 있었다. 밀크맨은 카운터 보는 남자에게 차가운 레드캡 한 병 주시겠습니까, 라고 말했다.

"일요일에는 맥주를 안 팝니다." 남자가 말했다. 빨간 머리카락이 희끗희끗 세어가는, 밝은 피부색의 니그로였다.

"아. 오늘이 무슨 요일인지 까맣게 잊고 있었어요." 밀크맨이 미소를 지었다. "그러면 소다수 주세요. 그러니까 소다음료 말입니다. 얼음에 채워둔 것 있나요?"

"체리 스매시가 있는데. 괜찮겠어요?"

"좋아요. 좋습니다."

남자는 가게 구석으로 걸어가더니 낡은 냉장고 문을 열었다. 마룻바닥은 닳아빠진데다 오랜 세월 사람 발을 타서 기복이 있었다. 통조림은 찬장에 드문드문 쌓여 있었지만, 상하기 쉬운 신선식품이나 반저장식품은 자루며 쟁반이며 상자에 그득했다. 사내는 냉장고에서 빨간 액체가 든 병을 꺼내 앞치마로 물기를 닦은 뒤 밀크맨에게 건네주었다.

"이 안에서 마실 거면 5센트요. 안 그러면 7센트고."

"여기서 마시겠습니다."

"방금 들어왔소?"

"네. 자동차가 고장이 나서요. 이 근처에 정비소 있나요?"

"아니, 없어요. 5마일쯤 더 가면 하나 있소만."

"5마일이요?"

"그래요. 문제가 뭐요? 어쩌면 우리가 고칠 수도 있을 텐데. 어디로

가는 중이요?"

"샬리마로 가는 중입니다."

"지금 선생이 서 있는 이곳이 바로 거긴데."

"바로 여기요? 여기가 샬리마입니까?"

"그렇소, 선생. 샬리몬." 남자는 '샬리몬'이라고 발음했다.

"차가 고장난 게 천운이군요. 안 그랬으면 틀림없이 못 찾았을 겁니다." 밀크맨은 웃음을 터뜨렸다.

"손님 친구분도 여기를 못 찾을 뻔했다고 하더이다."

"제 친구라니요? 무슨 친구 말씀이십니까?"

"손님을 찾고 있는 친구 말이오. 오늘 아침 일찍 여기를 지나가다가 손님을 봤느냐고 묻던데요."

"제 이름을 대고 묻던가요?"

"아니. 손님 이름은 얘기하지 않았소."

"그러면 저를 찾는 사람이라는 걸 어떻게 아십니까?"

"베이지색 스리피스 양복을 입은 친구를 찾고 있다고 했어요. 이렇게." 그는 밀크맨의 가슴을 가리켜 보였다.

"어떻게 생겼던가요?"

"피부색이 짙은 남자였어요. 손님 피붓빛 비슷한. 키가 크고. 마르고. 무슨 문제라도 있소? 서로 오해라도 한 거요?"

"네. 아니. 제 말은…… 그 사람 이름이 뭐라고 하던가요?"

"말 안 했어요. 그냥 손님을 봤느냐고 묻기만 했지. 선생을 만나러 아주 먼 길을 온 게 분명했소. 그건 보니 알겠더군. 미시간 번호판이 달린 포드를 몰고 왔으니까."

"미시간? 미시간이 확실해요?"

"그럼. 확실하지. 로어노크에서 선생과 만나기로 했던 거요?"

밀크맨이 놀라 눈을 부릅뜨자 남자가 말했다. "손님 번호판을 보고 하는 얘깁니다."

밀크맨은 안도의 한숨을 쉬었다. 그러고는 말했다. "우리가 어디서 만나기로 했던 건지 정확히는 모르겠습니다. 그런데 정말로 이름은 말하지 않던가요?"

"안 했소. 그냥 손님을 보게 되면 행운의 메시지를 전해달라고만 했지. 뭐라더라……"

"행운의 메시지?"

"그래요. 너의 날이 틀림없이 오고 있다라던가, 너의 날이…… 하여간 그런 말을 전해달라고 했는데…… 너의 날이 왔다, 라던가. 어쨌든 무슨 날이 들어가긴 들어갔소. 하지만 그날이 오고 있다고 했는지 벌써 왔다고 했는지 그건 기억이 잘 안 나는군." 그는 킬킬거리고 웃었다. "내 날이나 왔으면 좋겠네. 오십칠 년이나 기다리고 앉아 있는데 영 올 생각을 안 하니."

가게 안에 있던 다른 사내들이 붙임성 있게 따라 웃었지만, 밀크맨은 얼어붙은 듯 그 자리에 서 있었다. 심장만 빼고 그의 온몸이 고요해졌다. 메시지는 오해의 소지가 없었다. 그리고 메시지를 전한 사람도. 기타가 직업적인 이유로 그를 찾고 있었고, 그를 미행하고 있었다. 그게 아니라면…… 기타가 장난삼아 그런 말을 한 건가? '7일'이 희생자들에게 속삭인다는 그 특별하고 은밀한 말을?

"음료수 때문에 속이 부대끼는 거 아니오?" 솔로몬 씨가 그를 바라보고 있었다. "나는 단 소다음료가 영 몸에 안 맞아요."

밀크맨은 고개를 저으며 남은 음료수를 황급히 꿀꺽꿀꺽 삼켰다. "아닙니다." 그가 말했다. "그냥…… 차를 너무 오래 타서 피로하군요. 바깥에 잠깐 앉아 있어야겠어요." 그는 문 쪽으로 향했다.

"제가 손님 차를 좀 봐드릴까요?" 솔로몬 씨는 약간 기분이 상한 듯한 목소리였다.

"잠깐만요. 곧 돌아오겠습니다."

밀크맨은 문을 밀어 열고 바깥의 포치로 나갔다. 태양이 작열하고 있었다. 그는 양복 재킷을 벗어 검지에 걸고 어깨 뒤로 넘겼다. 밀크맨은 흙먼지가 깔린 길을 위아래로 뚫어져라 쳐다보았다. 좁고 긴 직사각형 형태의 집들이 띄엄띄엄 넓은 간격을 두고 늘어서 있었고, 개 몇 마리, 닭들, 아이들, 그리고 손에 아무것도 들지 않은 여자들이 보였다. 그들은 포치에 앉아 있거나 맨다리에 면 원피스 차림으로 엉덩이를 흔들며 길을 걷고 있었는데, 직모로 펴지 않은 곱슬머리는 땋거나 뒤로 바짝 빗어 넘겨 공 모양으로 모아 묶은 모습이었다. 그는 그 여자들 중 한 명을 지독히 원했다. 침대에 몸을 동그랗게 말고 저 여자의 품에 안겨 잠들면 좋을 텐데. 아니면 저 여자, 아니면 저 여자라도. 파일러트가 소녀 시절에 아마 저런 모습이었을 테고 어쩌면 지금도 저런 모습인지 모르지만, 그녀가 찾아가 살게 된 북부의 대도시에는 어울리지 않았다. 눈꼬리가 살짝 올라간 커다랗고 나른해 보이는 눈, 도드라진 광대뼈, 피부색보다 더 새카만, 나무딸기 얼룩이 진 듯한 입술, 그리고 길고 긴 목. 그는 이곳에는 근친결혼이 아주 많은 게 틀림없다는 생각이 들었다. 여자들은 전부 비슷한 생김새였고, 몇 사람인가 밝은 피부색의 빨강 머리 사내들(솔로몬 씨처럼)을 제외하면 남자들도 여자들과 아주 비슷한 생김새를 하고 있었다. 샬리마를 찾아오는 손님은 아주 귀했고, 이곳에 정착한 새로운 혈족은 전혀 찾아볼 수 없었다.

밀크맨이 포치에서 내려서자 암탉들이 화드득 흩어졌고, 그는 교회 아니면 무슨 클럽하우스처럼 보이는 건물 근처에 나무가 몇 그루 모여 자란 쪽으로 길을 따라 내려가기 시작했다. 아이들이 나무 뒤편에서 놀고 있었다. 그는 불에 탄 풀밭 위에 양복 재킷을 펼쳐 깔고, 주저앉아 담배에 불을 붙였다.

기타가 여기에 왔다. 밀크맨의 행방을 수소문했다. 그런데 왜 이렇게 두려운 걸까? 그들은 친구, 절친한 친구였다. 기타가 그에게 '7일'의 진실을 모두 털어놓을 만큼 가까운 친구가 아니었던가. 그보다 더 묵직한 신뢰란 없으리라. 밀크맨은 비밀을 털어놓을 만한 친구이자, 공범이나 마찬가지였다. 그러니 두려울 이유가 뭐가 있겠는가? 도무지 말이 되지 않았다. 기타는 뒤를 쫓고 있는 사람이 누군지 밀크맨에게 알리려고 일부러 자기 이름은 말하지 않은 채 그런 특별한 메시지를 남긴 게 분명했다. 고향에 뭔가 일이 생긴 게 틀림없었다. 기타가 아마 경찰에게 쫓겨 도줏길에 오른 게 확실해 보였다. 그래서 친구에게로 도망치기로 작정한 거다—결사단을 제외하면, 내막을 다 알고 있으면서 믿을 만한 사람이 밀크맨밖에 없으니까. 기타는 밀크맨을 꼭 찾아야 했고 도움이 필요했던 거다. 그래서 그랬던 거다. 하지만 밀크맨이 샬리마로 향하고 있다는 걸 기타가 알았다면, 그건 곧 로어노크나 컬페퍼—아니면 심지어 댄빌에서 알아냈다는 뜻이다. 그런데 그걸 알았다면 어째서 그를 기다리지 않았던 걸까? 지금 기타는 어디 있을까? 문제가 생긴 게 틀림없었다. 기타의 신변에 뭔가 문제가 있었다.

밀크맨 뒤쪽에서 아이들이 '장미꽃 주변을 돌아요'인지 '꼬마 샐리 워커' 놀이인지를 하며 노래를 부르고 있었다. 밀크맨은 뒤로 돌아 아이들을 바라보았다. 여덟 내지 아홉 명쯤 되는 소년 소녀들이 둥근 원을 그리며 서 있었다. 한가운데 선 소년은 두 팔을 쭉 뻗고 비행기처럼 빙글빙글 돌았고, 나머지 아이들은 의미 없는 가사를 노래했다.

솔로몬의 외아들 제이
이리 와 부바 얄레, 이리 와 부바 탬비
빙글빙글 돌며 태양을 만지자
이리 와 부바 얄레, 이리 와 부바 탬비……

아이들이 노래 몇 소절을 이어 부르는 사이, 한가운데의 소년은 비행기 흉내를 냈다. 놀이의 절정은 더 빨리 빙글빙글 돌면서 의미 없는 단어를 빠르게 외쳐대는 것이었다. "솔로몬 라이 발랄리 슈 야라바 메디나 햄릿 투"—그렇게 마지막 소절까지 소리를 쳤다. "스물한 명의 아이들, 마지막 남은 제이!" 바로 그 순간 소년은 땅바닥으로 떨어지는 시늉을 했고 다른 아이들은 비명을 질렀다.

밀크맨은 아이들을 바라보았다. 그는 어렸을 때 한 번도 저런 놀이를 하며 놀아본 적이 없었다. 그는 날 수 없다는 사실을 슬퍼하며 창턱에 앉아 있다 벌떡 일어나 학교에 갔고, 그가 입은 벨벳 정장은 다른 아이들과 그의 사이를 갈라놓았다. 백인들과 흑인들 모두 그를 꼴불견이라고 생각하며 온갖 방법으로 그를 조롱하고, 점심을 못 먹게 한다거나 크레용을 못 쓰게 했으며, 화장실이나 식수대에 줄을 서더라도 절대 그의 차례가 오지 않도록 손을 썼다. 어머니는 마침내 코듀로이 반바지나 스트레이트 바지를 입게 해달라는 밀크맨의 애원을 들어주었고, 그 덕분에 사정이 약간 나아지긴 했지만 그럼에도 원을 그리거나 노래를 부르며 노는 저런 놀이를 같이 하자는 얘기는 한 번도 들어보지 못했고 어디에도 끼지 못했다. 기타가 그를 덮친 남자아이들 넷을 떼어줄 때까지는. 남자아이들 넷이 덤벼들었을 때 기타가 어찌나 웃고 소리를 질러댔는지 떠올리며, 그는 미소를 지었다. 그때 처음으로 밀크맨은 싸움을 진짜로 즐기는 사람을 보았다. 나중에 기타는 야구모자를 벗어 밀크맨에게 건네주며 코피를 닦으라고 말했다. 밀크맨은 야구모자에 피를 묻혀 돌려주었고, 기타는 그 모자를 다시 머리에 썼다.

이렇게 그 시절을 추억하다보니, 밀크맨은 기타의 메시지에 겁을 먹고 의심을 품었던 자신이 부끄러워졌다. 기타가 나타나서 모든 걸 설명할 테고 밀크맨은 할 수 있는 한 힘껏 도와주리라. 그는 일어서서 재킷을 툭툭 털었다. 검은 수탉이 우쭐거리며 근처를 지나쳐 갔는데, 핏빛 볏이 앞으로 축 처져 성난 눈썹처럼 보였다.

밀크맨은 다시 솔로몬의 가게로 걸어갔다. 머물 곳과 몇 가지 정보, 그리고 여자가 필요했다, 꼭 그 순서대로는 아닐지라도. 어느 것부터 시작해도 상관없었다. 어떻게 보면 기타가 그의 행방을 물었던 게 오히려 잘된 일 같았다. 기타를 기다려야 하고, 또 팬 벨트를 새로 갈아 끼울 길도 강구해야 하니, 그로서는 빈둥거리며 눌러앉을 그럴싸한 이유가 생긴 셈이었다. 그가 다가가자 계단에 있던 암탉과 고양이들이 자기 자리를 내어주었다.

"이제 좀 나아졌소?" 솔로몬 씨가 물었다.

"훨씬 나아요. 그냥 기지개만 좀 켜면 좋아질 걸 그랬나봅니다." 밀크맨은 턱짓으로 창문을 가리켰다. "이 근처 아주 괜찮군요. 평화롭고. 여자들도 예뻐요."

벽 쪽으로 의자를 기울이고 앉아 있던 젊은 청년 하나가 모자를 이마 뒤로 홱 젖히더니 의자 앞다리로 바닥을 쿵 쳤다. 청년의 입술이 벌어져 앞니 네 개가 빠진 게 훤히 드러나 보였다. 다른 사내들도 발을 움직였다. 솔로몬 씨는 슬그머니 웃었지만 아무 말도 하지 않았다. 밀크맨은 자기가 뭔가 말실수를 했다는 걸 깨달았다. 여자들 얘기일 거란 생각이 들었다. 도대체 이 동네는 무슨 동네가, 남자가 여자를 찾지도 못한단 말인가?

그는 화제를 바꾸었다. "만일 오늘 아침에 들렀던 제 친구가 여기서 저를 기다릴 생각이었다면, 어디서 숙소를 구했을 것 같습니까? 이 근처에 하숙집 같은 데 없나요?"

"하숙집?"

"네. 하룻밤 묵을 수 있는 데 말입니다."

솔로몬 씨는 고개를 저었다. "여기는 그런 데 없소이다."

밀크맨은 슬슬 짜증이 치밀었다. 대체 뭣 때문에 이렇게들 친절한 거지? 그는 가게에 둘러앉아 있는 사내들을 바라보았다. "저 사람들 중에 차 고치는 걸 도와줄 만한 이가 있을까요?" 그는 솔로몬 씨에게 물었다. "어디 벨트를 구할 만한 데가 있나요?"

솔로몬 씨는 카운터에서 눈을 떼지 않았다. "내 한번 물어봐드리지요." 그의 목소리는 온화했지만 어쩐지 뭔가 창피한 사람처럼 굴었다.

아까 밀크맨이 처음 왔을 때 보여준 수다스러움은 전혀 찾아볼 수 없었다.

"저 사람들이 아무래도 못 찾겠다고 하면 곧장 좀 알려주세요. 집에 돌아가려면 새 차를 한 대 더 사야 할지도 모르니까요."

남자들이 한꺼번에 고개를 홱 돌려 그를 바라보았고, 밀크맨은 뭔지는 몰라도 또 말실수를 했다는 걸 깨달았다. 그가 아는 건 그들이 모욕을 당한 사람처럼 행동했다는 사실뿐이었다.

실제로 그들은 모욕을 당한 셈이었다. 그들은 자동차가 고장이 났다고 금세 위스키 한 병 사듯 자동차를 새로 살 수 있는 도시의 니그로를 향해 증오의 눈길을 보냈다. 게다가 그런 말을 자기네 면전에 대고 하다니. 그는 자기 이름을 말하지도 않고 그들의 이름을 묻는 수고도 하지 않았으며, 그들을 '저 사람들'이라고 지칭했고 그들이 보내는 나날을 경멸해 마지않을 게 분명해 보였다. 그들은 자기 소유의 곡식을 추수하며 나날을 보내는 대신, 다른 사람의 땅에서 담배를 딸 일꾼들이나 공장 노동자들을 구하러 트럭이 오길 바라며 만물상에 모여 앉아 시간을 보내고 있었으니까. 그의 몸가짐이나 옷차림이 그들에게 자기 소유의 곡식이 없다는 사실, 그리고 변변한 땅뙈기도 없다는 사실을 날카롭게 상기시켰다. 그들에게는 그저 여자들이 돌보는 야채밭 정도가 고작에, 아이들이 돌보는 닭들과 돼지들이 전부였다. 그는 그들에게 사내구실도 못한다고, 여자와 아이들한테 밥벌이를 의지하는 놈들이라고 말하고 있는 거나 다름없었다. 지폐가 들어 있어야 할 바지 주머니에 보풀과 담배밖에 없는 게 그 증거였다. 얄팍한 구두, 조끼가 딸린 정장, 매끈매끈한 손이 바로 그 증거였다. 대도시와 비행기 내부를 본 두 눈이 그 증거였다. 그들은 그가 계단에 서서 자기네 여자들을 바라보며 사타구니를 문지르는 모습을 보았다. 또한 그가 차에서 내리자마자 문을 잠그는 것도 똑똑히 보았다. 사방 25마일을 뒤져봐도 열쇠라고는 두어 개밖에 없는 동네에서 말이다. 그는 그들의 이름이 알 필요도 없고 굳이 알 가치도 없다고 생각해 묻지 않았으며, 자기는 너무 잘나서 이런 사람들에게 이름을 말해줄 필요도 없다고 여겼다. 그들은 그의 피부색이 자기네만큼 시커멓다는 사실을 알았지만, 그의 심장은 이름 없고 얼굴 없는 노동자들이 필요할 때마다 트럭으로 그들을 싣고 가는 백인들의 심장과 다르지 않다는 사실도 알았다.

마침내 그들 중 한 사람이 차에 버지니아 번호판을 달고 북부 말투를 쓰는 니그로에게 말을 걸었다.

"북부에 돈이 꽤나 있나보죠?"

"좀 있죠." 밀크맨이 대답했다.

"좀? 사람들이 북부에서는 누구나 큰돈을 만진다던데요."

"북부에도 돈 한푼 없는 사람이 아주 많아요." 밀크맨은 상냥한 목소리로 말하려고 애썼지만, 뭔가 꿍꿍이가 있다는 게 느껴졌다.

"그건 믿기가 힘들군요. 큰돈도 없는데 왜 다들 거기 눌러앉으려고 난리인 겁니까?"

"풍경 때문이겠지." 다른 사내가 처음 말을 건 사내에게 대답했다. "풍경이랑 여자들."

"설마 그럴 리가 있나." 처음 말을 건 사내가 짐짓 놀란 체하며 덧붙였다. "지금 자네 북부 계집 보지는 다르단 말을 하는 건가?"

"아니야." 두번째 사내가 말했다. "계집 보지야 어딜 가나 다 똑같지.

바다 냄새가 나고, 맛도 바다맛이 나고."

"그럴 리가 없어." 세번째 사내가 말했다. "틀림없이 다를 거야."

"어쩌면 사내들 거시기가 다를지도 모르겠군." 첫번째 사내가 다시 말했다.

"그래?" 두번째 사내가 물었다.

"그렇다고들 하더군." 첫번째 사내가 말했다.

"어떻게 다르다고 하던가?" 두번째 사내가 물었다.

"쬐끄맣대." 첫번째 사내가 말했다. "아주, 쬐끄맣다고 하더라고."

"설마!" 두번째 남자가 말했다.

"그렇다고들 하던데. 그래서 바지를 그렇게들 꼭 끼게 입는다던데. 그게 사실이오?" 첫번째 남자가 대답을 기다리듯 밀크맨을 바라보았다.

"저야 모르죠." 밀크맨이 말했다. "한 번도 다른 남자 거시기를 보고 입술을 빨아본 적이 없어서 말이지요." 모두들 미소를 지었고, 밀크맨도 웃었다. 이제 슬슬 시작되려는 참이었다.

"똥구멍은 어때요? 똥구멍 보고 입술을 빨아본 적은 있소?"

"한 번 있지요." 밀크맨이 말했다. "애송이 깜둥이 꼬마가 화를 돋우길래, 똥구멍에다 코카콜라 병을 쑤셔박아야 했거든요."

"병은 왜? 거시기로는 구멍을 꽉 채울 수가 없었나보지?"

"꽉 차긴 했지요. 코카콜라 병을 꺼낸 다음에는 말입니다. 입도 꽉 채웠지요."

"입을 더 좋아하나?"

"엄청 크고, 엄청나게 못생긴데다, 이제 피똥 싸고 뒈질 일만 남은 무식한 날건달한테 붙어 있다면요."

칼날이 번득였다.

밀크맨은 웃음을 터뜨렸다. "열네 살 때 말고는 구경도 못 해본 물건이잖아. 우리 동네에서는 애들이나 칼 갖고 놀아—그것도 자기가 질까 봐 겁에 바짝 질려 있을 때만."

첫번째 남자가 미소를 지었다. "그게 나다, 이 빌어먹을 개새끼야. 질까봐 죽도록 겁에 질려 있다고."

밀크맨은 깨진 병을 붙들고 최선을 다했지만, 얼굴에 칼자국이 났고 왼손에도, 예쁜 베이지색 양복에도 칼자국이 났으며, 여자 두 명이 비명을 지르며 달려들어오지 않았으면 아마 목줄까지 잘렸을 것이다. "솔! 솔!"

그때쯤엔 가게가 구경꾼들로 꽉 차서 여자들은 안쪽으로 들어오지도 못했다. 남자들이 여자들을 조용히 시키려 애썼지만, 그들은 계속 비명을 질러댔고 결국 솔로몬 씨가 싸움을 말렸다.

"됐어. 됐다고. 그 정도면 이제 됐어."

"입 닥쳐, 솔로몬."

"저 여자들이나 좀 끌고 나가."

"확 찔러버려, 솔. 저 개 같은 새끼를 확 찔러버리라고."

하지만 솔은 눈 위에 난 톱니 모양의 상처에서 쏟아지는 피 때문에 앞을 제대로 보지 못했다. 그를 떼어내는 일은 어려웠지만 솔로몬 씨가 못할 일은 아니었다. 그는 떠나면서도 밀크맨에게 욕을 퍼부었으나 열의는 사라진 뒤였다.

밀크맨은 뒤로 물러나 카운터에 기대어, 다른 누군가가 자기를 덮치지 않을까 살펴보았다. 아무도 달려들 눈치가 아닌데다 솔이 자기를 끌고 가는 사내들한테 욕설을 퍼부으며 주먹을 휘둘러대는 모습을 구경하려고 구경꾼들이 밖으로 흩어지자, 밀크맨은 약간 몸을 숙이고 얼굴을 닦았다. 가게가 텅 비고 주인만 남았을 때, 밀크맨은 깨진 병을 한쪽 구석으로 던졌다. 병은 냉장고 옆쪽으로 기울어져 떨어지다가 벽에 맞고 튕겨나와 마룻바닥에 부딪히며 산산조각이 났다. 밀크맨은 여전히 밭은 숨을 몰아쉬면서 밖으로 나와 주위를 둘러보았다. 나이가 지긋한 노인 네 사람은 아무 일도 없었다는 듯이 아직도 포치에 앉아 있었다. 밀크맨의 얼굴에는 피가 줄줄 흘러내렸지만, 손에 묻은 피는 꾸득꾸득 말라 있었다. 그는 하얀 암탉 한 마리를 발로 걷어차고, 계단 꼭대기에 앉아 손수건으로 피를 훔쳤다. 손에 아무것도 들지 않은 젊은 여자 세 명이 길에 서서 그를 바라보고 있었다. 커다랗게 뜬 눈에는 아무런 표정도 없었다. 아이들도 와, 여자들 주위를 새처럼 빙글빙글 돌았다. 아무도 말 한마디 하지 않았다. 포치의 남자 넷도 조용했다. 아무도 그에게 다가와서, 담배 한 대, 물 한 잔 권하지 않았다. 아이들과 닭들만 주위를 서성거렸을 뿐이다. 작열하는 태양빛 아래서, 밀크맨은 분노로 얼어붙었다. 무기만 있었더라면, 눈에 보이는 사람들을 모조리 죽여버렸을 것이다.

"병을 상당히 잘 쓰던데. 엽총 다루는 실력은 어떻소?" 나이 지긋한 남자들 중 한 명이 슬쩍 그의 곁에 다가왔다. 그는 얼굴에 희미하게 미소를 띠고 있었다. 젊은이들한테 한 번 기회를 줘봤지만 결과가 썩 흡족하지 못하니, 이젠 어른들이 나서서 처리해야겠다는 것처럼 보였다.

물론 어른들의 방식은 다를 것이다. 더러운 욕설이나 주고받으며 입씨름을 할 일은 없다. 칼을 뽑거나 숨을 헐떡거리거나 목에 핏대를 세울 일도 없다. 아마 뭔가 다른 쪽으로 그를 시험하고, 그와 겨뤄 끝내 그를 쓰러뜨릴 것이다.

"최고의 명사수죠." 밀크맨은 거짓말을 했다.

"그렇단 말이오?"

"네, 그래요."

"우리 몇 사람이 이따 사냥을 나간다오. 젊은이도 같이 가겠소?"

"그 이빨 없는 개새끼도 갑니까?"

"솔? 아니."

"나머지를 다 때려눕혀야 하는 사태가 생길지도 몰라서요."

남자가 너털웃음을 터뜨렸다. "보안관이 나머지 녀석들을 다 데려갔소—총 끝을 들이대고 말이지."

"그래요? 잘됐군요."

"그럼, 갈 거요?"

"물론이죠. 총만 주세요."

그는 또 큰 소리로 웃었다. "내 이름은 오마요."

"메이컨 데드라고 합니다."

오마는 그 이름을 듣고 눈을 껌벅거렸지만, 아무 말도 하지 않았다. 그냥 해 질 무렵에 킹 워커네로 오라고, 저 길 따라 2마일 위에 있는 주유소라고 했다. "이리로 쭉 따라가면 나와요. 못 찾는 일은 아마 절대로 없을 거요."

"꼭 찾아가겠습니다." 밀크맨은 일어서서 자기 차로 걸어갔다. 자동차 열쇠를 더듬어 찾아서 문을 열고는 좌석으로 쓱 들어가 앉았다. 그는 차창 네 개를 다 내려 연 뒤 뒷좌석에서 수건을 한 장 찾아서, 재킷을 베개 삼아 받치고 수건을 붕대 삼아 얼굴을 감싼 후 몸을 쭉 뻗었다. 발이 열린 문 밖으로 삐져나왔다. 빌어먹을 인간들. 그를 죽이려고 작정하고 돌아다니는 이 많은 인간들은 도대체 다 뭘까? 친아버지는 아직 어머니 배 속에 있던 그를 죽이려고 했었다. 하지만 그는 살아남았다. 그리고 작년에는 달마다 그를 죽이려고 찾아오던 여자를 간신히 피해 살아남았다. 그때도 꼭 이렇게 누워 있었다, 한 팔로 눈을 가리고, 그녀가 뭘 들고 왔든 다 받아주겠다는 자세로. 하지만 그때도 그는 살아남았다. 그리고 어린 시절 악몽에 등장하던 마녀가 걸어나와 그를 붙잡으려 했음에도, 그는 살아남았다. 박쥐들이 동굴에서 그를 쫓아냈어도—그는 살아남았다. 변변한 무기를 갖고 있었던 적도 없다. 그런데 지금, 가게에 들어가서 자동차를 수리해줄 사람이 없느냐고 물었더니 웬 깜둥이가 칼을 뽑아들고 덤빈 게 아닌가. 그리고 그럼에도 그는 아직 죽지 않았다. 도대체 이놈의 시꺼먼 네안데르탈인들은 무슨 생각을 했던 걸까? 다들 엿이나 처먹으라지. 내 이름은 메이컨이다. 나는 벌써 죽었어. 그는 이곳, 이 샬리마라는 곳이 자신의 고향이리라 생각했었다. 진짜 고향. 그의 친척들이, 할아버지와 할머니가 이곳 출신이었으니까. 여기까지 내려오는 동안 남부 사람들은 그를 친절하게 대해주었고 너그럽게 호의를 베풀어주었으며 기꺼이 도움을 주었다. 댄빌에서는 사람들이 그를 영웅처럼 숭배했다. 그가 사는 동네에서는 자신의 이름이 곧 두려움과 불만에 찬 존경심을 불러일으켰다. 하지만 이곳, 그의 '고향'에서 그는 미지의 존재, 사랑받지 못하는 존재였으며 빌어먹게도 거의 죽다 살아나는 꼴까지 당했다. 이 인간들은 목매달리지 않은 세상 깜둥이들 중에서 가장 치사한 부류였다.

그는 세상만사 그 누구도 방해하지 않는 깊은 잠을 잤는데, 한 가지가 걸렸다. 꿈속에서 기타가 자기를 내려다보고 있는 모습을 본 듯한 기분이 들었던 것이다. 잠에서 깨어난 그는 솔로몬 씨 가게에서 파인애플 통조림 두 개와 크래커 한 통을 샀다. 그리고 포치에서 암탉들과 함께 나눠 먹었다. 남자들은 어디론가 가고 없었고, 태양이 뉘엿뉘엿 기울고 있었다. 아이들만 남아서 그가 먹는 모습을 구경했다. 마지막 남은 파인애플즙을 목구멍에 다 쏟아부었을 때, 한 아이가 앞으로 나와 물었다. “아저씨, 깡통 우리가 가져도 돼요?” 그가 깡통을 내밀자, 아이들은 와락 낚아채더니 그걸로 뭔가 새로운 놀이를 하려고 달려갔다.

밀크맨은 킹 워커네 주유소를 향해 출발했다. 사냥에서 빠질 핑계가 생각났다 해도 아마 스스로 용납하지 못했으리라. 평생 총기라고는 만져본 적도 없다는 사실에도 불구하고 말이다. 이제 곤란한 일을 회피하고, 밀어내고, 대충 넘어가는 일은 그만두었다. 전에는 기타와 함께일 때만 위험을 감수했었다. 이제 그는 홀로 위험 부담을 졌다. 밀크맨은 헤이가가 자기를 칼로 찌르든 말든 내버려두었고, 악몽 속에 나온 마녀가 그를 붙들고 키스하든 말든 내버려두었다. 그런 일들을 겪고도 살아남은 사내한테, 다른 건 다 장난이나 다름없었다.

킹 워커는 이름이 주는 느낌과는 전혀 딴판이었다. 그는 왜소한 사내로, 대머리에다 담배를 씹느라 왼뺨이 툭 불거져나와 있었다. 몇 년 전에는 무슨 흑인 야구 리그에서 잘나가는 투수였던 모양으로, 가게는 사방이 온통 선수 경력과 관련된 물품들로 도배되어 있었다. 정비소나

정비공을 찾으려면 적어도 5마일은 나가야 한다는 건 거짓말이 아니었다. 킹 워커의 주유소는 이미 오래전에 망한 게 분명했다. 펌프는 말라 있고 기름은 한 통도 찾아볼 수 없었다. 지금은 남자들이 모이는 일종의 클럽하우스 역할을 하고 있는 듯 보였고, 워커는 주유소 뒤편에 살고 있었다. 사냥에 함께 가지 않는 킹 워커 말고도, 오마와 포치에 있던 또다른 남자 하나가 있었는데, 그는 루서 솔로몬이라고 자신을 소개했다—만물상의 솔로몬과는 인척관계가 아니라고 말했다. 그들은 또다른 사람들을 기다렸고, 나머지 일행은 밀크맨이 도착한 후 얼마 되지 않아 낡은 쉐보레를 몰고 왔다. 오마는 캘빈 브레이크스톤과 스몰 보이라고 그들을 소개했다.

캘빈이 개중 붙임성이 가장 좋아 보였는데, 그는 통성명이 끝나자마자 킹 워커에게 "이 도시 청년 발에 맞는 신발 좀 갖다줘"라고 주문했다. 킹은 잎담배를 퉤퉤 뱉어대며 여기저기 들쑤시고 찾더니, 진흙이 덕지덕지 붙은 갈색 작업용 단화를 들고 왔다. 그들은 밀크맨을 머리부터 발끝까지 싹 갈아입히면서, 내내 조끼를 만지작거리며 그의 속옷을 비웃어댔고—심지어 스몰 보이는 레슬링 선수 같은 팔뚝을 밀크맨의 양복 재킷에 쑤셔넣어보려 애를 썼다—대체 어쩌다 발이 그렇게 된 건지 궁금해했다. 젖은 신발과 양말을 신고 이틀이나 보낸 터라 그의 발가락 끝에서는 아직도 피부가 벗겨져나가고 있었다. 킹 워커는 암앤드해머 소다파우더를 발가락의 상처에 뿌려주고 나서 그네들이 준 두꺼운 양말을 신으라고 했다. 밀크맨이 2차대전 참전병 같은 차림을 하고 머리에 니트 모자를 쓰자, 그들은 폴스타프 맥주를 몇 병 따더니 총 이야기를 하기 시작했다. 그때쯤 악의가 섞인 흥청거리는 분위기가 약간 누그러졌고, 킹 워커는 밀크맨에게 자신의 윈체스터 22구경을 건네주었다.

"22구경 써본 적 있소?"

"써본 지 진짜 오래됐습니다." 밀크맨이 말했다.

다섯 사내는 쉐보레에 우르르 탔고, 자동차는 저무는 석양빛 속으로 출발했다. 밀크맨이 알 수 있었던 거라곤 십오 분가량 지났을 때쯤 고지로 올라가고 있더라는 정도였다. 자동차가 좁다란 도로를 따라 방향을 틀자 다시 대화에 불이 붙었고 사내들은 다른 여행, 사냥, 포획물이나 놓친 동물들 이야기를 하기 시작했다. 이윽고 달빛만이 유일한 빛이 되었고 날씨도 꽤나 쌀쌀해져서 밀크맨은 니트 모자를 쓴 게 다행스러웠다. 자동차는 앞으로 나아가며 급한 커브를 여러 번 돌았다. 백미러로 다른 자동차의 전조등을 언뜻 본 것 같아, 밀크맨은 다른 일행을 만나게 되는 건가 잠깐 생각했다. 하늘은 이제 캄캄해져서 별이 보였다.

"서두르는 게 좋겠는데, 캘빈. 너구리가 먹이를 다 먹고 집에 가버리겠어."

캘빈은 갓길로 빠져 차를 세웠다.

"개들을 풀어." 그가 이렇게 말하면서 자동차 열쇠를 스몰 보이에게 건네주자, 스몰 보이는 차 뒤로 돌아가서 트렁크를 열었다. 하운드 세 마리가 코를 킁킁거리고 꼬리를 흔들면서 튀어나왔다. 하지만 녀석들은 전혀 소리를 내지 않았다.

"베키도 데려왔어?" 루서가 물었다. "오, 이럴 수가! 오늘밤에는 너구리 몇 마리는 확실히 잡겠는데!"

개들의 긴장감, 신호만 떨어지면 나무들 사이로 질주하려고 귀를 쫑긋 세우고 있는 개들의 열의 때문에 밀크맨의 신경줄마저 팽팽하게 예민해졌다. 도대체 어떻게 해야 하지? 전조등에서 어느 쪽으로든 2피트만 벗어나면 칠흑 같은 밤의 암흑이 도사리고 있었다.

오마와 스몰 보이가 트렁크에서 장비를 내렸다. 램프 네 개, 손전등 하나, 밧줄, 탄창 그리고 1파인트들이 술병. 램프 네 개에 모두 불을 붙인 뒤, 그들은 밀크맨에게 램프를 쓸 건지 손전등을 쓸 건지 물었다. 그가 망설이자 캘빈이 말했다. "이 친구는 나하고 같이 뛰면 돼. 손전등을 줘."

밀크맨은 뒷주머니에 손전등을 집어넣었다.

"주머니에서 동전 다 꺼내." 캘빈이 말했다. "너무 시끄러우니까."

밀크맨은 그의 말대로 한 뒤 킹의 엽총과 밧줄을 꺼내고, 그네들이 돌린 술병의 술을 벌컥벌컥 들이켰다.

개들은 흥분으로 기절하기 일보직전인 상태로, 헐떡거리며 조용히 주위를 서성였다. 그래도 여전히 아무 소리도 내지 않았다. 캘빈과 오마는 둘 다 이중 총신 엽총을 꺼내들고, 한쪽 총신에는 22구경 탄약을, 나머지 하나에는 산탄을 장전했다. 스몰 보이가 박수를 한 번 치자 세 마리 사냥개가 울음소리를 내며 밤의 어둠 속으로 달려나갔다. 사내들은 밀크맨의 예상과 달리 곧장 개들의 뒤를 따라가지 않았다. 대신 조용히 서서 한동안 소리에 귀를 기울였다. 스몰 보이가 고개를 절레절레 흔들며, 가볍게 웃음을 터뜨렸다. "베키가 선두야. 가자. 캘빈, 자네하고 메이컨이 오른쪽으로 가게. 우리가 이쪽으로 가다가 빙 돌아서 협곡 근처로 갈 테니. 제발 이번엔 곰 같은 건 쏘지 마."

"보기만 하면 쏘지 왜 안 쏴." 캘빈은 밀크맨과 함께 길을 나서며 말했다.

그들이 쉐보레에서 내렸을 때 밀크맨이 아까 본 차가 그들을 지나쳐 질주해갔다. 사냥 팀에 다른 일행은 없는 게 틀림없었다. 캘빈이 앞서 가고 있었고, 그의 손에 들린 램프가 나지막하게 흔들리고 있었다. 밀크맨은 손전등을 찰칵 켰다.

"그건 아끼는 게 좋아." 캘빈이 말했다. "지금은 필요 없잖아."

그들은 한 방향으로 계속해서 터벅터벅 걸어갔는데, 그쪽은 소리를 질러대는 개들이 있는 방향인 것 같았지만 밀크맨으로서는 알 길이 없었다.

"여기 곰들도 있습니까?" 그는 관심은 있되 불안한 기색은 보이지 않도록 말투에 신경쓰며 물었다.

"우리밖에 없어, 그리고 우리한테는 총이 있잖나." 캘빈은 큰 소리로 웃더니 느닷없이 암흑에 휩싸여버렸고, 이젠 나지막하게 흔들리는 램프만 그가 가는 길을 가리켜 보이고 있었다. 밀크맨은 램프만 뚫어져라 바라보다가, 문득 램프에만 집중하다보니 다른 건 하나도 보지 못하고 있다는 사실을 깨달았다. 어둠에 적응하려면, 볼 수 있는 건 뭐든 다 봐야 했다. 그들이 있는 곳 왼편 어딘가에서 나무 사이로 기나긴 신음소리가 들려왔다. 흐느끼는 듯한 여자 목소리가 개들이 컹컹 짖어대는 소리와 사내들의 고함소리에 섞여 들려왔다. 몇 분 후, 멀리서 들려오던 개들의 울음소리와 세 사내의 고함소리가 뚝 그쳤다. 쏴아쏴아 불어오는 바람소리, 그리고 그와 캘빈의 발소리뿐이었다. 한참이 흐른 뒤에야 밀크맨은 가까스로 발을 능숙하게 디디며 나무뿌리와 돌멩이에 걸리지 않는 법을 터득했고, 나무와 그림자를 구별할 수 있게 되었다. 캘빈이 붙잡고 있던 나뭇가지가 확 풀리면서 자기 얼굴에 부딪치지 않도록 고개를 숙이고 피하는 법도 터득했다. 그들은 고지로 올라가고 있었다. 가끔 캘빈은 걸음을 멈추고, 램프로 나무를 비춰보며 땅바닥에서 3피트쯤 되는 데서부터 팔 닿는 데까지 찬찬히 살펴보곤 했다. 어떨 때는 등불을 낮추어 땅바닥을 비추면서 쭈그리고 앉아 흙속을 뚫어져라 바라보기도 했다. 그럴 때마다 그는 뭐라고 속삭이는 것 같았다. 뭘 발견했는지 몰라도 혼자서만 알고 있을 뿐 말하지 않았고 밀크맨도 묻지 않았다. 밀크맨이 바라는 거라곤 뒤처지지 않고 사냥감이 뭐든 나타나면 쏠 채비를 단단히 하고 있는 것과 그들 중 누구라도 자신의 목숨을 위협하는 상황이 생기지 않도록 조심하는 것뿐이었다. 샬리마에 도착한 지 한 시간도 못 되어 어느 젊은이가 사람들이 다 있는 데서 그를 죽이겠다고 달려들었다. 어둠을 틈타 이 나이 지긋한 사내들이 무슨 짓을 할 수 있을지는 미루어 짐작하고도 남았다.

또다시 흐느끼는 여자 울음소리가 들려와, 밀크맨은 캘빈에게 물었다. "저 소리는 대체 뭡니까?"

"메아리지." 그가 대답했다. "바로 위가 라이나의 협곡이거든. 바람이 특정한 방향으로 불면 저런 소리가 난다네."

"여자가 흐느끼는 소리 같아요." 밀크맨이 말했다.

"라이나야. 사람들은 라이나라는 여자가 저 안에서 울고 있다고들 말하지. 그래서 그런 이름이 붙었고."

캘빈이 멈춰 섰는데, 너무 급작스러워서 라이나에 대한 생각에 깊이 잠겨 있던 밀크맨은 그만 그에게 쿵 부딪히고 말았다. "쉿!" 캘빈은 눈을 감고 바람 쪽으로 머리를 기울였다. 밀크맨한테는 또 컹컹 짖어대는 개들 소리밖에 들리지 않았는데, 그가 보기에 전보다 훨씬 더 빨리 짖어대는 것 같았다. 캘빈이 휘파람을 불었다. 희미한 휘파람소리가 그들에게로 다시 돌아왔다.

"이런 망할 개자식 같으니라고!" 흥분한 나머지 캘빈의 목소리가 갈라졌다. "살괭이야! 어서, 이 친구야!" 캘빈은 말 그대로 날아가듯 빠르게 달아났고 밀크맨도 똑같이 했다. 그들은 여전히 비탈길을 따라 위로 올라가고 있었지만 이제 두 배로 속도를 높여 이동했다. 밀크맨 평생 이토록 오래 달려본 적이 없었다. 몇 마일은 될 거야, 그는 생각했다. 몇 마일은 달린 게 틀림없어. 그리고 몇 시간이나 지났을 테지. 캘빈이 휘파람을 불고 난 뒤로도 두 시간은 더 지났을 거야. 그들은 계속 걸었고, 캘빈은 소리를 지르고 되돌아오는 소리를 듣기 위해 간간이 발길을 멈추었을 뿐 단 한 번도 걸음을 늦추지 않았다.

빛이 달라지고 있었고 밀크맨은 점점 더 심한 피로를 느꼈다. 캘빈이 든 램프와 밀크맨 사이의 간격이 점점 더 넓어지고 있었다. 그는 캘빈보다 스무 살이나 더 젊은데도 그 속도를 도저히 따라갈 수가 없었다. 그리고 몸놀림도 서툴러지고 있었다—커다란 돌멩이를 피해 돌아가지 못해 자꾸 밟았고, 발을 질질 끌다가 튀어나온 나무뿌리에 채기 일쑤였으며, 게다가 이제는 캘빈 바로 뒤를 따라가는 것도 아니었기 때문에 얼굴에 스치는 나뭇가지들을 혼자 힘으로 치워야 했다. 허리를 굽혀 나뭇가지를 피하며 앞길을 막는 것들을 헤치는 일은 걷는 것만큼이나 사람을 녹초로 만들었다. 밀크맨은 갈수록 숨이 가빠졌고, 그 자리에 주저앉을 수만 있다면 이 세상에 더이상 바랄 게 없다는 생각이 들었다. 저멀리 쌍봉 바위를 보는 게 벌써 세번째쯤 되는 것 같아, 같은 자리만 빙글빙글 돌고 있는 게 아닌가 하는 생각이 들었다. 이렇게 빙글빙글 돌아야 하는 건가? 밀크맨은 생각했다. 그때 어떤 맹수들은 미행을 당하면 원을 그리며 이동한다는 이야기를 들은 기억이 났다. 살쾡이였나? 살쾡이가 어떻게 생겼는지도 모르는 그였다.

결국 그는 피로에 굴복해 발걸음을 늦추는 게 아니라 아예 주저앉아 버리는 실수를 저지르고 말았고, 다시 일어섰을 때는 휴식 덕분에 발이 통증을 느낄 여유를 갖게 된 바람에 약간 짧은 다리가 끔찍하게 아파와 다리를 절며 절뚝거릴 수밖에 없었다. 이윽고 소합향나무에 기대어 쉬지 않고서는 오 분 이상 걸어갈 수가 없게 되었다. 캘빈은 이제 앞쪽 나무 사이로 나타났다 사라졌다 하는 불빛으로만 존재했다. 마침내 밀크맨은 한계에 도달했다. 쉬어야만 했다. 바로 다음 나무에서, 그는 땅바닥에 주저앉아 나무껍질에 고개를 기댔다. 비웃고 싶으면 맘껏 비웃으라지. 턱밑에서 뛰고 있는 심장이 도로 가슴의 제자리로 돌아갈 때까지 꼼짝도 하지 않을 테다. 밀크맨은 다리를 쭉 뻗고, 바지 뒷주머니에서 손전등을 꺼내고, 윈체스터 엽총을 오른다리 옆에 내려놓았다. 이렇게 쉬고 있자니, 관자놀이에서 펄떡펄떡 피가 고동치는 것이 느껴졌고 나뭇가지에서 묻은 잎사귀즙과 나무 수액이 얼굴에 난 상처에 스며 밤바람이 불자 따끔거렸다.

거의 정상적인 호흡으로 돌아오자, 그는 블루리지산맥 한가운데 이렇게 주저앉아서 뭘 하고 있는 건가 하는 생각이 들기 시작했다. 파일러트의 행적을 추적하고 그녀가 만났을 친척들을 찾아내고, 아무튼 뭐든 찾아내 황금을 손에 넣거나 그런 건 이제 존재하지 않는다는 사실을 확인하려고 이곳에 왔는데. 어쩌다가 사냥에 끼어들고, 오자마자 칼-그리고-깨진-유리병이 난무하는 싸움에 휘말리는 사태가 벌어진 걸까? 그는 무지와 허영 때문이라는 생각이 들었다. 애초에 지나치게 방심했거니와 사방에서 불쑥불쑥 튀어나오는 경고 표지들도 묵살했다. 아마 이들은 흑인 중에서도 비열한 치들일 테고, 그가 미리 눈치채고 감을 잡았어야만 했는데 그러지 못한 건 다른 곳에서 받은 편안하고 훌륭한 대접 때문이었으리라. 아니, 정말 훌륭한 대접을 받긴 했던가? 어쩌면 댄빌에서 그를 에워쌌던(2세대나 떨어져 있는데도) 영웅숭배의 후광 때문에 눈이 멀어버렸는지도 모른다. 어쩌면 로어노크, 피터즈버그, 뉴포트 뉴스에서 그를 바라보는 사람들의 눈이 빛났던 건 환영하는 마음과 선망 때문이 아니었는지도 모른다. 단순히 호기심을 품었거나 재미있는 구경거리라고 생각했을 수도 있다. 그는 그 어디에서도 진상을 파악할 만큼 오래 머무르지 않았다. 여기서 식사 한 번, 저기서 기름 한 번—진짜로 사람과 접촉한 건 자동차를 살 때뿐이었고, 손님을 필요로 하는 장사꾼이야 당연히 그런 상황에서 친절하게 굴 수밖에 없는 법. 자동차를 정밀하게 손봐야 했던 때도 마찬가지다. 이 사람들은 대체 어떤 야만인들인 걸까? 의심 많고, 성미 급하고, 이방인의 흠을 잡고 그를 경멸하는 데 혈안이 된 치들. 성마른 인간들. 음흉하고, 시기심이 많고, 딴 꿍꿍이를 품고 있으며, 사악한 사람들. 밀크맨은 그들의 경멸을 살 만한 짓을 한 적이 없었다. 자동차를 한 대 사야겠다고 말하는 순간 사위를 에워싼 그런 폭발할 듯한 적의를 살 만한 짓을 그는 한 적이 없었다. 어째서 그들은 그가 자동차를 샀던 로어노크 사람처럼 반응하지 않았을까? 로어노크에서는 그에게 차가 없었던 탓이리라. 여기서는 한 대를 갖고도 또 한 대를 원했으니, 사람들이 기분 나빠한 건 아마 그 때문인지 모른다. 게다가 그는 낡은 자동차를 팔고 새 것을 사겠다는 의중을 비추지도 않았다. '고장난' 차는 버리고 그냥 새 차를 한 대 더 사려는 기색을 보인 것이다. 하지만 그래서 어쨌다는 거지? 자기 돈으로 맘대로 한다는데 그게 그 사람들과 무슨 상관이란 말인가? 그는 이런 대접을 받을 만한 짓은 하지 않았……

어디서 많이 듣던 말이었다, 받을 만한 짓. 낡고 닳고 죽도록 진부해진 말. 받을 만한 짓. 이제 와 생각해보니 그는 불운이 닥치거나 다른 사람들에게서 푸대접을 받을 때마다, 항상 자기는 이런 대접을 받을 만한 짓은 하지 않았다는 말을 하거나 그런 생각을 품었다. 기타에게도 자신은 가족들의 의존이나 증오, 혹은 그 무엇도 '받을 만한 짓'을 하지 않았다고 말한 적이 있었다. 심지어 부모님이 털어놓은 그 비참한 사연과 서로에 대한 비난을 전부 '들을 만한 짓'을 하지 않았다고도. 그리고 헤이가에게 복수를 '당할 만한 짓'도 하지 않았다고. 하지만 부모가 자식한테 개인적인 문제를 털어놓지 말아야 한다는 법이 어디 있나? 그에게 털어놓지 않으면, 그럼 누구에게 말하겠는가? 그리고 이방인이 그를 죽이려 들 수 있다면, 당연히 헤이가도, 그와 깊은 관계를 맺고 훗날 단맛 빠진 껌처럼 가차없이 버림받은 그녀 역시 그를 죽이려 들 수 있었다.

이제 보니 그는 자신이 오로지 사랑받기만 하고—그것도 어느 정도 거리를 두고—원하는 것을 받을 자격이 있다고 생각했던 게 틀림없었다. 그리고 그 보답으로 그는…… 무엇을 주었지? 기분좋게 대해주었나? 너그러웠나? 어쩌면 그가 진짜로 하려던 말은 이런 것이었는지 모른다. 네 고통은 내 책임이 아니야. 네 행복은 나와 나누되 불행은 나누지 말아줘.

괴로운 생각이었지만 뇌리에서 떠나지 않았다. 일행이 있다는 걸 간간이 환기시켜줄, 개들이 짐승을 모는 소리도 들리지 않는데 이렇게 달빛을 받으며 땅바닥에 홀로 주저앉아 있자니 그의 자아—'인격'이라는 고치—가 스르르 힘을 잃고 무너졌다. 손도 제대로 보이지 않았고, 발은 전혀 볼 수 없었다. 그라는 존재는 이제 한층 느려진 숨결과 생각들로만 이루어져 있었다. 나머지는 모두 사라져버렸다. 그래서 생각에 생각이 꼬리를 물었고, 다른 사람도, 사물들도, 심지어 그 자신의 모습조차도 생각을 가로막지 못했다. 여기에는 그를 도와줄 만한 게 아무것도 없었다—돈도, 자동차도, 아버지의 명성도, 양복도, 구두도 그를 도울 수 없었다. 오히려 방해가 되었다. 고장난 시계와 2백 달러 정도가 든 지갑을 빼고는, 처음 여행을 떠날 때 챙겨왔던 모든 게 사라졌다. 스카치위스키 한 병과 셔츠를 넣고 황금 자루를 담을 공간을 마련해두었던 여행가방, 중절모, 넥타이, 셔츠, 스리피스 양복, 양말 그리고 구두. 시계와 2백 달러도 여기서는 아무런 도움이 되지 못할 터였다. 이곳에서 사내의 재산이란 선천적으로 타고난 재능이거나 그게 아니면 배워서 터득한 쓸모 있는 기술이었으니까. 그리고 끈기. 눈, 귀, 코, 맛, 감촉—그리고 밀크맨 자신에게는 없는 또다른 감각, 즉 감지되는 모든 것 중에서 목숨을 지탱해주는 무언가를 분별하고 골라낼 수 있는 능력. 캘빈은 나무껍질에서 무엇을 보았을까? 땅바닥에서는? 그가 뭐라고 했던 걸까? 무슨 소리를 들었기에 2마일 전방에서—어쩌면 더 멀리서—예기치 못한 일이 일어났다는 걸 깨달았으며, 그 무언가가 다른 종류의 맹수, 살쾡이라는 걸 어떻게 알았을까? 아직도 그들의 소리가 들렸다—지난 몇 시간 동안 계속 들었던 소리. 서로에게 신호를 보내는 소리. 무슨 말을 하고 있는 걸까? "기다려?" "여기야?" 차츰차츰 모든 것이 이해되기 시작했다. 개들, 사람들—그냥 아무렇게나 소리를 지르거나, 단순히 장소나 걷는 속도를 신호하는 이들은 아무도 없었다. 사람들과 개들은 서로 이야기하고 있었다. 또렷한 소리로 또렷하고 복잡한 내용을 서로 주고받았다. 저 긴 야 소리는 개들 중 한 마리가 특정한 소리로 울면 그다음에 내는 소리였다. 베이스가 바순을 흉내내는 듯한 나지막한 호움호움 소리는 개들이 이해하고 실행한 어떤 일을 의미했다. 개들은 사람들에게 말했다. 날카롭게 단 한 번 울부짖고—띄엄띄엄 긴 간격을 두고—삼사 분에 한 번씩 짖어 이십 분 동안 계속 짖어대는 것이다. 개들은 일종의 레이더처럼 그들의 위치며 발견한 것, 그리고 발견한 것을 어떻게 하려는지 사람들에게 신호를 보냈다. 그러면 사람들은 그러라고 하거나, 아니면 방향을 바꾸든지 돌아오라고 명령했다. 날카로운 비명소리, 정신없이 짖어대는 소리, 길게 이어지는 울음소리, 튜바 같은 소리, 북소리 같은 소리, 낮고 유연한 호움호움 소리, 높고 가냘픈 휘파람소리, 코넷처럼 가는 이이이 소리, 베이스 현의 언언언 소리. 모든 게 언어였다. 그의 고향에서 사람들이 개한테 따라오라는 뜻으로 혀끝을 이용해 내는 쯧쯧 소리의 확장이었다. 아니, 이 소리는 언어가 아니었다. 언어 이전에 존재하던 것이었다. 글로 기록되기 전의 것. 사람과 동물이 서로 이야기를 나누던 시절의 언어, 원숭이와 인간이 한자리에 앉아 대화를 나누던 시절, 호랑이와 사람이 같은 나무에서 살던 시절, 그리고 서로를 이해하던 시절의 언어. 사람과 늑대가 서로를 피해 달리거나 서로의 뒤를 쫓는 게 아니라 함께 달리던 시절의 언어. 지금 그는 블루리지산맥의 소합향나무 아래서 그 소리를 듣고 있었다. 사람이 동물에게 말을 건넬 수 있고, 동물이 사람에게 말을 건넬 수 있다면, 동물이 인간에 대해 모르는 게 뭐가 있겠는가? 아니, 대지 자체에 대해서도. 캘빈은 단순히 사냥감의 자취를 찾고 있던 것이 아니었다—그는 나무들에게 속삭였고, 땅바닥에 대고 속삭였고, 맹인이 점자책을 어루만지듯 그것들을 어루만지며 손가락으로 의미를 건져냈다.

밀크맨은 나무껍질에 기대고 있던 뒷머리를 문질렀다. 기타가 남부에서 그리워했던 게 바로 이런 거구나—숲, 사냥꾼들, 사냥. 하지만 무엇 때문인지 그는 불구가 되었고, 쿠퍼 목사의 결절처럼, 솔의 빠진 치아처럼, 그리고 아버지 당신처럼 지울 수 없는 흉터만 남았다. 느닷없이 그들 모두를 향해 걷잡을 수 없는 애정이 치솟았고, 사냥꾼들이 살쾡이를 쫓는 소리가 아스라이 들리는 그곳 소합향나무 아래에서, 밀크맨은 이제 자신이 기타를 이해했다고 생각했다. 정말로 기타를 이해했다고.

양쪽 허벅지 밑으로, 거칠면서도 애정 어린 할아버지의 손길처럼 그를 보듬어주는 소합향나무의 드러난 뿌리가 느껴졌다. 긴장되면서도 편안한 기분으로, 밀크맨은 손가락을 풀밭에 찔러넣었다. 그는 손가락 끝으로 들어보려 했다. 무엇이든 땅이 해주는 이야기에 귀를 기울이고자 했다. 그러자 땅은 재빨리 누군가 그의 등뒤에 서 있다고 말해주었고, 그는 간신히 한 손을 목까지 올려 목덜미를 죄어오는 철사를 잡을 수 있었다. 철사가 면도날처럼 손가락을 파고들며 깊숙이 살을 찢고 들어와 그는 하는 수 없이 손을 놓았다. 그러자 철사가 목을 죄어 숨을 쉴 수 없었다. 꺽꺽거리는 자기 목소리가 들리는가 싶더니 눈앞에서 각양

각색의 불빛들이 폭발하며 현란하게 춤을 추었다. 색색의 불빛에 이어서 음악이 들려오자, 그는 자기가 방금 들이쉰 숨이 이 세상에서 마지막으로 들이마신 달콤한 공기라는 사실을 알아차렸다. 사람들이 하던 이야기와 똑같이, 그가 살아온 일생이 번득이며 눈앞에 펼쳐졌는데 오로지 한 가지 이미지로만 이루어져 있었다. 완벽한 사랑을 품고, 상상할 수 있는 가장 야한 성적 몸짓을 하며 그를 내려다보고 있는 헤이가. 그 영상이 펼쳐지는 와중에 그는 철사를 들고 있는 사람이 "너의 날이 왔다"고 말하는 소리를 들었다. 그러자 죽어간다는 게, 친구의 손에 이 세상을 떠나게 된다는 게 그만 너무나 서글퍼져 그는 온몸에 힘을 쭉 뺐고 그를 덮쳐온 어마어마한 슬픔에 굴복했는데, 그 순간 버둥거리며 저항하던 목 근육에서도 힘이 쭉 빠지는 느낌을 받았고, 그 일 초도 안 될 찰나에 철사가 살짝 풀려 헉하고 다시 한번 숨을 들이쉴 여유가 생겼다. 하지만 이번에는 죽음의 숨결이 아니라 삶의 호흡이었다. 헤이가, 불빛들, 음악이 사라졌고, 밀크맨은 곁에 놓아둔 윈체스터 엽총을 집어들어 장전한 뒤 방아쇠를 당겨 바로 앞에 있는 나무들을 향해 쏘았다. 그 소리에 기타는 소스라치게 놀랐고, 또다시 철사가 슥 풀렸다. 기타는 다시 철사를 잡아당겼지만, 밀크맨은 그런 식으로 계속 붙잡고 있으려면 친구가 양손을 다 써야 한다는 걸 알았다. 그는 엽총을 최대한 뒤로 돌려, 어색한 자세로 다시 방아쇠를 당겼지만 나뭇가지와 흙밖에 맞히지 못했다. 총에 탄환이 하나 더 남았나 생각하는 찰나, 아주 가까운 곳에서 사냥개 세 마리의 거칠고 환상적인 울음소리가 들려왔다. 살쾡이를 나무 위로 몬 모양이었다. 철사가 땅에 떨어졌고 기타가 나무 사이로 재빨리 도망가는 소리가 들렸다. 밀크맨은 일어서서 손전등을 쥐고, 달려가는 소리가 들리는 쪽으로 빛을 비추었다. 나뭇가지가 흔들리다 제자리로 돌아오는 모습뿐, 아무것도 보이지 않았다. 그는 목덜미를 문지르면서, 개들 소리가 나는 쪽으로 움직였다. 기타에게는 총이 없었다. 있었다면 벌써 쐈을 테니까. 그래서 밀크맨은 총알이 없긴 해도, 그 총을 들고 개들 쪽으로 걸어가면서 이제 안전하다는 느낌을 받았다. 그는 잘 찾아갔다. 그의 방향감각은 정확했고, 덕분에 땅바닥에 쭈그리고 앉아 있는 캘빈, 스몰 보이, 루서 그리고 오마를 만날 수 있었다. 몇 피트 떨어진 곳에 개들과 나무 위에서 밤눈을 번득거리는 살쾡이가 있었다.

개들은 나무 위로 올라가려고 안간힘을 쓰고 있었고, 남자들은 살쾡이를 쏴서 떨어뜨릴까, 아니면 한쪽 다리만 쏴 뛰어내리게 만들어서 개들과 싸움을 붙일까, 아니면 어떻게 할까 고민하고 있었다. 그들은 그 자리에서 살쾡이를 사살하기로 결정을 봤다. 오마가 일어서서 램프를 왼쪽으로 가져가 비추었다. 살쾡이가 빛을 따라 살짝 기어나왔다. 그때 스몰 보이가 총을 조준해 왼쪽 앞발 바로 아래에 총알을 박자, 살쾡이는 나뭇가지 사이로 떨어졌고 베키와 동료들이 숨통을 끊었다.

살쾡이는 쉽게 죽지 않았다. 살쾡이는 용감하게 싸웠고, 캘빈이 소리쳐 개들을 떼어낸 뒤 다시 한번 총을 쏘고, 또 쏜 후에야 움직임을 멈추었다.

그들은 죽은 동물 위로 램프를 쳐들고 살쾡이의 크기, 용맹함 그리고 고요함에 기쁨의 탄성을 내뱉었다. 네 사람은 다 같이 무릎을 꿇고 앉아, 밧줄과 칼을 꺼내들고 손목 두께만한 나뭇가지를 잘라 걸어서 돌아갈 머나먼 길에 대비해 살쾡이를 단단히 가지에 묶었다.

그들은 제 흥에 겨운 나머지 아까 뭘 보고 총을 쐈느냐고 밀크맨에게 물어보는 것조차 한참 까맣게 잊고 있다가 새삼스럽게 물었다. 밀크맨은 지고 가던 나뭇가지를 약간 더 높이 쳐들면서 말했다. "총을 떨어뜨렸어요. 발에 걸려서 오발된 겁니다. 그러고 나서 총을 집어드니까, 또 총알이 나가더군요."

그들은 왁자하게 폭소를 터뜨렸다. "발에 걸려서? 안전핀은 왜 풀고 있었나? 겁이 났던 건가?"

"죽도록 겁이 나더군요." 밀크맨이 말했다. "죽도록 무서웠어요."

그들은 자동차까지 오는 내내 야유를 퍼붓고 비웃어대며 밀크맨을 놀렸고, 계속 얼마나 겁이 났는지 더 말해보라고 그를 부추겼다. 그러면 밀크맨은 다시 대답해주었다. 그 역시 깔깔거리며 배가 터지도록, 큰 소리로, 오래오래 웃어대면서. 정말로 웃어대면서, 그는 그저 땅을 밟고 걷고 있다는 것만으로도 기쁨에 겨워 어쩔 줄 모르는 스스로를 발견했다. 대지에 속한 사람처럼 땅을 밟고 걷는 것, 두 다리가 식물의 줄기나 나무줄기라도 되는 것처럼 자기 몸의 일부분이 아래로 아래로 뻗어내려 바위와 흙에 뿌리를 박고, 그곳에서 편안함을 느꼈다—이 땅 위에서, 그가 걷고 있는 바로 그 자리에서 말이다. 게다가 그는 다리를 절지 않았다.

그들은 지난밤을 다 함께 되짚어보기 위해 킹 워커의 주유소에서 새벽을 맞았다. 밀크맨은 그들 사이에서 웃음거리가 되었지만, 처음 여행이 시작되던 때의 웃음과는 달리 호의적인 웃음이었다. "살아 있는 게 다행이지. 살쾡이가 문제가 아니었다고. 여기 이 깜둥이가 제일 문제였지. 독한 살쾡이가 우리랑 개들을 모두 씹어 삼키려는 찰나에 총알을 날려대다니. 숲속에서 사방에다 총을 쏘고 말이야. 하마터면 제 머리를 날릴 뻔했지 뭔가. 자네들 도시 총각들은 제 몸 하나 챙길 줄도 모르나?"

"아저씨 같은 시골 깜둥이들이 우리보다 백배 낫네요." 밀크맨이 대답했다.

오마와 스몰 보이가 밀크맨의 등을 두드려주었다. 캘빈은 루서에게 큰 소리로 말했다. "가서 버넬 좀 데려와. 아침식사 좀 준비하라고 해. 우리가 이 살쾡이 가죽을 벗기자마자 달려간다고, 배가 엄청 고프니 제대로 준비 안 해놓으면 혼쭐난다고 해!"

밀크맨은 그들과 함께 주유소 뒤편 건물로 갔다. 거기, 양철 슬레이트 지붕이 덮인 작은 시멘트 구조물 위에 죽은 살쾡이가 널브러져 있었다. 밀크맨은 목이 부어올라 아프지 않게 턱을 내리기가 힘들었다.

오마가 살쾡이 다리를 묶었던 밧줄을 끊었다. 밀크맨은 캘빈과 함께 살쾡이를 뒤집었다. 다리가 쫙 벌어졌다. 발목이 어찌나 가늘고 섬세한지.

모든 사람이 흑인의 목숨을 원해.

캘빈이 살쾡이의 앞다리를 쫙 벌린 채 붙들고 있는 사이, 오마가 흉골이 자리한 지점의 곱슬거리는 털에 칼을 푹 찔러넣었다. 그러고는 생식기까지 그대로 칼을 주욱 내려 그었다. 더 깔끔하고 깨끗하게 가르기 위해 그는 칼끝을 위로 치켜들고 있었다.

죽은 목숨을 원한다는 게 아니라 흑인의 산목숨을 원한다고.

칼이 생식기에 닿자 그는 성기를 잘라냈지만, 음낭은 그냥 남겨두었다.

우리가 처한 상황 때문에 그래.

오마는 다리와 목 주위를 빙 둘러 갈랐다. 그리고 가죽을 잡아당겨 벗겨냈다.

무엇을 위해 죽을지조차 선택하지 못한다면, 남자의 목숨이 무슨 쓸모가 있겠냐?

투명한 속껍질이 그의 손가락 끝에서 잘고 연한 거미집처럼 찢어졌다.

모든 사람이 흑인의 목숨을 원해.

그러자 이제는 스몰 보이가 무릎을 꿇더니 음낭에서 턱까지 살을 갈랐다.

나는 공평한 건 애초에 포기했어.

루서가 돌아와, 다른 사내들이 쉬는 동안 마치 사과의 심을 뽑는 것처럼 노련한 동작으로 직장을 도려냈다.

나도 그런 질문을 스스로에게 던져야 하는 일이 없기를 진심으로 빈다.

루서는 배 부분을 붙잡고 내장을 들어올렸다. 그는 갈비뼈 아래에서 횡격막까지 파헤치더니 조심스럽게 주위를 잘라 떼어냈다.

그건 정말로 사랑 때문이니까. 사랑이 아니면 달리 무엇 때문이겠어? 나는 비판하는 대상을 사랑할 수도 없어?

그런 뒤 루서는 기관지와 식도를 움켜쥐었다 놓은 다음, 작은 칼로 한 번에 절단해버렸다.

그건 정말로 사랑 때문이니까. 달리 무엇 때문이겠어?

그들은 돌아서서 밀크맨을 바라보았다. "심장은 자네가 하겠나?" 그들이 물었다. 재빨리, 생각에 몸이 마비되기 전에, 밀크맨은 두 손을 갈비뼈 속으로 집어넣었다. "허파는 잡지 마. 심장을 붙잡으라고."

달리 무엇 때문이겠어?

그는 심장을 찾아내 잡아당겼다. 심장은 달걀노른자가 껍데기에서 빠져나오듯 손쉽게 가슴에서 떨어져나왔다.

달리 무엇 때문이겠어? 달리 무엇 때문이겠냐고? 달리 무엇 때문이겠어?

이제 루서가 다시 복강에 손을 집어넣어 내장을 한꺼번에 확 떼어냈다. 내장은 직장 끝에 있는 구멍으로 진공에 빨려들어가듯 확 빠져나왔다. 루서는 내장을 종이가방에 집어넣었고, 그사이 다른 사내들은 정리를 하고, 호스로 물을 뿌리고, 소금을 치고, 포장을 하고, 판판히 펴고, 그 일을 다 끝낸 뒤에는 살쾡이를 뒤집어 제 가죽 위로 피가 흘러 빠지게 했다.

"이제 이걸 어떻게 하실 건가요?" 밀크맨이 물었다.

"먹어치워야지!"

공작새 한 마리가 하늘로 치솟아 날아오르더니 파란 뷰익의 차체 위에 사뿐 내려앉았다.

밀크맨은 살쾡이 머리를 물끄러미 쳐다보았다. 혀는 샌드위치처럼 무해하게 입속에 얌전히 자리하고 있었다. 오로지 그 두 눈에만 밤의 악의가 담겨 있었다.

배가 그토록 고팠건만, 밀크맨은 버넬이 차려주는 아침식사를 많이 먹을 수가 없었다. 그래서 그는 스크램블드에그와 묽은 옥수수죽, 구운 사과를 접시 가장자리로 밀어내고 커피만 꿀꺽꿀꺽 마시며 말을 아주 많이 했다. 그리고, 어쩌다보니 샬리마를 찾아온 목적도 이야기하게 되었다.

"그런데요, 저희 할아버지께서 이 근처 출신이시거든요. 저희 할머니도 그렇고요."

"그래? 이 근처 출신이시라고? 이름이 뭔가?"

"할머니의 결혼 전 성은 모릅니다만, 이름은 싱이었어요. 혹시 그런 이름을 가진 분 아세요?"

그들은 고개를 가로저었다. "싱? 아니. 그런 이름은 한 번도 들어본 적이 없는데."

"저희 고모 한 분도 이 근처에 사셨어요. 파일러트라고. 파일러트 데드. 혹시 그런 이름은 들어본 적 있으신가요?"

"하! 꼭 신문기사 제목 같구먼. 죽은 조종사Pilot Dead라니. 고모님께서 비행기 조종하시나?"

"아니요. P-i-l-a-t-e, 파일러트예요."

"P-i-l-a-t-e라. 그럼 '파일레이트'라고 읽어야지." 스몰 보이가 말했다.

"아니야, 이 깜둥아. '파일레이트'가 아니야. 성경에 나오는 파일러트라고, 병신."

"저 녀석은 성경 안 읽어."

"뭐는 읽나."

"아무것도 안 읽지."

그들이 계속 스몰 보이를 놀려대고 있는데, 버넬이 불쑥 끼어들었다.

"다들 좀 조용히 해봐요. 싱이라고 했어요?" 그녀는 밀크맨에게 물었다.

"네, 싱이요."

"우리 할머니가 같이 놀았다던 여자애 이름이 싱이었던 것 같아요. 그 이름이 너무 예쁘게 들려서 기억하거든요. 할머니는 늘 그 여자애 이야기를 하셨어요. 그 집 식구들이 아이가 이쪽 출신 흑인 아이들과 어울려 노는 걸 꺼려해서, 할머니는 그분과 남몰래 만나서 낚시도 하러 가고 딸기도 따러 가셨대요. 무슨 말인지 알겠어요? 그 여자애를 만나서 노는 게 비밀이었다는 거예요." 버넬은 밀크맨을 찬찬히 뜯어보았다. "그 싱이라는 여자애는 검은 생머리에 피붓빛이 밝았다고 하던데."

"그분 맞아요!" 밀크맨이 말했다. "할머니는 혼혈이라던가 인디언이라던가, 아무튼 그랬어요."

버넬이 고개를 끄덕였다. "인디언이었어요. 늙은 헤디네 집 자식이었으니까. 헤디는 좋은 사람이었지만, 자식들이 흑인하고 노는 건 별로 좋아하지 않았어요. 버드 가문 사람이었죠."

"무슨 가문이요?"

"버드요. 산마루 근처에 사는 버드 가문 사람이었어요. 솔로몬의 바위* 근처예요."

"오, 그래?" 한 남자가 말했다. "수전 버드네 식구였단 말이야?"

"그래요. 그 집 식구예요. 그 사람들은 옛날부터 흑인들을 별로 좋아하지 않았잖아요. 수전도 그렇고."

"그분들 아직도 거기 사시나요?" 밀크맨이 물었다.

---

* Solomon's leap. 직역하면 '솔로몬의 도약'이라는 의미.

"수전은 아직 거기 살아요. 산마루 바로 뒤쪽에. 그 동네에서 전면이 벽돌로 된 집은 하나밖에 없어요. 지금은 수전 혼자 살아요. 다른 식구들은 다 이사를 갔고요, 백인인 척하려고."

"거기까지 걸어갈 수 있나요?" 그가 물었다.

"보통은 다들 걸어갈 수 있지." 오마가 말했다. "하지만 어젯밤 일도 있고 하니, 자네한테는 별로 권하고 싶지 않네." 그는 웃음을 터뜨렸다.

"그러면 차를 몰고 갈 수 있는 곳인가요?"

"어느 정도까지는 가능해요. 하지만 그 동네는 길이 좁고 험해서 말이지요." 버넬이 말했다. "말은 몰라도, 자동차는 안 될 것 같아요."

"꼭 찾아갈 겁니다. 일주일이 걸리더라도 반드시 찾아갈 거예요." 밀크맨이 말했다.

"총만 가져가지 말게"—캘빈이 찻잔 받침에 놓인 커피를 호호 불어 식혔다—"그러면 괜찮을 게야." 그들 모두 또 한번 폭소를 터뜨렸다.

밀크맨은 생각해보았다. 기타가 여기 어딘가에 있고, 밀크맨이 하고 있는 일이나 하려는 일을 속속들이 파악하고 있으니, 산마루 쪽으로 여행을 떠난다고 하면 그것 역시 모를 리가 없었다. 그는 부어오른 목을 만졌다. 총 없이 혼자서는 아무데도 가고 싶지 않았다.

"어디로든 떠나기 전에, 일단 좀 쉬어야 해." 오마가 그를 쳐다보며 말했다. "좀 가면 저 위에 괜찮은 여자가 하나 있어. 아마 기꺼이 자네를 받아들일 걸세." 그 눈에 담긴 의미는 너무나 분명했다. "예쁜 여인이기도 하고. 아주 예쁘다고." 버넬이 끙 하는 소리를 냈고 밀크맨은 미소를 지었다. 그 여자한테 총이 있어야 할 텐데, 생각하면서.

그녀에게는 총은 없었지만 집안에 수도 시설이 있었고, 목욕을 해도 되겠냐는 밀크맨의 질문에 고개를 끄덕이며 지어 보이던 그녀의 미소는 이름처럼 '스위트'했다. 욕조는 이 작은 가건물 주택에 있는 것 가운데 가장 새것이었고 밀크맨은 고마운 마음으로 김이 오르는 물속에 몸을 푹 담갔다. 스위트는 비누와 멧돼지털로 만든 솔을 가져왔고, 꿇어앉아 그의 몸을 씻겨주었다. 그녀가 그의 쓰라린 발, 상처 난 얼굴, 등, 목, 허벅지 그리고 손바닥에 해준 일들이 어찌나 달콤한지, 뒤이어질 섹스를 아무리 상상해봐도 오히려 실망스럽게 느껴질 것 같았다. 이 목욕과 이 여자가 이번 여행에서 얻게 되는 전부라 해도, 저는 편안한 마음으로 하느님과 조국과 엘크스회*를 위해 평생 제 의무를 기꺼이 다하겠습니다. 이런 보상을 위해서라면 기꺼이 두 손에 등유 1쿼트를 들고 뜨거운 석탄 위를 걷겠습니다. 여기에서 샤이엔까지 기차 침목 하나하나를 밟으며 걸어갔다가 다시 돌아오겠습니다. 하지만 막상 사랑을 나눌 시간이 되자, 그는 기꺼이 기어갔다 와도 좋다는 심정이 되었다.

나중에 그는 그녀의 몸을 씻겨주겠다고 말했다. 하지만 그녀는 수조가 작아서 목욕을 한번 더 할 만한 뜨거운 물이 없기 때문에 안 된다고 했다.

"그러면 찬물로 씻겨줄게요." 그가 말했다. 밀크맨은 여자의 피부가 뽀득뽀득해지고 오닉스처럼 빛날 때까지 비누칠을 하고 문질러주었다. 그녀는 밀크맨의 얼굴에 연고를 발라주었다. 그는 그녀의 머리를 감겨주었다. 그녀는 그의 발에 탤컴 파우더를 뿌려주었다. 그는 그녀의 허리를 타고 앉아 등을 마사지해주었다. 그녀는 그의 부어오른 목에 위

* 1868년 뉴욕의 민스트럴쇼 출연진의 사교모임에서 시작된 백인 남성 한정 자선단체.

치헤이즐을 발라주었다. 그는 잠자리를 깨끗이 정리했다. 그녀는 그에게 먹으라며 검보*를 주었다. 그는 설거지를 했다. 그녀는 그의 옷가지를 빨고 널어 말렸다. 그는 그녀의 욕조를 문질러 닦았다. 그녀는 그의 셔츠와 바지를 다려주었다. 그는 그녀에게 50달러를 주었다. 그녀는 그의 입술에 키스해주었다. 그는 그녀의 얼굴을 만졌다. 그녀는 꼭 다시 돌아오라고 말했다. 그는 오늘밤에 다시 만나자고 말했다.

* 닭이나 해산물에 양파, 오크라, 토마토, 쌀 등을 넣고 걸쭉하게 끓인 수프.

12

네시 정각에 그는 산마루 뒷동네에서 유일하게 전면이 벽돌로 된 집의 문을 두드렸다. 스위트가 빨아서 다려준 군용 작업복을 입고 해사하게 빛나는 모습으로 걸어나올 때는, 무슨 일이 닥쳐도 두렵지 않을 듯한 기분이었다. 밀크맨은 대낮에 꼬불꼬불한 오솔길(이걸 그 사람들은 길이라고 불렀다)에서 기타가 자신을 덮치지는 않을 거라고 생각했다. 오솔길은 야트막한 언덕이 많은 땅을 가로질렀는데, 좌우지간 그 땅은 경작지여서 간간이 사람들도 있고 드문드문 집도 볼 수 있었기 때문이다. 만일 기타와 맞닥뜨린다 하더라도 (총 말고 다른 무기로 싸운다면) 자신이 충분히 이길 수 있을 거라 생각했지만, 그래도 해가 떨어지기 전에 돌아오는 게 최선일 터였다. 기타가 무슨 생각을 하는지는 몰라도, 황금과 관계되어 있다는 건 알았다. 내가 여기 있다는 걸 알 뿐 아니라 어디에 들러서 뭘 했는지까지 알고 있다면, 내가 지금 황금을 찾고 있다는 것도 알 텐데. 내가 말했던 그대로 하고 있으니까. 그런데 어째서 내가 황금을 찾기도 전에, 아니 황금의 행방을 파악하기도 전에 나를 죽이려는 걸까? 많은 것이 수수께끼로 남아 있었지만, 몇 가지 명백한 사실만으로도 밀크맨은 가는 길 내내 신경이 바짝 곤두서고 초조함에 시달렸다.

버드가의 집은 마당 양편에 하얀 뾰족 울타리를 세워 풀밭과 경계를 지은, 깔끔한 잔디밭에 자리잡고 있었다. 삼나무에는 아이들용 그네 하나가 매달려 흔들거렸다. 파란색으로 칠해진 낮은 계단 네 개를 올라가면 포치로 이어졌고 창문에서는 펄럭거리는 커튼 사이로 생강빵을 굽는 냄새가 풍겨나왔다.

밀크맨의 어머니와 비슷한 연배로 보이는 여자가 문을 열어주었다.

"버드 양이십니까?" 밀크맨이 여자에게 물었다.

"그런데요?"

"안녕하십니까. 저는, 음, 메이컨이라고 합니다. 이 동네에 며칠 묵고 있는 객이지요. 저는 미시간 출신인데, 저희 가족 중에 오래전 여기 사셨던 분들이 계셔서요. 저를 좀 도와주실 수 있을까 해서 찾아왔습니다."

"돕다니 뭘요?" 그녀의 말투는 쌀쌀맞았고, 밀크맨은 이 여인이 자기 피부색을 탐탁지 않게 생각한다는 인상을 강하게 받았다.

"가족들을 찾으려 합니다. 그러니까 가족들에 대해서 알고 싶습니다. 우리는, 우리 가족은 뿔뿔이 흩어졌거든요. 읍내 사람들이 버드 양께서 아실지도 모른다고 하더군요."

"누가 왔니, 수전?" 또다른 여인의 목소리가 그녀의 등뒤에서 들려왔다.

"누가 나를 만나러 왔대, 그레이스."

"그래, 그러면 좀 들어오시라고 하지 그래? 계단에 서서 말씀하시게 하지 말고."

버드 양은 한숨을 쉬었다. "들어오시지요, 메이컨 씨."

밀크맨은 그녀를 따라 햇살이 환히 비추는 쾌적한 거실로 들어섰다. "죄송해요." 그녀가 말했다. "무례하게 굴려던 건 아니었어요. 자리에 앉으시지요." 그녀는 회색 우단 윙체어를 가리켜 보였다. 무늬가 있는 투피스를 입은 여자가 손에 종이 냅킨을 든 채 뭔가 질겅질겅 씹으면서 방안으로 들어왔다.

"누구시라고?" 그녀는 버드 양에게 질문했지만, 호기심으로 반짝이는 눈으로는 밀크맨을 훑어보았다.

버드 양은 한 손을 내밀었다. "이분은 제 친구예요—롱 양이라고 합니다. 그레이스 롱—이분은……"

"처음 뵙겠어요." 그레이스가 그에게 한 손을 내밀었다.

"네, 안녕하십니까."

"메이컨 씨라고 하셨죠?"

"그렇습니다."

"수전, 메이컨 씨도 뭘 좀 드시고 싶을 것 같구나." 롱 양은 미소를 지으며 회색 의자 맞은편에 있는 소파에 앉았다.

"글쎄, 이분은 방금 방에 들어와 앉으셨어, 그레이스. 나한테도 시간을 좀 주렴." 버드 양은 몸을 돌려 밀크맨을 바라보았다. "커피나 차 한

잔하시겠어요?"

"그럼요. 감사합니다."

"어떤 걸로 드시겠어요?"

"커피가 좋겠습니다."

"수전, 버터 쿠키도 있잖니. 그 버터 쿠키도 좀 가져다드려."

버드 양은 친구한테 피곤하다는 듯 얼굴을 찌푸려 보였다. "곧 돌아올게요." 그녀는 밀크맨에게 말하고는 방에서 나갔다.

"네, 그럼. 아까 듣자 하니, 이 동네를 방문하셨다고요? 우리는 별로 손님 구경할 일이 없어요." 그레이스는 발목을 꼬았다. 그녀는 수전 버드와 마찬가지로 면양말에 끈을 묶는 까만색 구두를 신고 있었다. 그녀는 몸을 편하게 하고 앉으면서 드레스 자락을 위로 약간 끌어올렸다.

"네, 방문한 겁니다."

"군인인가요?"

"저요? 아, 아닙니다. 어젯밤에 사냥을 해서요. 친구들이 빌려준 옷입니다." 그는 스위트가 빳빳하게 만들어놓은 작업복의 솔기를 매끈하게 폈다.

"사냥이라고요? 오, 이런. 설마 당신도 그런 남자는 아니겠지요. 저는 사냥을 다니는 그 남자들을 도저히 참을 수가 없어요. 생각만 해도 속이 메슥거려요, 늘 남의 사유지 근처를 어슬렁거리기나 하고. 밤이고 낮이고 아무데나 총을 쏴대죠. 저는 학생들에게 말해요—저는 교사인데, 저기 사범학교에서 가르쳐요. 그곳도 보셨나요?"

"아뇨, 아직 못 봤습니다."

"글쎄, 사실 별로 볼 것도 없어요. 그냥 다른 데와 다를 것 없는 학교죠. 하지만 언제 한번 들르시면 환영해드릴게요. 오시면 좋겠어요. 어디에서 왔다고 하셨죠?"

"미시간주입니다."

"그럴 줄 알았어요. 수전!" 그녀는 몸을 돌렸다. "이분 북부에서 오셨대!" 그러더니 다시 밀크맨 쪽을 보았다. "어디에서 묵고 계세요?"

"글쎄, 아직 정해진 데는 없습니다. 마을에서 몇몇 분을 만났고……"

수전 버드가 커피잔과 옅은 색 큼직한 쿠키를 담은 접시를 쟁반에 받쳐들고 들어왔다.

"미시간에서 오셨대." 그레이스가 말했다.

"나도 들었어. 커피는 어떻게 드시겠어요?"

"블랙으로 주세요."

"블랙? 크림도 설탕도 전혀 넣지 않으세요?" 그레이스가 물었다. "저도 그럴 수 있으면 좋겠어요. 그러면 다시 12사이즈가 될 수도 있을 텐데. 하지만 이제 그런 일은 일어나지 않을 거예요." 그녀는 한 손을 엉덩이에 얹고 밀크맨을 향해 미소 지었다.

"무슨 일로 저를 보고 싶다고 하셨죠?" 수전 버드는 '저'라는 말을 은근하면서도 분명하게 강조했다.

"저희 할머니를 알고 지냈을 법한 사람들을 찾고 있습니다. 할머니 성함은 싱이에요."

그레이스는 손으로 입을 탁 막더니 조그맣게 비명을 질렀다. "친척이구나! 두 분 친척이에요!" 밀크맨은 찻잔을 내려놓았다. "어머, 세상에!" 그레이스의 두 눈이 환해지며 춤추듯 움직였다.

"그러면 제대로 찾아오셨어요." 수전이 말했다. "하지만 제가 도움이 될 수 있을지 모르겠군요."

"무슨 소리야, 수전? 어머님 성함이 싱이었잖아, 안 그래?"

"아니, 아니었어, 그레이스. 그리고 내가 말을 끝까지 하게 해주면, 너도 네가 모르는 사실을 알게 될지도 모르잖니."

"내 생각에 네가—"

"우리 어머니의 성함은 메리였어. M-a-r-y. 메리."

"그래, 내가 미안하구나."

수전은 고개를 돌려 밀크맨 쪽을 보았다. "우리 아버지, 크로얼 버드에게 싱이라는 이름의 여동생이 있었지."

"그분이 틀림없습니다! 저희 할머니예요! 싱. 할머니가 결혼한 분 성함이 혹시—"

"너희 집안에 싱이라는 이름을 가진 사람이 있을 줄 알았어!"

"그분은 제가 아는 사람 누구와도 결혼하지 않으셨어요." 수전이 두 사람 모두의 말허리를 끊었다.

"오, 이거 정말 굉장한 일이구나. 낯선 사람이 집안에 걸어들어왔는데 알고 보니…… 뭐지? 사촌인가? 이런 말 하기는 싫지만, 세상 정말 좁네. 안 그래? 우리 학교를 꼭 한번 찾아오세요, 메이컨 씨."

밀크맨은 수전 버드처럼 그레이스 롱을 무시하기 시작했다. "어디 사셨나요?" 그는 수전에게 물었다.

"아버지가 마지막으로 고모를 보셨을 때는, 매사추세츠로 향하는 포장마차에 타고 있었다고 해요. 그쪽의 사립학교로 가고 있었대요. 퀘이커 학교로요."

"너희 가족들 퀘이커교도였니? 나한테 그런 말은 한 번도 한 적 없잖

아. 이것 보세요, 메이컨 씨. 친구 사이에 숨기는 게 얼마나 많은지. 수전은 틀림없이 당신한테도 숨기는 사실이 많을걸요."

"그런데 할머니가 결혼을 하지 않았단 말입니까?" 밀크맨은 그레이스의 관심을 받아줄 만한 시간 여유가 없었다.

"우리가 들어본 사람은 아니었어요. 그 퀘이커 학교로 간다고 한 후부터 자취를 찾을 수가 없었거든요. 그분의 행방을 찾아 헤맸다고 들었어요. 대체로 우리 할머니 때문에—할머니 성함은 헤디였어요—할머니가 그 일로 지독하게 상심하셨거든요. 저는 아버지하고 같은 생각이에요. 그 학교를 떠난 후로는, 우리한테 발견되는 걸 원치 않은 게 아닐까 생각하죠."

"당연히 그렇겠지." 그레이스가 말했다. "분명 다른 사람들처럼 백인 행세를 했을 거야. 그래서 그런 거라고." 그녀는 밀크맨 쪽으로 몸을 기울였다. "옛날에는 아주 많이들 그랬어요. 아주 많이들 그랬지. 요즘은 그렇게까지 많지 않지만, 전에는 그렇게 하는 사람들이 정말 많았어—할 수만 있다면 말이지." 그녀는 수전 쪽을 날카롭게 흘겨보았다. "너희 사촌들도 그렇잖아, 수전. 걔들도 지금 백인 행세를 하잖아. 릴라, 존. 존이 그렇다는 건 나도 알고, 존도 내가 안다는 걸 알고 있지."

"그걸 모르는 사람이 어딨어, 그레이스."

"메이컨 씨는 모르잖아. 내가 메이빌 거리에서 존을 본 적이 있는데—"

"메이컨 씨는 그런 건 몰라도 돼. 그런 데 관심도 없으시다고."

"관심이 없으시단 걸 네가 어떻게 아니?"

"왜냐하면 찾으시는 여자분은 할머니라고 하셨으니까. 이분 할머니라면, 너무 까매서……" 수전 버드는 주저했다. "너무 까매서 백인 행세는 못하실 거야. 안 그런가요?" 그녀는 약간 얼굴을 붉혔다.

밀크맨은 그 질문을 못 들은 체했다. "그런데 할머니께서 매사추세츠에 살았다고 하셨죠?"

"맞아요, 보스턴이에요."

"알겠습니다." 이제 막다른 골목에 다다른 것 같았고, 밀크맨은 또다른 계보를 따라가야만 했다. "혹시 파일러트라는 여자분을 알거나 주변에서 그분에 관해 들어보신 적 있으세요?"

"파일러트라. 전혀요. 한 번도 들어본 적이 없어요. 그레이스, 너는 있어?"

그레이스가 고개를 저었다. "아니. 그리고 나는 이 동네 밖으로 나가본 적이 거의 없어서."

"저는 평생 여기서만 살았어요." 수전이 말했다. "부모님은 두 분 다 여기서 태어나셨고 저도 그래요. 제일 멀리 나가본 게 세인트필립스 카운티 정도거든요. 사우스캐롤라이나에 친척들이 있긴 하지만, 심지어 그분들을 뵈러 간 적도 없어요."

"그 사람들도 백인 행세를 하고 있으니까 그렇지. 존처럼 말이야. 아무리 그러고 싶어도, 그런 사람들을 찾아갈 수는 없다고." 그레이스는 쿠키 접시 위로 몸을 굽히더니 하나를 집었다.

"내가 두고 떠나온 가족이 그 사람들밖에 없는 줄 아니." 수전은 발끈 화를 냈다.

"그렇지 않길 바라. 메이컨 씨, 자기 친척이라고 말해줄 사람도 없이 혼자 남는다는 건 슬픈 일이랍니다. 저는 가족들과 계속 연락해요. 저는 결혼하지는 않았지만, 그러니까 아직은 안 했지만, 좌우지간 우리 가족은 아주 화목하답니다." 그녀는 그를 향해 의미심장한 표정을 지어 보였다. 밀크맨은 손목을 돌려 몇시인지 내려다보았다.

"오, 저것 좀 봐." 그레이스는 그의 손을 가리켰다. "정말 멋진 시계네요. 좀 봐도 될까요?" 밀크맨은 일어서서 그녀에게 시계를 건네준 뒤 그대로 서 있었다. "이것 봐, 수전, 시계판에 숫자가 하나도 없어. 그냥 점뿐이야. 이 점들을 보고 어떻게 시간을 알 수 있을까?"

수전도 일어섰다. "전에도 여기 와보신 적이 있으세요, 메이컨 씨?"

"아니요. 이번이 처음입니다."

"그러시군요. 이번이 마지막이 되지 않았으면 좋겠어요. 여기에 얼마나 머무르실 건가요?"

"오늘밤이나 늦어도 내일은 다시 길을 떠나야 할 것 같습니다." 그는 창밖을 바라보았다. 해가 떨어지고 있었다.

"그렇게 빨리요?" 그레이스가 물었다. "가시는 길에 뭐라도 싸드리는 게 어때, 수전? 버터 쿠키 몇 개 가져가시겠어요, 메이컨 씨?"

"아뇨, 괜찮습니다."

"나중에는 가져오길 잘했다고 좋아하실 거예요." 밀크맨은 이 여자가 피곤해서 죽을 지경이었다. 그럼에도 그는 미소를 지으면서 "원하신다면 그렇게 하지요"라고 대답했다.

"작은 상자에 담아 드릴게요. 괜찮겠지, 수전?" 그녀는 방밖으로 휙 달려나갔다.

수전이 간신히 희미하게 미소를 지어 보였다. "좀 오래 머물면서 우리집에도 놀러오시면 좋을 텐데요." 그녀의 말은 미소만큼이나 기계적으로 들렸다.

"저도 아쉽습니다." 그가 말했다. "하지만, 뭐, 나중에 또 올 수도 있고요."

"그러면 좋겠네요. 도움이 전혀 못 되어서 죄송해요."

"아니요, 도움이 되었습니다."

"그런가요?"

"오, 물론이지요. 뭐가 잘못된 건지 알아야 무엇이 옳은지 알 수 있으니까요."

그녀는 이번에는 진심어린 미소를 띠었다. "친척을 찾는 일이 당신에게 무척 중요한가봐요?"

밀크맨은 생각해보았다. "아니, 꼭 그렇지는 않습니다. 그냥 지나치는 길에, 그냥—한번 생각이 나서요. 중요한 건 아니에요."

그레이스는 하얀 종이 냅킨에 싼 작은 꾸러미를 들고 돌아왔다. "여기 있어요." 그녀가 말했다. "나중에는 아마 고맙게 생각할걸요."

"고맙습니다. 두 분 모두 감사드립니다."

"반가웠어요."

"저도요."

밀크맨은 피곤에 절어 어쩐지 균형을 잃은 기분으로 그 집을 나섰다. 하룻밤만 더 보내고 여길 떠나야겠어, 하고 그는 생각했다. 지금쯤이면 자동차도 수리가 되었을 것이다. 여기에는 알아볼 것도 없고, 황금도 없고, 황금의 흔적도 없었다. 파일러트가 버지니아에 살았던 적이 있다고 했지만, 이 지역은 아닌 모양이었다. 이곳에는 파일러트에 대해

들어본 사람이 아무도 없었다. 그리고 여기 살았던 싱은 펜실베이니아 주 댄빌이 아니라 보스턴으로 가서 백인인 척하며 살았다. 그녀의 할머니는 아마 '너무 까매서 백인 행세는 못하'셨을 텐데. 그 여자는 실제로 얼굴을 붉혔다. 그에 대해 뭔가 창피스러운 비밀을 캐내기라도 한 것처럼. 그는 화가 나면서도 은근히 재미있었으며, 오마와 스위트와 버넬이 수전 버드 양을 어떻게 생각하는지 궁금하기도 했다.

그는 이 사람들이 궁금했다. 가깝게 느껴지지는 않았지만, 그들 사이에 마치 무슨 탯줄이나 맥박이나 공유하고 있는 정보라도 있는 것처럼 유대감이 느껴졌다. 마치 어딘가에 혹은 누군가에게 소속되어 있는 듯한 이런 기분은 고향에서는 한 번도 느껴본 적이 없었다. 그는 항상 자기가 가족들 사이에서도 동떨어진 존재라고 생각했고, 기타를 제외하고는 친구 관계도 얄팍하기 그지없었으며, 누가 자기에 대해 뭐라고 생각하든 신경도 쓰지 않았다. 언젠가, 아주 오래전에는 파일러트와 헤이가가 자기를 어떻게 생각하는지 신경이 쓰이기도 했지만, 헤이가를 정복하고 물건을 훔칠 정도로 파일러트를 무시하게 되자, 그러한 감정도 모조리 사라지고 말았다. 그런데 지금 그가 느끼는 감정은—이곳 샬리마에서, 그리고 전에 댄빌에서도—어쩐지 그 옛날 파일러트의 집에서 느꼈던 감정을 상기시키는 구석이 있었다. 수전 버드의 거실에 앉아 있을 때, 스위트와 함께 누워 있을 때, 버넬의 식탁에서 그 사내들과 함께 식사할 때, 그는 억지로 참을 필요도 뭔가에 취할 필요도 말조심을 할 필요도 없었으며 심지어 밖으로 나가지 않아도 될 정도였다.

그뿐만이 아니었다. 친척들을 찾는 게 그리 중요한 일은 아니라고, 수전 버드에게 한 말은 진심이 아니었다. 댄빌에 온 이후로, 그가 만난 사람들뿐만 아니라 친척에 대한 관심도 계속 커져만 갔다. 제이크 어쩌고라는 이름으로 알려져 있는 메이컨 데드. 싱. 그들은 누구였을까, 어떤 사람들이었을까? 총을 들고 닷새 동안 울타리에 앉아 기다리던 사내. 어린 딸에게 파일러트라는 이름을 붙여주고, 황야를 찢어발겨 농장으로 만든 사내. 북부로 가는 포장마차 안에서 피칸을 먹던 사내. 그에게도 남겨두고 떠난 형제자매가 있을까? 그의 어머니, 그의 아버지는 누구였을까? 그리고 그의 아내. 그녀가 보스턴의 싱이었을까? 만일 그랬다면, 대체 그녀는 포장마차 안에서 뭘 하고 있었던 걸까? 왜 그녀는 포장마차를 타고 북부의 사립학교로 간 걸까? 마차나 기차가 아니라 포장마차를 타고서—그것도 해방노예로 가득한. 어쩌면 보스턴에는 아예 가지 않았는지도 모른다. 어쩌면 백인 행세를 하고 살지 않았는지도 모른다. 학교에 가려던 생각을 바꾸어 함께 피칸을 먹던 소년과 달아나기로 결심했던 건 아닐까. 그리고 그녀가 누구였건 간에, 어째서 남편에게 그 끔찍한 이름을 그냥 쓰게 했을까? 과거를 청산하기 위해서? 무슨 과거? 노예 생활? 그녀는 노예였던 적이 없는데. 그의 노예 시절? 게다가 어째서 아버지와 파일러트는 친척들을 하나도 알지 못했던 거지? 그들의 아버지가 돌아가셨을 때 소식을 알릴 친척이 하나도 없었나? 메이컨은 버지니아에는 가볼 생각도 하지 않았다. 파일러트는 곧장 그리로 향했다.

밀크맨은 그레이스가 챙겨준 꾸러미를 열어 쿠키 하나를 꺼냈다. 작은 종잇조각 하나가 팔락이며 땅에 떨어졌다. 쪽지를 집어들어 읽어보니 '그레이스 롱, 2번 국도 40번지, 사범학교에서 집을 세 채 지나 내려오면 됨'이라고 쓰여 있었다. 그는 미소를 지었다. 그래서 쿠키 네 개

싸는 데 그렇게 오래 걸렸던 거군. 그는 쿠키 하나를 깨물어 먹고 경쾌한 발걸음으로 걸으며, 냅킨과 그레이스의 초대장을 한데 모아 구겨서 종이뭉치로 만들었다. 가족에 대한 의문점들이 아직도 그의 머릿속에서 당구공처럼 이리저리 돌아다니고 있었다. 이 제이크라는 사람, 그의 할아버지가 아내와 같은 샬리마 출신이라면, 어째서 그 양키한테 고향이 메이컨이라고 말해서 이름을 잘못 부를 빌미를 준 걸까? 그리고 아내와 고향이 같다면, 어째서 파일러트와 아버지와 서시는 하나같이 그들이 포장마차에서 '만났다'고 했을까? 그리고 유령은 어째서 파일러트에게 노래하라고 한 걸까? 밀크맨은 혼자 낄낄 웃었다. 그건 그런 뜻이 전혀 아니었다. 아마 유령은 아내의 이름, 싱Sing을 되풀이해 읊고 있었던 것이리라. 그런데 파일러트는 어머니의 이름을 끝내 몰랐으니, 그 사실을 몰랐던 거다. 아내가 죽은 뒤, 메이컨 데드는 다른 사람이 아내의 이름을 절대 큰 소리로 입 밖에 내지 못하게 했다고 하니까. 그것도 괴상하다. 아내가 죽은 뒤에는 입에도 올리지 않던 이름인데, 자기가 죽은 뒤에는 그 말만—아내의 이름만 불러대다니.

이런 망할! 한창 20세기를 살아가는 그가 지금 유령의 행동을 설명하려 애쓰고 있다니. 하지만 그러지 말라는 법이 있나? 밀크맨은 생각했다. 한 가지 사실은 틀림없었다. 파일러트는 배꼽이 없다. 그게 정말 사실이라면 세상에는 무슨 일이든 일어날 수 있다. 그러니 유령이라고 나오지 말라는 법이 어디 있겠는가?

밀크맨은 이제 읍내로 이어지는 길 근처에 다다랐고, 주위가 점점 어두워지고 있었다. 그는 시계를 보려고 손목을 들었다가 그레이스가 시계를 돌려주지 않았다는 사실을 기억해냈다. "이런 젠장." 그는 큰 소리로 중얼거렸다. "모조리 다 잃어버리고 있군." 밀크맨은 멈춰 서서, 지금 시계를 받으러 돌아갈까 아니면 나중에 갈까 고민했다. 지금 가면, 새카만 어둠을 뚫고 돌아와야 할 것이다. 기타가 습격하면 완전히 무방비로 당할 터였다. 하지만 내일 떠나야 하는 마당에 다시 이 먼길을 돌아와야 한다는 건—자동차로도 갈 수 없는데—정말 귀찮은 일일 텐데. 하지만 기타가 혹시—

"내가 무슨 일을 하든, 어디로 가든, 언제 가든 기타가 그걸 이끌고 결정하게 할 수는 없어. 지금 그렇게 하면 나는 평생 그렇게 살아야 할 테고, 기타는 지구 끝까지 날 쫓아오겠지."

그는 어쩔 줄 몰라 고민하다가 결국 시계는 신경쓸 가치가 없다는 결론을 내렸다. 시계라는 건 지금이 몇시인지를 알려주는 것밖에 하는 일이 없는데, 그는 시간에는 사실 별로 관심도 없었으니까. 그는 콧수염에 묻은 쿠키 부스러기를 떨어내면서 큰길로 들어섰는데, 바로 거기, 기타가 코발트블루빛 윤곽을 드러내며 서 있었다. 아니, 감나무 한 그루에 기대서 있었다. 밀크맨은 자기 심장이 차분하게 계속 뛴다는 사실에 놀라며 멈춰 섰다—두려움은 전혀 느껴지지 않았다. 그때 기타는 위험할 것 없는 성냥으로 손톱을 정리하고 있었으니까. 흉기가 있다면, 그의 청재킷이나 바지에 숨겨두었으리라.

그들은 일 분 정도 서로 물끄러미 쳐다보았다. 아니, 일 분도 못 되는 시간이었을까. 그 짧은 시간 동안 두 사내의 심장은 상대방의 차분한 박동에 적응해 박자를 맞춰 뛰기 시작했다. 기타가 먼저 입을 열었다.

"친구."

밀크맨은 인사를 무시했다. "왜 그러는 거야, 기타 형? 이유라도 말해줘."

"네가 황금을 훔쳤잖아."

"무슨 황금? 황금 같은 건 없었어."

"네놈이 황금을 훔쳤어."

"동굴에는 아무것도 없었어. 내가 배를 깔고 엎드려서 구덩이 속을 봤단 말이야. 손도 넣어서—"

"네놈이 황금을 가져갔어."

"미쳤구나, 기타 형."

"화가 났을 뿐이지. 미친 건 아니야."

"황금 같은 건 없었다니까!" 밀크맨은 소리지르지 않으려고 애를 썼다.

"빌어먹을 개자식아, 내가 다 봤어."

"뭘 봤다는 거야?"

"황금을 가져가는 걸."

"어디서?"

"댄빌에서."

"댄빌에서 내가 황금을 들고 있는 걸 봤다고?"

"나는 댄빌에서 네가 황금을 들고 있는 걸 봤어."

"농담하는 거지. 내가 그걸 들고 뭘 했는데?"

"기차에 싣더군."

"기차에 실어?"

"그래. 이건 무슨 놀음이야? 너도 너희 아버지처럼 탐욕에 절었냐? 아니면 대체 뭐야?" 기타의 눈이 밀크맨의 손에 들린 마지막 버터 쿠키에 머물렀다. 그는 얼굴을 찌푸리더니 입으로 숨을 몰아쉬기 시작했다.

"기타 형, 나는 기차에 황금을 실은 적 없어. 실을 황금도 없었다고. 형이 나를 봤을 리가 없어."

"이 꼬마야, 널 봤어. 나는 기차 역사에 있었단 말이다."

"무슨 망할 놈의 기차역 말이야?"

"댄빌의 화물차역."

밀크맨은 그제야 쿠퍼 목사를 찾으러 가서 사방을 돌아다녔던 일이 기억났다. 그리고 기차 역사로 들어가 쿠퍼가 떠났는지 보고, 무게 다는 단상으로 거대한 상자를 옮기던 남자를 도와주었던 기억. 그는 큰 소리로 웃기 시작했다. "이런, 망할. 기타 형, 그건 황금이 아니었어. 그냥 그 사람이 상자를 옮기는 걸 도와주었을 뿐이야. 그 사람이 나한테 도와달라고 부탁하더라고. 커다랗고 낡은 상자를 좀 같이 들어달라고. 그래서 도와주고 그길로 헤어졌어."

기타는 다시 쿠키를 바라보고, 밀크맨의 눈동자를 쳐다보았다. 기타의 얼굴에는 표정 변화가 없었다. 밀크맨은 자기 말이 어정쩡한 변명처럼 들린다는 걸 깨달았다. 사실인데, 꼭 거짓말처럼 들렸다. 그것도 어설픈 거짓말. 그는 또한 기타는 평생을 살아오면서, 이제까지 밀크맨이 다른 사람을, 그것도 낯선 사람을 도와주는 걸 단 한 번도 보지 못했다는 사실을 깨달았다. 그들은 그 얘기를 같이 했던 적도 있었다. 꿈속에서 밀크맨이 어머니를 도와주러 가지 않았다는 화두로 시작했던 대화. 기타는 밀크맨이 이기적이고 무관심하다고 비난했다. 그가 진지하지 못하고, 동포애—뭐가 됐든 그런 게 전혀 없다고 말했다. 그런데 지금 밀크맨이 거기 서서, 자기가 기꺼이, 자발적으로, 어마어마하게 크고 무거운 상자를 옮기고 있던 늙은 백인을 도와주었다고 말하고 있는 게 아닌가. 하지만 사실이었다. 그건 사실이었다. 게다가 입증해 보일 수도 있었다.

"기타 형, 내가 왜 여기 있겠어? 황금을 고향으로 실어보냈다면, 내가 왜 이런 몰골을 하고 여기 있겠느냐고? 황금 궤짝을 어딘가로 실어 보내고서, 바보처럼 시골구석을 이렇게 헤매고 다니겠어? 내가 그럴 사람이야? 미쳤다고 여길 왔겠느냐고?"

"아마 황금을 여기로 실어보냈나보지, 이 뻔뻔스러운 개자식아."

"대체 지금 무슨 헛소리를 하는 거야?"

"내가 봤어! 두 눈으로 똑똑히 봤다고! 무슨 말인지 알겠냐? 차를 몰고 내려와서, 거기까지 널 미행했어. 왜냐하면 어쩐지 네놈이 다른 꿍꿍이가 있다는 이상한 예감이 들었거든. 확신은 없었지만 느낌이 그랬어. 내 느낌이 틀렸다면, 네가 황금 찾는 걸 도와줘야겠다고 생각했지. 하지만 내 느낌은 틀리지 않았어. 나는 그날 오후쯤 댄빌에 들어섰지. 화물 적하장 바로 옆을 지나가는데, 네가 그 곱상한 베이지색 양복을 입고 서 있더군. 나는 주차를 하고 그 역사로 따라 들어갔지. 딱 들어갔는데, 네놈이 그걸 싣는 걸 봤어. 사내한테 주는 걸. 네놈이 떠날 때까지 기다렸다가 안으로 들어가서 그 흰둥이한테 '내 친구가—기타는 그 단어를 얼버무렸다—궤짝을 미시간주로 보냈느냐고' 물었어. 그 남자가 아니라고 하더군. 화물은 궤짝 하나뿐이요, 그가 말했지. 궤짝 하나뿐. 그래서 그 화물이 어디로 가느냐고 물었더니, 그치가 버지니아주 어디라는 것밖에 생각나지 않는다고 하더군." 기타는 미소를 지었다. "네놈이 탄 버스는 미시간행이 아니었어. 버지니아행이었지. 그리고 네

놈은 여기 이렇게 있고."

밀크맨은 채찍으로 얻어맞은 느낌이 들었다. 이젠 하는 수 없었다. 흘러가는 대로 두는 수밖에.

"그 궤짝에 내 이름이 쓰여 있었어?"

"보지도 않았어."

"내가 황금 궤짝을 버지니아로 보낼 사람이야?—황금 말이야."

"그럴지도 모르지. 실제로 그랬잖아."

"그래서 날 죽이려고 했던 거야?"

"그래."

"형한테 사기를 쳐서?"

"우리한테 사기를 쳤지! 네놈이 우리 일을 다 망치고 있잖아!"

"형은 틀렸어. 죽도록 헛짚었어."

"'죽도록dead'은 네놈한테나 해당하는 말이지."

밀크맨은 손에 들고 있는 쿠키를 물끄러미 내려다보았다. 바보 같아 보여서 버리려다가, 그는 마음을 바꿔먹었다. "그러니까 내 날이 온 거야?"

"그래, 너의 날이 왔어. 하지만 내 일정표대로 할 거야. 그리고 잘 알아둬. 땅이라는 게 있는 한 나는 네놈을 끝까지 쫓아다닐 거야. 네 이름은 메이컨이고, 아직은 죽지 않았어."

"한 가지만 말해줘. 역사에서 내가 그 궤짝을 밀고 가는 걸 봤을 때, 왜 물러서서 숨었어? 어째서 나한테 다가오지 않았어? 그랬다면 그 자리에서 다 해결되었을 텐데."

"말했잖아. 아주아주 이상한 예감이 들었다고."

"내가 형을 엿 먹일 거라는 느낌 말이야?"

"우리를 엿 먹일 거라는 느낌이지. 그래."

"그래서 내가 진짜 형을 엿 먹였다고 생각해?"

"그래."

"전에 숲속에서 형은 분통을 터뜨렸던 거네."

"그래."

"그런데 이제는 황금이 올 때까지 기다리겠다는 거고."

"그래."

"그리고 내가 화물을 찾고."

"아마 네놈이 직접 물건을 찾지는 못할걸."

"부탁이 있어. 궤짝이 도착하면, 제일 먼저 그 안에 황금이 들었는지 확인부터 해."

"제일 먼저?"

"마지막에 하든지. 하지만 어쨌든 고향까지 그걸 끌고 가기 전에 확인해봐."

"네놈이 그런 걱정까지 해줄 처지가 아니야."

"한 가지 더. 왜 메시지를 보낸 거지? 가게에다 그 메시지를 남겨서 나한테 경고를 한 이유가 뭐야?"

"넌 내 친구니까. 그게 내가 친구를 위해 해줄 수 있는 최소한의 일이었어."

"아, 이런. 고마운 마음마저 드는군."

"천만에, 꼬마야."

그날 밤 밀크맨은 스위트의 침대로 기어들어가, 그녀의 완벽한 품안에서 잠을 청했다. 따뜻하고 몽롱한 잠에 빠져 비행하는 꿈, 대지 위 저 높은 곳에서 순항하는 꿈만 줄곧 꾸었다. 하지만 두 팔을 비행기 날개처럼 펴고 날거나 슈퍼맨이 수직으로 다이빙하는 것처럼 앞으로 쾌속 질주하는 건 아니었고, 그보다는 소파에 누워 신문을 읽는 남자처럼 편안한 자세로 둥둥 떠다니며 순항했다. 간간이 시커먼 바다 위를 지나기도 했지만, 떨어질 리가 없다는 사실을 알고 있었기 때문에 그는 전혀 두렵지 않았다. 하늘에는 그 말고 아무도 없었지만, 누군가가 그를 향해 박수갈채를 보내고 있었다. 그를 바라보며 박수를 치고 있었다. 밀크맨은 그게 누구인지 볼 수 없었다.

다음날 아침, 자리에서 일어나 자동차가 얼마나 수리되었나 보러 나선 후에도 그는 그 꿈을 떨쳐버릴 수가 없었고, 사실 그러고 싶지도 않았다. 솔로몬의 가게에서는 오마와 솔로몬이 오크라 자루를 흔들어 대바구니에 담고 있었고, 그는 아직도 간밤의 비행으로 얻은 가볍고 힘찬 느낌을 간직하고 있었다.

"자네 자동차에 쓸 벨트를 구했어." 오마가 말했다. "새것은 아니지만, 그래도 맞을 걸세."

"야, 이거 좋은데요. 고마워요, 오마."

"곧바로 우리를 떠날 건가?"

"네, 돌아가야 해요."

"그 버드네 집 여자는 잘 만났나?"

"네, 만났어요."

"뭘 좀 도와주던가?" 오마는 손에 묻은 오크라의 솜털을 바지에 문질러 닦았다.

"아니요. 별로."

"글쎄, 킹 워커가 오늘 아침에 와서 벨트를 달아주겠대. 다시 길을 떠나려면, 한번 더 제대로 자동차 정비를 받아야 할 걸세."

"그러려고 해요."

"스위트가 아침식사를 좀 챙겨주던가?" 솔로몬이 물었다.

"스위트는 그러고 싶어했는데, 제가 자동차를 보고 싶어서 그냥 이리로 일찍 나왔어요."

"커피 한잔 어때. 저 뒤에 한 주전자 가득 있어."

"아뇨, 어쨌든 감사합니다. 저는 킹 워커가 올 때까지 산책이나 할까 봐요."

새벽 여섯시 반인데, 마을은 한낮처럼 부산스러웠다. 하루 중 가장 시원한 시간을 활용하기 위해 남부에서는 일상도 일도 모두 이른 시각에 시작되었다. 사람들은 벌써 식사를 마쳤고, 여자들은 벌써 빨래를 해서 관목에 널기 시작했다. 그리고 며칠 후 건넛마을의 학교가 개교하면, 이 시각에 아이들은 이미 걷고 뛰면서 길과 밭을 건너 학교로 향하고 있을 것이다. 지금 아이들은 이리저리 뛰어다니거나 심부름을 하고, 고양이와 장난치고, 길 잃은 닭들에게 빵을 던져주고 있었고, 또 어떤 아이들은 끝도 없이 도는 그 놀이를 하고 있었다. 아이들의 노랫소리가 들리자, 밀크맨은 어슬렁거리며 아이들과 아이들 머리 위로 보이는 뒤편의 거대한 삼나무 쪽으로 걸어갔다. 삼나무에 기대어 아이들을 지켜보며 그들의 달콤한 목소리를 듣고 있자니, 또다시 자신이 유년기에 겪은 괴리감이 떠올랐다. 원 한가운데 있는 소년(항상 그애가 가운데 있는 것 같았다)은 눈을 감은 채 팔을 양쪽으로 뻗고 누군가를 가리키는 듯한 손동작을 하고 빙글빙글 돌았다. 노래가 멈추고 고함소리가 나자 빙글빙글 돌던 소년은 멈춰 섰는데, 그때 그의 손가락이 가리킨 아이가 누구인지 밀크맨에게는 보이지 않았다. 이제 그들은 다 같이 무릎을 꿇고 털썩 주저앉아 또다른 노래를 부르기 시작했고, 그 노랫소리를 들은 밀크맨은 소스라치게 놀랐다. 그건 그가 여태껏 살아오며 간간이 들었던 노래였기 때문이다. 바로 파일러트가 부르는 오래된 블루스 곡이었다. "오 슈거맨 여기 날 두고 떠나지 말아요." 다만 아이들은 "오 솔로몬 여기 날 두고 떠나지 말아요"라고 했다는 게 다를 뿐.

밀크맨은 파일러트를 떠올리며 미소를 지었다. 수백 마일 떨어진 이곳에서 그는 그녀가 그리워서, 그 집이 그리워서, 필사적으로 벗어나고만 싶었던 바로 그 사람들이 그리워서 향수병이 날 지경이었다. 어머니의 고요하고 일그러진, 변명하는 듯한 미소. 부엌에 있던 어머니 당신의 가망 없는 절망. 스무 살에서 마흔 살까지 인생의 한창때를 홀로 지내야 했고, 그 자신의 삶이 시작되게 한 단 한 번의 성교를 제외하면 나머지 삶은 사랑받지 못한 채 살아야 했던 어머니. 그는 어머니 당신의 입으로 그 사연을 털어놓았을 때는 별로 깊이 생각해보지 않았지만, 이제는 그런 성적 박탈감이 어머니께 미칠 영향, 어머니께 입힐 상처가 마치 자기 자신이 받을 영향, 자신이 입을 상처처럼 느껴졌다. 누군가 억지로 그에게 그런 삶을 강요한다면, "여자들 사이에서 걸으며 살아갈 수 있고 여자들을 탐할 수도 있지만, 앞으로 이십 년 동안 절대 사랑은 나눌 수 없다"고 말한다면, 그는 어떤 기분이 들까? 그라면 어떻게 할까? 전처럼 살아갈 수 있을까? 결혼을 했는데, 아내가 십오 년 동안 그와의 잠자리를 거절한다면. 어머니는 아들에게 오래도록 젖을 먹이고 가끔 무덤을 찾아가면서 그 세월을 견뎌냈다. 남편에게 사랑받았다면, 어머니는 어떤 사람이 되었을까?

그리고 아버지. 지금은 노인이 된, 재산을 긁어모았고 더 많은 재산을 긁어모으기 위해 사람들을 이용한 아버지. 메이컨 데드 1세의 아들로서 그는 자기 아버지가 사랑했던 것들, 즉 재산, 든든한 부동산, 삶의 풍요로움을 사랑함으로써 그의 삶과 죽음에 경의를 표했다. 그는 이러한 것들을 지나치게 사랑했는데, 그건 그가 아버지를 지나치게 사랑했기 때문이다. 소유하고, 짓고, 획득하고—그것이 그의 삶, 그의 미래, 그의 현재였고, 그가 아는 역사의 전부였다. 그리하여 그는 재산을 얻기 위해 삶을 왜곡하고 일그러뜨렸으며, 이는 아버지의 죽음으로 그가 얼마나 큰 상실감을 느꼈는지를 보여주는 척도였다.

아이들을 지켜보면서, 밀크맨은 점점 더 불편한 심정이 되었다. 부모님과 누나들을 미워한다는 건 이제 보니 참으로 어리석어 보였다. 게다가 파일러트의 유산을 훔친 후 목욕물에 씻어버렸던 수치심의 표피가 다시 올라왔다. 하지만 이번에는 태아의 양막처럼 두껍고 탄탄했다. 그는 어떻게 그 집에 무단침입할 수 있었던 걸까? 문명의 이기 하나 없어도 언제나 편안하기만 한, 그가 아는 한 유일한 집에. 보드랍게 길든 의자도 없고, 쿠션이나 베개도 없었다. 조명 스위치나 수도꼭지를 돌리면 콸콸 쏟아져나오는 깨끗한 물도 없었다. 냅킨도 식탁보도 없었다. 둥근 홈 주위에 세로로 무늬가 새겨진 접시도 없고, 꽃무늬가 그려진 찻잔도 없었으며, 가스레인지에서 둥근 원을 그리며 타오르는 푸른 불꽃도 없었다. 하지만 그곳에는 평화가 있었고, 활력, 노래, 그리고 이제는 그의 추억까지 자리하고 있었다.

그의 생각은 헤이가에게로, 마지막에 자기가 그녀를 어떻게 대했는지로 향했다. 어째서 그는 그녀를 앉히고 이야기하지 않았을까? 솔직하게. 그리고 그녀가 마지막으로 그를 죽이려 들던 그때, 그는 얼마나 흉측한 말들을 내뱉었던가? 그리고 정말이지, 헤이가의 눈동자는 얼마나 공허해 보였던가. 그는 결코 헤이가가 두렵지 않았다. 헤이가가 정말로 그를 죽이는 데 성공할 거라고, 그게 그녀가 정말 바라는 거라고 생각해본 적도 결코 없었다. 그녀가 휘두르던 무기도 그렇고, 습격에 대한 잔꾀도 재주도 없는데다 심지어 확신마저 전혀 없는 태도를 보면, 그나마 남아 있던 두려움까지 하얗게 씻겨가곤 했다. 물론, 우연찮게 밀크맨에게 상처를 입힐 수는 있었겠지만, 헤이가를 말릴 방법은 헤아릴 수도 없이 많았다. 하지만 별로 그러고 싶지 않았을 뿐이다. 그는 헤이가를 이용했다—그녀의 사랑, 그녀의 광기를—그리고 무엇보다도, 그는 헤이가의 은밀하고 독한 복수심을 이용했다. 그 사건으로 밀크맨은 스타가, 블러드 뱅크의 유명인사가 되었다. 그 사건으로 말미암아, 그가 지독하게 나쁜 놈이며, 여자 하나를 제정신을 잃게 만들고 파괴할 수 있는 힘을 가졌다는 이야기가 남자들 사이에, 또다른 여자들 사이에 퍼져나갔다. 그것도 여자가 그를 증오해서라든가 용서할 수 없는 짓을 당했기 때문이 아니라, 한때 같이 자던 사이였기 때문에, 그의 기막힌 거시기가 사라지자 여자가 제정신을 잃고 미쳐버렸다는 것이었다. 리나 말대로, 그의 돼지 창자 때문에. 그는 마지막까지도 헤이가를 이용했다. 그녀가 곧 다가와 어설프게 살인 기도를 할 거라는 사실을 이용해, 그녀의 의지와 자신의 의지를 겨루어보았던 것이다—우주를 향해 던진 그의 최후통첩. "죽어, 헤이가. 죽어." 이 독한 년이 죽든지, 아니면 내가 죽어버리겠어. 그리고 그녀는 주인이 다른 놀잇감을 찾아 떠난 뒤 남은 인형처럼, 그렇게 그 자리에 서 있었다.

오 솔로몬 여기 날 두고 떠나지 말아요.

아이들은 다시 놀이를 시작해 돌기 시작했다. 밀크맨은 목덜미를 문질렀다. 아직 이른아침이었지만, 느닷없이 피로가 덮쳤다. 그는 삼나무에 기대고 있던 몸을 일으켜, 그 자리에 쭈그리고 앉았다.

솔로몬의 외아들 제이
이리 와 부바 얄레, 이리 와……

이 마을 사람들은 죄다 솔로몬이군, 그는 지친 상태로 생각했다. 솔로몬의 만물상, 루서 솔로몬(솔로몬과 인척관계가 아닌), 솔로몬의 바위, 그리고 이제는 아이들 노래에까지 슈거맨이 아니라 "솔로몬 날 두고 떠나지 말아요"라니. 마을 이름마저 솔로몬 비슷하게 들렸다. 샬리마. 솔로몬 씨를 비롯해서 모두가 샬리먼이라고 발음하니까.

밀크맨의 뒷머리가 당기기 시작했다. 솔로몬의 외아들 제이? 솔로몬의 외아들 제이크 아니었나? 제이크. 그는 아이들의 노래를 귀담아들으려 애썼다. 그도 지금 밀크맨이 찾고 있는 이들 중 하나였다. 아내인 싱과 함께 샬리마에 살았던 제이크라는 남자.

그는 일어나 앉아서 아이들이 노래를 다시 시작할 때까지 기다렸다.

"이리 와 부바 얄레, 이리 와 부바 탬비," 아무 의미 없는 듯한 가사였고, 실제로도 말이 되지 않았다. 하지만 또다른 가사는—"흑인 여인이 땅바닥에 쓰러졌네"—의미가 명확했다. 또다시 의미 없는 가사, 그리고 뒤이어 "온몸을 땅바닥에 던지네"라는 가사가 들렸다. 이때 가운데 있던 남자아이가 약간 다른, 더 빠른 박자의 노랫소리에 맞춰 빙글빙글 소용돌이치듯 돌기 시작했다—"솔로몬 앤 라이너 벨랄리 샬루트……"

또 솔로몬이야, 그리고 라이너? 라이나? 두번째 이름은 왜 이렇게 친숙한 거지? 솔로몬과 라이나. 숲. 사냥. 솔로몬의 바위와 라이나의 협곡은 살쾡이를 쐈던 날 밤 그들이 갔거나 지나쳤던 장소였다. 협곡은 밀크맨이 여자 울음소리 같은 바람소리를 들었던 바로 그곳이다. 캘빈은 그 소리가 라이나의 협곡에서 나는 거라고 말해주었지. 사람들이 '라이나라는 여자'가 우는 소리라고 말하는 메아리가 있는 그곳. 바람이 특정한 방향으로 불면, 그녀의 울음소리가 들린다.

하지만 나머지는 뭐지. 벨랄리…… 샬루트…… 야루바? 솔로몬과 라이나가 사람 이름이라면, 나머지도 사람 이름일 텐데. 노래는 의미가 명확한 또 한 줄의 가사로 끝을 맺는다. "스물한 명의 아이들, 마지막 아이는 제이크!" 그리고 제이크라는 외침과 함께(그는 물론, '솔로몬의 외아들'인 게 틀림없었다) 빙빙 돌던 아이가 동작을 멈추었다. 그제야 밀크맨은 아이의 손가락이 아무도 가리키지 못하면, 그러니까 놓치면, 처음부터 다시 시작한다는 사실을 깨달았다. 하지만 똑바로 다른 아이를 가리키면, 아이들은 다 같이 무릎을 꿇고 파일러트의 노래를 불렀다.

밀크맨은 지갑을 꺼내 타고 온 비행기표를 꺼냈지만, 글자를 쓸 연

필이 없었고 펜은 양복 주머니에 있었다. 그냥 귀로 듣고 암기하는 수밖에 없었다. 그는 눈을 감고 집중했고, 아이들은 운율에 율동을 맞춘 놀이를 기꺼이 지치지도 않고 되풀이하며 한 판, 또 한 판 계속했다. 그리고 밀크맨은 아이들의 노래를 모조리 암기했다.

솔로몬의 외아들 제이크
이리 와 부바 얄레, 이리 와 부바 탬비
빙글빙글 돌며 태양을 만졌네
이리 와 콩카 얄레, 이리 와 콩카 탬비

아기를 백인의 집에 두고 왔네
이리 와 부바 얄레, 이리 와 부바 탬비
헤디가 아기를 빨간 사람네 집으로 데려갔네
이리 와 콩카 얄레, 이리 와 콩카 탬비

흑인 여인이 땅바닥에 쓰러졌네
이리 와 부바 얄레, 이리 와 부바 탬비
온몸을 땅바닥에 던지네
이리 와 콩카 얄레, 이리 와 콩카 탬비

솔로몬 앤 라이나 벨랄리 샬루트
야루바 메디나 무함멧 투
네스토르 칼리나 사라카 케이크

스물한 명의 아이들, 마지막 아이는 제이크!

오 솔로몬 여기 날 두고 떠나지 말아요
목화솜에 질식할 것 같아요
오 솔로몬 여기 날 두고 떠나지 말아요
버크라의 두 팔이 내 목을 졸라요

솔로몬 날아가버렸네, 솔로몬 사라져버렸네
솔로몬 하늘을 가로질러, 솔로몬 고향으로 돌아갔네.

"헤디가 아기를 빨간 사람네 집으로 데려갔네"라는 구절을 들었을 때, 그는 하마터면 소리를 지를 뻔했다. 헤디는 수전 버드의 친할머니였으니, 싱의 어머니이기도 했다. 그리고 '빨간 사람네 집'이라는 말은 버드 가문이 인디언이라는 사실을 가리키는 게 분명했다. 그럼 그렇지! 싱은 인디언이었거나 인디언 혼혈이었고, 그녀의 이름은 싱 버드Sing Byrd, 아니, 그보다는 싱 버드Sing Bird였으리라. 아니—싱잉 버드Singing Bird가 아니었을까! 아마 그게 원래 이름이었으리라—싱잉 버드. 그리고 오빠인 크로얼 버드는 아마 크로 버드Crow Bird, 아니면 그냥 크로* 였을 테지. 그들은 원래의 인디언 이름을 미국인 이름처럼 들리게 섞어 쓴 것이다. 밀크맨은 이제 노래에 나오는 사람 중 네 사람의 신원을 파악했다. 솔로몬, 제이크, 라이나, 헤디 그리고 헤디의 인디언 혈통에 대

* 까마귀.

한 모호한 언급. 이 모든 증거는 서시가 말한 대로, 제이크와 싱이 샬리마에서 함께 살았다는 사실을 뒷받침하는 듯했다. 의심의 여지가 없었다. 이 아이들은 바로 밀크맨의 조상들에 대한 이야기를 노래하고 있었던 것이다! 그는 조각조각의 의미를 최대한 짜맞춰보려 애쓰면서, 혼자 콧노래를 흥얼대며 낄낄거렸다.

제이크의 아버지는 솔로몬이었다. 제이크가 빙글빙글 돌면서 태양을 만졌던가? 제이크가 백인의 집에 아기를 두고 왔던가? 아니. '솔로몬 여기 날 두고 떠나지 말아요'라는 가사가 옳다면, 솔로몬 쪽이 떠난 사람, '날아가버린' 사람이었다—아마 죽었거나 달아났다는 뜻일 테지—제이크가 아니라. 아마 떠나지 말라고 애원하는 사람이 아기, 아니면 제이크 본인이었을 것이다. 그런데 땅바닥에 쓰러진 '흑인 여인'은 누구지? 어째서 그녀는 온몸을 땅바닥에 던졌지? 가사로 봐서는 발작을 일으키고 있는 것처럼 들렸다. 누군가 그녀의 아기를 백인의 집에 갖다주었다가 인디언의 집으로 데려갔기 때문일까? 라이나? 라이나가 바로 아직도 협곡에서 울고 있는 흑인 여인일까? 라이나가 솔로몬의 딸일까? 어쩌면 라이나는 사생아를 가졌는지도 모른다. 그래서 아버지가—아니다. 그녀는 아기가 아니라 솔로몬 때문에 울고 있는 것이다. "솔로몬 날 두고 떠나지 말아요"라고 했으니까. 솔로몬은 그녀의 연인이었던 게 틀림없다.

밀크맨은 혼란스러워졌지만, 크리스마스트리 아래 산더미처럼 쌓인 선물상자를 본 아이처럼 흥분으로 들떴다. 선물더미 안 어딘가 그를 위한 선물이 있으리라.

하지만 찾지 못한 퍼즐조각이 아주 많이, 많이 남아 있었다. 그가 생각하기에 수전 버드는 그때 밀크맨에게 말해준 것보다 훨씬 많은 걸 알고 있는 게 틀림없었다. 게다가 시계도 돌려받아야 했다.

밀크맨은 다시 솔로몬의 만물상으로 달려가면서, 유리창에 비친 자기 모습을 얼핏 보았다. 그는 활짝 웃고 있었다. 눈동자가 형형하게 빛났다. 지금까지 살아오면서 이토록 의욕이 불타오르고 행복한 건 정말 처음이었다.

13

그가 떠나고 아주 오랜 시간이 흐른 뒤, 따사롭던 9월 아침에 그녀는 비로소 힘을 빼고 칼을 놓았다. 칼이 리놀륨 바닥에 부딪혀 쨍강 소리를 냈을 때, 그녀는 두 팔을, 아, 참으로 느릿하게 아래로 내려 젖가슴을 감싸안았다. 자기 젖가슴이 시장에서 팔리지 않아 한쪽 구석에 버려진 두 개의 망고라도 되는 것처럼. 그녀는 작은 셋방에 쏟아져들어오는 햇살을 받으며, 기타가 돌아올 때까지 그렇게 서 있었다. 기타가 아무리 달래도 그녀는 아무 말도 하지 않고 꼼짝도 하지 않아서, 기타는 두 팔로 그녀를 안아들고 아래층으로 내려갔다. 그는 맨 아래 계단에 그녀를 앉혀놓고, 집까지 데려다주려고 자동차를 빌리러 갔다.

기타는 이 모든 사태가 참으로 끔찍하다고 생각했고, 맹목적인 사랑에 혐오감이 들기도 했지만, 그럼에도 불구하고 상당히 어여쁜 이 여인이 젖가슴을 꼭 감싸안은 채 막대기처럼 꼿꼿이 앉아 텅 빈 동공으로 앞만 바라보는 모습을 보고 있자니, 깊디깊은 슬픔의 물결에 휩싸이는 걸 도무지 어찌할 도리가 없었다.

그가 빌린 낡은 자동차의 엔진은 시끄럽게 으르렁댔지만, 기타는 나지막한 목소리로 그녀에게 말했다. "그애의 사랑을 받지 못하니 당신이 쓸모없는 존재라고 생각하는 거죠. 그애가 더이상 당신을 원하지 않으니 그애 생각이 맞다고요—당신에 대한 그애의 판단과 의견이 옳다고. 그애가 당신을 버리면, 당신은 쓰레기에 불과하다고 생각하는 거죠. 당신이 그애의 것이길 원하기 때문에, 그애가 당신 거라고 믿는 거예요. 헤이가, 그러지 말아요. '누구 것'이라는 말은 아주 나쁜 말이에요. 특히 사랑하는 사람한테 쓸 때는 정말 나쁜 말이죠. 사랑은 그래서는 안 돼요. 구름이 산을 어떻게 사랑하는지 본 적 있어요? 구름은 산을 빙 둘러싸요. 가끔은 구름 때문에 산이 보이지 않을 때도 있어요. 하지만 그거 알아요? 꼭대기까지 올라가면 뭐가 보이는 줄 알아요? 산머리가 보여요. 구름이 산머리까지 덮는 일은 결코 없거든요. 산머리가 구름 사이로 불쑥 솟아 있어요. 구름이 그렇게 놔두었기 때문에요. 구름은 산을 완전히 뒤덮지 않아요. 산이 머리를 높이, 자유롭게 치켜들게 해주고, 그래서 그 무엇도 산을 가리거나 구속하지 않게 해주죠. 내 말 듣고 있어요, 헤이가?" 그는 아주 어린 아이에게 말하듯이 헤이가에게 말했다. "사람을 소유할 수는 없어요. 처음부터 내 것이 아닌 걸 잃어버릴 수도 없고요. 당신이 정말로 그애를 가졌다고 생각해봐요. 당신이 없으면 아무것도 아닌 변변찮은 인간을 정말로 사랑할 수 있겠어요? 정말로 그런 사람을 원해요? 당신이 문밖으로 걸어나가버리면, 산산이 무너지는 남자를 원해요? 그렇지 않잖아요, 안 그래요? 그애도 마찬가지란 말이에요. 당신은 그애를 위해 인생을 온통 뒤엎고 있잖아요. 당신의 인생 전체를요. 인생이 당신한테 그 정도밖에 가치가 없어요? 그렇게 헌신짝 버리듯 줘버리고, 그에게 넘길 수 있는 거라면, 그애한테도 그게 무슨 의미가 있겠어요? 당신이 스스로를 그렇게 여기는데, 그애가 당신을 소중하게 생각해줄 리 없잖아요." 그는 말을 멈췄다. 헤이가는 꼼짝도 하지 않았고, 자기 말을 듣고 있는 기색도 전혀 아니었다.

예쁜 여자야, 그는 생각했다. 작고 예쁜 검은 피부의 여자. 사랑 때문에 죽이고, 사랑 때문에 죽고 싶어했던 여자. 저렇게 학대를 받아도 참고 또 참는 여자들의 자존심, 드높은 긍지는 볼 때마다 놀라울 뿐이었다. 이런 여자들은 모두 버릇없는 응석받이들이었다. 변덕을 부릴 때마다 집안 어른들이 진지하게 받아주어, 세상에서 가장 인색하고 탐욕스러운 어른으로 자란 응석받이들, 그 인색함에서 눈에 보이는 건 모두 집어삼키는 인색하고 편협한 사랑이 자라났다. 그런 여자들은 자기가 사랑받지 못한다는 사실을 믿지도 받아들이지도 못했다. 자기가 사랑받지 못하는 것 같으면, 온 세상이 균형을 잃고 무너진다고 생각했다. 어째서 그들은 자기네가 그렇게 사랑스럽다고 믿는 걸까? 어째서 그들은 자기가 찍어주는 사랑의 낙인이 다른 사람의 사랑보다 낫거나 훨씬 더 대단하다고 믿는 걸까? 하지만 어쨌든 그들은 그렇게 믿었다. 그리고 자기네 사랑을 지독하게 사랑한 나머지, 그 사랑을 방해하는 사람은 누구든 죽이려 들었다.

그는 다시 그녀를 바라보았다. 예뻤다. 작고 예쁜 흑인 여자였다. 작고 예쁜 검은 피부의 여자. 파일럿트가 도대체 이 여자한테 무슨 짓을 한 거지? 아무도 이 여자한테 알아야 될 것들을 가르쳐주지 않았나? 그는 이제 제 일을 처리할 수 있는 어른이 된 자신의 두 누이, 그리고 그네들이 성장할 때 들었던 끝도 없는 잔소리를 생각해보았다. 아빠는 어디 계시니? 이렇게 길거리에 나와 있는 걸 어머니가 아시니? 머리에 뭘 좀 써라. 그러다 감기 들어 죽겠구나. 덥지 않니? 춥지 않니? 겁나서 오줌을 쌀 것 같지 않니? 다리 꼬지 마. 양말을 끝까지 올려. 네가 청소년부 성가단에 가는 줄 알았는데. 슬립이 보이는구나. 치맛단이 삐져나왔어. 이리 돌아와서 그 옷깃 좀 다려라. 조용히 해. 머리를 빗어. 거기서 일어나 침대 정리를 해. 살을 좀 찌워야겠다. 쓰레기를 내다버려라. 바셀린으로 그 재를 닦아.

파일러트도 리바도 헤이가가 자기네들 같은 사람이 아니라는 걸 알지 못했다. 헤이가는 파일러트처럼 강인하지도 않았고 리바처럼 단순하지도 못해서, 그들처럼 인생을 꾸려나갈 수가 없었다. 헤이가는 평범한 흑인 소녀에게 꼭 있어야 하는 것들이 필요했다. 엄마, 할머니, 숙모, 사촌, 언니, 이웃, 주일학교 선생님, 제일 친한 여자 친구 들의 목소리가 필요했다. 그리고 삶이 그녀에게 요구하는 강인한 힘을 줄 수 있는 것—또 삶을 지탱할 수 있도록 유머를 줄 수 있는 거라면 뭐든 다.

그렇지만, 가치야 있건 없건 그렇게 자신의 사랑을 바친 대상이 자기를 경멸한다니, 떠나간다니…… 기타는 생각했다.

"그거 알아요, 헤이가? 살아오면서 내가 사랑했던 것들은 모조리 나를 떠나갔어요. 아버지는 네 살 때 돌아가셨어요. 그게 내게는 첫 이별이자 가장 힘겨웠던 이별이죠. 그러고는 어머니가 떠나셨어요. 우리는 넷이나 되었고, 아버지가 돌아가시자 어머니는 도저히 혼자서 감당할 수가 없었던 거예요. 그래서 어머니는 도망쳤어요. 그냥 도망가버렸어요. 할머니가 오실 때까지 고모가 우리를 돌봐줬죠. 그다음엔 엉클 빌리가 왔고요. 두 분은 이제 반송장이세요. 그래서 난 여자한테 정을 주기가 힘들었어요. 내가 사랑하면 다 죽어버릴 것만 같아서. 그런데 딱 한 번 정을 준 적이 있어요. 딱 한 번. 하지만 한 번 이상은 도저히 못할 것 같아요." 기타는 잠시 생각에 잠겼다가 다시 말을 이었다. "그런데 그 여자를 죽이고 싶은 생각은 들지 않았어요. 그놈은, 죽이고 싶었죠. 하지만 그 여자는 아니었어요." 그는 얼굴에 미소를 띠었지만, 헤이가는 보고 있지 않았고 심지어 듣고 있지도 않았으며 기타가 자동차 밖으로 데리고 나와 리바의 품에 안겨줄 때까지도 헤이가의 두 눈은 여전히 텅 비어 있었다.

그들이 할 줄 아는 건 그저 사랑해주는 일뿐이었고, 헤이가가 입을 굳게 다문 채 아무 말도 하지 않았기 때문에 그들은 그녀를 기쁘게 해주기 위해 이런저런 물건들을 가져다주었다. 생전 처음으로 리바는 경품을 타기 위해 노력했다. 그리고 생전 처음으로 경품을 타지 못했다. 집에 전기가 들어오지 않아 연결할 수 없었던 휴대용 TV 수상기 하나를 제외하면, 리바는 아무것도 타지 못했다. 복권도, 빙고도, 숫자 도박도, 어음교환소 추첨도, 잡지 경품 행사도, 어디에서도 당첨되지 못했고, 구멍나지 않은 축제 풍선 하나조차도 그녀의 마법에 무릎을 꿇지 않았다. 그래서 리바는 풀이 죽었다. 지지리도 운이 붙지 않아 착잡해진 그녀는 무거운 몸을 끌고 집으로 돌아오는 길에, 공터 주위나 다른 사람들의 정원에서 꽃망울을 틔운 건 뭐든 닥치는 대로 꺾었다. 그녀는 그것을 창가의 의자에 앉거나 침대에 누워서 머리카락을 만지작거리고 있는 딸에게 선물로 주었다.

그들은 헤이가를 위해 특별한 요리를 했고, 주술을 풀 만한 선물을 찾아 헤맸다. 하지만 그 무엇도 효험이 없었다. 파일러트의 입술은 꼼짝달싹하지 않았고, 리바의 눈에는 공포심이 깃들었다. 그들은 헤이가에게 립스틱과 초콜릿우유, 분홍색 나일론 스웨터와 진달래색 잠옷을 가져다주었다. 리바는 젤로* 만드는 비법까지 조사해, 빨간색과 초록색 두 가지 젤로를 만들기도 했다. 하지만 헤이가는 쳐다보지도 않았다.

어느 날 파일러트는 헤이가의 침대에 앉아 손녀딸의 얼굴 앞에 콤팩트를 들어 보였다. 금 비슷한 금속으로 테두리가 둘러 있고 분홍색 플라스틱 뚜껑이 달린 콤팩트였다.

"봐, 아가야. 이거 보여?" 파일러트는 콤팩트를 이리저리 돌려가며 보여주고 나서 잠금장치를 눌렀다. 뚜껑이 활짝 열렸고 헤이가는 거울에 비친 제 얼굴의 일부분을 보았다. 그녀는 콤팩트를 받아들고 오랫동안 거울 속을 물끄러미 들여다보았다.

"당연해." 마침내 그녀가 말했다. "저걸 봐. 당연해. 당연한 일이야."

파일러트는 헤이가의 목소리를 듣고 가슴이 설렜다. "네 얼굴이잖니, 아가." 그녀가 말했다. "예쁘지 않니?"

"당연해." 헤이가가 말했다. "당연한 거야."

"뭐가 당연하다는 말이니?" 파일러트가 물었다.

"내 몰골을 봐. 끔찍해. 그이가 날 원하지 않는 것도 당연해. 내 몰골은 끔찍하니까." 헤이가의 목소리는 차분하고 분별이 있었다. 마치 지

---

* 과일의 향과 빛깔을 지닌 젤라틴 디저트.

난 며칠의 나날들은 아예 살지도 않은 것처럼. "자리에서 일어나서 얼굴을 좀 손봐야겠어. 놀랄 것도 없지 뭐야!" 헤이가는 침대 시트를 홱 젖히더니 벌떡 일어섰다. "오오, 이런. 몸에서 냄새도 나. 엄마, 물을 좀 데워줘. 목욕을 해야겠어. 아주 오래오래. 우리 목욕 소금 남은 거 있어? 오, 하느님, 내 머리 봐. 저 꼴 좀 봐." 그녀는 콤팩트 거울을 다시 들여다보았다. "꼭 땅돼지 같은 몰골이잖아. 빗이 어디 있지?"

파일러트는 리바를 불러 함께 온 집안을 쌩쌩 날아다니며 빗을 찾았는데, 막상 빗을 찾아 헤이가에게 갖다주자 머리카락이 하도 헝클어지고 엉켜서 빗살을 끼워넣지도 못했다.

"머리를 감아." 리바가 말했다. "머리를 감으면, 젖어 있을 때 우리가 빗겨줄게."

"그러면 샴푸가 필요해. 진짜 샴푸. 엄마 비누를 쓸 수는 없어."

"내가 가서 좀 사오마." 리바는 살짝 떨고 있었다. "어떤 종류?"

"아, 종류는 상관없어요. 그리고 머릿기름도 좀 사와, 엄마. 포즈너에서 나온 걸로. 그리고 또…… 아니, 됐어. 그거면 돼. 엄마? 혹시 내…… 아, 이런 맙소사. 당연해. 놀랄 일도 아냐."

파일러트는 헤이가의 침대 시트에서 실밥을 하나 집더니 입에다 넣었다. "내가 물을 데우마." 그녀가 말했다.

리바는 돌아와서 헤이가의 머리를 감기고, 솔질을 하고, 부드럽게 빗으로 빗어주었다.

"그냥 둘로 땋아주기만 하면 돼, 엄마. 미장원에 가야 할 것 같아. 오늘. 오, 그리고 입을 옷이 있어야 하는데." 헤이가는 종이상자로 만든 작은 옷장 앞에 서서 손으로 걸려 있는 드레스를 훑었다. "여기 있는 건

다 엉망진창이야. 엉망진창. 다 구겨지고……"

"물이 뜨거워. 욕조는 어디다 갖다놓을까?"

"여기 안으로 갖다놔줘."

"그렇게 빨리 목욕을 해도 될 것 같아?" 리바가 물었다. "방금 일어났잖아."

"조용히 해, 리바." 파일러트가 말했다. "그애가 알아서 제 몸을 챙기게 둬."

"하지만 얘는 사흘 동안 침대에 누워만 있었잖아."

"그러니까 더 그렇지."

"이것들은 입을 수가 없어. 전부 다 엉망진창이야." 헤이가는 눈물을 글썽거렸다.

리바가 파일러트를 바라보았다. "엄마 말이 맞으면 좋겠네. 나는 일어난 지 얼마 안 돼서 당장 물속에 풍덩 뛰어드는 건 아무래도 마음에 들지 않아."

"그만 투덜거리고 욕조 옮기는 거나 도와줘."

"다 구겨졌잖아. 대체 뭘 입어야 돼?"

"그 정도 물로는 아가 발도 다 못 담그겠다."

"아가가 들어가 앉으면 물이 더 높아진다니까."

"내 노란색 드레스는 어디 있어? 치마 끝까지 단추가 달려 있는 옷 말이야."

"거기 어디 있을 거야."

"찾아서 다려줘, 응? 틀림없이 엉망일 거야. 전부 다 엉망진창인걸."

리바는 노란색 드레스를 찾아서 다려주었다. 파일러트는 헤이가의 목욕을 도와주었다. 마침내 깨끗하게 씻고 옷을 차려입은 헤이가가 두 여자 앞에 서서 말했다. "옷을 몇 벌 사야겠어. 새 옷. 내 옷은 다 엉망진창이야."

그들은 서로의 얼굴을 쳐다보았다. "뭐가 필요하니?" 파일러트가 물었다.

"전부 다 필요해." 헤이가가 말했고, 그녀는 그 전부를 얻었다. 그녀는 여자가 피부에 얹을 수 있는 건 모조리 다 샀다, 리바의 다이아몬드를 판 돈으로. 헤이가가 필요한 걸 공표했을 때 그들 수중에는 75센트밖에 없었고, 게다가 손님들한테 6달러나 빌려준 상태였다. 그래서 2천 달러짜리 2캐럿 다이아몬드 반지가 전당포로 직행했고, 그곳에서 리바는 처음에 반짓값으로 30달러를 바꿔왔다가 파일러트의 천둥 같은 호통을 듣고 다시 돌아가 170달러를 더 받아왔다. 헤이가는 2백 달러 75센트를 핸드백에 챙겨넣고 시내로 달려가면서도 이따금 혼잣말로 '당연해'라고 읊조렸다.

그녀는 플레이텍스의 가터벨트를 샀고 아이 밀러의 무색 팬티스타킹과 프루트 오브 더 룸 팬티, 나일론 슬립 두 장—한 장은 흰색, 한 장은 분홍색—을 샀고, 조이스의 팬시 프리 구두 한 켤레와 콘 브리오 구두 한 켤레를 샀다("조이스의 뾰족구두가 있어 얼마나 다행인지 몰라요"). 그녀는 치마와 에반파이콘의 투피스를 가득 안고 탈의실에 들어갔다. 그녀가 치마를 머리와 어깨 위에 뒤집어쓰고 허리까지 끌어내리는 동안, 치마 끝까지 단추가 달린 그녀의 작은 노란색 드레스는 마룻바닥에 덩그러니 놓여 있었다. 그런데 치마 지퍼가 잠기질 않았다. 그녀는 숨을 참고 치마를 최대한 잡아당겨보았지만 지퍼는 도무지 올라

갈 기미가 보이지 않았다. 그녀가 식식거리자 앞이마가 밝게 번들거렸다. 그 알루미늄 지퍼의 이빨이 들어맞느냐 아니냐에 자신의 인생 전체가 달렸다고, 헤이가는 믿어 의심치 않았다. 지퍼를 잠그려고 안간힘을 쓰는 사이 손톱이 갈라지고 손가락 끝이 아려왔다. 촉촉이 배어오던 땀이 구슬처럼 맺히기 시작하고 호흡이 가빠왔다. 헤이가가 울음을 터뜨리기 거의 직전, 판매원이 커튼 사이로 머리를 들이밀고 명랑하게 "잘되어가요?"라고 물었다. 하지만 헤이가의 공포에 질려 일그러진 표정을 본 뒤 그녀의 미소는 꽁꽁 얼어붙었다.

"오, 이런." 그녀가 말하며 치마 허리께에 대롱대롱 매달려 있는 꼬리표를 붙잡았다. "이건 5사이즈예요. 억지로 밀어넣지 말아요. 아가씨한테는, 오, 9나 11사이즈가 맞을 것 같아요. 부탁인데 억지로 입지 말아요. 맞는 사이즈가 있는지 봐드릴게요."

그녀는 헤이가가 주름치마를 발목에 떨어뜨리는 걸 보고 나서야 어딘가로 사라졌다. 여자가 다시 가져온 치마는 쉽게 입을 수 있었고, 헤이가는 더이상 찾아보지도 않고 그 치마와 에반파이콘의 투피스를 사겠다고 했다.

다음으로 그녀는 하얀 블라우스와 나이트가운을 샀다—가장자리가 물거품 모양으로 장식된 황갈색 나이트가운이었다. 이제 화장만 하면 되었다.

화장품 가게는 향내로 헤이가를 겹겹이 감쌌고, 그녀는 향수 라벨과 그 라벨이 약속하는 것들을 열심히 읽었다. 남자에게 부드럽고 은밀한 세계를 창조해주고 그 세계를 혼자서만 차지하는 원초적 여인을 위한 미루지아의 향에 니나리치의 레르 뒤 탕이 뒤섞였다. 야들리의 플레어 향, 그리고 뛰바슈의 넥타로마와 도르세의 인톡시케이션. 로베르 피게의 프라카스, 그리고 칼립소와 비자와 밴디트. 우비강의 샹티이. 카론의 플뢰르 드 로카이유 그리고 벨로지아. 헤이가는 유리 진열장 위에 감도는 달콤한 공기를 한껏 들이마셨다. 그녀는 미소 짓는 몽유병자처럼 그 주위를 빙글빙글 돌았다. 향수병, 제병처럼 얇은 원판, 원형 상자, 튜브, 그리고 약병이 빼곡히 놓인 다이아몬드처럼 맑은 진열장을 돌고 또 돌았다. 보드랍고 하얀 손에 들린 립스틱들이 강아지의 빛나는 빨간색 페니스처럼 통에서 튀어나와 있었다. 복숭앗빛 파우더와 우유 같은 로션이, 화려한 웃음을 짓고 있는 얼굴이 그려진 포스터 앞에 종류별로 진열되어 있었다. 황홀감에 젖은 얼굴들. 유혹에 성공한 음침한 얼굴들. 헤이가는 복숭앗빛과 크림색으로 새틴처럼 은은하게 빛나는 세공유리 한가운데서 한평생을 보낼 수도 있겠다고 생각했다. 부유하게, 사치스럽게, 사랑에 빠져서.

헤이가가 작은 가방으로 꽉꽉 들어찬 커다란 쇼핑백 두 개를 꼭 움켜쥐고 가게를 나선 건 다섯시 삼십분의 일이었다. 그리고 그녀는 릴리네 미장원에 도착할 때까지 한 번도 물건들을 내려놓지 않았다.

"오늘은 머리 더 안 받아요, 아가씨." 헤이가가 들어가자 릴리가 세면대에서 고개를 들고 올려다보았다.

헤이가는 물끄러미 쳐다보았다. "저는 머리를 해야 해요. 서둘러야 해요." 그녀가 말했다.

릴리는 마셀린 쪽을 흘낏 보았다. 가게에 돈을 벌어다주는 건 마셀린 쪽이었다. 그녀는 더 젊고, 더 최근에 기술을 배워서 가벼운 세팅을 해도 오래가게 만들 수 있었다. 릴리는 아직도 무슨 머리를 하든 시뻘

겋게 달군 아이론과 오일 1온스를 사용했다. 그녀의 고객은 충실했지만 불만이 많았다. 이제 그녀는 마셀린에게 말했다. "이 손님 좀 받아줄 수 있어? 난 도저히 안 되겠거든."

마셀린은 손님의 머리를 한참 물끄러미 바라보았다. "오늘은 늦게까지 일할 생각이 없었는걸요. 제 손님이 두 사람 더 올 거예요. 오늘만 여덟 명째란 말이에요."

아무도 말하지 않았다. 헤이가는 물끄러미 쳐다보았다.

"글쎄요." 마셀린이 말했다. "특별히 아가씨니까 하는 말인데, 여덟시 반에 다시 와요. 벌써 머리 다 감았어요?"

헤이가는 고개를 끄덕였다.

"좋아요." 마셀린이 말했다. "여덟시 반에 와요. 하지만 근사한 머리는 기대하지 말아요."

"놀랍구나." 헤이가가 떠나자 릴리가 킬킬거리며 웃었다. "방금 네가 손님 둘을 쫓아냈어."

"글쎄요, 그러고 싶지는 않은데, 저 헤이가라는 아가씨하고 괜히 얽혀서 골치 아프게 되는 건 싫어요. 무슨 짓을 할지 모르는 여자라니까요. 자기 사촌도 덮친 마당에, 나한테야 무슨 짓을 못하겠어요."

"저 여자가 메이컨 데드의 아들하고 사귀던 그 여자야?" 릴리의 손님이 세면대에서 고개를 들었다.

"그 여자예요. 둘 다 창피한 줄 알아야지. 사촌이라니."

"그 남자를 죽이려 드는 걸로 봐서는 사이가 좋지는 않은 모양이네."

"남자가 이 도시를 떠났다던데요."

"너 같으면 안 그러겠어?"

"글쎄요. 나는 저 여자애하고 엮이기 싫어요. 난 싫다고요."

"그 남자 말고 다른 사람은 괴롭히지 않아."

"글쎄, 파일러트도 상대하고 싶지 않아요. 내가 손녀딸을 거절했다는 걸 알면, 파일러트가 별로 달가워하지 않을걸요. 그 사람들은 애를 너무 오냐오냐 키워서, 끔찍하게 망치고 있어."

"옆집에다 생선 주문하지 않았어요?"

"그 많은 머리숱이라니. 근사한 머리를 해달라고 하지는 않았으면 좋겠네."

"다시 전화 좀 해봐요. 배가 고파지려고 해."

"헤이가처럼 해봐. 약속도 하지 말고. 아무것도 하지 말고. 무작정 늦게 아무때나 들어와서 근사한 걸 해달라고 해보라고."

그녀는 아마 어딘가 다른 데서 기다릴 생각이었던 것 같다. 아니면 집으로 갔다가 릴리네 미장원에 여덟시 반까지 돌아가든가. 하지만 일단 불붙은 기세를 걷잡을 수가 없었다—전부 하나로 연결되어 있었다. 작은 분홍색 콤팩트의 거울을 들여다본 그 순간부터 그녀는 멈출 수 없었다. 그를 황홀하게 사로잡을 눈부신 아름다움을 완성할 때까지는, 숨을 꼭 참고 활기와 분주한 노력을 포기할 수 없을 듯했다. 그래서 그녀는 릴리네 미장원을 나와 왼쪽도 오른쪽도 바라보지 않고 앞으로, 앞으로만 걸어갔다. 다른 사람, 가로등, 자동차, 그리고 천둥 치는 하늘조차 의식하지 못한 채. 온몸이 쫄딱 젖은 후에야 그녀는 비가 내리고 있다는 걸 알아차렸는데, 그마저도 쇼핑백 하나가 찢어졌기 때문에 알았다. 내려다보니, 색깔 띠가 달린 에반파이콘의 흰색 치마가 깨끗하게 반으로 접힌 채 갓길에 떨어져 있고, 그녀는 집에서 아주아주 멀어져 있었다. 그녀는 쇼핑백 두 개를 다 내려놓고, 치마를 집어 들러붙은 모래 부스러기를 털었다. 그녀는 치마를 재빨리 다시 개켰지만, 쇼핑백에 다시 넣으려고 하자 이번에는 아예 쇼핑백의 밑이 터지고 말았다. 허리를 굽히고 어떻게든 수습해보려고 애쓰는 사이, 비에 머리카락이 흠뻑 젖었고 빗물은 목을 타고 줄줄 흘러내렸다. 그녀는 콘 브리오 구두 상자와 반 랄터 장갑이 든 작은 꾸러미, 그리고 가장자리가 물거품 모양으로 장식된 황갈색의 짧은 나이트가운이 든 꾸러미를 꺼냈다. 그리고 이것들을 다른 가방에 쑤셔넣었다. 되돌아가자니 한 손에 이 무거운 짐을 다 들 수가 없어서, 배까지 들어올린 뒤 양팔로 짐을 감싸안았다. 10야드도 채 못 가 쇼핑백 바닥이 터졌다. 헤이가는 실수로 정글 레드 립스틱(스컬프투라 제품)과 유스 블렌드 크림을 발로 차고 말았고, 서니 글로우 파우더 상자를 진흙탕 속에 처박는 낭패까지 보았다. 정글 레드와 유스 블렌드는 무사히 다시 주울 수 있었지만, 서니 글로우는 완전히 거꾸로 처박혀 그 위를 덮고 있던 원형 비닐을 잃어버리는 바람에, 빗방울의 무게를 이기지 못하고 폭발하듯 연한 복숭앗빛 먼지를 일으켰다. 헤이가는 그것들을 최대한 긁어모으고, 찌그러진 원형 비닐을 다시 상자에 밀어넣었다.

달링 스트리트에 닿을 때까지 헤이가는 두 번이나 멈춰 서서 땅바닥에 떨어진 물건들을 다시 주워 담아야 했다. 마침내 그녀는 절뚝거리며, 온몸이 젖은 채, 어쩔 줄 모르고, 아무렇게나 꾸러미들을 움켜쥔 모습으로 파일러트의 문간에 섰다. 리바는 딸을 보고 안심이 된 나머지 헤이가를 와락 붙들다가 샹티이와 밴디트를 마룻바닥에 떨어뜨리고 말았다. 헤이가는 빳빳하게 굳어 어머니한테서 물러섰다.

"서둘러야 해." 그녀는 속삭였다. "서둘러야 해."

질척거리는 단화를 끌고 머리카락에서는 물을 뚝뚝 떨어뜨리면서, 헤이가는 산 물건들을 두 팔에 가득 안고 침실로 들어가 문을 닫았다. 파일러트와 리바는 굳이 따라 들어가려 하지 않았다.

헤이가는 침실에서 옷을 모두 벗은 뒤 얼굴이나 머리나 발을 말릴 겨를도 없이 색깔 띠가 달린 흰색 치마와 세트로 나온 볼레로, 메이든 폼 브래지어, 프루트 오브 더 룸 팬티, 무색 팬티스타킹, 플레이텍스 가터벨트를 입고 조이스의 콘 브리오 뾰족구두를 신었다. 그러고는 앉아서 얼굴을 단장하기 시작했다. 젊고 둥근 눈두덩이부터 눈썹까지는 흑회색으로 칠했고, 뺨에는 망고 탱고를 문질러 발랐다. 그런 뒤에는 서니 글로우를 얼굴 전체에 토닥토닥 펴 발랐다. 그러자 아래 바른 망고 탱고가 지워져 보이지 않게 되는 바람에, 다시 한번 발라야 했다. 그녀는 입술을 내밀고 정글 레드를 전체적으로 발랐다. 대낮의 햇살에도 잘 보이도록 베이비 클리어 스카이 라이트를 눈꺼풀에 펴 바르고 밴디트 향수를 목과 귓불과 손목에 찍어 발랐다. 마지막으로 손바닥에 유스 블렌드를 약간 덜어내 얼굴에 매끈하게 문질러 발랐다.

마침내 헤이가는 문을 열고 파일러트와 리바에게 자기 모습을 선보였다. 그런데 그들의 눈동자에서, 그녀는 거울로는 보지 못했던 것들을 보고 말았다. 젖고 찢어진 스타킹, 더러워진 흰옷, 끈적거리고 뭉친 가루분, 번진 입술, 그리고 엉망진창으로 헝클어진 축축한 머리카락. 그들의 눈동자에서 그녀는 이 모든 걸 봐버렸고, 그 광경은 비보다 훨씬 뜨끈하고 훨씬 오래 지속되는 물로 그녀의 두 눈을 가득 채웠다. 물은 몇 시간 동안 계속 흘러내렸고 마침내 열병이 찾아오더니 멈추었다. 열병이 입은 물론이고 눈까지 바짝바짝 마르게 했던 것이다.

그녀는 모래처럼 메마르고 유리처럼 고요한 눈을 하고서, 골디락스가 고른 작은 침대에 누웠다. 파일러트와 리바는, 항상 같은 방향으로 부는 바람에 부대끼다 앞으로 휘어져 자란 두 그루의 디비디비나무처럼 헤이가 쪽으로 허리를 굽힌 채 침대에 앉아 있었다. 나무처럼, 그들은 갖고 있는 모든 걸 아낌없이 헤이가에게 내주었다. 사랑의 속삭임과 빛을 가려주는 그늘.

"엄마." 헤이가의 신열은 훨씬 더 올라 있었다.

"으으응?"

"그이는 왜 내 머리를 좋아하지 않아?"

"누구, 아가야? 누가 네 머리를 좋아하지 않니?"

"밀크맨."

"밀크맨도 네 머리를 좋아한단다." 리바가 말했다.

"아니. 좋아하지 않아. 하지만 나는 그 이유를 모르겠어. 어째서 밀크맨은 내 머리를 결코 좋아해주지 않았는지."

"당연히 그 아이도 네 머리를 좋아한단다. 걔가 어떻게 네 머리를 싫어할 수가 있겠니?" 파일러트가 물었다.

"그이는 비단처럼 보드라운 머릿결을 좋아해." 헤이가가 너무도 나지막하게 중얼거려서, 그 말을 알아들으려면 그들은 고개를 한참 숙여야 했다.

"비단처럼 보드라운 머리카락? 밀크맨이?"

"밀크맨은 나 같은 머리카락 싫어해."

"쉿, 헤이가."

"1페니 동전 색깔을 띤 비단처럼 보드라운 머리카락."

"말하지 말아라, 아가야."

"곱슬거리고 동그랗게 말리는 보드라운 머리카락. 밀크맨은 내 머리카락을 싫어해."

파일러트는 헤이가의 머리에 손을 얹고, 손가락으로 손녀의 축축하게 젖은 털실 같은 머리카락을 쓰다듬었다. "어떻게 그애가 네 머리를 좋아하지 않을 수가 있니? 제 겨드랑이에서 자라는 털과 똑같은데. 제 사타구니에서 배까지 자라나는 털과 똑같은데. 그애 가슴에 자란 털과도 똑같고. 아주 똑같은데 말이지. 제 콧구멍에서도 나고, 제 입술 위로도 나고, 면도기를 잃어버리는 일이라도 생기면 그 털이 그애 얼굴을 온통 뒤덮을 게다. 제 머리 위에도 똑같은 털이 나 있잖니, 헤이가. 네 머리카락은 자기 머리카락이기도 해. 사랑하지 않을 리가 없어."

"그이는 전혀 좋아하지 않아요. 아주 싫어하지."

"아니, 싫어하지 않아. 자기가 사랑하는 게 뭔지 모를 뿐이지만 결국은 알게 될 게다, 아가야, 언젠가는 말이야. 어떻게 그애가 자기 자신은 사랑하면서 네 머리카락은 싫어할 수가 있겠니?"

"그이는 보드라운 머릿결을 좋아해."

"쉬이, 헤이가."

"동전 색깔을 띤 머리카락."

"제발, 아가야."

"그리고 레몬빛 피부."

"쉬이이."

"그리고 회청색 눈."

"쉬, 이제 쉿."

"그리고 가느다란 코."

"쉬이, 얘야, 쉿."

"그이는 절대로 내 머리를 좋아하게 되지 않을 거야."

"쉬, 쉬이, 쉬, 얘야, 쉬이."

파일러트와 리바가 꾸미는 데 필요한 물건을 헤이가에게 사주느라 전 재산을 다 써버리는 바람에 이웃들이 돈을 거뒀다. 하지만 그래봤자 액수는 미미했고 제대로 된 장례식을 해줄 수 있을지는 여전히 아슬아슬했다. 그러자 루스는 서니네 가게로 걸어가서 눈도 깜박이지 않고 메이컨을 빤히 쳐다보았다. 그는 현금 서랍을 열어 20달러짜리 지폐를 두 장 꺼내 책상 위에 올려놓았다. 루스는 팔을 뻗어 그 돈을 가져가려 하지도 않고, 발길을 돌리지도 않았다. 메이컨은 머뭇거리다가 의자를 빙글 돌려 금고의 숫자판을 만지작거리기 시작했다. 루스는 기다렸다. 메이컨이 세 번이나 금고에 손을 넣어 돈을 꺼낸 후에야, 루스는 깍지를 풀고 돈을 집으려 팔을 뻗었다. "고마워요." 그녀는 인사한 뒤 린든 장의사로 단호히 걸어가 최대한 빠른 장례일을 잡았다.

이틀 후, 장례 절차가 절반쯤 진행될 때까지는 리바가 상을 당한 집안의 유일한 참석자가 될 것으로 보였다. 린든 침례교회 여성성가단이 이미 〈저와 함께 하소서〉를 불렀고, 장의사의 아내가 조의문을 읽었으며 목사는 "벌거벗고 세상에 태어난 몸, 알몸으로 돌아가리라"* 하는 설교를 했다. 그는 이런 설교가 젊은 처녀의 죽음에 특히 어울린다고 믿고 있었다. 그리고 '파일러트의 아가'에게 조의를 표하러 왔으나 감히 들어가지 못하고 문간에 옹기종기 모여 있던 술꾼들은 그만 흐느끼기 시작했다. 바로 그때, 문이 활짝 열리더니 파일러트가 마치 명령이라도 하듯 "은총!"이라고 큰 소리로 외치며 달려들어왔다. 젊은 청년 하나가 일어나서 파일러트 쪽으로 다가갔다. 그녀는 오른팔을 휘둘렀고, 청년은 팔에 맞아 쓰러질 뻔했다. "나는 은총을 원해!" 그녀는 소리치면서 관 쪽으로 걸어가기 시작했다. 누군가 던진 질문에 아니라고 대답하듯 고개를 이쪽저쪽으로 절레절레 흔들어대면서.

복도 절반쯤 가서, 그녀는 발길을 멈추고 손가락을 들어 어딘가를 가리켰다. 그러고는 느릿느릿, 여전히 호흡은 빠르고 밭았지만 느릿하게 손을 내려 옆구리에 붙였다. 이상한 광경이었다. 호흡이 그렇게 빠르고 거친데, 께느른하게 흐느적거리는 손은 조용히 평온을 찾는 그 모습은. "은총." 파일러트는 다시 한번 말했지만, 이번에는 속삭임이었다. 장의사가 황급히 달려가 그녀의 팔꿈치를 잡았다. 파일러트는 장의사에게서 물러서서 곧장 관으로 향했다. 그녀는 고개를 기울이고 내려다보았다. 귀고리가 어깨에 스쳤다. 칠흑처럼 새카만 그녀의 옷차림과 대비되어 귀고리는 별처럼 눈부시게 빛났다. 장의사가 다시 그녀 곁으로 다가가려 했지만, 막상 가까이에서 그녀의 새카만 흑딸기 같은 입술과 구름 끼고 비 내리는 듯한 두 눈과 귀에 걸린 아름다운 황동 상자를 보고는 뒤로 물러서서 마룻바닥만 내려다보았다.

"은총?" 이제 그녀는 묻고 있었다. "은총?"

---

* 「욥기」 1:21.

그것만으로는 모자랐다. 그 말에는 바닥이, 틀이 필요했다. 파일러트는 몸을 꼿꼿이 펴고, 고개를 높이 치켜들고, 애끓는 호소를 노래로 승화시켰다. 그녀는 초롱꽃 같은 청량한 목소리로 소리 높여 노래했다—그리하여 그 단어는 오래오래 끊어지지 않고 이어져 한 문장이 되었다—그리고 마지막 음절이 방구석에서 스러지기 전에, 그녀는 감미로운 소프라노로 되돌아오는 대답을 들었다. "내가 듣고 있다."

사람들이 뒤로 돌아섰다. 리바도 들어와 노래를 부르고 있었다. 파일러트는 그녀가 들어온 것을 알은체하지 않았고, 박자 하나 놓치지 않았다. 그녀는 그저 '은총'이라는 단어만 되풀이했고, 리바는 응했다. 딸은 교회 뒤쪽에 서서, 어머니는 앞에 서서, 함께 노래를 불렀다.

밤이 오면.
은총.
어둠 속에서.
은총.
아침이면.
은총.
내 침대 맡에.
은총.
이제 무릎을 꿇고.
은총. 은총. 은총. 은총.

그들은 고조된 침묵 속에서 동시에 노래를 그쳤다. 파일러트는 손을 뻗어 손가락 세 개를 관 가장자리에 댔다. 이제 그녀는 회색 공단에 싸여 자기 앞에 누워 있는 여인을 향해 노래했다. 그녀는 부드럽고 은밀하게 헤이가가 아주 어린 아이였던 시절 약속했던, 마음을 달래주는 그 노래를 불러주었다.

누가 우리 달콤한 설탕덩어리를 괴롭혔니?
누가 우리 아가를 괴롭혔니?
누가 우리 달콤한 설탕덩어리를 괴롭혔니?
누가 우리 꼬마 아가씨를 괴롭혔니?

누군가 우리 달콤한 설탕덩어리를 괴롭혔네.
누군가 우리 아가를 괴롭혔네.
누군가 우리 달콤한 설탕덩어리를 괴롭혔네.
누군가 우리 꼬마 아가씨를 괴롭혔네.

누가 우리 달콤한 설탕덩어리를 괴롭혔는지 찾아줄게.
누가 우리 아가를 괴롭혔는지 찾아줄게.
누가 우리 달콤한 설탕덩어리를 괴롭혔는지 찾아줄게.
누가 우리 꼬마 아가씨를 괴롭혔는지 찾아줄게.

"우리 꼬마 아가씨." 관에서 돌아설 때까지도, 파일러트의 목에서는 이 세 단어가 여전히 솟구쳐오르고 있었다. 그녀는 교회 의자에 앉은 사람들의 얼굴을 둘러보다가, 자기를 똑바로 바라보고 있는 한 쌍의 눈동자를 마주보았다. 파일러트는 그 얼굴을 향해 고개를 끄덕이며 "우리 꼬마 아가씨"라고 말했다. 그리고 또다른 한 쌍의 눈동자를 바라보며 그에게도 "우리 꼬마 아가씨"라고 말했다. 파일러트는 복도를 다시 걸어 돌아오며, 자기를 향해 있는 얼굴 모두에게 똑같은 이야기를 전했다. "우리 꼬마 아가씨. 저애가 우리 꼬마 아가씨라우. 우리 꼬마 아가씨. 우리 꼬마 아가씨. 우리 꼬마 아가씨."

헤이가가 누구인지 밝히면서, 그 아이를 이 세상 모든 죽은 것들로부터 떼어내 특별한 존재로 승화시키며, 파일러트는 대화를 나누듯 친근하게 말했다. 처음에는 그녀를 바라볼 용기를 내고, 고개를 저으며 "아멘"이라고 말하는 사람들에게만 말했다. 그다음에는 차마 용기를 내지 못하는 사람들, 그녀의 옆구리에 놓인 기나긴 검은 손가락 높이 이상으로 도저히 눈길을 보내지 못하는 사람들에게 말했다. 파일러트는 그들을 향해 약간 몸을 기울이며, 딱 세 단어로 그녀 뒤의 관 속에 누워 있는 단명한 목숨의 모든 사연을 이야기해주었다. "우리 꼬마 아가씨." 그 단어들은 조용한 협곡에 돌처럼 던져졌다.

마치 자신의 분노를 막 발견하고, 그 이빨이나 가죽이나 살점이나 굉장한 힘을 빼앗으려 하는 왜소한 인간들의 머리 위로 코를 치켜드는 코끼리처럼, 별안간 파일러트는 하늘을 향해 들으라는 듯이 나팔처럼 노호하며 소리를 질렀다. "그 아이는 사랑받았단 말이오!"

문간에서 마음 아파하던 술꾼 하나가 그 소리에 소스라치게 놀라 그만 술병을 떨어뜨렸고, 그 바람에 에메랄드빛 유릿조각과 정글 레드 빛깔의 포도주가 사방으로 튀고 말았다.

14

해가 지평선 끝에 걸려서 그런지, 수전 버드의 집은 달라 보였다. 삼나무는 은회색을 띠었고 나무껍질은 꼭대기까지 다 쭈글쭈글했다. 밀크맨의 눈에는, 꼭 늙어빠진 코끼리 다리처럼 보였다. 게다가 지금 보니 그네를 매단 밧줄은 해졌고 그토록 밝고 경쾌해 보이던 말뚝 울타리는 사실 군데군데 칠이 갈라지고, 벗어지고, 심지어 왼쪽으로 기울어 있었다. 포치로 올라가는 파란색 층계는 엷은 회색으로 바래 있었다. 솔직히 말해 집 전체가 추레하고 너절해 보였다.

그는 문을 두드리려고 손을 들다가 초인종을 발견했다. 그가 초인종을 누르자 수전 버드가 문을 열어주었다.

"또 뵙습니다." 밀크맨이 말했다.

"뭐," 수전 버드가 말했다. "정말 약속을 잘 지키는 분이시군요."

"괜찮으시다면, 조금 더 말씀을 나누고 싶어서요. 싱에 대해서 말입니다. 들어가도 되겠습니까?"

"물론이죠." 그녀는 문에서 비켜섰고, 생강빵 냄새가 또 살짝 풍겨나왔다. 두 사람은 다시 거실에 자리를 잡고 앉았다—이번에는 그가 회색 윙체어에 앉고, 그녀가 소파에 앉았다. 롱 양은 어디에도 보이지 않았다.

"싱이 누구와 결혼했는지, 아니 결혼을 했는지 안 했는지 여부도 전혀 모른다고 하셨지만 저는—"

"누구와 결혼했는지 당연히 알고 있지요. 그러니까 둘이 진짜로 결혼을 했다면 말이에요. 싱은 자기 어머니가 돌봐주던 흑인 남자애 제이크와 결혼했어요."

밀크맨은 현기증을 느꼈다. 모든 사람들이 그의 면전에서 딴판으로 모습을 바꿨다. "하지만 어제는 그녀가 떠난 후 아무도 소식을 듣지 못했다고 하셨잖아요."

"아무도 소식을 듣지 못했어요. 하지만 싱이 누구와 함께 떠났는지는 알고 있었죠!"

"제이크입니까?"

"제이크였어요. 흑인 제이크. 석탄처럼 새카만 제이크."

"어디—그들은 어디에 살았습니까? 보스턴인가요?"

"결국 어디 정착했는지는 저도 몰라요. 북부일 거예요, 아마. 전혀 소식을 듣지 못했으니까."

"보스턴의 사립학교로 갔다고 하셨잖아요."

그녀는 한 손을 휘휘 저어 그 모든 이야기를 단번에 부정해버렸다.

"그건 그냥 그 여자, 그레이스 앞이라서 하는 얘기였어요. 하도 말이 많은 여자라서. 온 동네에 이야기를 퍼뜨리고 다니거든요. 무슨 학교에 가게 되어 있었던 건 사실이지만, 싱은 학교로 가지 않았어요. 그 흑인 소년 제이크와 함께 포장마차를 타고 떠났지요. 엄청나게 많은 노예들이 같이 탔어요. 제이크가 마차를 몰았고요. 상상이 가세요? 포장마차 한가득 들어찬 노예들과 도망을 간다는 게?"

"제이크의 성은 뭐였습니까? 말씀해주실 수 있으세요?"

그녀는 어깨를 으쓱해 보였다. "성이라는 게 있었는지 모르겠네요. 하늘을 나는 아프리카 아이들 중 하나였거든요. 아마 지금은 전부 저세상 사람이 된 지 오래겠지만."

"하늘을 나는 아프리카 아이들이요?"

"그래요, 솔로몬의 아이들 중 하나였어요. 아니, 샬리마라고 해야 하나. 아버지는 헤디가 늘 그를 샬리마라고 불렀다고 하셨죠."

"그러면 헤디는……"

"우리 할머니셨어요. 싱의 어머니이고 또 우리 아버지의 어머니이기도 하셨죠. 인디언이었어요. 애들을 남겨두고 아비가 떠나버렸을 때, 헤디가 제이크를 돌봐주었어요. 그 아이를 찾아서 집으로 데려와 키웠지요. 그때는 헤디한테 아들이 없었거든요. 우리 아버지, 크로얼은 나중에 태어났어요." 그녀는 앞으로 몸을 기울이더니 조그맣게 속삭였다. "헤디는 남편이 없었답니다. 이런 얘기를 그레이스 앞에서 시시콜콜 털어놓고 싶지가 않았어요. 이런 걸 알게 되면, 그레이스가 어떻게 할지 안 봐도 뻔해요. 젊은이야 외지인이니까 상관없지. 하지만 그레이스는……" 수전 버드는 애원하는 눈길로 천장을 쳐다보았다. "헤디가 데리고 왔을 때 제이크는 아기였고, 싱과 제이크는 함께 자랐어요. 아마 퀘이커 학교 같은 데로 보내지는 것보다 싱은 제이크와 함께 달아나는 편이 더 좋았던 모양이지요. 흑인과 인디언은 어울리는 일이 많지만, 글쎄요, 싫어하는 인디언들도 많아요—결혼하는 것 말이에요. 둘 다 친아버지가 누구인지 몰랐어요, 제이크도 싱도. 그리고 우리 아버지도 친아버지가 누군지 몰랐답니다. 헤디가 한마디도 하지 않았어요. 저는 지금까지도 아버지가 백인인지, 인디언인지, 아니면—뭐—뭔지 전혀 몰라요. 싱의 이름은 원래 싱잉 버드였어요. 그리고 아버지의 이름은 원래 크로였지요. 나중에 크로얼 버드로 개명을 했어요. 독립전쟁 때 제대를 하면서 이름을 바꿨지요." 그녀가 미소를 지었다.

"그런데 솔로몬을 왜 하늘을 나는 아프리카인이라고 부르는 겁니까?"

"오, 그건 그냥 이 동네 늙은이들이 잘하는 거짓말이에요. 노예로 데려온 아프리카 사람들 중에는 날 수 있는 사람들이 있었대요. 그들 중 상당수는 아프리카로 날아서 돌아갔다지요. 이 동네에 있던 흑인들 중에 날아서 돌아간 사람이 바로 이 솔로몬이에요, 아니 샬리마라던가—도대체 어느 이름이 맞는지 아직도 모르겠어요. 아무튼 그 사람은 여기저기에서 수없이 많은 아이를 낳았대요. 혹시 눈치를 채셨는지도 모르겠어요. 여기 사는 사람들이 전부 그의 친척이라고 주장한다는 걸. 이 산지에 퍼져 있는 집들만 해도 적어도 사십 가구 이상이 자칭 솔로몬 어쩌고 하는 이름을 쓰고 있답니다. 굉장히 잘난 사람이었나봐요." 그녀는 웃음을 터뜨렸다. "좌우지간, 잘났건 아니건, 그 사람은 어느 날 자취를 감추었고 모두 등진 채 홀로 떠나버렸어요. 아내, 모든 사람들,

스물한 명의 자식들까지 다 두고 떠났죠. 그리고 전해오는 말로는 그가 떠나는 모습을 모두 보았다고 해요. 아내도 보았고, 아이들도 보았답니다. 모두들 밭에서 일하고 있었대요. 옛날에 여기서 목화를 길러보려고 했던 적이 있거든요. 상상이 가요? 이런 산지에서? 하지만 그때는 목화만한 게 없었나봐요. 땅이 척박해질 때까지, 너도나도 목화를 길렀지요. 하긴 내가 어렸을 때까지도 목화를 길렀어요. 아무튼, 이 제이크라는 흑인 소년 얘기로 다시 돌아가서 말이죠. 그는 솔로몬이 낳은 스물한 명의 친자식 중 한 명이라고들 했어요—전부 아들이었고 또 전부 한배로 낳은 아이들이었답니다. 제이크는 아기였어요. 그가 날아갈 때, 그 아기와 아내가 바로 곁에 있었다고 해요."

"'날아갔다'는 말씀이 도망갔다는 뜻이지요? 탈출했다는 건가요?"

"아니, 날아갔다는 얘기예요. 오, 이건 그냥 바보 같은 얘기예요. 하지만 이야기에 따르면, 그는 도망친 게 아니었어요. 날아갔대요. 하늘을 날았대요. 그러니까, 새처럼 말이에요. 어느 날 밭 한가운데 서 있다가, 언덕을 뛰어올라가, 두세 번 빙글빙글 돌더니, 그대로 공중으로 떠올랐답니다. 그리고 곧장 그가 처음에 왔던 곳으로 돌아갔대요. 골짜기 너머에 그의 이름을 딴 커다란 쌍봉 암석이 있어요. 그 일로 그 여인, 그러니까 아내는 거의 초주검이 되었어요. '아내'라고 말해도 될 것 같군요. 아무튼 그 여자는 며칠 동안 절규했대요. 그래서 이 근처에는 사람들이 라이나의 협곡이라고 부르는 산골짜기가 있는데, 가끔 그 옆으로 지나가다보면 바람소리가 굉장히 이상하게 들릴 때가 있어요. 사람들은 그 소리를 그 아내, 그러니까 솔로몬의 아내가 우는 소리라고 하지요. 그 여자 이름이 라이나였거든요. 그 여자는 비명을 지르고 또 지르다가, 완전히 미쳐버렸대요. 요즘은 그런 여자 얘기를 듣기가 쉽지 않지만, 옛날에는 왕왕 있었답니다—어떤 특별한 남자가 없이는 아예 살 수가 없는 여자들 말이에요. 그래서 그 남자가 떠나면, 그 여자들은 미쳐버리거나 죽어버리거나 그렇게 되었다지요. 그게 사랑이겠죠, 아마. 나는 사랑이라는 게 혼자서 아이들을 보살피는 거라고 생각하는데. 무슨 말인지 아시죠?"

그녀가 끝도 없이 말을 하고 또 하는 동안 밀크맨은 의자에 푹 기대 앉아 소문, 떠도는 이야기, 전설처럼 내려오는 이야기, 추측에 귀를 기울였다. 밀크맨의 생각은 수전 버드의 말을 앞서가거나 뒤따라가거나 그와 나란히 나아갔고, 그는 차츰차츰 그녀가 한 이야기와, 그가 알고 있던 사실과, 그가 추측한 바를 통해 사연의 전말을 종합할 수 있었다.

싱은 퀘이커 학교에 간다고 말했지만, 사실은 제이크와 함께 해방노예로 가득한 포장마차를 타고 보스턴이나 어디 다른 곳으로 향했다. 그들은 가는 길 내내 포장마차의 승객들을 어딘가에 내려주었을 것이다. 그러다 고삐를 잡고 있던 제이크가 길을 잘못 들었으리라. 그는 표지판을 읽을 줄 몰랐으니까. 그래서 그들은 결국 펜실베이니아에 정착하게 되었던 거다.

"그렇지만 여기 아이들이 하는 놀이가 있던데요. 그 놀이를 하면서 아이들은 '솔로몬의 외아들 제이크'라고 노래를 불렀어요. 외아들이라고요." 그는 수전 버드가 자기 말을 끊고 끼어든 걸 기분 나쁘게 여길까봐 그녀 쪽을 흘끔 쳐다보았다.

"글쎄요. 아이들이 틀렸어요. 제이크는 외아들이 아니었어요. 스무 명이 더 있었지요. 하지만 그 아이는 솔로몬이 데려가려던 유일한 아이였어요. 아마 그게 그런 뜻일 거예요. 솔로몬은 그 아이를 들어 안고 갔지만, 커다란 저택의 포치에다 떨어뜨리고 말았지요. 거기서 헤디가 그 아이를 발견한 거예요. 헤디가 예전에 그곳에 가서 비누나 초 만드는 걸 도와주곤 했거든요. 헤디는 노예가 아니었지만, 해마다 특정 시기에 그 저택에 가서 일을 해주었어요. 헤디는 수지를 녹이다가 문득 위를 올려다보았는데, 아기를 안고 산마루 쪽으로 날아가는 사내를 보았던 거지요. 그는 나무에 너무 가깝게, 스칠 듯이 날고 있었고, 아기가 그 품에서 미끄러지더니 나뭇가지를 헤치고 땅바닥에 떨어졌어요. 아기는 의식이 없었지만, 나무 덕분에 목숨은 구했지요. 헤디는 달려가서 아기를 들어올렸어요. 아까도 말씀드렸다시피 헤디에게는 아들이 없었고 아주 어린 딸뿐이었는데, 이 아기가 하늘에서 거의 그녀의 무릎 위로 뚝 떨어진 거죠. 그녀는 제이크에게 다른 이름을 지어주지 않았어요. 그러기를 두려워했지요. 얼마 후 헤디는 이 아기가 라이나의 자식이라는 걸 알게 되었지만, 라이나는 제정신이 아니었어요. 헤디는 솔로몬과 다른 사람들이 일하던 곳에서 상당히 멀리 떨어진 곳에 살고 있었대요. 그 딸도 그곳에서 멀리 떨어져 살게 하려 했고요. 그러니 그애들 둘이서 같이 도망가버렸을 때, 헤디의 기분이 어땠겠어요? 우리 아버지만 남고 다 떠나버렸어요."

"주를 떠나기 전에 제이크는 해방노예사무국에 가서 등록을 해야만 했지요?"

"그때는 다 그랬어요. 노예였던 사람들은 다 그랬다는 말이에요. 주를 떠나건 안 떠나건, 그런 건 상관없었어요. 하지만 우리는 한 번도 노예였던 적이 없었어요, 그래서—"

"그 얘기는 아까 해주셨잖아요. 제이크의 형제들 중에 등록을 했던 사람은 더 없나요?"

"확실히 말씀드리기가 힘드네요. 그때는 참 대단한 시절이었던 것 같아요. 굉장히 힘든 시절이요. 누가 누군지 서로 안다는 게 놀라울 뿐이죠."

"정말 큰 도움이 되었습니다, 버드 양. 진심으로 감사드립니다." 그때 밀크맨은 앨범 같은 게 있느냐고 물어볼까 잠시 망설였다. 싱, 크로얼, 심지어 헤디도 두 눈으로 똑똑히 보고 싶었다. 그러나 참기로 했다. 수전 쪽에서 이것저것 묻기 시작할 수도 있을뿐더러 그는 제이크처럼 검은, 처음 보는 친척 때문에 그녀가 괴로워하는 걸 원치 않았다.

"그런데 청년이 찾던 그 여자는 아니지요? 파일러트라고 했던가요?"

"아니에요." 그가 말했다. "전혀." 그는 떠나려고 일어서다가 손목시계가 떠올랐다.

"그건 그렇고, 제가 여기 시계를 놓고 갔나요? 돌려받았으면 좋겠는데."

"시계라고요?"

"네. 친구분이 좀 보고 싶다고 하셨어요. 롱 양이던가요. 그분한테 건네줬다가 그만 깜박—" 밀크맨은 말을 뚝 그쳤다. 수전 버드가 배를 쥐고 큰 소리로 웃고 있었다.

"글쎄요, 그 시계와는 작별을 고했다고 생각하세요, 메이컨 씨. 그레이스는 아마 이 동네 집집마다 저녁을 먹으러 돌아다니면서, 당신이 준 시계 자랑을 할 거예요."

"뭐라고요?"

"글쎄요, 뭐라고 해야 하나. 그레이스가 진짜로 나쁜 뜻으로 한 짓은 아니에요. 하지만 이곳은 워낙 조용한 동네라서요. 별로 찾아오는 손님도 없고, 특히 금시계를 차고 북부 억양으로 말하는 젊은이는 더더구나 없지요. 내가 알아서 찾아드릴게요."

"신경쓰지 마십시오. 걱정 마세요."

"아니면, 그냥 그레이스를 용서해주세요. 여기는 지루한 곳이랍니다, 메이컨 씨. 이곳에서는 정말 아무 사건도 일어나지 않아요. 아무 일도요."

15

팬 벨트는 다음 주유소까지 가기도 전에 다시 고장이 났다. 지스탠이라는 작은 마을 외곽에서, 바늘이 H에서 달달 떨더니 주저앉아버렸다. 밀크맨은 견인차 업자에게 자동차를 20달러에 팔고 제일 빨리 출발하는 버스를 잡아탔다. 어차피 그편이 제일 좋았을 터였다. 웅웅 울리는 차바퀴들을 깔고 앉아 의자 앞 좁은 공간에 다리를 꼬고 앉아 있다보니, 버드라는 여자네 집 문을 쾅 닫자마자 시작된 엄청난 흥분을 차분하게 식힐 시간적 여유가 생겼기 때문이다.

그는 샬리마로 무조건 빨리 돌아가야겠다고 조바심을 쳤고, 정신없이 달려오느라 흙투성이에 더러워진 모습으로 샬리마에 도착해서는 바로 자동차에 뛰어올라 스위트의 집으로 향했다. 그는 하마터면 그 집 문을 완전히 부술 뻔했다. "나 헤엄치고 싶어!" 그는 소리를 쳤다. "어서, 우리 수영하러 가자! 나 몸이 더러워져서 ~~무우우우우울~~이 필요하단 말이야!"

스위트는 미소를 짓더니 목욕을 시켜주겠다고 했다.

"목욕이라고! 저 작은 도자기에 내가 몸을 담글 거라 생각해? 난 바다가 필요해! 망할 놈의 바다 전체가 필요하다고." 밀크맨은 웃음을 터뜨리고 크게 소리지르며 그녀에게 달려가 그녀의 무릎을 안아올려 어깨에 들쳐멘 채 방안을 빙글빙글 돌았다. "바다! 나는 바다에서 수영해야 해. 저 조그만 욕조 같은 거 나한테 들이밀지 말라고, 아가씨. 나는 깊고 푸른 바다 전체가 다 필요하다고!"

그는 스위트를 내려주었다. "이 동네 사람들은 다 수영 안 해?"

"애들이 저 너머 채석장에 가끔 가요."

"채석장? 당신네들에게는 바다가 없단 말이야? 대양이 없어?"

"없어요. 여기는 산골인걸요."

"산골. 산동네. 하늘을 나는 동네."

"어떤 남자가 당신을 만나러 왔었어요."

"오, 그래? 기타 베인스 씨겠군."

"이름은 말하지 않았어요."

"그럴 필요 없거든! 그 사람은 기타 베인스, 기타, 기타, 기타 베인스라고!" 밀크맨은 살짝 춤을 춰 보였고 스위트는 손으로 입을 가리고 깔깔 웃었다.

"어서, 스위트, 바다가 있는 곳을 가르쳐줘."

"건너편 산마루 아래로 가면 강물이 흘러내려오는 데가 있어요. 아주 깊고, 또 폭도 넓어요."

"그러면 같이 가자! 어서!" 그는 스위트의 팔을 붙잡고 자동차로 이끌었다. 밀크맨은 가는 길 내내 노래를 불렀다. "솔로몬 앤 라이나 벨랄리 샬루트……"

"그걸 어디서 배웠어요?" 스위트가 물었다. "우리가 어렸을 때 하던 놀이인데……"

"물론 그랬겠지. 다들 그랬지. 나만 빼고 다들 이걸 하고 놀았지. 하지만 이젠 나도 놀이에 낄 수 있어. 이젠 나의 놀이야."

계곡물은 넓고 푸르렀다. 밀크맨은 옷을 벗고, 나무에 올라가 물속으로 풍덩 뛰어들었다. 그는 총알처럼, 무지갯빛으로 은은히 빛나며, 만면에 미소를 띠고, 사방으로 물을 튀기면서 물위로 떠올랐다. "어서 들어와. 그 옷들 다 벗고 이리 뛰어들어와."

"싫어요. 멱감고 싶지 않아요."

"어서 들어와!"

"물뱀들이 있단 말이에요."

"다 뒈지라고 해. 어서 이리 들어와. 어서!"

스위트는 신발을 벗고, 드레스를 머리 위로 끌어올리고 물에 뛰어들 채비를 했다. 미끄러지고, 넘어지고, 서투른 자기 모습에 웃음을 터뜨리며 강둑을 따라 조심스럽게 걸어내려오다, 차가운 강물이 다리에, 엉덩이에, 허리에서 찰랑이자 꺅꺅 비명을 올리는 스위트를 향해 밀크맨이 손을 뻗었다. 그는 그녀를 바싹 끌어당겨 입에 키스를 하고, 키스를 끝내면서 물속으로 그녀를 밀어넣으려 작정하고 덤볐다. 그녀는 저항했다. "오, 머리가! 머리가 젖겠어!"

"아니, 젖지 않아." 그는 이렇게 말하고는, 그녀의 정수리에다 물을 한 움큼 부었다. 그녀는 눈가를 훔치고, 물을 튀기면서 돌아서더니 계속해서 비명을 질러대면서 첨벙첨벙 바깥으로 나가기 시작했다. "좋았어, 좋아." 그가 큰 소리로 외쳤다. "나를 떠나. 여기 나 혼자 두고 떠나버려. 난 상관없어. 물뱀들하고 같이 놀면 되지." 그러고는 우후 하고 소리치며 풍덩 물로 뛰어들더니 첨벙대며 뒤로 돌았다. "그 사람은 날 수 있었어! 내 말 들려? 우리 증조할아버지는 하늘을 날 수 있었다고! 이런 제기랄!" 그는 두 주먹으로 물을 치고는 자기도 날 수 있다는 듯 똑바로 뛰어올랐지만, 뒤로 넘어져 물속으로 가라앉는 바람에 입과 눈에 물이 다 들어갔다. 그는 다시 뛰어올랐다. 계속해서 물을 주먹으로 쳐대고, 뛰어오르고, 가라앉았다. "그 망할 인간이 날 수 있었대! 내 말 들려, 스위트? 그 개자식은 날 수 있었어! 날 수 있었다고! 비행기도 필요 없었어. 지랄 같은 티 더블유 에이*도 필요가 없었다고. 그 인간은 자기 스스로 날 수 있었어!"

"누구 얘기하는 거예요?" 스위트는 한 손으로 뺨을 괴고 옆으로 누워 있었다.

"솔로몬이지, 누구긴 누구야."

"오, 그 사람." 그녀가 웃음을 터뜨렸다. "당신도 그 깜둥이의 족속이에요?" 그녀는 밀크맨이 취했다고 생각했다.

"그래. 그 족속. 그 날아다니는 지랄 같은 족속. 아, 정말이지. 그는 비행기가 필요 없었대. 그냥 날아올랐다는 거야, 세상만사 지겨워져서. 그냥 하늘 끝까지 날아갔대! 목화솜도 없고! 곤포도 없고! 명령도 없는 곳

* 트랜스 월드 에어라인. 미국의 민간 항공사.

으로! 똥 같은 짓거리 안 해도 되는 곳으로! 그는 날아간 거야. 그 아름다운 검은 엉덩이를 하늘로 치켜들고 고향으로 날아가버렸어. 상상이 가? 아마 굉장한 볼거리였을 거야. 이것도 알아? 솔로몬이 아기였던 자기 아들도 데려가려고 했대. 우리 할아버지. 와우! 우와아아아! 기타! 내 말 들려? 기타, 우리 증조할아버지는 하늘을 나아아아아알아갈 수 있었고, 마을 사람 전체가 그분 이름을 따서 이름을 지었어. 그 친구한테 말해줘, 스위트. 우리 증조할아버지는 날 수 있었다고 말해달라고."

"날아서 어디로 갔어요, 메이컨?"

"다시 아프리카로 돌아갔지. 기타한테 그가 아프리카로 돌아갔다고도 말해줘."

"누구를 남겨두고 갔어요?"

"모든 사람을! 전부 다 땅에 남겨두고 자기는 검은 독수리처럼 날아가버렸어. '오-오-오-오-오-오 솔로몬 날아가버렸네, 솔로몬 사라져버렸네. 솔로몬 하늘을 가로질러, 솔로몬 고향으로 돌아갔네!'"

그는 한시라도 빨리 고향으로 돌아가고 싶어 안달이 나 있었다. 아버지에게, 파일러트에게 말해주고 싶었다. 쿠퍼 목사와 친구들도 만나고 싶었다. "메이컨 데드가 대단한 분인 줄 아셨죠? 참 나. 메이컨의 아버님 이야기를 들려드리지요. 그런 얘기는 아마 한 번도 못 들어보셨을 걸요."

밀크맨은 좌석에서 돌아앉아 다리를 쭉 뻗으려고 했다. 아침이었다. 세 번이나 버스를 갈아탔고, 이제 마지막 차편을 타고 집으로 달려가고 있었다. 그는 차창 밖을 바라보았다. 버지니아에서 머나면 이곳에는 별써 가을이 완연했다. 오하이오, 인디애나, 미시간은 그들의 이름이 유래한 인디언 전사들처럼 차려입고 있었다. 핏빛 같은 빨강, 노랑, 황토색 그리고 얼음처럼 시린 파랑.

그는 이제 표지판을 흥미로운 시선으로 읽으며, 그 이름 뒤에 어떤 사연이 숨어 있을까 생각했다. 앨곤퀸 부족은 그가 살던 지역을 거대한 물, '미시 가미'라고 명명했다. 이 나라의 지명들 뒤에는 얼마나 많은 죽은 목숨과 바래가는 추억이 묻혀 있을 것인가. 기록된 이름들 밑에는 또다른 이름들이 있었다. 먼지 쌓인 서류 더미 속에서 대대손손 전해질 '메이컨 데드'라는 이름이 사람, 장소, 그리고 사물의 진정한 이름을 보이지 않게 감추고 있듯이 말이다. 의미를 지니고 있었던 이름들. 파일러트가 제 이름을 귀에 걸어두는 것도 놀라울 게 없다. 이름을 알게 되면, 꼭 붙들고 지켜야 한다. 기록해서 기억해두지 않으면, 사람이 죽는 것과 동시에 이름도 죽을 테니까. 그가 사는 거리가 메인스 애비뉴라고 기록되어 있긴 하지만, 도시 최초의 흑인 저명인사였던 할아버지를 기리는 니그로들 사이에서는 낫닥터 스트리트로 불리는 것처럼. 그분이 그런 영예를 누릴 만한 사람이 아니었을지도 모른다는 사실은 제쳐두자—사람들도 그가 어떤 사람인지는 알고 있었다. 오만하고, 피부색에 집착하는 속물. 하지만 사람들은 그런 데 개의치 않았다. 그저 애초에 그로 하여금 의사가 되도록 만들어준 자질에 찬사를 보낼 뿐. 왜냐하면 십중팔구 평생 남의 집 허드렛일이나 하면서 살 팔자였으니까. 그래서 그들은 거리 하나에 그의 이름을 붙여주었다. 파일러트는 머물렀던 모든 주에서 돌멩이를 하나씩 주웠다고 했다—왜냐하면 그곳에 살았던 적이 있으니까. 그리고 그곳에 살면, 그곳은 그녀의 것이다—그리고 그의 것, 그의 아버지의 것, 할아버지의 것, 할머니의 것이다. 낫닥터 스트리트, 솔로몬의 바위, 라이나의 협곡, 샬리마, 버지니아.

그는 눈을 감고 샬리마, 로어노크, 피터즈버그, 뉴포트 뉴스, 댄빌의 흑인들, 블러드 뱅크에 있고, 달링 스트리트에 살고, 당구장에, 이발소에 모여 있는 흑인들을 생각했다. 그들의 이름. 갈망, 몸짓, 결함, 사건, 실수, 약점으로 인해 얻은 이름들. 증거하는 이름들. 메이컨 데드, 싱 버드, 크로얼 버드, 파일러트, 리바, 헤이가, 막달렌, 퍼스트 커린디언스, 밀크맨, 기타, 레일로드 토미, 호스피털 토미, 엠파이어스테이트(그는 그저 근처에 서서 흔들거리기만 했다), 스몰 보이, 스위트, 서시, 문, 네로, 험티덤티, 블루 보이, 스칸디나비아, 쾍쾍, 예리코, 스푼브레드, 아이스 맨, 도우 벨리, 로키 리버, 그레이 아이, 칵커두들두, 쿨 브리즈, 머디 워터즈, 파인톱, 젤리 롤, 팻츠, 리드벨리, 보 디들리, 캣아이언, 펙렉, 선, 숏스터프, 스모키 베이브, 퍼니 파파, 부카, 핑크, 불 무즈, 비비, 티본, 블랙 에이스, 레몬, 워시보드, 게이트마우스, 클린헤드, 탬파 레드, 주크 보이, 샤인, 스태걸리, 짐 더 데블, 퍽업 그리고 댓 니거.

이름에 대한 상념들 사이로 한 가지 생각이 마음에 걸렸다—회전하는 버스 바퀴들이 속삭여준 생각. "기타는 제시간을 정확히 지킨다. 기타는 제시간을 정확히 지킨다. 너의 날이 왔다. 너의 날이 왔다. 기타는 제시간을 정확히 지킨다. 기타는 아주 훌륭한 결사단원이야. 기타는 아주 훌륭한 결사단원이야. 아주 훌륭한 결사단원이야. 아주 훌륭한 결사단원, 그리고 제시간을, 제시간을 정확히 지킨다."

75달러짜리 자동차에서, 그리고 지금 이 커다란 그레이하운드 버스에서 밀크맨은 안전하다고 느꼈다. 하지만 눈앞에 많은 나날이 펼쳐져 있었다. 기타가 이제 도시로, 낯익은 환경으로 돌아와 있다면, 어쩌면 밀크맨은 그를 진정시킬 수 있을지도 모른다. 게다가 분명 기타는 곧 자신의 어리석음을 깨달을 것이다. 황금은 없었다. 그리고 두 사람 사이가 결코 예전 같아질 수는 없다 해도, 최소한 인간 사냥은 끝이 날 것이다.

그 생각을 마음속에서 또박또박 짚어보았지만, 밀크맨은 사실은 그렇지 않으리라는 것을 알고 있었다. 기타는 존재하지도 않는 황금에 대한 실망감이 너무나 깊어서, 혹은 그의 '임무' 때문에 미쳐버렸다. 아니면 그저 메이컨 데드와 오노레의 사람들한테 항상 느끼던 묵은 감정을 메이컨한테 쏟아버리고 싶은 건지도 모른다. 좌우지간 그는, 설익고 어설픈 빌미가 생기자마자 밀크맨을 죽여버리고 싶다는 자신의 욕구를 정당화했다. 주일학교의 소녀들은 죄 없는 백인 소녀 네 명과 흑인 청년 하나를 희생자 목록에 올려놓은, 그 매 같은 인상에 까마귀 같은 피부색을 가진 일요일의 남자에게 복수를 당하는 것보다는 더 나은 대접을 받아야 했다.

결국 모든 인간관계는 이 문제로 귀결되는지도 모른다. 당신은 내 목숨을 살려줄 겁니까, 아니면 빼앗을 겁니까?

"모든 사람이 흑인의 목숨을 원해."

그래. 그리고 흑인 남자들도 예외가 아니었다. 두 사람만 제외하고, 그와 가까운 사람들은 모두 그가 자기 삶에서 꺼져주길 바랐다. 그리고 두 예외는 모두 여자, 둘 다 검은 피부에 연세가 지긋한 노인이었다. 처음부터 어머니와 파일러트는 그의 목숨을 지키기 위해 싸웠는데, 자신은 막상 그들에게 차 한잔 대접한 적이 없었다.

당신은 내 목숨을 살려줄 겁니까, 아니면 빼앗을 겁니까? 기타는 특별했다. 두 가지 질문 모두에 '네'라고 대답할 수 있었으니까.

"집으로 가야 하나, 아니면 파일러트의 집에 먼저 들러야 하나?" 호수로부터 가을바람이 차갑게 불어오는 밤늦은 시각, 그는 거리에 서서 마음을 정하려고 고민하고 있었다. 그가 알아낸 사실을 말해주면 파일러트의 얼굴이 어떨까 너무나 보고 싶어서, 밀크맨은 그녀를 먼저 만나러 가기로 했다. 제집에서야 앞으로 오랜 시간을 보낼 테니까. 그는 택시를 타고 달링 스트리트로 가서, 운전수에게 돈을 건넨 뒤 층계를 달려올라갔다. 문을 활짝 열어젖히자, 욕조에 물을 받아놓고 포도주병으로 쓰는 녹색 유리병을 씻고 있는 그녀의 모습이 보였다.

"파일러트 고모!" 그가 소리쳤다. "드릴 말씀이 있어요!"

그녀가 돌아섰다. 밀크맨은 그녀를 따뜻하게 포옹하려고 두 팔을 활짝 벌렸다. "이리 와요, 사랑하는 고모." 그는 싱긋 웃으면서 말했다. 그녀는 다가와 물이 뚝뚝 떨어지는 녹색 병으로 그의 머리를 내리쳤다.

정신이 들었을 때, 그는 지하실 바닥에 옆으로 널브러져 있었다. 밀크맨은 한쪽 눈을 뜨고 조금 더 누워 있을까 생각했다. 무엇이든 실제와 다른 모습을 할 수 있고 실제로도 다를 수 있다는 사실을 깨닫게 된 지는 이미 오래였다. 당연하게 받아들일 만한 건 세상에 하나도 없었다. 그를 사랑했던 여자들이 그의 목을 따겠다고 달려들었고, 그의 이름도 몰랐던 여자들은 그의 등을 씻겨주었다. 마녀들이 캐서린 헵번 같은 목소리로 말할 수도 있고, 절친한 친구가 그의 목을 조르려 애쓸 수도 있다. 서양란 한가운데의 향취에 젤로 얼룩이 묻어 있을 수도 있고,

미키 마우스 인형 안에 변함없이 한자리에서 빛나는 별이 있을 수도 있다.

그래서 그는 서늘하고 축축한 지하실 바닥에 누워 어찌된 영문인가 생각해보았다. 파일러트는 어째서 그를 때려눕혔을까? 유골이 든 자루를 훔쳤기 때문에? 아니다. 그녀는 당장 그를 구하러 달려오지 않았던가. 그러면 뭘까, 그녀를 적으로 돌릴 만한 행동을 달리 또 한 적이 있던가? 그 순간 그는 깨달았다. 헤이가. 헤이가에게 무슨 일이 생긴 거다. 헤이가는 어디 있지? 도망갔나? 아픈가, 그게 아니라면…… 헤이가는 죽은 거다. 그의 목줄이 팽팽해졌다. 어떻게? 기타의 방에서, 혹시……?

사연이야 어떻든 무슨 상관이랴? 그가 그녀에게 상처를 주고 떠났고, 이제 그녀는 죽었다—죽은 게 틀림없다. 그는 헤이가를 버리고 떠났다. 그가 날아가는 꿈을 꾸는 동안, 헤이가는 죽어가고 있었다. 스위트의 은방울 같은 목소리가 떠올랐다. "누구를 남겨두고 갔어요?" 그는 라이나와 스무 명의 자식들을 남겨두고 떠났다. 스물한 명이다, 데려가려던 아기를 떨어뜨렸으니까. 그래서 라이나는 땅바닥에 몸을 던지고 미쳐버렸으며, 아직도 골짜기에서 울부짖고 있다. 스무 명의 아이들은 누가 보살폈지? 이런 세상에, 그는 스물한 명의 아이들을 버리고 혼자 떠나버렸다! 기타와 '7일'은 아이를 절대 낳지 않기로 정했다. 샬리마는 제 자식들을 떠났지만, 아이들은 그 이야기를 노래로 만들어 부르고, 살아서 떠난 그의 이야기를 마음속에 간직했다.

지하실 바닥에서, 밀크맨은 고개를 흔들었다. 그의 잘못이었고, 파일러트도 그걸 알고 있었다. 그래서 그를 지하실 바닥에 쓰러뜨린 것이다. 파일러트는 그를 어떻게 할 생각일까? 그 순간 밀크맨은 그 질문에 대한 답도 깨달았다. 누군가 타인의 목숨을 빼앗았을 때, 파일러트가 어떻게 벌을 주는지 깨달았다. 헤이가. 헤이가의 유품이 근처에 있으리라. 파일러트는 그가 빼앗은 목숨이 남긴 유품 근처에 그를 내던졌을 것이다, 그가 그 유품을 간직할 수 있도록. 그녀는 아버지의 이 명령을 스스로 지켰고, 밀크맨도 그렇게 하길 요구하고 있었다. "그렇게 사람만 남겨두고 날아가버리는 게 아니야."

느닷없이 밀크맨은 큰 소리로 웃기 시작했다. 폴란드산 소시지처럼 몸을 동그랗게 만 채로, 밧줄이 손목을 죄어들어오는데도, 그는 웃었다.

"파일러트 고모!" 그는 외쳤다. "파일러트! 할아버지 말씀은 그런 뜻이 아니었어요. 파일러트! 그런 뜻이 아니었다고요. 할아버지는 동굴 안에 있는 남자 이야기를 한 게 아니에요. 파일러트! 그분은 당신 이야기를 하고 있었던 거예요. 그분 아버지가 날아가버리셨으니까요. 그 '사람'이 바로 할아버지였어요. 사람만 남겨두고 그냥 날아가버리는 게 아니라고 하셨잖아요. 파일러트! 파일러트! 이리 와봐요. 할아버지가 하신 말씀을 전해줄게요. 파일러트, 할아버지는 고모에게 노래하라고 하신 것도 아니에요. 파일러트. 그분은 아내를—그러니까 고모의 어머니를 부르고 있었던 거예요. 파일러트! 날 좀 꺼내줘요!"

눈앞에서 빛이 폭발했다. 머리 위에서 지하실 문이 열렸다. 파일러트의 발이 돌계단에 나타나더니 가만히 멈추었다.

"파일러트 고모." 밀크맨은 이제 목소리를 나직하게 낮추고 말했다. "할아버지 말씀은 그런 뜻이 아니었어요. 무슨 말씀을 하시려던 건지

저는 알아요. 이리 와요, 제가 이야기해드릴게요. 그리고 파일러트, 그 뼈들. 그 뼈는 백인의 유골이 아니에요. 아마 그 백인은 죽지도 않았을 거예요. 내가 가봤어요. 두 눈으로 똑똑히 봤어요. 그 사람은 거기 없었고, 황금도 없었어요. 누군가 황금을 발견했고, 아마 그 백인도 발견했을 거예요. 틀림없어요, 파일러트. 고모가 거기 찾아가기 아주 오래전에 말이에요. 하지만, 파일러트……"

그녀는 몇 계단 더 내려왔다.

"파일러트?"

그녀는 층계 맨 밑까지 내려왔고, 밀크맨은 그녀의 눈과 꼼짝도 않는 입을 바라보았다. "파일러트, 할아버지의 시신은 고모와 아버지가 판 구덩이에서 물위로 떠올랐어요. 한 달 후에 강물에 떠오른 거예요. 버틀러가 사람들인지 누군지가 할아버지의 시체를 동굴에 갖다 버렸대요. 늑대들이 백인의 시체를 동굴 입구까지 끌고 와서 바위에 기대놓은 게 아니었어요. 고모가 발견한 건 할아버지의 유골이에요. 여태까지 할아버지의 유골을 짊어지고 다니셨던 거예요—내내요."

"아빠?" 그녀가 속삭였다.

"그래요. 그리고 고모, 그분을 묻어드려야 해요. 할아버지는 고모 손으로 땅에 묻히길 원하세요. 그분이 돌아가야 할 자리에. 솔로몬의 바위에요."

"아빠?" 그녀가 다시 물었다.

밀크맨은 말하지 않았다. 그녀의 길쭉한 손가락이 드레스를 따라 올라가더니 찌르레기 날개처럼 얼굴에 머무는 걸 바라보았을 뿐. "내가 아빠를 짊어지고 다닌 거였다고?" 파일러트는 밀크맨 쪽으로 다가가 멈춰 서서는 그를 가만히 오래도록 쳐다보았다. 그러다 그녀의 눈길이 지하실 돌벽에 기대어 세워져 있는 쓰러질 듯한 나무 탁자 쪽으로 향했다. 지하실 안 너무 컴컴한 쪽에 있어서 밀크맨은 보지도 못했던 탁자였다. 그녀는 탁자로 걸어가더니 그 위에 놓인 녹색과 흰색의 구두상자를 집어들었는데, 상자의 뚜껑은 고무밴드로 묶여 있었다. "조이스." 그 상자에는 이렇게 쓰여 있었다. "조이스 뾰족구두가 있어 얼마나 다행인지 몰라요."

"아빠를 묻어드려야 한다면, 이것도—어딘가 묻어야 할 것 같구나." 그녀는 다시 밀크맨을 바라보았다.

"아니에요." 밀크맨이 말했다. "아니, 그건 이리 주세요."

그날 저녁 그는 집으로 돌아갔는데, 낫닥터 스트리트의 저택에 들어서는 그에게는 처음에 가져갔던 물건이 거의 하나도 남아 있지 않았다. 하지만 그는 헤이가의 머리카락이 든 상자를 들고 돌아왔다.

파일러트는 비행기에 발도 올려놓지 않으려 했기에, 그가 운전을 했다. 그녀는 이제 행복해 보였다. 입술도 다시 움직이기 시작했고, 메이컨의 뷰익 조수석에 앉아 낡은 검은색 드레스 위에 리바가 따온 밍크코트를 걸치고 있었다. 이마까지 니트 모자를 푹 눌러쓰고, 여전히 끈이 없는 구두를 신고 있었다. 가끔 그녀는 뒷좌석을 바라보며 자루가 무사히 있는지 확인했다. 그녀 주위에 평화가 감돌았다.

밀크맨도 느낄 수 있었다. 처음 기대했던 것처럼 낫닥터 스트리트로 의기양양하게 돌아오지는 못했지만, 어머니의 일그러진 미소 속에는 안도감이 깃들어 있었다. 그리고 여전히 그를 용서하지 못한 리나도 그에게 잘 대해주었다. 커린디언스가 사우스사이드에 작은 집을 얻어 포터와 동거하기 시작했기 때문이다. 로버트 스미스가 머시 종합병원 꼭대기에서 뛰어내렸을 때 그랬듯, '7일'은 또 새로운 단원을 찾아 나서야 하겠다는 생각이 밀크맨의 뇌리를 스쳤다. 그러나 이야기를 듣고 듣고 또 듣고 싶어하는 아버지와 길고 두서없는 이야기를 오래도록 나누어야만 했다—댄빌에서 그를 아직도 기억하고 있던 남자애들, 당신의 어머니가 당신의 아버지와 어떻게 사랑의 도주를 했는지, 당신의 아버지와 할아버지에 대한 이야기도. 아버지는 날아갔다는 부분에는 눈곱만치도 신경을 쓰지 않았지만, 그 이야기와 그의 친척들 이름을 딴 장소가 여러 곳 있다는 사실은 아주 좋아했다. 밀크맨은 서시에 대해서는 완곡하게 설명하며, 그냥 아직도 살아 있고 개들을 돌보며 지내고 있다고만 말했다.

"아무래도 그리로 한번 직접 가봐야 할 것 같구나." 메이컨이 말했다.

"버지니아로요?" 밀크맨이 물었다.

"댄빌. 이 두 다리가 아직 성할 때, 한번 들러서 그 녀석들을 좀 봐야겠어. 프레디한테 월세를 걷으라고 하고 말이지."

괜찮았다. 파일러트와 메이컨은 끝내 화해하지 않았고(당신 아버지를 묻어드리러 버지니아에 간다는 사실에 아버지는 기뻐했지만), 루스와 메이컨의 사이는 예전과 다름없고 앞으로도 변함이 없을 터였다. 마찬가지로 밀크맨 자신의 어리석음으로 인한 대가 역시 끝내 돌이킬 수 없을 테고, 후회는 언제나 그가 성취한 일들에 대한 자긍심보다 크리라. 헤이가는 죽었고 그는 그녀를 조금도 사랑해주지 못했다. 그리고 기타는…… 어딘가에 있었다.

샬리마에서는 그가 이렇게 빨리 돌아올 줄 몰랐다며 다들 즐거워했고, 파일러트는 버터 젓는 기계에 넣은 버터 한 조각처럼 사람들 사이에 금세 녹아들었다. 그들은 오마의 가족과 함께 지냈고, 이틀째이자 마지막 날 저녁에 밀크맨과 파일러트는 솔로몬의 바위로 향하는 길에 올랐다. 바위의 두 개 봉우리 중에서 더 높은 쪽이었다. 두 바위 다 꼭대기가 판판하고, 둘 다 깊은 골짜기를 내려다보고 있었다. 파일러트가 자루를 메고, 밀크맨은 작은 삽을 들었다. 꼭대기까지는 먼길이었지만, 두 사람 모두 숨을 고르느라 발걸음을 멈추는 일조차 없었다. 판판한 꼭대기에 올라보니, 그 높이에서 바람을 이길 수 있는 나무는 몇 그루 되지 않았다. 그들은 오래도록 암반을 훑으며 유골을 매장할 만한 흙땅을 찾았다. 매장할 만한 자리를 찾은 후, 파일러트는 쭈그리고 앉아 자루를 열었고 그사이 밀크맨은 땅을 팠다. 자루에서 깊은 한숨이 비어져나왔고 바람은 차가워졌다. 생강 향취, 설탕 바른 생강의 톡 쏘는 냄새가 그들을 에워쌌다. 파일러트는 작은 무덤에 유골을 조심스럽게 안장했다. 밀크맨은 유골 위에 흙을 뿌리고 삽등으로 단단히 다졌다.

"바위를 놓을까요, 아니면 십자가를 세울까요?" 밀크맨이 물었다.

파일러트는 고개를 저었다. 그녀는 귀로 손을 가져가 귀고리를 확 잡아당겼고, 그 바람에 귓불이 찢어졌다. 그러더니 손가락으로 흙에다 작은 구멍을 파고 제이크가 쓴 단 하나의 단어가 든 싱의 코담뱃갑을 묻었다. 그러고 나서 그녀는 일어섰고, 이내 쓰러졌다. 밀크맨은 총소리를 들은 것 같았다. 그는 털썩 무릎을 꿇고 파일러트의 축 늘어진 고개를 팔로 보듬어 안은 채 그녀를 향해 고함쳤다. "다쳤어요? 파일러트 고모 다쳤어요?"

그녀는 부드럽게 웃었고, 그 순간 밀크맨은 파일러트가 두 사람이 처음 만나던 날, 그가 세상에서 가장 바보스러운 말을 했던 그날을 떠올리고 있음을 알았다.

어스름이 짙어졌고 사위가 온통 캄캄해지고 있었다. 밀크맨은 손으로 그녀의 가슴과 배를 더듬으며, 총을 맞은 부위를 찾아내려 애썼다. "파일러트? 괜찮아요?" 그는 파일러트의 눈빛을 읽을 수가 없었다. 그녀의 머리를 받치고 있는 손에서 분수처럼 땀이 솟았다. "파일러트?"

그녀가 한숨을 쉬었다. "나 대신 리바를 좀 돌봐줘." 그러고 나서 그녀는 말했다. "더 많은 사람을 알았다면 좋았을걸. 그들을 모두 다 사랑했을 텐데. 더 많은 사람을 알았더라면, 더 많이 사랑할 수 있었을 텐데."

밀크맨은 그녀의 얼굴을 보려고 몸을 굽혔고, 어둠이 그의 손을 검게 물들이는 광경을 보았다. 땀이 아니라, 그녀의 목에서 흐른 피가 머리를 받치고 있는 그의 손바닥으로 뚝뚝 떨어지고 있었다. 그는 생명을 도로 그녀 속으로 밀어넣으려는 듯이, 빠져나오려는 생명을 억지로 도로 제자리에 밀어넣으려는 듯이 손으로 피부를 꾹 눌렀다. 하지만 그럴수록 피가 더 빨리 흘러나왔다. 밀크맨은 지혈대에 대한 생각으로 머릿속이 가득차서 지혈을 위해 천을 찢는 소리마저 들리는 것 같았다. 무게중심을 바꾸고 상처 부근을 더 꼼꼼히 감싸주려고 그녀를 바닥에 내려놓으려는데, 그녀가 다시 말했다.

"노래해." 그녀가 말했다. "뭐든 날 위해서 노래를 좀 해줘."

밀크맨은 아는 노래가 없었고 노래하는 목소리도 누가 듣고 싶어할 만큼 변변치 못했지만, 파일러트의 목소리에 깃든 간절함을 무시할 수가 없었다. 그는 음조 하나 없이 가사만 읊어대면서, 여인을 위해 노래했다. "슈거걸 여기 날 두고 떠나지 말아요 / 목화솜에 질식할 것 같아요 / 슈거걸 여기 날 두고 떠나지 말아요 / 버크라의 두 팔이 내 목을 졸라요." 이제 피는 더이상 펄떡거리며 솟아나지 않았고, 파일러트의 입가에는 시커먼 거품 같은 게 묻어 있었다. 하지만 그녀가 고개를 살짝 움직이며 그의 어깨 너머를 바라보았을 때에도, 밀크맨은 한참이 지난 후에야 그녀가 죽었다는 걸 깨달을 수 있었다. 파일러트의 죽음을 깨닫고 나자, 그는 입에서 쏟아져나오는 낡고 오래된 노랫말을 도저히 멈출 수가 없었다. 목소리의 크기로 죽은 파일러트를 깨울 수 있기라도 한듯 밀크맨은 점점 더 큰 소리로 노래를 불렀다. 하지만 그는 겨우 새들을 깨웠을 뿐이었고, 새들은 몸을 떨며 허공으로 날아올랐다. 밀크맨은 파일러트의 고개를 바위 위에 가만히 내려놓았다. 두 마리 새가 그들 주위를 빙글빙글 돌았다. 한 마리가 갓 만든 무덤으로 뛰어들더니 부리에 뭔가 빛나는 걸 물고 멀리 날아갔다.

이제 그는 어째서 자기가 그녀를 그토록 사랑했는지 알 것 같았다. 파일러트는 땅에서 발 하나 떼지 않고도 날 수 있는 사람이었다. "고모 같은 사람이 틀림없이 또 있을 거예요." 그는 파일러트에게 속삭였다. "고모 같은 여자가 적어도 한 사람은 더 있을 거예요."

무릎을 꿇고 그녀를 내려다보고 있는 그 순간, 밀크맨은 또 한번의 실수는 없으리라는 걸 알았다. 그가 일어서는 순간, 기타가 그의 머리를 날려버리려 할 것이다. 그는 벌떡 일어섰다.

"기타!" 그가 외쳤다.

타 타 타, 산들이 말했다.

"여기야, 형! 내가 보여?" 밀크맨은 한 손을 오므려 입가에 대고 다른 손은 머리 위로 흔들었다. "나 여기 있어!"

있어 있어 있어 있어, 바위들이 말했다.

"나를 원해? 응? 형이 원하는 게 내 목숨이야?"

목숨이야 목숨이야 목숨이야 목숨이야.

어둠에 휩싸인 채 다른 봉우리의 판판한 암반 위에 쭈그리고 앉아서, 기타는 엽총 총신 너머로 미소를 지었다. "내 친구." 그는 혼자 중얼거렸다. "내 절친한 친구." 그는 엽총을 땅에 내려놓고 일어섰다.

밀크맨은 손 흔드는 것을 그만두고 눈을 가늘게 떴다. 어둠 속에서 기타의 머리와 어깨만 간신히 알아볼 수 있었다. "형이 원하는 게 내 목숨이야?" 밀크맨은 이제 큰 소리로 외치지 않았다. "내 목숨이 필요해? 자, 여기 있어." 흐르는 눈물을 닦지도 않고, 깊이 숨을 들이마시지도 않고, 아니 심지어 무릎도 구부리지 않고—그는 도약했다. 그는 길잡이별처럼 반짝이며 빠르게 기타를 향해 질주했고, 살의를 품은 형제의 팔에 혼을 잃게 될 사람이 둘 중 누가 되든 이제 아무 상관 없었다. 지금 이 순간 밀크맨은 알고 있었다, 샬리마가 알고 있었던 그 사실을. 공기에 몸을 맡기면, 공기를 탈 수 있다는 그 사실을.

질곡의 역사를 넘어 비상하는 사랑 노래, 흑인의 아가

토니 모리슨의 세번째 소설인 『솔로몬의 노래』는 상복 많은 그녀의 소설들 중에서도 눈에 띄게 두드러진 성공을 거둔 작품이다. 1977년, 출간되던 해 〈뉴욕 타임스〉 베스트셀러 목록에 오른 것은 물론, 모리슨에게 주류 문학상인 전미도서비평가협회상 수상의 영광을 처음으로 안겨주었다. 그뿐만이 아니다. 같은 해, 이 작품은 미국에서 가장 영향력 있는 북클럽인 '북오브더먼스 클럽' 도서로도 선정되었는데, 이는 사실 놀라운 일이다. 흑인 작가의 작품이 이 클럽의 독서 목록에 선정된 것은 무려 사십여 년 만의 일이었으며, 흑인 여성 작가로는 사상 처음이었기 때문이다. 게다가 90년대 후반에 이르러 다시 한번 미국 출판계에 엄청난 붐을 일으키기도 했다. 오프라 윈프리 북클럽에서 이 작품을 다룬 후 다시 한번 베스트셀러 목록을 강타했던 것이다.

다시 말해, 『솔로몬의 노래』는 토니 모리슨의 작품 중에서도 문학성과 더불어 흡인력 강한 서사의 매력이 대중적으로 폭넓게 인정받은 작품이었던 셈이다. 여기에는 소설 내적·외적으로—흑인 문학이 주목을 받을 만한 역사적·사회적 상황이 도래했다든가 오프라 윈프리 북클럽에 선정되었다든가 하는—여러 요인이 있겠지만, 수많은 화자들의 시점이 겹치고 과거와 현재, 꿈과 현실이 아무 설명 없이 오락가락하며 문장과 상징이 복잡다단한 모리슨의 다른 작품들에 비해, 상대적으로 시점과 화자가 단순하고 문장이 평이한 편이라는 특성이 주요했을 듯하다. 아니, 물론 보다 중요한 점은, 상대적으로 평이한 문장과 단순한 플롯 속에도 토니 모리슨 작품세계의 핵심적 화두들이 곰삭은 사색으로 진하게 녹아들어 있다는 사실일 테지만. 『솔로몬의 노래』에는 모리슨이 꾸준히 천착한 흑인의 정체성, 가족과 역사와 뿌리 없이는 개인이 존재할 수 없다는 인식, 지역사회와 민족문화의 가치에 대한 높은 평가, 그리고 합리적 현실과 몽환적 환상이 겹치는 마술적 리얼리즘의 요소들, 나아가 사람과 사람 사이에 핏물처럼 진하게 흐르는 벅찬 감정이 모두 훌륭하게 드러나 있다.

『솔로몬의 노래』가 비교적 수월하게 읽히는 데에는 가장 보편적인 주제인 '성장'을 모티프로 삼고 있다는 이유도 한몫한다. 여성적 화자, 여자 주인공이 서사를 장악했던 대부분의 모리슨 소설들과 달리 『솔로몬의 노래』에서는 남자 주인공, 즉 축재를 위해 수단을 가리지 않는 아버지의 경제적 성공 덕분에 물질적 특권을 누리고 있는 청년 밀크맨 데드를 중심으로 이야기가 진행된다. 이 작품의 플롯은 사실 서구 소설 장르의 절정이라 할 법한 형식인 빌둥스로만*의 전형적 틀을 충실히 따르고 있으며, 어린 시절을 무지와 순진함으로 행복하게 보낸 뒤 고달픈 여정을 통해 정신적 깨달음을 얻고 마침내 타자를 진정으로 이해하고 보듬는 '성숙'에 도달하는 과정을 그려낸다. 한 청년이 바람직한 사회적 가치관을 습득하고 '사회적' 인간으로 자라나는 과정에 소설 전체가 골몰하고 있다는 말이다. 흑인 사회와 가족은, 밀크맨 데드가 한 사람의 '진정한 흑인'으로 성장하기 위해 재발견해야만 하는 '성숙'의 필수요건이다.

스스로 '흑인' '여성' '작가'라는 정체성을 늘 자랑스럽게 내세우는 모리슨이 이 청년의 성장을 통해 다루고자 한 것은 바로 현대 미국 사회에서 '흑인'의 '정체성'이다. 모리슨은 "(내가) 어렸을 때는 흑인은 흑인으로 태어나곤 했다. 하지만 요즈음은, 개개인이 정체성을 선택해야 한다. 흑인이 되겠다고, 스스로 결단을 내려야 하는 것이다"라고 말한 바 있는데, 이것이 바로 1960년대에 성장하는 '밀크맨 데드'라는 주인공의 의미라고 보아도 좋지 않을까.

흑인이라는 이유로 억울하게 땅을 빼앗기고 죽임을 당한, 해방노예였던 할아버지 메이컨 데드 1세, 흑인이라는 이유로 정상적인 삶과 가족을 모조리 박탈당하고 필사적으로 자수성가를 꿈꾸었던 아버지 메이컨 데드 2세. 이들은 '태어날 때부터 흑인'이었던 세대다. 그러나 이들과 달리, 3세대인 밀크맨 데드는 삶 속에서 특별한 억압을 피부로 느끼지 못하는 흑인 중산층이라는 신인류다. 그는 매력적인 외모에 경제적 자유를 누리며, 도시의 흑인 사회에서 특권층의 특혜를 한껏 누린

* 교양소설 또는 성장소설. 주인공이 어린 시절부터 어른이 되기까지 정신적으로 성장하고 성숙하는 과정을 그린다.

다. 흑인이지만, 멋들어진 스트링 타이와 실크 셔츠, 베이지색 스리피스 정장을 입는 게 어색하지 않고, 부유한 흑인들만의 휴양지에서 파티를 여는 데도 익숙하며, 지역 유지인 아버지 덕분에 어디를 가나 특별대접을 받는 것도 당연하게 여긴다. 그의 삶에는 권태가 있을지언정 고통은 없다.

그러나 문제는 그를 에워싼 모든 사람의 삶이 예외 없이 '흑인'으로서 짊어져야 하는 삶의 고통으로 얼룩져 있다는 것이다. 또한 밀크맨의 안락이 그 모든 이들의 고통을 대가로 한 결과라는 사실도. 배꼽이 없다는 천형 같은 '차이' 때문에 신산한 떠돌이로 평생을 보내야 했던 파일러트, 단순한 성격에 평생 남자에게 이용만 당하며 살아온 리바, 물질적 안락과 낭만적 사랑을 갈구하지만 끝내 좌절하는 헤이가, 흑인 최초의 특권계층이라는 허위의식에 사로잡혀 평생 고립된 삶을 살아가는 루스, 물질을 탐하며 다른 모든 인간적 가치를 희생하는 메이컨 데드 2세, 경제적 박탈감과 인종적 피해의식에 사로잡힌 무산계급의 청년 기타, 흑인이면서도 흑인의 자리에 소속되지 못해 고독 속에 청춘을 보내고 시들어가는 누나들…… 주위의 모든 사람이 밀크맨에게 삶의 고통을 하소연하거나 위로를 원하지만, 그는 언제나 "나는 이런 대접을 받을 만한 짓은 하지 않았다"며 차갑게 고개를 돌리거나 팔짱을 끼고 수수방관한다. 자신이 소속한 세계와의 모든 끈을 거부하며, 무책임한 '비상'만을 꿈꾼다. 오물로 가득한 호수에서 기만적인, 달콤한 생강 향내가 풍기는 바람이 불어와 사람들의 코를 간질이고 헛된 꿈을 꾸게 만들듯이, 사람의 피와 눈물로 얼룩진 세계에 사는 밀크맨 역시 타인들의 피눈물이 만들어낸 달콤한 안락에 눈이 멀었다. 하지만 욕망도,

꿈도, 그리고 사랑도 없는 삶은 '죽은Dead'거나 마찬가지라고 믿는 토니 모리슨이 아닌가. 이 때문에 밀크맨은 길을 떠나야만 한다. 기만적인 생강 향내의 안락을 벗어나 삶을 아름답고 의미 있게 하는 모든 것에 눈을 뜨기 위하여. '흑인'이라는 정체성을 발견하고 '흑인'이 되고자 적극적인 결단을 내리기 위하여. 흑인임을 '선택'하지 못하고 스스로의 뿌리를 깨닫지 못하는 모든 눈먼 흑인들에게 경종을 울리기 위하여.

제1부의 도시는 황막하고 소소하고 일상적이며, 좌절된 꿈과 이루어지지 못한 사랑과 전해지지 못한 말들로 가득하다. 푸른 날개를 달고 날아가고자 하지만 철퍼덕 바닥에 널브러지고 마는 삶. 결코 오지 않는 청혼을 기다리며 늙어가는 삶. 약속은 이루어지지 않고 전설은 사라진 세상. 불완전하고 부조리하고 무의미한 세상. 하지만 제2부에서 남부의 흑인 사회를 체험하며 밀크맨이 맞닥뜨리고 깨닫게 되는 것은, 바로 사물과 인간의 겉보기는 진실이 아니라는 것. 모든 것, 모든 사람이 면전에서 모습을 바꿀 수 있다는 것. 그 무엇도 당연하게 여겨서는 안 된다는 것. 현재는 과거를 통해서만 발견할 수 있다는 것. 그리고 과거는 파편으로 남은 단서들을 맞추며 찾아가야 하는, '이야기'로 존재한다는 것. 그리고 배후에 숨겨진 의미들은 고통스러울지언정 아름답고, 세상 모든 이야기는 곧 '사랑' 이야기라는 것. 사랑은 어떤 상황에서도 삶을, 사람을 충만하게 한다는 것, 사랑을 인정한다는 것은 고통을 보듬어 안는 것이라는 사실이다.

그렇다. 그리하여 『솔로몬의 노래』는 결국 이 모든 이야기가 '사랑' 이야기였다고 말한다. 사랑을 말하자니, 『솔로몬의 노래』라는 이름부터가 의미심장하다. 물론 이 소설 속에서 일차적인 의미는 말 그대로 아이들이 부르는 '솔로몬의 노래'다. 밀크맨의 과거가 담겨 있는, 결정적인 단서를 제공해주는 솔로몬의 노래. 하지만 'Song of Solomon'은 솔로몬이 아내인 술람미에게 바치는 사랑 노래로 구성된, 구약성서의 「아가」를 의미하기도 한다. 엄정한 율법과 단죄하는 하느님의 모습들로 가득찬 구약성서에서, 유일하게 사람과 사람 사이의 '사랑 노래'로 가득찬 성경의 한 장. 아니나 다를까, 이 소설 속의 모든 사람들은 '사랑'에 살고 죽는다. 총과 칼을 든 기타 역시 '사랑' 때문이라고 말한다. 헤이가는 '사랑' 때문에 죽어간다. 싱은 제이크를 사랑해 보스턴의 사립학교를 포기하고 해방노예들로 가득찬 포장마차에 기꺼이 올라탄다. 퍼스트 커린디언스—성경의 「고린도전서First Corinthians」 역시 '자비'와 '사랑'의 말씀을 전한다—는 '사랑'을 위해 기꺼이 자존심을 포기하고 자동차 후드에 필사적으로 드러눕는다. 파일러트는 죽어가면서 "더 많은 사람을 알았더라면, 더 많이 사랑할 수 있었을 텐데"라고 아쉬워하고 죽은 헤이가를 떠나보내며 "그 아이는 사랑받았단 말이오!" 하고 절규한다. 사랑.

언제나, 항상, 토니 모리슨에게 모든 인간의 삶에 의미를 주는 건 궁극적으로 '사랑'이다. 작가 토니 모리슨에게 경외를 품을 수밖에 없는 건, 박해와 설움의 역사를 고스란히 시인하면서도 그 역사 인식이 증오나 피해의식으로 귀결되지 않고 언제나 한 단계 넘어선 깨달음으로 이어지기 때문이다. 삶을 긍정하고 미래를 열어주는 비전을 찾아내고 상찬하고야 만다. 사랑이 삶을 충만하게 한다, 라니 이 얼마나 진부한 클리셰처럼 들리는가. 하지만 모리슨의 소설이 언제나 그러하듯, 『솔로몬의 노래』에서 이 클리셰는 결코 진부하지 않은, 생명의 복음으로 새삼

스레 다가온다. 자신의 과거를 사랑하게 되고, 자신을 사랑하게 되고, 그리고 타인을 사랑하게 되는 밀크맨. 이 복음을 온몸으로 체험하고 깨닫고 전파하는 밀크맨은 신화적인 영웅으로 거듭난다. 그는 밀랍 날개를 달고 날아가는 이카로스이며, 또한 마녀 서시의 포옹과 이빨 빠진 키클롭스*의 위협을 극복하고 처음에 지니고 떠난 것을 모두 잃어버린 채 새로운 모습으로 귀향하는 오디세우스이며, 도덕적인 시험들을 계속 통과하며 성배를 찾아 전진하는 원탁의 기사다. 첩첩이 드리워진 수많은 신화적 함의들은 밀크맨의 깨달음이 지니는 거대한 종족적 의미를 다시 한번 강조한다. 핍박받고 죽임당하고 빼앗기고 추방당한 종족이기에, '사랑'은 더욱더 절박한 구원의 복음이라는 사실.

그러나 밀크맨은 서구 성장소설의 다른 주인공들과 달리 결혼으로 사회에 성공적으로 편입하는 게 아니라, '성숙'에 다다름과 함께 죽음의 도전에 맞닥뜨린다. 물론 실제로 죽음을 맞는지는 정확하게 기술되어 있지 않지만 기타와 밀크맨 둘 중 한 사람은 '살의를 품은 형제의 팔에 혼을 잃게 될' 것이라는 건 분명하다. 증오를 선택한 기타는 편협한 비전 속에 타락해간다. 밀크맨이 어떤 깨달음을 얻었건, 과거의 죄과는 결코 지울 수 없다. 헤이가를 되살릴 수도 없고, 형제 같은 기타의 오해를 풀 수도 없다. 토니 모리슨의 낭만성과 엄정한 현실 인식은 양날의 칼처럼 늘 동시에 번득이며 예기치 못한 순간에 시퍼런 서슬을 드러낸다. 그 진득한 사랑 타령에도 불구하고, 흑인이 미래를 제 손에 얻는다는 게 얼마나 아득한 일인가를, 그녀는 아주 잘 알고 있었다. 그 서늘한

* 그리스신화의 외눈박이 괴물.

현실 인식 때문에 모리슨의 낭만적인 비전은 더더욱 아름답고 또 용감하다.

참으로 영광스럽게도 몇 편의 작품 번역을 맡아 일하면서, 나는 작가 토니 모리슨을 깊이, 진심으로 깊이 사랑하게 되었다. 현대 작가들 중에서 토니 모리슨만큼 독자를 실망시키지 않고 작품의 품질관리를 투철하게 하는 작가도 보기 힘들다. 토니 모리슨의 작품을 번역하다보면 가끔 순전히 그 문장과 언어의 아름다움 때문에 심장이 뜨끈해지는 일이 있는데 그 순간 토니 모리슨의 산문은 시로 승화한다. 그런데 놀라운 건 그런 문장이 단순히 말장난이 아니라, 현실을 노래로, 시로 인식하는 어떤 특유의 감수성으로부터 발현된 것이라는 느낌 때문이다. 특별히 말재주를 부리지도 않았는데, 우리가 사는 지질한 일상이 갑자기 시와 몽환과 꿈으로 찬 별세계로 승화된다. 사상이나 플롯이 아니라, 토니 모리슨의 작품은 현실을 초월하고 개개의 서글프고 참담한 삶에 의미를 부여하는 '시적 꿈꾸기'에 의해 걸작으로 승화된다. 그리고 그녀의 '시'는 버겁고 지독한 막노동 같은 번역자의 일을, 또한 꿈꾸기로, 벅찬 보람으로 승화시켜준다.

백 년 만에 처음 3월에 폭설이 내린 그날 아침도 예외가 아니었다. 눈으로 뒤덮인 서울은, 서울이 아니라 설악 같고, 발목까지 푹푹 빠지는 눈을 밟고 가지마다 눈이 쌓여 무겁게 늘어진 나무들, 새하얀 세상을 바라보며 딸아이를 셔틀버스에 태워 학교에 보냈다. 돌아오는 길에 커피를 볶고 있는 동네 커피집에 가서 어깨에 둘러메고 온 노트북을 다짜고짜 펼쳤는데…… 언제나 그렇듯 노동처럼 시작한 일. 토니 모리슨은 힘겹고 버걱거리는 나의 노동을 예기치 않는 순간에 뜨끈하게 눈시울 적시는 감동으로 아름답게 만들었다. 진한 카푸치노 향, 갓 볶은 커피 향, 유리창 밖에는 때아니게 펼쳐진 설원, 잿빛 진흙 질척한 도로마저 낯설게 보이는 아침. 순전히 그 생생한 아름다움 때문에 나를 감동하게 만든 토니 모리슨의 글쓰기 한 조각. 오대호 생강 냄새 짙은 밤바람 속으로, 일그러진 욕망, 헛된 꿈에 뒤척이는 흑인들의 땀냄새 속으로 이동했던 그 순간.

토니 모리슨에게, 그 순간순간들에 감사한다고 말하고 싶다. 그녀의 말 그대로 '참으로 정치적이면서도 참으로 아름다운' 걸작들을 써낼 수 있다는 걸 보여주어서, 시보다 아름다운 이 서늘한 소설들을 창조해주어서 감사한다고. 책 읽기의 보람을 새삼 깨우쳐주어서 감사한다고. 번역자는 곧 해석하는 독자라고 나는 믿는다. 그러고 보면 결국, 번역이란 나의 독서를 타인에게 강요하는 것에 불과한 일이 아닐지. 그러니 많이 부끄럽고 아쉽고, 또 두렵기만 할 뿐이다.

포스트스크립트

십오 년 전 번역한 원고를 다듬던 어느 날, 작가의 별세 소식을 전해 들었다. 그날 SNS 타임라인에는 생전에 고인이 남긴 찬란한 명언들이 줄이어 올라왔더랬다. 문학과 사랑에 대한 빛나는 인용문들 가운데 〈파리 리뷰〉에서 올려준 소박한 인터뷰 쪽글이 마음에 남았다. 고인의 부친이 생전에 금과옥조로 삼았던 원칙이라고 했다.

1. 무슨 일을 하든, 잘해라. 상사를 위해서가 아니라 너 자신을 위해서.
2. 네가 일을 만드는 것이지, 일이 너를 만드는 게 아니다.
3. 너의 진짜 삶은 가족인 우리와 함께 있다.
4. 너는 네가 하는 일이 아니다. 너라는 사람이다.

나는 내가 하는 일이 아니다. 내 진짜 삶은 가족과 함께 있다. 작업에 잠겨 허우적거리다 그 말을 입안에서 굴리니 모래주머니라도 짊어진 듯 무겁던 어깨가 조금 가벼워지는 느낌이 들었다. 내 일은 내가 아니다. 나라는 사람이다. 얼핏 평범해 보이는 이 충고가, 토니 모리슨의 삶과 일을 등에 지니 얼마나 눈부신 진정성으로 빛나는지. 다시 읽고 있던 모리슨이 쓴 한 줄 한 줄이, 그가 얼마나 엄정하고도 열정적으로 작업에 임했는지 말해주는데 말이다. 일에 매몰되어 삶을 잊지 않되, 삶에서 일을 끌어냈던 작가. 그이의 일은 삶에서 정말로 중요한 것들을 항상 우리에게 일깨워주었다.

그러니까 일이 곧 나는 아니라지만 내 일 속에는 내가 있다. 무슨 일이든 그렇겠지만 번역하는 사람에게는 특히 울림이 큰 말이다. 오랜 시간이 지나고 다시 들춰본 원고 속 역자는 생각보다 훨씬 낯설었다. 과거는 다른 땅이고 젊은 나는 타인이었다. 십오 년의 세월을 타고 훌쩍

자리를 옮긴 사회적 정서와 언어 감수성, 지금이라면 쓰지 않을 문체, 삶의 경험으로 달라진 읽기의 시선. 그래서 이 원고는 나보다 훨씬 젊은, 어느 낯선 번역가와의 협업이다. 아무리 숨으려 해도 어쩔 도리 없이, 토니 모리슨과 함께 지금의 내가 있고 또 그때의 그이가 비친다. 나는 번역이 연륜으로 나아지는 작업이 아니라고 생각했고 여전히 그렇게 믿는다. 하지만 삶을 통해 달라진 내가 작업에 투영되는 정도를 새삼 절감하게 되었다. 그래서 일을 더 잘하고 싶어졌다. 모리슨의 말대로 다른 누구도 아닌 나 자신을 위해서.

위대한 작가였던 만큼 누구보다 행복하고 현명하고 아름다운 인간이었던 토니 모리슨의 영면을 빈다.

김선형

토니 모리슨 연보

1931년 2월 18일, 미국 오하이오주 로레인에서 흑인 노동자 가정의 네 자녀 중 둘째 딸로 출생. 본명은 클로이 아델리아 워포드. 아버지 조지 워포드는 원래 조선소 용접공이었으나 이후 여러 직업을 전전하며 가족을 부양했고, 어머니 라마 윌리스 워포드는 가정부로 일했다. 인종차별을 피하고 더 좋은 기회를 얻기 위해 남부에서 북부 오하이오주로 이주한 두 사람은 신앙이 독실하고 근면한 사람들이었다.

1943년 앤서니라는 세례명을 받음.

1949년 로레인고등학교를 졸업하고 워싱턴 D. C.에 있는 유서 깊은 하워드대학교에 입학. 영문학을 전공하고 고전문학을 부전공으로 선택. 많은 사람들이 그녀의 이름을 정확히 발음하지 못하자, 세례명 '앤서니'를 짧게 줄인 '토니'로 개명. 교내 연극 단체인 레퍼토리 극단에 가입하여 여러 차례 남부 순회공연을 다니고, 이때 비로소 남부 흑인들의 실상을 목격하게 된다.

1953년 하워드대학교 졸업. 영문학 학사학위 취득. 코넬대학교에 입학.

1955년 코넬대학교에서 영문학 석사학위 취득. '윌리엄 포크너와 버지니아 울프의 작품에 나타난 자살'이라는 주제로 논문을 씀.

1955~1957년 텍사스 휴스턴으로 이주. 텍사스서던대학교에서 영어 입문을 가르침.

1957~1964년 하워드대학교로 돌아와 영문학 강의.

1958년 자메이카 출신 건축가이자 하워드대학교 교수였던 해럴드 모리슨과 결혼.

1961년 첫째 아들 해럴드 포드 출산. 불행한 결혼에 대한 일종의 탈출구로 작가 소모임에 가입한다. 이 모임에는 토론할 시나 소설을 가져가야 했는데, 어느 날 마땅한 작품을 찾지 못하자, 푸른 눈을 갖게 해달라고 기도하는 어린 소녀의 이야기를 소재로 짧은 이야기를 직접 쓴다. 이 이야기는 작가 모임에서 칭찬을 받았고 첫번째 소설 『가장 푸른 눈*The Bluest Eye*』의 모태가 된다.

1963년 둘째 아이를 임신한 모리슨은 남편 해럴드와 헤어지고 학교를 떠나기로 결심한다. 여름 동안 아들과 함께 유럽 여행을 다녀온 후, 해럴드는 자메이카로 돌아가기로 결정한다.

1964년 오하이오에 있는 가족 곁으로 돌아와 둘째 아들 슬레이드 출산. 그해 가을, 뉴욕주 시러큐스로 이사하여 랜덤하우스 출판사 지부에서 교과서 편집 보조원으로 일하기 시작한다. 하루종일 일하고 저녁이면 두 아이를 돌보다가 아이들이 잠든 이후에 글을 쓰는 생활을 이어간다.

1967년 두 아들을 데리고 뉴욕시로 이사. 랜덤하우스 출판사의 뉴욕 본사 편집자로 근무하기 시작. 무하마드 알리, 앤드루 영, 앤절라 데이비스 같은 저명한 흑인 인사들의 책을 출간하는 동시에 예일대학교와 바드칼리지에 출강.

1970년 여러 출판사에 원고를 보낸 끝에 첫 소설 『가장 푸른 눈』이 출간됨. 상업적인 성공은 거두지 못했지만 많은 비평가들의 찬사를 받음.

1971~1972년 출판사 근무와 더불어 뉴욕주립대학교의 부교수로 재직. 두 흑인 여성의 우정을 다룬 두번째 소설을 쓰기 시작한다.

1973년 두번째 소설 『술라*Sula*』 출간.

1974년 논픽션 『블랙북*The Black Book*』을 기획 편집.

1975년 『술라』가 전미도서상 후보에 오름.

1976~1977년 예일대학교에서 초빙 교수로 강의하며, 강인한 흑인 남성들의 세계에 초점을 맞춘 세번째 소설을 쓰기 시작.

1977년 세번째 소설 『솔로몬의 노래*Song of Solomon*』 출간. 큰 관심을 불러일으키며 북오브더먼스 클럽 도서로 선정되고 전미도서비평가협회상을 수상한다. 미국예술문학아카데미상 수상.

1981년 처음으로 흑인과 백인 인물 간의 상호관계를 다룬 네번째 소설 『타르 베이비*Tar Baby*』 출간. 3월 30일자 『뉴스위크』의 표지 인물로 등장.

1983년 이십 년 가까이 근무한 랜덤하우스를 그만둠.

1984년 올버니 뉴욕주립대학교 인문학부 석좌교수로 임명됨. 그곳에서 첫번째 희곡 『꿈꾸는 에멧*Dreaming Emmett*』을 쓰기 시작.

1986년 백인 여성에게 휘파람을 불었다는 이유로 백인들에게 살해당한 흑인 십대 소년 에멧 틸의 실화를 다룬 희곡 『꿈꾸는 에멧』이 마켓 플레이스 극장에서 초연됨.

1987년 소설 『빌러비드*Beloved*』 출간. 비평가들의 찬사를 받으며 커다란 성공을 거둠. 1920년대의 삶을 소재로 한 소설 『재즈*Jazz*』를 쓰기 시작.

1988년 『빌러비드』로 퓰리처상과 로버트 F. 케네디 상, 미국도서상, 프레더릭 G. 멜처 상 수상. 바드칼리지의 초빙교수로 임명됨.

1989년 프린스턴대학교 문예창작과 석좌교수로 임명됨. 이로써 흑인 여성으로는 최초로 아이비리그대학 교수직에 오름. 미국현대어문학회 문학상 수상.

1992년 『재즈』 출간. 첫번째 문학비평집 『어둠 속의 유희*Playing in the Dark: Whiteness and the Literary Imagination*』 출간.

1993년 흑인 여성 최초로 노벨문학상 수상.

1994년 파리에서 콩도르세 메달 수여. 펄 벅 상, 레기움 줄리 문학상 수상.

1996년 미국도서재단에서 미국문학 공로상 메달 수여.

1997년 소설 『파라다이스*Paradise*』 출간. 논픽션 『국민성의 탄생: O. J. 심프슨 사건의 시선, 각본, 스펙터클*Birth of a Nation'hood: Gaze, Script, and Spectacle in the O. J. Simpson Case*』 편저.

1998년 『빌러비드』가 영화화됨.

1999년 아들 슬레이드 모리슨과 함께 아동소설 『커다란 상자*The Big Box*』 출간.

2000년 미국 대통령이 수여하는 국가인문학훈장 수훈.

2002년 슬레이드 모리슨과 공저로 아동소설 『비열한 사람들의 책*The Book of Mean People*』 출간. '위대한 아프리카계 미국인 100명'에 선정됨.

2003년 소설 『러브*Love*』 출간.

2004년 사진 에세이집 『기억하라: 학교 통합을 향한 여정*Remember: The Journey to School Integration*』 출간.

2005년 옥스퍼드대학교에서 명예 문학박사학위를 받음. 『빌러비드』의 소재가 된 마거릿 가너의 이야기를 다룬 오페라 〈마거릿 가너〉의 가사를 쓴다. 디트로이트에서 초연.

2006년 프린스턴대학교 교수직 퇴임.

2008년 소설 『자비*A Mercy*』 출간. 산문집 『경계에서는 무슨 일이 벌어지고 있는가*What Moves At the Margin*』 출간.

2009년 슬레이드 모리슨과 공저로 아동소설 『피니 버터 퍼지*Peeny Butter Fudge*』 출간. 노먼 메일러 평생공로상 수상. 미시간 고등학교에서 그녀의 책 중 하나가 금지되자, 검열 제도에 대해 발언하기 시작한다. 검열과 글의 힘에 대한 논설을 모은 책 『이 책을 불태워라*Burn This Book*』를 편저.

2011년 제네바대학교에서 명예 문학박사학위를 받음.

2012년 소설 『고향*Home*』 출간.

2015년 소설 『하느님 이 아이를 도우소서*God Help the Child*』 출간.

2019년 8월 5일, 88세의 나이로 뉴욕에서 타계함.

문학동네 세계문학전집 발간에 부쳐

세계문학은 국민문학 혹은 지역문학을 떠나 존재하는 문학이 아니지만 그것들의 총합도 아니다. 세계문학이라는 용어에는 그 나름의 언어와 전통을 갖고 있는 국민문학이나 지역문학의 존재를 인정하면서 그것을 넘어서는 문학의 보편적 질서에 대한 관념이 새겨져 있다. 그 용어를 처음 고안한 19세기 유럽인들은 유럽문학을 중심으로 그 질서를 구축했지만 풍부한 국민문학의 전통을 가지고 있는 현대의 문학 강국들은 나름의 방식으로 세계문학을 이해하면서 정전(正典)의 목록을 작성하고 또 수정한다.

한국에서도 세계문학 관념은 우리 사회와 문화의 변화 속에서 거듭 수정돼왔다. 어느 시기에는 제국 일본의 교양주의를 반영한 세계문학 관념이, 어느 시기에는 제3세계 민족주의에 동조한 세계문학 관념이 출현했고, 그러한 관념을 실천한 전집물이 출판됐다. 21세기 한국에 새로운 세계문학전집이 필요하다는 것은 명백하다. 우리의 지성과 감성의 기준에 부합하는 세계문학을 다시 구상할 때가 되었다.

문학동네 세계문학전집은 범세계적으로 통용되는 고전에 대한 상식을 존중하면서도 지난 반세기 동안 해외 주요 언어권에서 창작과 연구의 진전에 따라 일어난 정전의 변동을 고려하여 편성되었다. 그래서 불멸의 명작은 물론 동시대 세계의 중요한 정치·문화적 실천에 영감을 준 새로운 작품들을 두루 포함시켰다.

창립 이후 지금까지 한국문학 및 번역문학 출판에서 가장 전문적이고 생산적인 그룹을 대표해온 문학동네가 그간 축적한 문학 출판 경험을 바탕으로 새로운 세계문학전집을 펴낸다. 인류가 무지와 몽매의 어둠 속을 방황하면서도 끝내 길을 잃지 않은 것은 세계문학사의 하늘에 떠 있는 빛나는 별들이 길잡이가 되어주었기 때문이다. 우리가 자부심과 사명감 속에서 그리게 될 이 새로운 별자리가 독자들의 관심과 애정에 힘입어 우리 모두의 뿌듯한 자산이 되기를 소망한다.

문학동네 세계문학전집 편집위원

민은경, 박유하, 변현태, 송병선, 이재룡, 홍길표, 남진우, 황종연

지은이 **토니 모리슨**
1931년 미국 오하이오주 로레인에서 태어났다. 하워드대학교에서 영문학을 전공하고 코넬대학교에서 석사학위를 받았다. 졸업 후 여러 대학에서 문학을 가르쳤고 랜덤하우스 출판사 편집자로 일하며 글을 쓰기 시작했다. 1970년 『가장 푸른 눈』으로 데뷔했고, 이어 『술라』 『솔로몬의 노래』 등을 발표하며 대중과 평단을 모두 사로잡았다. 1987년 출간한 대표작 『빌러비드』로 퓰리처상, 미국도서상, 로버트 F. 케네디 상 등을 수상했고, 1993년 흑인 여성 작가 최초로 노벨문학상을 수상했다. 2006년 프린스턴대학교의 교수직에서 퇴임한 후 집필활동에 매진해, 소설 『자비』 『고향』 『하느님 이 아이를 도우소서』, 희곡 『데스데모나』를 출간했고 잡지 〈네이션〉 편집위원으로도 활동했다. 2019년 8월 숨을 거두었다.

옮긴이 **김선형**
서울대학교 영어영문학과를 졸업하고 동 대학원에서 석사와 박사 학위를 받았다. 옮긴 책으로 『레이디스』 『프랑켄슈타인』 『시녀 이야기』 『도롱뇽과의 전쟁』 『은하수를 여행하는 히치하이커를 위한 안내서』 등이 있고, 2010년 F. 스콧 피츠제럴드의 『벤자민 버튼의 시간은 거꾸로 간다』로 유영번역상을 수상했다.

세계문학전집 185
솔로몬의 노래

1판 1쇄 2020년 1월 30일
1판 3쇄 2023년 1월 5일

지은이 토니 모리슨 | 옮긴이 김선형

책임편집 김수현 | 편집 황도옥 김경은 | 모니터링 이희연 | 독자모니터 황지연
디자인 김마리 최미영 | 저작권 박지영 형소진 이영은 김하림
마케팅 정민호 이숙재 박치우 한민아 이민경 안남영 왕지경 김수현 정경주 김혜원
브랜딩 함유지 함근아 김희숙 고보미 박민재 박진희 정승민
제작 강신은 김동욱 임현식 | 제작처 영신사

펴낸곳 (주)문학동네 | 펴낸이 김소영
출판등록 1993년 10월 22일 제2003-000045호
주소 10881 경기도 파주시 회동길 210
전자우편 editor@munhak.com | 대표전화 031)955-8888 | 팩스 031)955-8855
문의전화 031)955-3578(마케팅), 031)955-2686(편집)
문학동네카페 http://cafe.naver.com/mhdn
인스타그램 @munhakdongne | 트위터 @munhakdongne
북클럽문학동네 http://bookclubmunhak.com

ISBN 978-89-546-5794-5 04840
978-89-546-0901-2 (세트)

www.munhak.com

1, 2, 3 안나 카레니나 레프 톨스토이 | 박형규 옮김
4 판탈레온과 특별봉사대 마리오 바르가스 요사 | 송병선 옮김
5 황금 물고기 르 클레지오 | 최수철 옮김
6 템페스트 윌리엄 셰익스피어 | 이경식 옮김
7 위대한 개츠비 F. 스콧 피츠제럴드 | 김영하 옮김
8 아름다운 애너벨 리 싸늘하게 죽다 오에 겐자부로 | 박유하 옮김
9, 10 파우스트 요한 볼프강 폰 괴테 | 이인웅 옮김
11 가면의 고백 미시마 유키오 | 양윤옥 옮김
12 킴 러디어드 키플링 | 하창수 옮김
13 나귀 가죽 오노레 드 발자크 | 이철의 옮김
14 피아노 치는 여자 엘프리데 옐리네크 | 이병애 옮김
15 1984 조지 오웰 | 김기혁 옮김
16 벤야멘타 하인학교–야콥 폰 군텐 이야기 로베르트 발저 | 홍길표 옮김
17, 18 적과 흑 스탕달 | 이규식 옮김
19, 20 휴먼 스테인 필립 로스 | 박범수 옮김
21 체스 이야기 · 낯선 여인의 편지 슈테판 츠바이크 | 김연수 옮김
22 왼손잡이 니콜라이 레스코프 | 이상훈 옮김
23 소송 프란츠 카프카 | 권혁준 옮김
24 마크롤 가비에로의 모험 알바로 무티스 | 송병선 옮김
25 파계 시마자키 도손 | 노영희 옮김
26 내 생명 앗아가주오 앙헬레스 마스트레타 | 강성식 옮김
27 여명 시도니가브리엘 콜레트 | 송기정 옮김
28 한때 흑인이었던 남자의 자서전 제임스 웰든 존슨 | 천승걸 옮김
29 슬픈 짐승 모니카 마론 | 김미선 옮김
30 피로 물든 방 앤절라 카터 | 이귀우 옮김
31 숨그네 헤르타 뮐러 | 박경희 옮김
32 우리 시대의 영웅 미하일 레르몬토프 | 김연경 옮김
33, 34 실낙원 존 밀턴 | 조신권 옮김
35 복낙원 존 밀턴 | 조신권 옮김
36 포로기 오오카 쇼헤이 | 허호 옮김
37 동물농장 · 파리와 런던의 따라지 인생 조지 오웰 | 김기혁 옮김
38 루이 랑베르 오노레 드 발자크 | 송기정 옮김
39 코틀로반 안드레이 플라토노프 | 김철균 옮김
40 어두운 상점들의 거리 파트릭 모디아노 | 김화영 옮김
41 순교자 김은국 | 도정일 옮김
42 젊은 베르테르의 슬픔 요한 볼프강 폰 괴테 | 안장혁 옮김
43 더블린 사람들 제임스 조이스 | 진선주 옮김
44 설득 제인 오스틴 | 원영선, 전신화 옮김
45 인공호흡 리카르도 피글리아 | 엄지영 옮김
46 정글북 러디어드 키플링 | 손향숙 옮김
47 외로운 남자 외젠 이오네스코 | 이재룡 옮김
48 에피 브리스트 테오도어 폰타네 | 한미희 옮김
49 둔황 이노우에 야스시 | 임용택 옮김
50 미크로메가스 · 캉디드 혹은 낙관주의 볼테르 | 이병애 옮김

51, 52 염소의 축제 마리오 바르가스 요사 | 송병선 옮김
53 고야산 스님·초롱불 노래 이즈미 교카 | 임태균 옮김
54 다니엘서 E. L. 닥터로 | 정상준 옮김
55 이날을 위한 우산 빌헬름 게나치노 | 박교진 옮김
56 톰 소여의 모험 마크 트웨인 | 강미경 옮김
57 카사노바의 귀향·꿈의 노벨레 아르투어 슈니츨러 | 모명숙 옮김
58 바보들을 위한 학교 사샤 소콜로프 | 권정임 옮김
59 어느 어릿광대의 견해 하인리히 뵐 | 신동도 옮김
60 웃는 늑대 쓰시마 유코 | 김훈아 옮김
61 팔코너 존 치버 | 박영원 옮김
62 한눈팔기 나쓰메 소세키 | 조영석 옮김
63, 64 톰 아저씨의 오두막 해리엇 비처 스토 | 이종인 옮김
65 아버지와 아들 이반 투르게네프 | 이항재 옮김
66 베니스의 상인 윌리엄 셰익스피어 | 이경식 옮김
67 해부학자 페데리코 안다아시 | 조구호 옮김
68 긴 이별을 위한 짧은 편지 페터 한트케 | 안장혁 옮김
69 호텔 뒤락 애니타 브루크너 | 김정 옮김
70 잔해 쥘리앵 그린 | 김종우 옮김
71 절망 블라디미르 나보코프 | 최종술 옮김
72 더버빌가의 테스 토머스 하디 | 유명숙 옮김
73 감상소설 미하일 조셴코 | 백용식 옮김
74 빙하와 어둠의 공포 크리스토프 란스마이어 | 진일상 옮김
75 쓰가루·석별·옛날이야기 다자이 오사무 | 서재곤 옮김
76 이인 알베르 카뮈 | 이기언 옮김
77 달려라, 토끼 존 업다이크 | 정영목 옮김
78 몰락하는 자 토마스 베른하르트 | 박인원 옮김
79, 80 한밤의 아이들 살만 루슈디 | 김진준 옮김
81 죽은 군대의 장군 이스마일 카다레 | 이창실 옮김
82 페레이라가 주장하다 안토니오 타부키 | 이승수 옮김
83, 84 목로주점 에밀 졸라 | 박명숙 옮김
85 아베 일족 모리 오가이 | 권태민 옮김
86 폭풍의 언덕 에밀리 브론테 | 김정아 옮김
87, 88 늦여름 아달베르트 슈티프터 | 박종대 옮김
89 클레브 공작부인 라파예트 부인 | 류재화 옮김
90 P세대 빅토르 펠레빈 | 박혜경 옮김
91 노인과 바다 어니스트 헤밍웨이 | 이인규 옮김
92 물방울 메도루마 슌 | 유은경 옮김
93 도깨비불 피에르 드리외라로셸 | 이재룡 옮김
94 프랑켄슈타인 메리 셸리 | 김선형 옮김
95 래그타임 E. L. 닥터로 | 최용준 옮김
96 캔터빌의 유령 오스카 와일드 | 김미나 옮김
97 만(卍)·시게모토 소장의 어머니 다니자키 준이치로 | 김춘미, 이호철 옮김
98 맨해튼 트랜스퍼 존 더스패서스 | 박경희 옮김
99 단순한 열정 아니 에르노 | 최정수 옮김

100 열세 걸음 모옌 | 임홍빈 옮김

101 데미안 헤르만 헤세 | 안인희 옮김

102 수레바퀴 아래서 헤르만 헤세 | 한미희 옮김

103 소리와 분노 윌리엄 포크너 | 공진호 옮김

104 곰 윌리엄 포크너 | 민은영 옮김

105 롤리타 블라디미르 나보코프 | 김진준 옮김

106, 107 부활 레프 톨스토이 | 박형규 옮김

108, 109 모래그릇 마쓰모토 세이초 | 이병진 옮김

110 은둔자 막심 고리키 | 이강은 옮김

111 불타버린 지도 아베 고보 | 이영미 옮김

112 말라볼리아가의 사람들 조반니 베르가 | 김운찬 옮김

113 디어 라이프 앨리스 먼로 | 정연희 옮김

114 돈 카를로스 프리드리히 실러 | 안인희 옮김

115 인간 짐승 에밀 졸라 | 이철의 옮김

116 빌러비드 토니 모리슨 | 최인자 옮김

117, 118 미국의 목가 필립 로스 | 정영목 옮김

119 대성당 레이먼드 카버 | 김연수 옮김

120 나나 에밀 졸라 | 김치수 옮김

121, 122 제르미날 에밀 졸라 | 박명숙 옮김

123 현기증. 감정들 W. G. 제발트 | 배수아 옮김

124 강 동쪽의 기담 나가이 가후 | 정병호 옮김

125 붉은 밤의 도시들 윌리엄 버로스 | 박인찬 옮김

126 수고양이 무어의 인생관 E. T. A. 호프만 | 박은경 옮김

127 맘브루 R. H. 모레노 두란 | 송병선 옮김

128 익사 오에 겐자부로 | 박유하 옮김

129 땅의 혜택 크누트 함순 | 안미란 옮김

130 불안의 책 페르난두 페소아 | 오진영 옮김

131, 132 사랑과 어둠의 이야기 아모스 오즈 | 최창모 옮김

133 페스트 알베르 카뮈 | 유호식 옮김

134 다마세누 몬테이루의 잃어버린 머리 안토니오 타부키 | 이현경 옮김

135 작은 것들의 신 아룬다티 로이 | 박찬원 옮김

136 시스터 캐리 시어도어 드라이저 | 송은주 옮김

137 고독한 산책자의 몽상 장자크 루소 | 문경자 옮김

138 용의자의 야간열차 다와다 요코 | 이영미 옮김

139 세기아의 고백 알프레드 드 뮈세 | 김미성 옮김

140 햄릿 윌리엄 셰익스피어 | 이경식 옮김

141 카산드라 크리스타 볼프 | 한미희 옮김

142 이 글을 읽는 사람에게 영원한 저주를 마누엘 푸익 | 송병선 옮김

143 마음 나쓰메 소세키 | 유은경 옮김

144 바다 존 밴빌 | 정영목 옮김

145, 146, 147, 148 전쟁과 평화 레프 톨스토이 | 박형규 옮김

149 세 가지 이야기 귀스타브 플로베르 | 고봉만 옮김

150 제5도살장 커트 보니것 | 정영목 옮김

151 알렉시 · 은총의 일격 마르그리트 유르스나르 | 윤진 옮김

152 말라 온다 알베르토 푸겟 | 엄지영 옮김
153 아르세니예프의 인생 이반 부닌 | 이항재 옮김
154 오만과 편견 제인 오스틴 | 류경희 옮김
155 돈 에밀 졸라 | 유기환 옮김
156 젊은 예술가의 초상 제임스 조이스 | 진선주 옮김
157, 158, 159 카라마조프가의 형제들 표도르 도스토옙스키 | 김희숙 옮김
160 진 브로디 선생의 전성기 뮤리얼 스파크 | 서정은 옮김
161 13인당 이야기 오노레 드 발자크 | 송기정 옮김
162 하지 무라트 레프 톨스토이 | 박형규 옮김
163 희망 앙드레 말로 | 김웅권 옮김
164 임멘 호수 · 백마의 기사 · 프시케 테오도어 슈토름 | 배정희 옮김
165 밤은 부드러워라 F. 스콧 피츠제럴드 | 정영목 옮김
166 야간비행 앙투안 드 생텍쥐페리 | 용경식 옮김
167 나이트우드 주나 반스 | 이예원 옮김
168 소년들 앙리 드 몽테를랑 | 유정애 옮김
169, 170 독립기념일 리처드 포드 | 박영원 옮김
171, 172 닥터 지바고 보리스 파스테르나크 | 박형규 옮김
173 싯다르타 헤르만 헤세 | 권혁준 옮김
174 야만인을 기다리며 J. M. 쿳시 | 왕은철 옮김
175 철학편지 볼테르 | 이봉지 옮김
176 거지 소녀 앨리스 먼로 | 민은영 옮김
177 창백한 불꽃 블라디미르 나보코프 | 김윤하 옮김
178 슈틸러 막스 프리슈 | 김인순 옮김
179 시핑 뉴스 애니 프루 | 민승남 옮김
180 이 세상의 왕국 알레호 카르펜티에르 | 조구호 옮김
181 철의 시대 J. M. 쿳시 | 왕은철 옮김
182 카시지 조이스 캐럴 오츠 | 공경희 옮김
183, 184 모비 딕 허먼 멜빌 | 황유원 옮김
185 솔로몬의 노래 토니 모리슨 | 김선형 옮김
186 무기여 잘 있거라 어니스트 헤밍웨이 | 권진아 옮김
187 컬러 퍼플 앨리스 워커 | 고정아 옮김
188, 189 죄와 벌 표도르 도스토옙스키 | 이문영 옮김
190 사랑 광기 그리고 죽음의 이야기 오라시오 키로가 | 엄지영 옮김
191 빅 슬립 레이먼드 챈들러 | 김진준 옮김
192 시간은 밤 류드밀라 페트루셉스카야 | 김혜란 옮김
193 타타르인의 사막 디노 부차티 | 한리나 옮김
194 고양이와 쥐 귄터 그라스 | 박경희 옮김
195 펠리시아의 여정 윌리엄 트레버 | 박찬원 옮김
196 마이클 K의 삶과 시대 J. M. 쿳시 | 왕은철 옮김
197, 198 오스카와 루신다 피터 케리 | 김시현 옮김
199 패싱 넬라 라슨 | 박경희 옮김
200 마담 보바리 귀스타브 플로베르 | 김남주 옮김
201 패주 에밀 졸라 | 유기환 옮김
202 도시와 개들 마리오 바르가스 요사 | 송병선 옮김

203 루시 저메이카 킨케이드 | 정소영 옮김

204 대지 에밀 졸라 | 조성애 옮김

205, 206 백치 표도르 도스토옙스키 | 김희숙 옮김

207 백야 표도르 도스토옙스키 | 박은정 옮김

208 순수의 시대 이디스 워턴 | 손영미 옮김

209 단순한 이야기 엘리자베스 인치볼드 | 이혜수 옮김

210 바닷가에서 압둘라자크 구르나 | 황유원 옮김

211 낙원 압둘라자크 구르나 | 왕은철 옮김

212 피라미드 이스마일 카다레 | 이창실 옮김

213 애니 존 저메이카 킨케이드 | 정소영 옮김

214 지고 말 것을 가와바타 야스나리 | 박혜성 옮김

215 부서진 사월 이스마일 카다레 | 유정희 옮김

216 사람은 무엇으로 사는가 레프 톨스토이 | 이항재 옮김

217, 218 악마의 시 살만 루슈디 | 김진준 옮김

219 오늘을 잡아라 솔 벨로 | 김진준 옮김

220 배반 압둘라자크 구르나 | 황가한 옮김

221 어두운 밤 나는 적막한 집을 나섰다 페터 한트케 | 윤시향 옮김

● 문학동네 세계문학전집은 계속 출간됩니다